U0358368

20 世纪美国诗歌史

A History of 20th Century American Poetry

（第三卷）

张子清　著

南開大學出版社

天　津

目　录

CONTENTS

第六编　美国少数种族/族裔诗歌

第一章　过去的美国主流文化与
少数民族文化的关系

　　众所周知，从 15 世纪末期西班牙殖民者首先插足北美后，16 世纪中叶西班牙、法国、英国和荷兰等国的殖民者纷至北美分割土地，残杀印第安人，最后英国佬占了上风。从欧洲来的已在北美定居的人民后来又与英国殖民者浴血奋战，在 18 世纪中叶从英国殖民统治下取得独立地位。历史的机遇使英语成了统一美国的国语，被欧洲各国来的白人及其后裔所掌握，从此讲英语的白人文化成了美国的主流文化。白人主流文化是以扼杀北美本土原先的主流文化——印第安文化为代价的。非裔美国人是在 17 世纪初被白人殖民者从非洲作为奴隶贩卖到北美的，因此他们一到北美就失去了人身自由，被迫讲英语，也被迫放弃非洲文化传统。但在非裔美国人化了的富有特殊风味的英语里却留下非洲几千年来的文化沉淀，并逐渐形成了首先包括诗歌在内的各种体裁的非裔美国文学。在白人主流文学以外的边缘文学里，非裔美国文学最发达，这是以最接近白人而被奴役为痛苦前提的结果。本土印第安人反抗白人最激烈，做出的牺牲最惨重，包括他们的文学在内。据史载，中国华工去美国开发最早是 1848 年三个华工受骗去加州帮助开金矿，接着华工（尤其是沿海的福建人）被拐骗和被用武力逼去加州的人数猛增：1849 年 54 人，1850 年 4000 人，1851 年 25000 人，四五年之后激增至 30 多万人。而后有更多的华工去美国为白人流血流汗修筑铁路。著名华裔美国小说家汤亭亭在她的小说《中国佬》（*China Men,* 1980）里叙述了中国移民到美国的四代人的辛酸遭遇、对美国经济发展的贡献、白人种族主义者惨绝人寰的暴行。他们当然被排斥在白人主流文化之外。

　　白人殖民者用强权建立的主流文化在初期大致有以下四个特点：

　　1）蛮横无礼，喧宾夺主，竭力消灭早在它之前生根于北美大陆的印第安文化；

　　2）奴役和抑制到达北美时间比它稍迟的非裔美国人文化；

　　3）排斥比它后到北美大陆的包括中国文化在内的其他各种文化；

　　4）其他各种少数民族文化只有在接受英语表达的情况下才得以保存

下来。

随着时代的进步，尤其黑奴制的废除，美国逐渐形成以白人文化为主的多元文化。这里不乏保留其他文化原来的语言（如中文报纸和电台、西班牙文报纸和电台等），但影响极其微弱。美国现在多元文化发展的先决条件是使用美国英语。白人开明人士以及有卓见和良知的白人学者都在反省，为保存和发扬多元文化进行了持之以恒的努力，并做出了杰出的贡献。尽管如此，历史和现状向世人表明：主流文化是白人文化，其他文化是边缘文化。诺贝尔文学奖得主约瑟夫·布罗茨基的代理人安·杰尔堡（Ann Kjellberg）代他给笔者回信（1993年8月2日）时提到民族偏见问题，她说："目前在美国有一个全体只使用英语、反对其他多种语言不断增加的运动。"由此可见白人文化是如何在保护它的主流地位。海伦·文德莱教授在评论查尔斯·西密克作为东欧移民取得重大艺术成就时，说：

> 美国诗歌被外国诗歌的异体受精开始于本世纪初，吸收了法国象征主义诗歌和中国诗歌，60年代，又接纳西班牙和拉丁美洲的来源，而今还收编了俄国和东欧的诗歌，西密克和其他流亡者作家如约瑟夫·布罗茨基和切斯瓦夫·米沃什助长了这一影响。[1]

顾名思义，美国各少数民族除了在政治、经济和文化上处于社会边缘之外，在人口比例上也占少数。可是，据报载，美国人口普查局在2012年5月17日发布的数据显示，拉美裔、非裔和亚裔等少数族裔和混血新生儿在2011年首次超过白人新生儿，印证美国人口结构朝着"少数族裔占多数"的趋势发展。[2] 在少数民族之中，亚裔美国人的人口增长最快。根据一份调查报告《美国亚裔的兴起》，亚裔在新移民中所占比例自2000年的19%升至2010年的36%；与此同时，拉美裔所占比例则从2000年的59%降至2010年的31%。亚裔首次超过拉美裔，成为最大移民群体。[3] 少数族裔人口结构变化势必催生政治、经济、文化、文学等一系列变化，可以预见，到21世纪末或22世纪，需要对美国少数族裔及其文学文化重新界定了。

---

① Donald Mc Quade. Ed. *The Harper American Literature*. New York: Harper & Row, Publishers, 1987, Vol. 2: 2798.

② 据新华社讯，"美国新生儿非白人首度过半"，《扬子晚报》"国际新闻"版2012年5月18日A17版转载。

③ 据新华社讯，《扬子晚报》"国际新闻"版2012年6月21日A23版转载。

　　其实，现在的美国白人也是移民的后代，只是比其他少数民族到北美洲早些罢了。传记作家玛丽·迪尔伯恩（Mary Dearborn）说得好："美国人事实上是移民的后裔，美国人的个性是建立在共享差异的看似矛盾的观念上的。"①无可否认的历史事实是，印第安人才是北美的真正主人。

---

①　转引自 Ping-chia Feng. *The Female Bildungsroman by Toni Morrison and Maxine Hong Kingston: A Postmodern Reading*. New York · Boston · Berlin · Paris: Peter Lang, 1998: 1.

第二章 多元文化视野下的美国
少数民族诗歌研究

社会多元化的重要性如今已不言而喻，正如杜维明先生在论述多样性与社会的关系时所说："我们深切地意识到多样性对人类的繁荣很有必要。如同生物多样性对我们的地球的存在必不可少，文化和语言的多样性是我们所认识的人类社会的确定性特点。"① 自从美国提倡多元文化以来，包括诗歌在内的美国文学的繁荣证实杜维明先生论断的正确性。众所周知，20 世纪 60 年代是美国民权运动风生水起的年代，非裔美国诗歌随着非裔美国人运动的高涨脱颖而出，启动了 70 年代少数民族研究项目，催生了80 年代许多学术和文学杂志、学术组织对少数民族及其文学的关注和评介，促进了 90 年代的课程和文选纳入包括少数民族诗人在内的少数民族作家。非裔美国诗歌、包括墨西哥在内的拉美裔美国诗歌、包括华裔在内的亚裔美国诗歌、美国印第安诗歌（或美国土著诗歌）等少数民族诗歌蓬勃地发展起来了，使当代美国诗歌呈多元化的繁荣局面。

这个繁荣局面来之不易，是美国少数民族尤其是非裔美国人经过长期坚苦卓绝的斗争得来的。50 年代，在小马丁·路德·金的带领下，抗议斗争变成声势浩大的抗暴斗争，导致 1963 年 8 月为抗议种族歧视向华盛顿大进军，使反种族歧视斗争达到最高潮。结果使美国国会在 1964 年通过民权法案，禁止公共设施和公共场所出现种族歧视现象，规定凡坚持设立种族隔离的学校的社区将得不到国家发放的教育经费。尽管后来小马丁·路德·金遭到白人种族主义分子枪杀，使民权运动一度遭受挫折，但种族歧视违法已成定局。在如火如荼的反越战的氛围里，非裔美国人民权运动和

---

① Tu Weiming. "The Context of Dialogue: Globalization and Diversity." *Crossing the Divide: Dialogue among Civilizations* by A. Kamal Aboulmagd, et al. South Orange, New Jersey: the School of Diplomacy and International Relations, Seton Hall U, 2001: 66.

与之伴生的女权主义运动①的进展使各少数民族都有了空前的争取自由和平等的机会。应当说,确保民族平等的民权法案为多元文化提供了基本保证。对此,威斯康星大学密尔沃基分校英文系教授格雷戈里·杰伊(Gregory Jay)在他的《什么是多元文化主义?》("What is Multiculturalism", 2002)一文中指出:

> 对创立更加多的文化多样性课程的关注根植于 20 世纪 60 年代与民权运动相联系的知识和社会的运动,包括非裔美国人权利、美国印第安人运动、妇女解放运动,每个运动是对教育政策的规范和后果的挑战。多元文化主义在后殖民主义时代,与全球性权力、人口和文化转移也有直接关系,世界上的许多民族随着西半球帝国(无论是欧洲、苏联还是美国)的衰落而独立。也许更重要的是,1954 年最高法院宣布学校种族隔离为非法……在过去的 20 年中,60 年代中期放宽移民的法律加速了从非西欧国家,特别是从墨西哥、拉丁美洲、亚洲等地的后殖民时期移民。

70 年代早期多元文化运动起始于加拿大和澳大利亚,然后才在美国、英国、德国以及世界其他地方发展开来。80 年代初期,美国公立学校在历史、文学、社会学和其他领域等方面的课程改革中,开始引进多元文化的概念,这是针对欧洲白人中心论而提出的。多元文化理论势必对美国社会大熔炉论提出质疑。因为按照这个大熔炉论,美国各少数民族文化应当以讲英语的白人文化标准被同化为一个整体,一个共同的文化,一个白人优越的文化,一个种族偏见和歧视的文化。可是多元文化主义者认为,美国的社会从来不是白人的社会,事实上是多民族的多样化社会,因此要保留明显不同的民族的、种族的或文化的社区,而不要把它们融化为一个共同的文化。白人有识之士对白人至上论也不以为然。爱尔兰和意大利裔美国诗人杰克·弗利在谈到多元文化主义时,抨击某些白人的优越感,说:"当白人就意味着有占优势的行为举止。如果没有占优势的行为举止就不是白

---

① 一般地说,女权主义分三个阶段:第一阶段是 20 世纪初,以争取男女选举平等为目标。第二阶段是 60 年代晚期,左派和学生围绕反越战和非裔美国人权利的问题提出妇女解放,以反对充当中产阶级家庭主妇角色、争取男女在政治和经济上平等为目标。第三阶段是 80 年代晚期,提出从女同性恋权利到反对对女子职业限制等为目标的多样性目标。

人。"① 著名英国学者比库·帕雷克（Bhikhu Parekh, 1935— ）② 则在他的《信奉文化多元论》（"A Commitment to Cultural Pluralism", 1998）中正面地阐述了白人主流文化应采取的态度：

> 在一个主流文化占优势的社会，仅仅容忍，不足以保持多样性。多元文化的社会不一定赞同所有的价值观和实践，但应当找到欢迎和爱护其少数民族文化，体现少数民族文化的自我界定，根据多元文化的路线，重组公共领域。多元文化所建立的公共领域和私人领域便相互支持，允许文化多元的精神轻易地推进到生活的不同方面，培养整个社会多元文化的精神特质。当统一与多样性这样地结合在一起时，统一便不是抽象的、消极的，多样性便不会导致分裂和孤立。

根据格雷戈里·杰伊的考察，与文化多元论组成部分相连的一个问题是他们依赖于"身份策略"（identity politics）。"身份策略"是指完全从种族、种族特点、阶级、性别、民族性、宗教等范畴去界定一个人的政治、社会身份和利益。身份策略在 60 年代以后变得越来越流行，其许多理由和文化多元论的许多理由相同。对美国"共同文化"的批判导致许多人与某个特定的团体认同，而不是与国家认同。他们认为这个国家的政策排除或压迫他们。于是，纷纷出现带连字符的美国人：土著美国人（Native-Americans）、非裔美国人（African-Americans）、墨西哥和拉丁美洲裔美国人（Latino-Americans）、亚裔美国人（Asian-Americans），等等。虽然格雷戈里·杰伊并不认同这种简单化的身份划分法，但他的确指出了业已存在的美国社会现实，少数民族乐意接受的现实。更有甚者，不少华裔/亚裔美国作家杜撰和使用"亚裔美国"（Asian America），以此表明他（她）们的属性。

美国文学多元化经历了漫长的过程。仅从这个时期美国出版的几部主流文学史和诗歌史，我们会清楚地看到美国学者和评论家对少数民族文学态度的变化。

---

① Jack Foley. "Multiculturalism and the Media: a Speech Delivered in the Commonwealth Club, San Francisco, 6/28/90." *O Powerful Western Star: Poetry & Art.* Oakland, CA: Pantograph P, 2000: 35.

② 比库·帕雷克：政治理论家，曾任英国赫尔大学政治理论教授、英联邦种族平等委员会副主席（1985—1990）、印度巴罗达大学副校长（1981—1984）、包括哈佛在内的几所美国大学的访问教授。现任伦敦经济学院世纪教授、英国上议院工党议员、社会科学院主席。他出版了《甘地》（*Gandhi*, 1997）和《重新思考多元文化主义》（*Rethinking Multiculturalism*, 1998）等几部著名的政治哲学著作。

　　20 世纪 60 年代以前和六七十年代的美国文学史和诗歌史对少数民族文学不是一笔带过，就是目中无人。例如，罗伯特·斯皮勒（Robert E. Spiller, 1896—1988）等人主编的《美利坚合众国文学史》（*Literary History of the United States*, 1946, 1963）在其篇幅 1511 页只花了一小节"印第安传统"（9 页），简略地提到印第安文化与文学，在介绍的一开头就说："直到 19 世纪，美国人才开始把印第安文化视为文化财产。在大西洋海轮上的英国殖民者通常感觉最好的印第安文化是已经消逝了的印第安文化，整个印第安民族消亡了，没有记录下他们的内心生活。如果印第安传统闻名于世的话，那是用白人文化文学的模式打扮和浪漫化的结果。"由此可见，北美大陆原主人的文化与文学在强势话语中的低下地位。该文学史对处于弱势话语的美国非裔美国人文学（包括诗歌）同样蔑视。它介绍非裔美国人文学不但简单，而且称非裔美国人为 Negroes，如今假使还有人称他们为 Negroes 的话，那是对他们公然的侮辱和蔑视，会引起法律纠纷。

　　《美国诗歌的继续》的作者罗伊·哈维·皮尔斯目无少数民族诗歌的存在。他在前言里申明说："我不是从事百科全书式的文学史编撰，而仅仅是评估美国诗歌的主要阶段和成就。我设限在这样的诗人研究上，他们的作品（常常表现为其固有的优质）不但揭示了而且构成了这些阶段。我常常提到（我认为的）次要诗人，但极为简略。"① 该书长达 434 页，少数民族诗歌不但不在他所列举的"主要阶段和成就"里，而且也没有作为"次要诗人"得到"极为简略"的介绍。

　　唐纳德·巴洛·斯托弗的专著《美国诗歌简史》（*A Short History of American Poetry*, 1974）把美国诗歌史的开端锁定在 1765 年，阐述移民北美大陆的讲英语的新教徒创作的诗歌。他强调美国诗歌的特色，力图与英国诗歌划清界限，只有少数几个非裔美国诗人分散在各个章节里，仅此而已。马丁·戴（Martin S. Day）的《从 1910 年到目前的美国文学史》（*History of American Literature from 1910 to the Present*, 1971）把非裔美国诗人放在次要地位，分散在各个章节里。马丁·戴对此在前言里说："不过，本书并不局限于主要作家。它是一个包容性的纵览，在章节里注意介绍对文学有不同宝贵贡献的次要作家。"② 在马丁·戴自称的"包容性的纵览"里，除了少数非裔美国诗人之外，其他少数民族的诗人也没有包括进去。斯托弗和马丁·戴在对待非裔美国诗人上有一个共同点：非裔美国诗人处于次

---

① Roy Harvey Pearce. *The Continuity of American Poetry.* New Jersey, Princeton: Princeton UP, 1961: 15.

② Martin S. Day. *History of American Literature from 1910 to the Present.* Garden City, New York: Doubleday & Company, Inc., 1971: v.

要地位，但对他们并不见外，把他们与白人并列在一起，而且称他们为 Black poets 而不是 Negro poets。他们在对待非裔美国人的诗歌上，应当算是一种进步。

丹尼尔·霍夫曼主编的《当代美国文学哈佛指南》专列了一章包括非裔美国人诗歌在内的"非裔美国人文学"。戴维·珀金斯教授的专著两卷本《现代诗歌史》同样用专章介绍非裔美国人诗歌。他在介绍非裔美国人诗歌时，对它在美国诗歌发展中所起的作用评价之高，实属空前，他说：

> 在本书的美国诗歌所有章节里，我们也几乎可以论述非裔美国人诗人的作品。保罗·劳伦斯·邓巴、詹姆斯·惠特科姆·赖利、克劳德·麦凯、康梯·卡伦、W. S. 布雷思韦特和乔治亚·道格拉斯·约翰逊可以列入现代派时期继续运用传统形式和语汇的诗人之中。可以把芬顿·约翰逊列入 20 世纪头十年芝加哥的"新"诗人之中，兰斯顿·休斯和斯特林·布朗是在诗歌艺术上富有原创性的诗人，他们继承了惠特曼、林赛和桑德堡的风格，反映了对民主、大众和后来有时对马克思主义理想的服膺。非裔美国诗人很少仿效庞德和 T. S. 艾略特转弯抹角、省略的诗歌风格（至少直到 20 世纪 20 年代不是），但他们出现在 20 世纪美国诗歌每一个重要的倾向之中。①

但是，珀金斯为什么设立单独的章节论述非裔美国诗人呢？他对此解释说：

> 设立专章讨论他们的作品有种种好理由。如今对非裔美国人用文学表达的历史有广泛的兴趣。在现代美国诗歌总的演变之中，非裔美国人写的诗歌形成了一个明显的气度，在一定程度上，其他无论在种族还是宗教方面不同的少数民族写的英文诗并不具备这种气度。②

这可能就是珀金斯为什么对非裔美国人诗歌情有独钟而忽视其他少数民族诗歌的"好理由"，这也反映了这个历史时期的主流文坛对其他少数民族诗歌的态度。当然，珀金斯偏爱非裔美国人诗歌也有他为大众接受的理由。我们得承认，比起其他少数民族的诗歌，非裔美国人诗歌最强，这

---

① David Perkins. *A History of Modern Poetry: From the 1890s to the High Modernist Mode*: 390.
② David Perkins. *A History of Modern Poetry: From the 1890s to the High Modernist Mode*: 390.

有其历史渊源。

20 世纪 80 年代末，埃默里·埃利奥特主编的《哥伦比亚美国文学史》介绍非裔美国文学、墨西哥裔美国文学、亚裔美国文学。90 年代早期伯科维奇开始主编的《剑桥美国文学史》有专门章节介绍印第安文学和非裔美国文学。把非裔美国诗歌，尤其是印第安诗歌同时放进大型美国诗歌史里论述的应当是杰伊·帕里尼主编的《哥伦比亚美国诗歌史》。该书第 29 章《美国土著诗歌》的撰写者露西·马多克斯（Lucy Maddox）把在美国诗歌史里专章介绍美国印第安诗歌视为美国学术界和文学界一件大事，他说：

> 美国土著诗歌以单独的章节出现在美国诗歌史里是值得一提的大事。仅在过去的几年里，美国土著文学在美国的课本或教授美国文学的课程里得到了足够的重视，获得一席明显的地位。土著美国文学迟出现的原因很多，当然其中的一个原因是，学术界不愿意扩大美国文学的界定，把生活在美国的有意突出民族或种族身份的作家的作品包括进去。不过，另一个（不是无关的）原因是，只是最近出版了足够多的美国土著作品，适宜于普通的归类，即：适宜于传统上编撰教材和设立课程。①

杰伊·帕里尼作为大型诗歌史主编的诗歌视野比历来的任何美国诗歌史主编或作者的视野大得多，但遗憾的是，他却把方兴未艾的亚裔/华裔美国诗歌忽视了。不管美国白人诗评家如何对待各少数民众诗歌，各个少数民族诗歌都在以各自的方式成长和发展。

---

① Lucy Maddox. "Native American Poetry." *The Columbia History of American Poetry*. ed. Jay Parini. New York: Columbia UP, 1993: 728.

第三章　美国少数民族诗歌多元化的悖论

　　美国各个少数民族都长期经历过白人种族主义的歧视、折磨，只是到了 20 世纪 60 年代，他们才在反越战、争人权的斗争中获得了史无前例的自由与民主。他们在经济地位相对来说得到提高的基础上，获得了受教育的权利。尽管他们现在还遇到这样那样不尽如人意的问题，例如一些华裔美国作家对一些白人居高临下的"种族主义爱"（racial love）特别反感，认为这是"种族主义仇恨"（racial hate）在新的历史条件下的变种，这仍然是杜维明先生所指出的"种族中心主义"或"沙文主义的排他形式"[①]之一，只是披上了美丽的外衣。更不必说非裔美国人无故遭白人警察毒打的现象不时发生。但是，我们注意到，美国法律确保少数民族在各个用人单位的就业率和上学的比例等条例，基本保证了少数民族生活处境的改善。美国高校开设有关各少数民族历史、文化、文学、艺术的课程，少数民族诗人在高校任职也很普遍。优秀的少数民族作家同样可以获文学大奖，例如，1993 年，非裔美国小说家托尼·莫里森荣获诺贝尔文学奖，而在同一年，前文已经提到过的非裔美国诗人丽塔·达夫当选为桂冠诗人。少数民族诗人有着过去从来想象不到的言论自由，例如，华裔美国诗人梁志英在美国两次海湾战争中，利用他主编的《美亚杂志》组织反对美国政府出兵的文章和诗歌，抨击美国政府的对外政策，他并没有因此而获罪或受到警告，或被勒令停刊。

　　在多元文化的氛围中，白人有识之士为少数民族主持正义，例如，白人诗人杰克·弗利是非裔美国小说家、诗人伊什梅尔·里德（Ishmael Reed, 1938— ）的好友。笔者曾对他说，他作为白人诗人已经身在美国主流文学之中了，有着比处在边缘文学的作家（比如非裔美国作家、华裔美国作家）无法获得的便利和特权。他的回答却是：

---

① Tu Weiming. "The Context of Dialogue: Globalization and Diversity": 67.

很难说我是主流作家，我不是主流文学的幸运儿。汤亭亭和李立扬比我更主流！坦白地说，我发现主流文学作品相当乏味。我不想成为主流文学的一部分，我的作品不仅在主流之外，而且经常在和少数民族作家保持联系的语境之中面世的……我认为白人这个称呼是虚构的：它与种族性无关，本质上是权力的表达。①

"种族主义"与"权力的表达"有着怎样的因果关系，我们暂且不谈，杰克·弗利把在美国主流社会掌权的白人的事实挑明了。不过，有的白人深入少数民族地区，帮助整理少数民族的文化遗产也是事实。例如，20世纪60年代晚期和70年代早期，著名白人诗人杰罗姆·罗滕伯格特地到美国印第安人保留地体验生活，和当地的歌咏协会一道，参加印第安人中的一个支族——塞纳卡族的歌咏。他还和印第安人歌手合作翻译了印第安人中的阿兹特克族、纳瓦霍族和塞纳卡族的诗歌。表演朗诵纳瓦霍族诗人弗兰克·米切尔的"马儿祝福歌"还成了罗滕伯格表演诗朗诵的一部分。1970~1976年，他和丹尼斯·特德洛克合作主编首次刊载印第安人和其他少数民族口头诗歌的杂志《黄金时代》。此外，他主编了大型的印第安诗集《摇葫芦鼓：北美印第安人传统诗歌》（1972, 1986）；与菲利普·苏尔兹合作，出版了诗集《塞纳卡族日记：撒旦》（*Seneca Journal*, 1978）；单独出版了诗集《塞纳卡族日记》。印第安人文化几乎改变了他的世界观。他为此首创了独具特色的诗学——民族志诗学。当然，他的民族志诗学不仅仅局限于北美印第安诗歌，而是着眼于世界各民族的诗歌，这也表现在他主编的大型诗集《神圣的技巧娴熟的艺人：非洲、美洲、亚洲、大洋州的诗歌》（1968, 1985）里。他认为，所谓原始的祭祀仪式、当代的艺术和表演有着或明或暗的一致性，例如古希腊罗马的模式之于文艺复兴时期的欧洲，古代中国模式之于中世纪的日本，10~12世纪在墨西哥占统治地位的印第安人托尔特克族模式之于现在的北美阿兹特克族。他还认为，整个人类文化和艺术有着传承性，有着密切的联系，而表演可以回溯到史前人类的生物性继承，因此先锋派艺术与部落的/口头的、古代的"传统"艺术密不可分。

众所周知，美国的每个少数民族接触他们祖先的语言及其文化各有不同。西班牙裔/墨西哥裔/拉美裔美国诗人当中有不少人能运用西班牙语和英语同时创作，而且在美国用双语发表作品并不困难。除了讲西班牙语的美国自由联邦波多黎各外，美国周边有讲西班牙语的国家。西班牙裔/墨西

---

① Jack Foley. "Questions from a Chinese Scholar" (2003).

哥裔/拉美裔诗人在美国似乎是少数民族，但他们与西班牙语系及其文化有着天然的联系。生长在美国的绝大多数华裔美国诗人即使不能讲汉语或不能流利地讲汉语，更不能用中文写作，也没有机会探访中国，但他们从小到大，一直同中国文化保持着这样或那样的联系。美国有汉语电视台、中文报刊、中文书店、中餐馆、华人集中居住的唐人街，这些是华裔美国诗人接触中国文化的独特条件。出生在美国的第二代华裔美国诗人从小还受到讲汉语的双亲的熏陶。即使出生在美国的第三代、第四代、第五代或更多代的华裔美国诗人，一般地说，他们的父母都鼓励自己的子女从小上双语学校，学习中文。例如，出生在美国的第五代华裔小说家赵健秀特别积极地维护中国文化，他引用中国古典文学作品里的英雄人物作为他的小说主人公的榜样。由于历史的原因，非裔美国诗人很难找到他们的非洲根，很难找到他们的祖先原来的部落语言。他们用以表达自己、社会交际所依赖的是英语。英文是他们记录自己的民族传说和文学创作的唯一载体。美国印第安文学传统是口头传承。美国印第安人是在英语环境里受的教育。当他们用文字表达时，他们唯有用英语，别无其他选择。不过各个少数民族的诗人有一个共同点：流利地讲英语，纯熟地用英文创作诗歌。

　　各少数民族的诗歌在20世纪60年代之后都得到了空前发展的机会，呈现多元诗歌的繁荣景象。但各少数民族诗人面临着一个共同的问题：当他们用英文创作时，他们便默认讲英语的白人是他们的读者和听众；当他们想到自己的少数民族身份时，当他们表达他们少数民族特有的思想感情时，他们便陷入了默认与反叛的双重境地。美国语言诗人的革命性在于提出运用文字时谁在说话的问题，即：我在说话还是话在说我？根据美国语言诗人的观点，我们平时运用大家所熟悉的套语，并不能真正完全地表达自己，其实不是个人独特思维的体现，而是被套语所摆布。因此，他们在创作时竭力粉碎套语的逻辑，以此打破附着在套语上的惯性思维。不过，当美国语言诗人试图突破套语的束缚时，他们仍然在英语框架内挣扎。可是，当少数民族诗人丢掉最能表达自己感情的本民族语言而用隔了一层的英语表达自己时，在他们的作品里，将有多少英语套语背叛了他们内心深处惟妙惟肖的思想感情？他们是不是更加成了听任另一种语言摆布的傀儡？是不是存在着自觉或不自觉地被"白人文化文学的模式打扮和浪漫化"的可能？阿诺德·兰帕萨德教授对此说：

　　　　美国历史往往使黑人诗人和黑人诗歌爱好者疏离白人的诗歌传统。这种诗歌通常出于社会和文化假设：黑人诗人和黑人民众在过去不被允许分享白人诗歌，在现在也不是一贯被允许分享的。这种疏远常常延伸到英语语言本身，因为主要媒介表达了那些假设。热爱英语对许多黑人诗人来说是一种挑战，但是所有的诗人理应热爱自己的母语，如果要公平评判他们的感情、思想和文学艺术家雄心的话。①

　　兰帕萨德教授在这里提出了一个尖锐问题：所有的诗人都理应热爱自己的母语，生在长在美国的非裔美国诗人的母语是英语，而白人的诗歌及其语言却疏远他们。让他/她们回到非洲去寻找黑人母语吗？不可能。假设他们在美国各自运用他们的祖先原来的语言（不必说有的民族还没有文字）和文学模式创作，我们可能会看到万紫千红的多元化文艺景象。但常识告诉我们，这种多元化的局面不可能实现，至少在可预见的未来不可能实现。这是美国各少数民族诗人所面临的悖论或两难困境。当然，我们用不着为此感到遗憾或失落，因为人类创造的各种文字在表达人类思想感情方面本来就存在着这样那样天然的缺陷，尤其在当代媒体特别发达的今天。

　　在美国诗歌史里单独开辟少数民族诗歌篇章也是一种还没有解决的悖论，按理说，各少数民族诗人根据时代或艺术特色分散在美国白人诗人之中，尤其是非裔美国人当今在美国社会占有重要地位，这就是为什么萨克文·伯克维奇在主编的《剑桥美国文学史》中文版序言中说："我们已经认识到妇女和少数民族作品的重要性、非裔美国文化中心地位的重要性以及'地域'作家们诸多贡献的重要性。"

　　现在多元化在美国得到普遍的提倡和认同，不过我们发现美国各少数民族诗人依然处于保持与主流文学疏离乃至抗争的边缘化书写状态。坚守各少数民族的文化传统元素，彰显各少数民族的文化特色是美国各少数民族诗人与生俱来的使命。少数民族诗人力争进入主流诗坛而又保持自己民族的特色，避免地球村带来的负面影响（同化），如今成了对少数族裔诗人的新挑战。

　　为了叙述方便，本书基本上采用传统分类，把少数民族的诗歌分开来介绍，只有少数一些非裔美国诗人，例如他/她们之中的桂冠诗人和少数地域诗人，已经分散在有关章节里。把少数民族诗人全部打散在美国诗歌史里介绍，是一个大工程，寄望于将来的年轻学者。

---

① Arnold Rampersan and Hilary Herbold. Ed. "Introduction." *The Oxford Anthology of African-American Poetry*. New York, NY: Oxford UP, 2006: xix-xx.

第四章　非裔美国诗歌的历史与文化背景

　　非裔美国人生活在美国的时间很长，几乎与白人殖民者同时到达北美大陆的非裔美国人沦为白人的终身奴隶。早在1619年，荷兰殖民者首次把他们作为廉价劳动力运往美国，只比欧洲白人殖民者到达北美的时间迟十来年，如果把1606年算作英国殖民者最早占领北美大陆的时间的话。他们和土著印第安人一样受到虐待，但白人强制他们干苦活，他们势必被掺杂在白人社会里，而不是像印第安人那样被圈在与世隔绝的"保留地"里。不让讲非洲土语、依附于白人的黑奴最早掌握了英语，为造就后来的非裔美国人作家用英文创作提供了最基本的条件。

　　南北战争时期（1861—1865），非裔美国人与北方联邦军一道浴血奋战的结果，导致了南方蓄奴制的消灭，但在随后的12年重建时期（1865—1877），种族压迫和歧视（如私刑和种族隔离等）仍像幽灵似地纠缠非裔美国人不放。到20世纪初，南方自由非裔美国人中间发生了阶级变化，较少数人成了小农场主，大多数人仍贫困潦倒，加上棉子象鼻虫造成的棉花歉收和土质退化引起土地大面积荒芜，促使大量非裔美国人向有发展潜力的西部农垦区和因工业不断发展而需要大量劳动力的北方城市大迁徙。少数中产阶级的非裔美国人子女（包括黑白混血儿）和流落城市的非裔美国青年中有幸受到文化教育而又有文艺才能的精英们逐渐形成了非裔美国文学家和艺术家队伍。至20年代哈莱姆文艺复兴时期，非裔美国人文艺发展首次进入高潮。兰斯顿·休斯认为，在这个时期"非裔美国作家的书籍以历史上空前绝后的速度和数量印刷出版"（《大海》）。

　　在19世纪与20世纪的交替时期，非裔美国诗人（包括其他的非裔美国作家与艺术家）主要受非裔美国人中的两股思潮影响。一股思潮是布克·华盛顿（Booker T. Washington, 1856—1915）对白人的迁就主义。他宣扬非裔美国人不必参加争取公民权的斗争，学好业务本领就有出头之日。他在亚拉巴马州塔斯克基城创建了一所师范工艺学院，坚持埋头读书不问政治的办学方向。他所倡导的所谓塔斯克基运动受到白人统治者的赞赏（威廉·麦金利总统到他家做客，西奥多·罗斯福在白宫宴请他）。当时以跻身上流社会为终生奋斗目标的一小部分非裔美国人拥护这条鼓励非裔美国人老老实实地作白人统治阶级忠仆的反动路线。上流社会的黑白混血儿夸口自己的白人血统，为取得白人资格而沾沾自喜，如果是非裔美国人血统，对不起，他们则讳莫如深，羞于开口了。詹姆斯·约翰逊在他的《一个前黑人的自传》里对此种奇怪的心理作了深刻的揭示。非裔美国诗人中最典型的例子要数琼·图默了。他是一个皮肤白净的黑白混血儿，但进入上流社会以后却矢口否认自己是非裔美国人。琼·图默攀附白人的思想对非裔美国诗人（包括其他非裔美国文学家、艺术家）的毒害在于使他们有意无意地为了取悦白人读者，在自己的作品里把非裔美国人描写为没有头脑的乐天派或愁眉苦脸的悲观派，毫无斗争性可言。

另一股思潮是以第一个获得哈佛博士的非裔美国人杜波依斯为首的争取非裔美国人权利的革命思想。他于 1905 年发起了与塔斯克基运动针锋相对的尼亚加拉运动，激发了非裔美国人反对种族歧视和私刑迫害的种族斗争。他在 1910 年发起成立全国有色人种协进会（The National Association for the Advancement of Colored People），并任该促进会的喉舌《危机》（The Crisis）主编，在促进非裔美国人觉醒、培养非裔美国作家方面起了重要作用。1921 年，"回非洲运动"（Back to Africa Movement）发起人马库斯·加维（Marcus Garvey, 1887—1940）号召非裔美国人回到非洲去，是非裔美国人运动史上规模最大的一次主张非裔美国人迁回非洲的运动，虽然没有成功，但鼓舞了非裔美国人的团结精神和自强自立的信心。

出身在非裔中产阶级家庭又受到良好教育的子女，成长在一战后的岁月里，觉悟空前提高。他们是具有新思想新时代精神的新一代非裔美国人。如果说他们的父辈以迁就白人、跻身白人上流社会为满足的话，他们这一代新非裔美国人则以投身非裔美国人社会底层为乐，以非裔美国种族的黑色为荣。因此，新一代非裔美国文学家、艺术家转向非裔美国人社会底层，寻找他们的创作灵感和题材。造成非裔美国人文艺蓬勃发展除了上述原因外，还有三个重要因素：

1）20 世纪初叶兴起了研究非裔美国人历史、人种和民俗的风气，说明新时代对非裔美国人的重视，影响了人们尤其是非裔美国人的观念与感情的改变。

2）白人审美趣味的普遍改变：普通的白人出于好奇心理，热衷于欣赏富于原始风味的非裔美国人音乐、舞蹈和戏剧，如白人阔佬们当时以逛哈莱姆豪华的科顿夜总会为时髦，而白人中的有识之士，对太过雕琢的苍白的现代文艺感到厌烦，转而从未遭现代社会污染的非裔美国人文艺中寻找纯朴、真诚、天真、憨直、遒劲、火热和粗犷。这对长时间听了港台通俗歌曲的靡靡之音以后，突然被粗犷激越的西北民歌所振奋的普通中国人来说是不难理解的。可以毫不夸张地说，西方现代派美术、通俗音乐和舞蹈的灵魂和活力就是非裔美国人的艺术。

3）当时著名的白人作家如尤金·奥尼尔、舍伍德·安德森，尤其是卡尔·范维克顿在他们的作品里描写了非裔美国人形象，引起了广大读者对非裔美国人文学的兴趣，同时也引起了白人批评家和编辑们的重视。

非裔美国人真正获得民主自由经过了漫长的历史过程。且不说奴隶制下非裔美国人的悲惨境遇，即使从 19 世纪 70 年代到 1985 年，美国特别是南部各州通过一系列法律，在公交、学校、公园、剧院、餐馆甚至墓地等处，对非裔美国人实行种族隔离制度，剥夺他们的选举权，直至 2008 年 7 月 29 日，美国国会众议院用口头投票方式通过一项非约束性决议案，向那些曾因奴隶制和"吉姆·克罗法案"遭受苦难的非裔美国人及其后代道歉。两任美国国务卿科林·卢瑟·鲍威尔（Colin Luther Powell, 1937— ）和康多莉扎·赖斯（Condoleezza Rice, 1954— ）都是非裔美国人，甚至现任美国总统巴拉克·胡赛因·奥巴马（Barack Hussein Obama Jr., 1961— ）也是非裔美国人。可以说，现在的非裔美国人完全进入了美国主流社会。然而，迄今为止，非裔美国诗人以及其他少数民族诗人与白人诗人在主流学术界平起平坐的问题并没有彻底解决。

第五章　非裔美国诗歌

两个多世纪以来，非裔美国人一直是一个被奴役、迫害、歧视的民族，他们的诗歌则是与白人主流社会不断抗争的诗歌。如同兰斯顿·休斯在他的《非裔美国诗歌 200 年》（"200 Years of Afro-American Poetry", 1965）一文里指出："无论上个世纪的黑人诗歌是什么样的形式，从传统的英语两行诗和四行诗到自由诗，从抒情诗到十四行诗，从蓝调到灵歌，再到格林威治村或旧金山一些年轻黑人诗人高度个性化的垮掉派观念，全国东西南北黑人诗歌题材一直或多或少都是恒定的——白人为主的社会里种种自由问题。一百年前的大多数黑人诗人，今天黑人诗人都是抗议诗人。"直至 60 年代初，大多数美国白人诗集仍然是种族隔离的，不收录非裔美国诗人的诗篇。①

经过长期艰苦卓绝的奋斗，他们终于成为在美国政治文化生活中获得民主、自由和平等的民族，一个可以为之自豪的民族。他们创作的诗歌反映了他们过去的苦难、悲伤，奋争的勇气，洞察生活的智慧，艺术的原创性，现在成功的喜悦。在美国各少数民族诗歌之中，非裔美国诗歌最强健，取得的成就最大。可以预料，包括诗歌在内的非裔美国文学将像犹太文学一样，按照历史时期、风格或流派，完全被打散开来，列在白人主流文学之中进行介绍和品评，尽管丽塔·达夫与海伦·文德莱教授在新世纪关于美国诗歌标准之争足以说明这还需要经过漫长的历史过程。

第一节　非裔美国诗歌概况

非裔美国诗歌历史虽然不长，但和美国白人诗歌几乎是同步成长与发

---

① Elizabeth Alexander. "The Black Poet as Conon-Maker: Langston Hughes and the Road to *New Negro Poets: USA.*" *The Black Interior: Essays by Elizabeth Alexander*. St. Paul, Minnesota: Graywolf Press, 2004.

展的，尽管阵营并不壮观。非裔美国诗歌可以追溯到 18 世纪中期黑人女奴露西·特里（Lucy Terry, 1730—1821）写的一首诗《草甸袭击，1746 年 8 月 28 日》（"Bars Fight, August 28", 1746）。它是一首民谣体叙事诗，四音步双行联韵体。露西写这首诗时才 16 岁，带着对白人的同情描述了印第安人袭击麻省迪尔菲尔德的两个白人家庭的惨剧，后来收录在约西亚·霍兰（Josiah Gilbert Holland, 1819—1881）的专著《西马萨诸塞州汉普登县、汉普希尔县、富兰克林县和伯克希尔县的历史》（*History of Western Massachusetts: The Counties of Hampden, Hampshire, Franklin, and Berkshire*, 1855）里。她后来与一个自由黑人结婚而被赎身后，住在白人社区，却遭到了白人的歧视和排挤。1760 年，长岛的一个黑人奴隶丘辟特·哈蒙（Jupiter Hammon, 1720—1820）写了一首 88 行的宗教诗《晚思。上帝的拯救》（"An Evening Thought. Salvation by Christ", 1960），第一次发表在传单上。哈蒙在他的诗里说：

> 来吧，你虔诚的青年！崇拜
> 把你从遥远的彼岸带来
> 这里的大智大慧的上帝，
> 他让你了解他神圣的话。
> 你也许已经掉在后面，
> 在黑暗的居所里；
> 上帝的仁慈依然会来，
> 你会得到他的福音。

第一部非裔美国人诗集《宗教与道德的各种题材诗抄》（*Poems on Various Subjects, Religious and Moral*, 1773）的作者是一个七岁从非洲被贩卖到波士顿的女黑奴菲莉丝·惠特利（Phillis Wheatley, 1753—1784）。她聪明伶俐，16 个月内就掌握了英语，由于刻苦钻研，也纯熟地掌握了英国新古典主义的传统诗法，遣词造句均是纯正的英语，颇有模仿亚历山大·蒲柏（Alexander Pope, 1688—1744）及其他英国新古典主义作家的痕迹。据克林思·布鲁克斯在他的专著《亚拉巴马—佐治亚方言与英国方言的关系》（*The Relation of the Alabama-Georgia Dialect to the Provincial Dialects of Great Britain*, 1935）里考证，非裔美国诗歌的特殊发音与特殊书写形式并不全是因为非裔美国人缺少文化教养而发错了音写错了字，而是保留 17 和 18 世纪的规范英语及英国南部和西南部诸郡的方言。这多少有点像日本人现在还保留了我国唐朝的某些汉字一样。

非裔美国人诗歌的最早形式是一人即席领唱众人和的灵歌，逐渐扩展到抒发他们痛苦感情的民歌民谣。可以这么说，他们的灵歌或民歌是非裔美国人有节奏的痛苦呼喊，旋律单纯，节奏强烈。非裔美国学者杜波依斯经过考察，在他的论文《悲伤的歌》("The Sorrow Songs", 1903）里，指出非裔美国民歌经历了三个发展阶段：1）非洲乐曲；2）非裔美国乐曲；3）非裔美国乐曲与美国地方乐曲相结合，并高度评价非裔美国歌曲的杰出贡献，明确而尖锐地指出：

> 美国很少给世界带来美，除了深印在她怀里的粗鲁庄严的上帝；在这个新世界，人文精神以充满生机和聪明才智的方式而不是以美的方式表达了出来。黑人民间歌曲——富有韵律的奴隶呐喊——注定不仅作为唯一的美国音乐，而且作为诞生在大洋此岸的人类经验中最美的表达，如今屹立于世。它在过去和现在一直被忽视，半被鄙视，尤其一直被误会和误解，但尽管如此，它仍然是美国这个民族非凡的精神遗产和黑人最伟大的天赋。

在灵歌和民歌基础上发展起来的非裔美国诗歌的主要内容是歌唱他们的失望、苦难和死亡，歌唱他们对正义世界的向往，具有粗犷、遒劲、憨直、火热的民族情绪，悲怆幽怨的基调，浓厚的方言土语风味和鲜明的非洲原始音乐的节奏。非裔美国诗歌的基本特色是非裔美国人方言和非裔美国人音乐强节奏，如同斯蒂芬·亨德森（Stephen Henderson, 1925—1997）所说："非裔美国人诗歌不论何时最鲜明最动人，其形式有两个基本来源：非裔美国人方言和非裔美国人乐曲。"[①] 非裔美国诗与歌的紧密结合在 20世纪 20 年代以及 20 世纪以前尤为明显。

在 19 世纪末叶至 20 世纪初叶现代派诗歌的过渡阶段，非裔美国诗歌基本上保持了它原有的特色。这个时期的非裔美国诗人（包括后来哈莱姆文艺复兴时期的非裔美国诗人）似乎没有受到庞德和 T. S. 艾略特诗风的影响。他们所关注的不是古希腊罗马的神话或欧洲文化典故，而是他们切身的民族利益（争取迫在眉睫的民权）。他们并不劳神去雕琢跳跃性很大、支离破碎的现代派艺术手法，因而也无一般现代派诗的那种朦胧性，因为

---

① Stephen Henderson. *Understanding the New Black Poetry: Black Speech and Black Music as Poetic References*. New York: William Morrow, 1973: 30-31.

他们还处在用 20 世纪现代英语写诗还是用非裔美国人方言写诗的困惑之中。即使在后现代派时期，一般的非裔美国诗人仍然保持了非裔美国诗的特色，除少数非裔美国诗人例外。例如，乔治·斯塔夫罗斯（George Stavros）为探讨格温朵琳·布鲁克斯的名篇《我们真酷》曾采访过她。当他问她写这首诗有没有借鉴庞德、T. S. 艾略特或其他某个什么诗人的艺术形式时，格温朵琳·布鲁克斯的回答是："我甚至不佩服庞德，不过，我倒喜欢 T. S. 艾略特的《J. 阿尔弗雷德·普鲁弗洛克的情歌》《荒原》《一个少女的画像》和一些其他早期的诗篇。但是这类诗从没有进入过我的脑海。当我开始写一首诗时，我没想到什么模式或世界上任何其他人写的是什么。"①

　　在现代派时期，邓巴是一个典型的例子。他从不写支离破碎的现代派诗，而是用规范英语创作了不少很好的诗篇，但不受白人占优势的广大读者和编辑的欢迎，为了出版，只好违心地用非裔美国人方言创作。一般评论家认为非裔美国诗人用非裔美国人方言写诗才能保持鲜活的特色。从美学意义上看，这不无道理。但这不仅仅涉及体现非裔美国人朴素性格的朴素方言，更重要的是，带着野性、近于荒蛮的生命力的非裔美国诗歌（包括其非洲原始音乐的节奏和火热的情绪）恰恰给充斥陈词滥调和感情矫饰的诗歌注入了一股新鲜血液，给日益显得萎困的现代生活带来了生机勃勃的春风。非裔美国诗歌以其特有的习语和音乐对美国文化做出了极大的贡献。风靡整个欧美乃至全球的布鲁斯乐、爵士乐的节奏是非裔美国人经常运用的艺术形式，对美国乃至全球文艺起了深远的影响，而非裔美国诗歌的语言有着白人诗歌无法替代的特色和魅力。不过，当时不少白人热衷非裔美国文艺是出于耍猴子般的猎奇，内心深处却隐藏着由来已久的民族歧视。兰斯顿·休斯对此有切肤之痛，白人恩主鼓励他写诗是要他保持原始人的质朴和原始人的直觉，但他后来因背弃这个原则而失去了白人恩主的资助。休斯在他的自传《大海》里写道："但不幸的是，我感觉不到自己的身体里跳动着原始人的节奏，因而我无法像原始人那样地生活、写作。我只是一个生活在美国的非裔美国人，我热爱非洲的外表，也热爱非洲的节奏，可我不是非洲人。我是芝加哥人，堪萨斯人，百老汇人，哈莱姆人。我不是她所期望的那种人。因而，一切又终于回到了白人与非裔美国人关系的死胡同，回到了美国大多数人之间相互关系的死胡同。"

　　经过数代人的磨难，非裔美国诗歌的文化沉淀很深，它经历了从对白

---

① George Stavros. "An Interview with Brooks on 'We Real Cool'." *Contemporary Literature* 11: 1 (Winter 1970).

人主流社会逆来顺受到抱怨、愤恨、奋起反抗，再到进入主流诗坛的漫长过程。最初，如上述的露西·特里和丘辟特·哈蒙在诗中表达的感情是 H. B. 斯托（Harriet Beecher Stowe, 1811—1896）的《汤姆叔叔的小屋》（*Uncle Tom's Cabin*, 1852）里汤姆对他的白人主人忠心耿耿、逆来顺受的感情。后来非裔美国诗人，例如邓巴不那么顺从，开始对种族歧视不满，表示他怨恨的《我们戴着面具》（"We Wear the Mask", 1896）最为典型：

　　我们戴着咧开嘴笑和撒谎的面具，
　　它掩盖我们的面颊，遮盖我们的眼睛，——
　　这是我们为人类狡诈偿还的债；
　　我们带着撕碎和流血的心微笑，
　　嘴巴讲着千般万种难以琢磨的话。

　　鉴于我们这所有的泪水和叹息，
　　世界为什么不应当颠倒过来？
　　不，让他们看着我们，而
　　我们戴着这面具。

　　我们微笑，不过，啊，伟大的主，对着你，
　　我们从受折磨的灵魂深处发出哭喊。
　　我们唱歌，不过，哦，我们脚下的土地
　　毫不足道，要走的路很长，很长；
　　但是，让世界相反地梦想，
　　我们戴着这面具。

　　这首诗深刻地揭示了非裔美国人在种族歧视的社会里痛苦的复杂心态：为了取悦白人而强颜欢笑，以掩饰他被痛苦折磨的内心。邓巴在 19 世纪与 20 世纪之交种族歧视依然严重的环境里，对白人流露如此不满情绪，确实需要勇气。

　　到了 20 世纪中期，非裔美国人的政治面貌为之一新，比起从前的奴颜媚骨来，这时开始扬眉吐气了。最典型的代表莫过于饱受争议的勒罗依·琼斯。他是为非裔美国人权利奋斗的革命诗人，为了与白人分清界限，甚至把自己的英文名字改成非洲人的名字：依玛莫·阿米里·巴拉卡。他启动的黑人艺术运动产生了深远的历史影响。

如同不断涌现支持美国体育事业的非裔美国人运动健将一样，美国诗坛也不断出现著名的非裔美国诗人。例如，19世纪末20世纪初的保罗·劳伦斯·邓巴是第一个饮誉全国的优秀诗人，三四十年代被誉为"哈莱姆桂冠诗人"的兰斯顿·休斯更是名满天下。当代的玛雅·安吉罗被克林顿总统邀请，在他的总统就职仪式上朗诵诗歌；丽塔·达夫在1987年荣获普利策诗歌奖，1993年又被选为美国桂冠诗人，现任非裔美国总统巴拉克·奥巴马居然也有诗兴，写了他趣味盎然的《外公》（"Pop", 1982）：

> 外公坐在他宽大而破旧的
> 坐垫上，掸下一些香烟灰，
> 转换电视频道，再呷一口
> 烈性西格兰姆酒，问
> 我该怎么办，一个不成熟的
> 年轻人，不谙尔虞我诈的世界，
> 因为我一直很顺利；我直视
> 他的脸，紧盯到他的眉毛为止；
> 我肯定，他全然不知自己
> 水汪汪的黑眼睛，眼神游移不定，
> 他那缓慢的令人不快的痉挛
> 也不停止。
> 我聆听，点头
> 聆听，敞开听，直至我紧紧地抓住
> 他淡色米黄的T恤衫，大吼，
> 朝着他大耳垂的耳朵大声吼，
> 而他仍然讲着他的笑话，我便问他
> 为什么如此不开心，于是他回答……
> 但是我不再关心听，他唠叨得太长了，
> 从我的座位底下，我抽出一面
> 我一直保存的镜子；我哈哈大笑，
> 放纵地大声笑，笑得血气从他的脸上
> 朝我的脸上直冲，他于是变得越来越小，
> 小到成了我头脑中的一个小点，
> 一个可以被挤出来的小东西，像一粒
> 夹在手指间的西瓜籽。

外公又呷了一口烈性酒，指出
他的和我的短裤沾有相同的琥珀色污迹，
让我闻一闻他的气味，从我身上传过去的
气味；他转换频道，背诵一首旧诗，
一首他在他母亲去世前写的诗，
站起身来，大声说，要我拥抱他，
我躲闪着，我的手臂几乎围不住
他厚实油腻的脖子和宽阔的后背，
我看见我的脸镶在他的
黑框眼镜里，知道他也在笑。

　　这首诗描写他年轻时与外公对视时刹那间的心理活动，亲切而感人。他的另一首短章《地下活动》（"Underground", 1982）描写他某种难以尽言而欲爆发的原始冲动力感觉：

在水淋淋的洞穴里面，
挤满吃无花果的猩猩。
踩在它们吃的无花果上，
猩猩咋吧咋吧地吃着。
猩猩们嚎叫着，露出
它们的齿龈，手舞足蹈，
在急流里打滚，霉臭味的湿毛皮
在蔚蓝色中闪闪发亮。

　　这两首诗发表在加州西方学院校刊《欢乐》（Feast）1982 年春季号上，奥巴马当年在这里求学时只有 19 岁。像卡特总统的诗①一样，奥巴马的诗也平易近人。非裔美国人当美国总统，史无前例，非裔美国总统写诗也史无前例。尽管奥巴马的这两首诗比较平实，但昭示了如今非裔美国人在美国政治和文化生活中地位之高也史无前例。这必将给非裔美国诗歌带来深远的历史影响。
　　这是一个方面，但另一个方面，白人占主导地位的主流诗坛决不允许动摇白人诗人在美国诗歌史上的正宗地位，即使在提倡多元文化的美国的

----

① 吉米·卡特．《总是估算及其他诗篇》．张子清译．北京：昆仑出版社，2006 年．

今天。在美国，个人的诗集或主编的诗选集出版信息通常很少在新闻媒体上报道时引起激烈的争论，可是著名诗评家海伦·文德莱教授在 2011 年 11 月 24 日《纽约书评》（*New York Review of Books*）半月刊上发表题为《这些是值得记住的诗篇吗？》（"Are These the Poems to Remember?"）的长篇文章，对丽塔·达夫主编的《企鹅 20 世纪美国诗歌选集》（*Penguin Anthology of 20th Century American Poetry*, 2011）严厉批判之后，引起了整个诗坛对这本诗选集越来越多的关注。海伦·文德莱教授用火辣的语言，直言不讳地批评这本诗选集动摇了美国诗歌史沿袭下来的诗歌传统和审美价值观，而丽塔·达夫于 12 月 22 日在同一个杂志上，针锋相对地进行了回击。她俩的争论引发了整个美国诗坛以海伦·文德莱教授为首的一派与以丽塔·达夫为首的另一派涉及种族和文学修养问题的大辩论。《高等教育新闻》（*The Chronicle of Higher Education*）周报通讯员彼得·莫纳汉（Peter Monaghan）对此说："自从 2004 年'诗歌'咬牙切齿的小冲突以来，美国诗歌界还没见识到过这种规模的战斗。"英国作家、《书商》周刊前主编艾利森·弗勒德（Alison Flood）在 2011 年 12 月 22 的《卫报》上，以《诗歌选集导致种族争论》（"Poetry anthology sparks race row"）为题，作了长篇报道。

按照海伦·文德莱教授的看法，20 世纪的美国主要诗人是：T. S. 艾略特、罗伯特·弗罗斯特、威廉·卡洛斯·威廉斯、华莱士·史蒂文斯、玛丽安·穆尔、哈特·克兰、罗伯特·洛厄尔、约翰·贝里曼和伊丽莎白·毕晓普，外加庞德（她说"有些人把庞德也包括进去"，这表明她没反对，但似乎不完全赞成）。她为此明确而尖锐地指出，说：

> 桂冠诗人（1993—1995）丽塔·达夫最近主编的 20 世纪新诗选已决定改变平衡，引入更多黑人诗人，并给予他们可观的篇幅，在一些实例中，所给的篇幅比给著名得多的诗人多得多。在一些实例里，这些作家被包括进去是出于他们的代表性主题，而不是他们的风格。达夫煞费苦心地收进去愤怒的爆发以及艺术上雄心勃勃的冥想。在所选出的 175 位诗人代表里，多元文化的包容性占了优势。在英语诗歌的演变中，从来没有一个世纪有 175 位诗人值得阅读的，所以为什么要我们采样许多很少或根本没有持久价值的诗人？诗集的主编们也许现在为太普遍的欢迎而竭尽全力。选择性被谴责为"精英"，百花被怂恿齐放。不能长期致力于创作一本小说的人，找到写一首诗的机会，作渴望已久的释放。诋毁人们深切感动的诗行是粗鲁的。现在流

行的说法（部分是真实的）是每个批评家都可能犯错。但是，存在着被时间赋予的一定客观性及其去芜存菁的筛选。达夫所选的175位诗人中有哪几个会有持久的力量，有哪几个会过滤进社会学档案？

海伦·文德莱进一步批评丽塔·达夫，说：

> 或许达夫在设想读者会被复杂的文本赶走。于是，她从华莱士·史蒂文斯的第一本诗集《簧风琴》（1923）里选择了5首浅近的短诗和他去世后发表的一首诗（1957）作为他的代表作，超过了史蒂文斯30多年有重大影响力的作品。是不是达夫觉得只有这些诗她希望容易被读者接受？抑或是她钦佩史蒂文斯不如她钦佩梅尔文·托尔森，以至于给托尔森14页篇幅而给史蒂文斯6页篇幅？

海伦·文德莱对丽塔·达夫在编选上比例失衡而造成主次颠倒的严厉批评得到了响应。例如，诗人、文学批评家罗伯特·阿尔尚博（Robert Archambeau, 1968— ）教授也认为这本诗集在代表性上存在"严重缺陷"。又如，诗人、小说家约翰·奥尔森（John Olson, 1947— ）说这本诗选"拙劣"，把"路易斯·朱科夫斯基、乔治·奥本、查尔斯·雷兹尼科夫、卡尔·雷科西和洛林·尼德克尔排除在外，令人吃惊"。

海伦·文德莱所说的"达夫煞费苦心地收进去愤怒的爆发以及艺术上雄心勃勃的冥想"，说白了，是指责达夫把那些反对白人种族主义特别强烈的非裔美国诗人收进了诗集里。这从美裔以色列诗人、思想家和公共知识分子沙洛姆·弗里德曼（Shalom Freedman, 1942— ）的书评中得到证实。他在某种意义上，非常同意丽塔·达夫，因为旧的诗选集太狭窄，过于封闭，达夫的诗选集则超越了旧有的范围；而另一方面，他同意文德莱，是因为在一定意义上说，史蒂文斯的作品的价值超过了许多作家的总和。他最后明确地说：

> 我对这本诗集看法的问题不停留在这一点上。达夫也许把过多的篇幅给了黑人作家。对此，我不会特别介意。但把篇幅给像勒罗依·琼斯这种充满仇恨大叫大嚷的人，在我看来，是一个基本错误。反白人种族也是种族主义。在美国诗选集里，不应该收入蔑视基本的美国价值观和自由的诗人。我的立场是：不能把伦理学简单地取代美学。这也是审美判断力差的一种批评。

　　勒罗依·琼斯是非裔美国诗人中反对种族主义最坚决的一位，在达夫心目中，当然是英雄，可是在白人诗人和诗评家眼睛里，则是好斗的公鸡，无艺术性可言。沙洛姆·弗里德曼完全支持海伦·文德莱的审美观点。海伦·文德莱最后指出丽塔·达夫的序言存在缺陷，是因为她是诗人，对写批评文章不在行：

　　　　关于丽塔·达夫的序言最简单地说，她用不是自己的体裁写作；她是一位诗人，不是评论家，作为评论家的角色不自在，一方面，尽全力达到效果（最喜欢的是头韵），另一方面，陷入纯粹的陈词滥调。在回到她的个人判断之前，我想看看她的序言的大轮廓，它却因简单化历史而受损，把历史时代弄成了是与否，这里加一点儿，那里减一点儿。

　　海伦·文德莱完全否定了丽塔·达夫主编的诗选，而这位反潮流的桂冠诗人却珍爱自己主编的这本诗选集，把它视为在她"面前闪过"的"整个世纪的诗歌轨迹"，于是用尖刻的语言作了全面反击，说海伦·文德莱对她的批评是"屈尊俯就""缺乏诚实""未加掩饰的种族主义"，因此发狠说："我不能让她用谎言和含沙射影搭建她的不切实际的纸牌房屋。"丽塔·达夫在因为版权问题而使她少选史蒂文斯的诗篇以及没有西尔维娅·普拉斯、艾伦·金斯堡和斯特林·布朗的问题上做出说明之后，转入对海伦·文德莱的反批评，说：

　　　　文德莱完全误读我对黑人文艺运动的评估，把我对他们的挑衅性宣言作直截了当的叙述，诠释为对他们的策略表示赞同；她忽略了我的序言里关键性的一段文字（"在这样叫嚣和大发雷霆的状况下，反省的黑色诗人很少有机会来维护自己，因而被席卷到压路机之下"），而把注意力集中在那个容易背黑锅的阿米里·巴拉卡（即勒罗依·琼斯）身上，从他有历史开创性的诗篇《黑人艺术》里引用几节他诋毁犹太人的诗行，从而狡猾地甚至毛骨悚然暗示我可能有类似的反犹太人的倾向。用联想来抹黑……听起来很熟悉？我也不会相信文德莱竟然能抛出这种卑劣的污垢，没有必要防守这些不光彩的战术，除了想不让我的名声被诽谤的污泥黏住，虽然它不是事实。

　　丽塔·达夫在最后反击说：

在海伦·文德莱评论中的整个刻薄话暴露了超过审美的动机。因此，她不仅失去了对事实的把握，而且她在猛然间接触到从例子到反例子时，她过去受人称赞的理论优雅的语言便叫嚷、抱怨和怒吼起来，一再误读意图。无论是受学术的愤怒驱使或感到她认为她熟悉的世界背叛她所引起强烈的悲哀——见证一个令人敬畏的有智慧的耽于如此拙劣表演的人，令人感到悲哀。

丽塔·达夫意犹未尽，在接受《美国最佳诗歌》编辑访谈时，进一步抨击海伦·文德莱说：

是不是只有这些守卫在门口审查我们的证件而让我们一个一个进入的批评家的批准，我们——非裔美国人、土著美国人、拉丁裔美国人和亚裔美国人才被接受？不同种族的诗人加起来的总数标志着我们不是一个后种族主义社会；甚至那些所谓"聪明""敏锐"和"开明"的人，他们称自己为人文主义者，却常常被他们对阶级、种族和特权的先入为主的观念所扭曲。

支持丽塔·达夫观点的诗人和诗评家也纷纷发表意见。例如，乔纳森·法默（Jonathan Farmer）在 2011 年 12 月 28 日网络文学杂志《数百万》（The Millions）上以《种族和美国诗歌：达夫对决文德莱》（"Race and American Poetry: Dove v. Vendler"）为题，批评海伦·文德莱说："文德莱要我们从假定的永久的未来考虑价值观，人们对什么是好和坏将有恒定的因而确凿的观念。这是一场令人恼怒的辩论，因为它要我们顺从这位评论家为我们遥远的后代着想，他们当然应当有与评论家本人相同的价值观。"又如，诗人玛格丽特·玛丽亚·里瓦斯（Marguerite María Rivas）在 2011 年 12 月 10 日女作家网站"她自己的空间发言"（AROHO Speaks）上，以《要记住的是不是这位文德莱？》（"Is This the Vendler to Remember?"）为题，表明她读到文德莱的批评文章时的第一个印象是："脱离时代""不准确"和"种族歧视"，并说："这种评论怎么被认真对待呢？文德莱怎么会如此错误，对当代美国诗歌的社会思潮如此脱节？"她进一步批评说："一个精英文学体制里的人的思维定势如此根深蒂固，如此充满偏见（偏见这个字的每种意义上），以至于她不够格评估像达夫主编这样的诗选集。"美国电台《外卖》（"The Takeaway"）节目撰稿人帕特里克·亨利·巴斯（Patrik Henry Bass）以《海伦·文德莱、丽塔·达夫及改变着的诗歌标准》（"Helen

Vendler, Rita Dove, and the Changing Canon of Poetry"）为题，在 2011 年 12 月 13 日发表谈话说："文德莱是白人，达夫是黑人，哪一个人对这问题是次要的或核心的——这取决于你说谁。这个事件在诗歌界有许多人谈论着有关种族、美学和在诗集里谁是正宗谁不是正宗的等等问题。"

谁是美国诗歌的正宗诗人？这恰恰是这场诗歌大辩论的焦点，它正好暴露了美国主流诗坛对多元文化平时很少表露或不表露的态度。托妮·莫里森早在 80 年代在芝加哥大学发表以《说不出口的事实没说出来：美国文学中非裔美国人的存在》（"Unspeakable Things Unspoken: The Afro-American Presence in American Literature", 1988）为题的演说中指出："标准的建立是帝权的建立。标准的防卫是民族的防卫。标准的辩论，不论批评、历史、历史知识、语言的定义、美学原则的普遍性、艺术的社会学和人文想象在什么地域，是什么性质，有多大的范围，都归属于一切利益。"阿诺德·兰帕萨德教授在谈到非裔美国诗人与欧美诗歌标准时说：

> 虽然写出色的诗对每一个致力于诗艺的人来说是一个挑战，但美国黑人诗人往往很复杂，甚至威胁到诗人的角色和诗歌实践。例外是存在的，但美国黑人诗人，尤其是过去两代的黑人诗人，通常忍受了与欧美诗歌标准之间不痛快的关系。这个隔阂明显地存在的，因为全国范围内黑人沮丧状况的程度足以使得他们疏离了主流文化的标准和价值观。那卑微的地位是数百年奴隶制、种族隔离和剥夺美国黑人世界人权的结果。即使今天，保护黑人公民权的法律是存在的，但可悲的是，一方面这些法定的自由却有悖于另一方面种族主义现实。[1]

兰帕萨德教授从历史角度揭示了非裔美国诗歌与欧美白人诗歌传统的关系。不过，这是一个学术规范与种族歧视纠缠在一起的复杂问题。美国现在毕竟是多元文化的民主社会，正如达夫所说，美国现在不是后种族主义社会。现在不存在主流诗歌界甚至政界封杀少数族裔诗人和诗评家的发言权。相反，优秀的非裔美国作家进入了美国文学主流。例如，托妮·莫里森除了获得世界文学最高荣誉的诺贝尔文学奖之外，美国文学的各种大奖几乎都被她囊括了，而丽塔·达夫除了任桂冠诗人和美国诗人学会常务理事之外，她也是包括普利策诗歌奖在内的各种诗歌奖的得主。这也是海

---

① Arnold Rampersan and Hilary Herbold. Ed. "Introduction." *The Oxford Anthology of African-American Poetry*. New York, NY: Oxford UP, 2006: xix.

伦·文德莱教授不能容忍丽塔·达夫在序言里抱怨"文学当权派"的原因之一，说：

> 我们现在回到"诗歌当权派"的问题上来。这所谓的"诗歌当权派"成员（无论是谁）"用壕沟保护自己"（如同在战争中一样），被"涂抹"成耶稣谴责的"伪君子"。作为一个获奖学金的高校"总统优秀生"（Presidential Scholar），大学毕业的优等生，富布莱特奖学金获得者，长期受到各种奖励的达夫怎么可能用这么低级的措辞描写美国社会？

这是一次美国有史以来非裔美国诗人与主流白人诗评家首次公开的论战，其本身说明了非裔美国诗人与主流白人批评家在政治上是平等的，在学术讨论上也是平等的。丽塔·达夫当然有权按照自己的政治理念和审美原则对 20 世纪美国诗歌建立她的审美标准，如同海伦·文德莱教授按照自己的政治理念和审美原则建立美国诗歌审美标准一样。文德莱教授为 20 世纪美国诗歌列出的主要诗人名单毕竟有一个疏忽之处：她列出的这些主要诗人都出生在 19 世纪末和 20 世纪上半叶之间，把 20 世纪下半叶出生的主要诗人都排除在外了。丽塔·达夫在她主编的诗选里，把 20 世纪下半叶的主要诗人和各少数民族的主要诗人收进来，对传统的诗选集是一个补充，多元文化毕竟比一元文化独尊是一个进步。不管怎么说，这是一场具有深远历史影响的大辩论，促使人们进一步思考：什么是美国文化的基本价值观？什么是美国一成不变的文学标准？文学标准是否有与时俱进的可能性？

第二节　19 世纪末 20 世纪初过渡时期非裔美国诗人代表保罗·劳伦斯·邓巴（Paul Laurence Dunbar, 1872—1906）

在风雅派占主导地位的这个时期，非裔美国诗歌也不例外。大多数非裔美国诗人用规范英语作为载体，表达符合当时美学趣味的闲情逸致。即使用非裔美国人方言写作的非裔美国诗人也是粉饰太平。在他们的笔下，非裔美国人安贫乐道，无斗争性可言。他们采用的也是传统的艺术形式。他们的文学才能平平，没有留下什么令人注目的传世之作。在这个时期的非裔美国诗人之中，邓巴可谓是翘楚。如同 E. A. 罗宾逊是公认的美国白人传统过渡诗人一样，邓巴是非裔美国人社会诗坛的一位重要的过渡诗人，也是第一位建立全国声誉的非裔美国诗人。B. T. 华盛顿称赞他是"非裔美国人的桂冠诗人"。

邓巴以丰富多彩的语言和方言、对话式的语气和漂亮的修辞结构饮誉诗坛。使他崭露头角的诗篇《埃塞俄比亚颂》（"Ode to Ethiopia", 1896）把埃塞俄比亚比作母亲，显示了他作为纯黑人血统非裔美国人的无比自豪。全诗八节，每节六行，前两节：

> 啊，母亲民族！我给你带来
> 这信仰坚定不移的承诺，
> 　　对你的荣耀致敬。
> 当奴隶制用鞋跟踩坏你，
> 你付出你血淋淋的代价，
> 我知道你感受到的痛苦。

> 那些伤心的日子——啊，真正的伤心！
> 但多产的种子撒遍大地，
> 　　美好的时代正在生长。
> 自由的植物如雨后春笋般涌现，
> 展开的叶子多么鲜嫩——
> 　　如今花朵正在开放。

第五节：

> 打从内心骄傲吧，我的民族；
> 用火热的字符，把你的名字写在
> 荣耀的纸卷上。
> 在声誉的明亮的云端
> 你卷曲的徽旗迎风招展，
> 真理把它飘扬得更高。

最后一节：

> 继续朝上啊！我们的灵魂

和眼睛将跟随你持续上升；
　　　我们的耳朵将倾听
你的吟游诗人吟唱的故事，他们
将从你的根须上成长，自豪地
歌唱埃塞俄比亚的荣耀。

邓巴这首诗发表在《解放奴隶宣言》（*Emancipation Proclamation*, 1863）宣布之后，可以看出这个解放奴隶的宣言给他对未来带来的信心，但是这只能表明他的乐观主义精神，其实在那个历史时期，即使得到了自由的非裔美国人仍然受到主流社会普遍的排挤和歧视。

邓巴出生在俄亥俄州戴顿市一个获得自由的黑人家庭，父亲是参加过南北战争的退伍军人。他的父母给他灌输学习和了解历史的重要性。他在戴顿市中心高中是唯一的非裔美国学生。从小立志写诗，中学时代初露锋芒，成为中学校报编辑、班长和学校文学社主席。他 6 岁时开始写诗，9岁时公开朗诵他的诗篇。1890 年，主编戴顿市第一家非裔美国周报《闲话者》（*The Tattler*），只办了六个星期。为生活所迫，不久去当开电梯的勤杂工。边工作边学习英国诗歌，19 岁时开始在报刊上发表诗作和短篇小说。自费出版了两部诗集：《橡树和常春藤》（*Oak and Ivy*, 1893）和《大调和小调》（*Majors and Minors*, 1895）。前一部诗集受到当时著名诗人詹姆斯·惠特科姆·赖利的青睐，乐意同邓巴合作写标准英语诗和黑人俚语诗。后一部诗集由于得到大文豪、《大西洋月刊》主编威廉·迪安·豪厄尔斯的赏识而走红。这两部诗集合并成《底层生活抒情诗集》（*Lyrics of Lowly Life*, 1896）出版，豪厄尔斯为他作序，给邓巴带来国际名声。他移居华盛顿特区，在国会图书馆里找了一份工作。这期间，他在霍华德大学学习。

1897 年，巡回于英国文学界，进行诗歌朗诵，幸会英国著名音乐家塞缪尔·柯勒律治－泰勒（Samuel Coleridge-Taylor, 1875—1912）。他的诗篇被这位音乐家配乐演唱。从英国回美国后，邓巴在 1898 年与新奥尔良迪拉德大学毕业生爱丽丝·露丝·摩尔（Alice Ruth Moore）结婚，婚后夫妇合作写诗，他们的婚姻生活反映在凯瑟琳·麦吉－安德森（Kathleen McGhee-Anderson）的剧本《橡树和常春藤》（*Oak and Ivy*, 1985）里，该剧于 1985 年在康涅狄格州沃特福德尤金·奥尼尔戏剧中心首演。

他在短短的几十年里出版了 19 本诗集（后来合并为《诗全集》，1913）、四部小说和四卷短篇小说集等。他像菲利斯·惠特利一样，早逝于肺病。

邓巴是以现代规范英语起步的，用正统文学语言写了大量诗歌，想以此成名，证明他作为非裔美国人，能够通过诗歌和故事来表现他的民族。《我们戴假面具》和《被冤魂缠身的橡树》（*The Haunted Oak*, 1900）是两首用文学语言写的优秀诗篇，常为各家选集所收录。后一首诗是通过对光秃秃的老橡树的问话，老橡树作为见证，揭发白人用私刑把非裔美国人吊死在橡树上的罪行。这首诗虽然用的是传统的四行诗形式，但构思颇巧，巧在作为见证的橡树很老，显然成了历史见证人，由于白人的私刑残酷，非裔美国人鬼魂蒙受不白之冤的怨气永久难消，以致橡树惊吓得树叶不生。在美国诗歌里，从这样的角度去托物寄情，借题抒愤，《被冤魂缠身的橡树》开了先河。与中国早在 13 世纪，元曲《玎玎珰珰盆儿鬼》描述了屈死的冤鬼附着在瓦盆里控诉仇人的故事不谋而合。①

　　一般说来，邓巴用文学语言所表现的题材都是人所熟知的，这从他的一些诗的题目如《黎明》《生活》《债务》《生活的悲剧》《在小馆里》《同情》和《补偿》等等可以看出来。邓巴往往选取白人的视角，去描绘富于野性的非裔美国人形象，例如：偷西瓜、吃盲鼠、弹班卓琴、跳舞、傻笑。在他的笔下，非裔美国人似乎是一群滑稽可笑、无忧无虑的乐天派。总的来说，他纯熟地掌握了诗歌技巧，也写了一些脍炙人口的诗篇，但没有超过他同时期同样风格的诗人。

　　邓巴不久发觉读者和批评家喜欢他用非裔美国人方言写的诗。豪厄尔斯在评价邓巴时说："罗伯特·彭斯缺乏个性时用文学语言学写诗，而邓巴用文学语言时最缺乏个性。"邓巴敏锐地意识到这一点。他曾经对 B. T. 华盛顿抱怨说："我必须写方言诗，这是我能引起他们注意的唯一方法。"邓巴的非裔美国人方言诗的艺术特色是通过对话或独白，自如地展开情节，生动地刻画人物，语言机智诙谐，节奏感强。《我的那匹老母马》（"Dat Ol' Mare O' Mine", 1896）、《随和的伙计》（"An Easy-Goin' Feller", 1896）和《黑人情歌》（"A Negro Love Song", 1896）等等，这类饶有情趣的诗篇给读者留下很深的印象。邓巴在创作时常常处在矛盾之中，一方面为非裔美国人受歧视鸣不平，一方面却歌颂内战前南方种植园所谓的太平景象：蓄奴制度下的黑奴似乎逍遥自在，无忧无虑。以种植园生活为题材的诗主要收在《炉边抒情集》（*Lyrics of the Hearthside*, 1899）、《爱与笑抒情集》（*Lyrics of Love and Laughter*, 1903）和《阳光与阴影抒情集》（*Lyrics of Sunshine and Shadow*, 1905）等诗集里。

---

　　① 见无名氏元曲《玎玎珰珰盆儿鬼》。主要故事情节是描写宋朝商人杨国用被旅店老板盆罐赵杀害后被扔进瓦窑里焚化，冤魂附着在一只瓦罐里，被穷老汉张撇古带进公堂，由定州包公审判而昭雪。

邓巴有意或无意地歌颂著奴制时代种植园生活的光明面，有诸种原因：

1）他生活在种族歧视和种族隔离依然盛行的年代，也是 B. T. 华盛顿迁就白人的思想影响最大的年代；

2）当时的文学作品时兴描写富于浪漫色彩的西部草原和南方种植园；

3）当时非裔美国人剧团往往把非裔美国人演得诙谐、滑稽，有时也很感伤；

4）以印第安方言描写地方风情著称的诗人詹姆斯·惠特科姆·赖利对邓巴有很大影响；

5）为了寻求出版，他无法一反当时的风气，更真实地反映非裔美国人的痛苦生活和反抗精神。

邓巴美化种植园生活是时代的局限，也是他个人的局限。1901 年，波士顿非裔美国报纸《卫报》开始抨击 B. T. 华盛顿的迁就主义，并发起了争取非裔美国人人权的斗争。比他大四岁的杜波伊斯走在斗争的最前列。这位短命的诗人同杜波伊斯和 J. W. 约翰逊是同时代的人，却未曾有幸活到非裔美国人历史上最辉煌的文艺复兴时期。然而，他在非裔美国方言诗的创作上取得了辉煌成就，他关于非裔美国人和非裔美国人心态的诗篇成了哈莱姆文艺复兴时期非裔美国诗歌的先驱，正如詹姆斯·韦尔登·约翰逊在评价邓巴时说："邓巴是表现了高度的诗歌天才与文学素养和纯熟诗艺相结合的第一个人（非裔美国人）。"

1900 年，邓巴被诊断患有肺结核，接受医生的意见，与妻子移居科罗拉多州，1902 年和妻子分居，但没有离婚。抑郁和日益下降的健康状况使他酗酒，进一步损害了他的健康。1904 年，他回到戴顿市与母亲生活在一起，直至去世。在他生前，邓巴曾被西奥多·罗斯福总统授予一把仪式剑。由于他的聪明才智和诗歌上的成就，邓巴获得了白人上流社会给予他的当之无愧的优待。

第三节　哈莱姆文艺复兴时期的非裔美国诗歌

两次世界大战之间，非裔美国文学艺术蓬勃发展的黄金时代是 20 年代，其鲜明的标志是哈莱姆文艺复兴。在这个时期，非裔美国诗歌得到了空前的繁荣。从美国整个诗歌发展的格局和态势来看，哈莱姆文艺复兴正处在美国现代派诗歌的勃兴时期。因此，我们不妨把这个历史时期的非裔美国诗歌，看成是现代派时期的非裔美国诗歌。

哈莱姆文艺复兴的前十年，即20世纪头10年，非裔美国诗歌生长在传统诗歌茂盛和现代派诗歌生机勃勃萌发的土壤里。在这个时期，登上诗坛的非裔美国诗人都出生在19世纪70年代和80年代，几乎是哈莱姆文艺复兴时期崭露头角的青年非裔美国诗人的父母辈，是哈莱姆文艺复兴的一批创始者或铺路者，也是邓巴的同时代人。其中男诗人有詹姆斯·韦尔登·约翰逊、威廉·斯坦利·布雷思韦特（William Stanley Braithwaite, 1878—1962）、芬顿·约翰逊（Fenton Johnson, 1888—1958），等等；女诗人有安吉利娜·格兰姆（Angelina W. Grime, 1880—1958）、安妮·斯潘塞（Anne Spencer, 1882—？）、埃菲·李·纽瑟姆（Effie Lee Newsome, 1885—1975）、乔治亚·道格拉斯·约翰逊（Georgia Douglass Johnson, 1886—1966）等。除詹姆斯·韦尔登·约翰逊外，他/她们是一批精雕细刻的小诗人。他/她们常常用规范的英语和传统艺术创作符合当时大众美学趣味的诗歌。这里值得一提的是非裔美国人领袖杜波依斯（W. E. B. DuBois, 1868—1963）。他虽不是以写诗为主，但他像一些胸怀大志的政治家一样，不写诗则已，一动笔就出手不凡。他的诗篇如《烟之歌》（"The Song of the Smoke", 1899）和《在亚特兰大作的连祷词》（"A Litany at Atlanta", 1906）不但洋溢着他革命的激情，表现了他磅礴的气势，而且在艺术形式上有所突破，如《烟之歌》的第一节：

> 我是烟之王
> 我很黑！
> 我在天空中摆动，
> 我把世界扭歪；
> 我是悸动的磨坊的思想，
> 我是心灵劳碌的灵魂，
> 小溪流动的涟漪之幽灵；
> 我从草皮上盘旋上升，
> 我面对上帝朝家旋转；
> 　我是烟之王
> 　我很黑。

这首诗为非裔美国诗歌增添了光彩。

非裔美国诗歌史上重要的一页是辉煌的20年代和30年代，数以百计的非裔美国作家和艺术家住在哈莱姆，形成一个充满活力和创造性的文艺队伍，他们带来的文艺繁荣造就了非裔美国人的"哈莱姆文艺复兴"（Harlem Renaissance）。哈莱姆文艺复兴为改变非裔美国人观念、造就大批非裔美国文艺家、打开出版社大门、吸引白人观众与读者起了重大的历史作用。非裔美国音乐、舞蹈和戏剧（如载歌载舞的《曳步舞》《野蛮》和《查尔斯顿舞》）风靡一时。那时到纽约的游人（包括白人富翁）倘若不到伦诺克斯大街收费极高的夜总会，便会感到不充实或失去了什么。与非裔美国音乐孪生的非裔美国诗歌也开始受到人们的青睐，不但非裔美国人杂志《机会》《危机》和《南方工人》为非裔美国诗人开辟了发表园地，而且白人杂志如《诗刊》《新群众》《日暮》等也向他们开了方便之门。哈莱姆各色频繁社交聚会（如茶话会、舞会、夜总会和文艺沙龙等）为非裔美国诗人扩大视野、切磋诗艺、结交文朋诗友提供了难得的机会。非裔美国小说家杰西·福塞特举行的聚会使非裔美国作家们常在一起谈论文学和朗诵诗歌。白人作家、小说《黑鬼楼座》（*Nigger Heaven*, 1926）作者卡尔·范维克顿主持的文艺沙龙,在奖掖非裔美国文学事业发展方面起了积极的推动作用。新一代非裔美国诗人的茁壮成长与他们的文学庇护人无私帮助密不可分，休斯对此有切身的体会，他说："《危机》杂志的杰西·福塞特、《机会》杂志的查尔斯·约翰逊及华盛顿的阿兰·洛克这三人被称为'新非裔美国人文化'的助产士。他们心地善良，严格要求——但他们对青年作家并不过分挑剔——他们细心地培育我们，直至我们的著做出版成书。"这里值得一提的是，阿兰·洛克（Alain Locke, 1886—1954）编著的论述非裔美国艺术家和非裔美国文化的论文集《新黑人：一种诠释》（*The New Negro: An Interpretation*, 1925）被视为哈莱姆文艺复兴运动的"宣言"，它反映了非裔美国人的经历和对黑人种族身份感到的新自豪，他写的序言在启发非裔美国人觉醒方面产生了很大的影响。阿兰·洛克是霍华德大学名教授，新非裔美国人运动的主要缔造者之一，被称为"哈莱姆文艺复兴之父"。

　　在活跃的文化氛围里，才华焕发、灿若明星的新诗人群脱颖而出，其中主要的有：克劳德·麦凯、琼·图默、斯特林·布朗、兰斯顿·休斯、阿纳·邦当、康特·卡伦等。他们各以自己的杰出成就，给 20 年代非裔美国诗坛增添了无限的妩媚。年近花甲的詹姆斯·韦尔登·约翰逊也在这时期奉献了他最后一朵奇葩。

　　尽管这些非裔美国诗人风格不尽相同，有的偏于保守，有的偏于革新，但他们（除了图默以外）有一个共同点：民族自尊心和自信心空前地提高了，敢于真实地揭示非裔美国人的面貌：不再是滑稽可笑、带有原始性、取悦白人的黑鬼，而是带有七情六欲的、对种族歧视发出抗议呼声的人。正是新一代非裔美国人的自豪感对老一代非裔美国人的民族自卑感的逆反，给非裔美国诗歌带来了革命性的变化，这是哈莱姆文艺复兴的重大收获之一。因此，哈莱姆文艺复兴实质上是新非裔美国人觉醒运动或现代非裔美国人觉醒运动。哈莱姆虽然当时云集了全美最优秀的非裔美国文学家、画家和音乐家，但它的规模是全国范围的，它的影响不仅是文艺的，而且也是政治的。不过，我们也同时注意到，在哈莱姆文艺复兴时期，包括诗人在内的非裔美国文学家们的主要读者和观众还是在哈莱姆之内，如果不通过白人出版社，他们就很难出版，很难接触到哈莱姆之外的读者群。

　　哈莱姆文艺复兴的后十年，即 20 世纪 30 年代，随着严重的经济危机的到来，非裔美国诗歌同其他的文艺事业一样进入了低谷。休斯在他的自传《大海》的后记里，对这时期非裔美国文艺的萧条景象作了生动的描述："非裔美国人演员开始挨饿了，出版商十分礼貌地拒绝接受非裔美国作家的书稿，恩主们也为自己的金钱找到新的用途。"到了罗斯福总统推行新政使美国经济复苏、文艺也随之复苏时，原来云集哈莱姆的非裔美国文学家艺术家却为谋生而星散各地。

　　在非裔美国人首先遇到失业不景气的岁月里，非裔美国诗坛上自然更难出现更多的新秀，只有已经出名的休斯、邦当、卡伦和布朗等人出版了一两本诗集。这个时期的非裔美国诗歌具有鲜明的革命性，主要是受了因经济萧条而使社会主义思想在美国传播活跃的影响。非裔美国人在 30 年代，不仅作为民族而且作为工人阶级受到有产阶级的压迫和剥削，因此他们的诗歌既为非裔美国人又为包括白人工人阶级在内的整个美国无产阶级呐喊。

第四节　现代派时期主要的非裔美国诗人

1. 詹姆斯·韦尔登·约翰逊（James Weldon Johnson, 1871—1938）

　　严格地说，J. W. 约翰逊从年龄上不属于休斯这一代新非裔美国诗人群，但他老当益壮，在哈莱姆文艺复兴时期发表了名躁一时的诗集《上帝的长号：七首黑人诗体布道词》（*God's Trombones: Seven Negro Sermons in Verse*, 1927）。他从非裔美国人教堂的布道与祷告的仪式上受到启迪，在诗歌创作上大胆采用布道词与祈祷文的形式和节奏，借对上帝赤诚的倾诉，宣泄受种族歧视而积蓄在内心深处的炽热感情。当然这种艺术形式不是他的独创，1905 年杜波伊斯发表的《在亚特兰大作的连祷词》和 1913 林赛发表的《威廉·布思将军进天堂》，在当时广大读者中间都得到了热烈的反响，虽谈不上起到轰动的社会效应。布道体诗的新鲜之处，是对当时流行的传统诗艺的一种背离，也是对当时过于矫揉造作以至成了公式化的非裔美国人方言诗的一种矫正。

J. W. 约翰逊出身于佛罗里达州杰克逊维尔的中产阶级非裔美国人家庭，从小受到良好的教育，毕业于亚特兰大大学。毕业后返乡任非裔美国人公立中学教师和校长。他是在佛罗里达取得律师资格的第一个非裔美国人，于 1906～1913 年先后任美国驻委内瑞拉和尼加拉瓜的领事。1910 年，J. W. 约翰逊与有文化教养的纽约人格蕾丝·奈尔（Grace Nail）结婚，格蕾丝是一位多才多艺的艺术家，与丈夫合作写剧本。

作为布克·华盛顿的朋友，他早期受到布克·华盛顿迁就白人主义思想的影响，后来接受杜波伊斯激进思想的影响，长期任全国有色人种促进会秘书长，致力于非裔美国人与开明白人合作以及联邦反私刑立法的进步事业。他虽然一度进入白人领导层，但始终为非裔美国人的民权而斗争，不像图默那样跻身于白人上流社会而失去了非裔美国人的骨气，数典忘祖，否认自己的非裔美国人身份。他在他的著名小说《一个前黑人的自传》（*The Autobiography of an Ex-Colored Man*，1912/1927）中恰好刻划了一位肤色浅的黑白混血儿改变非裔美国人身份而成白人后的幻灭。

J. W. 约翰逊在诗歌创作起始阶段运用了非裔美国人方言，但当他发表《50 年及其他》（*Fifty Years and Other Poems*, 1917)、《上帝的长号》（1927)和《圣彼得讲述复活日发生的一件事》（*Saint Peter Relates an Incident of the Resurrection Day*, 1930）等诗集时已改用规范英语创作。他认为当时一般的非裔美国人方言诗只限于揭示非裔美国人的幽默气质和悲哀情绪，正符合了白人对非裔美国人的曲解：要么乐哈哈，要么可怜巴巴。因此，他决意用标准英语写非裔美国人的内在精神，而不借助拼写和发音不规范的非裔美国人土语。作为一位非裔美国人领袖，他无论在政治斗争上或语言运用上都表现了大无畏的反潮流精神，与邓巴恰成了鲜明的对比。由他胞弟 J. R. 约翰逊（John Rosamond Johnson, 1873—1954）配乐的配乐诗《大家放声歌唱》（"Lift Every Voice and Sing", 1902)在当时十分流行，被誉为"非裔美国人国歌"。

J. W. 约翰逊一直为非裔美国人在美国历史和文化上取得的成就和做出的贡献而自豪，这也是贯穿在他诗歌里的重大主题。他因此主编了第一部《美国黑人诗集》（*The Book of American Negro Poetry*, 1922），诗集序言《论黑人的创造性天才》（"An Essay on the Negro's Creative Genius"）是一篇肯定非裔美国人诗歌独创性的出色论文。和他胞弟合编的两部非裔美国灵歌集也体现了他的民族自豪感。他在 20 年代早期为提高非裔美国人诗歌的地位做出了重大贡献。

J. W. 约翰逊不幸遇车祸去世。在整个 20 世纪 20 年代，作为哈莱姆文艺复兴运动的主要推动者之一，他有力地反驳居高临下的白人批评，并且帮助年轻非裔美国作家发表作品。

2. 克劳德·麦凯（Claude Mckay, 1890—1948）

麦凯出生在西印度群岛的牙买加的一个非裔美国人种植园主家庭，是 11 个孩子中最小的一个。六岁时，深受当教员的有自由主义思想的胞兄的影响。他自幼有机会在其兄的图书室里博览群书。16 岁时遇到搜集并研究牙买加民间传说的英国学者沃尔特·杰克尔，在他的引导下学习英国文学，仿效用苏格兰方言创作的罗伯特·彭斯，开始用牙买加方言创作诗歌。19 岁时成了当地警察，他在此期间发表反映当地风土人情的诗作。1912 年出版两部诗集：《警员歌谣》（*Constable Ballads*, 1912）和《牙买加之歌》（*Songs of Jamaica*, 1912），同年获牙买加艺术与科学学会奖章，从此获得"牙买加的彭斯"的称号。

1912～1914 年，在美国高等学校深造。1914 年，移居纽约，干过搬运工、酒吧间服务员、码头装卸工和仆役等工种，最后自开餐馆。从 1921 年起，参加编辑美国共产党领导的进步刊物《解放者》和《群众》。1922～1934 年，先后旅居英国、苏联、德国、法国、西班牙和摩洛哥。曾一度热衷于社会主义，1922 年赴莫斯科会见列宁和托洛茨基，并代表美国工人党参加第三国际工作。1932 年以后，由于对苏联国内政治发展形势感到失望，思想日渐消沉，返美后，于 1942 年皈依天主教，在芝加哥的天主教学校任教，在贫困潦倒中了此一生。

20 年代，他的两部诗集《新罕布什尔之春及其他》（*Spring in New Hampshire and Other Poems*, 1920）和《哈莱姆身影：克劳德·麦凯诗选》（*Harlem Shadows: The Poems of Claude McKay*, 1922）使他饮誉美国诗坛。收录在他后一本诗选里的诗篇《哪怕我们必死》（"If We Must Die", 1922）反映了 1919 年哈莱姆发生的一次非裔美国人暴动，他们参加一战归来，却受到白人的种族歧视和虐待，在忍无可忍的情况下，奋起反抗：

哪怕我们必死，也别死得像猪猡，
被兜捕到肮脏的地方关入栏圈，
疯狂的狗围着我们乱吠狂呼，
对我们悲惨的命运嘲笑。
哪怕我们必死，也要死得高贵，
这样我们宝贵的鲜血就不至于
白白流掉；甚至我们抵抗的恶鬼
也得被迫对我们的死亡表示敬意！
啊，同胞们！我们必须共同抗敌！
尽管众寡悬殊，也要显示勇气，
哪怕挨打千次，也要回以致命的一击！
即使面前是敞开的坟墓又有何关系？
面对残暴又胆怯的匪徒，像男子汉
退到墙根，奄奄一息，也要反击！

　　通篇显示了一战归来的非裔美国战士的自豪感、争取人权的决心和大义凛然的英雄气概。二战期间，英国首相丘吉尔在向英国议会发表有关英军 1940 年被德国击败而从敦刻尔克大撤退的演说中曾引用此诗来鼓舞士气，美国参议员洛奇也曾引用过此诗而使它载入国会会议录里。

　　麦凯反映非裔美国人舞女演技精湛而内心惶惑的《哈莱姆舞女》（"The Harlem Dancer", 1917）、屈辱的非裔美国人妓女在夜间上街逛悠的《哈莱姆身影》、非裔美国人疲惫不堪的《新罕布什尔之春》、为寻根而伤怀的《纽约的热带》（"The Tropics in New York", 1922）、种族仇恨强烈的《白人屋子》（"The White House", 1922）和《白人城市》（"The White City", 1922）等等均是十四行诗或四行诗，在艺术形式上没有什么革新可言，但它们之所以精彩在于充分地表现了诗人灼热的情绪和勃勃的阳刚之气。

3. 琼·图默（Jean Toomer, 1894—1967）

　　在哈莱姆文艺复兴时期的非裔美国诗人群里，图默最英俊潇洒、风流倜傥，是公认的美男子。当非裔美国人为他的才貌双全自豪的时候，他却拒绝 J. W. 约翰逊把他的诗选进《美国黑人诗集》里，以至当时的评论家无法对他属于哪个种族进行归类。然而以一本书《凯恩》（*Cane*, 1923）驰名文坛的图默被公认为哈莱姆文艺复兴时期最有才华的作家之一。他的肤色浅，与白人区别不大。他对自己是白人还是非裔美国人的身份一直处于心理矛盾的状态。他说：“我在美国处于很怪的地位。我同时生活在两个种族之间，忽而是白人，忽而是黑人。依我之见，我自然而必然是美国人。”他并且指出自己继承了法国人、荷兰人、威尔士人、德国人、犹太人、印第安人和非裔美国人的血统。他先后两次同白人女子结婚，引起了当时保守的社会批评。1931 年，与玛格丽·拉蒂默（Margery Latimer）结婚，生一女，次年妻子死于难产。1934 年，与玛乔丽·康滕特（Marjorie Content）结婚。他第二次结婚时，否认自己有非裔美国人血统，当然这是违心之言，因为他早先在谈创作《凯恩》的体会时曾明确表示说，他对艺术创作的日益需求使他愈加陷入非裔美国人之中。于是他最后只好这样说：“我不属于特定的种族，我属于人类这个种族，统而言之，我是人类世界的一个男子汉，一个新的种族。”

图默生在华盛顿市，父亲是非裔美国人种植园主，母亲是混血儿。他先后在五个不同的大学学习体育、农业、医学、社会学和历史，最后决定投身于文学创作。1921 年，移居他父亲的家乡佐治亚州斯巴达，在佐治亚师范和工业学院任教。在那里短短的四个月，他获得了南方非裔美国人深沉的历史感，并为他创作《凯恩》提供了素材。

《凯恩》是一部小说、诗歌和戏剧集。内容分三部分，第一部分以散文、诗歌的形式描绘南方非裔美国人，主要是南方非裔美国妇女的生活；第二部分以短篇小说的形式表现肤色浅的非裔美国人对自己的社会地位无所适从的心态；最后一部分是故事剧，叙述一个非裔美国人从北方来到南方，遇到许多持不同观点的非裔美国人，使他在寻求生活的意义时感到心灰意懒。这本诗集只收了 15 首抒情诗，其中《收割者》（“Reapers”）、《十一月里的棉花》（“November Cotton Flower”）和《收割歌》（“Song of Reaping”）以民歌民谣的形式，栩栩如生地描绘了南方非裔美国人在田间辛劳的动人情景；《佐治亚黄昏》（“Georgia Dusk”）以严谨的四行诗形式，勾勒了一幅南方日落时的风景画。

我们现在来欣赏他的《儿子的歌》（“Song of the Son”），它唱出了游子追思已故的母亲以及黑人民族的深情：

> 倾注，啊，倾注那离别的灵魂在歌曲里，
> 啊，把它倾注进夜间锯末的暗淡的光里，
> 倾注进今夜天鹅绒般松烟的空气里，
> 让山谷带着它走。
> 让山谷带着它走。

啊，土地和土壤，红土和喷香的松胶树，
青草是那么稀少，松树是那么肆意生长
在重要的日落之前，此刻要赶快走哦，
我，你的儿子，及时地回到你的身边，
我，你的儿子，我已及时回到你身边。
及时了，虽然太阳正在坠落，
歌点燃的奴隶民族，却没有坠落；
虽然晚了，啊，土壤，还为时不晚
赶上你哀怨的灵魂正离开，很快消失了，
正离开，赶上你很快消失的哀怨灵魂。
啊，黑奴，紫黑色的成熟李子，
挤压一下，在松树空气里爆破，
在他们剥离裸露的老树之前，
留一只李子给我，一粒籽变成
一支永恒的歌，一棵歌唱的树，
轻轻地吟唱奴隶制的灵魂，吟唱
他们对于我来说的过去和现在，
轻轻地吟唱奴隶制的灵魂。

　　我们再来欣赏他的短诗《她的嘴唇是电线》（"Her Lips Are Copper Wire"）。它只有短短的五节 12 行，是一首朴实的甜蜜的情歌：

灯柱上的黄色灯泡
在低语在闪光，像雾中
喝非法私酒的醉汉

让你潮湿的呼吸对着我
像黄灯泡上的亮珠

给发电厂打电话
主要电线已经绝缘

（她的话语轻轻地向上
向下于广告栏露湿的通道）

　　　　用你的舌头除去封条
　　　　再把你的嘴唇揿在我的嘴唇上
　　　　直至它们变得白热化

　　有评论家说它是图默的一首成熟之作，用他高超的艺术手法，表现南方与北方只有通过技术（例如现代化电灯、电线）与性的结合，南北方的结合才有真正的可能性。诗中人要求这女子去掉使他保持沉默的封条，准许他发声。

　　如果说图默在他短篇小说里爱用非裔美国人讲话时所特有的省略语，他在诗里则用正规的书面语言表达非裔美国人的思想感情。在摄取意象上，和意象派诗人有相通之处；在表达情绪上则显然具有弗罗斯特的风味。《凯恩》是哈莱姆文艺复兴时期的一部重要作品，在拓展图默同时代和后来非裔美国作家反映非裔美国人文化视野方面起了很大作用。它甚至被视为康梯·卡伦的《肤色》（1925）、兰斯顿·休斯的《疲惫的布鲁士乐》（1926）和詹姆斯·韦尔登·约翰逊的《上帝的长号》（1927）的先行之作。

　　他的长诗《蓝色的子午线》（"Blue Meridian", 1936）的诗风大变，诗行长短不一，更不注意韵脚，略带惠特曼那种坦荡开阔的气势。《凯恩》出版之后，图默继续创作诗歌、小说和戏剧，大约有三万份稿子没有得到发表的机会。在《凯恩》出版之后，他基本上从文坛上消失了。从20年代中期起，他的兴趣转向虔诚派教义和侨居在法国枫丹白露的乔治·古尔杰也夫（George Gurdjieff, 1868—1949）的神秘主义。作为古尔杰也夫的信徒和弟子，图默开始在哈莱姆传播古尔杰也夫的内省与默想，如同中国的中华养生益智功一步功，培养宇宙意识，使生活节奏缓慢，许多非裔美国人因此而不幸地丢掉饭碗。图默最后只好到芝加哥湖滨的富人聚居地，向有闲阶级传播古尔杰也夫神秘的教义。这时，他视修炼灵魂比世上一切其他的事情都重要，甚至文学创作，对他来说也无关紧要，从此非裔美国人失去了一位优秀的作家。

4. 梅尔文·托尔森（Melvin Tolson, 1900—1966）

　　托尔森生在密苏里州莫伯利，获宾州林肯大学学士（1923）和纽约哥伦比亚大学硕士（1940）。先后在得克萨斯州威利学院（1924—1947）和俄克拉荷马州朗斯顿大学（1947—1966）执教，1954之年后兼任朗斯顿市市长。

　　他是一位致力于非裔美国人和白人团结的市长和诗人。他坚持认为美国是多民族的国家，他在诗里明确表示美国是黑种人、红种人、黄种人、棕种人、白种人的国家。在艺术形式上，他熟悉并运用英美白人文学传统，主动接受 T. S. 艾略特和新批评派的诗美学，认为在 T. S. 艾略特时代，非裔美国诗人必须向罗伯特·洛厄尔、迪伦·托马斯、W. C. 威廉斯、庞德、卡尔·夏皮罗和 W. H. 奥登学习。他的第二本诗集《利比里亚共和国之歌》（*Libretto for the Republic of Liberia*, 1953）受到了艾伦·泰特的称赞。泰特在为该集作的序言里指出，托尔森是完全吸收他的时代的诗歌语言、运用英美诗歌传统语言的第一个非裔美国诗人。换言之，托尔森首先成功地运用了新批评派的范式：反讽、隐晦、智性和讲究形式。他的第三本也是最后一本诗集《哈莱姆美术馆：卷一，馆长》（*Harlem Gallery: Book I, The Curator*, 1965）也沿用了新批评派的范式。他刻意仿效 T. S. 艾略特的《荒原》，在他第二和第三本诗集里运用断裂法和并置法，在诗里引用法文、德文、拉丁文、希伯莱文、斯瓦希里文、阿拉伯文、西班牙文和梵文，所用材料集古代与当代之大成。按照新批评派的审美标准，托尔森是一位优秀的现代派诗人。

　　然而，他时运不济，在美国诗歌史上没有取得他应取得的地位，而是处于默默无闻的境地。除了少数白人和非裔美国人有识之士对他充分肯定以外，他不被广大白人和非裔美国读者理解和欣赏。原因有多种，首先，他与白人文化认同的初衷（除了希望白人和非裔美国人精诚团结外，证明非裔美国诗人像白人诗人一样有才华之外）被他的非裔美国同胞所误解，尤其当他听到白人诗人和评论家的称赞感到喜悦时，60 年代激进的非裔美国诗人和批评家对此感到大为尴尬和愤怒；其次，他创造性不强，他的艺术形式总是滞后一步，例如，他的处女集《和美国约会》（*Rendezvous with America*, 1944）发表在 40 年代，可是他是在学习 20 年代时髦的埃德加·李·马斯特斯、林赛、桑德堡、甚至贝内兄弟（威廉·贝内和斯蒂芬·贝内）的诗艺基础之上完成的，这对逐渐占上风的新批评派来说未免过时了，可是他模仿新批评派诗风而创作的两部诗集，在 60 年代随着新批评派的衰微而又显得过时了。有些批评家例如 D. B. 吉布森（D. B. Gibson, 1933— ）认为，托尔森属于非洲美国世界和欧洲美国世界，他对这两个世界最熟悉，他在这两个世界之间进行平衡是他艺术力量的源泉，很少有人理解这两个世界，因此很少人完全服膺具有如此高度普遍性的价值标准。话虽如此，文坛上坚持客观真理的人的结局有时不妙，例如，赛珍珠最了解美国和中国，一生致力于中美人民的友谊事业，作为诺贝尔文学奖得主，她的文学成就不可谓不辉煌，可是除了中美的少数有识之士外，她至今仍被中美双方文坛所误解和忽视，何况托尔森这么一个不是第一流的诗人。

5. 斯特林·布朗（Sterling A. Brown, 1901—1989）

在哈莱姆文艺复兴时期步入诗坛的优秀的非裔美国诗人之中，布朗与休斯最富非裔美国人的气质，他俩的诗歌最富独创性。他的学识渊博，被非裔美国人评论家称为"非裔美国诗人们的训导长"。作为诗人和非裔美国文学批评的创始人，他最关注的是南方非裔美国文化。

斯特林·布朗20年代发表的诗作受到 J. W. 约翰逊的高度赞扬，说他是"年轻一代的杰出诗人之一"。他的处女诗集《南方路》（*Southern Road*, 1932）搜集了他早期的作品，被公认为是最优秀的非裔美国人诗集之一。他的诗具有两个显著的特点：

1）南方非裔美国人生活的情调和色彩。这对北方城市长大的非裔美国青年来说相当陌生的素材却被他处理得真实可信、栩栩如生，而且被他用来真实地反映非裔美国人复杂的内心世界。如果说邓巴那个时代的作家歪曲非裔美国人的形象，把非裔美国人看成滑稽可笑、取悦白人和多愁善感的贱民是一种风气，那么以诙谐著称的斯特林·布朗却在刻画非裔美国人幽默性格上，深刻地揭示了非裔美国人在种族歧视社会里命运的悲剧性。例如，他创作了描写斯利姆·格里尔的冒险活动的系列诙谐诗，既有夸张，又有巧妙的讽刺。在《斯利姆在地狱》（"Slim in Hell"）一诗里，斯利姆受天堂里的圣彼得的委派，到地狱里巡视了一番，发觉美国同地狱差不多。《南方警察》（"Southern Cop"）一诗表面上是原谅枪杀逃跑的非裔美国人的年轻警察，说他神经紧张，天气又热，但实际上强烈谴责白人无故杀害非裔美国人的罪行。

2）浓郁的非裔美国人民歌风味和娴熟的叙事技巧。斯特林·布朗的成功之处不仅仅是他对非裔美国人方言运用自如，更重要的是掌握了非裔美国民歌民谣的精髓；反映非裔美国人的幽默、机智和坚韧的同时，以悲剧的崇高笔调揭示非裔美国人艰难的处境。长篇叙事诗《当圣人们大踏步回家时》（"When de Saints Go Ma'chin' Home"）通过一个非裔美国歌手如泣如诉的演唱，生动地反映了非裔美国人的痛苦生活。单篇《南方路》不长，一共只有七节，每节有六行，其悲壮的情调，其节奏，犹如四川长江上的纤夫号子，例如第一节：

> 甩起锤呀——哼——
> 稳一点呀，哎；
> 甩起锤呀——哼——

稳一点呀，哪；

别着急，伙计唉，

一下子干不完哪。

　　戴维·珀金斯教授指出《南方路》的艺术力量来自黑人的民间想象，这体现在他们的歌曲和民谣里，并指出他的诗歌语言根子在黑人语言之中，虽然是方言，但很地道。①

　　由于经济大萧条，斯特林·布朗没有找到他的第二本诗集的出版商，于是转入散文创作。到 70 年代，他才出版第二本诗集《野性比尔的最后乘车》（*The Last Ride of Wild Bill*, 1975），80 年代初，出版第三本诗集《斯特林·布朗诗合集》（*The Collected Poems of Sterling Brown*, 1980），获勒诺·马歇尔诗歌奖。奠定他文学地位的仍是他的诗集《南方路》。那时他文思泉涌，妙趣横生，满腹珠玑。他在诗中以坦率、不诉诸滥情的笔触，描写非裔美国人及其经历，并掺杂非裔美国人的传说和当代习语。

　　斯特林·布朗出生在华盛顿特区霍华德大学的校园里。童年在马里兰州霍华德县的一个农场度过。父亲斯特林·N. 布朗（Sterling N. Brown）是获得自由的奴隶、霍华德大学神学院著名教授和牧师，母亲格蕾丝·阿德莱德·布朗（Grace Adelaide Brown）在华盛顿特区公立学校任教 50 年。作为邓巴高中毕业的尖子生，他获得了奖学金，进入威廉姆斯学院深造，1922 年，因成绩优异而被选为全美大学优等生联谊会会员，1923 年获哈佛大学硕士。同年，在弗吉尼亚神学院任英文教师，在此执教三年。1927 年，与黛茜·特恩布尔（Daisy Turnbull）结婚，收养了两个小孩。他应聘在林肯大学和菲斯克大学执教之后，于 1929 年回霍华德大学任教授，长达 40 年。在这期间，应邀任瓦萨尔学院、纽约大学、亚特兰大大学和耶鲁大学客座教授。后来成名的托妮·莫里森和依玛莫·阿米里·巴拉卡曾是他的学生。1969 年退休后，从事诗歌创作。1984 年，他被哥伦比亚特区选为第一任桂冠诗人，任期至他因白血病去世为止。

6. 兰斯顿·休斯（Langston Hughes, 1902—1967）

　　被誉为"哈莱姆桂冠诗人"或"非裔美国桂冠诗人"的休斯之所以是非裔美国诗人中的佼佼者，主要是他不但创作时间长，而且高产高质多品种。他在 40 多年的笔耕生涯中，出版了 17 部诗集、7 部长篇小说、3 部短

---

① David Perkins. *A History of Modern Poetry: From the 1890s to the High Modernist Mode*: 413.

篇小说集，创作并上演了 20 多个剧本，发表了儿童读物、历史著作、论文集、广播剧、歌词、自传和传记，翻译了西班牙和法国的诗文，编辑了多部文选。从 1926 年出版他的第一部诗集《疲惫的布鲁士乐》/《疲惫的蓝调》（*The Weary Blues*, 1926）起，休斯就成了用诗阐释非裔美国人生活的权威。依玛莫·阿米里·巴拉卡为此说："兰斯顿是爵士乐诗人！是忠实的蓝调传播者。他是歌手，哲学家，民间和城市的抒情诗人。"①

　　休斯从小受尽生活折磨，年幼时父母离异。他因为不听从在墨西哥致富的父亲的劝告学工或从商而永远失去了父亲的接济。母亲干苦活挣来的微薄工资常常难以维持家庭生活。休斯从小不得不开始独立生活。他当过报童、轮船餐厅服务员，只身闯荡非洲、拉丁美洲和欧洲，最后好不容易毕业于林肯大学（1929）。30 年代经济萧条使他很难找到工作而常常陷于忍饥挨饿的苦境。不过，艰苦的生活、苦闷的心情却给休斯带来了创作的丰收。他只有在郁郁不乐时才能写出好诗来。痛苦的生活逼得他坚定地走上了专业创作道路。苏联邀请非裔美国人赴苏拍摄电影的一个偶然机会，使休斯有较长的时间对苏联社会进行较为深入的考察。他对苏联消灭了种族歧视和阶级压迫感到欣慰，但对苏联的食品短缺、种种官僚主义体制和斯大林的清洗感到震惊。他访华时在上海见过鲁迅并受到宋庆龄的款待，看过京戏，还专程来南京游览过中山陵和明孝陵。当他取道日本回国时，日本法西斯政府因为他访苏、访华、与日本左翼作家接触、尖锐批评日本侵略而怀疑他是共产党间谍，经过警察再三审问，最后把他驱逐出境。他虽不是共产党人，但在中学时代就接触了从苏联传到美国的革命思想，因而具有较高的民族觉悟和阶级觉悟。他为人性格刚烈，富有正义感，对一切受压迫的民族和阶级寄予深切的同情，从日本回国后不久便参加了反佛朗哥军事独裁的国际纵队，同海明威等进步作家、记者一道冒生命危险，到战地进行新闻采访。反对独裁、反对种族和阶级歧视与压迫、助人为乐等等诸如此类的观念，使他建立了对社会尤其对非裔美国人的责任感，同时也决定了他的诗歌内容与主题的基本取向。他为此经常遭到众议院非美活动调查委员会的谴责，终于在 1953 年受到该委员会的审讯。他从参议员约瑟夫·麦卡锡的审讯中幸存下来却花了代价：虽然他没有公开批评左派的政治观点，但他的确被迫放弃了激进的政治信仰。②

---

① Imamu Amiri Baraka. "Foreword." *The Big Sea: An Autobiography by Langston Hughes*. New York: Thunder's Mouth P, 1986.

② Carolyn Forché. Ed. *Against Forgetting: Twentieth-Century Poetry of Witness*. New York/London: W.W. Norton & Company, 1991: 625.

尽管如此，休斯仍然不失为"美国民权和世界人权的坚定捍卫者"①。强烈的非裔美国民族自豪感，对非裔美国人命运和文化的关心，对种族歧视、压迫、剥削与迫害的怨愤和谴责，在休斯诗歌中占了突出地位。他认为非裔美国人的肤色是很美的，应该为此感到骄傲，例如《我的民族》（"My People", 1923）：

　　黑夜很美，
　　我的民族的面孔也一样。

　　星星很美，
　　我的民族的眼睛也一样。

　　太阳，也多么美。
　　我的民族的灵魂，也多么美。

20 年代，在非裔美国人受到整个社会歧视的情况下，休斯挺身站出来歌颂他的同胞们的外表美和心灵美。他的另一首诗《商业剧束帖》（"Note on Commercial Theatre", 1940）也是歌颂黑色皮肤之美，诗中的"黑色而美丽"成了流行一时的名句：

　　总有一天有人
　　站起来谈论我，
　　写起我——
　　黑色而美丽
　　唱起我，
　　用戏剧演我！

　　我认为这将是
　　我自己！

　　是的，这将是我。

① Carolyn Forché. Ed. *Against Forgetting: Twentieth-Century Poetry of Witness*. New York/London: W.W. Norton & Company, 1991: 625.

这首诗受到广大非裔美国人的喜爱，以至在非裔美国人贫民窟的墙上和篱笆门上常常出现这一鼓舞民族自尊心的诗行。休斯还进一步理直气壮地夸奖黑色之美，说：

> 我肤色黑。当我照镜子时，我看到自己，哇，奶奶的，我不以为耻。上帝创造了我。他也创造了罗斯福总统，我和他的肤色都很深。上帝没有使得我们比其他的人更差。泥土是黑色的，所有的好东西都出于泥土。一切都从泥土里生长出来。树木、鲜花、水果、红薯和玉米，所有一切使人活命的东西都出于泥土——呱呱叫的好黑土。煤炭是黑色的，它使你的房屋变暖，给你煮熟食物。夜是黑色的，有月亮，无数的星星，非常美。睡眠在黑色之中，它给你休息，所以你醒来感觉很好。我肤色黑。今天晚上，我感觉非常好。
>
> 黑色有什么错？①

最后的反问句"黑色有什么错？"掷地有声！对休斯来说，非裔美国人没有什么可畏缩的，应该充满信心：

> 伸开我的双臂
> 在阳光的某处地方，
> 跳舞！旋转！旋转！
> 直至白天飞快地结束。
>
> 在一株高树下
> 清凉的黄昏中休息
> 而黑夜轻盈地来临，
> 夜黑得像我一样——
> 这是我的梦！
>
> 伸开我的双臂
> 面对太阳，
> 跳舞！旋转！旋转！

---

① Langston Hughes. "That Word Black." *The Early Simple Stories* (*Collected Works of Langston Hughes*, Vol 7). Ed. Donna Akiba Sullivan Harper. Columbia, Missouri: University of Missouri P, 2002.

在暗淡黄昏休息……
一株高大而苗条的树……
黑夜轻盈地来临，
夜黑得像我一样。

　　　　　　——《梦幻变奏曲》（"Dream Variations", 1926）

　　休斯对上流社会的某些非裔美国人为自己是混血儿而肤色白皙感到身价倍增的扭曲心理特别厌恶。他在只有 12 行的短诗《混血儿》（"Cross", 1926）里，明确地提出了一个简单道理：人的肤色是无法选择的：

我的老父亲是老白人，
我的母亲是黑人。
如果我责骂过我白种人老父，
我现在收回我的责骂。

如果我责骂过我的黑人老母
并希望她堕落到地狱，
我现在为那罪恶的想法抱歉，
我如今希望她一切都好。

老父亲死在很好的大屋里。
我妈却死在简陋的窝棚里。
我的肤色既不白也不黑，
不知道会死在什么地方？

　　深色皮肤不是人的罪过，罪过是来自带有种族偏见的社会制度。他在自传《大海》（*The Big Sea*, 1940）里说，不幸的是，他不是纯黑种人，父亲的肤色偏棕色，他血统里流着一个犹太白种人奴隶贩子的血液，而他母亲的肤色是橄榄黄，她血统里流着白人奴隶主的血液，因此他的肤色是棕色。[①] 休斯通过诉说家史，表达他一贯对种族歧视深恶痛绝。他早在 19 岁时作的名篇《黑人说起了条条江河》（"The Negro Speaks of Rivers", 1926）里表达非裔美国人苍凉而豪迈的感情，并反映了非裔美国人受伤心灵所充

---

① Langston Hughes. *The Big Sea: An Autobiography*. New York: Thunder's Mouth P, 1986: 11-12.

满的愤激。非裔美国人不屈不挠的战斗精神、追求民主自由的坚强意志在他的诗集《黑豹与鞭打》（*The Panther and the Lash*, 1967）的第一部分《燃烧的语言》里得到充分的体现。诗人在其中的一首短诗《黑豹》（"Black Panther"）中把非裔美国人比喻成被逼得毫无退路而奋起反抗的黑豹。他又在另一首短诗《拷问》（"Third Degree"）里表现了一个非裔美国人宁可忍受酷刑也决不低头的英雄气概，旨在对当时社会特别是对白人警察迫害黑人进行严厉抨击；在《除了上帝还有谁？》（"Who but the Lord？"）里揭示了白人法律毒害非裔美国人的实质，揭开了资本主义社会"在法律面前人人平等"的遮羞布。总而言之，休斯无论描写哈莱姆或华盛顿市第七街非裔美国人贫民窟，爱情或钢铁厂，码头工人、歌手或失业者，总是流露着他鲜明的民族意识和阶级意识、对民主自由的热烈向往、对社会丑恶现象的无比憎恨。

休斯虽然逐渐能以卖稿度日，大半辈子却过着一贫如洗、动荡不定的生活，少量的钱财却常常被慷慨的母亲用来接济比她更穷的人。只是到了晚年，他的生活才逐渐富裕起来。但他无论何时何地都告诫自己，绝不做有辱于非裔美国人的事情。他的诗文和言行证明了他是铁骨铮铮者。他应邀去苏联创作电影剧本时，宁可不写也不愿违心地歪曲非裔美国人的原貌和美化现实；宁可离开优裕的生活和工作环境，也绝不听取文艺庇护人白人阔太太的告诫，把现代非裔美国人描写为跟着感觉走的非洲原始黑人；宁可被驱逐出日本，仍敢于面对日本法西斯分子抨击日本的侵略政策和行为。在他漫长的创作生涯中，他心里装着的是非裔美国人劳苦大众，他的审美对象自然是非裔美国劳苦大众。他说："我只熟悉与我一同长大的那些人，他们并不是那些整天把皮鞋擦得很亮、上过哈佛大学或爱听巴赫乐曲的人。可在我看来，他们也是挺好的人。"（自传《大海》III）

休斯毅然走上诗歌与群众相结合的道路，一开始就走遍南方各地，为非裔美国人听众朗诵诗歌。他能以精湛的朗诵艺术去扣紧听众的心弦，博得他们的喜爱。在南方巡回朗诵期间，无数听众要求他签名。他说："那时候，我的名字无数次签在节目单上、书上、纸条上，甚至签在乡间招待会的餐巾纸上。"（自传《我飘泊，我彷徨》第56页）他有意识地在诗歌里运用非裔美国大众的大白话，认为"诗歌应当直接、易懂和简括"（《坎登晚间信使》，1927年3月3日）。这就决定了他成为深受广大群众爱戴的现实主义诗人，如同他在中学时代就摹仿的卡尔·桑德堡和提携他成名的林赛一样，以大众喜闻乐见的诗歌朗诵获得普通听众的爱戴。

休斯的可贵之处，还在于他在诗中不迁就非裔美国人群众落后的方面，也不任意拔高或美化非裔美国人形象而麻痹非裔美国大众。他的第二本诗集《抵押给犹太人的好衣服》（*Fine Clothes to the Jew*, 1927）的标题，根据他的解释，出自其中的一首诗《不走运》。这首诗描写一位非裔美国男子很穷，最后不得不把自己的衣服抵押到犹太人家里或当铺里。这本诗集在评论界引起激烈的争论是最好不过的例子。休斯在洗衣店和餐厅劳动期间吟成的这本诗集所关注的是非裔美国人十分紧迫的就业和寻找职业时种种令人伤脑筋的生活问题，对一贯接近劳苦大众的作者来说，这是顺理成章的事情，因为他说："自中学时代起，我就一直在写关于工人和工人问题的诗歌——实际上，我是在写我自己及我的问题。"当时的文学期刊不少文章对这部诗集都给予了好评，有的评论家称赞它是无产阶级文学。可是，很多非裔美国人评论家说它是"兰斯顿·休斯的拙劣诗集"，说作者是生活在阴沟里的人，但休斯深谙并体谅这些非裔美国评论家的心理。他说，根据这类批评标准，非裔美国作家应当"在书中塑造善良、清洁、有教养而不是滑稽可笑的非裔美国人形象，把容貌端庄、和蔼可亲的非裔美国人与非裔美国人上层人士奉献给读者"，以便别让白人笑话非裔美国人（《大海》）。休斯的观点恰恰相反。首先，他认为他不了解上流社会的非裔美国人，对此没有多少东西可写；其次，他从阶级观点出发，对一些爬到上层社会的非裔美国人（包括他的去墨西哥的发了财而瞧不起非裔美国人的父亲在内）的世故相极为反感；第三，他发现在普通的非裔美国人民群众生活中间有许多可歌可泣的东西可写。他满腔热情地去描写他们的艰难处境和内心世界，却无意取悦白人而美化他们，否则无异于美化依然存在着种族歧视的美国社会现实。这是两种根本对立的世界观，也是完全不同的审美原则。事实证明，休斯坚持的创作方向是正确的。在短短的十年之后，这部诗集里的很多篇章被非裔美国人中、小学和大学选为教材。作为有觉悟的新一代非裔美国人，休斯从来都是自强不息，对非裔美国人中存在汤姆叔叔的奴颜卑膝、逆来顺受持严厉的批判态度。例如，休斯在《汤姆叔叔》（"Uncle Tom", 1944）里嘲笑了落后非裔美国人的自卑心态：

> 里面——
> 是被揍的骄傲。
> 外面——
> 满脸堆着嬉笑，
> 低声下气，
> 鞠躬如仪，

机敏驯顺，处处得体。
这种人很久前
白人就教会他
懂得自己处在
什么位置。

　　休斯在他的一篇在文坛产生很大影响的精彩论文《非裔美国人艺术家和种族山》（"The Negro Artist and the Racial Mountain", 1926）里指出："我们年轻的非裔美国人艺术家在创作中想表达我们黑皮肤的自我而不感到惧怕或害臊。如果白人高兴，我们也高兴，如果他们不高兴，没什么了不起。我们知道我们是美的，也是丑的……我们为明天建立我们的殿堂，我们知道它们是如何坚固，我们站在山顶上，内心获得自由。"休斯进步的世界观反映了在哈莱姆文艺复兴时期成长的新一代非裔美国人作家的政治觉悟。

　　休斯的成名得自一个偶然的机会。1924 年冬天，他经过无数折腾后在沃德曼公园餐馆当服务员。他见到当时的名诗人林赛来用餐感到异常激动，便把自己早已写好的三首诗《疲惫的布鲁士乐》《爵士乐》（"Jazzonia"）和《非裔美国人舞蹈家》匆匆誊抄在几张纸上，趁林赛没注意时放在他的餐盘旁边。林赛看了大喜，立即把这三首诗推荐到当地的报纸上发表了。他的诗随即产生了轰动效应，引来许多记者的采访和许多顾客好奇的盯视。这不但后来导致他的处女集《疲惫的布鲁士乐》（1926）的问世，还为他获得上林肯大学的奖学金提供了难得的机会。

　　休斯是第一个以写作为生的非裔美国诗人。他从 20 年代到 60 年代一直笔耕不辍。在 20 年代出版的两部诗集，如前所述，都引起了诗界的瞩目。他的第一部诗集收录了很少的非裔美国人方言诗和民谣。第二部诗集的主要艺术形式是非裔美国人民歌、非裔美国人灵歌和劳动号子。如前所述，第二部诗集在当时遭到不少非裔美国评论家的抨击，但休斯认为，它比第一部诗集好，因为它不带个人感情色彩，讲别人的多，讲自己的少，更多地采用了非裔美国民谣的形式。集中的《铜痰盂》（"Brass Spittoons"）是各种文选收录率高也是他最喜欢的一首诗。它生动地再现了非裔美国人擦洗铜痰盂时的幽怨与幽默，通篇是非裔美国人的日常口语。诗的开头是这样写的：

擦洗痰盂唉伙计。
底特律，

芝加哥，

大西洋城，

棕榈滩。

把痰盂擦净再擦亮。

旅店厨房里的蒸汽，

旅店门厅里的烟雾，

旅店痰盂里的粘痰，

是我生活的一部分。

嘿，堂倌！

五分钱，

一毛钱，

一元钱，

一天赚两元。

对照同时代某些书卷气浓、过于晦涩、过于支离破碎的现代派诗篇，它岂不更具生活气息，更有人生况味，更通灵活脱?

30 年代，休斯把更多的精力放在小说与戏剧的创作上，但还是出版了五本诗集，其中，《梦的保管者与其他》(*The Dream-keeper and Other Poems*, 1932)是供青年读者阅读的选读本，而《新歌》(*A New Song*, 1938)收集了他最激进的诗作，歌颂包括中国在内的各国人民的革命斗争。他这时在国内各报刊发表过不少革命性强的诗篇，但由于多种原因，未收入他的诗集，在他死后才收入他的诗文集《早安，革命》(*Good Morning, Revolution*, 1973)里。休斯和中国人有缘分，如前所述，他在 30 年代访问过中国，在国内早就爱和华人打交道，对处在半封建半殖民地社会的中国人民深表同情，例如他在《圣诞快乐》("Merry Christmas", 1930)里向印度、非洲、海地等世界各地祝贺圣诞快乐，但他首先祝贺的是中国：

圣诞快乐，中国
江里的炮舰给你赠送
七寸的炮弹作为礼物
还有大地上的永久和平。

诗人在气势磅礴的《怒吼吧，中国!》("Roar, China!", 1937)的一开始就为中国革命鼓动和呐喊：

怒吼吧，中国！
怒吼吧，东方的老狮子！
喷火吧，东方的黄龙，
你不能再忍受欺凌。

他在诗的结尾，喊出了嘹亮的革命口号，亮出了鲜明的革命目标：

打断东方的锁链，
卖苦力的儿童！
打断东方的锁链，
红色的将军！
打断东方的锁链，
工厂里的包身工！
砸烂租界的铁门，
砸烂教堂虔诚的大门！
砸烂种族隔离的青年会转门！
打败土地、面包和自由的敌人！
站起来怒吼，中国！
你明白你需要什么！
要获得它
只有动手去夺取！
怒吼吧，中国！

这首革命情绪饱满的长诗使我们感受到这位无产阶级诗人的脉搏是怎样为革命激烈地跳动，也使我们感受到美国在 30 年代左翼文学潮流如何奔腾涌流。

40 年代，随着二战的到来，休斯激进的声音开始沉默了。他这个时期的文学成就是成功地塑造了貌似天真实际上能看清资本主义社会本质的可爱的非裔美国人形象杰西·B. 辛普尔①，休斯以短篇故事的形式，在芝加哥非裔美国人报纸《防御者》（Defender）一周专栏里连载。作者借风趣的辛普尔之口，对社会的不平现象进行嘻笑怒骂，又一次引起了社会的轰动效应。他在这个时期出版了五部诗集，最后的一部《单程票》（One-Way

① 辛普尔（Simple）含有"头脑简单糊涂"之意。

Ticket, 1949）里一组诗《称你女士》（"Madam to You"）塑造了辛普尔式的女性形象艾伯塔·K. 约翰逊。她对美国社会讽刺辛辣，像辛普尔一样，给读者留下难忘的印象。但总的来说，休斯在这个时期令人瞩目的收获是辛普尔的讽喻故事。

　　像一切有了深厚的生活积累、丰富的审美经验、深切的艺术体会之后而谱写鸿篇巨制的诗人一样，休斯在 50 年代似乎企图从宏观上审视用非裔美国文艺的乳汁哺育他成长的哈莱姆，用他的单篇长诗诗集《耽搁了的梦想蒙太奇》（*Montage of a Dream Deferred*, 1951）反映全国非裔美国人的处境和内心世界。在文学史上的地位，它当然远不能同《草叶集》《荒原》《四首四重奏》《诗章》或《帕特森》相提并论，但它标志了休斯诗歌创作的新阶段，是他别具一格的尝试。他的诗句"耽搁了的梦想"表达了广大非裔美国人民群众作为末等公民一直受压抑的心声，又一次引起了非裔美国人的共鸣，成了他们生活中的口头禅。如同《抵押给犹太人的好衣服》大量采用了传统的非裔美国民歌民谣一样，《耽搁了的梦想蒙太奇》吸取了大量会话的片断、街头歌曲、当代爵士乐的节奏和衬字托腔等等艺术形式。第一部分《梦想波基爵士乐》是该集的一个典型片断：

> 　　早上好，亲爱的！
> 　　你可曾听见演奏
> 　　耽搁了的梦想
> 　　波基——乌基爵士乐？
>
> 　　细细听，
> 　　你会听见他们的脚
> 　　踏着节拍——
>
> 　　你可认为
> 　　这是快乐的节拍？
>
> 　　细细听，
> 　　你可曾听见
> 　　某些内容
> 　　像一个——

我刚才说什么来着？

当然罗，
我很快乐！
开车吧！

嗨，啪啪！
哩——哝啪！
莫啪！

呀——！

60 年代初迎来了休斯另一部单篇长诗诗集《问你的妈妈》（*Ask Your Mama*, 1961）的问世。在非裔美国人传统里，这是一句侮辱性的话。耽搁了的梦想和混乱无序是该诗的基调。它是一首用爵士乐伴奏的朗诵诗，像休斯的提携人林赛的长诗《刚果河》一样，正文旁标有旁注，指明各式伴奏乐。根据诗注，传统的民乐《踌躇的布鲁士乐》成了该诗重要的节奏形式，而诗行之间有时还夹有爵士乐即兴曲的形式。诗人在他诗歌生涯的最后阶段，把运用非裔美国民乐形式写诗推到了极致。

休斯 40 年的诗歌创作实践证明，愈是关心社会问题的诗，愈能激起社会的反响。然而，产生一时轰动效应的文学作品未必会有长久的美感力量，因为决定一个诗人成就大小的不全取决于他/她写了多少，写了什么，揭示了什么（这固然很重要），而主要取决于他/她如何写，取决于他/她在艺术创造上的高低程度。休斯没有依附也不可能依附渐成主流之势的 T. S. 艾略特诗风，而是以他特有的光彩与情调，独立不依地跻身于美国诗坛。休斯作为非裔美国人（如上所述，他是棕色皮肤，父母双方的祖先都有白人血统），生在种族歧视的社会里，饱受艰辛；但作为诗人，从小受到丰富的非裔美国民歌民乐的熏陶，这是他的大幸。他喜欢非裔美国民歌民乐到了如醉如痴的地步。他年轻时在上班途中，常边走边吟哦一首民谣，有一次一个行人看了不得不停下来，关切地问他是否病了在呻吟。他着迷地模仿非裔美国人快乐的歌曲，因为他认为人不快乐就会死去。他模仿悲伤的歌曲，因为他体验到人有时会情不自禁地感到悲伤。正是拉开哈莱姆文艺复兴时代序幕的非裔美国民间舞蹈与音乐熏陶了休斯及其同时代的非裔美国诗人，使他们得天独厚地从中吸取营养，丰富诗歌的表现形式。因此，休斯十分推崇非裔美国音乐，说："非裔美国音乐就像大海的波浪，总是后浪推前浪，一浪接一浪，就像地球绕着太阳转，黑夜，白天——黑夜，白天——黑夜，白天——反复无穷，非裔美国音乐具有潜在的魅力，它独特的节奏仿如人的心脏一般坚强有力，永远不会使你失望，它富于幽默感，又具有深厚的力量。"

把布鲁士乐艺术形式引进美国诗歌的第一个诗人是休斯，如同在美国普及布鲁士乐的第一个音乐家是 W. C. 汉迪（William Christopher Handy，1873—1958）。布鲁士乐源起美国黑奴的哼唱、劳动号子和悲歌，歌词是口头的即兴之作。传统的布鲁士乐艺术形式是三行组成一节：第一行陈述一个问题或情景，第二行重复第一行，但常略加变化，第三行是对第一、二行的反应，或解答或阐释或评论，例如《红太阳布鲁士乐》（"Red Sun Blues"）的一节是典型的形式：

> 灰色的天空，灰色的天空，难道你不愿让太阳照亮？
> 灰色的天空，灰色的天空，难道你不愿让太阳照亮？
> 我的小妞离开了我，我不知道该怎么办。

休斯的成名篇《疲惫的布鲁士乐》的形式在此基础上进行了变化与发展，例如诗的开头：

> 疲惫消沉的曲子如诉如怨，
> 缠绵悱恻，动人心弦，
> 我听见一个非裔美国人在弹奏。
> 伦诺克斯大街的一天夜晚，
> 旧汽灯放射着苍白的光芒，
> 他摇摆身子慢悠悠，慢悠悠……
> 他摇摆身子慢悠悠，慢悠悠……
> 伴随着消沉的布鲁士乐。
> 漆黑的手指弹着洁白的琴键，
> 可怜的钢琴呜呜咽咽。

诗结尾的气氛凄清，更惊心动魄，荡气回肠：

> 嘟哒，嘟哒，嘟哒，他脚踏着地板。

他又独自在弹唱——

"弹起疲惫的布鲁士乐，

我绵绵惆怅无尽期。

弹起疲惫的布鲁士乐，

我绵绵惆怅无尽期。——

不再有欢乐，不再有欢乐，

但愿我已早早离开这人世。"

声声句句慢弹低吟到夜深。

唱得星星退隐月西沉。

歌者弹罢一曲上床去，

余音绕梁也绕心，

睡熟如泥也如死。

　　这首诗作于 1923 年 3 月的一个夜晚。那天晚上，他在哈莱姆的一个小的有歌舞表演的卡巴莱餐馆看了激动人心的非裔美国人歌舞表演。休斯说这首诗包含了他童年时代在堪萨斯州劳伦斯城最初听到的非裔美国民谣。诗里细腻地描写了两种人的心理感受：一种是听众（白人或有教养的非裔美国人）的感受，他/她不完全懂所弹唱的歌曲，但被悲凉的曲调深深打动了；另一种是非裔美国歌手的感受，他在昏暗的汽灯灯光下不停地弹唱，直弹到一上床便睡着了。普通的非裔美国人通常利用布鲁士乐抒发自己的爱、爱的失落、狂热和绝望等，情绪低沉而形式简单。休斯在保持布鲁士乐特色的基础上，扩充其结构，复杂其内容，而语言的组合方式是少量的非裔美国人方言与较多的现代都市的规范英语相结合。上述《疲惫的布鲁士乐》如此，其他诸如《少女的布鲁士乐》（"Young Gal's Blues", 1927）、《偏爱》（"Preference", 1951）等都如此。

　　一般说来，布鲁士乐情调忧伤而爵士乐激烈而高昂。休斯更爱用爵士乐的节奏形式，使诗的结构更复杂，形式更多样，感情更丰富。他从不墨守成规，拘泥于现成的形式，而是随着时代的进步，采用爵士乐发展过程中的不同艺术形式，例如 20 年代传统的爵士乐、30 年代的低音连奏爵士乐（boogie-woogie）、40 年代的疯狂急速爵士乐（bebop）和 50 年代的进行爵士乐或现代爵士乐（progressive jazz）等等节奏形式都融入了他的诗歌里。无论是《耽搁了的梦想蒙太奇》还是《问你的妈妈》都大量采用了布鲁士乐和爵士乐艺术形式。从这两首诗的宏伟构架来看，使读者不禁会联想到 W. C. 威廉斯的《帕特森》史诗式的雄浑。作为艺术载体的诗歌，兼容了画与音乐这两种艺术的长处而在艺苑里显示其特有的魅力，以此愉悦读者的视觉和听觉，激发他们的想象力，给他们带来审美的满足。但一般来说，画与音乐的成分在诗里不是半对半。W. C. 威廉斯与休斯在这方面正好是两个极端的范例。如果说 W. C. 威廉斯以《红色手推车》等侧重视觉效果的诗章见长，那么休斯则以《疲惫的布鲁士乐》等侧重听觉效果的篇什取胜。

统观休斯的全部诗作，我们不难发现休斯的杰出之处是他在一个特殊的文化环境——白人文化与非裔美国人文化相互冲撞的环境里，吸取了在全国占主导地位的白人规范英语，为他的诗歌普及奠定了必不可少的基础；与此同时，他在语言的运用上，在节奏形式的选取上，在诗歌的气韵上，更多地表现出与非裔美国人传统文化的认同，始终保持了非裔美国诗歌的雄健、苍凉、浑厚、激越、幽默的品格，特别是他自觉地纯熟地把握非裔美国民歌和音乐的艺术形式，并成功地运用在诗歌创作的实践之中。他在诗歌形式上的开拓成果成了非裔美国诗歌发展的基础，对于现代非裔美国文学的发展起了积极的影响，对美国文学的发展也做出了贡献。

如前所述，在美国文学里一直有优雅的欧化文学和本土文学之分。前者被称为"白面孔"，以亨利·詹姆斯、T. S. 艾略特等为杰出的代表；后者被叫作"红皮肤"，以惠特曼、W. C. 威廉斯、桑德堡等为出色的代表。带有浓郁的非裔美国人气息的休斯继承了惠特曼的豪放气质，诗境开阔，节奏热烈，语言通俗，以他的黑肤色辉煌地加入了土生土长的具有本土风味的"红皮肤"作家行列。非裔美国诗人玛格丽特·沃克（Margaret Walker, 1915—1998）总结休斯一生的贡献时，说：

> 兰斯顿·休斯热爱生活和所有的人，同时在写作艺术技巧上很下工夫，是本世纪最多产的作家之一。他对黑人文学的影响在非洲、拉丁美洲、加勒比群岛的黑人世界和黑人美国是巨大而深刻的。作为诗人、剧作家、长篇和短篇小说家、多卷本非小说作者①，他仍然是 20 世纪的巨人之一。

休斯终身未婚，有人坚信他是同性恋，认为他未发表的若干诗篇显然是他写给一个黑人情人的，有人不信，有人则认为他无性欲。休斯死于与

---

① 例如，休斯的三本自传，除了两本《大海》和《我飘泊，我彷徨》已经出版之外，他的第三本自传仍未发表。

前列腺癌有关的腹部手术并发症。他的骨灰安葬在哈莱姆阿瑟·尚伯克黑人文化研究中心大堂门厅圆形图案地面中间的地下，地面上是他的一行诗："我的灵魂变得像河流一样深"。他生前被霍华德大学授予荣誉博士（1963）。他去世后，纽约城市学院创立了第一枚兰斯顿·休斯奖章（1973）；弗吉尼亚州雷斯顿市建立了兰斯顿·休斯中学（1979）；纽约市地标保存委员会给在哈莱姆的休斯故居所在街道第127街更名为兰斯顿·休斯广场（1981）；兰斯顿·休斯故居位列国家史迹名录（1982）；美国邮政服务部发行了休斯邮票。

7. 阿纳·邦当（Arna Bontemps, 1902—1973）

作为诗人、小说家、戏剧家、批评家、儿童文学作家、文集编撰者、图书馆管理学专家和教师，邦当在创作、传播和教授美国非裔美国文学方面是一位重要人物。他在哈莱姆文艺复兴初期就来到哈莱姆。他的诗歌首次发表在1924年的《危机》杂志上。他的两首诗《戈尔戈莎是一座山》（"Golgotha Is a Mountain", 1926）和《返回》（"Return", 1927）获《机会》杂志授予的亚历山大·普希金诗歌奖。1927年，他获得《危机》杂志主办的诗歌竞赛头等奖。自此以后，他主要从事其他文学体裁的创作。尽管如此，邦当仍然认为自己首先是诗人。他说，如果把20年代哈莱姆文学复兴称作流派的话，他便属于"20年代流派"，当然他指的不是20年代以T. S. 艾略特为首的现代派。他认为他并未受益于新批评派或新诗潮。他的诗大部分作于大学求学与大学刚毕业之间较短的一段时间内，发表在1924～1931年国内各杂志上，被多种诗集收录。他出版了诗集《个人》（*Personals*, 1964），三年之后，又出版了《坚持梦想：新旧诗选》（*Hold Fast to Dreams: Poems Old and New Selected*, 1969）。此外，他主编的《金拖鞋：为青年读者的黑人诗集》（*Golden Slippers: an Anthology of Negro Poetry for Young Readers*, 1941）以及与休斯合编的《黑人诗歌：1746～1949》（*The Poetry of the Negro, 1746-1949*, 1949）均是重要的非裔美国诗选，至今仍然是难以代替的优秀诗集。

性格文静、具有学者风度的邦当的诗歌具有怀旧、沉思、乡情的情调，采用规范的英语和传统的艺术形式，语言晓畅而明丽，感情深沉而意象单纯。邦当和休斯同样在邓巴的影响下步入诗坛，但他与休斯风格迥异。与休斯激进的情绪相比，邦当对种族歧视与迫害似乎处之怡然。在他看来，"反对顽固的意志／浪费生命实在是不明智"（《黎明开辟者》）。他也似乎是宿命论者，他的《戈尔戈莎是一座山》最后三行表明他过早地想到自己的最后归宿，像不少青少年有时故作多情，感伤年华的流逝，虽然他那时才 24 岁：

> 总有一天我会死亡。
> 他们将用泥土埋葬我尸骸而成一座高山。
> 我想那就是戈尔戈莎。

邦当的家境较好，父亲在建筑公司供职，闲暇到乐队吹号取乐。他从小虽然目睹了种种的种族歧视现象，但没有休斯那种亲身感受。他认为他的诗只反映了他少年进入青年时期的心态，因此免不了那种"少年不识愁滋味，为赋新词强说愁"的情调。

邦当出生在路易斯安那州亚历山德里亚市，父亲名叫查理·邦当（Charlie Bontemps），母亲名叫玛丽·彭布罗克·邦当（Marie Pembrooke Bontemps）。他三岁时，随父母移居洛杉矶黑人聚居区。1923 年，毕业于加州太平洋联合学院。在该学院，他主修英语，辅修历史，在学生时代就开始文学创作。毕业后，在纽约哈莱姆学院教书，结交了康梯·卡伦和兰斯顿·休斯这些后来成为终身朋友的诗人。他的《黑人故事》（*The Story of the Negro*, 1948）获简·亚当斯图书奖。他以小说《上帝送来星期天》（*God Sends Sunday*, 1931）、《黑色雷霆》（*Black Thunder*, 1936）和文集《呱呱叫的奴隶叙事》（*Great Slave Narratives*, 1966）著称。他也同卡伦合写剧本《圣路易斯女人》（*St. Louis Woman*, 1946）。1943 年，获芝加哥大学图书馆专业硕士，任田纳西州纳什维尔市菲斯克大学图书馆馆长，长达 22 年，成了建立非裔美国文学作为合法研究和保存的领军人物。死于心脏病突发。2002 年，非裔著名学者、历史学家和哲学家莫尔菲·凯泰·阿桑特（Molefi Kete Asante, 1942— ）把他列在 100 位最伟大的非裔美国人名单里。

8. 康梯·卡伦（Countee Cullen, 1903—1946）

康梯·卡伦通常被视为种族意识淡薄、唯美主义倾向明显的非裔美国抒情诗人。在哈莱姆文艺复兴时期成长的优秀诗人之中，休斯与他成了两个流派的头领，如果他俩的不同创作倾向可以称为流派的话。前者具有强烈的社会参与意识，终生同种族不平等的现象作不疲倦的斗争，把非裔美国劳苦大众的日常口语和土语以及非裔美国音乐节奏形式完美地化为他的艺术形式，后者对种族压迫的态度迷惘多于愤激，刻意学习与模仿 19 世纪英国浪漫主义诗人特别是济慈的诗风，乐于向 19 世纪使用文学语言的"炉边诗人”看齐。卡伦认为，优美地表达崇高的思想才是好诗。他的唯美倾向为后来的非裔美国诗人罗伯特·海登和迈克尔·哈珀等人的智性诗开了先河。他曾任《机会》（*Opportunity*）杂志助理编辑，他开设的专栏“黑塔”（"The Dark Tower"）增加了他的文学声誉。作为全国有色人种协进会哈莱姆分会主席，他年纪轻轻地步入美国黑人文化政治中心，引起众人的瞩目。

卡伦对自己的出身讳莫如深，原因是他出身微贱，从小被母亲抛弃，不知父亲是谁，他被一个名叫波特太太的女士抚养。他不清楚自己的出生地，一说是在肯塔基州路易斯维尔，另一说是在马里兰州巴尔的摩，而他自己则说出生在纽约。1918 年，波特太太去世时，他才 15 岁，被 F. A. 卡伦（F. A. Cullen）非正式收养。直到他在 20 年代成名之后，他的生母才来找他。这是他不愿启齿的伤痛，因此没有自传传世。

他由于在有知识有文化而且较富裕的牧师家庭长大，受到的教育远比休斯好，以优异的成绩毕业于纽约大学（1925）后，又在哈佛大学获硕士学位（1926）。1928 年，获古根海姆奖学金，为他到法国学习和写作创造了条件。可以说，他完全是在白人占主导地位的高等学校接受教育，并得到白人学术界的赞许。唯美主义与他所受的良好教育有关。他在哈佛攻读过罗伯特·希利尔教授开设的诗歌形式课，工于民谣诗体、英雄偶句诗体、无韵诗、斯宾塞诗体等各种传统诗歌形式，在课堂上做了不少练习。他这个时期的习作，后来被收进他的第二本诗集《古铜色的太阳》（*Copper Sun*, 1927）的《在坎布里奇市》这一部分里。他在中学和大学时代就崭露头角，诗作发表在《机会》《危机》《哈珀》《世纪》《诗刊》和《文人》等杂志上。1925 年，当时的名诗人卡尔·桑德堡、威特·宾纳和一度担任过《诗刊》编辑的艾丽斯·科尔宾给他颁发了大学生诗歌奖。著名的哈珀出版社出版他的处子诗集《肤色》（*Color*, 1925），使他名震诗坛，该诗集被认为是哈莱姆文艺复兴中的一个里程碑。这部诗集里的《小事件》（"Incident"）、《然而我感到惊异》（"Yet Do I Marvel"）和《传统》（"Heritage"）是其他各种诗集或文集收录率最高的名篇。

卡伦在黑人文化和白人文化里获得成功，加上他的浪漫气质，他的审美观自然地受到两种不同文化的影响。他在他主编的《黄昏颂：黑人诗选》（*Caroling Dusk: An Anthology of Verse by Negro Poets*, 1927）的前言里，明确地陈明他的观点：“黑人诗人依赖于英语，可能从英美诗歌丰富的背景中比对要求继承非洲文化遗产的任何模糊不清的返祖憧憬上，会得到更多的收获。”他坚信诗歌艺术可以超越种族，缩短黑人和白人的种族距离。因此，他甚至在他的专栏“黑塔”里评论休斯的《疲惫的布鲁士乐》时，劝告休斯别以黑色艺术家自命，放弃运用爵士乐的艺术形式写诗。卡伦主观上企求读者把他看成是继承英美古典诗歌传统的抒情诗人而不是单纯的非裔美国诗人。他既不愿与多数非裔美国作家激进的政治观点苟同（尽管他也不忘当时绝大多数非裔美国人的处境），也不欣赏 20 年代和 30 年代现代派的试验诗，而是坚持不懈地用英语文学语言和传统的英诗形式表现爱、美、生命、短暂、死亡、信仰和怀疑等等所谓永恒的主题，例如《智慧与岁月俱增》（"Wisdom Cometh with Years", 1925)、《致恩底弥翁》（"To Endymian", 1927）等。从他生前自编死后发表的诗集《我站在这些之上：卡伦最佳诗选集》（*On These I Stand: An Anthology of the Best Poems of Cullen*, 1947）的标题，可以看出卡伦是想把他的声名建立在他所选的传统艺术形式的抒情诗上，尽管有半数反映种族主题。他的这种审美追求无可非议，因为表现爱与美的主题不是白人诗人的专利，非裔美国诗人有权涉足其内，何况非裔美国人也是美国文化的创造者，使用文学语言也是最自然不过的事。可是，美国评论家对此有两种观点：一种认为卡伦最好的诗当推带有英国浪漫主义风味的抒情诗，另一种则认为他的佳作流露了非裔美国人的感情。第一种观点正符合卡伦的审美趣味，而且他还主张非裔美国诗人不应该囿于种族主题与非裔美国艺术形式上，反对为某个集团利益写作的偏激标准，因为这会伤害诗人的创造力。他的主张受到了非裔美国作家们的抨击。卡伦在《致某些评论家》（"To Certain Critics", 1947）一诗里为自己辩护说，他们为此称他叛徒，他也不介意，因为在他看来，"种族选择不会减少悲伤，／痛苦不是爱国者"。

可惜卡伦并没有意识到他所走的是一条险路。他执著追求济慈的风格，把济慈奉若美的使徒。但他缺乏济慈的才气，却想在题材和艺术形式上步济慈的后尘，他的诗势必落入窠臼。我们且读读他的《那只幻想中闪光的野兽》（"That Bright Chimeric Beast"）第一节几行传统诗：

> 那只幻想中闪光的野兽
> 从来没有到人间降临，
> 除了在诗人的心头，
> 那只白色肚腹的独角兽，
> 从不会在他的孤独中
> 被人摇醒；
> 也永远不会
> 被牵进人间的树林。

诗人在这里显然以孤独的独角兽自比。但是，我们发觉他的幻想不及济慈空灵，他的词语不及济慈有弹力，更不必说在艺术形式上的创造性。在这方面，他不如一千多年前中国的李白聪明。李白读过崔颢的七言律诗《黄鹤楼》而后登黄鹤楼时叹道：“眼前有景道不得，崔颢题诗在上头”，然后无作而去。他也不如同时代的休斯聪明。休斯善于充分运用唯有非裔美国人才熟悉的非裔美国民歌与音乐而在艺术形式上独辟蹊径。其实，当卡伦像其他非裔美国作家一样，在追溯他们的根源的过程中，在文化上与非洲认同时，他便写出了杰出的诗章。例如他的名篇《传统》无论在气势上还是揭示非裔美国人内心世界的精微上，都可以与休斯或同时代非裔美国诗人的任何佳作较量。《传统》的第一节便出语不凡，气魄也很大：

> 对于我，阿非利加意味着什么：
> 黄铜色的太阳，或是猩红的海洋，
> 丛林的星星，或是丛林的小径，
> 青铜色强健的男子，或是黝黑华美的女人
> 我从她们骨盆里生出时，是不是
> 正当伊甸园的鸟儿放声歌唱？
> 是她们把我降生在尘世上？
> 被迁离自己祖先所热爱的风物，
> 芬芳馥郁的香料园，清香四溢的肉桂树，
> 悠悠已经三百个春秋，
> 对于我，阿非利加意味着什么？

诗人在第二节准确地传达了非裔美国人自豪、悲伤而激昂的情绪和鲜明的民族意识：

> 于是，我躺在这里：从早到晚，
> 不愿意听到任何声响，
> 只想谛听野鸟粗犷地歌唱，
> 在林中用刺棒赶着大群的牛羊，
> 这一群群的生灵哟，
> 践踏着高高的百折不挠的青草，
> 而那里正是年轻恋人的栖身之处，
> 在青天之下订立山盟海誓的地方。

于是，我躺在这里：总是能听见，
纵使我竖起两根拇指，
紧紧把耳朵堵上，
总能听见雄壮的鼓声在空中回荡。
于是，我躺在这里，源源不断的
自豪、深切的忧伤和欢乐一道
是深暗的肌肉和皮肤，
我肌肉所屏蔽的深色血液，
犹如葡萄酒澎湃的浪潮，
在汹涌，在迸溅，在卷着狂澜，
我担心它必定会冲决
我充满愤怒的纤细血管。

　　最后一节敞露了诗人的内心世界：在白人主流社会，黑人要竭力压制
自己的愤怒，否则死路一条，尽管黑人和白人一样开化：

整天整夜，
有一件事我必须做的：
扑灭我的骄傲，降温我的血液，
免得我在洪水中灭亡。
免得隐藏的我以为湿的余烬
会把木材像干亚麻一样燃烧，
融化得像一层薄薄的蜡，
免得坟墓归还它的死者。
而我的心或者头脑
尚未丝毫明白
他们和我都是文明的。

　　卡伦在诗中反复吟哦"对于我，阿非利加意味着什么"，清晰地表露
了他作为非裔美国人的复杂心态：他血管里流着非洲祖先的血液，他们自
由自在，无忧无虑地享受着大自然的美，但未被人类的文明所开化，而他
卡伦身在早已开化的美国文明社会却失去了自由，失去了本我。
　　换言之，这首诗充分揭示了非裔美国人心灵的双重性：效忠美国；对
美国的种族不平等感到愤怒。

尽管卡伦不遗余力地表现爱与美之类的永恒主题，但他在哈莱姆的生活经历（从1934年到他去世为止，一直在哈莱姆的中学执教英文和法文）使他的优秀作品不得不愈加染上他难以回避的种族压迫与歧视引起的苍凉的惆怅色彩。在他生前出版的六部诗集中，就有《肤色》《古铜色的太阳》《棕色姑娘民谣：老民谣新编》（*The Ballad of the Brown Girl: An Old Ballad Retold*, 1927）、《黑人耶稣及其他》（*The Black Christ and Other Poems*, 1929）等四部同非裔美国人的肤色紧密相连，最终他对非裔美国人问题还是关切的。正如詹姆斯·韦尔登·约翰逊曾指出卡伦诗学的悖论之处，说卡伦对黑人种族在艺术技巧和精神上的局限性反感，但奇怪的是，他的最佳诗篇却是由黑人种族激发的。他总是寻求摆脱这些束缚，而从来没有完全回避把这些令人烦恼的东西带进包含种族意识的诗篇里。

1928年，卡伦与非裔美国知识界领袖杜波依斯博士的女儿约兰达·杜波依斯（Yolanda DuBois）结婚，他在当时颇为风光，成了轰动哈莱姆的社会新闻。可是，他的婚姻时间不长，1930年离婚。离婚的原因有两个：约兰达与流行乐队的领队有染；据传卡伦是同性恋，他的男情人是一个教师，名叫哈罗德·杰克曼（Harold Jackman）。不过，1940年，卡伦与艾达·梅·罗伯逊（Ida Mae Robertson）结婚。他的婚姻纠葛所引起的流言蜚语和花了大量时间在中学教学，消耗了他不少才智。更主要的原因是在1929年之后，卡伦基本上停止了诗歌创作，从事欧里庇德斯的剧本《美狄亚》（*Medea*）翻译，同时写一些诗篇，后来收录在《我站在这些之上：卡伦最佳诗选集》里。在经济大萧条时期，他失去了白人读者的支持。他想通过诗歌架起沟通黑人与白人之桥的理想随之成为泡影。再加上他英年早逝（死于尿毒症），使他没来得及创作出更多的与《传统》同样脍炙人口的诗篇。

到了40年代，卡伦基本上只在戏剧上取得了一些进展。在他死后多年，卡伦的作品也不再重印，诗人的光环黯然失色，被兰斯顿·休斯、佐拉·尼尔·赫斯顿（Zora Neale Hurston, 1891—1960）①等哈莱姆文艺复兴时期的其他作家所掩盖。然而，近年来，广大读者对他的生活和著作的兴趣已经回潮。

---

① 佐拉·尼尔·赫斯顿：小说家、人类学家、民俗学者。出版有四本小说、50多篇短篇小说、戏剧、论文。以其小说《他们眼睛望着上帝》（*Their Eyes Were Watching God*, 1937）著称。

第五节 后现代派时期的非裔美国诗歌概况

发扬光大非裔美国文化，促进非裔美国民族觉醒和保持鲜明的非裔美国诗歌风格始终是非裔美国诗歌的特色。在 40 年代和 50 年代，著名非裔美国诗人梅尔文·托尔森、罗伯特·海登和格温朵琳·布鲁克斯等继续关心种族问题，基本上保持了现代派时期非裔美国诗歌，即哈莱姆文艺复兴时期的诗歌风格。60 年代如火如荼的反越战运动、民权运动和女权主义运动给非裔美国文学的繁荣提供了机遇。几乎所有大学里都开设了非裔美国文学课，早先不登大雅之堂的非裔美国文学进入学术殿堂，对普及非裔美国文学、研究非裔美国文学和提高非裔美国民族自豪感无疑起了极大的促进作用。

后现代派时期非裔美国文学无论在数量上还是在对社会产生的影响上，都远远超过了 20 年代哈莱姆文艺复兴时期的非裔美国文学。如果说老一代非裔美国诗人在争取民权的同时，在不同程度上想与白人诗歌认同（例如康梯·卡伦），那么青年一代非裔美国诗人中有许多激进分子积极提倡与白人文化分离，宣扬非裔美国人自豪感、非裔美国人美、非裔美国人权力、非裔美国民族主义和非裔美国诗美学。他们的诗同社会、政治问题联系更密切，更生气勃勃，更易激起广大非裔美国读者热烈的反响。黑色至上论对广大非裔美国群众的心理素质和政治觉悟的提高，无疑产生了史无前例的影响。新非裔美国诗人知道如何吸收加勒比和非洲文化，创造出鼓舞非裔美国人的具有战斗性的作品。他们的非美国化、非白人化的热情产生于数百年来非裔美国文化的沉淀，长期被白人奴役和歧视的怨恨，在新的历史时期找到了发泄的突破口。

后现代派时期非裔美国诗人的群体力量是空前的，单是文学文化批评家特鲁迪尔·哈里斯（Trudier Harris, 1948— ）和萨迪丝·戴维斯（Thadious M. Davis）教授主编的文学传记词典第 41 卷《1955 年以来的非洲裔美国诗人》（*Afro-American Poets since 1955*, 1985）就收录了 51 位著名非裔美国诗人，除了托尔森、海登、布鲁克斯、阿米里·巴拉卡（原名勒罗依·琼斯）等早已成名的诗人之外，这 51 位诗人中大部分出生在 30 年代和 40 年代，除梅·米勒（May Miller, 1899—1995）外，在 1910～1920 年出生的只有七位，50 年代出生的有三位，由此可见当代非裔美国诗人的雄厚实力。他们中的大多数都在 60 年代成名，和 70 年代与 80 年代步入诗坛的非裔美国青年诗人一道，构成当代非裔美国诗歌的主力。如上所述，20世纪90年代初，非裔美国诗坛升起了两颗引人瞩目的新星：玛雅·安吉罗和丽塔·达夫。

全美各地非裔美国诗人社团的成立以及发表非裔美国人作品的小杂志、小出版社和各种非裔美国诗选为非裔美国诗歌的普及提供了有利条件。根据萨迪丝·戴维斯和特鲁迪尔·哈里斯的介绍，我们了解到在芝加哥有"黑人美国文化组织"（简称OBAC，全称Organization of Black American Culture），以海基·马杜布第（原名唐·李）为首，以格温朵琳·布鲁克斯、埃崩·杜利（Ebon Dooly, 1942—2006）①、乔哈拉·阿米尼（Johari M. Amini, 1935—　）、斯特林·普伦普（Sterling D. Plumpp, 1940—　）等人为主体，加上其他名气较小的非裔美国诗人，此系诗歌大社团之一；在纽约有"本影创作班"（Umbra Workshop），戴维·亨德森（David Henderson, 1942—　）、洛伦佐·托马斯（Lorenzo Thomas, 1944—　）、汤姆·登特（Tom Dent, 1932—　）、雷蒙德·帕特森（Raymond Patterson, 1929—2001）、卡尔文·亨登（Calvin Hernton, 1933—　）等等在1961年都在那里积极从事诗歌创作和展开朗诵活动；在西海岸有"瓦茨作家班"（Watts Writer's Workshop）；在南部有"南方黑人艺术"（BLKART-SOUTH）；在纽瓦克有"巴拉卡的精神屋"（Baraka's Spirit House）。

许多非裔美国杂志在60年代创刊，例如"非裔美国文化组织"创作班的刊物《NOMMO》，戴维·亨德森、汤姆·登特和卡尔文·亨登主编的《黑人作品》（Blackworks），A. B. 斯佩尔曼（A. B. Spellman, 1935—　）为亚特兰大非裔美国人艺术中心创立并和唐纳德·斯通（Donald Stone）主编的《节奏》（Rhythm），汤姆·登特和卡拉莫·萨拉姆（Kalamu Ya Salaam, 1947—　）为"南方黑人艺术"主编的《恩孔博》（NKOMBO），西海岸乔·冈卡夫斯（Joe Goncalves, 1937—　）创立的《黑人诗歌杂志》（Journal of Black Poetry）和旧金山罗伯特·克里斯曼（Robert Chrisman）创刊的《黑人学者：黑人学和研究杂志》（The Black Scholar: Journal of Black Studies and Research）等等。70年代创刊的诗杂志有阿莫斯·朱·伯尔顿（Ahmos Zu Bolton, 1948—2005）主编，先后在华盛顿市、路易斯安那和得克萨斯出版的《恶运》（HooDoo），查尔斯·罗厄尔（Charles H. Rowell, 1917—2004）、汤姆·登特和杰里·沃德（Jerry Ward）创办的《卡拉罗叶》（Callaloo），阿尔文·奥伯特（Alvin Aubert, 1930—　）创立的《黑曜岩》（Obsidian）等，

---

①　又名利奥·托马斯·黑尔（Leo Thomas Hale）。

其中《卡拉罗叶》和《黑曜岩》发表 70 年代和 80 年代新非裔美国诗人的作品，并且从政治性转向学术性。

60 年代成立了几个小出版社。芝加哥有海基·马杜布第创办的第三世界出版社；底特律有杜德利·兰德尔创办的单面印刷品出版社①以及内奥米·朗·马介特（Naomi Long Madgett, 1923— ）创办的底特律荷花出版社，它重点提携成名前的非裔美国青年诗人。

著名的非裔美国诗选集有：阿米里·巴拉卡和拉里·尼尔主编的《黑色火焰：非裔美国作品集》（*Black Fire: An Anthology of African-Americans Writing*, 1968）、罗伯特·海登主编的《万花筒：美国黑人诗篇》（*Kaleidoscope: Poems by American Negro Poets*, 1967）、克拉伦斯·梅杰（Clarence Major, 1936— ）主编的《新黑人诗歌》（*The New Black Poetry*, 1968）、亚当·戴维·密勒（Adam David Miller, 1922— ）主编的《骰子或黑人骨头：70 年代的黑人之声》（*Dices or Black Bones: Black Voices of the Seventies*, 1970）、格温朵琳·布鲁克斯主编的《单面印刷品金库》（*A Broadside Treasury*, 1971）、杜德利·兰德尔主编的《黑人诗人》（*The Black Poets*, 1969）、索尼娅·桑切斯（Sonia Sanchez, 1934— ）主编的《360 度黑色》（*Three Hundred and Sixty Degrees of Blackness*, 1971）和斯蒂芬·亨德森（Stephen Henderson, 1925—1997）主编的《了解新黑人诗歌：作为诗参考的黑人语言和黑人音乐》（*Understanding the New Black Poetry: Black Speech and Black Music as Poetic References*, 1973）。在新世纪出版了阿诺德·兰帕萨德（Arnold Rampersad, 1941— ）主编的《非裔美国诗歌牛津选集》（*The Oxford Anthology of African-American Poetry*, 2006）。除了历来重要的诗人之外，该诗选也收录了不少新诗人。该诗选从新的角度审视非裔美国诗人的视野和风格，揭示他们经历中具有争议性和亲切的方面。所选的诗篇符合当代精神，不仅仅把诗歌当作抗争的载体，而且对非裔美国文化复杂而微妙之处进行探索。

综上所述，我们看到了非裔美国诗歌在这个历史时期呈现出哈莱姆文艺复兴以来的再度繁荣，而且在广度和深度上超过了哈莱姆文艺复兴。非裔美国音乐、戏剧、绘画、雕塑、电影、小说、文论和诗歌等各方面都得到了蓬勃的发展。非裔美国文艺家们保存和发扬有别于白人文化的黑人文化遗产，特别重视黑人音乐、黑人生活方式和黑人教会。这种文艺繁荣恰

---

① 单面印刷品出版社（Broadside Press）开始时印小册子，逐渐印书，实际上所印书籍不是单面印刷品。该社和伦敦出版商保尔·布雷曼（Paul Breman）协作，在 1962 年首次出版以非裔美国诗歌为主的书籍。

恰是黑人艺术运动（Black Arts Movement）造就的。这场由巴拉卡在哈莱姆启动的颇具规模的文艺运动，是非裔美国诗歌在后现代派时期发展中至关重要的阶段。

在美国 60 年代反越战运动、民权运动、女权主义运动等等政治运动发展的形势下，巴拉卡开创性的诗篇《黑人艺术》（"Black Art", 1966）以星火燎原之势，迅速点燃了这场文艺运动。该诗的最后一节："我们需要一首黑人的诗。和一个 / 黑人的世界。/让世界成为一首黑人的诗 / 让黑人们把这首诗 / 默默地讲 / 或大声讲出来。"从此"黑人艺术"成了它的宣言或口号。不过这首诗的基调太激烈、太激进，鼓动黑人们把白人主流社会闹个底朝天！他在 1965 年成立的黑人艺术定期换演戏剧剧院，成了这个文艺运动的大本营。非裔美国戏剧演出、诗歌朗诵、音乐演奏和舞蹈表演出现了欣欣向荣的局面。该运动鼓励非裔美国人创立自己的出版社、杂志和艺术院校（如上所述），最后导致在美国大学建立非裔美国学。参与这场文艺运动的包括著名非裔美国诗人妮基·乔瓦尼、索尼娅·桑切斯、玛雅·安吉罗，批评家、诗人霍伊特·富勒等，总共不少于 21 人之多。[①] 非裔美国小说家约翰·奥利弗·基伦斯（John Oliver Killens, 1916—1987）也在这个时期建立了以小说家为主的哈莱姆作家协会（Harlem Writers Guild），其中包括罗莎·盖伊（Rosa Guy, 1925— ）、萨拉·赖特（Sarah E. Wright, 1928—2009）、玛雅·安吉罗、琼·凯里·邦德（Jean Carey Bond）等。随着黑人艺术运动的逐渐成熟，黑人文艺在加州湾区和以芝加哥—底特律为轴心的西北地区有了较大的发展。湾区的《黑人诗歌杂志》和《黑人学者：黑人学和研究杂志》，芝加哥的《黑人文摘/黑色世界》（*Negro Digest/Black World*）杂志和第三世界出版社，底特律的单面出版社和荷花出版社，在促进黑人艺术运动发展方面起了很大作用。

黑人艺术运动虽然时间跨度只有十年——20 世纪 60 年代中期至 70 年代中期，但它作为非裔美国人"革命行动运动"（Revolutionary Action

---

① 参与黑人艺术运动的诗人包括：Amiri Baraka, Gwendolyn Brooks, Ed Bullins, Eldridge Ceaver, Jayne Cortez, Harold Cruse, Mari Evans, Hoyt Fuller, Nikki Giovanni, Lorraine Hansberry, Gil-Scott Heron, Maulana Ron Karenga, Etheridge Knight, Adrienne Kennedy, Haki R. Madhubuti, Larry Neal, Ishmael Reed, Sonia Sanchez, Ntozake Shange, Quincy Troupe, John Alfred Williams。

Movement）①在艺术上的体现，产生了深远的历史影响。非裔美国评论家和诗人卡拉马·亚萨拉姆（Kaluma ya Salaam）对黑人艺术运动的实质估价是：

> 黑人艺术运动在其固有和公开的政治内容上，是推进"社会参与"作为其审美必要条件的唯一的美国文学运动。该运动脱离刚刚过去的抗议和请愿（民事权利）文学，冲向另一种选择，一种最初似乎不可想象和无法获得的选择：黑人权力。②

可以这么说，黑人艺术运动使非裔美国作家、学者、艺术家、诗人在不墨守美国白人原来的政治、文化和艺术传统的情况下建立自己富有民族特色的文学和艺术，因而深刻地影响了美国文学，使得美国文学开始出现不同种族的声音。著名非裔美国小说家、诗人伊什梅尔·里德认为，没有黑人艺术运动就没有多元文化运动，它给拉美裔美国作家和亚裔美国作家起了带头作用，是对美国文化最高统治权的挑战。批评家戴维·莱昂内尔·史密斯（David Lionel Smith）称它为"第二次黑人文艺复兴"，可与20年代和30年代哈莱姆文艺复兴相比拟：两者在涉及文学、音乐、视觉艺术和戏剧方面相类似；两者都强调种族自豪，欣赏非洲传统，并致力于创作反映黑人文化和经验的作品；但是，黑人艺术运动的范围更大，时间更长，其主导精神是政治上的激进，经常是种族分裂主义。詹姆斯·斯梅瑟斯特（James Smethurst）教授的专著《黑人艺术运动：20世纪60年代和70年代的文学民族主义》（The Black Arts Movement: Literary Nationalism in the 1960s and 1970s, 2005）对黑人艺术运动经过详细考察之后，得出的结论是：黑人艺术运动在经过冷战、非殖民化和民权运动之后，深刻地影响

---

① 革命行动运动（RAM）：一个激进政治组织，成立于1962年，旨在破坏美国资本主义和白人种族主义。该组织领导人马克斯·斯坦福（Max Stanford, 1941— ）在1970年改名为穆罕默德·艾哈迈德（Muhammad Ahmad）。他出生在费城，在俄亥俄州尔伯福斯市的中部州立学院学习（1960—1962），未毕业离校12年，跟随马尔科姆·X、罗伯特·威廉姆斯（Robert F. Williams, 1925—1996）和奎因·玛瑟·奥德利·摩尔（Queen Mother Audley Moore, 1898—1997）等领导人从事黑人民权运动，帮助他/她们成立和领导革命行动运动和非洲人民党（African People's Party）这两个组织。70年代中期，他返校继续学习，先后获马萨诸塞大学学士、亚特兰大大学硕士和空中远程教学的私立学院——联合学院和大学（UI&U）博士。其代表作：《我们将在旋风中返回：黑人激进组织，1960～1975》（We Will Return in the Whirlwind: Black Radical Organizations, 1960-1975, 2007）和《1900年以来的非裔美国人历史》（African American History Since 1900, 2008）。

② Kaluma ya Salaam. "Historical Overviews of The Black Arts Movement." The Oxford Companion to African American Literature. New York: Oxford UP, 1997.

了美国文艺的创作和接受，而且它从根本上改变了美国对大众文化和"高雅"艺术之间关系的态度，并极大地改变了公共资金支持艺术的景观。

巴拉卡的朋友拉里·尼尔（Larry Neal，1937—1981），作为黑人艺术运动精神技工，作为颇具影响力的非裔美国学者、作家和哲学家，在他的文章《黑人艺术运动》（"The Black Arts Movement", 1968）中，对这个运动作了更全面的评价：

> 黑人艺术运动是黑人权利概念的审美妹妹和精神妹妹。因此，它设想一种直接满足美国黑人需要和愿望的艺术。为了执行这项任务，黑人艺术运动提出了对西方文化审美的彻底重组。它提出了一个独立的象征、神话、批评和偶像。黑人艺术和黑人权利的概念均广泛地与非裔美国人的自决和建国的愿望相连。这两个概念是民族主义的。一个是关注艺术和政治之间的关系；另一个是关注政治艺术。

黑人文艺运动的审美标准是艺术与政治统一，恰恰与为艺术而艺术的美国传统审美标准针锋相对，更关键的是，黑人文艺运动提倡的非裔美国文艺是对整个以英语为载体的西方文明和文学传统的彻底解构或推翻。在这个意义上讲，黑人文艺运动是一把双刃剑，它既在保持自己的特色上为非裔美国文艺开辟了新方向，但它鲜明的分裂主义却又为自己的持续发展挡住了去路，这自然地引起了主流评论界的强烈反弹。例如，哈佛大学非裔美国学教授小亨利·路易斯·盖茨说它是"在非裔美国文学史也许在整个美国文学史中最具争议的运动"[1]，并认为它是"非裔美国文化史上最短也最不成功的运动"[2]。盖茨教授本人是非裔美国人，但他不赞成非裔美国文艺家自我中心论或分裂论，认为分裂主义的非洲中心教育助长种族主义刻板印象，虽然他在现实生活中曾吃过白人警察的苦头。[3] 戴维·莱昂内尔·史密斯教授在他的专题文章《黑人艺术运动及其批评家》（"Black Arts Movement and Its Critics", 1991）中指出：

---

[1] Henry Louis Gates, Jr. "Black Creativity: On the Cutting Edge." *Time,* October 10, 1994.

[2] Henry Louis Gates, Jr. "Black Creativity: On the Cutting Edge." *Time,* October 10, 1994.

[3] 2009年7月16日，盖茨教授访问中国后回家发现家门被卡住，他的司机帮他破窗而入。一个路过的人打电话报告警察，由于他的对抗而导致被捕，一时间闹得沸沸扬扬。美国总统奥巴马指责警方"行为愚蠢"，该言论立刻让他陷入了"种族门"。为摆脱困境，奥巴马总统利用黄金时间的医改问题记者招待会做出道歉。他说："这起事件被夸大了，显然我在其中起了推波助澜的作用。我想澄清一下，是我的用词不当给大家留下了诽谤他人的印象，特别是剑桥警察局或詹姆斯·克劳利警官，我对此感到遗憾。"最后，奥巴马以邀请白人警察和盖茨到白宫喝啤酒和解而告终。

20 世纪 80 年代和 90 年代的专业评论家普遍不看好黑人艺术运动。虽然 60 年代和 70 年代初黑人作家的作品是可观的，但这批作品却缺乏学术文献。黑人文学作品常见的各种特性使许多文学学者感到乏味，反感；它常常混淆社会理论与美学，未能阐明两者之间的复杂关系：其中很大一部分是根据民族主义粗糙、刺耳的形式的表述，不给自己作认真分析，过于频繁的是，作品被种族和性别沙文主义趾高气扬的修辞所毁损。其中极端的作品很恶劣，以致我们把这场运动的所有作品同其糟糕的倾向相提并论。①

海伦·文德莱教授在同丽塔·达夫的辩论中正是尖锐地抨击了黑人文艺运动的糟糕倾向，说：

至于黑人艺术运动（当丽塔·达夫抓住它时），答案是肯定的，是一个"必要的爆炸"，但没有爆炸，它以受挫而告终：昔日的"武装分子和吟游诗人"变得"轻浮"。当白人学生穿着非洲人穿的彩服，唱起黑人流行歌手马文·盖伊（Marvin Gaye, 1939—1984）的歌曲时，这些轻浮的艺术家们发现他们的公众认可度超出了他们的目标群体之外。这样的成功，也鼓励其他被忽视的声音说话……当然，另一方面可悲的是，黑人艺术运动的故意自我隔离促成了在很大程度上粉饰的诗歌体制的一个新鸿沟。②

海伦·文德莱教授最后一句批评是指经过粉饰的非裔美国诗歌在美国主流诗坛孤立了自己。

不过应当说，丽塔·达夫在她主编的选集里选了所谓二流的非白人诗人并没有错，只是她过分强调他们而遭到了主流评论界的抨击，何况在詹姆斯·斯梅瑟斯特看来，这些所谓二流非白人诗人在艺术质量上未必比一些"主要的"白人诗人差。他为此举例说："至少对我而言，在许多层面上，巴拉卡是一个远比詹姆斯·梅里尔更为重要作家（对梅里尔我从未能产生过多大热情）。"③

---

① David Lionel Smith. "Black Arts Movement and Its Critics." *American Literary History*. Volume 3, Number 1. Oxford University Press, 1991.

② Helen Vendler. "Are These the Poems to Remember?" *The New York Review of Books*, November 24, 2011.

③ 见詹姆斯·斯梅瑟斯特 2012 年 1 月 22 日发送给笔者的电子邮件。

第六节　后现代派时期主要的非裔美国诗人

1. **罗伯特·海登**（Robert Hayden, 1913—1980）

海登在成熟的诗艺上，名列二战期间和随后几年开始创作生涯的优秀美国诗人之林。随着非裔美国诗人被接受度的增加，非裔美国文学家、艺术家在民权运动中的新觉醒，海顿的作品被广泛选入文集和诗集，使他接触到广大的读者。海登曾经说自己是一位被迫关注现实的浪漫主义者。他喜欢人家称他是美国诗人，而不单单是黑人诗人，因为他的诗作反映了人类的普遍状况。1975年，他被选为美国诗人学会会员，接着被聘为两届国会图书馆顾问（1976—1977, 1977—1978），成为获得这一荣誉的第一个非裔美国诗人。1985年，再次任国会图书馆诗歌顾问。他还是美国艺术暨文学学会会员、美国诗社会员和世界笔会会员。

海登最有名、各种选集入选率最高的诗篇是短诗《那些冬季的星期天》（"Those Winter Sundays", 1962），诗人深情地回忆了父爱和父亲的孤独：

> 星期天，我的父亲总是起得很早
> 在蓝黑色的寒冷里穿上他的衣服，
> 然后用平时辛劳而皲裂的疼痛的
> 双手生起旺旺的火。从没有人感谢他。
>
> 我醒来听见寒冷僻里啪啦被折断。
> 当房间温暖时，他会叫我起床，
> 我慢慢地起身，穿好衣裳，
> 担心那屋里常年不休的愤怒①，
>
> 然后漠然地同他讲话，而
> 他已经驱除了屋里的寒冷，
> 也给我擦好了皮鞋。
> 对于爱的朴素寂寞的帮助，
> 我知道什么，我知道什么？

---

① 养父母之间常年不合，常常争吵。

这首诗从表面上看，不是诗人献给他养父的，但细读之后，我们发觉他对养父的爱和钦佩之情极其浓烈，字里行间流露了他的内疚：如果早认识到养父之爱，他也不会对养父如此淡然对待了。养父虽是一个自食其力的劳工，家境贫寒，但尽力让小海登受到良好教育。这首诗的魅力在于它能很容易地勾引起读者的联想，不由得想到自己的父母。不少人往往等到父母不在世了，才想起他/她们对自己的爱，对自己的好处，那就悔之晚矣。

海登认为，不知道过去就不能正确了解现在，因此重视历史题材。他描写非洲奴隶领袖约瑟夫·辛奎兹（Joseph Cinquez, 1810—1880）①在西班牙海船上率众起义的《大西洋中央航线》（"Middle Passage", 1946）和反映黑奴逃离南方的《逃亡者逃亡者》（"Runagate Runagate", 1966）是两首动人心弦的历史题材的诗篇。他的另外两首诗《鞭打》（"The Whipping", 1962）和《弗雷德里克·道格拉斯》（"Frederick Douglass", 1946）也是脍炙人口的名篇。除此之外，他还发表了有关著名的非裔美国人纳特·特纳（Nat Turner, 1800—1831）、哈里特·塔布曼（Harriet Tubman, 1820—1913）和马尔科姆·X（Malcolm X, 1925—1965）的优秀诗篇。

50年代，由于教务繁重，海登很少有时间创作，只发表了11首新诗，收录在他的诗集《时间的标志》（*Figure of Time*, 1955）里。这是一本薄薄的小册子，揭示人类受到的苦难，首次流露他在皈依巴哈伊教派后的宗教信仰。40年代和50年代，海登发表了三部诗集，未引起诗坛注目。1966年，海登前往塞内加尔参加第一届世界黑人艺术节（First World Festival of Negro Arts）。他的诗集《记忆歌谣》（*A Ballad of Remembrance*, 1962）在4月7日获艺术节诗歌大奖（Grand Prix de la Poesie）。27个国家近万人出席这次艺术节，他获得的这个大奖如同获奥运会金牌那样风光，这无疑提高了他的国际知名度。他还被选为塞内加尔桂冠诗人。次年，塞内加尔总统列奥波尔德·塞达·桑戈尔（Leopold Sedar Senghor, 1906—2001）亲自到纽约为他授奖。该诗集涵盖了他的各种体验和主题，其中包括诗人过去的生活历程、通过痛苦而得到的精神补偿、探索人生的意义和揭示种族主义，从单纯的黑人题材扩展到更广泛的题材。紧接着，兰斯顿·休斯索要海登《诗选》（*Selected Poems*, 1966）的签名，这对海登来说，是一个莫大的荣誉。至此，《记忆歌谣》和《诗选》表明海登已经是一个成熟的诗人。

他和托尔森以及卡伦一样，非裔美国种族情绪不强烈，认为应当用同

---

① 约瑟夫·辛奎兹在船上率领黑人起义后到达美国时以谋杀、海上抢劫罪被逮捕，送交最高法院判刑，由于一个叫做约翰·昆西·亚当斯（John Quincy Adams）的白人为他们辩护而使他们重获自由，返回非洲。

样的审美标准衡量非裔美国诗歌和白人诗歌，非裔美国诗人不能囿于成见，陷入"种族发泄"上，因而他遭到激进的非裔美国诗人的抨击。1966 年 4 月 22 日在菲斯克大学举行的黑人作家会议上，以梅尔文·托尔森为首的一群激进的年轻非裔美国诗人批评海登拒绝归类为"黑人诗人"，说他的诗太渊博，太脱离政治和社会活动，缺乏政治觉悟。他们寻求建立"黑人美学"，不凭借"白人"标准，要它为作为黑人革命一部分的政治目的服务。尽管经历了种族主义歧视的痛苦和黑人同胞对他的误解和不公平的批评，但海登坚持认为，他的作品应当按照任何英语诗歌批评标准和历史标准来衡量。他坚信没有黑人诗歌或白人诗歌这个东西，只有美国诗歌，只有好坏之分。不过，他对黑人同胞的严厉批评感到很痛苦，于 1969 年辞职，离开菲斯克大学。

　　有评论家认为，卡伦的诗歌创作向我们提出了两个问题：首先，在哈莱姆文艺复兴之后的一代非裔美国诗歌能不能吸收现代派的成果？其次，该不该吸收？海登的诗歌创作给了肯定的回答，虽然不无阻力。海登对诗艺精益求精，不断修改诗作成了他的习惯。他既掌握传统的叙事诗形式，又善于运用断裂、隐喻、拼凑、反讽、戏剧性声音等等现代派艺术形式。

　　因此，他最终成为诗歌技巧最娴熟的诗人之一，用诗歌记录非裔美国历史和文化的最重要的记录者之一。约翰·奥布赖恩（John O'Brien）认为海登是一位浪漫主义化的现实主义诗人，他说：

　　　　当海登说他是被迫具有现实主义精神的浪漫主义者时，他恰当地描绘了他自己。他的诗歌主题（宗教、过去、未来）是用浪漫主义方法处理的。但海登作为诗人的重要性在于他探索理想和现实之间的张力。①

　　海登出生在底特律，出生时父母离异，成了贫民窟的弃婴，幸由住在底特律叫做天堂谷的贫民窟的养父母威廉·海登（William Hayden）和秀·埃伦·韦斯特菲尔德（Sue Ellen Westerfield）抚养长大。养父母争吵不休的婚姻和住在养父母隔壁的生母露丝·谢菲（Ruth Sheffey）对他的争宠，造成他童年心灵的创伤，导致他的抑郁症，后来他称之为"我的灵魂的黑夜"。由于高度近视，海登从城里黑人高中转学到以白人为主的高中，那里能为视力差的学生提供学习条件。他因为近视和身材瘦小，经常被同

---

①　John O'Brien. *Interview With Black Writers*. New York: Liveright, 1973: 109.

辈群体排斥，他只好通过大量的阅读，提高自己的文学素质作为补偿。1930年，高中毕业，正逢经济萧条，家里没有送他上大学的经济来源。他毕业后找不到工作，便在卡斯技术高中进修。1932年，他进入底特律市学院学习，主修西班牙语，只上了一学期就辍学了，找了一份联邦作家工程（The Federal Writers' Project）进度管理部底特律分部的调研工作（1936—1938）。这是经济大萧条时期美国政府资助作家创作的工程，作为新政计划的一部分。这段工作经历使他有更多的机会了解到与联邦作家工程有关的非裔美国作家的状况，例如理查德·赖特。在这段工作期间，他潜心研究黑人历史，研究非裔美国人非洲之根和现状，把非裔美国人历史看成是一个心灵进化的漫长、曲折而常常血腥的过程。1938年，他去密歇根大学攻读硕士学位。1940年，与底特律公立学校音乐教师尔玛·伊内兹·莫里斯（Erma Inez Morris）结婚，生女玛雅（Maia）。同年，他关注种族主义、私刑、经济压迫等社会问题的第一本诗集《尘土中的心形》（Heart-Shape in the Dust, 1940）问世，获艾弗里·霍普伍德奖（Avery Hopwood Award）。1941年，他和妻子曾短时间逗留纽约，在这期间，非常高兴地见到了他崇拜的卡伦。在谈话中，卡伦告诉他说，他喜欢海登的第一本诗集。早在30年代，他还见到过他也很崇拜的休斯，休斯当面朗读了他的诗，鼓励他要寻找自己的声音，言外之意，他还没有确立自己的艺术风格。

海登回到密歇根之后，于1942年到密歇根大学学习，攻读戏剧、诗歌和文学。W. H. 奥登是他的导师之一。在W. H. 奥登教授的指导下，他开始注重诗的艺术形式和技巧。后来他回忆说，W. H. 奥登对于渴求写作技巧和培养诗歌创作必备的自我意识来讲，是一个完美无缺的导师。有评论家认为，W. H. 奥登对海登的创作原则和批判力的影响很大，成了他后来诗美学的基础。斯蒂芬·文森特·贝内对他的影响也比较大，特别是他的诗篇《约翰·布朗的尸体》对海登启发很大，使海登注意写有关黑奴制和南北战争题材的诗。

海登的妻子是巴哈伊信仰（Bahá'í Faith）教派成员，在她的影响下，他于1943年加入巴哈伊教，这对他的世界观影响颇大。虽然非裔历史对海登的诗歌起了很大作用，但他坚持的巴哈伊信仰也激发他写了许多优秀诗篇。海登担任该教派杂志《世界秩序》（World Order）主编多年。该杂志致力于全面考虑那些在精神、道德和文化上对世界社会挑战的种种问题，主张人类建设全球性统一的正义的文明。

1944年，海登获密歇根大学硕士学位，毕业后，留校当助教（1944—1946），然后去田纳西州菲斯克大学任教（1946—1969）。菲斯克大学在美国南方，他在此体验到了从坐公共汽车的位置到休息室、餐厅和电影院的座位上严重的种族隔离制度。尽管如此，他主张种族之间和谐共处，不像激进的非裔美国人采取对抗的态度。在1977年一次接受采访时，他解释巴哈伊教派的信条和自己的信仰，说道："我相信全体人民基本上是一致的，我不相信种族重要。我非常怀疑种族或民族主义的任何形式。我认为，那些看法是非常有害的，引起很大分歧。这就是巴哈伊教派的全部观点，我的作品源于这一构想。"他离开菲斯克大学之后，在路易斯维尔大学作了短期教学，最后应聘在密歇根大学终身执教。

1969年，底特律市长授予他市长铜牌，表彰他取得的杰出成就。1970年，国家艺术暨文学协会授予他诗歌杰出成就奖。1976年和1978年，他先后被布朗大学和菲斯克大学授予荣誉博士。1980年1月4日，卡特总统及其夫人在"白宫向美国诗歌致敬"的招待会上，款待海登和其他名诗人。1980年2月24日，在密歇根大学举行表彰海登授奖仪式，海登病危，未能出席，于第二天死于心衰竭。他生前最后的一本诗集《美国日志》（*American Journal*, 1978）继续探索非裔美国人诸如非裔美国诗人菲莉丝·惠特利、保罗·劳伦斯·邓巴和非裔美国美国探险家马修·亨森（Matthew Alexander Henson, 1866—1955）的辉煌成就。而他的《罗伯特·海登散文合集》（*Collected Prose: Robert Hayden*, 1984）和《罗伯特·海登诗歌合集》（*Robert Hayden: Collected Poems*, 1985）则在他去世后出版。克里斯托弗·巴克（Christopher Buck）教授对海登的一生做出了比较全面的评价：

> 作为被公认为第一流的非裔美国诗歌艺术家，海登证明他可以随意是"黑人之中最具黑色观点的人"，但他不这样做，而是对种族装出满不在乎的样子，是为了沟通黑人与白人的鸿沟。在艺术上，海登最鲜明之处是把历史和象征、自然与精神融合在一起，以取得对"现实性的增强"，触发社会洞察力的闪现，把整体作为真理的试金石。海登不只是第一位非裔美国桂冠诗人。[1]他在作为美国二百年的桂冠诗人的角色上显然是跨种族的。[2]

---

① 从1937年到1985年，国会图书馆馆长有权任命某个诗人为"国会图书馆诗歌顾问"，相当于桂冠诗人，但桂冠诗人制度正式实行是从1986年开始。

② Christopher Buck. "Robert Hayden." *Oxford Encyclopedia of American Literature*, Vol. 2. Ed. Jay Parini.

2. 杜德利·兰德尔（Dudley Randall, 1914—2000）

作为 60 年代新黑人诗歌运动的倡导者，杜德利·兰德尔的诗歌在评论界获得很大的赞誉，底特律市长科尔曼·扬（Coleman Young）为此于1981 年提名他为底特律桂冠诗人。他参加各种文学会议，会见并鼓励其他非裔美国作家，给黑人诗刊投稿，举办诗歌朗诵会。杜德利·兰德尔使用标准英语写诗，虚心地学习白人诗人的长处，对阿米里·巴拉卡的种族偏激思想持反对态度。同海登一样，他在探索非裔美国人和历史主题时，坚持把白人文学传统的思想与艺术形式和哈莱姆文艺复兴运动的成果结合起来。但是，他是一个坚持原则的诗人，在《黑人诗人，白人批评家》（"Black Poet, White Critic", 1968）里，清楚地表明他决不为取悦白人批评家而写诗：

> 批评家劝告
> 别写像自由或谋杀
> 之类有争议的问题，
> 但可以写普遍的主题
> 和永恒的象征
> 如白色的独角兽。
>
> 白色的独角兽？

针对主流学术权威的白人评论家不喜欢非裔美国诗人写有政治意识的激进诗的霸道观点，杜德利·兰德尔在诗的结尾，用质疑的口吻"白色的独角兽？"来表明他的反对态度。露丝·谢菲（Ruthe Sheffey）对此评论说："最后一行诗里螺丝钉微妙的一扭，淡淡的似笑非笑，使我们敏感到一种对新花言巧语和新错误观点的新需要。"①

杜德利·兰德尔同时也不愿意做政治宣传工具。例如，他在诗集《连祷文：新旧诗选》（*A Litany of Friends: New and Selected Poems*, 1981）的一首诗《一个诗人不是自动点唱机》（"A Poet Is Not a Jukebox"）里，陈明他不写 1980 年的迈阿密非裔美国人暴动②是因为他不熟悉当时的情况，他也不

---

① Ruthe Seffey. "Wit and Irony in Militand Black Poetry." *Black World*, June 1973: 17.

② 1980 年的迈阿密暴动是 60 年代后期以来的第一次重大的非裔美国人骚乱。1979 年 12 月，迈阿密戴德县一些警官高速追逐非裔美国人摩托车驾驶员阿瑟·麦克达菲（Arthur McDuffie），用手电筒殴打他致死，这引起了大规模非裔美国人为期 4 天的暴动，导致 10 个非裔美国人和 8 个白人在迈阿密骚乱中死亡，财产损失超过 80 万美元。

喜欢苏联时期诗人们奉命写新炼钢炉或甜菜产业丰产的题材，他于是在最后一节诗里说：

> 一个诗人不是自动点唱机。
> 一个诗人不是自动点唱机。
> 我再说一遍，一个诗人不是自动点唱机
> 让人投 25 分硬币就给他们放送他们爱听的乐曲，
> 或者拍拍头，称做"呱呱叫的小革命者"，
> 或者授予昆巴奖。

　　这首诗彰显了他的独立主见。不过，他对非裔美国领袖式人物的不同政治见解，则采取了中立态度，例如，他的名篇《布克与杜波依斯》（"Booker T. and W. E. B.", 1969）设想非裔美国教育家、非裔美国人运动温和派领袖布克·华盛顿和非裔美国人运动激进派领袖、学者杜波依斯进行对话，生动地反映了他们各自的政治观点：

> "在我看来，"布克说，
> "当查理先生需要帮工
> 为他的棉花田锄草时，
> 当安小姐找个厨师时，
> 你学习化学和希腊文
> 表明很是放肆无理，
> 你为何埋头书本里？"
>
> "我不同意，"杜波依斯说，
> "如果我有积极性寻求
> 化学或希腊的知识，
> 我会用功学习。查尔斯和安小姐
> 可以到别处找帮工或厨师。
> 有一些人喜欢手艺，
> 也有一些人喜欢种地，
> 但是，其他人却有权
> 开发自己的大脑。"
> "在我看来，"布克说，

"你们这些人已错失良机，
你们成天成夜喊着要选举权，
把时间白白花在民权运动上
闭上你们的嘴巴，别抱怨，
只管工作，节省，买上住房。"

"我不同意，"杜波依斯说，
"如果没有尊严和正义，
要那些财产有什么用场！
除非你帮助制定法律，他们会
以莫须有的条款，窃取你的房产。
当套索拉紧，柴火烧烫，
不管你有多少现金也没用场。
轻言细语，尝试你的小计划，
至于我嘛，我是堂堂正正的男子汉。"

"在我看来，"布克说——
"我不同意。"

众所周知，杜波依斯和布克都是为非裔美国人奋斗终身的著名公共知识分子和演说家。布克的观点是，非裔美国人做白人的奴隶已经这么久，应当积极做木工干农活，改善自己的生活是当务之急。他为此帮助建立了一所为非裔美国人孩子上学的职业高校塔斯基吉学院。杜波依斯的基本观点是，如果你要奋斗，证明自己是一个同等者，那么你就要与你的压迫者平起平坐。两人各有充足的理由。杜德利·兰德尔对此没有流露他的个人倾向，他的诗给读者留了思考和再思考的空间。这首诗显示了杜德利·兰德尔的艺术风格：简朴、机智、通俗的口语和温和的讽刺。我们再来欣赏他的另一首名篇《伯明翰歌谣》（"Ballad of Birmingham", 1968）：

"亲爱的妈妈，我不出去玩，
今天我可不可以去市区
参加伯明翰街上
自由进军的游行？"

"不，宝贝，不，别去，
警犬很凶恶很疯狂，
警棍、水管、枪和牢房
对小孩来说不是好事一桩。"

"但是，妈妈，我不孤单。
还有其他的孩子和我一起去，
在伯明翰街上游行，
为了使我们的国家自由。"

"不，宝贝，不，你不能去，
我害怕那些枪会射出子弹。
但是，你可以去教堂，
参加儿童唱诗班合唱。"

她梳理夜一样的黑发，
还喷上玫瑰花露，
她褐色小手戴上白手套，
脚穿上白色鞋子。

妈妈微笑着，知道孩子
将在那神圣的地方，
但那微笑是最后的微笑
露在她的脸上。

因为当她听到爆炸声，
她的眼睛变得潮湿和激动。
她穿过伯明翰街道
呼唤她的孩子。

她扒开碎玻璃和破砖块，
然后拿起一只鞋子。
"啊，我宝宝穿的鞋，
宝贝呀，你现在哪里？"

　　这首诗真实地反映了 1963 年四个黑人小孩在小马丁·路德·金（Martin Luther King, Jr., 1929—1968）所属的浸信教会教堂被轰炸中炸死的惨剧。虽然诗人没有露出明显的谴责，也没有点明是白人对天真无辜的黑人小孩的迫害，但是他至少暗示了这座与小马丁·路德·金有关的教堂被白人种族主义轰炸的历史事实。该诗的讽刺意义是，母亲为了自己女儿的安全，不让她去游行，以免遭到白人警察的毒打和枪击，偏偏在她认为最安全的教堂失去了自己的孩子，这更令人痛心。

　　兰德尔出生在华盛顿市，父亲阿瑟·乔治·克莱德·兰德尔（Arthur George Clyde Randall）是牧师，母亲艾达·薇奥拉·兰德尔（Ada Viola Randall）是教师。1920 年，他随父母移居底特律。自小有诗才，四岁能作曲，13 岁时获一美元的诗歌头奖。在父亲的鼓励下，他亲耳聆听了詹姆斯·韦尔登·约翰逊和杜波伊斯的演讲，深受他们的影响。获底特律市韦恩大学学士（1949）和密歇根大学硕士（1951）。曾在福特汽车公司铸造厂（1932—1937）和底特律邮局（1937—1951）干体力活。他在福特汽车公司铸造厂劳动期间，见到了罗伯特·海登，从此两人为对方和自己保持了审美寄托和艺术追求。二战期间服兵役（1943—1946）。先后任巴尔的摩摩根州立大学图书馆副馆员（1951—1954）、底特律韦恩县联邦图书馆系统馆员（1956—1963）和参考书馆际互借部主任（1963—1969）、底特律大学参考书馆员和客座诗人（1969—1975）以及密歇根大学访问讲师（1969）。1965～1985 年出版诗集 11 本。三次婚姻：第一次，与鲁比·赫德森（Ruby Hudson）结婚（1935），生女菲利斯·艾达·兰德尔（Phyllis Ada Randall）；第二次，与米尔德丽德·平克尼（Mildred Pinckney）结婚（1942）；第三次，与维维安·斯宾塞（Vivian Spencer）结婚（1957）。

　　在 60 年代和 70 年代，杜德利·兰德尔是非裔美国人学术运动的合作者和忠诚朋友。1962 年，他对非裔美国女诗人玛格丽特·丹纳（Margaret E. Danner, 1915—1984）在底特律创建的非裔美国文化中心"布恩屋"（Boone House）产生兴趣。"布恩屋"提供诗歌朗诵会、艺术展览、爵士乐演奏和其他文化活动。在一次聚会上，他结识了《黑人世界》（Black World）杂志主编、非裔美国教育家、批评家霍伊特·富勒（Hoyt W. Fuller, 1923—1981）和玛格丽特·丹纳。从此，每个星期日，他和丹纳对来"布恩屋"的读者朗诵诗歌。他俩数年合作朗诵的成果是诗集《交叉诗》（Poem Counterpoem, 1966），它开创了两人就同一题目各写不同篇章的先例。他在 1965 年花 1200 美元建立单面印刷出版社（Broadside Press）是二战后非裔美国诗歌发展中的一件大事，成就了许多青年非裔美国诗人的诗歌事业。他帮助青年非裔美国诗人的朗诵灌制录音带，邀请非裔美国评论家评论他们的作品。他的一生献给了诗歌和诗人。《底特律自由新闻报》（*Detroit Free Press*）为此援引格温朵琳·布鲁克斯称赞他的话，评价杜德利·兰德尔为非裔美国诗歌创作事业做出的重大贡献："我多次称杜德利·兰德尔是一个巨人，因为他真的为青年诗人和新黑人诗歌牺牲自己，为此，他负责了 60 年代的鼓动工作。我觉得他将会作为我们这个时代起主要影响的进步黑人之一，载入史册。"

3. 格温朵琳·布鲁克斯（Gwendolyn Brooks, 1917—2000）

格温朵琳·布鲁克斯不仅作为非裔美国女诗人，而且作为重要的美国诗人著称美国诗坛。她是兰斯顿·休斯以来最优秀的非裔美国诗人，在美国诗歌史上占有重要地位。她荣获多种诗歌大奖，其中包括普利策奖（1950），她为此成了第一个荣获普利策奖的非裔美国诗人。到 1968 年，她成了继任桑德堡的伊利诺斯州桂冠诗人。她还被任命为国会图书馆诗歌顾问（1985—1986）。她卸任的这一年，正好设立美国桂冠诗人制。美国国内各大学授予她荣誉博士称号达 75 个。

作为一位自我意识很强的非裔美国诗人，她从一开始就知道非裔美国诗人要经受双重考验：首先她必须写好诗，其次她需时刻提醒自己是非裔美国人。她的处女集《布朗兹维尔一条街》（*A Street in Bronzeville*, 1945）主要反映了芝加哥社会底层的非裔美国人生活，企图向白人证明非裔美国人不是怪物，像其他民族一样，都有喜怒哀乐和宗教信仰。我们先看看该集中的短诗《母亲》（"The Mother", 1945）：

> 流产将永远不会让你忘怀。
> 你记得你生的而得不到的孩子，
> 记得这有少量或没有毛发的湿漉漉的小肉体，
> 记得这从未呼吸的艺术家和工人。
> 你将决不疏忽或鞭打
> 他们，也不会买糖果使他们安静。
> 你将决不会任意摆布
> 或赶走来访的小鬼魂。
> 你将决不会离开他们，屏住你的叹息，
> 用贪婪的母亲眼神回报他们的一团肉。

我听到风声里有我杀害的小孩朦胧的声音。

我挛缩了。我卸下了决不会在我奶头上吸奶的亲爱的孩子。

我说过，亲爱的，如果我犯罪了，如果我夺走了

你的命运，夺走了从你未完成的生命，

如果我悄悄地拿走了你的出生和你的名字，

你的婴儿眼泪和你的游戏，

你的挚爱，你的激动，你的婚姻，你的疼痛和你的死亡，

如果我在你呼吸开始时毒死你，

相信我，即使我蓄意，并非我本意。

不管怎么说，你死了，

为什么我应当痛哭，

为绝不是我的罪过痛哭？

或者，换句话说，

你从来没有被生成。

但是，我恐怕，

那也是错误：哦，我将说些什么，怎样说出真相？

你曾生出来了，你有了肉体，你死了。

只是你永远没咯咯地笑过或打算过或哭泣过。

相信我，我爱你们大家。

相信我，我知道你们，虽是在依稀里，我爱，爱你们

大家。

这首诗用一个母亲的口吻，表达了她不情愿生养孩子的复杂感情：堕胎的遗憾、自我反责和对未出生的孩子的母爱。因为穷困，她不得不痛苦地做出她认为在她具体的情况下是最好的决策：堕胎。格温朵琳·布鲁克斯早期的作品大多是以类似流产的妇女形象以及男子、正义或种族为主题的诗篇。在触及敏感的非裔美国种族问题的深度上，她的作品和兰斯顿·休斯后期的作品差不多。

格温朵琳·布鲁克斯的第一和第二本诗集探索日常的美国人生活，通过家庭、战争、种族主义、贫困等这类题材，用通俗而正规的用词遣句，表现非裔美国人的日常生活。第三本诗集《吃豆的人》(*The Bean Eaters*, 1960) 主要反映芝加哥南端布朗兹维尔社会底层人的日常生活。这是民权运动早期创作的一本诗集，诗人对社会问题的关注比以前深刻了，不回避

当时白人和黑人教育一体化以及私刑等敏感问题。该诗集的标题诗《吃豆的人》《穷人的热爱者》（"The Lovers of the Poor"）和《我们真酷》（"We Real Cool"）是各种诗选集收入率最高的三首诗篇。标题诗《吃豆的人》描写了一对晚餐用便宜菜豆充饥的脸色发黄的孤苦的老夫妻，他俩住在租的屋子里，里面堆满念珠、收据、布娃娃、布、烟草屑、花瓶和饰边。《穷人的热爱者》尖锐地讽刺两个白人富婆屈尊来到诗人家看她时显出一副神气十足的高傲神情。《我们真酷》虽然很短，但被许多批评家看重，有的批评家甚至把它与 W. C. 威廉斯的《红色手推车》相比。它描写了在台球房打台球的几个辍学的黑人少年：

> 我们真酷。我们
> 离开学校。我们
>
> 悄悄来这里。我们
> 瞄准台球打。我们
>
> 歌唱罪恶。我们
> 痛饮烈酒。我们
>
> 六月尽兴。我们
> 不久于人世。

　　这首诗构思巧，结构巧，巧在头韵和尾韵交错，如同儿歌顺溜，调子始而张扬，终了感伤。1970 年，诗人在接受采访时，简单地介绍了她创作这首诗的背景：

> 他们没有伪装。他们可能是辍学少年，或者至少他们在台球房，而这个时候他们应当在学校里，或者至少我在台球房里看到了他们……这些人基本上会说："基尔罗伊在这里。我们在这里。"但是，他们对自己的身份实力有点儿犹疑。①

---

① George Stavros. "An Interview with Brooks on 'We Real Cool'." *Contemporary Literature* 11: 1 (Winter 1970).

　　诗人对这些小台球手的生活方式的态度模棱两可，既不赞赏也没批评，她只想表达他们基本的生存状态，他们懒得天天去思考他们的人生观正确与否，好像在混日子。在诗人看来，他们的生活态度是："基尔罗伊在这里。"这是一句流行在西方的口头禅，常常被调皮的人到处涂鸦，表示不严肃或玩世不恭的生活态度。不过，这首简单的短诗却引起了诗歌界各种各样的阐释。有一种意见认为，诗中的"我们"最后对自己的生活方式的正当性提出质疑，"我们/ 不久于人世"是对他们在前面自吹自擂做出了出人意料的结论，也暗示了小台球手们对自己选择的生活的自我觉醒。但是，有另一种完全不同的意见，例如，加里·史密斯（Gary Smith）认为，最后两行与性有关，"We/ Jazz June"在众多的含义中，Jazz 可以理解为爵士乐，也可以理解成毫无意义或空话或性交。他说，如果认定是最后一个意思的话，那么"六月"便含有女子或者"我们"在夏天通常勾引人或强奸，而"死亡"则含有性高潮后的短暂休克；不管是哪种含义，它显然表露小台球手们自封的信条，更重要的是，作者玩弄字的丰富内涵揭示了布鲁克斯对台球手生活方式的矛盾心情，并把他们危险的反抗和不墨守成规的生存选择戏剧化了。[①] 文学批评家霍滕丝·斯皮勒斯（Hortense Spillers）认为，他们不需要为自己选择的生活方式找借口，也不需要别人为他们辩护，这是对社会怜悯心、浪漫性的颠覆。[②]詹姆斯·D. 沙利文（James D. Sullivan）认为："这群人在最后一行'不久于人世'结束了酷的最终结果，结束了大力拒绝中产阶级对教育尊重的最终结果。这自我满足的小悲剧证实了占主导和正确地位的价值观不适合于台球手们自己。结果是，他们完全无能为力，死了。"[③] 芭芭拉·B. 西姆斯（Barbara B. Sims）的阐释似乎更加合理，她说：

　　　　直到最后一行，措辞和节奏上虚张声势的逞能的成分使得这些街头颓废派显得有些为自己辩护的合理性，如果不是完全可取的话。这首诗传达了主流社会的传统、体制和合法结构之外的一种自豪感。摆脱上学和工作的辛劳与沉闷让这些辍学生的生活有了许多浪漫的可

　　① Gary Smith. "Brooks's 'We Real Cool.'" *Explicator* 43.2, Winter 1985: 49-50.

　　② 转引自 Kathryne V. Lindberg. "Whose Canon? Gwendolyn Brooks: Founder at the Center of the 'Margins.'" *Gendered Modernisms: American Women Poets and Their Readers*. Eds. Margaret Dickie and Thomas Travisano. Philadelphia: U of Pennsylvania P, 1996: 283-311.

　　③ James D. Sullivan. *On the Walls and in the Streets: American Poetry Broadsides from the 1960s*. Urbana: U of Illinois P, 1997.

能性。然而，当读者了解到街头颓废派"不久于人世"时，诗歌的调门戏剧性地改变了。他们的挑衅和自满态度似乎很可怜，而读者想知道这些很酷的人在他们对自己乱糟糟生活的向往上究竟在戏弄谁。①

格温朵琳·布鲁克斯的第二本诗集《安妮·艾伦》（Annie Allen, 1949）叙述二战期间一位非裔美国姑娘的觉醒，揭示了非裔美国妇女从童年、结婚到成熟的心理压力。她为此获得了普利策奖，但激进的非裔美国诗人海基·马杜布第认为这部诗集是为白人读者写的。他在为她的第一卷自传《第一部分报道》（Report from Part One, 1972）写的序言里毫不掩饰他的恼怒之情：

> 她 1950 年获普利策奖有多方面原因的深长含义，不仅仅因为她是第一个黑诗人获此奖。一个未明确说明的事实是显而易见的：她是在本国这个时期写得最好的一个诗人，不管她是黑人还是白人，她在赢得此奖时也变得名扬国际，从她自己的民族那里获得了追随者，而在通常情况下是接近不到他们的。她吸引了那些"奴性"的黑人，他们不相信他们有合法的地位，除非他们被白人首先认可。普利策奖就起了这个作用。

这鲜明地反映了两代非裔美国人的不同立场，可是女诗人对此类尖刻的批评并不反感，否则她不会把马杜布第的文章当作序言收在她的自传里。原因在于她不保守，能跟上 60 年代的时代步伐，和激进的非裔美国青年诗人团结在一起。她自认为 1967 年是她创作生涯的转折点。在那一年，她出席了在纳什维尔菲斯克大学召开的第二届非裔美国作家大会。她在那里看到了阿米里·巴拉卡、罗恩·米尔纳（Ron Milner, 1938—2004）和其他非裔美国青年诗人所焕发的活力，使她既惊讶又兴奋。她承认她从那时起进入了"新意识"时期，即发现了年轻的读者群，他们具有新精神，敢于迎击种种挑战。《吃豆的人》和《我们真酷》使她此时感到她像精神贵族似的。它们富于想象力，浮于表面，属于"前庭院里的歌"。这次非裔美国作家大会使她大开眼界，看到"后院"里的新活力、新意识，从而她也找到了富于战斗性的新声。例如，次年面世的诗集《在麦加》（In the Mecca, 1968）重点描写非裔美国贫民窟日常的痛苦生活，真实地反映非裔美国人被剥夺

---

① Barbara B. Sims. "Brooks's 'We Real Cool.'" *Explicator* 34, 1976: 58.

的愤怒。她此后的诗集如《骚动》(*Riot*, 1969)、《家庭相片》(*Family Pictures*, 1970)和《孤独》(*Aloneness*, 1971)等等都表明了她作为非裔美国人和女权主义者的鲜明立场，显示了她的政治觉悟。可以这么说，布鲁克斯 60 年代的许多作品特别是 60 年代之后的作品反映了这个历史时期激进的民权运动。珀金斯教授为此对她评价说：

> 60 年代后期，她开始分享年轻黑人诗人激进的和分离主义的感情。此后她的推动力被分割了。她认为黑人诗人应尽量接触普通黑人，而且表达了黑人自豪和激进的情绪。从这个意义上说，她成了"人民"的代言人。但是，她从没有企图过当超越她自己的"人民"代言人，也没有修改自己的风格，以便更容易接近大众，在这一点上，使得激进的批评家们感到恼火。她的诗富有现实性，敏锐，善解人意，不滥情。①

总之，她的可贵之处在于她不仅以精湛的艺术技巧致力于探索种族身份和种族平等的重大社会问题，而且还设法弥合她 40 年代这一代非裔美国作家与 60 年代激进的年轻非裔美国作家之间的鸿沟。

格温朵琳·布鲁克斯出生在堪萨斯州托皮卡，在芝加哥长大。父亲是想当医生而没有如愿的门卫，母亲是音乐教师。她从小立志当作家，获得父母的全力支持。上高中期间，母亲带她面见当时的名诗人兰斯顿·休斯和詹姆斯·约翰逊。从此在他们的鼓励下，她开始向各种报刊投稿。她在芝加哥受到了完备的中小学教育，毕业于芝加哥的威尔逊初级大学(1936)。1938 年，与亨利·布莱克利（Henry L. Blakely）结婚，生一子一女。1962 年接受约翰·肯尼迪总统邀请在国会诗歌节图书馆诗歌节朗诵诗歌之后，她开始了她的创作与教学生涯。她曾在芝加哥哥伦比亚学院、东北伊利诺斯大学、芝加哥州立大学、艾姆赫斯特学院、哥伦比亚大学、纽约克莱学院和威斯康星大学麦迪逊分校任教。从她的第一部诗集面世直到 2000 年，在她的创作生涯半个多世纪，除发表 1 本反映黑人妇女冲破偏见而自强自立的小说《莫德·玛莎》(*Maud Martha*, 1953)和 5 本散文之外，出版诗集 20 本。她 7 岁能诗，13 岁在《美国童年》(*American Childhood*)杂志发表诗作，17 岁常在《芝加哥捍卫者》周刊露面，这是一份刊登兰斯顿·休斯和詹姆斯·韦尔登·约翰逊作品的著名刊物。两位老诗人器重她，鼓励

---

① David Perkins. *A History of Modern Poetry: Modernism and After*: 609.

她创作。约翰逊特意把她介绍给当时的大诗人，其中包括 T. S. 艾略特和庞德。在芝加哥南边社团艺术中心诗歌创作班的帮助和鼓励下，于 1944 年在《诗刊》发表作品。次年出版的诗集《布朗兹维尔一条街》很快为她赢来了一连串的荣誉和奖励，其中包括古根海姆学术奖和美国艺术暨文学学会颁发的 1000 美元奖金。同年，她被《小姐》杂志选为这一年的十佳妇女之一。1995 年，被哈佛黑人学生论坛推举为当年的第一女子。除获得弗罗斯特奖章和雪莱纪念奖之外，她在 1995 年荣获国家艺术奖章。伊利诺斯州哈维市的一所初中以她的名字命名，西部伊利诺斯大学建立了格温朵琳·布鲁克斯非裔美国文学中心。她死于癌症，享年八十三岁。

4. 阿米里·巴拉卡（Amiri Baraka, 1934—2014）

阿米里·巴拉卡的全称是依玛莫·阿米里·巴拉卡（Imamu Amiri Baraka）。他是一位全心为非裔美国人权利奋斗的有理想有魄力的非裔美国诗人。他不是一般的口头革命派作家，他身体力行，为非裔美国人彻底的解放而贡献了自己的一切。为了实现他的理想，他首先在 1967 年改掉他原先按照白人习惯起的姓名勒罗伊·琼斯（LeRoi Jones），一个早已著称诗坛的名字，一个早已被选进著名诗选《新美国诗歌：1945～1960》里与菲利普·惠伦、斯奈德、迈克尔·麦克卢尔齐名的诗人；其次为了同白人划分界限，于 1965 年毅然与他的犹太人妻子赫蒂·科恩（Hettie Cohen）离婚（他俩在 1958 年结婚），尽管他们生了两个女儿。1966 年，与黑人女子西尔维亚·罗宾逊（Sylvia Robinson）结婚，生五个子女。为了他的理想，他在 1967 年先改信伊斯兰教，后来又改信社会主义和共产主义。难怪白人评论家说他是"一个可畏的伦理幽灵，一个我们必定同他冲突的有才华的愤怒汉子"[①]。因此，在美国诗歌界，他也是一个因多年广泛反犹太人和反白人而长期引起争议的诗人。不管你喜欢他与否，谁也无法否认巴拉卡在 20 世纪后半叶在美国诗坛乃至整个文艺界所发挥的重大影响。

巴拉卡生在新泽西州纽瓦克，父亲是邮递员（一说是邮政主管）和电梯操作员，母亲是社工。他曾就读于罗格斯大学、哥伦比亚大学和霍华德大学，没有获得学位就离校了。他主要的研究领域是哲学和宗教。在空军服役三年（1954—1957），当一名炮手。复员后，继续在哥伦比亚大学学习，攻读比较文学。他在一次接受朱迪·斯通（Judy Stone）采访时，谈到他上

---

① Richard Ellmann and Robert O'Clair. Eds. *The Norton Anthology of Modern Poetry*. New York and London: W.W. Norton Company, 1988: 1443.

大学和参军的体验时说：

> 在霍华德大学求学让我懂得了非裔美国人的病根。他们教你如何装成白人。但空军使我了解到白人的病根。它使我惊讶地明白了正发生在我和其他人身上的事情。白人由于压迫非裔美国人而成了压迫者，在对人做坏事时感到了精神折磨，最终为自己辩解并使自己确信自己是对的，如同一般人总是确信自己是对的一样。①

由此可见巴拉卡是早慧早熟的诗人，他对世事透彻的看法远在他的同胞之上，这就决定了他有不安于现状而不断地求变求新的坚毅性格。1956年，巴拉卡开始成为作家、活动家、黑人文化和政治权力的提倡者。1958年，他创立图腾出版社，并且在哈莱姆建立黑人艺术剧院，举行诗歌朗诵会和音乐会，并演出一些戏剧。

巴拉卡的政治观点和文学创作经历了两个明显不同的阶段，以 1960年他访问古巴为分界。②1960 年以前，他生活在纽约格林威治村的白人环境里，和一大批白人诗人交谊，他们之中有金斯堡、奥尔森和奥哈拉。他还和他的犹太美国人妻子编辑出版诗歌杂志《幽玄》（*Yugen*），并积极参与建立美国诗人剧院（1961）。他的诗歌和戏剧主题虽然描写种族和非裔美国人与白人之间的种族矛盾，但他的倾向不是激进的非裔美国人分离主义，而是垮掉派的愤怒情绪。他像金斯堡那样对美国中产阶级的伪善、清教主义和虚假的价值观进行全面的否定和抨击，其矛头不分白人还是非裔美国人。他这个时期充满悲观失望，觉得生活毫无意义，因而死亡是他向往的避难所。我们且看他的伤感诗《滑稽演员的虚构》（"The Invention of Comics", 1961）：

> 我是世界的灵魂：在
> 我灵魂的世界里，我是从白天
> 从我父亲的被侵吞的土地上
> 旋转的光。
>
> 在世界上，我自己

① LeRoi Jones. "Interview with Judy Stone." *San Francise Chronicle*，August 24，1964.
② 有评论家把他的创作分为三个阶段：与垮掉派诗人紧密联系的阶段（1957—1963）、好斗的黑人民族主义阶段（1965—1974）和信仰马克思主义与第三世界反殖民政治的阶段（1974— ）。

悲哀的
天性。在我自己
的天性里是忧伤。白天
细小的痕迹。它单调的
细火。它的
太阳，像涂在黄昏上的
灰点。

我灵魂的白天，是
那地方的大自然。
这是一道风景线。从
一座小山顶上看到。一片
灰茫茫；朦胧的火
在它的海洋上悸动。

人的灵魂，他生命的
特性。它灰度的威胁。
火在跳动，大海
在移动。鸟儿
从黑暗中撞来。
水域的边缘
为月亮
幽暗地点亮。

灵魂里的月亮。是
这人的世界。这个人
和他的大海，灵魂的月亮，
柔和的火在悸动。一种
死亡。哦
我的黑暗和强烈的
爱。

　　诗人以灵魂里灰暗的画面衬托他低沉的情绪。他早期诗歌总是以死
亡、自杀和自我仇恨为主题。这只是他自由诗的一种形式，在奥尔森、金

斯堡、奥哈拉等诗人的影响下，他常常写出诗行长短悬殊、排列怪异的诗。

1960 年 7 月，他随同公平对待古巴委员会代表团访问古巴，并以《自由古巴》("Cuba libre")为题发表赞美古巴革命的文章。[①] 他受到那里的革命影响，加深了对资本主义制度的憎恨。1961 年，巴拉卡与人合写支持卡斯特罗政权的《良心宣言》("Declaration of Conscience")。同年，他的处子诗集《二十卷自杀笔记前言》(*Preface to a Twenty Volume Suicide Note*, 1961) 出版，绝望、厌倦、异化、自嘲是这本诗集里反复出现的主题。两年后，他发表论文集《蓝调民族：白人美国里的黑人音乐》(*Blues People: Negro Music in White America*, 1963)，它被视为迄今为止最有影响的爵士乐批评著作之一，它记录了自由爵士运动初期的盛况。1964 年，他广受好评而又引起争议的剧本《荷兰人》(*Dutchman*) 首演，同年获奥比奖 (Obie Award)，它被诺曼·梅勒评为美国最优秀的剧本。作为上东城黑人民族主义作家本影诗人研讨会成员（1962—1965），他在政治上显得特别活跃。

马尔科姆·X 在 1965 年被暗杀之后，巴拉卡倾向于激进的非裔美国人组织，离开妻子和孩子，住进非裔美国人的大本营——哈莱姆，帮助建立非裔美国人文化社团，支持他家乡城市纽瓦克非裔美国人的政治斗争。1965年，他在哈莱姆建立黑人艺术定期换演戏剧剧院 (The Black Arts Repertory Theatre)。该剧院在 1966 年解散后，巴拉卡在纽瓦克创立黑人社区剧院。1968 年，创立黑人社区发展和捍卫组织，旨在坚决维护非裔美国人文化，支持非裔美国人争取获得政治权利的斗争。作为黑人文化民族主义者，他看清了白人垮掉派诗人的局限性而基本上离开了他们，认为他们在政治上毫无作为，充其量不过是一群狂放不羁的艺术家罢了。当他对和平主义者和取消种族隔离的民权运动持批评态度时，他的革命诗歌变得更具争议性。他在《演说要点》("Notes For a Speech")里，明显流露了作为被迫离开非洲到美国的黑人后代无法寻根的苦恼和愤怒，我们且读该诗的前三节：

> 非洲布鲁斯乐不认识我。
> 它们的步子
> 在它们自己的国土里。
> 一个黑白分明的国家，
> 被吹到世界各处地上的
> 报纸。感觉不到

---

① Amiri Baraka. "Cuba libre." *Evergreen Review,* Vol. 4, No. 15, Nov.-Dec. 1960.

我是何等样人。

凭梦中的力量，

一个躲躲闪闪、壮着胆子、
乳臭味干的小子，
风扬起沙尘，眼睛里
紧锁着仇恨，仇恨，仇恨，
向国外走去，他们寻觅死亡，
撇开我的死亡。那些
头脑，我称之为
我的"民族"。

诗人在诗的末尾诉说：

非洲
是外国的地方。你是
美国人，像这里
任何伤心的人一样。

现在的非裔美国人在寻根时，几乎无人知晓他们的祖先来自非洲哪个国家，非洲对他们来说无疑是外国，而把美国当作祖国、对建设美国做出贡献的非裔美国人却又如此地被歧视和虐待，这就是为什么诗人对自己说："你是美国人，像这里任何伤心的人一样。"

他在《黑人艺术》（1966）这首诗里，表达他为"建立一个黑人世界"而把诗歌作为行动武器，对那些他认为对不公正社会负有责任的人施加暴力：

我们要有"杀人的诗"。
暗杀的诗，开枪的诗。
与警察搏斗到小巷，拿起
他们的武器，置他们于死地
拉出他们的舌头，送到爱尔兰的诗。
给深肤色南欧人或狡猾的

半白人警察卖麻醉品
而放倒他们的诗。
飞机的诗，嗡嗡嗡嗡嗡
嗡嗡嗡……哒哒哒哒哒
……嗡嗡嗡……放火
烧死白种笨蛋。注意
那犹太人代言人，攫住他的喉咙，
让他一直呕吐……哦哦哦哦哦。

作为全国黑人政治大会秘书长和非洲人民代表大会主席，巴拉卡懂得单凭选举、示威游行或暴动不可能造成政治上的改变，还需进一步提高非裔美国人民群众的觉悟。《黑人！》（"Black People！"）这首诗集中地体现了他这个时期偏激的种族主义思想，他在诗的结尾处号召非裔美国人起来打倒白人：

街上的黑鬼们，拿走你们所需要的东西，如果
需要的话，要他们的命，但是
拿走你们所需要的东西。在大街上跳舞吧，
把音乐放响，伴随音乐到大街上，一架架美丽的
收音机在
市场街，他们放在这里专门为了你们。
我们的弟兄们
正在各处行动起来了，打烂狗屁白脸。我们
必须创造我们自己的
世界，汉子们，我们自己的世界，我们不能到
达这个目标，除非白人死光。
让我们团结起来，杀死白人，我的同胞啊，
让我们一起收获阳光下的果实，
让我们创造我们准备让黑人孩子成长和学习的
世界，
当你们的孩子长大时，别让他们盯视你们的脸，用
可怜你们的温顺方式
诅咒你们。

　　1967 年夏天非裔美国人暴动期间，巴拉卡因私藏武器的罪名而遭逮捕。法院为了判他的重刑，引用了上述这首诗，证明他犯有煽动叛乱罪。由于多方营救，他在复审中获释。

　　1968 年，他创立由 100 个非裔美国妇女组成的黑人社区发展和捍卫组织，成员穿传统非洲服装，讲斯瓦希里语和英语，行穆斯林宗教仪式。它在非裔美国民族政治以及非裔美国人社团与非洲各国关系上起了重要的作用。

　　1965～1974 年，巴拉卡的诗分两类，第一类是像《黑人！》这样的政治诗，提倡民族自豪感、团结和武力。这类诗语言通俗，节奏鲜明，在广大非裔美国人群众中朗诵产生很大影响。第二类诗是他回忆童年和抒发人生哲理的诗，艺术性较强。

　　从 1974 年开始，巴拉卡对非裔美国人的政治运动感到失望，他发现这种非裔美国人运动的受益者是非裔美国中产阶级而不是社会下层的广大非裔美国群众。他认识到只有社会主义和共产主义才能使非裔美国穷人得到彻底的解放。他在总结自己政治活动和诗歌创作的体验时说："我与'非裔美国人'流派认同。我主要的主题？人的进化。第一步是社会主义革命。"他放弃了黑人民族主义，接受马克思主义列宁主义，支持用革命手段推翻黑人或白人的资本主义制度。他成了第三世界解放运动的支持者。诗集《铁一般的事实：摘录，人民战争》（*Hard Facts: Excerpts, People's War*, 1975）是他的马列主义诗歌代表作。1979 年，他因与妻子争吵而被判处在社区强制短时期劳动。大约在这个时候，他开始写他自传《勒罗依·琼斯/阿米里·巴拉卡自传》（*The Autobiography of LeRoi Jones/Amiri Baraka*），1984 年出版。1980 年，他检讨他以前的反犹太人言论，宣称自己是反犹太复国主义者。他长期反对白人特别是以色列人，有关的反犹言论很多，例如，他在 1983 年 11 月 22 日《团结报》（*Unity Newspaper*）上宣称："犹太复国主义是反动的民族主义，更加危险，因为在以色列，它作为美帝国主义的小伙伴，有了国家权力和功能！"又如，他在 1985 年 1 月《前锋：社会主义思想杂志》（*Forward: Journal of Socialist Thought*）上声称："法拉克汉必须区分犹太教和犹太复国主义。是犹太复国主义者控制以色列，并对现在的美国（和南非）犹太资产阶级最有影响力，而不是宗教。"他曾亲自把他的著作与早期的笔记本放在格林威治村咖啡馆展出，其中特别是他提倡对妇女、同性恋、白人和犹太人施加强奸和暴力的主张，引起了多年来的谴责。这就是为什么美裔以色列诗人沙洛姆·弗里德曼在海伦·文德莱教授和丽塔·达夫的诗选大辩论中，同意文德莱教授的观点，坚决反对把巴拉卡这个反犹太分子收进 20 世纪诗歌选集的主要原因。这也是为什么海伦·文德莱教授引用巴拉卡的《黑人艺术》中许多引人注目的暴力诗句（例如"在犹太女子嘴里敲钢指节套"）来证明"新黑人美学"的"文学标准"的低劣。

1984 年，巴拉卡被罗格斯大学聘为教授，因煽动学生为他教授终身制闹事而被解聘。在 1987 年詹姆斯·鲍德温纪念仪式上，他同玛雅·安吉罗和托妮·莫里森被选为发言人。1989 年，获美国图书奖和兰斯顿·休斯奖。

根据卡拉马·亚萨拉姆的看法，到了 90 年代中期，巴拉卡对他信仰马列主义理论进行反省，发现虽然马列主义框框也许不是评估和创作黑人艺术的最佳方式，但他认为任何真正黑人艺术的努力之根必须是爱黑人，爱自我肯定。[①]

在 2001 年 9 月 11 日纽约双子星世贸大楼被恐怖分子撞毁之后，巴拉卡立刻写了一首长诗《有人炸毁了美国》（"Somebody Blew Up America"），其中有诗行把矛头直指以色列，并强烈批评美国种族主义：

> 谁知道世界贸易中心被轰炸？
> 谁告诉双子星塔里的 4000 以色列职工
> 在那一天留在家里？
> 为什么沙龙远远地离开？[②]
>
> 谁？谁？谁？

巴拉卡说，根据他从美国和以色列新闻媒体以及约旦电视台获得的信息，他相信以色列和布什总统与这次恐怖主义事件有关。他否认这首诗是反犹太人的，而是直接抨击以色列复国主义。他趁机历数美国白人统治者和富人的罪过：

> 谁制造了炸弹
> 谁制造了枪

---

① Kaluma ya Salaam. "Historical Overviews of The Black Arts Movement." *The Oxford Companion to Women's Writing in the United States*. New York: Oxford UP, 1995.

② 巴拉卡在这里援引《犹太标准》（*Jewish Standard*）周报的原句："那天谁告诉双子星塔里的 4000 以色列职工留在家里？为什么沙龙远离这里？"

谁贩卖奴隶，谁偷窃他们

……

谁偷了波多黎各

谁偷了东西印度群岛，菲律宾，曼哈顿，

澳大利亚和赫布里底群岛

谁强迫中国人吸食鸦片

……

谁拥有奴隶船

谁带领军队

……

谁是假总统

谁是统治者

谁是银行家

是谁？是谁？是谁？

……

谁拥有石油

谁没有辛劳

谁拥有土地

谁不是黑奴

谁是老大，没有人比他更大

……

谁拥有这城市

……

谁拥有这空域

谁拥有这水域

……

谁拥有你的小屋

谁抢劫、偷窃、欺骗和谋杀，

使谎言成为事实

谁骂你粗野

谁住最大的豪宅

谁犯最大的罪

谁随时可以度假

谁杀死了大多数黑奴
谁杀死了大多数犹太人
谁杀死了大多数意大利人
谁杀死了大多数爱尔兰人
谁杀死了大多数非洲人
谁杀死了大多数日本人
谁杀死了大多数拉丁美洲人

是谁？是谁？是谁？

这样的诗自然惹恼了美国白人。2002 年 7 月，他被提名为新泽西州桂冠诗人，但在这首诗正式发表之后，新泽西州州长吉姆·麦格瑞维（Jim McGreevey）要求巴拉卡主动放弃桂冠诗人资格①，但遭到巴拉卡的拒绝。巴拉卡说，他的这首诗针对的是以色列对巴勒斯坦人的政策，相信这个政策会激起阿拉伯人的反美情绪。

为了回应州长的取消企图，九名成员组成的咨询委员会于 2002 年 12 月任命他为纽瓦克公立学校桂冠诗人。经过法律程序，巴拉卡的新泽西州桂冠诗人资格终于在 2003 年被州长取消。2007 年 11 月，美国最高法院驳回巴拉卡的申诉。反诽谤联盟地区主任谢·戈尔茨坦（Shai Goldstein）称赞判决结果，并说："他带着他反犹太复国主义和反美国主义的自豪徽章。他在这方面的信仰不是政治的，是偏执。"

巴拉卡的大半生是在与主流社会不断冲突中走过来的。早在 60 年代晚期，他对自己的政治和创作生涯有了很清醒的评估，这表现在他的《黑人魔法：破坏；目标研究；黑人艺术；1961～1967 年诗合集》（*Black Magic: Sabotage; Target Study; Black Art; Collected Poetry, 1961-1967*, 1969）的前言里，他向世人表明说：

在《麻木的讲师》（"The Dead Lecturer", 1964）和《二十卷自杀笔记前言》中，你可以注意到早期作品对死亡和自杀的全神贯注。总是我自己，陷入到这个扭曲的社会的死亡冲动里……《破坏》（未出版

---

① 新泽西州桂冠诗人制创建于 1999 年，任期两年，年薪一万美元。

的第三本诗集）意味着我已经看到美国人所谓他们的生活方式的肮脏上层建筑……《目标研究》（未出版的第四本诗集）是真正地像轰炸机队员一样地试图研究即将被摧毁的城市。此时显得被动，显得更无益的"文学性"。《黑人艺术》是关键性的了然于胸，是决策，是实际行动。

巴拉卡先后在纽约社会研究新学院（1961—1964）、旧金山州立大学（1966—1967）、耶鲁大学（1977—1978）、乔治华盛顿大学（1978—1979）等校任教。在纽约州立大学石溪分校任助理教授（1980—1982）和副教授（1983—1984），1985 年之后任非洲研究教授，2000 年退休。但是，他 40 年来从没有停止爵士乐伴奏下朗诵富有感染力的诗歌。作为一位多产的诗人和戏剧家，他在 1959～2003 年，发表诗集 23 本；1958～1992 年，创作和上演剧本 35 本，其中音乐剧《差强人意的美国》（*America More or Less*, 1976）与华裔美国作家赵健秀和美国土著作家莱斯莉·西尔科合作；1961～2003 年，发表论文集 12 本。获古根海姆学术奖、国家艺术基金会奖学金、笔会/福克纳奖（PEN/Faulkner Award）、洛克菲勒基金会戏剧奖、兰斯顿·休斯奖、前哥伦布基金会终身成就奖（Lifetime Achievement Award from the Before Columbus Foundation）。巴拉卡对年轻作家们有着显著而广泛的影响，评论界认为，他作为 20 世纪下半叶的主要诗人留下的传统，同他作为文化和政治首领的重要性相匹配；作为 20 世纪 60 年代黑人艺术运动的首领，他在界定和支持黑人文学负起下个世纪的使命方面贡献良多。2002 年，被非裔美国学、非洲学和传播学领军历史学家和哲学家莫勒菲·科特·阿桑特（Molefi Kete Asante, 1942— ）列为 100 个著名非裔美国人之一。

5. 海基·马杜布第（Haki R. Madhubuti, 1942— ）

黑人文艺运动中涌现出来的干将海基·马杜布第，像巴拉卡一样，是抗议文学的非裔美国革命诗人。他以唐·李（Don L. Lee）这个名字在 60 年代后期著称诗坛，被视为 60 年代晚期崭露头角的"新诗人"。可是，他在 1973 年改成用斯瓦希里语写的现在这个非洲人名字。他没改信伊斯兰教，但接受伊斯兰教的伦理观：爱和尊重非裔美国妇女和家庭团结，不吸毒，洁身自好，吃粮食、蔬菜和水果等自然食物，尊敬老人，统一非洲，建立健康的经济基础，等等。这些代表非洲人美德的传统伊斯兰教思想集中地反映在他的诗集《生活篇》（*Book of Life*, 1973）里。他创立的第三世

界出版社至今仍然是非裔美国人开办的最大的独立出版社。他至今发表 24
本诗歌和非小说，成了最畅销的作者之一，印数超过三百万册。他的专著
《黑人：过时，独身，危险？：转型中的非裔美国家庭》（*Black Men: Obsolete,
Single, Dangerous?: The African American Family in Transition*, 1990）已经销
售一百万册。这是一部深入讨论如何建立健康、兴旺黑人家庭和社区的富
有开创性的非裔美国学专著，他为此成了探讨非裔美国人生活、文化、人
际关系和非裔美国人社会稳定发展的权威。从 60 年代到现在，他作为非裔
美国文学传统发展中的举足轻重的人物，同时也是一位以他那惊人的创造
力取得成功的杰出文学活动家，为建立黑人出版事业和开办黑人儿童学校
做出了杰出的贡献。

　　与其他在 60 年代和 70 年代早期步入文坛的一般青年诗人不同，马杜
布第反对为艺术而艺术，坚信艺术不能脱离火热的社会生活，一切都带有
政治性，认为揭露社会不公正现象和被压迫者的困境是有良知的艺术家义
不容辞的责任。因此，他无视某些非裔美国诗人的非政治性倾向，在他的
第 6 本诗集《别哭，尖叫吧》（*Don't Cry, Scream*, 1969）的前言里明确地指
出："绝大多数的美国黑人诗篇，如果不是所有的话，都将具有政治性。"
他认为不存在中性的非裔美国人艺术，非政治就是起反面和消极作用的政
治。因此，他在诗里触及非裔美国人生活的各个层面：黑人自豪、黑人本
性、黑人美、黑人妇女、黑人英雄、黑人教育、黑人爱情、黑人革命，等
等。例如，他在《原始人》（"The Primitive"）里表现了非裔美国民族的自
豪感：

　　　　　　从母亲非洲的彼岸
　　　　　　被带到这里。
　　　　　　他们认为我们是
　　　　　　野蛮人——
　　　　　　他们才真是野蛮人。
　　　　　　拯救我们自己。（从何处起？）
　　　　　　我们的幸福，我们的爱情，相互之间？
　　　　　　他们的《圣经》为
　　　　　　我们的国家。（介绍到经济上）
　　　　　　使我们成了基督徒。
　　　　　　强奸我们心灵的是：

> 电视和笔直的头发，
> 《读者文摘》和漂白霜，
> 健壮粗野灵活的黑鬼，
> 旧汽车和旧房屋、
> 大麻卷烟和汽油弹，
> 欧洲史和前途。
> 那些外国人对白种人的
> 观念，表面与实际
> 差一大截。
> 违背我们的天性，
> 这个武器称为
> 文明——
> 他们把我们带到此地——
> 逼我们发疯。
> （像他们一样）

马杜布第的这首诗解构或颠覆了整个欧美白人文明的观念。他的诗富有鼓动人心的爆发力，他以惊人的比喻、反讽、多变的迭句、词藻的玩弄和音乐上的断奏表现手法使他的听众着迷。他完全用城市非裔美国人的口语写诗，生动活泼，也不妨碍广大读者和听众的理解。美国印第安诗人罗恩·韦尔伯恩（Ron Welburn）夸奖马杜布第说："唐·李主要是朴实无华，直截了当，嘲讽挖苦。他没有背上困扰白人存在主义诗人的那种'反讽洞察力'包袱。"①

西奥多·赫德森（Theodore R. Hudson）教授也称赞马杜布第说："他的诗具有自觉的实用性，诗艺上变得更加精细，内容上继续是社会政治。他的主题围绕着自我认同、自我定义、民族自决、黑人人性、白人堕落和通过集体与体制方面的努力而自救。"②

马杜布第出生在阿肯色州小石城，在底特律的贫民窟长大，自小失去了背离家庭的父亲，由母亲抚养，破碎的家庭逼使他早早进入劳工世界，靠擦洗邻居的酒吧间为生。他16岁时母亲死于酗酒，前往芝加哥，上了邓巴高中，毕业后找不到工作，到各地以卖杂志为生，到达圣路易斯市时贫

---

① Ron Welburn. "Don't Cry, Scream!." *Negro Digest*, December, 1969.

② Theodore R. Hudson. "Don L. Lee." *Contemporary Poets*: 544.

病交加，只好典当了他的一切之后去服兵役（1960—1963），他当时 18 岁，随身携带的保罗·罗伯逊的名著《我屹立在此》(*Here I Stand*, 1958) 却被一个白人教官撕毁，使他受到很大刺激，他因此决心学习黑人文化和历史，当一名作家。复员之后上了大学，获芝加哥市立学院学士（1966）和爱荷华大学文学硕士（1984）。两次婚姻：1963 年，与诗人乔哈里·阿米尼结婚，生一子；1974 年，与作家、西北大学教授萨菲莎（Safisha）结婚，生三个子女。

他由单面印刷出版社出版的第一和第二本诗集《思考黑人》(*Think Black*, 1968) 和《黑人自豪》(*Black Pride*, 1968) 被评论界视为关注非裔美国人及其美学的开创之作。接着由单面印刷出版社出版的三本诗集和一本论文集《轰动的声音：60 年代的黑人诗人》(*Dynamite Voices: Black Poets of the 1960s*, 1971) 以及第三世界出版社和其他出版社出版的著作，属于他以唐·李的名义发表的早期作品，表明他一起步就是为非裔美国读者而创作的作家。他选择的主题和题材都关系到黑人妇女的内在美和困境、非裔美国男子的处境、黑人男女关系的重要性、为解决种族问题而奋争的黑人政治人物、黑人同化到西方文化和让基督教给自己洗脑的问题、黑人音乐家在心理和艺术上的贡献等等，并向他的读者揭示种族主义在心理、经济、政治和历史各方面伪装的危害性。

马杜布第深知发表作品主动权的重要性。他用从诗歌朗诵得到的四百美元，买了一架油印机，与诗人卡罗琳·罗杰斯（Carolyn Rodgers, 1940—2010）、乔哈里·阿米尼和罗瑟尔·里克（Roschell Rick）一道，于 1967 年 12 月 12 日在他芝加哥南边的公寓地下室开办第三世界出版社，到 2007 年为止，发展到有数百万美元的设施。大约就在成立出版社的期间，他和其他成员在一座教堂里见到了他崇拜的格温朵琳·布鲁克斯，从此两人结下了亲密友谊。黑人艺术运动期间，他在黑人艺术运动的会议和南方基督教领袖会议（Southern Christian Leadership Conference）上，同其他诗人一道朗诵诗歌，并出售他们的诗集。1969 年，他创立正面教育研究所/新概念发展中心；1972 年，创办《黑人图书报》(*Black Books Bulletin*) 并担任主编；1998 年，开始与人合作共同创办芝加哥"贝蒂·沙巴兹国际特许学校"（Betty Shabazz International Charter School）。

1984 年以后，马杜布第任芝加哥州立大学杰出教授、格温朵琳·布鲁克斯黑人文学和创作中心名誉主任及文学创作硕士点项目主任。1997～2001 年，他的诗歌和散文被收进 30 多本文选和诗选。他的诗集《扼杀记忆，寻求祖先》(*Killing Memory, Seeking Ancestors*, 1987) 充分体现了他广阔的文化视野及其对 60 年代乃至 80 年代和 90 年代非裔美国人生活的文化、政治、历史、经济和教育问题的深刻理解。他 90 年代的诗集包括《基本作品：唐·李新旧诗选》（*Groundwork: New and Selected Poems of Don L. Lee*, 1996）和《心爱：婚礼和爱情篇》（*Heartlove: Wedding and Love Poems*, 1998）。他在新世纪，以自传小说《黄皮肤黑人：一个诗人前 21 年的生活》（*Yellow Black: The First Twenty-One Years of a Poet's Life*, 2006）的形式，总结了他的心路历程。获全国人文学科基金会奖（1969, 1982）、昆巴创作室黑人解放奖（Kuumba Workshop Black Liberation Award, 1973）、单面印刷出版社杰出诗人奖（Broadside Press Outstanding Poet's Award, 1975）、杜塞贝尔博物馆杰出诗歌奖（DuSable Museum Award for Excellence in Poetry, 1984）、全国英语教师委员会奖（National Council of Teachers of English Award, 1988）、西德尼·耶茨艺术提倡奖（Sidney R. Yates Arts Advocacy Award, 1988）和非洲传统研究协会嘉奖（African Heritage Studies Association Citation, 1988）。

他获得这些文学奖项使我们清楚地看出，由于他的理念和审美一直与主流文学审美标准格格不入，当然无缘于文学主流颁发的各大奖。从加州大学洛杉矶分校雅舍·凯斯勒（Jascha Kessler）教授在《诗刊》（1973 年 2 月号）上发表的对马杜布第的抨击性评论中可以看到主流文学界对他的态度，他说："我在唐·李的作品里没有看到诗，看到的是愤怒、浮夸、憎恨、尖叫、委屈，多半是超凡粗鲁的宗教情绪和政治伪善、鼓吹和种族主义的胡言乱语，都是这类东西。在形式和风格上完全没有独创性；毫无幽默感；近乎疯狂的残酷笑声。"雅舍·凯斯勒教授进一步抨击说：

> 他有雄心壮志，有狂热的崇高愿景，显然旨在把他的兄弟姐妹们从纽瓦克或底特律或芝加哥黑人聚居区的水深火热之中解救出来；他对许许多多长期的毁灭、压抑、邪恶和处于自毁境地的无奈感到愤慨，是值得赞许的；如果他能把黑人意识提高一会儿，提高一点儿，这将可能会实现——如果他也能把痛苦和灾难透露到白人头脑里，也将会有意外的收获。但是诗歌呢？唐·李妄想自己富有诗意。他所写的全部是街头语言，对我们大多数人来说太一般化了；其余的则是一个任何人都可以做的大杂烩：把改头换面的 W. C. 威廉斯、陈腐的勒罗依·琼斯同一个非裔美国组织的报纸《穆罕默德讲话》（*Muhammad*

Speaks)^①社论混合起来。由于唐·李不关心为他的捧场者之外的那些人写作，他于是能虚构他的历史、宗教、事业、政治等等东西；但是，那对我们帮助却不大。如果他在他号召的民族中觉悟了，他可能任命自己为文化部长，凭借去除其他任何人的竞争，可能在这个位置上待一段时间；他为此怨愤不已。不过，一个真正的诗人不会当文化部长当得长，从来不会长。唐·李是在诗歌之外的某些地方进行着劝告人，吓唬人，咒骂人，大吵大嚷。

雅舍·凯斯勒教授完全用了讽刺、挖苦、仇视的语言批评马杜布第，也流露了他的白人种族主义情绪。马杜布第听惯了这类来自主流文学界的批评，这损害不了他什么，他是我行我素，全心全意地为非裔美国同胞着想，丹尼尔·格林（Daniel Greene）对此透露说："在康奈尔大学，我第一次听到他告诉我说：'我为黑人写作，给黑人写作。'"^② 安妮特·奥利弗·尚兹（Annette Oliver Shands）对此也说："唐·李在诗歌上的回应是革命性的，它要求黑人诗人与黑人人民相互建立联盟，互相交流，规划，共享，并加强与美国白人社会完全无关的价值观。"^③ 因此，他得不到白人读者的响应也在情理之中。尽管如此，作为非裔美国人文化组织——作家创作班的创建者之一、正面教育学会会长和创建者之一，推进非裔美国文化教育事业的积极分子，作为非洲解放支持委员会副主席和非洲人民大会执行委员会委员，马杜布第不仅在国内非裔美国文化教育界，而且在国内外政治领域，发挥了远比一般作家大的积极影响。他应邀在全国各地高等学府朗诵诗歌，受到青年学生们的热烈欢迎，成了大学生们的崇拜对象。他还作为诗人、散文家、评论家、出版商、社会活动家和教育家应邀到加拿大、摩洛哥、利比里亚、加纳、坦桑尼亚、塞内加尔、以色列、巴西、法国、英国和荷兰等国家进行诗歌朗诵和演讲。

---

① 《穆罕默德讲话》：伊斯兰民族（Nation of Islam）领袖以利亚·穆罕默德（Elijah Muhammad）在1960 年 5 月创立的报纸，主要在非裔美国读者中发行，是拥有最多非裔美国读者的报纸之一。伊斯兰民族主要是非裔美国人的新宗教运动，于 1930 年 7 月由华莱士·法德·穆罕默德（Wallace D. Fard Muhammad）在底特律创立，旨在改进非裔美国人的精神、心理、社会和经济状况。该运动灌输黑人自豪感和伊斯兰教原则。

② Daniel Greene. "In Prose and Poetry, the New Black Voices." *National Observer*, July 14, 1969.

③ Annette Oliver Shands. "The Relevancy of Don L. Lee as a Contemporary Poet." *Black World*, June 1972.

6. 玛雅·安吉罗（Maya Angelou, 1928—2014）

　　玛雅·安吉罗是一位多才多艺、社会活动异常积极的诗人。克林顿总统在 1993 年 1 月 20 日的就职典礼上邀请她朗诵诗歌引起了几百万普通听众的欢呼，这个机遇使她顿时闻名国内外，虽然这对她作为诗人来说是一个迟到的喜讯。

　　克林顿总统就职前六个星期，安吉罗接到电话，说新总统希望她写一首诗，在就职典礼上朗诵。她感到很高兴，认为这是克林顿的明智之举，表明他想团结全国的愿望。她完全领会克林顿的用意，她说："让一位妇女，一位黑人妇女创作一首体现时代精神的诗篇，是很合适的。它也许象征黑人妇女处于最底层。找一位黑人妇女来讲这种被疏远和抛弃的情况，讲一讲治愈所有美国人都受到的那些创伤的希望，是适宜的。黑人妇女终归知道这一切。"无数美国人打电话给她，写信给她，甚至敲她的门，教她如何写和写一些什么，以至这成了她一时应接不暇的负担。她不得不抱怨说："这是诗，不是法令。"话虽如此，她终于写成了《在这激情洋溢的早晨》（"On the Pulse of Morning", 1993）。我们最好读一读这首给她带来诗运而载入史册的应景之作的全文：

> 山岩，河流，树木
> 接待过很久以前早已消亡物种，
> 留下痕迹的乳齿象。
>
> 恐龙，它们留下了
> 在此逗留过的冷冰冰标志，
> 它们仓促毁灭时惊天动地的恐慌
> 已消失在尘埃和一个个世纪的幽暗里。
> 而今，山岩清晰地有力地向我们呼喊，
> 来吧，你们可以站立在我的
> 背上，面对你们遥远的命运，
> 但在我的影子里却找不到天堂。
>
> 我不会给你们在这儿有藏身之地。
>
> 你们，生来只比飞翔的天使

稍稍低等一点，摔伤在黑暗里的
时间却太长太长太长，
伏在愚昧里的时间
却太长太长太长。
你们嘴巴里溅出来的话语
被用于屠杀。

山岩如今向我们呼喊，
你们可以站在我身上，
但你们别遮掩你们的面庞。

大河越过世界之墙，
唱着美丽的歌儿：
来吧，到我身边这儿休息。

你们的每一个人是一个划了边界的国家，
脆弱而奇怪地骄傲，
然而在围困中永远盛气凌人。

为利益而进行的种种武装斗争
在我的岸上留下了一圈圈废墟，
在我的胸膛留下了污秽的浊浪。
而今，我叫你们到我的河边来，
如果你们再也不研究战争。来吧，

在平平和和中来，我将唱起
造物主教给我的一支支歌儿，那时
我、山岩和树木合三为一。

那是在玩世不恭把你的
眉头烫焦之前，而当时
你们却一无所知。

大河唱着，唱着，唱着，这样地唱着。

对唱着歌的大河，对大智大慧的大山，
现在有了急切的反响。

因此，亚洲人、拉丁美洲人、犹太人、
非洲人、美洲土著、苏族人、
天主教徒、穆斯林、法国人、希腊人、
爱尔兰人、犹太教教士、基督教牧师、
伊斯兰教教长、同性恋者、异性恋者、
传道士、特权阶层、无家可归的人和教师，
他们都倾听着
大树讲话。

他们倾听每棵大树今天第一次也是最后一次
对人类的讲话。来吧，到河边这儿来。

立在我身旁，站在河这边。
你们每个人，过客的后代，
前人都已经为你们付出了代价。

你们，首先给我起名字的人，你们，
喀多语族人①、阿柏支族人②、赛尼加族人③、
你们，柴拉几族人④，和我一同生息，然后
被迫站起来离开我，让我被其他的
探寻者奴役，他们疯狂地获取，
他们渴求黄金，

你们，土耳其人、瑞典人、德国人、
爱斯基摩人和苏格兰人……

---

① 为北美洲印第安人部落。
② 为北美洲印第安人部落。
③ 为北美洲印第安人部落。
④ 为北美洲印第安人部落。

你们，阿散蒂人①、约鲁巴人②，和克鲁人③被带来，
被卖掉，被偷来，在恶梦中到达这里，
为一个梦想祈祷着。

这儿，牢牢地站在我身旁。

我是根植在大河边的那棵大树，
永远也不会动摇。

我，大山，我，大河，我，大树，
我是你们的——你们的迁移通道已经被付出了代价。

抬起你们的脸，你们急需
这明亮的早晨为你们照亮。
历史，尽管有过折磨的痛苦，
不可能被忘却，但如果面临
勇气，不需要重演。

抬起你们的眼睛，看一看
为你们放出光明的今天。

再怀抱
梦想吧。

女人们，孩子们，男人们，
把梦想放在你们的手心里。

把梦想捏成你们内心最需要的
形状。把梦想塑成
你们最公开的自我形象。
打开你们的心灵，

① 非洲的一个部落。
② 西非的一个部落。
③ 西非几内亚湾沿岸的一部分居民。

每个小时都为新的开端提供
新的机会。

别永远与恐惧
联姻，别永远屈服于
残暴野蛮。

地平线已经升起，
为你们迈开改变的新步伐提供空间。
这儿，在今天激动人心的美好时刻，
你们会有勇气
抬眼远眺，并且看着我，大山，
大河，大树，你们的国家。

别学乞丐似的国王米达斯①，

而今你们别重蹈过去乳齿象的复辙。

此时此地，在这令人激动的新开端，
你们可以体面地抬头去看
你们姐妹的眼睛，看
你们兄弟的面孔，看
你们的国家，并且
带着希望，只需道一声晨安：
早上好。

　　这首诗政治色彩鲜明，其主题是强调重建人与人之间和人与大自然之间联系的新希望，强调希望世界各国人民之间特别是和美国人民之间加强团结。鉴于前不久美国西部城市因种族歧视而进行的大规模非裔美国人暴动，该诗强调和谐社会的用意不言而喻。难怪克林顿总统在主席台上主动去拥抱安吉罗，并且说："我喜欢这首诗，过去的六个星期以来，你似乎看

---

　　① 希腊神话中的一个国王。他曾经救过狄俄尼索斯的伴友西勒诺斯的命。狄俄尼索斯为此答应给他所要求的一切。米达斯请求传给他点金术，狄俄尼索斯满足了他的要求。从此他凡碰过的东西都变成了黄金，连食物也是。他的贪婪使他无法生活。

到了我们的心思。你比我们说得好。"他还准备把它挂在白宫办公室的墙上。克林顿在紧接着安吉罗朗诵之后发表的就职演说中，应用了她的诗中的"大树""大河"和"早晨"的意象，以增加他演说的力量。

在总统就职典礼的场合，由诗人朗诵诗歌，在美国历史上只有两次[①]，第一次是1961年肯尼迪在他的就职典礼上邀请美国大诗人弗罗斯特朗诵。那天阳光太强烈，86岁的老诗人双手发抖，看不清他预先准备好的诗稿，尽管当时肯尼迪总统和约翰逊副总统用他们的礼帽为他挡阳光。老诗人为了不让大家扫兴，索性丢开诗稿，朗诵了他十多年前写的一首短诗《完全的奉献》，这给当时还年轻的安吉罗留下了很深的印象。不过她却没料到32年后的这一天，她居然也在民主党的总统就职典礼上登台朗诵，而且朗诵了长诗，比弗罗斯特的《完全的奉献》（16行）长六倍之多。她深知写这种诗吃力不讨好，因为众口难调。她说："人人都说要一份好工作，工薪高，为社会所需要，受大家尊重。世界上人人都要爱一些人，也要被一些人所爱……人人在星期六晚上都要有一个举行晚会的地方。"

这虽然是应景之作，在艺术上很难有独创之处，但鉴于公众对这首诗的热烈反响，兰登书屋在一个月之后为这首诗专门发行了纪念版，该诗的朗诵录音在1994年获得了"最佳口语专辑"（Best Spoken Word Album）格莱美奖（Grammy Award）。这个荣誉非同一般，卡特、克林顿和奥巴马三个总统因为他们的上佳演讲而获得此奖。这使得安吉罗在这次朗诵之后名声大振。1995年，她被确认为登载在《纽约时报》平装非小说类畅销书名单上的时间最长的纪录（连续两年）。她的自传《我知道笼中鸟为什么歌唱》（*I Know Why the Caged Bird Sings*, 1993）和《玛雅·安吉罗诗合集》（*The Complete Collected Poems of Maya Angelou*, 1994）的销售量在短期内翻了几番，出版社为她增印了40万册。

玛雅·安吉罗生在密苏里州圣路易城，起名为玛格丽特·安·约翰逊（Marguerite Ann Johnson）。父亲贝利·约翰逊（Bailey Johnson）是海军营养师，母亲薇薇安·约翰逊（Vivian Johnson）是护士和纸牌经销商。安吉罗三岁时父母婚姻破裂，和母亲生活在一起，七岁时被她母亲的男朋友强奸。后来，她被父亲送到阿肯色州斯坦普斯，由祖母抚养。她十四岁时，和她的哥哥回到住在加州奥克兰的母亲身边。二战期间，她上高中，因获得加州劳工学院助学金而同时在那里学习舞蹈和戏剧。毕业前，在旧金山当电车售票员，毕业之后三个星期才17岁的她当了未婚母亲，生下后来当

---

① 卡特总统就职典礼前夕，曾邀请詹姆斯·迪基在华盛顿的肯尼迪中心朗诵过诗。

了作家的儿子盖伊·约翰逊（Guy Johnson, 1945— ）。^① 安吉罗怕别人议论轻浮而对她的三次或更多次的婚姻含糊其词，但有正式记载的婚姻有两次：第一次是 1951 年，与希腊电工、前水手和有音乐抱负的托什·安耶洛斯（Tosh Angelos）结婚；第二次是 1973 年，与保罗·德弗（Paul De Feu）结婚。

在她的婚姻结束之后，安吉罗开始了她的艺术生涯，在包括夜总会"紫洋葱"（The Purple Onion）在内的旧金山附近俱乐部当专业舞蹈演员，演唱特立尼达岛土著即兴演唱的卡里普索歌曲。这时她以玛格丽特·约翰逊或丽塔（Rita）出名，但是在她的经纪人和夜总会支持人的建议下，改名为玛雅·安吉罗，以便与她的卡里普索土著舞蹈风味相衬。1954～1955年，她在欧洲巡回演出歌剧，每到一个国家就学习当地的语言，因此学会了好几国语言。1957 年，她以演唱卡里普索歌曲闻名，录了第一本专辑《卡里普索小姐》（*Miss Calypso*），1996 年制成光碟发行，后来又拍摄电影《卡里普索热浪》（*Calypso Heat Wave*）。

1959 年，她遇到小说家詹姆斯·基伦斯（James O. Killens, 1916—1987）。在他的鼓励下，安吉罗移居纽约，加入哈莱姆作家协会，投身于文学创作。在那里，她遇到了著名小说家詹姆斯·鲍德温（James Baldwin, 1924—1987）和其他比较有名的非裔美国作家约翰·亨里克·克拉克（John Henrik Clarke, 1915—1998）、罗莎·盖伊（Rosa Guy, 1925— ）、葆拉·马歇尔（Paule Marshall, 1929— ）和朱利安·梅菲尔德（Julian Mayfield, 1928—1985），开始步入文坛，获得出版机会。1960 年，在遇到民权运动领袖小马丁·路德·金并听到他的演讲之后，与詹姆斯·基伦斯一道组织配乐时事讽刺剧，为南方基督教领袖会议^②进行义演。作为民权运动的筹款者和南方基督教领袖会议的北方协调员，她对非裔美国人民权运动做出了积极的贡献。在这期间，她成了亲卡斯特罗和反种族隔离主义的活动分子。

---

① 盖伊·约翰逊已经发表了两本小说《站在起跑线上》（*Standing at the Scratch Line*, 1998）和《一个遥远的夏天回响》（*Echoes of a Distant Summer*, 2002）。他在一次网络聊天时说："我要说，同最鼓舞人心最富创造力的人生活在一起是我之大幸，她就是我的母亲。"（From an on-line chat that Guy Johnson participated in on December 10, 1998, archived by BarnesandNoble.com.）

② 南方基督教领袖会议（Southern Christian Leadership Conference, SCLC）：是以通过非暴力反抗赎回"美国心灵"（the soul of America）为目标创立的组织，会址在亚特兰大。它旨在南方各处协调非暴力示威游行。从 1957 年该组织成立起至 1968 年小马丁·路德·金去世为止，金任会长。这个组织以南方黑人教堂的实力和独立性为活力，金为此把它形容为"南方黑人社区的特殊结构所导致的以教堂为中心"的组织。

在 60 年代非殖民化时期，安吉罗到非洲干了一番事业：在埃及，任新闻周刊《阿拉伯观察家》（*Arab Observer*）副主编（1961—1962）；在加纳，任加纳大学音乐戏剧学院副主管（1963—1966）、《加纳时报》（*Ghanaian Time*）和加纳广播公司自由撰稿人（1963—1965）以及《非洲评论》（*African Review*）专题编辑（1964—1966）。

她从非洲回到美国后，詹姆斯·鲍德温和兰登书屋主编罗伯特·卢米斯（Robert Loomis, 1926—　）鼓励她写自传，她最初没有同意，后来改变了主意，创作了为她赢得声誉的《我知道笼中鸟为什么歌唱》。作为一种新型的回忆录作者，她在六本系列自传①里，除了回忆她丰富多彩的社会活动之外，大胆地公开讨论她常人往往会回避的私密，她为此被诗人、诗评家乔安妮·布拉克斯顿（Joanne M. Braxton, 1950—　）称为"美国最耀眼的女黑人自传作者"，也被批评界推崇为非裔美国妇女的代言人。她的有关身份、家庭和种族主义的著作常常在国内外用作中学和大学的教材，但是其中引起争议的著作在学校和图书馆被禁止，尽管她不像巴拉卡或马杜布第在种族问题上那样剑拔弩张。她的畅销自传《我知道笼中鸟为什么歌唱》倒不是因为敏感的种族主义问题而是因为对女同性恋、婚前同居、色情和暴力过度暴露而遭到许多家长的严厉批评和反对，成了初中和高中的禁书，导致它被剔除出学校课程和图书馆。

她从未获得大学的任何学位，却荣获了 30 多个荣誉博士头衔，自 1991 年以来，执教于北卡罗来纳州维克森林大学，并成为美国学终身雷诺兹教授。她还被卡特总统提名为国际妇女委员会（Commission for the International Women）成员。1998 年，她入选全国妇女名人堂（National Women's Hall of Fame）；2000 年，获国家艺术奖章；2008 年，获林肯奖章（Lincoln Medal）；2011 年，被奥巴马总统授予总统自由勋章（Presidential Medal of Freedom）。作为成功的舞蹈家，她常常在各种媒体露面。不过，她的诗歌很少得到学院派诗评家们的青睐，尽管她得到美国总统们的垂青。文学界看重的国家图书奖、普利策奖或托尼奖，她只得过提名奖。美国文学大奖尽管不无政治色彩，但不受最高当局的影响。威廉·西尔维斯特（William Sylvester）对此认为它具有反讽意味，因为"她的书已经出售了

①　安吉罗的其他五本传记：*Gather Together in My Name*. New York, NY: Random House, 1974, reprinted, 1990; *Singin' and Swingin' and Getting' Merry like Christmas*. New York, NY: Random House, 1976; *The Heart of a Woman*. New York, NY: Random House, 1981; *All God's Children Need Traveling Shoes*. New York, NY: Random House, 1986; *A Song Flung up to Heaven*. New York, NY: Random House, 2002。

几百万册，而她的诗却很少受到批评家们认真的关注"①。她的诗歌语言口语化明显，平直有余而锤炼不足。例如，她为了表达对自由的渴望，在《笼中鸟》（"Caged Bird", 1983）中对自由的鸟儿和笼中鸟作了许多白描之后，在最后一节平平淡淡地点名主题：

> 笼中的鸟带着
> 可怕的颤音歌唱
> 唱着不为人知的内容
> 但依然怀着渴望
> 他的曲调
> 在远处的山上
> 听到，笼中鸟
> 为自由而唱。

这样的行文，朗诵起来尚有效果，但不耐读，无余味。因此，评论界认为，她的散文文笔优于诗歌。不过，作为一个从社会底层奋斗出来的非裔美国妇女，安吉罗不能不算是取得了很少人能获得的辉煌成就，除了她的天赋和机遇之外，还与她的坚强意志密不可分，正如她所说："我所有的作品，我的一生，我所做的一切，是为了生存，不要贫瘠、可怕、单调乏味的生存，而是带着优雅和信心生存。尽管可能会遇到许多失败，但不能被击败。"②奥巴马总统称她为"我们的时代的亮点"。

7. 妮基·乔瓦尼（Nikki Giovanni, 1943—　）

妮基·乔瓦尼虽然没有像玛雅·安吉罗那样得到美国总统邀请朗诵就职诗的殊荣，却主动代奥巴马作了一首就职诗。同阿米里·巴拉卡、海基·马杜布第一样，她在60年代风起云涌的政治运动中成熟了，获得"黑人诗歌公主"的美称一半由于她的外表美，一半由于她的诗歌美。她受到大学生们的热烈欢迎，成了他们的爱慕对象。她旅行非洲、欧洲和加勒比地区，赢得了很大荣誉。大胆和公开的革命热情成了她早期诗歌的特色，她的《现在的黑人与过去的黑鬼对话的真正含义》（"The True Import of Present Dialogue: Black vs. Negro", 1960）代表了她也代表了她这一代在60

---

① William Sylvester. "Maya Angelou." *Contemporary Poets*: 19.

② Dolly A. McPherson. *Order Out of Chaos: The Autobiographical Works of Maya Angelou*. New York: Peter Lang Publishing, 1990: 10-11.

年代成长起来的激进诗人的风貌：

> 黑鬼
> 你敢杀吗
> 你敢杀吗
> 黑鬼敢杀吗
> 黑鬼敢杀白鬼吗
> 你敢杀吗？嘿，
> 敢吗，黑鬼？黑鬼，你敢
> 杀吗？
> 你知道如何吸血吗
> 你敢放毒吗
> 你敢刺伤犹太人吗
> 你敢杀吗，嘿？黑鬼
> 你敢杀吗
> 你敢用枪撩倒一个新教徒
> （这是他们应得的下场，不管怎么说）
> 你敢杀吗
> 你敢在金丝发的头上撒尿吗
> 你敢把金丝发的头折断吗
> 你敢杀吗
> 黑鬼敢死
> 我们不想证明我们敢杀
> 我们要证明我们敢杀
> 他们送我们去杀
> 日本和非洲
> 我们管辖欧洲
> 你敢杀吗
> 你敢杀白人吗
> 你敢杀你内心深处的
> 黑鬼吗
> 你敢使你的黑奴思想
> 死掉吗
> 你敢杀死你的黑奴思想吗

　　放开你黑人的双手去

　　绞死

　　你敢杀吗

　　黑鬼敢杀吗

　　你敢射击吗

　　还敢放火吗

　　你敢把他们肝脑涂地吗

　　你敢杀他们吗

　　你敢诱使她（他）们上床再杀死他们吗

　　我们在越南

　　为他们拼杀

　　我们为联合国、北约组织、东南亚条约组织和

　　美国拼杀

　　处处为了所有的拉丁字母除了

　　BLACK

　　我们能学会为了黑人而杀白人吗

　　学会杀死黑奴

　　学会做有觉悟的黑人

　　读者可以想见这首诗在 60 年代非裔美国人民权运动和反侵越战争运动中所起的煽动性的效果，这种公开号召黑人起来杀（kill）白人的言论，如果在其他国家的话，她早就被逮捕坐牢了。好在 kill 是一个多义词，还含有使停止、破坏、减弱或抵消的意思。不管怎么说，她把黑人在历史上长期遭到白人种族主义歧视和迫害的愤怒，在民权运动中发泄出来了。妮基·乔瓦尼的头两本诗集《黑人的感觉，黑人的谈话》（*Black Feeling, Black Talk*, 1967）和《黑人的判断》（*Black Judgement*, 1968）是在 60 年代民权运动和黑人权利运动的鼓舞下创作的，体现了 60 年代年轻非裔美国人的想法、感受和诉求，由此她成了人们心目中革命的甚至是好斗的诗人。她就是以这样的姿态进入诗坛的。她曾说："我们并没有许多正面书写黑人经历的著作。"①她还说："我真的希望白人没有理由写关于我的情况，因为他们永远不会明白黑人的爱是黑人的财富，他们可能会谈论我艰苦的童年，

---

① Richard Ellmann and Robert O'Clair. Eds. "Nikki Giovanni." *The Norton Anthology of Modern Poetry*. New York · London: W.W. Norton & Company, 1976: 1381.

却永远不会明白我与此同时也相当快乐。"① 可见她作为黑人的自我意识很强,她专为非裔美国读者而创作。她还曾在《詹姆斯·鲍德温与妮基·乔瓦尼对话》(*A Dialogue: James Baldwin and Nikki Giovanni*, 1973)一书中说:"白人真的更多地与神打交道,黑人则与耶稣打交道……世界上有两种不同的人:主人和奴隶……如果你不了解自己,那么你就不了解其他任何人。"

这是她风格的一面,她还有感情细腻、温柔和热情的另一面,例如描写她家乡的《田纳西州诺克斯维尔》("Knoxville, Tennessee", 1968):

> 我总是最爱夏天
> 你能吃到爸爸园子里
> 新鲜的玉米
> 还有秋葵
> 还有青豆
> 还有包菜
> 还有许多
> 野外烧烤的肉类
> 还有教会野餐上的
> 酸牛奶
> 家制冰激凌
> 聆听教堂
> 外面的
> 福音音乐
> 回家
> 和你的外祖母一道
> 到山上去
> 打着赤脚
> 所有时间
> 都沉浸在温煦里
> 不仅仅是你上床
> 睡觉的时候

---

① Richard Ellmann and Robert O'Clair. Eds. "Nikki Giovanni." *The Norton Anthology of Modern Poetry*. New York • London: W.W. Norton & Company, 1976: 1381.

　　诗中提到的外祖母对乔瓦尼影响很大。这位老太太因为在年轻时批评白人太过火，以致引起白人要抓她，想用私刑处死她，不得不从佐治亚州奥尔巴尼逃到诺克斯维尔。她的外祖母在小时候教育她要热爱非裔美国人。在她的诗里，我们可以感觉到她的黑人种族自豪感，作为女儿、母亲和民权活动积极分子的体验以及她对家庭的热爱和尊重。

　　妮基·乔瓦尼生在田纳西州诺克斯维尔，后来父母移居俄亥俄州辛辛那提。父母起初当学生宿舍管理员，后来父亲在辛辛那提南伍德劳恩中学教书，晚上和周末在基督教青年会兼职。为了她和她的姐姐上学方便，父母又移居辛辛那提的另一处市郊。乔瓦尼基本上受到了良好的教育，从小就很勇敢，富于幻想，毕业于田纳西州纳什维尔的菲斯克大学（1967）。她博览群书，其中包括希腊罗马神话以及庞德、T. S. 艾略特和理查德·赖特等人的著作。1969 年开始在罗格斯大学利文斯顿学院执教，1987 年之后，作为特聘教授在弗吉尼亚理工大学教授创作和文学。她获得了 19 个荣誉博士学衔。她对婚姻有一种特殊的看法和不寻常的举动，即认为结婚不适于她，在没有婚姻的约束下，于 1969 年生下了她的爱子托马斯·沃森·乔瓦尼（Thomas Watson Giovanni），从此她一切以儿子为中心，改变了她原来的激进思想。她为此说："我无法想象没有他而生活。我可以没有革命、没有世界社会主义、没有妇女解放运动而生活……我有了一个孩子。我的责任已经改变了。"① 她的母亲和姐姐死于癌症，她也在 1995 年被诊断患肺癌，动了手术。1999 年，乔瓦尼表示她希望与她的癌症谈判，制定一项停战协议，和平共处 30 年。作为癌症的幸存者，她在近作《自行车：爱情诗篇》（*Bicycles: Love Poems*, 2009）中带着无限的温情回忆和讲述她去世的母亲和姐姐，与她早期锋芒毕露的激进调门形成了强烈的对比，这种态度和感情的变化在常人大病之后往往会发生。当然她这时也不是不关心政治。她为黑人奥巴马当选美国总统欢欣鼓舞，尽管没有受到奥巴马的邀请，她却突发奇想，在 2009 年 4 月 8 日通过国家广播电台播放了为奥巴马就职典礼写的一首非正式的诗《点名：庆祝之歌》（"Roll Call: A Song of Celebration"）：

　　　　我是巴拉克·奥巴马
　　　　我在这里对你们讲：
　　　　我是美国总统

① Virginia C. Fowler. Ed. *Conversations with Nikki Giovanni*. Jackson, MS: UP, 1992.

我将要走在大街上
敲家家户户的门
再与大家来分享
不仅是我的也是你们的梦想。
我将会与人民交谈
我将会倾听和学习
我将先做好呱呱叫的黄油
然后把搅拌器清洗又擦干
我的妻子很美很美
我的孩子活泼天真
我们需要一只宠物狗
我代表斯普林菲尔德
在华盛顿特区参议院
讲清所有这些改变
对我意味着什么
有人说"等一等"
有人说"不是现在"
但我在此已准备
作总统就职宣誓
现在是我们
站起来的时候了
因为我们都知道
是的，我们能够
是的，我们能够
是的，我们能够[①]

　　这好像是一首她对美国历史上第一个非裔美国总统寄托希望的打油诗，听众的评论毁誉参半。一位听众海伦·弗格森（Helen Ferguson）在2009 年 1 月 14 日的 Tootsie 网站上留言说："这是一首人人可以朗诵和欣赏的总统就职典礼诗。应当这样写。我认为它反映了奥巴马竞选的包容性和积极进取的精神以及奥巴马作为总统的承诺和潜力。我喜欢它，全国公

---

① 参考张子清译伊丽莎白·亚历山大的《赞美这一天：美国总统奥巴马就职典礼上的朗诵诗》，载《当代外国文学》，2009 年第 2 期。

共广播电台播送了它，我认为这完全恰当。"但是，一位费城的县立法委员、房地产估价师理查德·史蒂文森（Richard Stevenson）在2009年1月《新英文评论》（*New English Review*）上却批评说："这绝对是荒谬的。听起来好像是'黑猩猩'道格拉斯·亨德森[1]在60年代早期说唱的快板诗。奥巴马的就职典礼是我国的一个重大庆典，一个我们许多人认为不会再有的大事件。乔瓦尼女士提交这首缺乏深度和想象力的诗是一种侮辱。"除了这首诗的艺术形式不妥当之外，妮基·乔瓦尼其实还是不懂得美国政治，不懂得敏感的种族关系对选举的影响，因此不懂得为什么白人总统克林顿邀请非裔美国诗人玛雅·安吉罗为他朗诵就职典礼诗而黑人总统奥巴马则邀请白人诗人伊丽莎白·亚历山大（Elizabeth Alexander, 1962— ）为他朗诵就职典礼诗。

妮基·乔瓦尼在1967~2010年，发表诗集17本；1971~2008年，发表儿童读物8本；1976~2001年，出版诗歌朗诵唱片5盘，其中福音音乐伴奏的唱片《真理在它的途中》（*Truth Is On Its Way*, 1976）获国家电台和电视台播音员协会（National Association of Radio and Television Announcers）授予的格莱美奖"最佳口语专辑"。她是全国黑人妇女理事会终身成员和国际笔会会员，入选俄亥俄州妇女名人堂，被命名为田纳西州杰出妇女，获田纳西州和弗吉尼亚州的总督奖章、罗莎·帕克斯勇敢妇女奖（Rosa L. Parks Woman of Courage Award）和兰斯顿·休斯诗歌奖章（Langston Hughes Medal for poetry），并收到20多个城市市长赠送的城市钥匙。还有人称她为"国宝"，一个科学家甚至把他发现的蝙蝠新物种用她的名字命名。

8. 迈克尔·哈珀（Michael S. Harper, 1938— ）

迈克尔·哈珀是罗得岛州桂冠诗人（1988—1993），像其他非裔美国诗人一样，他擅长运用爵士乐和蓝调形式写诗，吸收和运用黑人的历史、文学和神话，但不用非裔美国人的俚语而是用正规的英语书写。哈珀的诗歌主题广泛，兴趣多样，从历史、神话、黑人音乐到人的生死都在他的关注之下。哈珀经常写他的妻子、他们的孩子、他们的祖先以及朋友和各种黑人历史人物和文化人物。在他的诗作里，我们可以清楚地看到他的个人叙事、文化隐喻、历史指涉和对爵士乐节奏的创新使用。尽管他的黑人意

---

① "黑猩猩"道格拉斯·亨德森（Douglass "Jocko" Henderson, 1918—2000）：著名非裔美国快板诗说唱演员，诨名"黑猩猩"。

识很强，但不像巴拉卡或马杜布第那样激进、冲动。哈珀经常试图弥合"黑人美国"和"白人美国"传统的分离，跨越种族鸿沟，借鉴美国各族人民的历史和文化元素。他为此曾说："讲话和身体之间的关系、人与人之间的关系和人与宇宙之间的关系对于我的诗来说是首要的。"

　　哈珀出生在布鲁克林，获加州大学洛杉矶分校学士（1961）和硕士（1963）以及爱荷华大学美术硕士（1963）。与雪莉·安·巴芬顿（Shirley Ann Buffington）结婚（1965），生一女二子。父亲沃尔特·沃伦·哈珀（Walter Warren Harper）是邮政工人，母亲凯瑟琳·约翰逊·哈珀（Katherine Johnson Harper）是医疗速记员。1951 年，全家移居洛杉矶，街坊邻居以白人为主，白人与黑人之间的关系紧张，给他童年的心灵留下了精神创伤。父亲希望他学医，但是一位动物学教授告诉他说，黑人不可能上医学院。1955 年，他入洛杉矶市立学院，1961 年转学州立学院，上学期间像他的父亲一样当邮政工人。他的许多同事像他的父亲一样，都是受过教育的黑人，但升迁无望。他在爱荷华作家班学习期间，诗歌和小说班上的同学除他之外全是白人，他经历了白人与黑人隔离居住的痛苦体验。他认为这有悖于美国的民主原则，因此美国是一个精神分裂的社会。这种精神分裂还体现在当今政治和种族隔离的后遗症上，体现在日常讲话的方式和考虑问题的逻辑上。这种白与黑或冷与热的二元对立的思维模式，迥异于哈珀的宇宙整体观。他认为，人类反映宇宙而宇宙也反映人类。这一理念成了他的诗歌主题和美学的基础，也成了他对音乐、血缘、历史和神话认识的基础。

　　在哈珀看来，白人至上的神话不包括在宇宙整体论里，于是他熟练地运用欧美古老的神话，创造新的神话成了诗歌创作的美学追求。例如，在他的第一本诗集《亲爱的约翰，亲爱的科尔特兰》（Dear John, Dear Coltrane, 1970）的标题诗里，他通过塑造著名非裔美国爵士乐萨克斯管演奏家和作曲家约翰·威廉·科尔特兰（John William Coltrane, 1926—1967）这个音乐天才的形象，来创造非裔美国人引以为豪的神话。科尔特兰去世后第三年，哈珀为了悼念他而创作了这首标题诗。诗人把科尔特兰著名的乐句"一个至上的爱"反复贯穿在整首诗里，再现科尔特兰创新的自由爵士乐艺术形式。诗比较长，这里只引一个诗节：

　　　　你为什么这么黑？
　　　　因为我就是
　　　　为什么你这么时髦？
　　　　因为我就是

你为什么这么黑？
因为我就是
你为什么这么可爱？
因为我就是
你为什么这么黑？
因为我就是
一个至上的爱，一个至上的爱：

"一个至上的爱"源于科尔特兰的四重奏专辑《一个至上的爱》（*A Love Supreme*, 1964）。该专辑被视为科尔特兰最伟大的音乐作品，他把早期的古典爵士乐"硬式咆哮爵士"与后来的自由爵士乐融合在一起。哈珀通过这首挽诗为非裔美国人创造了一个现实生活中的神话，使人们为一个有天赋的黑人音乐家的陨落而感到痛惜。

尽管哈珀在种族问题上显得比较温和，但他像所有非裔美国人一样，生来不会忘记他们的先人在美国的屈辱史。因此，他被视为写作历史感强的诗人也就不足为怪了。哈珀具有 T. S. 艾略特所提倡的感知力，不但对单纯的过去有感知力，而且对现实有借鉴意义的过去也有感知力。他坚信不能脱离历史的连续性，曾为此说："没有历史就没有比喻。"换言之，没有历史，就没有比较，失去了历史感，也就失去了对现实的深刻认识。例如，他的诗集《亲人的形象：新旧诗选》（*Images of Kin: New and Selected Poems*, 1977）中的一首短诗《美国历史》（"American History", 1970）表达了他提醒人们勿忘过去的历史教训：

美国历史①
——赠约翰·卡拉汉②

那四个黑人姑娘
在那座阿拉巴马教堂被炸死
使我想起 500 个中途
被贩运的黑人，

---

① 这首诗写于 20 世纪 60 年代，那时他正考虑是不是移民到加拿大去，他的外祖父和曾外祖父曾在加拿大行医。

② 约翰·卡拉汉（John Callahan）现执教于波特兰市刘易斯克拉克学院，曾任国会图书馆拉尔夫·埃利森文件的文学执行人。

拖在一张网里，查尔斯顿港水下，

这样，英国士兵不会发觉他们。

你们不能发现你们所没见到的，

是吧？

　　诗中提到的四个黑人女孩是 1963 年在小马丁·路德·金所属的浸信教会教堂被炸事件中死去的，这是白人种族主义分子为了报复 60 年代民权运动游行而采取的残酷手段。她们成了种族矛盾的牺牲品，这在杜德利·兰德尔的名篇《伯明翰歌谣》里有更具体的描述。诗中提到的"中途"是指过去白人贩运黑人奴隶的船只从非洲西海岸越过大西洋到西印度群岛或到美国的这段航路。白人奴隶贩子为了逃避当时占领美国的英国巡逻兵的检查，把黑人残酷地放进拉网里在水下拖到港口。诗人为此在诗的末尾谴责说：你能遮掩看不见的事实吗？这首诗的深刻含意在于诗人不单单是指出过去贩运黑奴和黑人因种族冲突而被炸死的历史事实固然无法掩盖，而且指出现实生活中存在的种族问题也不可能掩盖。诗人从非裔美国人的视角，用短短的九行诗勾勒了美国历史，这比妮基·乔瓦尼在她的长诗《现在的黑人与过去的黑鬼对话的真正含义》里空喊杀白人的感情来得深沉而且更富艺术感染力。从这里，我们可以看到哈珀在理性上是想要弥补黑人与白人的裂痕，但从感情上无法忘记黑人沉痛的历史，而现实生活中因种族问题而引起的种种矛盾他也不能视而不见。从他与非裔美国诗人安东尼·沃尔顿（Anthony Walton, 1980— ）合编的《每只闭起的眼睛不是睡着：1945 年以来的非裔美国诗选集》（*Every Shut Eye Ain't Asleep: An Anthology of Poetry by African Americans since 1945*, 1994）的标题上也可以看出哈珀提醒人们不能无视事实的良苦用心。海伦·文德莱教授与丽塔·达夫的诗选之争的信息是哈珀首先提供给笔者的，虽然他对此没有评论，但他的心情不言而喻。从他赠给哈莱姆文艺勃兴时期步入诗坛的优秀黑人诗人斯特林·布朗的短诗《黑山密码》（"Black Cryptogram", 1974）里，我们也可以看到他为非裔美国精英感到何等的自豪：

黑色密码
　　——赠斯特林·布朗

当上帝

创造

这个孩子时

他就才华出众。

据哈珀对笔者说，"黑色密码"是斯特林·布朗亲自对他说的，他把它记录下来了。

他关注家庭的第二本诗集《历史是你自己的心跳》（*History Is Your Own Heartbeat*, 1971）获黑人文学艺术学会（Black Academy of Arts and Letters）诗歌奖，其中的一首诗《桑德拉：绊在水獭捕捉器里》（"Sandra: At the Beaver Trap"）①给人以温馨：

> 鼻子浮在冰冷的水上
> 已经有一个钟头了；
> 绊在水獭捕捉器里的
> 狗爪朝北挣扎了出来——
> 捕捉器的出口却挡住了
> 这金黄色塞特猎狗的去路，
> 她年轻的生命悬在鼻子以上的水面。
>
> 湖②附近的一些农民
> 呼唤这只狗的主人；
> 至少他们四处呼叫了，
> 一个驾驶卡车的男子走过来
> 把她拉出来，她那绊坏的
> 脚爪在烈日下跛着走。
>
> 她被包裹在儿童风雪服里，
> 在我们家餐具室的地板上颤抖，
> 我看见她挡住绊坏的脚爪
> 不让落圈套，舔着破碎的伤口，
> 一小股鲜血从破脚爪流出来。

---

① 桑德拉是他家的一只母狗，他的三个小孩的伴侣，不小心掉在湖里的水獭捕捉器里。去救这只狗的男子是作者的兄弟。

② 指明尼苏达州新伦敦与霍伊克之间、23 号高速公路旁的长湖，作者的住家距该湖大约四分之一英里。从他家书房的窗户，可以望到湖的水湾。

第二年春天，她会小心
走过我们家的铁丝网，
踏上六只小鹅，
朝野鸭游去，
追上一只只八哥
在我们家花园里
拽鹿的骨头。

他在堆肥上拐着脚走
面对兽医冷得颤抖；①
这狗在临时搭的码头下面捕鱼，
搜寻出水貂、青蛙、绿蛇，
追捕没有捕捉器支架妨碍的任何猎物：
嘿，这只阉割过的母狗呀——
警告过她别闯祸，阻挠过她惹是非，
放任她自由，她真是漂亮——，
是这个狗种的最后一只。

　　诗人在这首诗里让我们看到了普通非裔美国人丰富多彩的生活和内心世界。这正好印证了妮基·乔瓦尼的经历，她曾经说过白人"可能会谈论我艰苦的童年，却永远不会明白我与此同时也相当快乐"。

　　到了20世纪70年代中期，哈珀作为一个诗人、学者和教师的声誉已经得到确立。他在这个时期获得许多文学奖，其中包括国家艺术暨文学协会创作奖（1972）、古根海姆学术奖（1976）、国家艺术基金会奖（1977）。哈珀还在1977年获得美国专家资助金，前往加纳、南非、扎伊尔、塞内加尔、冈比亚、博茨瓦纳、赞比亚和坦桑尼亚进行访问和考察，这对他的思想和写作无疑地起了重要影响。

　　1970年以来，哈珀任布朗大学英语教授。1970～2002年，除了其他著作之外，他发表诗集14本。他与著名白人诗人埃德温·霍尼格是同事也是朋友。他俩的友谊在他的诗篇《ΦBK联谊会诗》（见前面关于埃德温·霍尼格的有关章节）里有所流露。哈珀的人生哲学是既关心国内种族问题，

---

　　① 这个"他"指救过这只狗的人，即他的小孩的叔叔，他的腿有毛病。作者住在乡间的一个家族的村落里。最后一节描写他当时看到的情景和发表的感想。

又关心世界上普遍存在的问题，甚至关注超脱人世的精神问题。在美国诗社网站"美国人心目中的美国诗是什么"栏目里，他发表感言说：

> 我认为，我们要努力结束白人至上；我们必须把这个问题交给孩子们去解决。这是我的信仰！斯特林·布朗、格温朵琳·布鲁克斯、罗伯特·海登和拉尔夫·埃利森都是主张取消种族隔离主义者；他们是一个全体。
>
> 非洲是一座金矿；拉丁美洲也是；我认为"政治正确性"是一个新词；我们应该接受帝国文化的天命结果及其一切后果，殖民地，所有现存的教育，国外散居的民族；我们应该关注人的灵魂和内心世界；星光投射体（astral body）真正害怕的是地球上的责任。我们必须通过医治世界来医治自己。

从哈珀的感言里中，我们清楚地看到他作为现实主义者和理想主义者丰富的内心世界。事实上，所有非裔美国人，包括其他各个族裔美国人在内，都在不同程度上接受美国主流文化及其现存的社会制度和社会方式，即使非常激进的巴拉卡和马杜布第也如此。按照他提到的"灵体投射"（astral projection）论，人人具有一些令人惊异的特质，它不像肉身那样受制于地心引力，它仅凭借思想的努力就能超越这个限制。当我们的灵魂出体时，我们不仅能像在物质界一样地到处行走，还可以在树梢上翱翔，或者是到外太空去；它不会受伤。在地球上最大的恐惧之一就是痛苦或受伤。当灵魂出体时，就可以舍弃这个普遍的人类反应，因为绝对没有任何东西会让它受到伤害。在常人看来，这是唯心主义者的胡思乱想。然而，不管你信与不信，令人深受启发的是哈珀揭示了如何认识人类处在宇宙里的正确位置，至少起到打消人们无知狂妄的作用。

9. 埃弗里特·霍格兰（Everett Hoagland, 1942— ）

作为20世纪后期最优秀的非裔美国诗人之一，霍格兰是90年代黑人诗歌繁荣时期的中心人物。和其他非裔美国诗人一样，他的诗也避免不开种族政治，摆脱不了种族隔阂的历史、文化和心理的重负，他同时也是富有创造性和个人生命独特体验的诗人。尽管他的诗被包括《非裔美国诗歌牛津选集》（*The Oxford Anthology of African American Poetry*, 2006）在内的各种诗选本所选录，深得读者喜爱，但是没有得到主流学术界应有的重视，只是地方上的麻省新贝德福德桂冠诗人（1994—1998）。

霍格兰的多数诗篇发表在各种杂志上。他的头两本诗集《诗十首》（*Ten Poems: A Collection*, 1968）和《黑色天鹅绒》（*Black Velvet*, 1970）开始引起读者注意，第二本诗集由杜德利·兰德尔创立的单面印刷出版社出版，使得他自然地跻身于活跃在黑人艺术运动的诗人行列之中。众所周知，该出版社在非裔美国人的民权运动中起了文化政治的开智作用。霍格兰气质上有着垮掉派诗人的冲劲，诗歌形式上有着比博普（bebop）和快板说唱（rap）的节奏。浸润在非裔美国的历史和文化中的他，自然地关注非裔美国的历史文化。拉丁裔美国诗人马丁·埃斯帕达教授在为霍格兰的近作《此处：新旧诗选》（*Here: New and Selected Poems*, 2002）写的序言里指出："拥挤在这些诗篇里的人，也许是从非洲和非裔美国历史的巨幅壁画中跳出来的……他是一个具有反抗性的诗人，也是一个忧郁的绝望的诗人……"该诗集的诗篇《此处》（"Here"）里的主人公正好像是从非裔美国历史巨幅壁画中跳出来似的：

> 她从摇椅里站起身，打开
> 《非裔美国人》里的文章，
> 指出来：
>
> 上帝啊！
> 这个世界一团糟！大家争着
> 被称为"受压迫最深的人"：
>
> 黑人们，黑人妇女们，老人们。
> 谁最受压迫？我想是我。
> 承受了一切，因为
> 我老了，是黑人，是妇女。
> 但那又怎样？怨诉从不会
> 给小孩带来甚至一颗糖，
> 或者在头上轻轻地抚摸，
> 也不会给院子里的狗
> 安抚或带来一块骨头。
>
> 挣扎和奋斗是生活的事实。
> 你艰辛的劳动，祖父的去世，

可是，你是他劳苦的后续。
我们的劳动是我们的尊严。

所以怀着我们破碎的褴褛的打补丁的
希望去劳作。是的，朝上帝下跪，
但是挺起腰杆，直面那些剥夺
上帝给你生存权的人。

有人说："家是心之所在。"
那是对的，如果心是勇敢、力量和信仰。
因为今生你无论在何地，家总是
你奋争的地方。孩子，工作没有做完。

我们要开辟、耕种土地；
除草，灌溉，看护，等待，
长时间劳动取决于你。
我们只有这样，别无他途。

因此，是的，坚持信仰，不过
也要种好田。要保住土地，
懂得生存也应当学习。记住
弗雷德·道格拉斯①为你所读的和写的道理，
记住罗伯逊②、玛尔科姆·艾克斯③和金博士④。

主要的事情写得很清楚
就在这些标题这里：
整个世界是你的家，听见吗？此处……

---

① 指弗雷德里克·道格拉斯（Frederick Douglass, 1818—1895），由黑人奴隶奋斗成为19世纪废奴运动的积极组织者和最著名的人权领袖之一，办过废奴报纸《北极星报》（后来改为《弗雷德里克·道格拉斯报》），著有自传《弗雷德里克·道格拉斯的生平与时代》，它成了美国文学中的经典著作。

② 指美国著名歌唱家、演员和黑人社会活动家保尔·罗伯逊（Paul Robeson, 1898—1976）。

③ 指美国黑人领袖马尔科姆·X。

④ 指小马丁·路德·金，美国浸理会黑人牧师、非暴力民权运动领袖，1964年获诺贝尔和平奖，后遇刺身亡。

霍克兰为纪念他的 111 岁的曾祖母而创作的这首诗，把一个黑人妇女的高大形象栩栩如生地刻画出来了。从她的视角看，对当今的一些争着说自己"受压迫最深"的人提出批评说：受压迫最深的人是黑人、妇女和老人，她本人才是受压迫最深的人。但她一辈子没有停留在无济于事的抱怨上，而是辛勤劳作，保持人的尊严。苏轼曾经讲过："此心安处是吾乡"，一颗心能安顿，处处皆为故乡。霍格兰的曾祖母有和苏轼不谋而合的一面，但她更进了一层，她告诫她的后辈说：只要勇敢，保持力量和信仰，不论在何地，都能安心地以四海为家，言外之意，在非洲是家，在美国这里也是家，前提是要努力奋斗。该诗集被双月刊《前言杂志》（*ForeWord Magazine*）列为 2002 年最佳诗集。

霍克兰观察社会的眼光犀利独到，不为纷繁复杂的社会表面现象所迷惑，例如，当大家赞赏美国的多元文化时，他却点出了它对少数民族影响的要害之处，从收录在保拉·科尔·琼斯（Paula Cole Jones）主编的诗集《遭遇：种族、族群与身份诗选》（*Encounters: Poems about Race, Ethnicity, and Identity*, 2011）里的霍兰格近作《态度调整》（"Attitude adjustment"）中，我们很清楚地看到他对多元文化社会里依然存在种族问题所持的态度：

> 你，首席执行官博士和女士
> 到底是怎么一回事？
> "多元文化？"这很好。
> 但是，别停留在那里！
>
> 如何赋予我们的
> 权利？如何达到那目的？
> 如同你那天回来时
> 你说你会操心的那样。
>
> 你为我们提供机会，
> 支持我们的电影，我们的食物，游行
> 我们的风格，才华，我们的舞蹈和民族发型。
> 如同回到哈莱姆文艺复兴那样，
>
> 或者，如同不是太久以前，
> 我们穿着花哨的短袖套衫那样，

是啊，对任何一代人来说
这一切都很好。

即便如此，它不能替代
政治的自我决断。以为我们
只知道这无所谓，除了是一种

达到目的、补救、小插曲的手段。
如果是这样，我们就落后于
制度性权力或者我们自己的权力，
只剩下我们带有肤色的
新黑人心态，拉丁裔美国人心态，
阿拉伯裔美国人心态，
印第安人心态，亚裔美国人心态——
一直是心态而已！！

　　这首诗的深刻思想表现在霍兰格提出了美国少数民族如今享受到多元文化带来的种种好处只能算是第一步，如果少数民族在政治上没有自我决断权，那只能停留在愿望和表面的自由上而已。因此，诗人告诫人们要调整态度，调整只停留在多元文化表面上的态度。诗人瓦尔特·赫斯（Walter Hess）曾在《美国图书评论》上发表文章，夸奖霍格兰的诗既适宜于眼睛看，也适宜于耳朵听，既适宜于舞台朗诵，也适宜于印在书刊上，在声调、用词、地点和主题保持自己特色的同时，其语言有着垮掉派、黑山派、意识流和说唱风格的韵味，并且透露了对弱势群体的关爱。他决不像当今的一些中国诗人不会朗诵，在朗诵会上总是找电台或电视台节目主持人代朗诵，死板板，毫无生气。他的朗诵风趣而诙谐，例如，在武汉华中师范大学文学院和外语学院于 2007 年 7 月 21～23 日主持召开"20 世纪美国诗歌国际学术研讨会"期间的一次诗歌朗诵会上，他的诗歌朗诵生动活泼，引起听众的共鸣和笑声。

　　像罗伯特·海登一样，霍格兰还有世界大同一体化、四海之内皆兄弟的巴哈伊信仰。他发觉它和普救一位神教（Unitarian Universalism）的观点相类似：人类多样性中的同一性、人类存在的互相联系、普遍平等的人权和不取缔政治活动。2004 年 9 月，霍格兰在接受普救一位神教协会（Unitarian Universalist Association）杂志《普救一位神世界》（*UU World*）

主编克里斯托弗·沃尔顿（Christopher L. Walton）的采访时坦承：

> 自从 80 年代末我加入普救一位神教教会到 90 年代末这段时间，
> 我积极参加教会活动。在这之前的十多年，我也常到教会来做客，并
> 做过多次演讲。1998 年，我在纽约州罗切斯特市举行的普救一位神教
> 教友大会上，以"普救一位神教原则诗"（"UU Principles Poetry"）为
> 题作了诗歌朗诵，受到与会者的欢迎。不过，说实话，我在过去几年
> 参加教会活动只有几次，我还有其他的许多事情要做。我希望重新进
> 入我的精神社会，我相信我一直依据普救一位神教原则思考、写作、
> 教学和生活。

普救一位神教是一个主张自由、慈爱、多元化和互联性的开明而包容
性强的宗教。它通过礼拜、同伴关系、个人经验、社会行动、善行和教育，
促进公义。其教义正符合白人主流社会里包括非裔美国人在内的各个少数
民族的愿望和切身利益。这也是霍格兰生活哲学和诗歌创作的审美原则。
当克里斯托弗·沃尔顿问他谁是他效仿的楷模时，他说："我钦佩那些人尤
其是诗人，他们在他们话语的来世中著称，在寻求溯源、寻求社会正义的
行动中著称。对事业自觉担承的兰斯顿·休斯和阿米里·巴拉卡对我作为
诗人如何生活起了最重要的影响。"

霍兰格出生在费城，获林肯大学学士（1964）和布朗大学硕士（1973），
与第一任妻子达雷尔·斯图尔德·福尔曼（Darrell Steward Foreman）（生
两子）离婚之后，在 1977 年与爱丽丝·苏珊·特里米厄（Alice Susan
Trimiew）结婚，生两女。先后任费城公立学校成人扫盲班（1964—1967）
教师、林肯大学招生办主任助理（1967—1969）、布朗大学研究员（1971
—1973）、马萨诸塞州立大学达特茅斯分校副教授和荣休教授（1973—
2011）、《阿米尔诗歌评论》（Amer Poetry Review）特约编辑（1984— ）和
威廉·卡尼学院的驻校诗人（1985）。1968～2002 年，出版诗集 5 本，获
《黑人世界》杂志颁发的格温朵琳·布鲁克斯小说奖（1974）、麻省艺术和
人文基金会颁发的"富有创造性的艺术家学术奖"（1975）、全国人文学科
基金会奖学金（1984）和艺术家基金会全州诗歌比赛奖（1986）。

第六章　美国印第安诗歌

印第安诗歌是美国土生土长的正宗诗歌，但是欧洲白人占领北美大陆并占有社会统治权以来，印第安诗歌长期处于社会和文化边缘，经过了种种坎坷的道路，如今像其他少数族裔诗歌一样成长和发展起来了。

第一节　美国印第安历史文化背景

如果说非裔美国人由于他们的祖先出生地——非洲对他们来说太遥远，遥远得不知道在哪个具体的国度寻觅他们的根而感到苦恼的话，那么印第安人为在他们土生土长的故土却难以自由地安身立命而愤恨。他们的根一远一近，但他们有着同样遭到过白人种族主义歧视和迫害的苦难经历和痛苦记忆。原为北美大陆主人的印第安人，自从 1500 年欧洲白人殖民者占领北美以来，被杀戮，被驱逐，被迫离开原有的居住地，住在自然条件恶劣的保留地，形成与美国白人长期隔离的状态。例如，美国国会在 1887 年通过的分配法（Allotment Act）迫使印第安人废除部落土地所有制，大大打击了古代文化的实践和印第安人传统的生活，破坏了人人平等的社会。布鲁斯·约翰森（Bruce E. Johansen）曾说："在土著美国，政治和知识的言词通常是平等的。大多数原住民回避抬高国王、王子和教皇。没有人值得要求这个头衔。"①

据印第安作家小瓦因·德洛里亚（Vine Deloria, Jr., 1933—2005）的统计②，到 20 世纪 60 年代末，印第安人现存 315 个不同的部落，现有人口200 多万人，有半数人口离开了保留地，到了纽约、洛杉矶、芝加哥、西

---

① Bruce E. Johansen. "Dedication on the Passing of Vine Deloria, Jr." *Native American Voices: A Reader* (third edition). Eds. Susan Lobo, Steve Talbot, and Traci L. Morris. Boston, New York: Prentice Hall, 2010: 10.

② Vine Deloria, Jr. *Custer Died For Your Sins: An Indian Manifesto*. New York: Simon and Schuster, 1969: 13.

雅图、堪萨斯等城市。像世界上其他的民族一样，他们保存至今的文学首先是世代相传的口头文学。如果用文字记录下来，便是书面文学了。设想一下，如果用 315 种文字把他们丰富多彩的古老文学记载下来，恐怕早会有几个印第安人的荷马了。可是，他们的命运却最残酷最悲惨。这个印第安种族已经繁衍生息了一万年之久的"海龟岛"①却被欧洲来的白人殖民者占领了。现在能接触到的印第安文学书面材料都是从英语文本转述的。据载，直到 1821 年，塞阔亚为切罗基人发表了一套字音表，他们的口头文学的一部分才得到了保存。②

美国本土文化的一个显著特征是喜欢用动物的名字命名部落（例如大鹰族、熊族）和个人的名字，这是因为它提醒人们想到自己和动物一样，与大自然和谐相处，而不需要毁坏大量土地来建立自己的家园。杜安·大鹰认为，各个美国印第安部落用不同的方法给自己的小孩命名，名称通常是指向动物世界，例如他所属的氏族喜欢用雄健的"大鹰"（BigEagle）、高高飞翔的"翔鹰"（Soaring Eagle）或迎接红色曙光的"红鹰"（RedEagle）来命名。这种以动物命名的习俗其实并不怪异，在世界各地其他各民族中也存在类似现象，例如中国的傣族就有以吉祥动物孔雀、凤凰、狮子、虎等命名的习惯，又如汉族农村（例如南通地区）小孩的乳名常常与狗、龙或虎等动物名称相连。

受过高等教育的印第安作家、学者对他们的历史、文化和现实都有清醒的认识，例如，诗人杜安·大鹰在印第安民族及其文化被世人误解的问题上，明确地向我们指出：

> 我常常想知道，如果哥伦布和早期定居者已经能够看到并尊重我们的文化和文明，会是什么情况。我要在这里使用复数，因为土生土长的美国人是多民族和多元文化。许多非印第安人倾向于把全体印第安人划为一种，而不尊重他或她属于各自的民族。印第安各民族遍布整个美洲大陆（或西半球），各有不同的发展，这才是美洲印第安人的真实情况，如同欧洲人、亚洲人或非洲人一样。然而，尽管存在这些差异，印第安人群体可以共享某些文化的理解，如同欧洲人和欧裔美国人都有一个共同的犹太教—基督教的见解。同样，在我看来，印第安人也有共同的哲学和一套价值观：崇敬地球母亲，尊重长辈，与

① Lisa Brooks. "The First Eco-Communities." *Social Ecology Newsletter*, Autumn, 1992: 4.
② 郭洋生.《当代美国印第安诗歌：背景和现状》.《外国文学研究》，1993 年第 1 期.

大自然和谐相处，尊重个性和诚实，服务和关注团体或社会，把精神当作一种生活方式。所以，如果哥伦布说一口流利的泰诺语（Taino）[①]（或泰诺人讲一口流利的西班牙语），他上岸后是不是可以了解他面对的文明？如今绝大多数美国人懂得美洲原来的多种文化吗？[②]

又如，丽莎·布鲁克斯（Lisa Brooks）对此也指出说：

> 这是一个被占领的国家。五百年前的阿必纳基族人（Abenaki）仅是一万年的古老历史的一小部分。在五百年的疾病、灭绝种族的大屠杀和土地的全面破坏之后，美国土著现在比以前任何时候都强大。我们进行我们的实践。美国人（即来到此地的欧洲人后代）必须开始站起来承认他们占领本土和压迫土著的历史。他们必须敦促他们的政府确认美国土著自决和自治的权利。他们必须对他们的人民进行再教育，改变想毁灭土著各族人民的思想所引起的种种信念……没有成功的社会制度，不尊重和不向原来的居民学习，在这块土地上不可能建立起乌托邦。阿必纳基族人熟悉这块土地，我们生活在此地几千年了，从没有离开过。我们学习到的教训，欧洲人已经失传了。我们并不想要你们采纳它们。你们也有你们自己的方式。我们所要求的是，你们要尊重我们的教训，为了在美国土著与新来的欧洲人之间建立和维持一种健康的关系，必须明白这一点，白人利用从我们这里夺走的权利，必须要求大家尊重我们用自己的方式关心自己的土地和民族的权利。那时候，真正的学问也许才开始。[③]

美国白人中的有识之士在回顾白人在历史上野蛮对待印第安人的所作所为时深感内疚，连对一万年前在此进行狩猎活动、八千年前在此从事农业生产的印第安人做界定也觉得不够资格。白人学者布赖恩·斯旺（Brian Swann, 1940—　）教授说："我对界定印第安人或美国印第安人不自信。我们白人自从来到龟背上这块土地上以后就一直做错事。即使白人坚持说印第安人是从白令海峡移民过来的（这与印第安人的传说和传统有矛

---

① 西印度群岛的一支已经绝种的印第安人讲的语言。

② Duane BigEeagle. "In English I'm Called Duane BigEagle: An Autobiographical Statement." *Here First: Autobiographical Essays by Native American Authors*. Eds. Arnold Krupat and Brian Swann. New York: Modern Library, 2000: 42-62.

③ Lisa Brooks. "The First Eco-Communities."

盾），传说和传统在文化上比考古证明更有意义。"① 白人有识之士认识到收集、保存和发展美国印第安文化和文学的重要性，因为他们清醒地意识到，它保持了几千年乃至上万年与大自然的和谐关系，一种有益于人类健康发展的关系，而资本主义工业化的现代文明却打破了这种天人合一的和谐，给当代人类带来意料不及的灾难，这在当今的环境保护运动中显得尤为重要。玛丽·奥斯汀（Mary Austin, 1868—1934）、哈特·克兰、W. C. 威廉斯、查尔斯·奥尔森、弗兰克·沃特斯（Frank Waters, 1902—1995）、杰罗姆·罗滕伯格和加里·斯奈德等人对有关美国土著的人类学、语言学、民俗学和文学都有不同程度的涉猎和推进。

到了 1968 年，在 D. 班克斯（Dennis Banks）、C. 贝库勒（Clyde Bellecourt）、R. 米恩斯（Russell Means）等人的领导下，在明尼苏达州成立了以明尼阿波利斯为中心，其他许多大城市、乡村和印第安人保留地设立分支的"美国印第安人运动"（American Indian Movement），为争取印第安人的基本民权，为阻止联邦政府在保留地开发资源而展开了各种轰轰烈烈的抗议活动。② 有一份纪念美国印第安人运动成立 25 周年的文件描述说："美国印第安人运动诞生于警察残忍的黑暗暴力和印第安人在明尼阿波利斯法庭上无声的绝望。美国印第安人运动诞生了，因为一些人知道对他们自己和同他们一样既无权力又无权利的人来说已经忍受够了。"③ 劳拉·沃特曼·威茨托克（Laura Waterman Wittstock）和伊莱恩·萨利纳斯（Elaine J. Salinas）在合写的一篇文章《美国印第安人运动简史》（"A Brief History of the American Indian Movement", 1998）中指出："在过去的 30 年中，美国印第安人运动为全美洲和加拿大的印第安人组织社团，创造就业机会……成功地通过法律手段在签订条约、确保主权、遵守美国宪法和法律等方面来保护印第安人。权利起了很大作用。自决是该运动的指导思想，它根植于印第安人传统的灵性、文化、语言和历史。"

接着，以全国印第安青年委员会和其他印第安抗议组织为标志的"新

---

① Brian Swann. "Introduction: Only the Beginning." *Harper's Anthology of 20th Century Native American Poetry.* Ed. Duane Niatum. New York: HarperCollins Publishers, 1988: xx.

② "美国印第安人运动"最初的宗旨是救济在政府规划影响下被迫离开保留地而移居城市犹太人区的印第安人。后来它的目标反映了印第安人的全部要求：经济独立、复兴传统文化、保护合法权利、实行印第安人自治、恢复他们非法被剥夺的土地。20 世纪 70 年代中期，该组织集中力量阻止联邦政府在印第安人保留地上开发资源。该组织由于许多领导人被逮捕入狱和发生内讧而在 1978 年解散，但地方支部仍继续活动。

③ "What is It?—Document from AIM: 25th Anniversary Conference/International Peoples Summit September 1-6, 1993."

印第安人运动"（New Indian Movement）成立了，它是印第安人易洛魁部落和其他部落采取行动争取人权的继续。在传统的部落老年首领和宗教领袖的指引下，住在城市的印第安人和保留地的印第安人联合起来，向政府当局索要条约权、自治权和自决权。由于美国政府推行"反歧视行动计划"（Affirmative Action Program），数以百计的印第安青年在特别入学计划下上了大学，接受资助，并把印第安人斗争的要求和问题带进校园。美国印第安大学生接着又像非裔美国大学生、亚裔美国大学生和墨西哥裔美国大学生等非白人大学生一样，通过集合、罢课、与学校当局谈判等等手段，要求设立美国印第安人自己的课程。60 年代晚期，以杰克·福布斯（Jack D. Forbes）为首，在加州大学伯克利分校、戴维斯分校开设了美国土著学（Native American Studies）或美国印第安学（American Indian Studies）课程。1971～1974 年，加州大学伯克利分校的史蒂夫·塔尔伯特（Steve Talbot）继续完善美国土著学课程。这些课程旨在在学校和社会上纠正人们从前对印第安历史、宗教和文化的误解和刻板印象。[1]这是美国印第安人经过坚持不懈地奋斗所取得的重大成就。

第二节　美国印第安诗歌概貌

　　古老的印第安文化和印第安民族独特的神话思维铸就了美国印第安文学。尽管它有着古老的传统，但只是口头传承，印第安人主要用吟唱和表演的方式举行他们的祭祀、庆祝等活动，因此没有书面文字上的诗歌、小说、散文、戏剧等体裁的区分。只有当印第安文学用书面形式表达时，才有了不同的体裁。美国印第安诗歌书面形式的出现是在 20 世纪。露西·马多克斯对此告诉我们说：

　　　　依然作为美国印第安诗歌基石的印第安文化传统是北美本地最古老的传统；同时，美国印第安诗歌本身在最严格的意义上讲，几乎完全是 20 世纪的现象。和美国印第安长篇小说家、短篇小说家、戏剧家一样，当代美国印第安诗人选择通用的艺术形式——诗歌，对习惯于唱歌、吟颂、讲述、祈祷、预言、说故事、参加部落仪式的祖先

① Susan Lobo, Steve Talbot, and Traci L. Morris. Eds. *Native American Voices: A Reader* (third edition). Boston, New York: Prentice Hall, 2010: xiii-xiv.

来说是陌生的。[①]

　　因此，书面形式的美国印第安诗歌是古老而年轻的诗歌。美国印第安诗人尽管采用了书面的艺术形式，但仍然依恋着他们美丽的传说、和他们紧密相连的大自然、行将不可挽回地失落的悠久传统。例如，彼得·蓝云（Peter Blue Cloud, 1935—2011）在他比较长的一首诗歌《海龟》（"Turtle"）里，借用神圣的海龟表达印第安人典型的思想感情：

> 宇宙给了我耐心，
> 明天的风飘着古老的歌，
> 被我的部落教会的这支歌
> 如今不被一个单一民族的
> 许多部落所吟颂，
> 确实
> 只存在于此时此刻的
> 这种痛苦，
> 杀死许多单纯的人的
> 这种痛苦，
> 不得不以重复的痛苦告终，
> 因为一切对自我来说是折射的相像。
> 我是海龟，
> 等待我的种族开会，
> 部落对部落，认为
> 罪恶从来不是那星道，
> 那么就向着四方吟唱。
> 　　　　我是海龟，
> 死亡还不是我的罩袍，
> 一面面鼓仍然震动着
> 我的种族的许多中心，
> 一个小孩
> 对着明天的我微笑说：

---

① Lucy Maddox. "Native American Poetry." *The Columbia History of American Poetry*. Ed. Jay Parini. New York: Columbia UP, 1993: 728.

> "爷爷，"
> 另一个小孩低声说：
> "再给我讲我的部落
> 开初的故事。"①

　　美国印第安人开初在美洲大陆或龟背这块大陆上繁衍生息时，不知白人在地球何处活动。杜安·大鹰说："我年轻时被教诲尊重同维持我们生命的这块土地保持的联系。我很早就知道个性、创造性、自我表达和爱美对一个完整、健康的人生是绝对必要的。我体验了艺术、舞蹈、音乐和诗歌在一代代文化传承中所起的作用。这些教训和价值观塑造了我，我相信，也帮助美国印第安人在地球这半边维持了至少五万年。"② 美国印第安人怀念他们悠久的传统。他们很早就有了和人类其他人种一样的价值观和审美趣味。约瑟夫·布鲁夏克在 1987 年的一篇文章里，谈到美国印第安小说和美国印第安诗歌的区别时，曾列出对美国土著诗歌的四个共识：

　　　　1）有尊重地球和自然世界的传统；
　　　　2）浓厚的部落/民俗文化意识，通过家庭传承或个人通过持续学习获得；
　　　　3）尊重"道"（Word）令人敬畏的力量。它拥有能产生或毁灭、破坏或医治的作用；
　　　　4）意识到英语是一种不同的语言，对于土著美国人来说，它属于一般"美国"作家，即使他们在英语环境中长大并且掌握了它，即使他们对他们的原始部族语言很少或根本没有实际的了解。③

　　布赖恩·斯旺认为，印第安文学处境改善的主要原因是："在 60 年代，知识界的风气转变了。那几年及其带来的影响使许多人抛弃西方文明优越的思想，抛弃西方高雅艺术的思想。普遍流行的政治和艺术的霸权思想遭到对抗，已经确立的规范受到挑战……给印第安人提供的渠道已经打

---

　　① 这是该诗篇的后半部分。

　　② Duane BigEagle. "In English I'm Called Duane BigEagle: An Autobiographical Statement." *Here First: Autobiographical Essays by Native American Authors.* Eds. Krapat & Swnan. New York: Random House, 2000.

　　③ Janice Gould & Dean Rader. "Introduction: Generations and Emanations." *Speak to Me Words: Essays on Contemporary American Indian Poetry.* Tucson, AZ: U of Arizona P, 2003.

开。"①

在 60 年代，和其他许多少数族裔人士一样，印第安人也联合了起来，参与争取民权和人权的政治活动。据凯瑟琳·尚利（Kathryn W. Shanley）教授说，美国印第安人运动在印第安事务局办公室前、旧金山恶魔岛和伤膝镇举行示威游行。印第安文学伴随这种政治行动而复兴。詹姆斯·韦尔奇被视为在 60 年代早期促进美国印第安文艺复兴的人之一，而莫马岱《黎明屋》的获奖，使得该文艺复兴运动变得明显。肯尼思·林肯（Kenneth Lincoln）教授首先使用"复兴"这个术语来描述美国土著文学创作开始蓬勃发展的状况，高校的美国印第安学生这时都要求开设印第安文学课程。此后不久，西蒙·奥迪兹和莱斯莉·希尔科给印第安文艺复兴运动增添了活力。

根据安德鲁·韦格特（Andrew Wiget）的调查②，在 1969 年，《南达科他评论》（*The South Dakota Review*）主编约翰·R. 米尔顿（John R. Milton, 1924—1995）以《美国印第安人讲话》（"The American Indian Speaks"）为题，用该杂志专刊号刊登了西蒙·奥迪兹和詹姆斯·韦尔奇以及新墨西哥圣菲的美国印第安艺术学院一群学生的诗篇。韦格特认为，这预示着美国本土当代诗歌的到来。该艺术学院主要教授美国印第安学生绘画、雕塑和舞蹈，但从 1963 年开始，女教师 T. D. 艾伦（T. D. Allen）鼓励学生们利用他们所熟悉的部落口头文学，学写富有意象的诗歌。传开来之后，其他地方的印第安作家开始仿效，寻求发表机会，首先在对印第安诗歌感兴趣的刊物《阿克韦森笔记》（*Akwesasne Notes*）、《印第安历史学家》（*The Indian Historian*）和报纸《瓦萨加》（*Wassaja*）上发表他们的诗作。许多美国印第安诗人找小出版社发表他们的诗集。

迈克尔·卡斯特罗（Michael Castro）认为，部分地回应 20 世纪 70 年代中期白人读者和作家对美国印第安人的广泛兴趣，一个不同的非常强大的生力军——美国印第安人自己用英文创作的文学，在这个时候便出现了。他说：

---

① Brian Swann. "Introduction: Only the Beginning": xxi.

② Andrew Wiget. "Sending a Voice: The Emergence of Contemporary Native American Poetry." *College English* 46, 1984: 598-609.

　　这种文学活动与新的印第安人政治意识和自信相匹配，最终导致1973 年的伤膝镇抗议。①不过，这也是对他们的文化遗产、身份和觉悟的文学普及、吸取和失真的一种反响。当然美国土著可以从个人真正可靠的认知来写这些事情。他们不一定要到达那个境地，因为已经到达过那个境地。小瓦因·德洛里亚、莫马岱、莱斯莉·希尔科和西蒙·奥迪兹来到非常活跃的文学运动前列，这反映在像哈珀与罗出版公司这样的全国性出版社的名单里，甚至更多出现在美国土著和"第三世界"的文学杂志上和在小出版社出版。②

　　布赖恩·斯旺认为，60 年代的美国文坛对美国印第安的散文和诗歌缺乏兴趣，只有在 N. 斯各特·莫马岱的小说《黎明屋》（1968）获普利策奖时，美国主流文学的学者才开始关注美国印第安文学，才去读克拉拉姆族（Clallam）诗人杜安·尼亚达姆（Duane Niatum, 1938— ）主编的两本大型美国印第安诗选：《梦轮的运送者》（*Carriers of the Dream Wheel*, 1975）和《20 世纪美国土著诗选》（*Harper's Anthology of 20th Century Native American Poetry*, 1988）。不过，他在第二本诗选的序言中，依然抱怨美国主流文学对印第安人诗歌的忽视，说：

　　　　它依然为争取被接纳在我们的中学和大学的课程里而斗争，它依然是秘物。很少有出版社对此现象认真正关心……土著美国诗人依然必须依靠小出版社、小杂志及一些大学出版社——伊利诺斯、普渡、华盛顿和马萨诸塞等校出版社近年来出版了土著美国诗选。由于有一贯忽视土著诗歌的模式倾向，海伦·文德莱主编的《当代美国诗人哈佛卷》（*The Harvard Book of Contemporary American Poets*, 1985）、威廉·海因主编的《2000 年这一代》（1984）、约翰·迈耶斯（John Meyers）和罗杰·温加滕（Roger Weingarten, 1945— ）主编的《80 年代新美国诗人》（*New American Poets of the 80s*, 1984）以及尼娜·贝姆等人主编的《诺顿美国文选》（*The Norton Anthology of American Literature*,

---

　　① 伤膝镇（town of Wounded Knee）事件始于 1973 年 2 月 27 日，大约 200 个拉科塔族人及其美洲印第安人运动（American Indian Movement）的追随者占领了南达科他州印第安人松岭保留地伤膝镇，弹劾当选的部落总裁理查德·威尔逊（Richard Wilson），因为他腐败和滥用权力对付对手，也抗议美国政府没有践诺与印第安人订立的条约，并要求重开条约谈判。

　　② Michael Castro. *Interpreting the Indian: Twentieth-Century Poets and the Native American.* Albuquerque: U of New Mexico P, 1983: 157.

1985）没有一本收进一个美国土著诗人。各收入一个美国土著诗人的三本诗选是：丹尼尔·哈尔本（Daniel Halpern）主编的《美国诗选集》（*The American Poetry Anthology*，1975），它收入了詹姆斯·韦尔奇的五首诗；亚历山大·艾利森等人主编的《诺顿诗选集》（*The Norton Anthology of Poetry*，1983），它收录了莱斯莉·希尔科的三首诗；戴夫和戴维·博顿姆斯主编的《莫罗美国年轻诗人诗选》（1985），它选了西蒙·奥迪兹的四首诗。当一些诗人说他们不喜欢种族隔离的诗选的思想时，他们似乎仍然认为这有必要，直至那些主编主要诗选和出版诗集的人放弃他们的象征性姿态和狭小眼界。

到了 80 年代，美国印第安文学逐步引起美国主流文学界和教育界的重视而正式走进课堂。露西·马多克斯对此评论说：

> 在过去几年，美国本土文学作品才引起了足够的重视，在美国文学课本或美国文学课程上才获得明显的地位。迟到的原因是多方面的，肯定的原因之一是学术界一直不愿意扩大美国文学的界定，把居住在美国的作家的作品包括进去，而这些作品有意突出其特定的种族或民族身份。然而，另一个（不相关的）原因是最近我们才有了研究美国印第安人作品的大量学术成果，适合用来对课本和课程作传统性的分类。①

到了 90 年代，才开始出现美国印第安文学繁荣的景象。例如，1992年，三百多个印第安作家聚会俄克拉荷马州诺曼市，举行了规模盛大的为期 5 天的"回礼节"（Returning the Gift Festival）。所谓回礼节，是指这些印第安作家通过故事和歌谣的形式，把印第安各族的文学带回来，把讲印第安人的故事和文化作为礼物送回来，因此视自己为回礼的人。著名诗人约瑟夫·布鲁夏克事后为与会者主编了文集《回礼：第一次北美土著作家节诗文选》（*Returning the Gift: Poetry and Prose from the First North American Native Writers' Festival*，1994）。该诗文集选了杜安·尼亚达姆、西蒙·奥迪兹、兰斯·亨森（Lance Henson，1944— ）、伊丽莎白·伍迪（Elizabeth Woody，1959— ）、琳达·霍根（Linda Hogan，1947— ）、珍妮特·阿姆斯特朗（Jeanette Armstrong，1948— ）等二百多位印第安作家的

---

① Lucy Maddox. "Native American Poetry."

诗歌和散文。可以说，这是美国印第安文学史无前例的大展示。大鹰后来谈起他参加这次盛会的体会时说：

> 这是一次盛会！有来自北美洲各地的土著诗人，从阿拉斯加到危地马拉，从夏威夷到加拿大东部纽芬兰省。这是一次土著诗人力量的展示，四万至六万年的美洲本土文学传统（多数是口头传承）的继续。经过20年来的研学诗歌，到80年代中期，我才意识到我以前一直忽视了大量的本土传统歌曲，于是开始潜心学习，终于成了一名传统的南部平原风格的歌手，加入美国本土歌唱团体，主要是加州斯托克顿熊精神歌唱团体。①

　　总的来说，美国印第安诗歌比起美国黑人诗歌来是很小的弟弟。和美国黑人诗歌一样，美国印第安诗歌主要强调本民族的文化传统，不一样的是，它同时强调世代相传下来的土著社会。不少印第安诗人真实地反映了他们眼中的美国社会造成的种种问题，诸如失业、酗酒和自杀。当然，更多的是他们根据丰富的印第安口头传说和美丽的神话材料，例如，理查德·奥多斯（Richard Erdoes）和阿尔逢苏·奥迪兹（Alfonso Ortiz）编选的《美国印第安神话和传说》（*American Indian Myths and Legends*, 1984）是一本比较优秀的选本。可以这么说，神话和口头传说是他们创作素材的主要来源和艺术特色。不少美国印第安作家还认为，小说和诗歌本来没有什么区别，将它们进行体裁的划分是不自然的，对于韦尔奇来说如此，对于莱斯莉·希尔科来说，更是如此。

　　本章介绍的是用英语创作的美国印第安诗歌。据布赖恩·斯旺在为杜安·尼亚达姆主编的《哈珀20世纪美国土著诗选》写的序言中介绍，印第安人用英语创作已经有两个多世纪，最早的诗集是奥吉韦族人乔治·科普韦（George Copway, 1818—1869）的《奥吉韦族征服》（*The Ojibway Conquest*, 1850），然后是乔治·克罗宁（George W. Cronyn）编写的《虹之路：歌与圣歌选集》（*The Path on the Rainbow: Anthology of Songs and Chants*, 1918）。其后还有三部作品：玛丽·奥斯汀的《美国韵律：美国印第安诗歌的研究与再现》（*The American Rhythm: Studies and Reexpressions of Amerindian Songs*, 1932）、马戈特·阿斯特罗夫（Margot Astrov）的《展翅的魔鬼：美国印第安人散文与诗歌选集》（*The Winged Serpent: An Anthology of*

---

① 见大鹰2012年4月18日发送给笔者的电子邮件。

American Indian Prose and Poetry, 1946）和 A. 格罗夫·戴（A. Grove Day, 1904—1994）的《天晴：美国印第安人诗歌》（*The Sky Clears: Poetry of the American Indians*, 1951）等。

从英语语境里了解、欣赏、翻译和研究美国印第安诗歌毕竟如同雾中看花，但既成的历史现实使美国印第安作家只能用占领者的语言和文字表达他们的思想感情。可惜的是，印第安的文化特别是科学在历史进程中比欧洲白人落后了一大步，没有形成自己成熟的文字，未来得及有像汉民族那样具备同化外来文化——欧洲白人文化的机会和条件。

美国印第安诗人很多，例如《哈珀 20 世纪美国土著诗选》收录的诗人有 36 位，约瑟夫·布鲁夏克主编的美国印第安诗选集《这处龟背上的大地之歌》（*Songs from This Earth on Turtle's Back*, 2009）收录了 52 位诗人。限于篇幅，下面介绍有代表性的五位诗人。

第三节　N. 斯各特·莫马岱（N. Scott Momaday, 1934—　）

莫马岱首先以他获普利策奖的小说《黎明屋》（*House Made of Dawn*, 1968）而崭露头角。

这部小说是当代美国印第安文学的开路先锋，预示了美国印第安人创作当代小说的来临，但他自认为主要是诗人，尽管他在评论界被认可的头衔还有自传作家、纪实作家、主编、画家和儿童文学家。作为当代美国原住民最成功的文学家之一，他在美国印第安文学圈和主流文坛的知名度均颇高，以艺术地表现凯欧瓦族传统、习俗和信仰以及强调美国印第安人在当代社会中起的作用著称于世。他的诗歌像其他美国印第安作家的作品一样，极大地受到印第安民族口头传统的影响，反映了他对凯欧瓦族文化、历史、歌曲、仪式和神话的高度关注。

但是，更突出的是，他还是一位美国印第安人现代派诗人。肯尼思·林肯认为，莫马岱显然是用美国印第安人诗歌的神话和英语诗格律过渡到现代派艺术形式，因为他的创作表明他受到了梭罗、弗雷德里克·塔克曼（Frederick Tuckerman, 1821—1873）、艾米莉·狄更生、约翰·缪尔（John Muir, 1838—1914）、D. H. 劳伦斯、玛丽·奥斯汀、伊萨克·丹森（Isak Dineson, 1885—1962）、威廉·福克纳和华莱士·史蒂文斯等作家的直接影响。① 他之所以能通过学习这些作家扩大自己的诗歌视野，应当归功于他的斯坦福大学导师伊沃尔·温特斯对他的循循诱导，这才形成了他的后象征派风格。马蒂亚斯·舒布内尔（Matthias Schubnell）在谈到莫马岱的艺术特色时，以具体事例证实说："莫马岱说自己的诗作是从反映口头诗发展到严格的正规传统的英文诗，然后发展到以音节为基本单位的格律诗和自由诗。伊沃尔·温特斯在斯坦福大学讲授的传统英文诗很明显地表现在莫马岱未发表的早期诗作和后来发表的一些诗篇，特别是《面对耶稣受难的一幅老画》（"Before an Old Painting of the Crucifiction"）和《平原景色之一》（"Plainview 1"）这两首诗里。例如，在他上斯坦福大学之前发表的诗篇之中，有一首是自由诗，另一首是改编纳瓦霍族诗模式的诗，类似后来以音节为基本单位的格律诗。"②

莫马岱有四部诗集行世：《雁的角度》（*Angle of Geese*, 1974）、《葫芦舞者》（*The Gourd Dancer*, 1976）、《在太阳面前：故事和诗篇，1961～1991》（*In the Presence of the Sun: Stories and Poems, 1961-1991*, 1992）和《在熊屋里》（*In the Bear's House*, 1999）。

第一部诗集收录了 18 首诗，采用了抑扬格格律诗、短行自由诗和散文诗的艺术形式，探讨死亡、印第安人身份、习俗、生存状况和与自然关联的哲学问题等主题。我们先来品味他的《雁的角度》的标题诗：

> 我们如何
> 用我们的言语装饰我们的酬劳？——
> 此刻已死的头生婴儿
> 将逗留在话语的守灵之中。
>
> 习惯所使然；
> 我们彬彬有礼，甚至更文明：
> 超出语言的表达，
> 缄默的风度显得深沉而引人注意。
>
> 　　几乎是一心

---

① Kenneth Lincoln. *Sing with the Heart of a Bear: Fusions of Native and American Poetry, 1890-1999*. Berkeley: U of California P, 2000: 247.

② Matthias Schubnell. *N. Scott Momaday: The Cultural and Literary Background*. Norman: U of Oklahoma P, 1985: 189.

我们衡量损失；
　　　我慢于发现
仅仅是宁静的边缘。

　　一年的十一月
守夜的时间更长，
仿佛没有尽头，
　　　这只巨大的祖先雁。

多么匀称之美！——
像是苍白的时间和永恒的
角度。
这巨雁的身影艰苦地向前，跌倒了。

　　这首诗比较晦涩难懂，但被认为是莫马岱格律诗的杰作。诗人在这首诗里叙述一个猎人射死一只雁而导致他的朋友的婴儿夭折，旨在揭示语言表达力的局限、语言与身份的关系以及时间和大自然的奥秘。该诗集里的组诗《平原景色》较为特出：《平原景色之一》是一首经过诗人改造的十四行诗，描写了暴风雨的来临；《平原景色之二》（"Plainview 2"）是一首哀叹平原丧失马文化的挽歌，吸收了美国印第安口头传说；《平原景色之三》（"Plainview 3"）是对平原印第安部族崇敬的太阳的赞颂；《平原景色之四》（"Plainview 4"）是讲述 18 岁少女米莉·德根（Milly Durgan）在 1864 年被凯欧瓦部落俘虏的故事，哀叹平原印第安人文化的消亡。

　　莫马岱的第二本诗集《葫芦舞者》由三部分构成："雁的角度"（收录了第一本诗集里的标题诗《雁的角度》和其他两首诗）反映死亡和变化无常的主题；"葫芦舞者"（收录了第一本诗集里的组诗《平原景色》和标题诗《葫芦舞者》）关注美国印第安文化，标题诗是献给诗人祖父马么达提（Mammedaty）的组诗，反映诗人看重家乡、家庭和部落的观念；"处处是入夜的街"记录诗人在美国西南部和 1974 年在苏联的经历。

　　需要特别一提的是该诗集收录的佳篇《熊》（"The Bear", 1961），一首动人心弦的五节四行诗。诗人笔下的熊出现在中午的旷野上。这一天风和日丽，熊正悄然穿行于森林，没有通常的匆忙或莽撞，原来是一只很老的伤痕累累的熊，他畸形的肢体是由于受到陷阱的伤害，使他依然感到痛苦。当一只只秃鹰在空中盘旋时，他消失了，融入了他的环境里。我们来欣赏诗的最后一节：

> 他走了，从视线里
> 不慌不忙，完完全全地走开了，
> 这时一只只秃鹰于毫无觉察中
> 在空中稳稳地盘旋。

这首诗获 1962 年美国诗人学会奖。A. 拉冯那·布朗·劳夫（A. LaVonne Brown Ruoff, 1930— ）教授赞赏它生动地捕捉到了这个在印第安文化里非常神圣的动物的力量，并指出它反映了莫马岱受布莱克的诗篇《虎》（"Tyger", 1794）和福克纳小说《熊》（*The Bear*, 1942）的直接影响。[①] 如果同金内尔后来发表的饱含血腥气的超现实佳篇《熊》（1968）相比，莫马岱的《熊》更富人情味，更有灵气。

劳夫认为，莫马岱的这本诗集里的《雨山公墓》（"Rainy Mountain Cemetery"）、《雁的角度》和《熊》等诗篇所包含的许多主题，在他集美国印第安历史、民间故事和回忆录之大成的著作《去雨山之路》（*The Way to Rainy Mountain*, 1969）和小说《黎明屋》之中都有揭示。他说：

> 作为伊沃尔·温特斯的学生和美国文学学者，莫马岱在他的抒情诗里运用了鲜明的意象和清晰的文体。他生动地描写风景的能力体现在《雨山公墓》的这些诗行里：
>
> > 清晨的太阳，红如猎人的月亮，
> > 在平原上运行。山滚烫，闪亮；
> > 寂静中，漫长的正午
> > 接近你的名字界定的阴影——
> > 和死亡，这冷冰冰的厚重的黑石头。[②]

莫马岱的第三本诗集除了收录早期的诗作外，还收录了短篇小说和许多新诗篇以及一首关于亡命徒小子比利传奇的长组诗。我们现在来欣赏他

[①] A. LaVonne Brown Ruoff. *American Indian Literatures: An Introduction, Bibliographic Review, and Selected Bibliography*. New York: Modern Language Assn., 1990: 77-78.

[②] A. LaVonne Brown Ruoff. *American Indian Literatures: An Introduction, Bibliographic Review, and Selected Bibliography*. New York: Modern Language Assn., 1990: 77-78.

长条排列的组诗《新世界》（"New World"）：

一	二	三	四
第一个男子，	黎明的	中午	傍晚
在瞭望	一只只鹰	一只只	狐狸
大地上	徘徊在	龟	冻僵了；
树叶放光；	晨光	缓慢地	一只只
天空里	越来	爬进	乌鸦
雨滴闪亮。	越亮的	温暖的	倦缩在
风低低地	草原上空。	土洞里。	树枝上。
在山头	青草	成群的	跟随
传授	晶莹，	蜜蜂	月亮的
花粉。	斜斜的	在飞。	条条河流
山坡上	影子	草原	成了满月
乌沉沉	像烟雾	在热浪里	长长的
一片	消失	朝远处	白色路径。
松和杉。	不见。	退缩。	

这显然是诗人在描绘他想象中哥伦布初次所看到的美洲新大陆的美丽景象！在莫马岱的心目中和笔下，欧洲白人到达之前的美洲，无疑是人间伊甸园！他的散文诗《精制盾牌的故事》（"The Story of Well-Made Shield"，1987）也给我们展示了美国印第安人的伊甸园：

> 曙光里，鹰在死前低空展翅，滑向它的故土。没有风，然而空中传来长啸。其声似风又不似风——更雄壮有力。

莫马岱的第四本诗集《在熊屋里》被评论界视为代表他艺术创作成就的最佳诗选集。他成功地塑造了熊的形象——一种凯欧瓦族人自愈力的象征，它常常斡旋于人类世界与灵魂世界之间。诗人通过与熊有关的诗篇、对话、绘画等形式，把凯欧瓦族和基督教的精神世界融合在一起，试图让过去附着于现在，以便使两种看似不同的文化得到有机的结合。

莫马岱生在俄克拉荷马州，凯欧瓦族人，父亲是作家，母亲是画家。在西南部纳瓦霍保留地长大。他认为新墨西哥州北部是他的精神家乡。他先后获新墨西哥大学学士（1958）、斯坦福大学硕士（1960）和博士（1963）

学位。1973 年，离开加州大学伯克利分校教职之后，去斯坦福大学任教，直至 1981 年。从 1982 年起，一直在亚利桑那大学执教，偶尔在其他学校讲学，包括普林斯顿大学和哥伦比亚大学。1967~1999 年间，发表 13 本著作。他在小说《黎明屋》运用新的叙事技巧，塑造了一位年轻印第安人的典型：他处在既不能回到白人身边又不能回到印第安社会的矛盾之中，以此深刻地揭示了现代美国印第安人所处的两难境地。

莫马岱曾说："我是美国印第安人，对美国印第安艺术、历史和文化有极大的兴趣。"他的这种兴趣明显地体现在他的三本自传体著作《泰梅医药包之旅》（*The Journey of Tai-me*, 1967）、《雨山之路》（1969）和《名字：回忆录》（*The Names: A Memoir*, 1976）里，通过叙述流传在凯欧瓦族中的故事、传说、神话和大事记，记载了家庭和部落的历史。他为抢救逐渐消失的美国印第安文化做出了卓越贡献，他为此说："我有时觉得当代的美国白人在文化上比印第安人被剥夺得更多。"他的文章《美国的土地伦理》（"The American Land Ethic", 1971）引起公众关注美国原住民尊重自然的传统及其对在环境恶化时代的美国现代社会的意义。他还从事绘画，在全国展览，为自己的书制作插图。

莫马岱除获上述的美国诗人学会奖（1962）之外，还获得普利策小说奖（1969）、古根海姆学术奖（1966）、国家艺术暨文学协会奖（1970）、美洲原住民作家协会颁发的第一个终身成就奖（1992）和乔治·布什总统颁发的国家艺术奖章（2007）。他拥有 12 个学院和大学的荣誉博士头衔，其中包括芝加哥大学、耶鲁大学、马萨诸塞大学和威斯康星大学。他还被选为俄克拉荷马百年纪念桂冠诗人。

自从 1970 年以来，莫马岱担任全国人文学科基金会和全国艺术基金会顾问。他为保护美国原住民文化而成立了雨山基金会（Rainy Mountain Foundation）和非营利组织布法罗托拉斯（Buffalo Trust）。肯·伯恩斯（Ken Burns）和斯蒂芬·艾夫斯（Stephen Ives）为他口述凯欧瓦族历史和传说拍摄了纪录片《西部》（*The West*）。公共广播公司还为他讲述 1876 年印第安人与白人交战的小比格霍恩战役（Battle of the Little Bighorn）的历史拍摄了纪录片。

第四节　詹姆斯·韦尔奇（James Welch, 1940—2003）

韦尔奇在上蒙大拿大学期间，师从诗人理查德·雨果教授，开始了他的创作生涯，为他在美国土著文艺复兴时期的文学运动中确立地位奠定了基础。作为美国印第安诗歌史上的开创性诗人和运用英文写作的早期美国印第安作家之一，韦尔奇和莫马岱以及杜安·尼亚达姆并驾齐驱。他的写作特点是继承印第安人讲故事的传统，真实地反映美国西部土著浓郁的风土人情。

韦尔奇出生在蒙大拿州布朗宁，父亲是黑足族人（the Blackfeet tribe），母亲是格罗文特雷族人（the Gros Ventre tribe），在黑足族保留地和明尼阿波利斯求学，毕业于蒙大拿大学，当过苦力和消防员。在欧洲殖民者到达美洲大陆之前，黑足印第安部落统治蒙大拿州西北部和加拿大南部的大片平原，它当时被认为是一个有强大军事实力的民族。在大多数情况下，该部落与欧洲人保持友好关系，用动物毛皮与欧洲人交换枪支弹药，允许欧洲人主宰本土的竞争对手——肖肖尼族人（the Shoshone）和内珀西族人（the Nez Perce）。结果却是：鹬蚌相争，渔翁得利，黑足印第安部落由于美国白人给它的对手提供武器而在19世纪早期衰落了，只占据了两处保留地：一处在蒙大拿州北部（在1855年与美国政府签订了和平条约），另一处在加拿大阿尔伯塔省。这些保留地位于传统的黑足印第安部落领土之内，但面积大大减少。韦尔奇就是以此地的保留地为他的小说背景。他为此曾说，黑足族人"并不是特别高贵的印第安人，也不是特别恶劣的印第安人，他们是人类。这的确是我想要涉猎的，认为历史上的印第安人是人类的想法并非陈腐"。

韦尔奇的诗歌大量发表在国内外的文学杂志上。他的诗集《骑马巡视大地仆人的40英亩地》（*Riding the Earthboy 40*, 1971）是70年代美国最优秀的诗集之一，其标题的含义是管理韦尔奇的父亲从名叫"大地仆人"（Earthboy）的黑足族家庭租来的蒙大拿州的40亩土地。这片土地及其环境塑造了韦尔奇年轻时的世界观及其诗歌的活力。作为生长在黑足和格罗文特雷印第安部落文化环境中的后裔，韦尔奇在他的诗歌里，善于运用简单的语言和简洁的措辞，传达生活在当代社会的印第安人颠沛流离的困境和逐渐觉醒的意识，其中有的诗篇逼真地反映印第安人的现实生活，有的诗篇染有超现实主义色彩（虽然有时有点过度），揭示生活在印第安保留地文化之中和之外的整个美国社会的荒谬，讽刺白人对印第安人错误的假设。他深刻的大地意识充溢字里行间，使他的诗带有神秘色彩，而且生动活泼，例如他的《魔狐》（"Magic Fox"）：

　　　　他们的身体把绿色的树叶朝下压，

那些在睡眠中发出格格声的
汉子。真相对他们的狐狸来说
是一个恶梦。
他把他们的马变成鱼，
或者用绳牵着的一排马
像一串鱼，或者像是
悬挂在风中的一串鱼？

星星落到他们的捕获里。
一个姑娘，年龄不足 24 岁，
白肤金发如同晨间鸟，开始
跳舞，吸引睡在绿叶里的汉子
围绕她的裙子转。
在飞尘里，她的音乐响起了
黎明的记忆，直至狐狸和忧伤
在他们的睡眠里变成恶梦。

而这：鱼并非鱼，是堕入
他们梦中的星星。

  韦尔奇的诗反映了当代印第安人的阅历和体验，没有非印第安诗人处理印第安题材时故意流露的滥情。约瑟夫·布鲁夏克认为，韦尔奇的诗歌经常围绕当代印第安人的生活经历展开，但不带过多的滥情，而有太多蹩脚的非印第安诗人写关于美国土著的诗时却带有太多的滥情。① 例如，他的《圣诞节来到莫卡辛》（"Christmas Come to Moccasin Flat"）如实地再现了印第安人的自然生活状态：

圣诞节是这样来临的：聪明人
不慌不忙，赊来了蜡烛（以小牛皮
折换的不公平价钱），勇士们酩酊俯睡。
……
当醉汉们因为做爱或生理需要

---

① Joseph Bruchac. "James Welch." *Contemporary Poets*: 1043.

散发着他们身上的热气时，
这些酋长们吃着雪，谈起变化，
想笑的冲动冲撞他们的肋骨。

诗人对蒙大拿冬天西北风中的印第安人的描写悠然自得、苍劲有力，毫无做作的怜悯之情。再如，他的《来自华盛顿的汉子》（"The Man from Washington"）生动地刻画了从华盛顿来的一位印第安事务局官僚的形象：

结局对我们多数人来得容易。
远在平坦世界的某个角落，
我们在原初收拾东西时，
并不指望比柴火和水牛皮袍
更多的东西来保暖。那个汉子，
无精打采的两眼水汪汪的矮子，
走来同我们讲话。他答应
我们说，生活将一如既往，
将签订好协议，每个人——
男人、女人和小孩都要打预防针，
以免受到我们没参与的世界的感染，
一个金钱、希望和疾病的世界。

露西·马多克斯认为，韦尔奇在这首诗里反映了白人政府失信于当初对印第安人的承诺，派一个官员来振兴当代印第安人保留地生活的企图是弄巧成拙。[①] 她还认为，韦尔奇的许多诗篇表明诗人对挽回被并不那么遥远的事件无可挽回地改变的传统和历史持极大的怀疑态度。[②]

根据布鲁夏克的看法，韦尔奇以印第安人的诚实和当代美国诗人的反讽方式写诗，在这两种情形下写的诗已经非常精彩，在某些情况下，接近伟大。[③] 布鲁夏克对韦尔奇总的评价是：他的诗作反映了对大地的深层意识，这使得他的诗显得生动而深刻，充满活力和神秘，并且夹杂着失落感。[④] 韦尔奇在诗歌创作上的成功探索，被评论界认为他在对印第安人

---

① Lucy Maddox. "Native American Poetry": 735.
② Lucy Maddox. "Native American Poetry": 735.
③ Joseph Bruchac. "James Welch." *Contemporary Poets*: 1044.
④ Joseph Bruchac. "James Welch." *Contemporary Poets*: 1043.

经历的处理上，朝西部诗歌主题现代化迈开了重大的一步。

　　韦尔奇曾任教于华盛顿大学和康奈尔大学，并在蒙大拿州监狱系统假释委员会（Parole Board of the Montana Prisons Systems）和纽伯里图书馆德阿西·麦克尼克尔中心董事会（Board of Directors of the Newberry Library D'Arcy McNickle Center）工作。在 1974～2000 年，韦尔奇发表小说 5 部，其中《愚弄克劳族人》（Fools Crow, 1986）获美国图书奖、西北太平洋图书奖（Pacific Northwest Book Award）和《洛杉矶时报》图书奖，它描写了内战刚结束后小说主人公——一个刚成年的黑足族青年傻子乌鸦的遭遇。那时白人社会威胁着黑足族人传统的生活方式，他们面临起来斗争或被同化的抉择关头。当他们起来斗争时，在 1870 年遭到了白人骑兵的大屠杀。作者把黑足族的希望寄托在傻子乌鸦身上。另一本小说《袭击的麋鹿之心歌》（The Heartsong of Charging Elk, 2000）获西北太平洋图书奖。1997 年，韦尔奇获美洲原住民作家协会（Native Writers Circle）颁发的终身成就奖。韦尔奇对自己被视为蒙大拿州最优秀的美国印第安小说家，感到是一种相当讽刺挖苦的恭维，他认为他已经成功地超出了这种恭维的狭窄界限。他自认为，作为小说家，他的印第安人传统讲故事的成分少于他的欧美小说传统形式的成分。

第五节　西蒙·奥迪兹（Simon J. Ortiz, 1941—　）

　　作为 60 年代美国印第安文艺复兴主要作家之一的奥迪兹，是一位拥有广大读者的美国土著诗人。像其他这类美国土著作家诸如莫马岱和莱斯莉·希尔科一样，奥迪兹最关注是美国印第安人的历史、神话、哲学及其对社会的关心，关注现代人对自己、他人和环境的异化现象，提倡需要与祖先的智慧和大地母亲重新连接。白人诗人唐·伯德教授认为，我们不应该把他看作是一个美国土著标本或者是人类学的古董，而应当把他首先视为美国诗人，一个很好的诗人，并说："既不是他在洛杉矶机场失去方向感，也不是他对美国地域的多样化和戏剧性有明显的热情，说他是独特的美国土著。他写出了这样的令任何诗人都羡慕的诗句：'广袤的地域/毫无分量地压在我身上。/我知道我们接近/某处地方/这就是中心的中心。'"①奥迪兹在评论 20 世纪后期种族、意识形态和物质追求等问题时，常带有一种少

---

① Don Byrd. "Simon J. Ortiz." Contemporary Poets: 728.

数族裔的讽刺或悲怆的情调，不过，他同时还有许多诗篇流露出他特有的幽默和乐观。

70 年代，奥迪兹在各高校任教的同时，认真从事文学创作。他谈到自己的创作时，曾说："我的作品，多数运用美国印第安口头传下来的故事，站在所谓美国的暴风雨之中。风会改变，会有平静。"他的诗歌反映了美国土著成了这块土地的异乡客的窘境。他写作的目的是印第安人总是讲故事，而讲故事是种族唯一持续的途径。他的地域感很强，他在诗里总能准确地描写他的环境，无论是生疏还是熟悉的。他的诗集《旅途愉快》（*A Good Journey*, 1977）是讲故事的叙事诗集，他讲到了美国当代生活的阴暗面：混乱、丑恶和不近人情。他像其他印第安作家一样，运用他们古老而丰富的传说，揭示印第安人的大智大慧，例如他的《风和冰川的声音》（"Wind and Glacier Voices"）：

拉古纳人说，
那个冰川，我只听见滑响过一次，
还是三万年以前。
我的女儿刚好出世。
——一个继续讲故事的声音——

尤马的西边，一个棕色人咕哝着说，
太阳风在劲吹。
——一个严酷、冷得刺骨的声音——

别告诉我
如何生活；
我总是这样地生活着。
——一个抗议的声音——

上次我在法戈时，
我以为我听见了
冰川滑动的声音。
——一个竭力回忆的声音——

风，太阳，

> 大风将至。
> 太阳将至。
> 它将走过、穿入
> 和带走一切。
> ——一个渴望的、低沉的预言之声——

他在《风中展翅》（"Spreading Wings on Wind"）一诗里，描写他在 1969 年乘坐飞机的经历和愉快的心情，请欣赏前三节：

> 我必须记住：
> 我仅仅是许多部分中的
> 一部分，
> 也非独一无二的雄鹰
> 或孤零零的一座山。我是
> 一股透明的飘忽。
>
> 下方是山石黑沉沉的轮廓，
> 葱郁的树林，起伏的群山，
> 大地的人民，在这一切之中，
> 还有祷告中的羽毛。
>
> 雾蒙蒙的云层，
> 突然的一个颤动，
> 缓缓地接触到坚实的大地。

游牧或农耕社会与科技发达的现代社会的交叉与碰撞，印第安人与白人生活方式的不同，在诗人笔下得到了生动的展示。对一贯崇敬大自然的伟力、讨厌过度开发和机械化的诗人来说，这首诗不啻充满了实际生活中的张力。

80 年代，奥迪兹直指种族迫害的诗集《源自桑德河：在我的心——我们的美国升起》（*From Sand Creek: Rising In This Heart Which Is Our America*, 1981）获手推车诗歌奖。该诗集叙述了诗人 1974～1975 年生病在科罗拉多州退伍军人管理局医院的经历和体验，以及白人上校奇文顿于 1864 年 11 月 29 日率兵 1200 人，在桑德河附近屠杀已经投降的阿拉帕荷族人

（Arapaho）和夏安族人（Cheyenne）的血腥历史。不过，他对印第安人重新与这块土地连接和继承他们的传统的可能性依然保持乐观。露西·马多克斯认为，奥迪兹的乐观源于他相信他祖先的智慧和坚忍不拔的精神，尤其相信他的父亲不可动摇的信仰；对下一代印第安人寄托殷切希望，对传承印第安人的故事感到快乐，对阿科马普韦布洛族人（Acoma Pueblo）世代生活的环境所体现的永恒、稳定的价值持坚定不移的态度。① 所以，在对待印第安人近代史上遭受白人种族歧视所造成的后果，奥尔兹与韦尔奇的态度明显不同，前者乐观，而后者则悲观。

奥迪兹的散文集《反击：为人民着想，为土地着想》（*Fight Back: For the Sake of the People, For the Sake of the Land*, 1980）贯穿了类似的主题：记录诗人家乡阿科马普韦布洛由于筑了铁路和开发铀矿之后的社会变迁，反映印第安人争取土著文化的权利和公民权利的诉求，并表达他们为了这块安身立命的土地而奋争的决心。

90 年代出版的《编织石》（*Woven Stone*, 1992）是一本他以前发表的三本著作的合集，杂诗歌与散文于一体，反映了他自传性的精神求索，被评论界视为他最重要的著作。它表达了诗人对一千多年来印第安人的传统思想和实践与他们生活在当代美国社会困境的高度关注。诗人通过诗歌和口头直接叙述家乡的铀矿开采而破坏环境的事实，揭露印第安人打从西班牙殖民者到来之后直到今天一直受到剥削的生存情况。在艺术形式上，他在印第安人口头叙事传统的基础上，采用当代自由诗的形式，充分表露印第安人的哲理——土地和人民之间、现代人与古代之间相互密切的关系。

奥迪兹出生在新墨西哥州阿尔伯克基，獾部族人（the Badger Clan），具有新墨西哥州普韦布洛印第安人（Pueblo）的一半血统，讲凯雷斯语（the Keresan）。父亲是铁路工人和木雕工、普韦布洛族长老，负责该部落宗教知识和习俗的传承。在阿科马普韦布洛保留地的印第安事务局上中小学。服兵役三年后，复学新墨西哥大学，在那里发现美国文学课程里增设了少数族裔文学，于是开始学习创作，表达当时大家闻所未闻的美洲原住民的声音，而这种声音开始出现在 60 年代的政治运动中。两年后，于 1968 年，他获得爱荷华大学国际作家计划奖学金，去那里求学，获爱荷华大学文学硕士（1969）。1981 年，与马琳·福斯特（Marlene Foster）结婚，生三女，后来离婚。1960 年，他应邀去白宫参加美国总统举行的"向诗歌和美国诗人致意"聚会。自从 60 年代晚期以来，奥迪兹在多所高校讲授创作和美国

---

① Lucy Maddox. "Native American Poetry": 735.

印第安文学，其中包括在圣菲的美国印第安艺术学院、纳瓦霍社区学院、马林学院、新墨西哥大学、辛特格蕾斯卡（首批美国原住民大学之一）和多伦多大学。他目前任教于亚利桑那州立大学。除发表了大量小说之外，奥迪兹在1970～1988年出版诗集7本。获新墨西哥州人文理事会人道主义奖、国家基金会艺术探索奖、莱拉·华莱士读者文摘作家奖（Lila Wallace Reader's Digest Writer's Award）、国家基金会艺术奖和美洲原住民作家协会颁发的终身成就奖。1981年，他被授予白宫祝贺诗歌（White House Salute to Poetry）荣誉诗人。

第六节　约瑟夫·布鲁夏克（Joseph Bruchac, 1942— ）

布鲁夏克是一位多产的美国印第安作家和美国诗社会员，一位阿必纳基族人（Abenaki）、英国人和斯洛伐克人混血的印第安故事讲述人和诗人。他的母亲一方是阿必纳基族。他生在叫做格林菲尔德中心的阿迪龙达克山地。该族原来的领地包括佛蒙特州、新罕布什尔州、缅因州和加拿大的魁北克。布鲁夏克来自西阿必纳基族，该族大约有三千人，聚集在佛蒙特州斯旺顿。他由外祖父杰西·鲍曼（Jesse Bowman）抚养大，不过外祖父从没有给他讲过印第安人故事，只是在离开家去上学之后，他才从其他印第安长者那里了解到印第安人的故事和传说，并把它们记录下来，以此继承印第安传统。他曾说："我的作品中心主题很简单：我们必须互相倾听，倾听大地，我们必须相互尊重，尊重大地。"

布鲁夏克在他吸取阿必纳基族人传统精华的作品里，竭力消除对美国印第安人普遍的破坏性刻板印象。他以沟通印第安文化和白人文化为己任，任务并不轻松，如同他在《翻译家之子》（"Translator's Son"）一诗中所表明：

我的双眼
必须看两个方向，
像浮在水面的鱼，
它一面俯视深水，
一面又仰望天空。

这首诗好就好在典型地反映了介于两种文化之间的印第安作家的处

境。布鲁夏克的第 15 本小说集《海龟肉及其他故事》(*Turtle Meat and Other Stories*, 1992)再次展示了两种文化的冲撞,一边是美国印第安人传统的价值观(没有土地所有权,尊重寄于一切生物的泛灵),另一边是白人文化的自私性。他所受到的白人文化的高等教育和知识却使他更看清了美国的本相。他的外祖父在生前羞于向外人透露自己是印第安人,他把身为印第安人看成是一种羞耻,可是这更加坚定了布鲁夏克发扬光大印第安文化的决心。他对善良的外祖父有着深切的怀念,例如,他在《鸟脚的外祖父》("Birdfoot's Grandpa")里就表达了一种由衷的爱:

> 这老人
> 必定有 20 次
> 叫我们停车
> 想出来拾小癞蛤蟆
> 它们被车灯照花了眼,跳着,
> 像下落的雨点
>
> 雨在下着,
> 他的白发上罩了一层雾,
> 我不断地说
> 你不能把他们全部救出来,
> 算了吧,回到车里来,
> 我们还要赶路。
>
> 然而,皮革似的双手里全是
> 湿漉漉的黄棕色生命,
> 膝盖陷进夏天路边的青草里,
> 他只是微笑着说,
> 它们也要赶路。

布鲁夏克的两本诗集《追踪》(*Tracking*, 1986)和《近山》(*Near the Mountains*, 1987)典型地反映了印第安人天人合一的哲学思想和审美情趣。他在康奈尔大学学习了三年的野生保护课程,前一本诗集流露了他对大自然的热爱和对生态平衡的关切。在后一本诗集里,他津津有味地谈论可爱的大地和四季的变化。他的诗歌清新而富有情趣,对身居闹市的读者来说,不啻是沙漠里的一股泉水。我们且读一读《近山》里的短诗《祷告》（"Prayer"）：

> 让我的祷词
> 与动物们一道放光，
> 反映海鸥闪动的翅膀。
> 如果我们假定
> 我们是中心，
> 鼹鼠、翠鸟、
> 鳗鱼和小狼
> 在恩宠的边缘，
> 那么我们环行时，
> 如同一个个死月
> 围绕一轮冰冷的太阳。
> 今晨我只祈愿：
> 给小龙虾赐福，
> 给鸟儿们赐福；
> 我在我的歌里
> 穿戴熊皮，
> 我用双手像人类一般劳作。

这不是平常的抒情诗，是一首感人至深的环保诗。在环保运动中，布鲁夏克所起的作用不亚于加里·斯奈德。

布鲁夏克是一位博学的美国印第安文化学者，又是具有现代化头脑的诗人，先后获康奈尔大学学士（1965）、锡拉丘兹大学硕士（1966）和联邦研究学院博士（1975），曾在西非加纳工作过，诗歌视野宽广，曾主编《打破沉默：当代亚裔美国诗人选集》（*Breaking Silence: An Anthology of Contemporary Asian-American Poets*, 1983）。他还喜爱中国诗，说对中国诗的思想深度和清晰度早有深刻的印象（见 1992 年 10 月 13 日致笔者的信）。他与妻子卡罗尔·布鲁夏克（Carol Bruchac）创办格林菲尔德评论出版社，出版鲍曼丛书（Bowman Books）和《北美土著作者目录》（*The North American Native Authors Catalog*）。他 1995 年开办的北美土著作家著作在线目录，介绍了 800 多本书、100 多家不同出版社、完整的作者简历和印第安族裔的信息。作为美洲土著作家和故事讲述者话语艺术协会

（Wordcraft Circle of Native American Writers and Storytellers）开创者之一，布鲁夏克在帮助众多本土作家出版和发行他们的作品方面功莫大焉。他帮助土著作家出版小说、诗歌、儿童文学、历史、报刊和有关印第安传统的书籍，并且利用光盘和录音带复制印第安传统故事、诗歌和土著音乐。根据美国印第安作者发行项目，从 1980 年以来，他们的书籍、光盘和磁带通过在东北部印第安人集会、书展或邮购发行。《北美土著作家目录》在这样发行的基础上得到不断的扩充。所有列在目录中的书籍和磁带均为印第安人创作或合作。

布鲁夏克多才多艺，是一个受人喜爱的表演者，以讲故事和演奏美国土著乐器——手鼓、木制长笛和双木制长笛（同时发两种乐音）著称。他用吉他以及印第安鼓和响环伴奏他的诗歌朗诵深受听众欢迎。作为纽约州阿迪伦达克山区（The Adirondacks）传统故事和东北部伍德兰兹（Woodlands）原住民传统故事的专业故事讲述者，他应邀走遍了欧洲和从佛罗里达州到夏威夷的全美国。他相信，根据传统讲故事的方式讲故事，好故事不但有趣，而且对人有益。他和他的妹妹玛格丽特·布鲁夏克（Margaret Bruchac）、他的两个成年儿子詹姆斯·布鲁夏克（James Bruchac）和杰西·布鲁夏克（Jesse Bruchac）一道参与保护阿必纳基族文化、语言和传统技艺项目，包括与阿必纳基族"发端地合唱队"（Dawnland Singers）一起表演阿必纳基族传统和现代音乐节目。他的爱好包括园艺和传统的美洲印第安人工艺品。他曾经是初中、高中摔跤手和康奈尔大学队重量级摔跤手。30 多年来，他不但是武术、功夫和太极拳的爱好者，而且也是武术教练，尤其擅长印度尼西亚武术——班卡西拉（Pencak-silat）。他的两个儿子都是武术教练。詹姆斯获得四级空手道黑腰带，而杰西是混合武术学院主管。

布鲁夏克从 1971 年开始以来发表 120 多部著作（包括儿童故事），其中包括 30 多本诗集。他的创作关注点是美国东北部印第安人和英裔美国人的生活和民俗。他的诗歌和短篇小说发表和收集在 500 多种杂志和选集里。他认真加工整理的美国印第安故事已闻名国内外。他同迈克尔·卡度图（Michael Caduto）合作，用美洲印第安人传统故事讲授科学的畅销书《大地保护人》（*Keepers of the Earth*）丛书已经印刷了一百多万册。除获纽约州艺术委员会奖（1972）、美国图书奖（1984）及土著作家和故事讲述者话语艺术协会颁发的 1998 年话语艺术作家年奖（Wordcraft Circle Writer of the Year）之外，他还获洛克菲勒奖学金、国家艺术基金会诗歌奖、尼克博克奖（Knickerbocker Award）、霍普·迪安儿童文学杰出成就奖（Hope S. Dean

Award for Notable Achievement in Children's Literature）、弗吉尼亚·汉密尔顿奖（Virginia Hamilton Award）和美洲土著作家协会颁发的终身成就奖。

第七节　杜安·大鹰（Duane BigEagle, 1946—   ）

大鹰是一位既接受过现代科学训练、谙熟主流社会动态又坚持宣扬美国印第安人灿烂文化的奥色治族（Osage）诗人、教师、画家、歌手、俄克拉荷马州南部土著传统原始舞蹈者（Southern Straight dancer）①和文化活动家，还是北加州奥色治族协会（Northern California Osage Association）会员。

他出生在俄克拉荷马州东北部独立自主的奥色治部族保留地，有着奥色治人、爱尔兰人、柴罗基部族人（Cherokee）、荷兰人、英国人的混合血统。父亲名叫诺曼·雷·大鹰（Norman Ray BigEagle）。祖父哈里·大鹰（Harry BigEagle）是奥色治人纯血统，是在分配法之后从传统村落移居俄克拉荷马州霍米尼小镇的最后一批霍米尼地区的奥色治人。大鹰的外祖父威廉·华盛顿·麦奎斯琴（William Washington McCuistian）是爱尔兰农民，在屋旁种两亩玉米地，口头禅是"万能的上帝啊！"。大鹰的外祖母西尔维亚·约瑟芬·麦奎斯琴（Sylvia Josephine McCuistian）有荷兰人和柴罗基族人混合血统，但在20世纪上半叶，她对自己的印第安人血统讳莫如深。因此，杜安·大鹰的母亲莉莲·多加·大鹰（Lillian Dorcasn BigEagle）也有着混合血统。大鹰对他出生的俄克拉荷马州罗杰斯县城克拉雷莫尔医院念念不忘，这在他的诗篇《出生地》（"Birthplace", 1983）里有生动的描绘：

> 我记得这家我出生的
> 印第安人医院。
> 它坐落在围绕着花园
> 和树木的庭院中间。
> 几年之后，我同母亲
> 回医院，坐在接待室等待，
> 高高的天花板，白色的墙壁，

---

①　原样舞蹈（The Straight Dance），有时被称为南部传统舞蹈（Southern Traditional），源于俄克拉荷马州大部分部落正式的原始舞蹈，它具有端庄的风格，节奏缓慢，因此被一般人视为老年人舞蹈，但实际情况并非如此，在俄克拉荷马州地区部落从10岁小孩到80岁老人都跳这种舞蹈。

> 人们坐在暗色的条凳上。
> 通过庭院的拱门，
> 我可以看到产房的窗口，
> 看到暮春的灌木
> 正开着讨喜的黄花。
> 他们说，护士把我抱到窗口，
> 那时我睁开了眼睛。

大鹰的父母对他的影响力超过他的非印第安朋友，他俩的诚实、幽默、正直、辛劳、丝毫不做作和丝毫不破坏环境而享受生活的能力在他的成长过程中，对他的影响至深。他俩结婚早，年轻时很穷，为了寻找工作而居所不定，只好把子女留给女方父母抚养。大鹰在外祖父母家度过了快乐的童年，这在他的《进城》（"Traveling to Town", 1984）一诗里有精彩的描绘：

> 在我很小的时候，我们总是
> 赶着平板马车进城。
> 当天气开始炎热，
> 万里无云，母马无法呼吸时，
> 我们就尽快离开。
> 孩子们在车后，趴在
> 沾满灰的玉米和豆子堆上。
> 当我们在主要街道赶车时，
> 小镇在车后显露了出来，
> 让我和妹妹尽收眼底。
> 我们喜爱那一座座
> 砖头和砂岩建造的楼房
> 和地面有锯木屑的农民集市。
> 我们最喜欢去猴子百货商场①，
> 那里的主房是木板壁，
> 用夹子夹住的纸币和发票
> 在空中小钢丝绳上来回飞动，
> 仿佛是训练有素的鸟儿一样。

---

① 美国农村里的许多人称蒙哥马利·沃德百货商店（the Montgomery Ward store）为猴子商店。

> 我们终于到了西夫韦便利店，
> 外祖母在那里购买东西，
> 外祖父坐在屋外洒满阳光的
> 砖头台阶上，看守他的孙子孙女。
> 街道另一边阴凉处的冰激凌店
> 以它纱门的响声吸引着我们。
> 外祖父总是有钱买冰激凌。
> 马车沿着大街赶回家，
> 我们一路上舔着冰激凌，
> 在车后又欣赏起
> 午后阳光中的小镇。

　　大鹰认为，他和外祖父母生活在一起的日子是他一生中最快乐的时期。大鹰最早的记忆是与外祖父家几乎高耸入云的玉米杆联系在一起的。但是，大鹰成年之后，却在生活中为恢复印第安人的传统做多方面的努力，他说："有人说作为一个印第安人是终身学习的过程。我相信在现代世界坚持多过传统生活是可能的；在大多数时间的岁月里，我乘现代化飞机飞行1500 英里去参加我们部落的传统仪式，其中有一部分肯定是古老的。"① 诗人在《在奥色治族人中》（"Inside Osage", 1995）一诗里，向我们展示了一幅生活在奥色治部落里其乐融融的美好景象及其对诗人具有的永恒吸引力：

> 小镇的第一遍钟声
> 号召跳舞的人打扮
> 和直接去跳舞现场。
> 鼓声和歌声将漂浮在
> 这些广阔的田野里。
> 我在矮矮的水泥门廊旁
> 裂开的树桩上坐下，
> 记起眼前如何在泥地上
> 搭建的这一座座房屋；
> 记起这一条条河流和小溪

---

① Duane BigEeagle. "In English I'm Called Duane BigEagle: An Autobiographical Statement."

如何散发各自独特的水气。
记起远离主要道路遥望的感觉：
越过青草覆盖的低矮丘壑，
远眺五十英里之外从内布拉斯加
一路延伸到眼前的草原青草
在微风中荡漾的情景时，
感到何等的畅快、舒心。
一只只野百灵鸟吹起阳光旋律，
一声鹰的尖叫震动了我的心弦。
……

在这块古老的土地上
战争的荣耀依然在传唱；
烹饪的烟火依然散发着
诱人的香味；
老鹰的羽毛直立在
不受干扰的雪地里。
我在跳舞中
感受生命的律动：
第三天晚上，
在唱最后的歌曲时，
女歌手们从椅子上站起来
走到男鼓手们的后面，
他们的鼓槌舞动起来，
好像雄鹰扑打着翅膀。
跳舞的人面对歌手们
围起了圈圈跳着舞，
这时乐声与阳光混合的光柱
从鼓点中升起，闪耀着，
朝天空竞相冲去。

　　只有身临其境的人才能欣赏到印第安人居住环境的诗情画意，才能看到这种诗与歌密切结合的激动人心的场面，才能深切体会到印第安文化的博大精深。"在奥色治族人中"原来是一本杂志名称，诗人说，他把它用作诗标题，是他对创办这本杂志的人和帮助奥色治族人组建自己行政单位、回复行使主权的人表示尊敬。

　　大鹰对文学艺术的功能和作用有他独到的看法。他说："在很多方面，我对诗人的定义是在很大程度上超越了'写作'。由于我来自口头传统文化，我认为诗歌真正的'发表'是使我的诗成为歌，放在美国印第安人鼓上演奏（即成为常备节目的一部分）。"① 他还说："我不知道我围绕着鼓点唱的这些多数歌曲是谁作的——其中一些歌曲在时间上也许比任何写在书里的诗篇久远——但这并不减少它们的经验教训、力量和益处；它们是属于我们大家的，我们有责任保证让它们在那里世代流传。"② 他进一步发挥说："我年轻时被教诲尊重同维系我们生命的这块土地保持的联系。我很早就知道个性、创造性、自我表达和爱美对一个完备、健康的人生是绝对必要的。我体验了艺术、舞蹈、音乐和诗歌在一代代文化传承中所起的作用。这些教训和价值观形成了我在教育、社会组织和文化活动中作为作家、画家和艺术家的人格。"③他相信这些教训和价值观已经塑造了他的个性，也帮助维系美国印第安人的生活，使他们定居在这西半球至少有五万年之久。他说，奥色治族人从前的习惯是：渴望成为奥色治领导的人三次放弃他们所拥有的一切。这样做，让他们懂得物质财富的真正价值，并证明自己对部落的承诺。他就是在这样的环境和观念中长大的。④

　　大鹰的父亲是美国航空公司机械师，全家以螺旋式的方式，缓慢地进入了俄克拉荷马州第二大城市塔尔萨。大鹰在塔尔萨市接受了初中和高中的教育。在1957年10月4日苏联发射第一颗人造卫星之后，美国政府把大量财力投入到科学和数学的教育事业上。作为大批美国青年学生受益者之一，大鹰得到了深造的机会，使他爱上了现代科学，想成为天体物理学家。他在高中时努力学习代数和物理，由于把时间用在功课学习上，逐渐失去了与印第安人农村的直接联系，尽管他一直没有忘怀。这时在他周围的一切是学校、教堂、电视、朋友，远离他原来老式的或所谓"原始的"生活，进入了现代化的新世界。在1964年春天，他获得圣菲铁路基金会印第安人助学金，去加州大学伯克利分校攻读物理学。1964年秋，他选修爱因斯坦和现代物理学理论课程。也就是在这个时期，社会上兴起了言论自由运动，学生罢课，流行"性、吸毒和摇滚乐"。这是让他这个年轻的印第安学子感到吃惊的新现象，他就是在这种氛围中成长起来了。他一方面接触

---

① Duane BigEeagle. "In English I'm Called Duane BigEagle: An Autobiographical Statement."

② Duane BigEeagle. "In English I'm Called Duane BigEagle: An Autobiographical Statement."

③ Duane BigEeagle. "In English I'm Called Duane BigEagle: An Autobiographical Statement."

④ Duane BigEeagle. "In English I'm Called Duane BigEagle: An Autobiographical Statement."

到了德国物理学家海森堡的测不准原理（Uncertainty Principle），另一方面又经历了社会运动——大街上警察向参加游行的学生发射催泪瓦斯。学生的政治运动和现代理论物理学在他的成长过程中起了同样的作用。他发现，现代物理学中许多最新的理论与印第安人一些最古老的哲学观点和灵性教诲存在相似性。这种思想使得他这位有着混血血统的学者从年轻时就探索现代科学与印第安人古老的哲学在现实生活中的统一性。他认为他的有正宗印第安人血统的祖父也是一位科学家，他在诗篇《我的祖父是一位量子物理学家》（"My Grandfather Was a Quantum Physicist", 1983）中亮出了他的这种看法：

> 我现在能看到他微笑着
> 穿一身舞蹈华服，
> 手执一柄老鹰羽扇。
> 在草地上，午后的阳光中，
> 他与其他男子站在一起，
> 前面是圆形的房屋。
> 科学家们终于发现
> 我们的生活细节
> 受自然世界后面的万物影响，
> 超越星星，超越时间。
> 我的祖父知道这一点。

我们从这里感受到诗人为美洲印第安人的智慧而洋溢在字里行间的自豪之情。大鹰在大学学习物理学时，发现物理学最新研究的一些成果听起来同他的印第安长辈关于世界的看法相似，4 万至 6 万年前印第安人凭自己的直接经验就了解了这些科学真理。因此，他说："它再次肯定我对美国印第安人的力量和智慧的信念。现代物理学家们刚刚发现美洲土著人早在千年以前就已经懂得的道理。"①

大鹰在加州大学伯克利分校获得良好的西方教育。因为奖学金有限，只好利用课余时间在伯克利分校图书馆打工 4 年，这正好给他提供了大量阅读书籍的机会。他同时对强权政治行为也有了解，使得他倾向于参与社会活动。大学二年级开始时，他在新的物理课程上缺乏基础，只好放弃学

---

① 见大鹰 2012 年 4 月 18 日发送给笔者的电子邮件。

习爱因斯坦理论，改学热力学，然后又通过社会科学，主攻文学——英国文学和比较文学，获得学士学位（1971），毕业后回到农村，到加州门多西诺县北部三百英亩的绵羊牧场工作。他在那里待了 10 年，开创小型的十里河出版社，为地方广播电台组织诗歌广播节目，每周一次，长达 6 年时间。他同时开始绘画（主要是水彩和油画）。按照加州学校诗人教学计划（California Poets in the Schools Program），他给学校的儿童讲授诗歌。门多西诺县东部的圆山谷印第安保留地科韦洛小镇是他最喜欢去讲授诗歌的地方之一。那里居住一半白人，一半印第安人。那里的小学生也是白人与印第安人半对半，可是中学里没有印第安学生。由于文化差异、社会和经济的压力，印第安人的孩子失学了。这使得他痛感到，如果这种状况不改变，他的孩子将要面临他和父辈曾经遭受过的同样的歧视。这促使他在文化上诉诸积极行动。他怀着在自己的土地上成了陌生客的失落感，用文字向社会呼吁，提请公众关注改善印第安人的生存状况。

自从 1976 年以来，大鹰根据加州学校诗人教学计划，给公立高中讲授诗歌和文学写作。80 年代晚期，他开始在高校讲授美国土著学，其中包括在旧金山州立大学和索诺马州立大学的教学，最近在一个小地方高校马林学院任教（工资高些，课外时间多些）。作为一名认真负责的教师，大鹰把与年轻学生分享他跨文化的体验视为他神圣的职责，希望他们从他离开的地方开始迈步，免得不必要的重复，如同不必像重新发明弓箭那样地重复以前的每一步。在他的诗里，他经常采用自传性风格。他倾向于从自己的经验开始，引领读者/听者去他想去的一些其他地方。

在旧金山州立大学任教期间，他曾计划出版他的诗集《出生地：关于现代世界的诗篇和画》（*Birthplace: Poems and Paintings on the Modern World*, 1994），后因出版社倒闭而未能发表。他的诗篇全发表在报刊上和被收录在各种诗选和文选里。1993 年，获北加州华莱士·格伯德诗歌奖（Wallace A. Gerbode Poetry Award for Northern California）。

2001 年 10 月，大鹰与华裔美国诗人刘玉珍来上海旅游，笔者有幸在王逸梅家见到他。在同他深谈之后，笔者发觉他为人谦虚谨慎。从此以后，我们保持通信联系，更感到他生来做人低调，从不张扬。他其实对自传性创作并不感到完全的自在，因为他觉得这样做似乎有些不谦虚。他曾为此表示过："我发现，在许多美国作家和评论家中存在对精英的'个人崇拜'，对于我没有太大的吸引力。这好像一个人的生活或心里的确凿事实可以解释创作的'神秘'，其实'神秘'作为灵感来自于我们的造物主或某些集体意识。"① 他并不追求一般作家通常急于想博得的评论家们的好感和欣赏，对他没有获得什么文学大奖毫不在意。他认为，他之所以从事文学创作，是让世人了解美洲古老民族的文化和智慧，消除世人对他们长期的误解。他说："作为一个诗人和成长在 20 世纪中叶的奥色治人，我发现，在我的生活和我的亲戚的生活中有许多事情，对于那些首先有判断人的倾向的人或者没有生活在文化冲突中的人来说，是搞不清的，是容易发生误解的。"② 大鹰兴趣广泛，从小没有人教他从事一项专门的职业，因此现在对写诗、绘画、跳舞、唱歌和参与保护印第安文化活动都感兴趣。在他看来，天地万物互相联系，天经地义，例如诗歌与政治、教育、传统和科学都有关系。

① 见大鹰 2012 年 4 月 18 日发送给笔者的电子邮件。
② 见大鹰 2012 年 4 月 18 日发送给笔者的电子邮件。

第七章　墨西哥裔美国诗歌

雷蒙德·帕雷德斯(Raymund A. Paredes)博士在谈起墨西哥裔美国时，曾经指出它的源头是墨西哥，西班牙语是其主要语言，信奉罗马天主教；由于邻近墨西哥，墨西哥裔美国人与墨西哥可以维持相对轻松的关系，这是其他少数民族享受不到的优势；他们可以常常来回跨越边界，增加墨西哥和美国文化的活力。

第一节　墨西哥裔/西班牙—拉美裔/波多黎各
历史、文化、文学背景

早在 17 世纪晚期，西班牙殖民者和其他欧洲列强在北美为争夺领土而角逐。墨西哥于 1821 年独立后，它的北部省份包括得克萨斯、新墨西哥和加利福尼亚的一大片土地。后来美国为扩张领土与墨西哥交战，墨西哥在战败后，根据 1848 年 2 月 2 日签订的瓜达卢佩·伊达尔戈条约(Treaty of Guadalupe Hidalgo)，把这一大片土地割让给美国。在墨西哥独立以前就世代生活在这里的墨西哥人从此脱离墨西哥，但仍然留住原地，他们讲西班牙语，把自己视为西班牙人，后来才出现自称奇卡诺——墨西哥裔美国人(Chicano)的这一称谓。1898 年，西班牙和美国为争夺领土再度交战，战败后，古巴独立，波多黎各割让给美国，后来成为美国的自由联邦。

由于众所周知的历史原因，西班牙裔、墨西哥裔美国诗人和包括古巴裔美国诗人以及波多黎各诗人在内的拉丁美洲裔美国诗人的处境，比非裔美国诗人和美国印第安诗人的处境，相对而言，似乎好一些。在美国各少数民族之中，西班牙—拉美裔的人数最多，人口增长速度也最快，截至 2011 年为止，占全美国总人口 17%，人数为 5200 万人。其次是非裔美国人，人数为 4390 万人；再次为亚裔美国人，人数为 1800 万人。人口众多无疑地增加了西班牙—拉美裔美国人各方面的实力和信心。

西班牙裔、墨西哥裔、拉美裔美国文学是由生活和工作在美国的几代人和几个世纪的西班牙语系后裔的作家用英语铸就的。古巴裔美国诗人、小说家弗吉尔·苏亚雷斯（Virgil Suarez, 1962— ）在他的文章《西班牙裔美国文学：差异与共性》（"Hispanic American Literature: Divergence and Commonality", 2000）里讲到该文学的现状时说：

> 最近对西班牙裔、墨西哥裔、拉美裔美国文学的很大关注是得益于 20 世纪 60 年代晚期和 70 年代早期的西班牙裔、墨西哥裔、拉美裔美国文艺运动开拓性的作品和鲁道夫·"科基"·冈萨雷斯、洛伊斯·阿尔贝托·尤里斯塔这样的诗人和其他的作家，他们在作品里记录了这场文艺运动的社会和政治历史。

跨越文化和语言创作、确认少数民族身份、向主流社会不合理的现象挑战成了该族裔文学的特色，正如罗伯塔·费尔南德斯（Roberta Fernández, 1958— ）在她的《在美国的西班牙文学 30 年》（"Thirty Years of Hispanic Literature in the United States", 2004）一文中所指出：

> 在美国的西班牙裔文学已经繁荣了两个多世纪，而在过去的 30 年是它振兴的时期。该文学是从被压迫的少数民族的历史境况里逐步形成的，作家们以消除他们的民族的殖民地身份为己任。当代西班牙裔美国文学在本质上是抵制经济、社会和文化压迫的文学。大部分作家努力创造新的文学模式，使他们的作品对现存的文化规范提出激动人心的挑战。少数作家用西班牙语创作，在大多数作家用英语创作的作品里常常出现西班牙语的用语和词汇。他们用双语言、双文化的视角看待世界，常常富有讽刺意味，使得所表现的情绪复杂化。跨越界限成了强调文化身份的现代西班牙裔、墨西哥裔、拉美裔美国文学的内容和风格的主要比喻。

由此可见，西班牙语和英语是这类少数族裔作家跨越文化界限的两个翅膀。

这块地域的特殊历史文化造就了具有鲜明特色的少数族裔的美国文学艺术，例如，自从 16 世纪后期以来，墨西哥裔美国人就已经在美国这块土地上从事文学创作了。他们尽管培育了各类书面的和口头的文学，但在美国一直坚持维护自己的文学传统，以保持他们的文化身份。关于墨西哥裔美国文学，大哥大姐全国拉美裔咨询理事会主席（Chair of Big Brothers Big Sisters' Nationwide Hispanic Advisory Council）、得克萨斯州高等教育协调委员会高等教育专员（The Commissioner of Higher Education at the Texas Higher Education Coordinating Board）雷蒙德·帕雷德斯博士在他的文章《墨西哥裔美国文学》（"Mexican American Literature", 1988）中系统而详细地介绍了它的历史及其发展与现状。他指出，到 1900 年，墨西哥裔美国人文学已经成为美国文学文化独特的一部分，尤其是在西南地区，它已经留下了不可磨灭的印记。他进一步指出说："1910 年之后，由于墨西哥革命和美国劳力的短缺而加强了移民规模，墨西哥由此对墨西哥裔美国文学的发展做出了贡献。"①

就诗歌而言，如今可以把它细分为墨西哥裔美国诗歌（Chicano Poetry）、西班牙裔/拉美裔美国诗歌（Hispanic and Latino American Poetry）和波多黎各美国诗歌（Puerto Rican Poetry）。著名的墨西哥裔美国诗人众多②，将在后面单独介绍。著名的西班牙裔/拉美裔美国诗人有安杰利科·查韦斯（Angelico Chavez, 1910—1996）、玛丽拉·格里福（Mariela Griffor, 1961— ）和米歇尔·塞罗斯（Michele Serros, 1966— ）等。著名的波多黎各诗人队伍蔚为壮观，有包括萨尔瓦多·阿格龙（Salvador Agron, 1943—1986）、胡安·伯里亚（Juan Boria, 1906—1995）、尼姆西欧·卡纳莱斯（Nemesio Canales, 1878—1923）和伊曼纽尔·泽维尔（Emanuel Xavier, 1971— ）等在内的 70 位之多。其中佩德罗·皮埃特里（Pedro Pietri, 1944—2004）很激进，他作为新波多黎各文化的文学代表和新波多黎各人运动的桂冠诗人，激烈抨击美国制度和西方资本主义，继承和维护他的民族传统，回避被白人文化同化，在诗里流露着他作为新波多黎各人的自豪感。

新波多黎各诗人的诗歌朗诵场地主要是新波多黎各诗人咖啡馆（The Nuyorican Poets Café）。它对新波多黎各人运动（Nuyorican Movement）的推进和美国诗歌的普及起了重大作用。1973 年左右，它起始于诗人、罗格斯大学教授米格尔·阿尔加林（Miguel Algarín, 1941— ）在纽约东村公寓的客厅沙龙。他同戏剧家米格尔·皮内箩（Miguel Piñero, 1946—1988），戏剧家、诗人、导演宾博·里瓦斯（Bimbo Rivas, 1939—1992）和诗人勒

---

① Raymund A. Paredes. "Mexican American Literature." *The Columbia Literary History of the United States*: 802.

② 例如 Alurista, Gloria E. Anzaldúa, Alfred Arteaga, Ana Castillo, Ingrid Chavez, Carlos Cumpián, Rodolfo Gonzales, Rigoberto González, M. Miriam Herrera, Javier O. Huerta, Nepthali de Leon, Luis A. López, José Montoya, Pat Mora, Tomás Rivera, Luis J. Rodriguez 和 Bernice Zamora。

基·西恩富戈斯（Lucky Cienfuegos）以此为基础，在曼哈顿字母城建立新波多黎各诗人咖啡馆。作为纽约新波多黎各艺术运动的堡垒，作为诗歌、音乐、街舞、视频、视觉艺术、喜剧和戏剧的论坛，新波多黎各诗人咖啡馆在推进新波多黎各诗歌发展方面扮演了先锋角色。到了 1975 年，参与活动的诗人越来越多，原来的地方显得太拥挤，米格尔·阿尔加林于是租用纽约东街 6 号一家爱尔兰酒吧的阳光咖啡厅，然后把它命名为"新波多黎各诗人咖啡馆"。在这里举行诗歌朗诵活动的除了上述的三个创始者外，到了 70 年代中期和晚期，还有更多的诗人参加了进来，例如桑德拉·玛丽亚·埃斯特维斯（Sandra María Esteves）、佩德罗·皮埃特里、维克多·埃尔南德斯·克鲁兹（Victor Hernández Cruz, 1949— ）、塔托·拉维拉（Tato Laviera, 1951— ）、皮里·托马斯（Piri Thomas, 1928—2011）、吉泽斯·帕坡勒托·梅伦德斯（Jesus Papoleto Meléndez）和何塞·安赫尔·菲格罗亚（José Angel Figueroa）等。到了 1980 年，鉴于大批听众的涌入，他们便购置了面积更大的纽约东三街第 236 号的楼房，使诗歌朗诵活动的规模扩大，这时来参加诗歌朗诵的著名诗人有南希·梅尔卡多（Nancy Mercado, 1959— ）和马丁·埃斯帕达（Martín Espada, 1957— ）。鲍勃·霍尔曼、索尔·威廉姆斯（Saul Williams, 1972— ）、萨拉·琼斯（Sarah Jones, 1973— ）和博·赛厄（Beau Sia, 1976— ）等参与举行的诗歌擂台赛在普及诗歌大众化上达到了空前规模。90 年代，来这里参加诗歌朗诵的诗人有威利·佩尔多莫（Willie Perdomo）、埃德温·托雷斯（Edwin Torres，1965— ）、玛丽亚·特雷莎·费尔南德斯（María Teresa Fernández）和沙格·弗洛雷斯（Shaggy Flores, 1973— ）。创始人米格尔·阿尔加林在谈起创办新波多黎各诗人咖啡馆的宗旨时，说："我们必须彼此倾听。我们必须尊重彼此的习惯，我们必须分享诗人如此慷慨地用诗的声音提供的真理和骨气。"在新世纪，他已经退休，如今成了新波多黎各诗人咖啡馆董事会成员。

古巴裔美国诗人也在这里占一席之地，例如理查德·布兰科（Richard Blanco, 1968— ）。他是母亲怀孕在古巴、出生在西班牙、移民到纽约、成长和受教育在迈阿密的流动性强的诗人。他的作品发表在《民族》《印第安纳评论》等大杂志上，并被收入包括《美国最佳诗歌》（*The Best American Poetry*, 2000）在内的主流诗集里，现任康涅狄格州中部大学助教和驻校诗人。哈德孙河谷作家中心通过国家艺术基金会、韦斯切斯特县艺术委员会、纽约州艺术委员会的资助，给他和其他白人诗人同样地组织系列诗歌朗诵会。

第二节　墨西哥裔美国文化运动——奇卡诺运动

　　墨西哥裔美国人是认"墨西哥"为他们种族血统的祖先之地的人。墨西哥裔美国人包括两部分：一部分是入了美国籍的墨西哥人及其后裔，另一部分是原住墨西哥北部，于1848年归并到美国之后而自然成为美国公民的墨西哥人及其后裔。原来出生在美墨边境美国一侧的墨西哥人遭遇身份危机，他们并不想去掉他们赖以自豪的父母灌输给他们的墨西哥文化，但是他们不属于墨西哥。墨西哥裔美国人的强烈民族自尊心（Chicanismo）促使他们在20世纪30年代的美国西南部发起一场文化运动，重新找回他们的墨西哥文化和美国本土文化。基于保持墨西哥文化传统的自豪感，他们于是以"奇卡诺"这一术语确定自己的文化身份。

　　墨西哥裔美国人称自己为"奇卡诺"，尽管20世纪初的敌意环境不让奇卡诺发声。它是鉴别出生在美国的墨西哥裔美国人身份的词，一个含有政治和文化意义的术语。它在奇卡诺运动（The Chicano Movement）中开始被广泛使用，盛行于60年代晚期和70年代早期，主要是墨西哥裔美国人以此自称。它对提高墨西哥裔美国人的政治觉悟起到了积极的促进作用，使墨西哥裔美国人为自己的种族独特文化和悠久历史感到自豪，自觉地抵制与主流白人文化同化，主动要求美国政府平等对待少数民族。他们因此产生的棕色皮肤自豪感通过诗歌、文学、艺术和戏剧表达了出来。

　　墨西哥裔美国诗人蒂诺·维拉纽瓦（Tino Villanueva, 1941— ）在追溯"奇卡诺"这个词的来源时指出，得克萨斯大学人类学家何塞·利蒙（José E. Limón, 1944— ）在他当时未发表的论文《异质性和变化的范围："奇卡诺"的民俗表演和政治思想的文化界限》（"Expressive Dimensions of Heterogeneity and Change: The Folk Performance of 'Chicano' and the Cultural Limits of Political Ideology"）[1] 中最早使用了这个词。语言学家爱德华·西门（Edward R. Simmen, 1933— ）和理查德·鲍尔（Richard F. Bauerle）说，墨西哥裔美国作家马里奥·苏亚雷斯（Mario Suárez, 1925—1998）在1947年《亚利桑那季刊》（Arizona Quarterly）上正式使用了这个词。在1980年之前的美国人口普查，"墨西哥裔美国人"没有作为一个种

---

① José E. Limón. "Expressive Dimensions of Heterogeneity and Change: The Folk Performance of 'Chicano' and the Cultural Limits of Political Ideology." *"And Other Neighborly Names": Social Process and Cultural Image in Texas Folklore*. Eds. Richard Bauman and Roger D. Abrahams. Austin: U of Texas P, 1981.

族/族裔的类别进行登记，而在普查报告中首先使用的词是"西班牙裔"
（Hispanic）。

对于墨西哥人来说，奇卡诺这个词的意思是穷人中最穷的人。墨西哥
裔美国人在民权运动中以此称呼来团结与自己拥有相同历史和族裔背景的
人。他们在美国社会的政治待遇的提高与墨西哥裔美国农场工人、劳工领
袖和民权活动家塞萨尔·查维斯（Cesar Chavez，1927—1993）和多洛蕾
斯·韦尔塔（Dolores Huerta, 1930— ）的推动分不开。查维斯和韦尔塔建
立全国农场工人协会（National Farmworkers Association），在组织农场季节
工通过罢工和联合，对美国政府的歧视政策进行抵制上起了主要作用。因
此，他们的处境之所以改善是经过他们长期奋争得来的。

这里值得特别一提的是，奇卡诺运动中大力宣扬墨西哥裔美国人的精
神家园——阿兹特兰（Aztlán）。①这个想法是在 1969 年 3 月墨西哥裔美国
拳击手、诗人、政治活动家、奇卡诺运动创建人之一鲁道夫·"科基"·冈
萨雷斯（Rodolfo "Corky" Gonzáles，1928—2005）在丹佛主持召开的第一
届全国奇卡诺解放青年大会（The First National Chicano Liberation Youth
Conference）上由诗人阿卢里斯塔提出的，他慷慨激昂地宣称：

> 我们具有新的民族精神，不仅意识到赖以自豪的历史遗产，也意
> 识到残酷的"外国佬"入侵我们的领土，我们，奇卡诺居民和阿兹特
> 兰北部土地的文明人，我们的祖先在这里开垦他们出生的土地，尊奉
> 我们的太阳民族的决定，我们声明：我们的血统的号召是我们的力量、

---

① 阿兹特兰是传说中操纳瓦特尔语（Nahuatl）的纳瓦（Nahua）族人（中美洲主要部族之一）的家
园，推而广之，是传说中的阿兹台克人（the Uto-Aztecan peoples）的故乡。阿兹台克（Aztec）在纳瓦特
尔语中的意思是来自阿兹特兰的人。据纳瓦族人的传说，从前有七个部落（其中一个部落称为墨西卡
[Mexica]）住在七个洞穴里，使用共同语源的语言，因此被称为纳瓦族人。后来这七个部落离开了洞穴，
住在阿兹特兰附近。他们后来被统称为阿兹台克人。他们于 15 和 16 世纪在墨西哥中、南部建立了一个
帝国。在阿兹台克人传说的历史上，阿兹特兰的重要性仅次于阿兹台克人朝特诺奇蒂特兰城
（Tenochtitlán）的迁移。据传说，他们向南迁移始于 1064 年 5 月 24 日；1064 年也是美国亚利桑那州日
落火山口爆发的年代；这正是阿兹台克人的第一个太阳年。七个部落在墨西哥中部各自负责创建一个不
同的城邦。据阿兹台克人的传说，七个部落之一的墨西卡是最后迁徙的部落。当他们到达他们的祖居之
地——现今的墨西哥山谷时，所有可用的土地已经被其他部落占领了，他们被迫住在特斯科科湖（Lake
Texcoco）的边缘。在西班牙征服墨西哥之后，阿兹特兰的故事经过多米尼加修道士迭戈·杜兰（Diego
Durán, 1537—1588）和其他人的报道而获得了重要性，它被说成是一处伊甸园般的天堂，它在遥远北方
的某处，没有疾病和死亡。这些故事助长了西班牙探险队到现在的美国加利福尼亚州探险。考古学家则
根据阿兹特兰传说，对从前的墨西卡部落居住的地理位置进行考察，结果发现他们从前居住的地方就是
1848 年墨西哥与美国作战失败后被迫割让给美国的领土，即美国现在的西南部地域，包括加州、新墨西
哥州、亚利桑那州和科罗拉多州部分地区的大片土地。

我们的责任、我们不可避免的命运。

他的诗篇标题《阿兹特兰精神图》（"El Plan Espiritual de Aztlán", 1969）被与会者一致采纳为大会的宣言名称。该宣言的第三段文字的激烈程度不亚于非裔美国作家在 60 年代推动的"黑人艺术运动"主张：

> 手足情谊把我们团结在一起，对兄弟姐妹的爱使我们成为大众一心的民族，我们的时代来临了，我们努力斗争，反对"外国佬"，他们剥削我们的财富，摧毁我们的文化。我们在这块土地上捧着我们的心，宣布我们混血民族独立了。我们是一个有着古铜色文化的古铜色民族。在全世界面前，在全北美洲面前，在我们所有的古铜色大陆上的兄弟姐妹面前，我们是一个国家，我们是一个自由城镇村庄的联合体，我们是阿兹特兰。

阿兹特兰精神图倡导奇卡诺民族主义和墨西哥裔美国人的自决权，是一个争取民族平等的计划。阿卢里斯塔所提出的阿兹特兰是指 1848 年墨西哥与美国作战失败后被迫割让给美国的领土，即美国的西南部地域，如前所说，包括现在的加州、新墨西哥州、亚利桑那州和科罗拉多州部分地区的大片土地。这里有关墨西哥裔美国人的历史在教育中被忽视，墨西哥裔美国人常常受到歧视和隔离。因此，大会上提出的这一非殖民化方案得到大批自称奇卡诺的年轻墨西哥裔美国人的共鸣。有关阿兹特兰神话的重构是奇卡诺运动的重要组成部分，而阿兹特兰精神图则是他们非殖民化的想法的延伸。墨西哥裔美国人或奇卡诺们以阿兹特兰的先民阿兹台克人（更具体地讲，墨西卡人）的后裔自豪，如同中国人以炎黄子孙自豪一样。

如今阿兹特兰被奇卡诺们称为他们的失乐园，也成了他们赖以团结起来，对抗歧视少数民族的主流社会的精神支柱。1999 年，阿卢里斯塔在接受著名墨西哥裔美国学者路易斯·莱亚尔（Luis Leal, 1907—2010）的访谈时说，除少数例外，有关神秘的阿兹特兰话题被遗忘了，直到 20 世纪 60 年代，它才在奇卡诺的思想里复活。他还说，文化民族主义者（奇卡诺运动最重要的生力军）采用阿兹特兰这个术语建立他们具有土著性质的文化，这成了他们的哲学思想的独特核心。

第三节 奇卡诺诗歌简介

在奇卡诺运动中自然而然地兴起了奇卡诺诗歌。作为美国诗歌的一个分支，它是由墨西哥裔美国人写的关于墨西哥裔美国人生活的诗歌。它强调墨西哥裔美国人的历史、文化和身份认同以及美国主流社会的种族歧视，通常与奇卡诺运动中提出的社会政治和文化主张密切相关。其他重要的主题包括种族迁移的经历和夹在英语与西班牙语双语之间的困境。因为奇卡诺这一术语具有穷人的含义，奇卡诺诗歌便被自然地视为是无产阶级的艺术。阿卢里斯塔坚信不可能没有无阶级艺术。鲁道夫·"科基"·冈萨雷斯的《我是华金》（"Yo soy Joaquín", 1972）就是一首无产阶级的诗，被公认为是奇卡诺经典之作：

> 迷失在混乱的世界里，
> 被缠在外国佬社会的旋涡中，
> 为多种多样的规章所困惑，
> 被各种各样的态度所鄙视，
> 受形形色色的手段所操纵，
> 被现代社会彻底摧毁。

诗中所谓的"外国佬"（gringo）原来是西班牙裔、墨西哥裔、拉美裔美国人对来自讲英语国家的人的蔑称。诗人显然在这里反映了他们身处美国佬社会所感到的苦恼。不过，米格尔·罗德里格斯（Miguel Rodriguez, 1969— ）没有冈萨雷斯那样悲观、消极，相反，他在界定什么是墨西哥裔美国诗时，显得理直气壮，豪情满怀：

> 什么是墨西哥裔美国诗？
> 是被年轻智慧讲述的
> 富有强烈时代感的诗歌。
> 是我们的母亲呼唤着的
> 一切的一切的问题
> 和沾着血迹的肌体组织；
> 是拉丁情人。

> 拉丁诗歌恰恰是
> 感谢我们的祖先的标记，
> 是洛斯帕丘科斯穿着的佐特服，
> 是萨帕塔①准备射击的机关枪，
> 是比利亚②率领向前挺进的北方师。
> 是里维拉③用神奇的手绘就的
> 《热爱我们的祖国》这幅画。
> 是墨西哥人的自豪，
> 是站在我们这边的《拉拉萨报》。但是，
> 墨西哥裔美国诗究竟是什么？
> 是许多许多光荣的故事，
> 是一个比另一个多的故事，
> 墨西哥裔美国诗是我脸上棕色的皮肤。
> 是骄傲的传统书写的圣约书，
> 我的民族。

　　20世纪60年代，墨西哥裔美国诗人开始坚持从工人阶级的视角，用西班牙语和英语创作，显露了他们强烈的平民意识和民族意识。70年代墨西哥裔美国女作家引进女权主义，坚持在本民族文化内部争取妇女权利的斗争。格洛丽亚·安萨杜阿（Gloria Anzaldúa, 1942—2004）是女同性恋，她和切丽埃·莫拉加（Cherríe Moraga, 1952—　）主编的开拓性论文集《这桥叫我回来：有色人种妇女的激进作品》（*This Bridge Called My Back: Radical Writings by Women of Color*, 1983）获美国图书奖，而卡拉·特鲁希略（Carla Trujillo）主编的文集《墨西哥裔美国女同性恋：我们的母亲警告我们的是那些姑娘》（*Chicana Lesbians: The Girls Our Mothers Warned Us About*, 1991）获拉姆达文学奖（Lambda Literary Award）。

　　在墨西哥裔美国诗人群体中，除了有时被称为"奇卡诺诗歌祖父"的里卡多·桑切斯（Ricardo Sánchez, 1941—1995）之外，阿韦拉多·"拉洛"·德尔加多被公认为是创造奇卡诺诗歌的鼻祖。阿卢里斯塔也被视为

---

　　① 萨帕塔（Emilliano Zapata, 1879—1919）：墨西哥革命领袖。在革命过程中，他建立农民委员会分配土地，又建立墨西哥第一个农业信贷组织农业贷款银行。

　　② 比利亚（Pancho Villa, 1878—1923）：墨西哥领袖，游击队领导人。

　　③ 里维拉（Diego Rivera, 1886—1957）：墨西哥画家。为墨西哥城国家宫所作的一幅墨西哥史诗壁画是他一生中匠心独具而规模最大的作品，但可惜未完成即去世。

最早坚持用西班牙语和英语同时创作诗歌、有意沿袭古代墨西哥传统创作的著名诗人。格洛丽亚·安萨杜阿用英语创作的诗歌有时混杂了西班牙用语。墨西哥裔美国诗歌在众多墨西哥裔美国诗人的共同努力下，取得了显著的成绩。墨西哥裔美国诗人洛娜·迪·塞万提斯（Lorna Dee Cervantes, 1954— ）、加里·索托（Gary Soto, 1952— ）和阿尔贝托·阿尔瓦罗·里奥斯（Alberto Alvaro Ríos, 1952— ）的诗篇被广泛地收进包括《诺顿现代诗选集》（1988）在内的美国诗选集里，足以说明他们已经被美国主流诗坛所接纳，尽管他们坚持边缘创作。

这里值得特别一提的是路易斯·罗德里格斯（Luis J. Rodriguez, 1954— ）和托马斯·里维拉（Tomás Rivera, 1935—1984）。罗德里格斯不但是诗人，还是小说家、记者、评论家和专栏作家，被认为是当代奇卡诺文学的重要作家。他的作品曾获得多项文学奖。他获卡尔·桑德伯格文学奖（Carl Sandburg Literary Award）的畅销回忆录《始终在奔跑：疯狂的生活，在洛杉矶阿飞团伙的岁月里》（*Always Running: La Vida Loca, Gang Days in L.A.*, 2008）反映了墨西哥裔美国青少年在成长中所处的恶劣社会环境。诗人、教育家里维拉获俄克拉荷马大学博士学位，曾任加州大学河滨分校校长（1979—1984）。他是该校史上最年轻的校长，也是荣任大学校长的第一个墨西哥裔美国人，在奇卡诺文艺复兴运动中起了重要的作用。他出身于墨西哥移民家庭，在移民农场大田干过苦活。他生前出版了诗集《经常和其他的诗篇》（*Always and Other Poems*, 1973）；逝世后，由朱利安·奥利瓦雷斯（Julián Olivares）主编出版了他的两本诗集：《探求者：诗合集》（*The Searchers: Collected Poetry*, 1990）和《托马斯·里维拉诗歌全集》（*Tomás Rivera: The Complete Works*, 1991）。他获奖的《大地没有吞灭他》（*The Earth Did Not Devour Him*, 1971）是一部福克纳式的意识流小说。他还获奇卡诺新闻媒体协会颁发的杰出成就和贡献奖、全国有色人种促进会（National Association for the Advancement of Colored People）滨江分会颁发的加州大学河滨分校校长出色领导奖。他去世后，大众为了纪念他，许多广场、中小学和毕业证书以他的名字命名。加州大学河滨分校还设立了托马斯·里维拉创作讲席（Tomás Rivera Chair in Creative Writing）。

此外，帕特·莫拉（Pat Mora, 1942— ）、安娜·卡斯蒂略（Ana Castillo, 1953— ）和英格丽·查韦斯（Ingrid Chavez, 1965— ）、特立尼达·桑切斯（Trinidad Sánchez, Jr., 1943—2006）、艾琳·布雷阿（Irene Blea, 1977— ）、内夫塔里·德莱昂（Neftali De Leon, 1945— ）、莉萨·阿尔瓦拉多（Lisa Alvarado, 1956— ）、哈维尔·韦尔塔（Javier O. Huerta, 1973— ）等

墨西哥裔美国诗人也各自取得了令人瞩目的诗歌成就。下面将重点介绍德尔加多、阿卢里斯塔、索托和埃雷拉四位诗人。

第四节　阿韦拉多·"拉洛"·德尔加多
（Abelardo "Lalo" Delgado, 1930—2004）

德尔加多除了被誉为奇卡诺诗歌复兴之父、艺术家、奇卡诺战士和为社会正义事业而奋斗的社会活动家之外，还有一个阿兹特兰桂冠诗人的美称。"拉洛"是他童年时的绰号。他开始写关于墨西哥裔美国人的生活经历时，当时还没有公认的奇卡诺文学这一名称，这一名称的确立应归功于他。他用英语、西班牙语或英语与西班牙语混合的语言创作，一共发表了 14本诗集，其中以《奇卡诺：一个奇卡诺的 25 首内心篇》（*Chicano: 25 Pieces Of A Chicano Mind*, 1969）和《奇卡诺运动：一些不太客观的观察》（*The Chicano Movement: Some Not Too Objective Observations*, 1971）最为优秀。他的多数诗集是自费出版的，后来美国文学出版社才知道有奇卡诺文学这种名称。他在科罗拉多州丹佛市大都会州立学院任兼职教师 17 年，亲身经历了墨西哥裔美国文学文化在美国学术界的确立，许多墨西哥裔美国人在他的鼓舞和启发下成了作家。

追求社会正义事业是他的诗歌主要主题。他几十年来投身于塞萨尔·查韦斯开创的农场劳工运动。他尽管为此贫困一生而不悔，他的影响力遍及西方世界。我们现在来欣赏他的名篇《愚蠢的美国》（"Stupid America",1969）：

> 愚蠢的美国，
> 听听那个奇卡诺人
> 在街上大声诅咒，
> 他是一位诗人，
> 既无纸又无笔，
> 既然他不可以写，
> 他将会爆炸。
> 愚蠢的美国，
> 请记住那个奇卡诺人
> 放弃数学和英语，

> 他是你西方国家的
> 毕加索，但是他将会
> 把一千幅杰作只悬挂在
> 他的脑海里死去。

　　该诗反映了诗人的愤怒和无奈以及他的种族和阶级觉悟。他年轻时亲身遭受了类似非裔美国人遭受的种族歧视，经历了类似的学校种族隔离。20 世纪 60 年代，在得克萨斯州的民权运动中，德尔加多写鼓动性的诗，到处去朗诵，在游行的队伍中，在集会上，在纠察线旁，在街头，为了争取民权而东奔西走，疾声呼吁。德尔加多在他的诗歌中，表达消灭他亲眼目睹墨西哥裔美国人忍受的无数不公正待遇的意愿。他为移民农工的福利向美国国会会议倾诉，在工会集会上发表演说。他用慷慨激昂的声音，敦促奇卡诺穷兄弟姐妹们起来与贫穷、滥用执法和政治压迫斗争，为消灭出没于大街小巷的毒品而斗争。德尔加多一生的活力源自他反复号召墨西哥裔美国人诉诸革命，起来进行和平抗议。他认为，奇卡诺兄弟姐妹们在生活中历经了最不公正的待遇。他在《革命》（"La Revolucion"）一诗中号召他的同胞们抛掉幻想，与推行种族歧视政策的当局进行斗争：

> 掀起一次次革命吧，因为
> 在他们纠正错误的愿望中别抱任何幻想，
> 这是把地球上不公正付之一炬的
> 一个真正的男子汉基督教徒的诚实愿望。

　　德尔加多坚持用西班牙语和英语混合在一起写诗。他认为，仅用英语写作无法准确地表达他的墨西哥根，因为一个种族的文化是通过该种族的语言吸收的，如果一个人失去了他的种族语言，他也就失去了自己的种族文化。他强调使用他的西班牙语言，可以使它成为反抗美国权力压迫的有用的政治工具。他在他夹着一些西班牙语汇的名篇《奇卡诺宣言》（"The Chicano Manifesto"）中作了充分的表述：

> 我在维持我自己的身体状况，
> 因为我累了，也许累得难作这种西班牙语与英语的转换……
> 但是，奇卡诺这个种族也太累了，
> 不能等待到我休息的时候，

她也希望她自己休息，
不过，她仍然有许多事情要赶着做。
讲英语的美国人问（我想是真诚的）：
你们这些奇卡诺人想要什么？
那些当权者，
影响着我们的生活，你们问了吗……
你们理解了吗？
是不是你们要我们容忍你们？
是不是问确切了？
当我听到这些如同遥控的问题时，
我的奇卡诺愤怒接了过来，
并且回答这傲慢的质疑……
不……我们不希望要任何那样的玩意，
也不要听"你们想要什么"这个问题，
你们要懂得，你们可以坐在图书馆里
访问墨西哥，以某种方式
学会更好地了解我们，
比我们自己了解自己更多些，
但是，了解和理解情况
是不同的两回事……

于是，诗人对多少还想了解墨西哥裔美国人问题的美国白人提出来：

有一件事我想要
你们做的是，
在你们与我们所有的交道中，
在你们所有影响我们生活的机构里，
恰当地带着爱心和体面，
公开对待我们如同你们宣称的那样。

诗人进一步希望美国白人知道：

我们要让美国知道，她
属于我们如同我们属于她一样，

而今我已经学会了谈论，

想要在好的谈话条件上谈论，

有了这些才算是美国。

这首诗流露了诗人对占主导地位的白人文化理想的方面感到既认同又疏离而且被排斥的复杂思想感情。他的诗歌主要反映他对使英语优越于西班牙语、白皮肤优越于棕色皮肤的文化力量的痛切关注。他对此曾说："讲两种语言的我们有时成了美国生活方式的牺牲品。"他在诗歌中阐明，美国的霸权进程对奇卡诺文化有形或无形地起着腐蚀作用，感叹第二代墨西哥裔美国人中的多数人将会更多地与白人认同，与美国白人文化认同，却更少地与他们的墨西哥根认同。由于教育制度和媒体的作用，美国文化对他们的同化超过了外表，德尔加多从他子孙的变化中也看到了这种霸权进程，他对此感到无可奈何。

德尔加多出生在墨西哥北部农村奇瓦瓦州，父亲曾当过兵，已经有美国公民身份，母亲是墨西哥人。他 12 岁时，他的父母迁居美国得克萨斯州边境小镇埃尔帕索，在恶劣的环境中长大。一座公寓住 23 家，共享三个浴室和厕所。德尔加多初到美国时不懂英语，根据美国学校制度，禁止他当时只会讲的西班牙语，他作为六年级学生敢于对此发动第一次有组织的抗议行动，拒绝站起来唱美国国歌，相反他的同班同学和他一起唱墨西哥国歌。他最后以荣誉学会（Honor Society）副会长的荣誉毕业于鲍伊高中。高中毕业后，他在一家男子俱乐部同迷茫困惑的贫困青年一道干活，最终在 1962 年设法得到去得克萨斯大学埃尔帕索分校求学的机会，以主修西班牙学毕业。他 21 岁时与萝拉·埃斯特拉达（Lola Estrada）恋爱结婚，不久生了小孩，共育两子六女。1970 年，德尔加多举家迁居丹佛，在科罗拉多大学任教，但时间不长。德尔加多自认为是人民的诗人，晚年喜欢为特殊的场合写诗，例如，在纪念日和婚礼上散发他的诗篇，并且在不需要借助麦克风的情况下，用他那洪亮的声音朗诵。每年母亲节和父亲节，他总要到他所属的天主教教堂，朗诵一首新写的诗。

德尔加多生前都是自费出版自己的诗集，没有机会再版，年轻的白人学者贾莉卡·林·沃茨（Jarica Linn Watts, 1980— ）为此主编和出版了他的《拉洛在此：阿韦拉多·德尔加多诗合集》（*Here Lies Lalo: The Collected Poems of Abelardo Delgado*, 2011）。该合集收集了德尔加多在 1969～2001 年之间发表的重要诗篇。他的诗反映了墨西哥裔美国农场工人的艰辛生活、他对奇卡诺传统和自己家庭的爱以及对主流社会歧视少数民族的抗议。《纽约时报》发表他的去世消息时，尊他为"爷爷"（el abuelito），说他是"奇卡诺文学复兴的祖父之一"和"最生气勃勃的诗人之一"。

第四节　阿卢里斯塔（Alurista, 1947—　）

作为奇卡诺文学史上最具开创性和影响力之一的学者、社会活动家、主编、组织者和哲学家，也作为被文坛所称的奇卡诺诗歌的桂冠诗人，阿卢里斯塔以此笔名著称。他的原名很长：阿尔贝托·巴尔塔扎尔·尤里斯塔·埃雷迪亚（Alberto Baltazar Urista Heredia）。他是圣迭戈地区奇卡诺运动的积极分子，曾帮助接管奇卡诺园（Chicano Park）——墨西哥裔美国文化中心所在地。他之所以使用笔名"阿卢里斯塔"，主要是为了保护家人的安全，不让曾经朝他的公寓开枪的民兵们知道他的家庭成员。

在 60 年代末和 70 年代奇卡诺运动的先锋诗人之中，阿卢里斯塔被公认为是社会责任心强的奇卡诺运动首席诗人、奇卡诺文化和民族主义理论家。他主要以西班牙语和英语双语以及墨西哥南部和中美洲印第安各族的纳瓦特尔语和玛雅语等多语种语言的优秀作品，打破了出版界的障碍。通过他的整合美洲印第安人语言、象征和精神的著作，阿卢里斯塔成了一位开拓墨西哥文化认同、历史和传统的关键人物。这是因为他善于把前哥伦布时期宗教与神话运用到他的诗歌创作之中。他在 60 年代成了在美国西南部墨西哥裔美国人聚居地提倡阿兹特兰精神的主要代言人。作为构想阿兹特兰美好图景的首批诗人之一，他为墨西哥裔美国人提供了他们为之自豪的古代阿兹台克文明的理想图景。他对奇卡诺诗歌的贡献在于恢复阿兹台克人的神话和感知力，并且成功地把它作为新鲜血液输入了奇卡诺诗歌里。他的政治性强，具有鲜明的社会主义政治观点。在他的诗歌创作中，他一再揭示美国商业企业价值观及其实践的根子在于社会的压迫和经济的剥削，给少数民族的生活造成了严重的影响。他一贯反对这种异化的社会状况，提倡恢复阿兹特兰——墨西哥裔美国人失乐园或前哥伦布的黄金时代，在那个黄金时代，万物和谐共处。他希望人人互相帮助，建立公正的和谐社会。

作为民族主义理论家，阿卢里斯塔提倡的民主主义并不排外。在他看来，墨西哥裔美国人与美国白人的区别迥异于黑人与白人的种族冲突，对于墨西哥裔美国人来说，与白人的区别更多是在文化和语言上的层面上。他还认为，墨西哥裔美国人有亚洲人、欧洲人和印第安人的血统，在他的子女之中，一个看起来像非洲人，一个看起来像斯堪的纳维亚人，一个看起来像吉卜赛人。他因此得出的结论是：奇卡诺是各种族一体化的榜样，是彩虹民族。他的见解独特，在广大的墨西哥裔美国人之中发挥了启蒙作用。在奇卡诺运动时代，他通过他的诗歌，全身心鼓吹阿兹特兰精神。他在年轻时代，竭力提倡反对美国白人对墨西哥人和墨西哥裔美国人的统治，后来逐渐主张社会变革首先需要全民提高自觉性，扩大视野，在自己的精神上进行变革。

阿卢里斯塔出生在墨西哥城。父亲名叫巴尔塔扎尔·尤里斯塔（Baltazar Urista），母亲名叫露丝·尤里斯塔（Ruth Urista），阿卢里斯塔是他们六个子女中的老大，在莫雷洛斯州上小学。在小学期间，他能背诵有关墨西哥的国家、民族和文化的诗篇，从小就是锦心绣口，是整个年级雄辩的演说者。他13岁时去美国，与家人定居在加州边境城市圣迭戈。1965年高中毕业后，开始就读于加州奥兰治县查普曼大学工商管理系。他的诗歌反映了他多种语言的历史渊源。在青年时期，他信仰罗马天主教，曾想当牧师，但后来发生了信仰危机，认为教会是一个大企业，从此他开始探求基督教的各教派、世俗哲学、非基督教信仰，尤其是前哥伦布时期的历史和宗教。在大学学习期间，他的专业兴趣一再改变，从企业管理改变到宗教研究，再改变到社会学，再改变到社会福利。在1965～1968年，他干过儿童精神病辅导员和儿童保健工作者的工作，先后获圣迭戈州立大学心理学学士（1970）、奇卡诺文学硕士（1978）和博士（1983）。在他的成长过程中，对他影响最大的莫过于60年代的奇卡诺运动，特别是查韦斯用文化民主主义和非暴力的政治参与的方式领导的农工运动。

1967年，阿卢里斯塔作为阿兹特兰奇卡诺学生运动（Chicano Student Movement of Aztlán）发起人之一，组织学生支援农场工人联合会对葡萄种植进行罢工。1969年，他出席大约有2000人参加的第一届全国奇卡诺解放青年大会。他在会上朗诵的诗篇《阿兹特兰精神图》（"The Spiritual Plan of Aztlán"）打动了与会者，大会一致采纳它为奇卡诺运动政治宣言的序言。1968～1969年，他协助圣迭戈州立学院创立奇卡诺学研究中心，并在此执教十年之久（1968—1974，1976—1979）。他还曾在加州州立理工大学和得克萨斯大学奥斯汀分校任教。在70年代，他创办奇卡诺文学与批评杂志《玉米》（Maize），并组织弗洛里肯托节（Festival Floricanto）文学年会，吸引诗人与批评家们参与诗歌朗诵和学术讨论，以此展示、探讨和推进墨西哥裔美国文学的发展。

90年代中期，他跟随"煎玉米卷铺诗人群"（Taco Shop Poets）到全国各地进行诗歌朗诵表演。1994 年，这个文艺团体成立于圣迭戈市中心东村 16 街，起初有 30 多个诗人、表演艺术家和乐队成员。所谓煎玉米卷（Taco）原来是墨西哥人做的夹有肉末、干酪和莴苣丝等馅料的玉米卷，它成了墨西哥人或墨西哥裔美国人的代称。他们去各处朗诵表演，流动性强，即兴创作，受朋克（punk）和嘻哈（hip-hop）表演影响至深，逐渐在全美国发展了许多类似的文艺团体。他喜欢地道的有墨西哥文化风味的诗歌朗诵，对后来嘻哈成分太浓的奇卡诺诗歌并不赞赏，也不喜欢新波多黎各咖啡馆发起的诗歌擂台赛，认为它们失去了传统的墨西哥裔美国文学风味。他的诗歌最大的特色是从哲学上、语言上、地缘政治上突破客体与个人经验之间的界限。

　　1966 年，阿卢里斯塔开始发表诗作，在 1971～2010 年，出版诗集 10 本。他的处女作《阿兹特兰的弗洛里肯托》（*Floricanto en Aztlán*, 1971）尝试混合运用英语、西班牙语和前哥伦布时期的语言，把前哥伦布文化意象及其景观融为一体，突出表现异化、剥削和恢复美国西南部墨西哥裔美国人的失乐园面临挑战的主题。他的第二本诗集《用红笔的民族儿童》（*Nationchild Plumaroja, 1969-1972*, 1972）继续告诫他的族裔坚持奇卡诺文化身份，反对白人公司的剥削和压迫。他此后的诗歌在艺术形式上比较先锋，音节破碎，用双语写的双关语给读者造成理解的障碍，后来才回复到起初的语言平和、通俗的风格，例如他的诗集《黎明的眼睛：1979～1981》（*Dawn's Eye: 1979-1981*, 1982），容易被读者理解和接受。

　　此外，他还出版了非小说和文学批评著作，发表大量论述奇卡诺文化和历史的文章。他由于在奇卡诺文学领域的重大影响而应邀在国内外各地讲学和作诗歌朗诵。他在创作后期心境变得平和，从激进趋于淡定。他在圣何塞家里，曾接受道格拉斯·艾伦－泰勒（J. Douglas Allen-Taylor）的采访，表示他如今兼收并蓄，接纳万事万物，遵守天主教的仪轨，实践佛教的默念，尊重美国印第安人的仪式，认为他现在与太阳父亲、地球母亲、兄弟姐妹们、树木、蚂蚁等万物紧密相连。他的诗篇《哦，我，哦》（"ga yo ga", 1996）早已透露了他的这种平和心态：

　　　　哦，我坐在屋顶上
　　　　旁边的一只只吠叫的狗
　　　　对着瓜纳华托①黄昏的一轮满月吠叫

---

① 墨西哥中部的一座城市。

我的心情很平静

轮子的轰鸣声

飞滚的火星，敲石声

不知何故这只蜂鸟

对着鳄梨树飞动着翅膀

吸取着花蜜，

闪亮的圆鼓鼓的身体

针嘴吸取的花蜜流了进去

一声钟响迎来另一个黄昏

旧金山或圣迭戈的弥撒

一支支蜡烛点燃

最后拥抱平静

凿子放好

石片堆在街道上

蚊子狩猎，太阳休息

　　阿卢里斯塔结婚两次，有四个子女。在闹家庭矛盾和传出吸毒丑闻之后，他于1998年悄然离开了圣迭戈文艺界，移居圣何塞，至今未再婚，与子女保持亲密接触，对他来说，这更加重要。他目前继续从事文学创作，在中学兼职讲授奇卡诺文学。

第五节　加里·索托（Gary Soto, 1952—　）

　　加里·索托以他大量反映墨西哥裔美国人日常生活的诗歌、长短篇小说、戏剧和青少年读物著称。他通常阅读西班牙语书报，有时讲西班牙语，但不像其他的一些墨西哥裔美国诗人那样混用西班牙语和英语创作，主要用英语创作，这也可能是他的作品在主流文学界、出版界和读者中流行广泛的原因之一，尽管反映在他作品里的主要内容是奇卡诺的生活和思想感情。索托在1988年5月27日接受一次采访时说："我们像加利福尼亚人那样长大。同化被看成是孩子们必须经历的事情。"在接受白人主流文化上，他的态度类似于印第安诗人约瑟夫·布鲁夏克。正如批评家雷蒙德·帕雷德斯（Raymund A. Paredes）所说："索托养成了敏锐的种族感，同时坚信某些情感、价值观和体验能超越民族界限和忠诚。"①

　　索托善于描绘他从小就生长其中的奇卡诺邻里生活，栩栩如生得让读者如临其境，如闻其声，如见其貌，甚至连气味也似乎扑鼻而来。他也像其他的墨西哥裔美国诗人一样，用现实主义的笔触，真实地描写美国社会阴暗面，揭露种族主义、贫困和犯罪。他认为自己不是啦啦队长，作为一个作家，他的职责不是把美国人特别是墨西哥裔美国人描写得完美无缺，他的使命是为广大读者提供繁忙生活里的人们的一幅幅肖像。

　　索托出生在加州弗雷斯诺，幼年丧父，父亲 27 岁时死于工伤事故，出生在墨西哥的祖父母移民至弗雷斯诺，在农田和工厂劳动。索托小学成绩不佳，年少时就得在圣华金山谷农田和弗雷斯诺工厂劳动。圣华金山谷农村艰苦的生存环境铸就了他别具一格的田园诗风。现在我们来欣赏他的《新旧诗选》（*New and Selected Poems*, 1995）中的诗篇《通红的手掌》（"A Red Palm"）：

> 你在这块棉花田里做着梦。
> 你朝前朝左朝右挥锄削草，
> 第一批杂草便叹着气躺下。
> 你采取另一个步骤：砍，
> 草又一声叹息，直至你每跨一步
> 也那样叹口气，一直跟随你进城。
> 几个小时之后。太阳成了一个红水泡
> 落到你的手掌上。你的背脊骨年轻，
> 有力，还不是结满蛛网的
> 废弃学校里的那张破椅子。
> 你的额头上沾满灰尘，
> 脏脏的笑容里留下了每个指印。
> 你削一锄，跨一步，第一行草削完时，
> 你可以买一条呱呱叫的鱼给妻子
> 和三个儿子。再削一行草，再买一条鱼，
> 直到你有足够的鱼，为了买牛奶、
> 面包和肉食，你使劲地朝前削。

① Raymund Paredes. "Recent Chicano Fiction." *Rocky Mountain Review*, Vol. 41, No. 1-2, 1987: 126-128.

劳动了十几个小时，橱柜咯吱响，
你可以在后院一棵大树下休息。
你放在膝盖上的手一跳一跳
在抽搐，和码头上或船舱里的鱼
没有什么不同。你喝冰茶。
手痉挛了好几分钟，像苍蝇飞。

时近黄昏，已经入夜，
你家中的灯已经亮了。
点灯费电，厨房里的
灯光是黄色的。
进屋只需走三十步，
你对你的手说，
你的手现在形如望远镜，
你可以把它举到你的眼前：
你在校里是一个傻瓜，
现在看看你吧。
你是棉株丛中的一个巨人。
此刻你看到你的大儿子奔过来。
爸爸，他说，快进屋吧。
你抱他坐到你的大腿上
问，40 乘 9 等于多少？
他和你一样知道得数，
你微笑了。风息了，树静了，
星星在黑暗的天空中闪烁。
你站起身，带着棉株的叹息。
你去睡觉，手掌上带着一个红太阳，
你首次在床上翻身时感到了疼痛。

　　诗人在这首融合了自己本人生活经历的诗里，塑造了一个为生存为养活家小在棉田里拼命干活、过度疲劳的农工典型。他的梦想是赚足够的钱给家人购买食物。他在学校里成绩不好而辍学，只好成天在棉田里吃尽苦头：顶着烈日，手掌上起了水泡，火烧火燎，像红太阳，痛得夜里苏醒了过来。索托以奇卡诺最为独特的心理状态和思维方式，表达他们自身的意

志和愿望以及对生活最本质的诉求,创造了美国诗歌史上崭新的农工形象。约瑟夫·布鲁夏克为此指出:

> 美国很少有像加里·索托那样紧密联系 20 世纪农业的诗篇。然而, 他的诗题对象不是我们熟悉的桑德堡笔下中西部地区的农民, 也不是弗罗斯特描写的在石质土壤上独立耕作的农民。索托描述的奇卡诺农业工人没有自己的土地, 他们从社会底层仰视, 不可能有宽广的视野。多少带有讽刺意味的是, 像索托这样的诗人, 带着塞萨尔·查维斯存在主义的关注, 竟然经常在《纽约客》发表作品, 并且在大学出版社出版漂亮装帧的著作。然而, 尽管他笔下的人物贫困、绝望, 生活环境丑陋, 他们却住在有梦想的世界里, 对生活充满热爱。①

索托笔下的奇卡诺人对生活充满兴趣和热爱, 这从他的第一本诗集《圣华金生存环境》(*The Elements of San Joaquin*, 1977) 中的一首短诗《风》("Wind") 里可以得到印证:

> 当你今天早上起来时, 太阳
> 在天空中亮了一小时,
> 一只蜥蜴藏在
> 熊果树的卷叶里
> 眨着它的黑眼睛。
>
> 过后, 天空变灰,
> 你呼吸的寒风
> 在你皮肤下移动,
> 已经离开你的小肺泡。

索托的这本诗集获国际诗歌论坛 (International Poetry Forum) 颁发的美国奖 (The United States Award)。雷蒙德·帕雷德斯指出, 索托的第一本诗集和第二本诗集《阳光的故事》(*The Tale of Sunlight*, 1978) 构成了奇卡诺人从加州弗雷斯诺丑陋的城市生活和圣华金山谷农场沉闷艰辛的劳动到"墨西哥中部城市塔斯科, 这里如同索托的故事叙述者所说, 我们都起源于

---

① Joesph Bruchac. "Gary Soto." *Contemporary Poets*: 937.

此”的生活旅程。① 约瑟夫·布鲁夏克认为，索托在第一本诗集里所反映的生活态度基本上为他的整个作品定了基调。②

　　索托从小为生活所迫，学业不佳，只在高中学习期间接触到海明威、约翰·斯坦贝克、儒勒·凡尔纳、弗罗斯特和桑顿·怀尔德等作家的作品。他后来去弗雷斯诺城市学院求学，主修地理学，获学士学位（1974）；然后在加州大学欧文分校深造，师从诗人利普菲·莱文教授，获硕士学位（1976）。索托曾任教于加州大学伯克利分校和加州大学里弗赛德分校。与卡罗琳·小田（Carolyn Oda）结婚（1975），生女圆子（Mariko）。出版诗集 12 本（1977—2009）、小说 8 本（1991—2006）、青少年故事 18 本（1990—2001）和回忆录 5 本（1985—2001），获贝丝·霍金奖（Bess Hokin Prize）、莱文森奖（Levinson Award）、古根海姆学术奖、国家艺术基金会奖学金、国际笔会中心西方图书奖、西班牙裔遗产基金会（Hispanic Heritage Foundation）颁发的文学奖、全国教育协会（National Education Association）颁发的作者－插画者公民权利奖（Author-Illustrator Civil Rights Award）。有人问索托什么是他的最高荣誉，他不无幽默地回答说，在佐治亚州有一名女教师，她很喜欢他的作品，把她的狗命名为索托，这对他来说是最高荣誉。他没有言明的，当然是他想得到评论界和广大读者的认可。事实上，他已经得到了美国文坛的认可。

第六节　胡安·费利佩·埃雷拉
（Juan Felipe Herrera, 1948—　）

　　集诗人、朗诵表演艺术家、小说家、漫画家、教师、季节农工和风险青年社区活动家于一身的埃雷拉，经加州参议院确认，在 2012 年被加州州长杰瑞·布朗（Jerry Brown）任命为期两年的加州桂冠诗人，这是一向处于主流诗歌界边缘的奇卡诺诗歌得到主流社会公认的象征。埃雷拉从小就和父母一道当季节农工，开拖拉机，开拖车，住在南加州圣华金河谷和萨利纳斯山谷路旁的帐篷里。埃雷拉的农工经历给他的作品打下了深刻的印记。他在 2004 年接受一次采访时透露说，他的作品受到加州三种不同的影

---

① Richard Ellmann and Robert O'Clair. Eds. "Gary Soto." *The Norton Anthology of Modern Poetry*. New York • London: W. W. Norton & Company, 1988: 1682.

② Richard Ellmann and Robert O'Clair. Eds. "Gary Soto." *The Norton Anthology of Modern Poetry*. New York • London: W. W. Norton & Company, 1988: 938.

响：他从小就熟悉圣华金河谷农村小镇、圣迭戈的洛根高地和旧金山的蜜欣区，这些地区的景观化为他的故事和诗篇。他在这里听到的讲话和见到的情景都化为他作品里的声音和色彩，这使他更加人性化，也给他提供了一个更加宽广的全景视野。

埃雷拉从来认为，奇卡诺诗歌的核心就是朗诵表演和对奇卡诺社会事业的关心。这也是他和其他奇卡诺诗人共同的地方，不同的地方是他狂放不羁的性格决定了他具有金斯堡式的垮掉派风格。这特别集中地表现在他积30多年生活经验的诗选集《墨西哥人不能越界的187条理由：未公开的文献，1971～2007》（*187 Reasons Mexicanos Can't Cross The Border, Undocuments 1971-2007*, 2007）里。哈佛大学教授、评论家斯蒂芬·伯特（Stephen Burt）为此在2008年8月10日《纽约时报图书评论》上发表评论埃雷拉的文章《半豹式朋克》，指出埃雷拉从创作一开始就显得诗情充沛，成功地找到了让他渲泄磅礴诗情的艺术形式：一长串的事物罗列、长诗行、长诗。例如，他的标题诗《墨西哥人不能越界的187条理由》，187行诗的每行诗都以"因为"开头："因为乘法运算是我们最喜爱的游戏""因为有人用玉米做我们的标识""因为我们仍在边界巡逻中开溜/ 因为我们还在亲吻罗马教皇的手"，等等。这是惠特曼、聂鲁达和金斯堡所擅长运用的首语重复法。斯蒂芬·伯特认为，在健在的诗人之中，也许没有谁比埃雷拉运用首语重复法用得更好，用得更多。他的首语重复法的支点建立在针对墨西哥裔美国人的反讽和对排斥非法移民的加州187号提案的愤怒之间。斯蒂芬·伯特还认为：

> 埃雷拉的许多作品让人既想起墨西哥裔美国人经历的艰难困苦，又想起一个新世界艺术为重塑自我而提供令人振奋的空间。出身于农工的现在加州大学里弗赛德分校教书的埃雷拉，在20世纪60年代末和70年代初洛杉矶和圣迭戈的奇卡诺文化发轫期开始发表和朗诵诗歌；他对奇卡诺生活的描绘一直受到钦佩，而且应当受到钦佩。然而，他不是单纯的社会状况记录者。相反，他是一位有时封闭、有时极其独出心裁、经常出人意料的诗人，他的作品因其风格而引人注目。

与其他的墨西哥裔美国诗人相比，埃雷拉在诗歌创作中运用的艺术形式的确大胆而别出心裁。文学评论家汤姆·卢茨（Tom Lutz）对此称赞他是"永远年轻的诗人，永恒的垮掉派，前现代的后现代派"。我们先来欣赏他的另一本诗集《半个世界在日光中：新旧诗选》（*Half of the World in Light:*

New and Selected Poems, 2008）里的一首诗《我仅仅为拍一张照片摆姿势》（"I Am Merely Posing for a Photograph"）的开头：

> 我仅仅为拍一张照片摆姿势。
> 请记住，当权势者们妨碍你入编时，
> 告诉他们说："先生，他是为我的相机
> 摆姿势，就这样。"……是的，这也许行得通。

> 我的眼睛：
> 清澈，像我父亲那样的淡褐色，朝大海凝视，我的双手放在身体两侧，我的双腿在潮湿的沙滩上分开，我的裤子又皱又破又旧，我的衬衫褴褛不堪，好几处有洞眼，没有纽扣，哈，纽扣是怎样的奢侈品哦，我笑了一下，我舔了舔舌头，我几乎笑了，从嘴角这边舔到嘴角的另一边，要是我现在能像平时那样讲话就好了，对着我自己，我干瘦的手臂，我在月光下咯咯发笑，我以前倒没有注意过，经历了这么多年破星星、破玩具、破十字物，经历了这么多年渴求吮吸脏兮兮的奶头——假装我游泳过来了，我偶然来到此地。

埃雷拉在这首诗里用自我调侃式的幽默刻画一个处境不如意的墨西哥裔美国人或奇卡诺人的生活状态：一切都是破败、破旧、破损，边缘化社会的小孩玩的玩具，十字形的玩物，都脏兮兮；小时候吸的奶头，成年后做爱，碰到的身体都是干瘪瘪、脏兮兮；连天空中的星星也不美，地上是水泥堆、沙粒堆。生活在这样环境里的人当然也不美了，再怎样摆姿势，拍摄出来的照片也不入流，不登大雅之堂，那些有权势的人当然也看不上眼，不准入编。究其原因，诗人说："这乃是压迫的结果，受压迫者几乎一无所有。"[①]

在气质和艺术形式上，埃雷拉大有金斯堡的垮掉派风范，他的这种散文式的长诗行与《嚎叫》差不多，仿佛他的诗行不受任何形式的限制或约束。斯蒂芬·伯特在同一篇文章中指出，如果在埃雷拉之前有一个和他类似的作家的话，那便是艾伦·金斯堡，他有着金斯堡放肆的气质；像年轻时的金斯堡一样，埃雷拉既怀抱特有的远见，又是反社会体制的倡导者；像金斯堡一样，他在赞歌和悲歌中彰显了极端的狂热感情。当然，更重要

---

① 见埃雷拉 2012 年 7 月 3 日发送给笔者的电子邮件。

的是，他有自己突出的个性，伯特为此对埃雷拉做出了高度的评价，说：

> 一切生命，一切艺术，都涉及界限，不止是生死有度。一些诗人让我们意识到这些界限；另外一些诗人，例如埃雷拉，藐视界限而获得他们的艺术力量。上世纪 60 年代以来的许多诗人梦寐以求一种新的混合艺术，部分口语，部分书面，部分英文，部分别的什么东西：建筑在民族认同基础上的艺术，被集体荣誉感所驱动，然而也不能不具有个性。许多诗人曾试图建立这样一种艺术，埃雷拉便是第一批取得成功的诗人之一。埃雷拉曾说：一首诗是获得无度生活的一种方式。

再如，他的诗集《怀着兰博基尼梦想的边界穿越者》（*Border-Crosser With a Lamborghini Dream*, 1999）里的一首诗《半豹式朋克》（"Punk Half Panther"）也是诗行流泻无度的一首诗，请读诗的结尾：

> 旋转进清晰。漂浮在绿茵茵的季节农工简陋工棚的上方，牵线似的躯干，扭动的脚趾，预告我们即将来临的谵妄——一只绒绒的黑豹在惊慌中喊出神秘的奥姆之声，在城市大街中间有一个黄褐色的字，一个星球的一半尘世生活把这头湿漉漉的动物切成一半，我就是那头半豹式的朋克。我可怕的头骨和下颌骨很结实，我的毛皮活像有魔力的水晶，一条被轧断的腿在公路上翻滚，被每只肮脏的车轮辗碎。仰望天空，我对自己说：你面对来自那女神巡游的聪慧对谈吧。①在外面，就在外面。
> 就是这样。
> 爬起来，宝贝，来，继续漂浮——
> 总是在圣洁中，在深沉的旅程中，滑行。

诗的标题很怪。据诗人解释，他提到的是梦中的豹，他写得很快，像抽象表现主义画面，例如保罗·杰克逊·波洛克的画②，隐隐约约表现了奇卡诺季节农工的迷茫心态。倾泻无度是他的诗歌艺术形式的主要方面。斯蒂芬·伯特据此认为，埃雷拉诗的优点是蓬乱，兴奋，不寻常的自由自在，缺点是杂乱无章，过度，狂热。尽管如此，埃雷拉还有一般诗人遵循

---

① 据埃雷拉解释，指大自然与宇宙的对话，见埃雷拉 2012 年 7 月 3 日发送给笔者的电子邮件。
② 据埃雷拉解释，指大自然与宇宙的对话，见埃雷拉 2012 年 7 月 3 日发送给笔者的电子邮件。

约束性诗行的另一面，例如他的《半个世界在日光中：新旧诗选》里的另一首诗《猫的项圈上的月牙儿：致阿卢里斯塔》（"Crescent Moon on a Cat's Collar: for Alurista"）：

我出身在一个疯子和奢侈妇女的家庭。

我的叔叔，早在 1926 年
写信给墨西哥总统。

他指责总统谋杀
数以百万计吃土豆的人。

他因此被终身禁闭在
该死的陆军医院的精神病房。
另一个叔叔

泽维尔·勒瓦里奥与
做木制玩具的大企业建立了联系。
我有可能去法国，他说，
那里是艺术之乡。但是
我和家人却去了美国。

我的姑姑阿尔曼达的头发看起来
总是像撒了金粉的金羊毛，
她拥有

墨西哥城中心唯一的游泳池，
它在乌拉圭街附近。

我的父亲在蒂华纳的主要街道开粉红色福特车。
所有的女人都爱他，从来没有人比她们笑得更甜美。

我的口袋里装满了古钱币。
我把一银盒非洲人和萨波特克护身符和头发

放在我的床边，还有一把失去光泽的剑和魔力。

天空每次像狗摇尾巴似地闪电时
我在亚利桑那州南部总扔一块石头。

我降降升升，升升降降，飘忽不定。
我所有的敌人，包括省长和督导员，
远离我的眼睛，特别是

韵律通过我的脚，从我的
五彩缤纷的声音里释放出来。

　　埃雷拉在这首诗里好像与另一个诗人阿卢里斯塔在拉家常，流露出朋友之间促膝谈心的亲切感情。原来他和阿卢里斯塔是十来岁时的玩伴，一起长大的。标题没有太多的含义，诗人对此解释说："我更感兴趣的是意象如何碰撞，创造出兴奋和气氛，这可能是有关神秘、夜晚、浪漫、深沉、奇妙和艺术杂陈一起的感觉。"[1] 据诗人透露，这首诗是他信手写来，写出他在生活环境中所见所闻和所阅读的信息，至于诗里的"意义"则是其次。[2]

　　埃雷拉多才多艺，初中时开始学画，高中时演奏民间音乐。1967 年毕业于圣迭戈高中，是第一批接受教育机会项目（Educational Opportunity Program）的墨西哥裔美国人之一，受到奇卡诺民权运动的熏陶。他在艾伦·金斯堡和路易斯·巴尔德斯（Luis Valdez, 1940— ）[3]的影响之下，开始在实验剧场演出。获加州大学洛杉矶分校社会人类学学士（1972）、斯坦福大学社会人类学硕士（1980）和爱荷华大学美术硕士（1990）。曾任爱荷华作家坊杰出教学研究员（1990）和加州大学弗雷斯诺分校奇卡诺和拉丁美洲学系主任（2005）。任加州大学里弗赛德分校创作系教授和里弗赛德分校市区艺术和芭芭拉·卡尔弗艺术中心主任。埃雷拉在过去的 30 年中，成立了若干表演文工团，在社区艺术画廊和惩教机构讲授诗歌、艺术。他对土著文化的兴趣使他长途跋涉，从恰帕斯州的热带雨林到纳亚里特州的山区，深入墨西哥印第安村落。这一经历对他的世界观和文风起了重大影响。

① 见埃雷拉 2012 年 6 月 13 日发送给笔者的电子邮件。
② 见埃雷拉 2012 年 6 月 13 日发送给笔者的电子邮件。
③ 墨西哥裔美国戏剧家、作家和电影导演。

他的作品形式多种多样，其中包括录像、摄影、戏剧、诗歌、散文和朗诵表演，表达了墨西哥裔美国人和印第安土著的诉求和心声。

埃雷拉发表诗集 17 本（1974—2008）和散文著作 6 本（1995—2005）。他的作品往往跨越体裁，创作诗歌、歌剧和舞蹈剧，获国家图书评论界奖（2008）、笔会/超越边缘奖（PEN/Beyond Margins Award）、笔会/西方诗歌奖（PEN/West Poetry Award）、古根海姆学术奖（2010）、面包作家会议诗歌奖（Breadloaf Fellowship in Poetry）、四次加州艺术委员会资助金（California Arts Council Grant）、聚焦奖（Focal Award）、两次拉丁美洲名人堂诗歌奖（Latino Hall of Fame Poetry Award）、饥饿心灵殊荣奖（Hungry Mind Award of Distinction）、两次国家艺术基金会作家奖学金、纽约公共图书馆高中学生优秀图书奖（New York Public Library Outstanding Book for High School Students Award）。他的儿童读物《颠倒的男孩》（The Upside Down Boy, 2000）被改编成音乐剧。他创作的青少年读物曾赢得多个奖项，其中包括伊兹拉·杰克·济慈奖（Ezra Jack Keats Award）和美洲奖（Americas Award）。

埃雷拉现在是五个子女的父亲，和他的配偶玛格丽塔·罗伯斯（Margarita Robles）住在加州雷德兰兹，她也是诗人和表演艺术家。他的子女和孙辈住在加州、俄勒冈州和纽约。他的儿子华金·拉蒙·埃雷拉（Joaquín Ramón Herrera）是作家和艺术家。

第八章　华裔美国诗歌

华裔美国诗人从地域归属上看，属于亚裔美国诗人。严格地讲，亚裔美国诗人还包括从日本、韩国、越南、印度、菲律宾等国迁到美国去的亚洲血统移民（或其后代）诗人。在这广泛意义上的亚裔美国诗人之中，华裔美国诗人最多，华裔美国诗歌发展也最显著。基于本诗歌史面对中国读者，本章特别介绍与中国文化、文学联系密切的华裔美国诗歌，在介绍华裔诗人人数上也相对多些，这是因为本章介绍的多数华裔诗人被多数主流诗选或文选或诗歌史或文学史所忽视，但并不说明其他亚裔美国诗歌比华裔美国诗歌次要（主要受篇幅限制），也并不表明其他少数族裔的重要诗人比华裔的少。

第一节　华裔美国诗歌的先声：美国最早的华文诗歌

华裔美国诗歌的特色是：诗人用以表达的载体是英文，而他们的感情里有着或多或少的中国情结；他们继承的文化传统既有欧美的，也有中国的。正如华美诗人梁志英在回顾华裔美国文学传统时所说："就华裔美国文学而论，我们的传统有英语和汉语两个渠道。早在 19 世纪，由于华人的移民，华人社区的报纸发表散文、诗歌和回忆录。谭雅伦（Marlon K. Hom）在他的《金山歌集》里收集了 20 世纪头十年华人创作的早期诗歌……1910～1940 年间，被扣留在天使岛的许多移民把诗歌刻写在墙上。"[1] 后者他是指收录在《埃仑诗集》中的诗篇。在研究华美诗歌时，如果不提《埃仑诗集》（1980）和《金山歌集》（1987）这两本原来用汉语创作的诗集，我们所看到的华美诗歌将是不完整的。

这两本诗选的作者都是美国《排华法案》（"Chinese Exclusion Act"）的

---

[1] Russell C. Leong. "An Informal Talk on Asian American Studies" given at Nanjing Normal University, January 9, 2003.

受害者和历史见证者。当我们获悉美国众议院 2012 年 6 月 18 日全票表决通过《排华法案》道歉案之际，我们重读这两本诗集，深切感到包括诗人在内的几代华裔在美国社会经过长期奋斗和抗争而最后取得的成功来之不易。

1. 《埃仑诗集》（ *Island: Poetry and History of Chinese Immigrants on Angel Island, 1910-1940*, 1980 ）

　　反映 1910～1940 年间大量中国移民被拘留在旧金山海湾天使岛时生活和思想感情的诗集《埃仑诗集》是当时被扣押在天使岛上的一些知识分子用刀刻或用墨写在木板壁上或帆布床上的作品，后来经过传抄和报刊发表，从 1975 年起，由曾被关押在天使岛的移民后裔麦礼谦（Him Mark Lai, 1925—2009）、林小琴和杨碧芳（Judy Yung, 1946— ）根据不同的版本整理，然后翻译成英文，以中英对照形式出版。① 诗集还附录了三人对健在的移民所作的采访录。杨碧芳在谈到他们的采访时说：

　　　　开始时很难采访到当年被拘留在天使岛上的华人移民。他们之中的多数人已经六七十岁了。他们不愿意重提使人感到羞辱的往事。他们多数人是作为"冒牌儿子"来美国的，依然害怕被发现后遣返回中国。我们用中文进行采访，并用录音机录下来，保证不使用他们的真名。在我们取得他们的信任之后，他们才和盘托出。他们对移民当局把他们当罪犯对待感到愤慨和灰心丧气。在我们采访的移民中，没有人承认他们在天使岛上写过诗，但都记得看见过墙上的诗。我感到我开始更好地了解我们的父辈在天使岛上的痛苦经历，那段经历不但影响他们，也影响下一代的我们。②

　　20 世纪早期，大约有 175000 赴美华人被拘留在该岛。由于美国排华法案的实施，这里成了拘留和驱逐华人的中心。成千上万的华人在监牢般的小木屋里被讯问，长时间受到折磨和凌辱。他们之中的知识分子在被关押期间用诗歌形式表达了他们的苦难、痛苦、悲愤与无奈。除了少数几个

---

　　① 这本诗集参照了移民余达明当年在被拘留期间抄写移民木屋墙上书写和铭刻的 95 首诗（1976 年由王灵智帮助在杂志上发表）和其他的来源。麦礼谦等三人在第一部分按照"远涉重洋"（1～11 首）、"拘禁木屋"（12～33 首）、"图强雪耻"（34～46 首）、"折磨时日"（47～56 首）、"寄语梓里"（57～69 首）等五个主题编辑的 69 首诗，在第二部分翻译当时一个移民从天使岛拘留所抄录寄出来的 66 首诗，一共 135 首。

　　② 见杨碧芳发送给笔者的电子邮件（2005 年 2 月 21 日）。

诗作者署名外①，其余的作者没有留下名字。

《埃仑诗集》震撼人心之处在于它表现了富有才智的弱国国民的觉醒。他们清醒地认识到，他们之所以在海外遭受欺凌，是因为腐败的清朝政府无能而使中国遭列强瓜分，辱国丧权：

> 方今五族为一家，
> 列强未认我中华。
> 究因外债频频隔，
> 逼监财政把权拿。
> ——第 37 首

外债债台高筑，外国政府借此控制清政府的财权和政权。作为如此腐败无能的政府的臣民，他们虽然表面忍气吞声，忍辱负重，但卧薪尝胆的图强决心并没有丧失：

> 留笔除剑到美洲，
> 谁知到此泪双流。
> 倘若得志成功日，
> 定斩胡人草不留。
> ——第 35 首

这些"留笔"的诗作者们并不是没有文化的打工仔，而是学养有素，有深厚的文化底蕴，能娴熟地运用王粲、庾郎之类的典故，比喻自身的处境：

> 愁似浓云拨不开，
> 思量愁闷辄徘徊。
> 登楼王粲谁怜苦？
> 去国庾郎只自哀。
> ——第 26 首

---

① 例如，香山许生两首、台山余氏一首、阮氏一首、台邑李镜波一首、铁城道人一首、台山氏翁两首、陈氏一首和辛氏一首。

有一个1931年才15岁被囚禁于天使岛的Ng君在后来被编译者采访时说："许多在那里的人不懂得如何写诗。他们受的教育不高，但他们知道写诗的一些规则。你不能说这些诗非常好，但它们表达了真情实感。它们是海外华人的作品，因此是海外华人历史的一部分。"[1] 从古体诗歌的艺术标准来衡量，有些诗篇确实未免粗糙，但在当时连名字或真名都不敢署的恶劣环境下，诗作者根本没有相互切磋的条件，也没有什么参考书可以查阅或引用，而是凭他们以前的文化积累。即便如此，如果不是深谙中国历史的历史学家麦礼谦作艰苦细致的考证，并在诗篇旁边用英文做注释，有不少诗篇恐非现在的一般学者能阐明，更谈不到让一般读者所欣赏了。麦礼谦曾说："诗中所用的许多典故即使是通晓中文的读者都很难诠释。幸好我多少通晓文言，能够探查并注解大多数的典故。"[2]我们可以这么说，麦礼谦在考证《埃仑诗集》方面做出了无可替代的重大贡献。

《埃仑诗集》诗歌作者们所用历史典故很多，时间跨度数千年，引用中国历代著名人物大约23位，甚至还提到拿破仑[3]。可喜的是，有的诗作者遣词造句不泥古，贴近生活，口语化，显示了他们的艺术创造性，例如：

> 今日为冬末，
> 明朝是春分。
> 交替两年景，
> 愁煞木楼人。
> 　　　　——第12首

他们的书法也很漂亮，当今中国多数学子在书法上恐难与他们比肩。然而，这些才子却被当时的白人种族主义者视为乞丐不如的贱民。

66首诗组长篇序言"木屋拘囚序"喻古比今，更显示了作者深厚的文化根底、高度的政治觉悟和强烈的民族感情：

> 尝思啮雪餐毡，苏武守汉朝之节；

① Him Mark Lai, Genny Lim and Judy Yung. Eds. *Island: Poetry and History of Chinese Immigrants on Angel Island, 1910-1940.* Seattle and London: University of Washington Press, 1980: 136.

② 单德兴：《铭刻美国华人史：麦礼谦访谈录》，载单德兴《对话与交流：当代中外作家、批评家访谈录》（台北麦田出版社，2001年），第194页。

③ 参见单德兴《"忆我埃仑如蜷伏"——天使岛悲歌的铭刻与再现》一文，载单德兴《铭刻与再现：华裔美国文学与文化论集》（台北麦田出版社，2000年），第49页，该文对诗集里的用典做了详细的统计。

> 卧薪尝胆，越王报吴国之仇。
> 古人坎坷屡遇，
> 前辈艰辛备尝。
> 卒克著名于史册，
> 振威于蛮夷，
> 以解衷怀之忧，
> 而慰毕生之愿也。
> 独我等时运不济，
> 命运多舛。
> 蓬飘外国，永遭羑里之囚；
> 离别故乡，频洒穷途之泪。
> 躬到美域，徒观海水之汪洋；
> 船泊码头，转拨埃仑之孤岛。
> 离埠十里，托足孤峰。
> 三层木屋，坚如万里长城；
> 几度监牢，长扃北门锁钥。

以上是开头的 17 行，全文一共 70 行，最后 12 行是：

> 呜呼！白种强权，黄魂受惨。
> 叱丧家之狗，强入牢笼；
> 追入笠之豚，严加锁钥。
> 魂消雪窖，真牛马之不如，
> 泪洒冰天，洵禽鸟之不若也。
> 但我躬既窜海曲，性品悦看报章。
> 称说旧乡故土，豆剖瓜分；
> 哀怜举国斯文，狼吞虎噬。
> 将见四百兆之华民，重为数国之奴隶；
> 五千年之历史，化为印度之危亡。
> 良可慨也，
> 尚忍言哉？

通篇好像是诸葛亮的《陈情表》，洋洋洒洒，情动于衷，把身处逆境的移民们"强烈的文化优越感、民族自尊心与深切体会国弱家贫的现况"①揭示得淋漓尽致！而收录在该诗集的"记者志"则更加理智地提出华人应奋发图强的号召，句句发聋振聩，感人肺腑：

> 此稿由被囚烟租埃仑木屋中人寄来。亟照原稿登录，以供众览。笔者以身受之苦，作悲愤之文。血耶？泪耶？墨耶？吾知海内外同胞读之，必生无限激刺矣。虽然，吾同胞虽有无限之激刺，空作楚囚之对泣，亦何济於事。若非奋发振作，万众一心，以共图祖国之富强，使我黄龙国旗，辉映於太平洋两岸，未易一雪此耻耳。②

值得一提的是，《埃仑诗集》的所有诗篇均由华美诗人林小琴根据华裔美国历史学家麦礼谦的译文"修饰成符合英文诗的形式"③，这本身说明最早的华文诗已经成了华裔美国诗歌的一部分。林小琴在谈到该诗集对她产生的影响时说：

> 我被这些诗人的激情和政治觉悟所震撼。被拘留的大多数华人很年轻，在 16 至 20 岁左右之间。他们了解中国的历史，深知自己作为在中国被压迫的牺牲品的角色，也深知在美国作为无助移民的角色。他们在诗里把中国历代国王的迫害和失败与自己在天使岛上遭拘押的处境相比。他们是有勇气、决断和冒险精神的俘虏，尽管遭遇种种被排斥、种族主义和贫困，但始终追求自由的梦想。他们在诗里表达了自省、悲伤、受伤害、愤怒的感情。他们多数人掌握了中国古典诗歌的一些基本形式，反映了他们相当成熟的艺术水平，而他们所受到的教育水平却只相当于小学到中学。多数诗篇非常美，令人感动和难忘。很难相信这么年轻的人会写出具有成熟和敏感水平的诗篇来。它们感染我如此之深，以至于永远萦绕于我的脑海。它们促使我创作了剧本《冒牌天使》。④

更值得一提的是，《埃仑诗集》里有 13 首诗篇被选入保罗·劳特（Paul

---

① 参见单德兴《"忆我埃仑如蜷伏"——天使岛悲歌的铭刻与再现》一文，载单德兴《铭刻与再现：华裔美国文学与文化论集》（台北麦田出版社，2000 年），第 56 页。
② 原是旧金山《世界日报》刊载被拘留华人写的 66 首诗时（1910 年 3 月 16 日）的一篇编者按语。
③ 单德兴：《铭刻美国华人史：麦礼谦访谈录》，第 194 页。
④ 见林小琴发送给笔者的电子邮件（2005 年 2 月 22 日）。

Lauter）主编的大型美国文选《希思美国文学选集》（*The Heath Anthology of American Literature*, 1990），表明最早的华人诗歌已经被典范化，开始被纳入美国主流文学。对此，麦礼谦说："自从《埃仑诗集》出版后，经常有美国文学选集想要摘录。一些有关美国华人移民经验的电影，像《刻壁铭心》，也摘录了一些。偶尔有些报道天使岛的作者也会在文章中引用一些诗。学者现在认为这些诗是华裔美国文学的一部分。"①

2.《金山歌集》（*Songs of Gold Mountain*, 1992）

如果说《埃仑诗集》反映了华人进入美国本土之前被关押在海岛上的痛苦和痛恨交织的炽烈感情，那么《金山歌集》则记录了早期华人在到达美国之后的社会生活和内心世界。

《金山歌集》是旧金山州立大学亚裔美国学教授谭雅伦从旧金山唐人街一家书商出版的《金山歌集》（1911）808 首和《金山歌二集》（1915）832 首诗篇中选出 220 首翻译成英文的中英对照诗集。诗歌作者们没有留下姓名。作为早期的广东移民精英，他们用民歌形式，描写他们去美国的发财梦想，妻子在中国独守空房的期待和抱怨，在贫穷和异乡客的处境中的孤独、艰辛、忧愁和失望，对妓女、赌徒和鸦片烟吸食者的嘲笑和揶揄。诗人们运用富有浓郁地方色彩的日常粤语，创作了一首首适宜于吟颂和吟唱的韵文或歌词。

谭雅伦经过梳理，把诗集的内容归为 11 类："移民蓝调""无依无靠的寄居者之悲伤""远离的妻子之悲伤""怀乡蓝调""狂热的黄金梦""西方影响和出生在美国的华裔""婚喜""越轨谣""老夫少妻之歌""浪子和烟君子之歌"和"妓女之歌"。从这 11 个类别里，我们可以大体看出《金山歌集》的基本内容。第 1 类"移民蓝调"共 16 首，描写移民被囚禁在天使岛上的惨痛经历，内容基本与《埃仑诗集》相同，例如第 4 首：

> 家贫柴米患。贷本来金山。
> 官员审问脱身难。拨往埃仑如监犯。
> 到此间。闇室长嗟叹。
> 国弱被人多辱慢。俨然畜类任摧残。

第 2 类"无依无靠的寄居者之悲伤"反映移民的贫困、疏离感和受挫感：

---

① 单德兴：《铭刻美国华人史：麦礼谦访谈录》，第 194 页。

照吓个容像。看来变细相。

皓首如霜鬓又长。恼煞星星光掩映。

老至将。唔似靓仔样。

不觉年登四十上。自羞劳碌远飘洋。

　　　　——第 26 首

　　第 3 类"远离的妻子之悲伤"假托留在中国故乡的妻子之口，诉说因丈夫远离故土而耽误她的青春之怨恨：

郎话去金山。总唔听奴谏。

静夕思量难闭眼。妆台独立对愁颜。

想一番。情义谁不恨。

青春过了唔再返。

纵然富贵也当闲。

　　　　——第 39 首

　　表面是妻子怨诉，实际上个中况味，难以尽言，它间接地反映了旧金山唐人街光棍社会是当时美国政府歧视政策所造成：既不允许华人男子携妻赴美，又不准同白人女子结婚。耶鲁大学孙康宜教授把这种以虚构的女性声音表达男性政治情怀的艺术手法，称为"性别面具"（Gender Personae），因为通过女性的口吻，男子可以公开无顾忌地揭示他隐蔽的内心世界，使他无形中进入了"性别越界"（Gender Crossing）的联想。[1] 中国古典诗歌有不少这样的例子，如唐朝诗人张籍的《节妇吟》。由此可见，《金山歌集》的诗作者深谙古典诗歌里的这种具有感染力的托喻美学。

　　尽管如此，这些光棍们也有越轨的时候，第 8 类"越轨谣"反映他们作为正常的男子也有寻欢作乐的本能和要求：

做客羁北美。行乐勿抛弃。

花旗女子极标致。及早当尝白种味。

肯投机。与他同蒙眛。

若负青春佳景地。

---

　　[1] 张凤：《中国古典情诗的性别观：孙康宜教授哈佛演讲纪实》。载美国《世界日报》，D20 版，1997 年 11 月 28 日。

有钱归国再难期。
　　　　——第 164 首

　　这类诗表明华人并非如白人种族主义分子所想象的那样木讷，女性化。正如谭雅伦所说，这些诗"让我们真正地瞥见了受本世纪初美国经历影响的华人迷人的和形形色色的生活"①。

　　以上所引的几首诗令人信服地表明：早期的华人移民不全是无文化的苦力，《金山歌集》显示了其中的文化精英天生的幽默感和卓越的文才，谭雅伦为此对他们的诗作的思想性和艺术性作了恰当的评价：

　　　　唐人街的方言作品生动地反映了早期华人移民富有朝气的生活，他们多数出身于农民或商人。这些诗作具有民间风味，艺术地阐明早期移民在美国的经历；它们是移民自己情感的美学回响和记录。因此，它们为观察早期唐人街的生活提供了一个独特的视角。②

　　在一般的美国白人印象里，最早的旧金山唐人街是集餐馆、洗衣作坊、低廉商店、赌窟、鸦片烟房和妓院为一体的低贱之地，却不知道在唐人街也早有高度文化修养的精英们的文化活动。以旧金山中华总会馆为依托，华人中的文人雅士组织诗社，定期聚会（称为"雅集"），吟诗作对③，而雅集的组织者均具有秀才的资格。1881~1885 年间任清朝政府驻旧金山总领事的黄遵宪（1848—1905）曾是光绪时代的举人，他作为著名诗人，在旧金山唐人街创立金山联玉④，以文会友。1886 年春，在唐人街成立的小蓬诗社（Paradise Poetry Club）社员选了一百多首诗，送交清朝政府驻美国的公使张荫桓指点。根据谭雅伦的调查，⑤ 在 1906 年大地震之前，积极

---

① Marlon K. Hom. "An Introduction to Cantonese Vernacular Rhymes from San Francisco Chinatown." *Songs of Gold Mountain: Cantonese Rhymes from San Francisco Chinatown.* Ed. Marlon K. Hom. Berkeley • Los Angeles • London: University of California P, 1987: 68.

② Marlon K. Hom. "An Introduction to Cantonese Vernacular Rhymes from San Francisco Chinatown." *Songs of Gold Mountain: Cantonese Rhymes from San Francisco Chinatown.* Ed. Marlon K. Hom. Berkeley • Los Angeles • London: University of California P, 1987: 68.

③ 即做对联。

④ 见谭雅伦发送给笔者的电子邮件（2004 年 10 月 12 日）答复："黄遵宪在任时，'创金山联玉，以文会友'。'金山联玉'指旧金山华人区的文人雅集。'金山联玉'，是否诗社名称，则无法考证。"

⑤ Marlon K. Hom. "An Introduction to Cantonese Vernacular Rhymes from San Francisco Chinatown." *The Songs of Gold Mountain.* Ed. & tr. Marlon K. Hom. Berkeley • Los Angeles • London: University of California P, 1987.

参加诗歌活动的组织还有同文社和文华社。同文社于 1888 年也选了一批优秀的对联送交张荫桓点评。根据中国文学传统，如果诗人的作品得到皇帝或朝廷官员的赏识，就是对他文才的肯定，也是他步入仕途的门径之一。身在美国的华人文人虽然不是为了回国当官，但非常看重清朝政府官员评点他们的作品，其珍视程度不亚于当下作家期盼诺贝尔文学奖评委对自己作品的垂爱。1911 年春，同文社还举行了包括加拿大、秘鲁、墨西哥和古巴华人文人在内的对联创作大赛，足见在美洲的华人文学活动在当时已经相当活跃。

可以这么说，唐人街不是文化沙漠，生长在这里的华裔美国诗人从小就受到了中华文化氛围的熏陶。旧金山唐人街早在 1900 年和 1909 年先后创立了《中西日报》和《世界日报》，而两报的文学副刊为华人精英的诗歌创作开辟了文学阵地。历史事实证明，他们不是布勒特·哈特之类带有歧视和偏见的白人种族主义分子那样污蔑的"野蛮人中国佬"。

作为用汉语反映 20 世纪早期华人生活和思想感情的诗集，《埃仑诗集》和《金山歌集》到 20 世纪 80 年代才被陆续整理和翻译成英文，对生在美国长在美国、把英语当作母语的后代华裔美国诗人显然不可能产生直接的影响，然而，这对铲除 19 世纪和 20 世纪早期美国文学把华人刻画成古怪、驯服、无知、无性感、不开化的刻板印象，对揭露和消除白人种族主义的偏见，对提高华裔美国人民族自尊心和自信心，无疑具有宝贵的历史文献价值。

第二节　用英语创作的华裔美国诗歌

在研究用英语创作的华裔美国诗歌时，我们自然地要回顾到它的发祥地加利福尼亚，特别是它在旧金山成长与发展的过程。直至 19 世纪 30 年代，只有很少华人学会英语，他们被称为"出番"，他们的主要任务是同当地的白人打交道，而在法律纠纷或移民等事务上充当华人当事人的翻译（被称为"传话"）。这些少数华人所掌握的英语是实用英语，谈不上文学英语。① 因此，华裔美国诗歌应该回溯到旧金山唐人街华文报纸上刊载的古体汉诗和对联以及上述的两部诗集。

20 世纪三四十年代在美国留学的精英用英文写回忆录和诗歌，记录他

---

① Marlon K. Hom. "An Introduction to Cantonese Vernacular Rhymes from San Francisco Chinatown." *The Songs of Gold Mountain*. Ed. & tr. Marlon K. Hom. Berkeley • Los Angeles • London: University of California P, 1987.

们在美国的生活。二战后，留在美国的中国留学生和从中国赴美的新移民丰富了中国语言文化景观。50年代，由于美国政府反华，出生在美国的许多华裔作家不能公开描写中国大陆。直到70年代尼克松访华之后，华裔美国作家才有了创作自由。①

和美国黑人的诗歌相比，华裔美国诗歌的历史不长，可以说很稚嫩。据王灵智和赵毅衡两位学者考证，华人最早用英语创作诗歌是洛杉矶的学生关文清（Moon Kwan）在1920年出版的《宝石塔》（*A Pagoda of Jewels*, 1920）。② 鉴于亚裔和华裔密不可分，我们在考察华裔美国诗歌时，往往要连带讲亚裔美国诗歌，因此据另一位学者黄桂友（Guiyou Huang）考证，亚裔美国诗歌始于一个世纪以前的日裔美国诗人野口米（Yone Noguchi, 1875—1947）的创作，他出生在日本，移民至美国，能用日、英两种语言创作，他的诗集《被看见和不被看见》（*Seen and Unseen*, 1897）发表于19世纪末。③

亚裔/华裔美国诗歌形成气候是在20世纪80年代。著名日裔美国诗人加勒特·本乡（Garrett Hongo, 1951— ）的亲身经历也印证了黄桂友教授的论断。本乡认为，许多亚裔美国诗人在这个时期开始在族裔研究杂志、通俗杂志、大学期刊上发表诗作，接着出版诗集，很快在美国诗歌界显示了不可忽视的力量。其中《美亚杂志》（*Amerasia Journal*）和《竹脊》（*Bamboo Ridge*）值得一提。前者是加州大学洛杉矶分校亚裔美国学中心于1971年接手出版的大型亚裔美国文学和文论杂志（一年三期），该杂志也刊登诗歌，在亚裔美国学的领域里影响很大，前任主编是梁志英。后者是夏威夷华裔美国诗人查艾理（Eric Chock, 1950— ）和小说家、剧作家林洪业（Darrell Lum）于1978年创刊的诗歌、小说杂志（半年刊），得到夏威夷州文化艺术基金和国家艺术捐赠基金的资助，主要刊登夏威夷作家的作品，也刊登美国大陆作家的作品，在亚裔/华裔美国文学界也很有影响。以《竹脊》为依托的夏威夷作家群中，林永得、宋凯西和查艾理是当地亚裔/华裔美国诗坛的佼佼者。

1989年，包括本乡在内的几个亚裔/华裔美国诗人被邀请在美国公共

---

① Russell C. Leong. "An Informal Talk on Asian American Studies."

② L. Ling-chi Wang and Henry Yiheng Zhao. Eds. "Introduction." *Chinese American Poetry: An Anthology*. Santa Barbara: Asian American Voices, 1991.

③ Guiyou Huang. "Introduction: The Makers of the Asian American Poetic Landscape." *Asian American Poets: A Bio-Bibliographical Critical Sourcebook*. Ed. Guiyou Huang. Westport, Connecticut · London: Greenwood P, 2002: 3.

广播公司电视台"话语的力量"系列电视访谈节目里露面。亚裔/华裔美国诗人也有代表应邀参加美国国家级诗歌奖评选委员会。他们有的诗篇被收入教科书和每年出版的诗选里。我们还发现，姚强的作品在 1983 年被美国著名诗人约翰·阿什伯里选入美国诗丛；日、非和印第安裔（混血）美国诗人艾（1947— ）、本乡和李立扬的作品被美国诗人学会分别收进 1978 年、1987 年和 1990 年的美国诗人学会主持的《拉蒙特诗歌选集》（*Lamont Poetry Selection of the Academy of American Poets*）；1989 年，刘玉珍的诗集获美国图书奖。更引人注目的是，宋凯西和李立扬双双入选两部大型主流文选《诺顿美国文学选集》（*The Norton Anthology of American Literature,* 1998）和《希思美国文学选集》（*The Heath Anthology of American Literature,* 1990）。这意味着亚裔/华裔美国诗人已从被歧视、忽视上升到被注意和重视的地位，并且进入了美国文学史册。和宋凯西、李立扬一同载入文学史册的还有亚裔/华裔美国作家黄哲伦、本乡、汤亭亭、谭恩美、任璧莲。如果以《希思美国文学选集》第二卷最后一部分"从 1945 年到目前"这个时期入选的 98 位作家的组成为例，就更能看清楚亚裔/华裔美国文学取得的显著成就：他们已能够与下述知名作家相提并论，如两位诺贝尔文学奖得主索尔·贝娄和托妮·莫里森、两位桂冠诗人理查德·魏尔伯和丽塔·达夫、大戏剧家阿瑟·米勒和田纳西·威廉斯以及其他重量级的小说家、戏剧家和诗人。

当然，宋凯西和李立扬的入选主流文学选集并不表明他们就一定比其他所有的亚裔/华裔美国诗人强。为此，黄桂友提出诘问：

> 宋凯西和李立扬的被入选就表明他们比和他们同等的亚裔美国作家更重要吗？这意味着他们在教育界和学术界被以白人为主的主流读者所接受吗？为什么该文选编辑看中这两个在 50 年代后期出生的诗人而不提老一代的日裔美国诗人劳森·稻田（Lawson Inada, 1938— ）和菲律宾裔美国诗人维拉（Jose Garcia Villa, 1908—1997）？[1]

他的答案是："至于谁入选或谁不入选，纯文学文选的主编的决定带有一定程度的个人武断性；主编在选择作家时既有个人因素也有政治因

---

[1] Guiyou Huang. "Introduction: The Makers of the Asian American Poetic Landscape." *Asian American Poets: A Bio-Bibliographical Critical Sourcebook.* Ed. Guiyou Huang. Westport, Connecticut · London: Greenwood P, 2002: 3.

素。"① 他说得没有错，但至少可以说明入选率高的诗人受关注的程度比较高。例如宋凯西，她还入选同样权威的《诺顿现代诗选》（*The Norton Anthology of Modern Poetry*, 1988），不但如此，早在1982年，她的作品就被选入所有美国诗人都羡慕的耶鲁青年诗人丛书，这是包括白人在内的所有美国青年诗人进入主流诗坛的通行证。如果用入选主流文选或诗选衡量一个诗人的成就的话，幸运的宋凯西受到美国主流诗坛如此的追捧，在一定意义上讲，已算功成名就了，尽管那些对坚持族裔性、不认同白人主流审美规范的亚裔/华裔美国作家（例如赵健秀）也许对此不屑一顾。

总的来说，华裔美国诗歌像整个华裔美国文学一样，尽管方兴未艾，但仍处于美国主流文学的边缘，研究、考证、阐释、评论华裔美国诗歌的评论家和学者绝大多数仍然是亚裔/华裔美国人。

第三节　华裔美国诗人现状

已显露锋芒的华裔美国诗人有施家彰、姚强、梁志英、刘玉珍、朱丽爱、胡淑英（Merle Woo, 1941— ）、陈美玲、白萱华、李立扬、刘肇基、林小琴、宋凯西、林永得、查艾理、林玉玲（Shirley Geok-Lin Lim, 1944— ）、黄仁凯（Jason Hwang, 1957— ）、郭亚力（Alex Kuo, 1939— ）、周爱娣（Shalin Hai-Jew, 1965— ），等等。② 相对小说家而言，他/她们的人数虽不多，但遍布美国，西到加州，东到新英格兰，南到新墨西哥州，北到华盛顿州，甚至远至夏威夷。在他/她们之中，有的诗人出版了数本个人诗集和获奖诗集。亚裔/华裔美国诗歌创作中一直存在两种倾向，本乡对此有很精辟的描述：

> 在这一历史时期，围绕亚裔美国诗歌的种种问题（一般来说，也许是种族性的文学建构）可以被概括为两方面的矛盾，一方面有人希望在美国经验（不管是少数民族的还是主流的）范围里坚持个人主观

---

① Guiyou Huang. "Introduction: The Makers of the Asian American Poetic Landscape." *Asian American Poets: A Bio-Bibliographical Critical Sourcebook*. Ed. Guiyou Huang. Westport, Connecticut • London: Greenwood P, 2002: 3.

② 收录在王灵智和赵毅衡主编的英文本《华裔美国诗歌选集》（1991）的华裔美国诗人有22人之多；收录在王灵智、黄秀玲和赵毅衡编译的《两条河的意图：当代美国华裔诗人作品选》（上海文艺出版社，1990年）的有20人之多。

性和诗歌艺术，另一方面有人在我们的文化范围内，用他们的优先权进行创作，对占统治地位的意识形态作辩论性的批评。这些视角本身不一定是举世无双的，但存在着一个有争议的倾向，它显露在少数批评家的批评里，这些批评家具有公众的影响力和学术机关的权威性，在众所周知的"亚裔美国文学"领域里掌权，对多样化的项目采取霸权支配，结果把特准一些最有争议的、讲究等级的做派带到文学创作中来。①

如何对待种族性的文学建构成了亚裔/华裔美国文学创作界和批评界的热门话题。熟悉华裔美国小说界的人都了解，以汤亭亭为一方、赵健秀为另一方的关于什么是地道的亚裔/华裔美国文学争论，言辞之激烈、影响之广泛，席卷了整个亚裔/华裔美国小说界和评论界，虽然这种争论较少地波及华裔美国诗歌界，但华裔美国诗人中不乏像赵健秀那样具有鲜明种族意识的诗人，例如朱丽爱和胡淑英。作为父母曾经在天使岛被拘留的移民后代、美国种族歧视的目击者和受害者、女权主义者，朱丽爱始终努力充当抵制社会不公正的人们的代言人。白人学者欧内斯特·史密斯（Ernest J. Smith）没有种族偏见，在评论朱丽爱及其诗作时给予很高的评价，说：

> 在最近几年，文学批评注意力大量地集中在亚裔美国作家及其与包括朱丽爱在内的老一代艺术家的联系上。乔治·宇场（George Uba）写道："20 世纪 60 年代晚期和 70 年代早期的亚太裔美国激进主义诗人的蓬勃活力推动了在自我发现的进程中的文学。"朱丽爱为把文化身份作为主题进行探索的诗人们开辟了新天地，而她对不同媒体的艺术家起到了激进主义分子和代言人的作用。②

1977 年，在演出朗尼·金古（Lonny Kaneko）的戏剧《贵夫人病危》（*Lady Is Dying*）时，胡淑英还与赵健秀同时扮演剧中的角色。70 年代后期和 80 年代早期，胡淑英曾经和朱丽爱以及另一个女同性恋诗人崔洁芬（Kitty Tsui, 1953— ）组织"三个不裹足女人社"（Unbound Feet Three），走遍整个加州，进行政治与艺术相结合的活动，一起举行诗歌朗诵会，一起到各个大学里去演讲，反对种族歧视和阶级压迫，争取少数族裔平等权、

---

① Garret Hongo. Ed. *The Open Boat: Poems from Asian America*. New York: Doubleday, 1993: xxxvii.

② Ernest J. Smith. "Nellie Wong." *Asian American Poets*: 316-317.

劳动机会均等和女权。这与胡淑英的家庭出身有直接关系。她父亲 13 岁时移民美国，但在上岸前被拘留在天使岛上有一年半时间，在唐人街做两份苦力工作。她不但把自己看成是作家，而且自认是社会主义的女权主义者、亚裔美国女同性恋教育者和工会主义者。她勇于宣称自己女同性恋的性取向，例如在《无题》（"Untitled", 1989）中，她这样地描述她的性体验：

> 我的双腿绕着那匹大马的颈子
> 不是骑
> 但我的身体在下面唱着歌
> 在这长着美丽黑发的头前面
> 感受到她潮湿的舌头在我的中间
> 我为了这些时刻正冒着生命危险
> 我的头可能撞向岩石……

在美国，白人女子表露自己是女同性恋时，一般人往往觉得是很自然的事情，而亚裔/华裔女子很少敢于或羞于公开自己这方面的隐私。胡淑英却打破了亚裔/华裔女子不公开承认同性恋的禁忌。女学者黄素琴（Su-ching Huang）在评价胡淑英的诗作时指出：

> 她的诗篇表露了多议题的女权主义的重要性。努力反对种族主义、性别歧视、阶级压迫和其他种种形式的压迫是反复出现在胡淑英的诗篇里的主题。她在诗作中传达她作为有色人种女子、女同性恋、大学讲师、移民之女的种种体验，尤其阐明个人和政治结合的体验。胡淑英强调艺术与政治的联系，在这个意义上讲，她的诗篇传递鲜明的政治信息。她坚信把语言作为一件反压迫的工具使用的功能。①

朱丽爱和胡淑英这类华裔美国女诗人激进的政治色彩与赵健秀及其同道相比，有过之而无不及。我们发觉，也有比朱丽爱和胡淑英温和但又赞同赵健秀观点的诗人。他们是夏威夷的林永得和查艾理。赵健秀对他们的族裔意识的触动起了直接的触媒作用。查艾理在同赵健秀面谈后，了解到种族主义以多种形式表现在语言和文学里，在无形中给人们以长久的影响。在赵健秀的促进下，查艾理和他的朋友林洪业（Darrell H. Y. Lum, 1950

---

① Su-ching Huang. "Merle Woo." *Asian American Poets*: 325.

一）于 1978 年创办了至今仍然生气勃勃的杂志《竹脊》，成功地把它当作展示亚裔/华裔美国文学的陈列柜和表达少数民族裔声音的载体。

不过这里提到的，无论是朱丽爱或胡淑英，还是林永得或查艾理，只是想突出说明华裔美国诗歌族裔性强和政治色彩浓厚的一方面，但我们不能忽视它的另一方面：一大批亚裔/华裔美国诗人在不同程度上摒弃少数族裔常使用的弱势话语，运用为主流出版界接受的强势话语。对此，亚裔评论家金惠经（Elaine H. Kim）说：

> 白萱华的《随意的拥有》（*Random Possession*, 1979）、刘肇基的《献给贾迪娜的歌》（*Songs for Jadina*, 1980）、詹姆斯·三井（James Mitsui, 1940— ）的《穿越冥河》（*Crossing the Phantom River*, 1978）、姚强的《跨越运河街》（*Crossing Canal Street*, 1976）和其他诗人的诗集显示亚裔美国诗作家难以局限在"亚裔美国"主题上或狭义的"亚裔美国"族裔性上。他们的作品之所以更具"亚裔美国性"是因为他们扩大该专有名词的含义。[1]

说得直白一些，她的意思是：亚裔/华裔美国诗人的视角正从少数族裔边缘走向美国主流文学。

关于亚裔/华裔美国诗人的现状，可以用施家彰精辟的话来概括：

> 我相信，亚裔美国艺术家在当下正创作出色的作品。其活力的表征之一是精彩和多样化。但就诗歌而言，要数白萱华、姚强、陈美玲、本乡、宋凯西、戴维·穆拉（David Mura, 1952— ）、喜美子·哈恩（Kimiko Hahn, 1955— ）、刘玉珍和其他诗人的作品为佳。我不认为他们的作品可以"缩减"到单一的政治、社会或美学线条里。相反，他们正在一起创造崭新的文学，在情感的范围和深度、复杂和大胆的想象力上无与伦比。
>
> 我也相信，目前对亚裔美国艺术家的接受与太平洋沿岸地区各国的经济繁荣有关。
>
> 当亚洲各国变成经济强国时，它们的文化不再可能被忽视或被降低到单一的刻板模式。[2]

---

[1] Elaine H. Kim. "Asian American Literature." *Columbia Literary History of the United States*. Eds. Emory Elliot, et al. New York: Columbia UP, 1988: 821.

[2] Arthur Sze. "Response." *Yellow Light: The Flowering of Asian American Arts*. Ed. Amy Ling. Philadelphia: Temple UP, 2000.

　　在施家彰看来，赵健秀在反对白人种族主义强加给亚裔/华裔美国人的刻板印象、反对亚裔/华裔美国作家"白化"，大力提倡地道的亚裔/华裔美国文学时，却给亚裔/华裔美国文学造成了新的刻板印象。他说："我认为，可能有地道的亚裔美国人感知力，但其界定需要'开放式'而不是'封闭'式。它需要把亚裔美国人经验的多样性和复杂性结合起来。"[1] 他的看法符合实际，亚裔/华裔美国诗人的族裔意识有强有弱，风格各异，决非千篇一律，而是保持着他/她们鲜明的艺术个性，用他/她们焕发的才华和丰富的想象力，给我们描绘了色彩斑斓的华裔美国乃至整个美国的文化景观。

　　但是，我们不得不承认，亚裔/华裔诗人或作家的艺术个性和审美趣味与他/她们族裔意识的强弱不无关联，而他/她们族裔意识的强弱，一般说来，又与他/她们的血统和出身不无关联。例如上述的朱丽爱和胡淑英，她们的父亲是典型的华人移民，都遭受过被拘留天使岛的羞辱，甚至有过"冒牌儿子"[2] 的经历，而她们在成长过程中都受到过种族歧视，因此像她们这类华裔一旦获得能用文字表达的机会，即获得话语权的机会，她们自然地要宣泄心中的愤恨。欧美亚混杂血统的或与异族人通婚的华裔美国诗人的族裔意识则相对比较弱。例如，白萱华是中荷混血女诗人，丈夫是白人画家；姚强的父亲是混血儿（姚强祖父是华人，祖母是英国人），妻子是白人画家；张粲芳的父亲是华人，母亲是欧亚混血女（有一半爱尔兰血统），丈夫是白人小说家；施家彰的第一任妻子是美国印第安人，第二任妻子是美国犹太族诗人；刘玉珍的父亲是夏威夷土著，第一任丈夫是白人；宋凯西的母亲是第二代华裔，父亲是朝鲜移民的儿子，丈夫是白人医生。他/她们不是不喜欢或不寻觅中国根，不过白人主流文化的亲和力对他/她们比对朱丽爱和胡淑英这类诗人要大得多。质言之，他/她们首先具有美国人的感知力，如同白人诗人一样，从美国白人的视角观察和描写自然、社会和感情生活。美国社会是一个国际性的移民社会，多元文化的社会，北美原主人——土著印第安人只是这个移民社会的一员。来自英国、法国、德国、荷兰、瑞典、挪威、芬兰、澳大利亚等国的白人后裔诗人或作家如今很少因不同民族的血统而在作品中强调该民族的族裔意识，而是共同创造具有鲜明美国风格的文学。这一部分亚裔/华裔诗人或作家也像他们一样，自觉或不自觉地与美国主流文化认同，参与具有美国特色的文学建构。

---

　　[1] Arthur Sze. "Response." *Yellow Light: The Flowering of Asian American Arts*. Ed. Amy Ling. Philadelphia: Temple UP, 2000.

　　[2] "冒牌儿子"（paper son）：也译为"契纸儿子"，指中国移民通过冒充已经在美国的华人的儿子混入美国。

实际上，亚裔/华裔美国人是一个流变的社群，且不说与白人通婚或通婚后的混血子女族裔意识逐渐淡薄，我们发觉 20 世纪 80 年代去美国留学的亚洲/中国人定居美国后所生的子女也已经成年，由于历史条件不同，新一代亚裔/华裔美国诗人或作家对美国主流文化的接受，显然与朱丽爱和胡淑英这一代人迥然不同。例如，2004 年才 17 岁的华裔女孩王文思（Katherine Wang）在三岁半跟随留学美国而事业有成的父母从哈尔滨移居美国，就读于加州昂贵的私立中学，受到良好的教育，所以她在 17 岁时就能发表一本反映美国中学生活的非小说《此时，彼地》（*Been There, Done That*, 2004）①，书中充满一片阳光、春风和雨露。王文思在书的最后说：

> 我们都想长大成为了不起的人。如果我们站在一定距离之外，我们就能发现我们所经历的旅程。不管我们是黑种人、白种人、黄种人还是棕种人……不管我们的头发是黑色的、金黄色的还是红色的……不管我们用手、筷子还是刀叉吃饭，我们都有那种关联，在某些方面都互有联系。我们甚至分享相同的体验。我是华人女孩，碰撞在与中国迥然不同的文化里。毫无疑问，美国改变了我。

王文思没有像朱丽爱那样受到过性别歧视和种族歧视的经历，包括她的父母，因此她感到她生活在快乐和谐的民族大家庭里。亚裔/华裔诗人或作家群体所处的历史条件和文化环境就是这样不以个人意志为转移地常变不息。

综上所述，华裔美国诗人群体既有族裔相连的共性，也有鲜明的艺术个性。他/她们的作品中有对亚裔/华裔主体的张扬，有对现实社会的批判和对种族歧视的鞭挞，有对美国政府对外战争进行的强烈谴责，有对华人祖先坎坷史的回顾，有对中国及其文化的眷恋，有对父母的无限挚爱，有对亲朋的亲情与友情的流露，有对漂泊无依的惆怅，有对大自然的歌颂和对宇宙奥秘的探索，有对抽象思维的具体描摹，有对禅宗佛教的体悟，有对万事万物的超验主义式的玄想，有对跨文化、双语性的独特思考，也有对被同化和失去中国文化之根的担忧；有的把中国古典诗歌当作创作灵感的源泉，有的高举女权主义的旗帜，冲破世俗观念，对性别歧视大张挞伐，有的对白人主流文化欣然认同……总之，他/她们以其丰厚的族裔文化底蕴、独特的价值观念、文化视野、审美趣味、思维方式和心绪情愫，挖掘

---

① 王文思.《此时，彼地》. 北京：外语教学与研究出版社，2004 年.

和展现了多姿多彩的华裔美国人世界，也拓展了美国多元的诗歌空间。

　　华裔美国文学引起世人的瞩目，在于汤亭亭、谭恩美等优秀小说家成功地做了先锋。有趣的是，以小说成名的汤亭亭也投身于诗歌的创作。她的诗集《当诗人》（*To Be The Poet*, 2002）是在她的演讲稿的基础上问世的，由哈佛大学出版社出版。许多终身致力于诗歌创作的诗人都难有与知名大出版社合作的殊荣。诗集好评如潮，着实使终身孜孜不倦的诗人们感到惊讶和羡妒。该诗集的扉页上有一段话，概括了它的特色："她审视她的过去，她的良知，她的时间——集成一卷，既放肆又认真，既说笑又实际，通篇寻求诗人一生的意义、潜在价值和力量。"她的诗集异乎寻常，像一本日记，夹叙夹议、穿插抒情。

　　以著名学者和文学评论家见称于文坛的林英敏（Amy Ling, 1939—1999）和早在20世纪50年代以小说《爱的边界》（*Frontiers of Love*, 1956）崭露头角的张粲芳（Diana Chang, 1934— ）都发表过脍炙人口的诗篇，她们的诗篇也被收录在一些华裔美国诗选里。限于篇幅，这里只介绍下列有代表性的优秀诗人。

第四节　朱丽爱（Nellie Wong, 1934— ）

　　少数族裔意识颇强的朱丽爱生长在奥克兰这个华裔美国作家群的摇篮里。她的诗歌创作开始于70年代。她还是一个社会活动家，一个积极的女权主义者。她在各种场合发表演讲，同社区和国际的组织一道，为反抗对工人、妇女、少数族裔和移民的压迫作不懈的斗争。这与她作为旧金山大学赞助行动资深分析员，长期从事秘书和行政管理工作有关。所谓赞助行动，就是鼓励用人单位雇用各少数族裔成员、妇女和残疾人。朱丽爱虽已退休，但作为旧金山工会委员会代表、自由社会主义党湾区组织者、激进妇女组织和市政厅反战反民族仇恨委员会的积极分子、全国亚裔美国电信协会会员、加州大学技术雇员协会会员，她继续在国内讨论有关种族、性别、阶级、文学、劳工和社区组织等问题的会议上积极活动和发言。她在诗集的前页引用了丁玲《三八节有感》（1942）里的一句话："幸福是暴风雨中的搏斗，而不是在月下弹琴，花前吟诗。"朱丽爱欣赏这句铿锵有力、富有战斗性的话，这正好是她的实际行动和诗歌创作的写照。她曾经在湾区几个学院教授写作，也曾在密尔斯学院、明尼苏达大学等校教授当代妇女问题。她的诗歌的主题突出少数族裔的文化身份、家庭、工作及作为女权主义和社会活动积极分子的妇女。她的受到广泛注意的长诗《当我成长的时候》（*When I Was Growing Up*, 1984）体现了强烈的族裔意识。朱丽爱用反讽的手法鞭挞白人种族主义歧视，该诗的最后四节如下：

> 当我成长的时候，人们常常问我是不是
> 菲律宾人、波利尼西亚人、葡萄牙人。
> 他们对我的灵魂躯壳而不是我粗糙的深色皮肤
> 点出了所有的颜色，除了白色之外。

> 当我成长的时候，我感到
> 自己很脏。我以为上帝使
> 白人干净，不管我如何洗澡，
> 我改变不了，在白色的水里
> 我搓不掉我的肤色。

> 当我成长的时候，我发誓
> 我要向紫色的山上溜去，
> 向海边的屋子溜去，心无
> 旁骛，在空旷里自由呼吸，
> 不在挤满黄种人的唐人街，
> 这地方，我后来得知
> 是少数族裔的聚居地，
> 亚裔美国的许多中心之一。

> 我如今知道我曾经想成为白人。
> 还有多少办法呀？你问。
> 难道我告诉你的还不足够多？

2001 年 4 月 19 日，在诗歌之家、杰拉尔丁·道奇基金会、道奇诗歌项目举行的诗歌朗诵会上，人们朗诵和讨论了朱丽爱长诗《当我成长的时候》。劳拉·海恩斯（Laura Haynes）和安德鲁·卡莫谢（Andrew Carmouche）为《当我成长的时候》讨论会做了记录，并把记录放在互联网上。他们认为，这首诗反映了许多亚/华裔美国人的态度，好像白色皮肤与正确、善良、道德和美联系在一起。这种人总是想要变白，羡慕白人电影明星，想要自己的皮肤变得像白人电影明星那样白，甚至羡慕白人的食物和生活方式。因此，这种人的皮肤虽然是深色的，灵魂却是白色的。他们认为，彩虹之美恰恰在于它的五颜六色，白色的虹一点也不美。这首诗揭示了诗中人的觉醒，深悟到有色人种的价值和白色人种至上论的可笑和错误。朱丽爱黄种人的肤色使她对养育她的美国产生疏离感，例如，她在《我的国家在哪里？》（"Where Is My Country?"）一开头就发问：

> 我的国家在哪里？
> 它坐落在何方？
>
> 7 月 4 日临近了，
> 我被要求放烟花。
> 是因为我的肤色？
> 肯定不是因为
> 我丈夫的名字。

　　诗人在美国国庆节发问她的祖国究竟在哪里，使人感到她是何等的惆怅和失落！诗人对华裔美国人既不被白人看重又不被华人理解的两难处境揭示得入木三分。作为华裔美国诗人群落中的一个长者，她对美国社会和世态观察细致，体会良深。她说，她的许多诗来自她工作的地方，在那里，她经历了大量的性别歧视和种族歧视。

　　欧内斯特·史密斯认为，朱丽爱的诗歌在主要的文学杂志上没有得到广泛的注意或评论，然而它作为开拓性的尝试屹立在新兴的亚裔美国文学领域里。[①] 美国的主要文学杂志掌握在白人主编和评论家手里，她反主流的言行和艺术追求不合主流评论家的审美标准，自然得不到他们的青睐。不过，朱丽爱却为自己的女权主义和社会主义的观点而自豪，她说："我越来越多地看见一些人回击，我也就越来越多地看到大家获得回击的力量，要不然，我关上门说：'再见，世界。'但那不是我。"[②] 她赠给胡淑英的一首诗《在我们的翅膀下——赠胡淑英，一个姐妹》（"Under Our Own Wings—For a Sister, Merle Woo"）充分体现了她和她的姐妹们激进的政治观点：

---

① Ernest J. Smith. "Nellie Wong." *Asian American Poets*: 316.
② Ernest J. Smith. "Nellie Wong." *Asian American Poets*: 316.

许多许多人的面孔盯视着
我们不被人看见的隐身，我们的被人
以为的同化。男人就是相信
犯错误人皆难免，并相信我们
在白种人、黄种人、少数朋友之中捣蛋。
耳朵和舌头感知
一个个的历史意象
被吞没在一尘不染的教室里，
越南战场上，
卧室、色情电影院里，杂志
和美国电视的荧屏上。
想要知道吗，亲爱的姐妹，想要知道吗
姐妹兄弟们必须通过仪式、形式、
诗篇、歌曲、故事、文章、戏剧
以其自己的速度
驱除白人美国的病症。

　　朱丽爱所称的"姐妹"既可指妇女解放运动成员，也可暗示女同性恋伙伴，她的"姐妹"之一是也很激进的胡淑英。这首诗收录在她的诗集《长气婆之死》（*The Death of Long Steam Lady*, 1984）①最后一个诗组"红色之旅"（"Red Journeys"）里的最后部分，特别富有艺术震撼力，最后几行诗大胆地显示了诗人作为工人阶级的成员和社会主义的积极分子的勇气，大有金斯堡当年在《嚎叫》中振臂高呼的恢弘气势：

沉寂打破了。沉寂在高涨。沉寂在悲叹，天空
曾经对我们的生命保持缄默，对我们的傲慢、
我们的勇气、我们黄种人坚强的双腿大发雷霆。
让我们怒吼，变成狂风。
让我们的声音嚎叫，让我们的声音歌唱。
让金山②移动，永不停止。
在死亡中我们的尸体回归到清白的骸骨。
在爱中我们努力工作，生活在我们自己翅膀下的美国。

① Nellie Wong. *The Death of Long Steam Lady*. Los Angeles: West End P, 1984.
② 指我们通常称的旧金山。

1911 年，朱丽爱的父亲 16 岁。他作为"冒牌儿子"从广东来到奥克兰叔祖父的中药店学徒，后来回中国结婚，第一个妻子死后再婚。1933 年，他决定携第二任妻子和三个女儿（其中长女是前妻所生）返回美国，但按照美国政府 1924 年颁布的"国民出生法"，华人男子不得带中国妻子入境美国，因此他和妻子与女儿被关押在天使岛。朱丽爱的母亲设法改换名字和身份，冒充丈夫的妹妹，在被关押四天后，才得以上岸。朱丽爱是在她母亲利用假结婚证书的情况下出世的。第二次世界大战期间，她一面上公立学校，一面在父母开设的餐馆"大中华"打工。高中毕业后，她上大学的理想遭受挫折，在贝瑟尔汉姆钢铁公司当秘书近 20 年，利用业余时间在奥克兰成人夜校进修，学习文学创作，直到 70 年代，才作为大龄学生上了旧金山州立大学。

朱丽爱在大学期间，选修写作和英语课程，参与了校园的"女子作家联合会"（Women Writers Union）的活动，关注种族、性和阶级等问题，还参与了该联合会相关的两个社会主义的女权主义组织"激进的妇女"（Radical Women）和"自由社会主义党"（The Freedom Socialist Party）的活动。她日益深刻的政治觉悟促使她此后一生从事社会活动，为妇女和劳工的权益奋斗终身。

1981 年，她与山田美津叶（Mitsuye Yamada, 1923— ）合拍家庭纪录片《美津叶和丽爱：两个亚裔美国诗人》（*Mitsuye and Nellie: Two Asian-American Woman Poets*），在公共电视台放映，讲述（并穿插诗歌朗诵）两个家庭在二战期间各自在美国的遭遇、她们及其父母和兄弟姐妹的艰辛处境。

1983 年，她是由美中人民友好协会（The US-China Peoples Friendship Association）组织的来华访问的第一批美国女作家旅行团成员，与她一起来华的还有蒂莉·奥尔森（Tillie Olsen, 1912—2007）、艾丽斯·沃克、葆拉·马歇尔等女作家。访问中国的新鲜感和激情是她最爱谈的话题。① 她对中国始终怀着依依之情，如同她在长诗《我的中国之恋》（"My Chinese Love"）里所表示：

> 我的中国之恋不会向上爬过月洞门，
> 也不会在长满牡丹和菊花的园里开放。

---

① 1994 年，朱丽爱邀请笔者参加她在旧金山举办的生日聚会，刘玉珍陪同前往。笔者送了礼，她回赠了她的诗集。令笔者惊讶的是，去参加她生日聚会的人都要自掏腰包吃饭。她滔滔不绝地和我们畅谈了一番她访问中国的见闻。

我的中国之恋活在戴苦力帽的男子的凝视里，
他朝自己微笑着，只满足于他自己的漫想。

我的中国之恋活在祖母们的话声之中，
她们见不到我，她们的孙女在写和唱
她们的悲欢。但在街上她们从我身旁
走过，戴着保暖的帽子，拎着装了
中国蔬菜的黄塑料袋，只顾自己闲谈。

1989 年，她被旧金山基金会授予"言语女子奖"。她的两首诗的诗句被刻成匾文，永远留在旧金山市铁路公司遗址上。朱丽爱发表了三本诗集：《哈里森铁路公园之梦》（*Dreams in Harrison Railroad Park*, 1977）、《长气婆之死》和《偷闲》（*Stolen Moments*, 1997）。与胡淑英和山田美津叶合作发表具有鲜明女权主义观点的论著《三个亚裔美国女人大胆评说女权主义》（*Three Asian American Writers Speak Out on Feminism*, 2003）。

第五节　刘玉珍（Carolyn Lau, 1946—2012）

生性活跃、易动感情的刘玉珍出生在夏威夷，父亲是夏威夷人，母亲是客家人。她于 1985 年获旧金山州立大学英语文学与创作硕士。她是自由作家，1978 年以来一直参与加州艺术局主办的"诗人进入学校"项目。她的诗歌发表在《美国诗歌评论》《夏威夷评论》（*Hawaii Review*）、《加利福尼亚季刊》（*California Review*）和《郊狼评论》（*Coyote's Review*）等刊物上。获 1989 年美国图书奖的处女诗集《我的说法》（*My Way of Speaking*, 1988）得到了诗人们的喜爱和高度评价。美国诗人查尔斯·赖特说她的诗"直观形象与延迟形象结合得非常好，产生了锐敏和沉思的效果"，梁志英说她的诗"迫使我们重新考虑名词和动词窜天入地的力量"，赵毅衡夸她是"最成功地把中国诗学和哲学传统结合进后现代模式的诗人"。[①]作为一个十足的女权主义者，她在处理严肃的题材时，也不乏粗话。例如，她很崇拜秋瑾，写了一组纪念她的诗，其中第一首《秋雨，我友走后》（"Autumn Rain, after My Friend Has Left", 1988）：

---

① 见刘玉珍的诗集《我的说法》前页。

我的胴体是这样地燃烧起一枝香，
植入我身内的男子和母亲。
我的骨肉单独与朋友们在一起。
泪水，古老的血缘和习惯的牺牲品。
多汁的阴户，地狱里的珍珠。
树叶抹干了一个个自由的灵魂。
"血洒天空，"
古钟长吟，"姑娘们，
姑娘们！"

如果这是中国诗人写秋瑾的话，我们肯定要口诛笔伐这位作者对女英雄的大不敬。可是我们能对刘玉珍提出什么要求呢？她用她的思维方式来赞颂她所崇拜的中国英雄人物。难怪梁志英说"她侵犯亚洲和亚裔美国的危险边界"。

刘玉珍也很崇拜扬州八怪，尤爱金农的画作。早在 1983 年，她第一次观摩在伯克利举办的扬州八怪画展时就喜欢上了他们。2000 年，她特地乘船到扬州参观扬州八怪与马可·波罗同展的一个博物馆，这使她兴奋不已。她写了一组有关李方膺、汪士慎、金农、高翔、黄慎和郑燮的短诗。例如，她写金农的《题词》（"Inscription"）：

秋意远远地偷走
树林和庙宇的生机。
这儿轻敷一笔，那儿重掷一点。
当阴影的黑条纹罩在红色之上时，
就不会产生由于泼洒产生的惊异。

又如，她写郑燮的《题墨竹》（"Inscription on an Ink Bamboo"）：

我画尿是为艺术付出代价。
可爱的女士太多，太多。
我抚拊她们圆润的乳房，
抚摩，吮吸每一口奶乳。

再如，她写黄慎的《牡丹》（"Herb Peony"）：

又逢扬州四月，
樱桃放红，榆荚裸露。
昨夜，牡丹在我手心开放。
安眠药难令人入眠。
夜风夜雨扣我心扉。

从这些短诗中，我们可以清楚看到这位后现代女权主义诗人有着怎样的审美趣味。她看重扬州八怪画家的是他们突破中国艺术传统的勇气和艺术上的创造性，正契合她对诗艺的追求。她画的中国画是一种西方抽象画与中国写意画的结合，上面盖了几方不同字体的汉字印章。[①] 她的一部分诗歌的意境其实也是这种中西文化隐隐约约的结合。例如，她的《夏趣》（"Summer Fun", 1988）：

在灰色的屋前，一部割草机
等待割草，把柄显得喜气洋洋。
夏天了，汗水跟踪已充满
吱哩吱哩蝉声的空气。
在开花的梨树后面，
有人慢悠悠地歌唱。
是安娜哄西瓜安静。
她通常根据叶子的颜色安排时间，
今天的叶子有些黄。她甜甜地
让她脚前的青草放心，不一会儿
她却推呀割呀她说过的话。

刘玉珍自学中文 15 年，通过英译本和中文本阅读了大量的中国古今文学作品。在古代的作家中，她读过陶渊明、李白、杜甫、阮籍、白居易和扬州八怪的诗，苏东坡的词，韩愈的散文，吴承恩的《西游记》，吴敬梓的《儒林外史》以及《易经》。她认为白居易能把历史、个人生活和抒情融为一体。陶渊明是她学习的第一个中国诗人。她说，她能辨别他诗中的声音如同能从电话里辨别朋友的声音。陶渊明语言中透露的玄学味、对日常生活所持的疏淡态度、对细小而转瞬即逝的事物的鉴赏使这位女诗人大为

---

① 她的画挂在加州奥克兰的住家墙壁上，1994 年笔者应邀在她家做客时见过。

着迷。在现代中国作家中，她阅读过鲁迅、巴金、老舍、丁玲和沈从文的著作。她认为鲁迅是她效法的第一个榜样。她爱他冷峻的幽默。他使她在生活中无时无处不看到阿 Q 的影子。她说，鲁迅的冷讽与韩愈的峻峭和精炼影响了她的创作风格。不过，和施家彰学习中国古典诗歌所采取的态度一样，她说她得琢磨自己的风格，不能盲目模仿。但刘玉珍又与潇洒而亲近大自然的施家彰不同，她是一个积极进取而顽强的女权主义者。

　　1989 年，她在天津外国语学院教书。在天津期间，诗人对很少为中国读者熟知的女书大感兴趣。她利用她获得的一笔很少的基金资助，请她的学生王春波去湖南江永县搜集到一批歌谣体的女书，那是写在、绣在丝绸上，画在扇子上和书上的一些资料。那时那里的人并不重视这些东西，认为它们没有什么价值，但她如获至宝，给女书作者们付了钱。她先请王春波把它们翻译成可辨识的汉字，回美国后，又让她的华人丈夫把它们初步翻译成英文，在这个基础上，她把它们加工成诗歌形式，以《女书：古老而秘密的女子语言》（"Nu Shu: An Ancient, Secret, Women's Language", 1990）发表在 1990 年美国杂志《美文学》（*Belles Lettres*）上，首次向西方读者介绍了中国的女书。她曾经学习过宫哲兵主编的《妇女文字和瑶族千家峒》（1986）一书。她说，女书已经在美国产生了影响，一个日裔美国女诗人喜美子·哈恩（Kimiko Hahn, 1955— ）甚至用"女书"给自己的诗集命名。刘玉珍还说，女书的无名作者们对她产生了深远的影响，改变了她的人生观。①

　　其实，刘玉珍的人生观就是从不满足用英语思考的现状，不愿意局限在英语句法的框架里。她的第二本介于非小说和散文诗体裁的作品《渴望的姑娘之呼拉》（*Ono Ono Girl's Hula*, 1997）②已经镶嵌了许多夏威夷土著语、法语和汉语，并引用了很多中国文化和文学典故，艺术形式远比《我的说法》前卫。诗人试图用不同的语言，原汁原味地反映作家或诗中人在该种语言里所传达的思想感情。该书在美国出版时标明的是非小说，但诗人说，其实它是用夏威夷语言形式排列的诗歌，适合于吟唱。所谓"呼啦"是指夏威夷土著心灵的语言，由此引申到夏威夷土著的心跳。该书的主旨是企图无拘无束地表达心灵。刘玉珍对此解释说："渴望的姑娘是一个偶像，接受引起兴奋的事物，并有反响。因为身体是唯一尘世的形式，她才真正是鲨鱼和猫头鹰的祖先，但在地上更感到像一株植物。别惊讶，我只

---

① 见 2003 年 5 月 11 日诗人发送给笔者的电子邮件。

② Carolyn Lei-lanilau. *Ono Ono Girl's Hula*. Madison: The U of Wisconsin P, 1997.

是告诉你夏威夷人的感受。我们被水和山包围，和住在钢筋水泥大楼里的许多人不同，夏威夷人感到同风、水、土地、植物相连。我们更多地受直觉而不是理智所驱使。对于我来说，我受两者驱使。"① 但是这位女诗人并不考虑读者的接受能力，而是我行我素，直抒胸臆。如同阅读庞德的《诗章》，如果不借助经过专家考证后的大量注释，我们这些平凡的读者是不能彻底读懂她的诗歌的。即使是美国读者，如果他们不熟悉夏威夷土著语言和文化，不了解汉语和中国文化，他们也很难欣赏她的这种前卫诗歌。熟悉她的学者赵毅衡把这本书作为小说评论时说："依稀的叙述线索，消失在复杂语体之中：英语中混合了许多语言——普通话、广东话、客家话、夏威夷土语、客家洋泾浜、中学生法语。大写小写拼法印式，满篇出格，可以说，是华人文学的《芬尼根守灵夜》。身份、血统，和语言一样混乱。此时，身份主体复杂的惶惑，反客为主，成为炫耀的资本。此书大胆突破藩篱，狂欢不拘，获得'哥伦布前奖'，但是没有得到华人文学批评界的重视，因为不知道如何评论。"② 梁志英对这本书的评价是："深情，有力，聪慧。"③诗人在致谢页里依然表明了她对中国文学的热爱："有许多我热爱的中国作家，我要感谢伟大的中国作家，首先是鲁迅，自从1980年我开始接触中国文化以来，他的作品给我以启发；还有秋瑾、巴金、冯骥才、女书的无名作者们、张洁——谢谢。"④

刘玉珍说，她接着在构思一部新作品，其中镶嵌了她早已掌握的汉语、夏威夷土著语和法语。根据考察，她有夏威夷土著、客家人和英国人的血统。这样一个多种文化结合的后现代诗人来回于多种文化之间也就不足为奇了。她的《渴望的姑娘之呼拉》这部作品出版的第二年连获鞭炮另类图书最佳非小说图书奖（Firecracker Alternative Book Award for Best Nonfiction Book）和最佳多元文化－成人图书小出版社奖（Small Press Award for Best Multicultural-Adult Book）。

刘玉珍的感悟力和表达力强，她本可以成为像任璧莲这样的走红作家，笔者曾不止一次地劝她把她独特的社会经历和深刻的体验创作出情节有趣的小说。但她的回答是："我简直不能像华裔美国作家那样写作——我年轻时像华裔美国诗人那样地写诗，但现在不这样了，因为我外表看起来不像但骨子里很像扬州八怪。我的作品反映华人、夏威夷人、法国人、

① 见2005年1月13日诗人发送给笔者的电子邮件。

② 赵毅衡：《三层茧内：华人小说的题材自限》，载《暨南大学学报》，2005年第一期。

③ 见《渴望的姑娘之呼拉》封底评介。

④ Carolyn Lei-lanilau. *Ono Ono Girl's Hula*: xiii.

葡萄牙人和英国人的情况（这几种语言深植在我的体内），我仿佛吸了多年的毒品，而今要把英语这个恶习戒掉，因为其他的语言和文化更适合我的精神。因此，我在 2000 年开始新书的创作，我已经花了很多时间，考虑了包括市场销售在内的许多事。"① 实际上，她是试图通过引用多种语言（当然以英语为主，她绝对摆脱不了她使用一辈子的英语），反映多种文化生活和习俗。像这样的作品将来能拥有多少读者，这就很难说了。刘玉珍是一个执着于艺术追求的艺术家。如果说当今世界上还有不计社会效益和经济效益的艺术家，她就是其中的一个。纵然她被癌症击垮，她的新书再没有机会问世，但斯人已逝，风骨犹存。

第六节 林小琴（Genny Lim, 1946— ）

作为诗人、歌唱家、表演家、导演、剧作家和教师，林小琴兴趣广泛，涉及戏剧创作、多媒体和跨学科的文艺表演以及诗歌、散文和音乐创作，在各方面都有出色的表现，显示了她的博采众长，多才多艺。除了四年在纽约度过之外，她大部分时间生活在旧金山。1972～1973 年，在哥伦比亚广播公司工作，1974 年结业于哥伦比亚大学新闻广播专业，获旧金山州立大学学士（1977）和硕士学位（1988）。现在加州新学院执教，主持该院人文课程。

20 世纪 70 年代，林小琴开始注意亚裔美国人的历史和生活经历，同麦礼谦和杨碧芳一道整理出版了具有深远历史影响的《埃仑诗集》，诗集里的诗歌英文译文由她担当润色，这为她熟悉早期华人移民历史打下了坚实的基础。在此基础上，她以丰富的想象力，再现早期华人移民被扣押在天使岛受审的历史面貌，创作了影响颇大的剧本《冒牌天使》（*Paper Angels*, 1978），从 1980 年开始，在旧金山、西雅图和纽约等城市演出。该剧拍摄成电影后，1985 年 7 月在公共广播公司的美国剧场（American Playhouse）放映。她的第二个剧本《苦涩的甘蔗》（*Bitter Cane*, 1991）反映了早期华人在夏威夷甘蔗种植园的历史。林小琴既创作传统剧，又创作试验剧。她的传统剧在各种剧院里演出，而她的实验剧则由她自己负责在小剧场里演出。她同时又投身于诗歌创作和表演朗诵。她的处女诗集《冬天的地方》（*Winter Place*, 1989）的审美取向基本上与剧本《冒牌天使》相同，表现了作者浓

---

① 转引刘玉珍 2006 年 10 月 3 日发送给上海外贸学院王轶梅的电子邮件。

厚的族裔意识，例如诗集里的短诗《祖母》（"Grandmother"）尤为典型：

> 别让我忘记
> 点亮我祖先的蜡烛
> 别离弃他们成为
> 漫游我梦中的鬼魂
> 别让我忘记凤凰的美丽
> 当我抓住它灿烂的尾巴时
> 我发现你尖锐的骨头
> 嵌入我自己手的生命线
> 当我凝视它温柔的眼睛时
> 我发觉你深深的潟湖
> 浸没传统
>
> 中国的过去对我来说，
> 只不过是一口棺材
> 它是饰以许多世纪泪水
> 和汗水的一份饥渴的遗产
> 它是一个梦
> 流传在玉制的传家宝里，
> 关进小漆盒里
>
> 我从没有吻过你突出的面颊
> 也没有摸过你苍白的有气味的脚
> 不过，我知道祖父必定爱
> 用他农民的双手捧着的你纤细的腰
> 和你无论何时哭泣时垂下的粉嫩的颈
>
> 我想象着他悲伤的模样
> 当他一无所有，除了他记起
> 你的歌声从骨灰里升起
> 萦绕在深深的山谷里
> 响着回声的山坡
> 把你送到风中。

　　林小琴认为，现在亚裔/华裔美国作家自由了，才敢于探索和暴露个人和族裔的历史，在过去，只要稍微泄露一点，就会给家庭带来毁灭性的打击。第一、第二代亚洲人/华人由于美国排外的移民法和二战时期日本人/日裔被迫迁移的经历，为了安全不敢轻易暴露自己的身份。诗人说：“我们为不被人注意和适应社会所付出的代价当然是自我和自决的失落。”①

　　林小琴与琼·姜（Jon Jang）和詹姆斯·牛顿（James Newton）合作的《清唱剧：保尔·罗伯逊与梅兰芳的精神属国》（*Songline: The Spiritual Tributary of Paul Robeson Jr. and Mei Lanfang*, 1997），获洛克菲勒基金会奖（John D. Rockefeller Foundation Award）。林小琴看重这部轻歌剧，在对罗伯逊和梅兰芳这两个著名艺术家及其代表的两种文化作平行比较之后，她说：

　　　　我们发觉连接两个人的共同线索是精神和哲学。非洲人和中国人的精神是以崇拜祖先为中心。世系对这两种文化很重要。此外，非洲泛神论和中国道教都着重同大自然与宇宙之气保持和谐。道教仪式冥想天地之间的关系，非洲泛神论冥想不可见的神灵与人世间的关系。②

　　林小琴进一步阐发说：

　　　　当我听到华南农村的木鱼歌时，我想我在聆听美国南方腹地的布鲁斯歌曲。这五音阶像早期的先民一样古老，联系着非洲和中国，通过五音阶，非洲与中国的关系依然保持着。具有反讽意味的是，古老的传统没有保留在王族或富人中间，而是保留在偏僻的三角洲、冻原和山谷里被践踏的穷苦农民中间。我倾听着的正是他们的声音，我聆听着的正是他们的歌唱，我藏在肚子里的正是他们的悲叹。③

　　社会底层人们的生活状况和命运也成了她诗歌创作的重要题材。标题诗《冬天的地方》以她对历史情景的想象，鲜明地表现了她对底层社会体察入微的关注：

---

① Amy Ling. "Genny Lim, Poet and Playwright." *Yellow Light: The Flowering of Asian American Arts*: Part II.

② Jaime Wright. "Poet and Beyond: An E-mail Interview with Genny Lim." (http://www.jaimewright.ws/intergenny.html)

③ aime Wright. "Poet and Beyond: An E-mail Interview with Genny Lim." (http://www.jaimewright.ws/intergenny.html)

我生活在这鱼巷雾角①声声的月份里

每天夜里，一只被遗弃的狗，

脏兮兮，用患白内障的眼睛盯视，

舔吃着老北滩街的伤口：残羹剩菜，鱼碎屑，

呕吐出来的奶酪牛排，干瘪的开胃菜，

恹恹地对着光洁的时尚餐馆，

有光泽的聚乐多②冰激凌，

那里，音乐电视的情侣冷淡地走过，

从他们的眼角里瞥见他们衣着的映像。

这并不是太糟，

杂七杂八的骗子们从窗户从门道伸出手

紧紧地拉住他们的肉饵，

欧洲铁路优惠旅行票大楼的门窗像鱼儿闪闪发亮。

这并不是太糟，

酒鬼和难民，拾破烂婆和叫化子，

穷意大利人，中国佬，旅游者，小阿飞，

吸毒者，船夫，逃亡者，

聚集在这拥挤的水汪汪的地方，

这里慈善机构里的人走来走去。

放蟹壳、鱼头、卷心菜叶、

沾泥的婴儿纸尿裤、浓咖啡袋

和妇女卫生带的花哨购物袋撕破了，

露出触目惊心的黄红色，

正从唐人街的肚子里吐出来，

整个城市充溢着臭气。

他们都来了，

像回家鸽子似的本地人，

像家庭教师似的中西部人，

像船舶失事的水手似的南方人

①雾角或雾喇叭，用来向雾中的船只发出警告。

②一种冰淇淋的品牌。

像逃难似的东海岸人
乘着雾蒙蒙的缆车
滑过俄罗斯山后院
和狭窄的小街道，
这里背着照相机的旅游者
吃炒杂碎，
背在母亲背上的圆脸膛的婴儿
好奇地睁大眼睛。

这并不太糟
印第安人曾经说过
他们用土地换马匹。

这并不太糟
苦力们一面商量着
一面跳下船，带着丁字镐和烈性炸药
浑身是汗地坐在筐里
爬上两万英尺高的山，
好像湿漉漉的人体洗衣店。

美丽的旧金山有高楼大厦，但没有纽约那么高大、拥挤，濒临圣弗朗西斯科湾，气候温和，冬暖夏凉。可是在诗人的笔下，却出现了一个底层社会如此破败、肮脏的历史画面。在这座城市里贫富对照十分鲜明：一边是明亮、清洁的时尚餐馆，一边是穷人和遗弃的狗流浪在肮脏的街道上。这是19世纪晚期、20世纪早期的旧金山的情况，诗人在谈到这本诗集时说：

> 反映在《冬天的地方》里的情况有特定的地点和时间，用叙述的框架演示，象征过去了的一个特定时代的地方、客体和人。这是复制新大陆的旧影像，具有中产阶级的品味，迎合雅皮士、波希米亚/移民的口味。①

诗人的《黄种人妇女》（"Yellow Woman"）同样以丰富的想象力、高

---

① Jaime Wright. "Poet and Beyond: An E-mail Interview with Genny Lim."

度概括的手法，再现早期华人移民及其子女的情况：

我是水手、金矿工、石英矿工、铁路工、
农工、缝衣工、工厂工人、
饭馆工人、洗衣作坊工
　　　　家庭杂役、学者
　　　　　诗人、梦想者
　　　　　　之女……

我看到了我父亲的命运被他的
移民梦想的重负压垮，
默默地盯视着
　　　　　一堆黄种人苦难
　　　　　无法摆脱地
　　　　　　纠缠在
乌托邦的汗水淋淋的卷缩的肌肉里。

我听见了我的母亲的祷告
充塞在黑暗的坟墓里
　　　　　　看见无形的泪水
　　　　　　滴落在失神的面颊上。
听见老妇人们哼唱过去的哀歌，
　　　　　　恳求着悠闲的神仙们。
邻居的孩子们嘲笑她们裹的足，粗糙的手。

母亲是一个开拓者，
　　　　　　摸索在白人的黑暗里。
当她独自默默地走路时，
　　　　　　他们叫她支那女人。
在她孤独的冬天，我诞生了——

　　　亚洲血统，
　　　新世界肌肉，
　　　　两个世界的 125 岁的女儿

> 挣扎着去拥抱
>
> 一个世界。

　　诗的最后一节形象化地概括了亚裔/华裔美国人跨文化的尴尬处境。为了在美国这个新世界生存和发展,亚裔/华裔不得不挣扎着去拥抱讲英语的主流社会。尽管如此,主流社会的白人却对亚裔/华裔抱有根深蒂固的偏见,总分不清或者不屑去分清亚洲人与亚裔之间的区别,难以认同亚裔/华裔也是美国人的事实。林小琴对此有痛切的感受。她认为,在她这一代,混淆亚洲人和亚裔美国人之间的区别的现象在主流社会没有明显的改变。人们似乎了解非洲人为什么与非裔美国人不同,但出于某些原因,西方人依然把亚洲人浪漫化为东方人。有些美国人不知道对林小琴的诗歌作何反应,因为她的"声音"在他们听来是"非亚洲人"的,当她大声朗诵一首关于愤怒或暴力的诗篇时,她发觉他们常常迷惑不解,甚至感受到冒犯。因为他们能够料到黑人诗人会持此种态度,但没有料到亚洲诗人也会如此。对此,她说:

　　　　这又完全是这种贴标签做法的产物,贴标签是种族主义的症结。在文学和音乐产业中,它是通过经济分层商品化的一个问题。如果没有你的位置,是因为你不像是真正的"亚洲人",不适合他们对"语言"或"另类"或"爵士乐"的看法,这样你就是一个畸形人,一个混杂的人。但是我习惯了这种"混淆"。只要你清楚你在干什么就行了,至于别人怎么看待,那由不得你去界定。①

　　由此可见,亚裔/华裔美国作家在美国求生存和发展谈何容易。随着时代的进步,美国人逐渐承认亚裔/华裔美国文学作品的存在,不过,主流社会的白人对亚裔/华裔美国文学作品多有误读。当亚裔/华裔美国作家在20世纪60年代重新发现自己的声音时,他们又遇到了确定亚裔美国人真实性的大麻烦:亚裔美国人真正的自豪和身份是什么?亚裔美国人体验的真实性以及随后的亚裔美国人的感知力成了衡量政治正确的标准。换言之,60年代以后,美国过去明显的种族歧视政策和言谈举止有了很大的改变和改进,但主流社会（包括主流学术界）用以证明自己"政治正确"②而对

---

① Jaime Wright. "Poet and Beyond: An E-mail Interview with Genny Lim."

② 所谓"政治正确"（political correctness）是指在美国力求避免在语言表达或行为上排斥、忽视或侮辱处于不利地位的人。

包括亚裔美国人在内的少数族裔的自豪感与身份认定所做出的想象性或假设性的论断未必符合少数族裔的实际情况，为此林小琴说：

> 谁确定那些标准有待大家讨论。一个亚洲人可能在讲话和语言上同化的程度很大。
>
> 这是不是意味着这个人没有"真正的"感知力？我们用谁的感知力来衡量"亚裔美国人"的感知力？"亚裔美国人"是移民种族的派生词？劳动大众或知识分子的派生词？城市或郊区居民的派生词？广东人、东南亚人、印度人或华人的派生词？对亚裔美国人的种种文化假设在大学校园里激增，像是预先做了手脚（灌铅）的骰子。[1]

在林小琴看来，有一些所谓正宗的亚裔/华裔美国人特点不过是学术界的文化假设，未必符合事实。她认为，在美国并不是只存在一种风格，一种文化的声音，亚裔美国文学作品也如此，因为亚裔美国人像其他种族一样多姿多彩。近几年，她正是以自己的创作实践证明亚裔/华裔美国诗歌未必一定要打上亚裔/华裔美国人一成不变的印记，例如，她的近作《阿希姆沙》（"Ahimsa", 2001）[2]前四节：

> 啊——我带着一杆枪走路，
> 用枪对准我的心，对准我的头，
> 用枪对准我的心去杀，
> 去杀，带着一杆枪，我的创伤，
> 去杀，带着我的创伤，一杆枪
>
> 我像那只九头鸟讲话，
> 像那只九头鸟带着的话语
> 朝四面八方飞，朝四面八方螫刺，
> 像一阵阵狂风飞，像一颗颗子弹飞，
> 像射进我青春的自豪肌肉里的一颗颗子弹，
> 射进我的伤口我的子宫我的伤口的自豪肌肉里。

---

[1] Amy Ling. "Genny Lim, Poet and Playwright." *Yellow Light: The Flowering of Asian American Arts*: Part II.

[2] 标题"阿希姆沙"的意思是在婆罗门教、耆那教里主张不杀生、非暴力，在佛教里称为"不害"，原出《大乘广五蕴论》："云何不害？谓害对治，以悲为性。谓由悲故，不害群生。是无瞋分，不损恼为业。"

> 阿希姆沙——杀戮的愿望，杀戮的愿望
> 砍下我内心里的这愤怒的头
> 这是他，不是我；这是她，不是我
> 这个憎恨的白色水牛，这个我内心的黑色砖块
> 我的心，我记得它
> 我的心，我把它撕碎
> 我的心，我把它遗赠给死亡
> 我的心，我把它遗赠给理智
> 把它遗赠给力量的无效亢进
>
> 阿希姆沙
> 以行动去爱，以爱去行动
> 朝着众生，朝着众生
> 动物、植物和人类
> 阿希姆沙，阿希姆沙，阿希姆沙

　　诗人写这首诗时已经跳出了亚裔/华裔的自传性或族裔性范畴，她自认为《阿希姆沙》没有情绪化，几乎带着念咒语或祷文时的冷漠和超然，"重新创造我们负面心理投射的自我陶醉的力量"。她想传达给读者的，用她的话说是：

> 　　我们常常念祷文，祷文产生力量，不管我们是否意识到这点。不幸的是，我们的许多祷文使得我们的负面情感诸如仇恨、妒忌、贪婪、色欲得到具体化，这些情感转而又显露在攻击别人的暴力行动上。战争是我们集体的负面羯磨之全球的共同征候。我们妖魔化"他者"，这样我们就可以使我们伤害、杀戮和毁灭他人的能力合理化。①

　　作为公共广播公司的"诗歌美国"系列的嘉宾，林小琴连续五次应邀在电视里与观众见面。《战争的孩子》（*Child of War*, 2003）是她的新诗集，标题"战争的孩子"并非指战争中的小孩，而是指一个母亲失去自己的小孩时的感觉如同处于战争中那样岌岌可危。2001 年，诗人 19 岁的女儿去世使得她感觉到生命的脆弱和短暂。2006 年，她出席了在委内瑞拉举行的

---

① Jaime Wright. "Poet and Beyond: An E-mail Interview with Genny Lim."

"第二届世界诗歌节"。作为诗人歌唱家，她同马克斯·罗奇（Max Roach）、琼·姜、詹姆斯·牛顿、约翰·桑托斯（John Santos）、赫尔比·刘易斯（Herbie Lewis）等爵士乐音乐家合作，参加了多次音乐会。

第七节　林永得（Wing Tek Lum, 1946—　）

　　林永得被誉为夏威夷东西方文化的台柱之一。他出生于夏威夷檀香山，1969 年获布朗大学学士学位，1973 年获纽约联合教会神学院硕士，接着去中国香港学习中文和广东话。与林志冰（Chee Ping Lee Lum）结婚，生一女。他自从 1976 年继承父业以来，一直从事房产业，兼任竹脊出版社业务经理，以文学杂志《竹脊》为纽带，常与当地作家、评论家和诗人聚会，切磋诗艺。他的诗歌艺术特色是意象鲜明，主要得益于意象派诗，特别是 W. C. 威廉斯和中国古典诗歌。

　　林永得是最早被认可的华裔美国诗人之一。他的诗集《疑义相与析》（*Expounding the Doubtful Points*, 1987）获前哥伦比亚基金会颁发的 1988 年美国图书奖和亚裔美国研究学会颁发的杰出图书奖（Outstanding Book Award）。[①] 他的诗篇主要散见在国内各种文学杂志上和诗选里。[②] 对他深有研究的台湾学者单德兴认为，林永得作为夏威夷华裔美国诗人，没有受到应有的重视，由于他受到"双重边缘化"："夏威夷的华裔美国文学虽然产生于美洲和亚洲之间的岛屿，但长久以来一直被美国与亚洲的读者及学院人士所忽略。"[③] 地缘劣势诚然是一个主要原因，不过，同样是夏威夷华裔美国诗人的宋凯西，为什么她的知名度比较高？这与林永得年轻时不喜欢公开透露自己的身份和生平事迹也有关系，造成学者、评论家和广大读者对他的简历几乎一无所知，例如，王灵智、黄秀玲和赵毅衡在他们编译的《两条河的意图：当代美国华裔美国诗人作品选》（1990）中介绍林永得

---

　　① Wing Tek Lum. *Expounding the Doubtful Points*. Honolulu: Bamboo Bridge P, 1987.

　　② 林永得的名字常常出现在《竹脊》《桥》《美国笔》（*The American Pen*）、《夏威夷评论》《诗歌夏威夷》（*Poetry Hawaii*）、《美亚杂志》《纽约季刊》（*New York Quarterly*）、《密苏里评论》（*Missouri Review*）、《讲故事》（*Talk Story*）和其他文学杂志上，并收录在王燊甫（David Hsin-Fu Wand）主编的《亚美传统：诗歌散文选集》（*Asian-American Heritage: An Anthology of Prose and Poetry*, 1974），王灵智、赵毅衡合编的诗选《华裔美国诗歌选》（*Chinese American Poetry: An Anthology*, 1991）和本乡主编的诗选《敞开的船：亚裔美国诗选》（*The Open Boat: Poems from Asian America*, 1993）里。

　　③ 单德兴：《疑义相与析：林永得·跨越边界·文化再创》，见台湾《逢甲人文社会学报》，2001 年 5 月第 2 期，第 233-258 页。

时说，他是华裔美国文学界的一个活跃人物，但他一贯拒绝向编辑提供生平和照片之类的材料，他认为这些是"完全属于私人性质的材料，与艺术无关"，因此在《华裔美国诗歌选》和《敞开的船：亚裔美国诗选》里只字未提他的生平。批评家们固然可以做文本细读，但这毕竟限制了他进入评论家的视野。

拉娃妮·梁（Lavonne Leong，音译）认为林永得的诗篇"被广泛收入选集，当作全美国大学里的教材之用。不过相对而言，他的作品受到批评界和学术界的关注较少，也许同样的原因，他的诗作容易对学生讲解，容易被理解"。①这个理由倒可以理解，因为美国文学批评界和学术界似乎存在着一种潜规则：愈艰涩的诗愈被连篇累牍地阐释、考证，例如 T. S. 艾略特的《四首四重奏》、庞德的《诗章》、路易斯·朱可夫斯基的《A》等等，晓畅的诗篇在批评家和学者看来似乎没有深挖的余地。

不过，这种情况也不是一成不变。黄桂友主编的论文选《亚裔美国诗人》（2002）里详细地介绍了林永得的生平和评论界对他的评价，使诗人的形象生动地凸显在我们的面前。单德兴论文集《对话与交流》（2001）收录的采访录《竹脊上的文字钓客：林永得》为我们提供了有关诗人的政治理念和美学取向的详细信息。近年来，他也有兴趣参加国际文化交流，用他的话说，"我正学习国际交流。"② 例如，他应邀出席 2006 年 5 月 27～29 日在北京外国语大学举行的"21 世纪亚裔美国文学国际学术会议"，在会议上朗诵了他的诗篇，并与北京诗人交流，接着在 11 月份，应邀去台北发表演讲。2009 年 7 月 17～19 日出席了南京大学举办的"美国华裔文学国际研讨会"，18 日晚为他和梁志英以及南京诗人举行了专场诗歌朗诵会，并事先印制了中英对照的朗诵小册子。

林永得自从 80 年代以来的 20 多年间积累了够出版两部诗集的诗篇。以他房地产开发商的财力，以当今一些经商的中国诗人自费出版诗集的速度，他早可以是著作等身了。可是他没有这样做，他对自己的创作要求很严。例如，他以《起草一首诗》（"Drafting a Poem"）③为题，谈他对写给妻子的一首短诗《她却没有抬眼看》（"But She Does Not Look Up"）如何数易其稿，直到最后感到比较满意为止。④ 这是他呕心沥血创作诗歌的最好见证。由此可见，他是一位成熟的诗人。他的成熟不但表现在艺术的执着

---

① Lavonne Leong. "Wing Tek Lum." *Asian American Poets*: 225.

② 见诗人 2006 年 11 月 2 日发送给笔者的电子邮件。

③ Wing Tek Lum. "Drafting a Poem." *Bamboo Ridge*. No.87, Spring 2005: 187-193.

④ 译文参阅《同一个世界》，载北京《诗歌月刊》（下半月）2006 年 9 月，第 9 期，第 66-67 页。

追求上，而且体现在对自己的亚裔/华裔的身份保持着自觉的清醒的认识上。他在谈到这方面的体会时说："从游离的华裔美国人（不知道自己是华裔美国人）到充分自我意识到自己是华裔美国人的旅程，对我而言，在漫长的时间里走了许多条路，其中包括许多错误的起跑和弯路。同我们身份有关的最明显的主题，是与对我们的族裔背景和我们的社会环境种种不同的方面的推和拉、吸引和抛弃、接受和拒绝有关……这两种文化成了我们日常活动的一部分。"① 他这种深刻的认识具体地展示了他的诗作两个鲜明的特色。

首先，他的诗歌流露了强烈的族裔意识和浓厚的中国情结。这尤其表现在他著名的短诗《同化的条件》（"Terms of Assimilation"）里：

> 你必须变成
> 一头驴
> 或更糟：
> 骡子，公驴与母马
> 生的杂种，
>
> 必致
> 不育。

亚裔/华裔美国诗人和小说家乃至其他美国少数族裔作家涉及这方面的主题或话题不在少数，但谁也没有他写得那么言简意赅，那么力透纸背，又那么经典！这首诗的艺术力量在于引发读者深思：只掌握弱势话语权的少数族裔如果同化到操控强势话语权的主流文化里，是不是要付出"绝种"的代价？又如，他的另一首著名的短诗《少数族裔诗》（"Minority Poem"）：

> 为什么，
> 我们恰恰是苹果馅饼一样的
> 美国人——
> 即是说，如果你清点
> 搁在厨房条桌上，
> 被厨师遗忘了

---

① 根据 2006 年 11 月林永得在台湾朗诵自己诗歌时的讲话稿。

> 或不十分清楚怎么
> 处理剩下的果皮，只希望
> 女工在清洗砧板时
> 把它们扔到
> 垃圾桶里，然后趁下夜班
> 把桶拎到屋外。

在这里，诗人又提出了一个迫使读者深思的问题：美国少数族裔的处境是不是像被抛弃到垃圾桶里的剩余的果皮？这两首诗创作于上世纪 70 年代，主要反映作者对当时亚裔/华裔美国人境遇的认识和感受。我们承认，在现在提倡多元文化的美国，少数族裔的处境大有改善，近几年，美国两任国务卿都是黑人，也有华裔被选拔到政府和科技部门任职，这是难以忽视的证据。然而，诗人并没有忘记从前种族歧视时代的华人的屈辱史，永远不会忘记自己黄种人的身份。对此，他说："我们的审美标准，特别是对我们出生在美国的第三、第四和第五代的华裔来说，依然受一百年前我们的先辈们的经历、希望和梦想的影响，即使我们也许对此没有意识到或承认。"① 诗人在《在一个中国佬的墓旁》（"At a Chinaman's Grave"）一诗里，诉说被雇佣砍伐甘蔗为生的叔祖父（或伯祖父）孤身死于夏威夷的悲惨遭遇（这里的白人种植园主不允许华工携带妻子和子女），如果不是这些树立在此的墓碑，像他叔祖父一样远渡重洋、孤零零死于此地的那些华工，如今早就被大家忘记了，其处境无异于被拎出屋外的垃圾桶里的剩余苹果皮。诗人在另一首诗《听说陈查礼 1971 年第四次来到》（"Upon Hearing about the 1971 Fourth Coming of Charlie Chan"）的最后五行冷冷地写道：

> 你知道，从经验中
> 我晓得：不管
> 我吃了多少香蕉，
> 我撒出的尿
> 总是保持黄色。

我们知道，自愿同化于白人的亚/华裔人被称为香蕉人，黄皮白心，但诗人不愿意做这种黄皮白心人。诗人认为，作为亚/华裔美国人，他骨子

---

① 根据 2006 年 11 月林永得在台湾朗诵自己诗歌时的讲话稿。

里仍然是黄种人，尽管他承认他从前"把自己的早年看作不仅是无颜色的香蕉，而且是游离的华裔美国人，一个还没有自觉地意识到自己真正族裔身份的人"。[①] 他在《清明节》（"On the First Proper Sunday of Ching Ming"）一诗里称赞自家和其他家庭的华人在清明节扫墓的传统，为自己是华人感到自豪，并由此产生感激之情。他在诗集里几乎用了一半的篇幅，表达他对祖先、父母、兄弟、亲戚的怀念，对妻子和女儿的挚爱，情真意切，流露了一种天生的中国情结。以家庭为中心几乎是所有的华裔美国人的典型模式，而他的家庭观念尤深。

在对待作为少数族裔的华裔美国人身份的问题上，他的观点基本上与70 年代早期在纽约求学时代结识的赵健秀相似，难怪他把他的诗集题赠给赵健秀，也难怪两首诗的标题出现赵健秀念念不忘的陈查礼这个形象。当然，他与赵健秀也有不同之处，如果说赵健秀坚持华裔美国人的纯正性，那么林永得则主张在多元文化的社会，各个族裔和而不同，和谐共处，他的这个理想充分地表现在他的《中国火锅》（"Chinese Hot Pot"）一诗里：

> 我的美国梦
> 好像是大火锅
> 所有不同信念和趣味的人
> 围坐在一只共同的火锅旁
> 一双双筷子一把把勺子伸向这里那里
> 有人煮鱿鱼，有人煮牛肉
> 有人烫豆腐或者撒水田芥
> 所有的菜一锅煮
> 仿佛是炖汤（实际不是）
> 每个人各取自己爱吃的菜
> 与这伙融洽的人
> 只共用锅和火
> 共享用餐结束时舀起来的汤。

诗人在这首诗里表达了这样的几层意思：夏威夷小岛是由多数不同背景和志向的移民构成的多元文化社会，在这个社会里，个人同其他人和睦相处；对每个人来说，个人在现实中独特的视角的合法性是符合人性的；

---

① 根据 2006 年 11 月林永得在台湾朗诵自己诗歌时的讲话稿。

个人的自我实现与相互尊重他人相结合。① 在拉娃妮·梁看来，林永得作品的张力源于他对几代亚裔美国人面临的复杂身份的探索，他构建的问题是如何界定一个已经在社会和文化上混合的自我。赵健秀追求的是华裔美国人身份的单纯和单独，而林永得是使混合的自我丰富多彩。② 作为第三代华裔，林永得对自己身份的定位，自认为"比较接近美国人，而有个'华裔'的形容词在前面"③。

　　林永得热爱中国古典诗歌，并把它吸收在自己的诗歌创作里。单德兴认为："林永得以英文创作来挪用、移植、驯化中国古典文学的成分，所产生的效应实超过了任何中文或英文的单语读者，甚至中英双语读者的预料。"④ 他的处女诗集的标题取自陶渊明的诗⑤，而诗集的 57 首诗中，有 8 首引用了陶渊明、杜甫和苏东坡的诗歌，其中引用陶渊明有 5 次之多⑥，由此可见他对陶渊明的钟爱，难怪他把这本诗集同时献给了陶渊明。据拉娃妮·梁说，他在 70 年代早期从纽约拿到硕士学位以后特意到香港学习广东话，在香港生活期间（1973—1976），首先接触并从此爱上了陶渊明的诗。不过，据单德兴透露说，林永得所知道的陶渊明是透过英译者之一詹姆斯·海托华（James Robert Hightower）的中介⑦，因此他与直接阅读和翻译中国古典诗歌的施家彰有所不同。林永得本人承认，这情形类似于庞德依赖费诺罗萨的中国古典诗歌的译文。⑧ 尽管通过英文译文了解中国古典诗

---

① 根据 2006 年 11 月林永得在台湾朗诵自己诗歌时的讲话稿。

② Lavonne Leong. "Wing Tek Lum." *Asian American Poets*: 224.

③ 单德兴：《竹脊上的文字钓客：林永得访谈录》，见单德兴《对话与交流：当代中外作家、批评家访谈录》，第 167 页。

④ 单德兴：《疑义相与析：林永得·跨越边界·文化再创》，见台湾《逢甲人文社会学报》，2001 年 5 月第 2 期，第 233-258 页。

⑤ 据单德兴考证，林永得的诗集标题引自陶渊明的诗行"邻曲时时来/ 抗言谈在昔/ 奇文共欣赏/ 疑义相与析"的詹姆斯·海托华英译："A good poem excites our admiration/ Together we expound the doubtful points." 出处同上。

⑥ 单德兴的考证如下："细读之下，我们发现在《疑义相与析》（*Expounding the Doubtful Points*）的五十七首诗中，有一首诗是写给李白的《致李白》（"To Li Po," 13）；前文提到的《都市情歌》（53-55）是十六诗节的组诗，每节四行，模仿《子夜歌》；下列八首诗的前言则引用了中国古典诗：《致甫去世的一位同学》（"To a Classmate Just Dead," 12）引用陶潜；《秘密参与》（"Privy to It All," 33）引用杜甫；《全世界最伟大的演出》（"The Greatest Show on Earth," 38）引用陶潜；《热力学第二定律》（"The Second Law of Thermodynamics," 45）引用陶潜；《疑义相与析》（"Expounding the Doubtful Points," 57）引用陶潜；《致古代大师》（"To the Old Masters," 78）引用陶潜；《哥哥返乡》（"My Brother Returns," 83）引用杜甫；《在卡哈拉海滨公园的中秋节野餐》（"A Moon Festival Picnic at Kahala Beach Park," 99）引用苏轼。" 出处同上。

⑦ 出处同上。

⑧ 参阅 1999 年 5 月 18 日诗人致单德兴函，出处同上。

歌，尽管自认比较接近美国人，但林永得的不少诗篇是受到中国古典诗篇的启发而写成的，是通过在诗题下的引文来连接古今，用他的话说，"这基本上暗示了我并不是第一个有那种奇妙观念、发明这种面对人生的独特方式的人，我只是模仿他们，也许偷取了他们的一些观念……以自己的方式重新应用到 20 世纪的夏威夷华裔美国人的作品里"①。我们为此不妨说，中国古典诗歌成了他创作灵感的触发点。

　　还值得一提的是他创作关于南京大屠杀的系列诗篇。他在读到美籍华裔作家张纯如（Iris Shun-Ru Chang, 1968—2004）的《南京暴行》（*The Rape of Nanking*, 1997）之后，被日本侵略者的暴行大为震惊，接着阅读了大量有关南京大屠杀的书籍和文献。他在出席"美国华裔文学国际研讨会"开幕式的前一天，特地去侵华日军南京大屠杀遇难同胞纪念馆参观。他试图从多种视角，例如从被日寇枪杀的中国死难烈士视角，从抗击日本侵略者的中国兵士的视角，从对中国友好的国际友人的视角，等等，来看待和反映这一震惊世界的事件。例如，他的《军医》（"Army Doctors"）是从军医的视角展开抗日战争的一个历史画面：

> 如果士兵的手臂被弹片
> 穿过，我们需要知道
>
> 怎样包扎止血带，在哪里截肢，
> 如何缝合残体。
>
> 如果他的肚子被子弹
> 击中，我们必须很快地
>
> 能够找到弹孔，取出子弹，
> 把截断的肠子缝回去。
>
> 至于喉咙上的伤口，
> 由于血淤积，我们要切入气管，

---

　　① 单德兴：《竹脊上的文字钓客：林永得访谈录》，见单德兴著《对话与交流：当代中外作家、批评家访谈录》，第 170 页。

安上呼吸的管子。这些程序
我们对那些开往前线的医生进行演示。

至于对突然发作的盲肠炎很难训练。
那位置应当是又肿又硬。

但是我们要给他做手术的
这个农民却没有问题，因此

他的病灶很难找，以至于给他破腹了
好几次。那真是非同寻常。

　　不像我们通常带着满腔愤恨和怒火，强烈谴责日本鬼子的滔天罪行，林永得根据日本侵略军在南京大屠杀的照片和资料，试图探讨人们对这些反人类行径的具体细节的各种不同反应及其缘由，从许多不同的视角，更宽广地勾勒这个特定历史的大屠杀的场景。据他透露，他的第二本诗集《南京大屠杀：诗篇》（*The Nanjing Massacre: Poems*）即将在 2012 年面世。①

第八节　白萱华（Mei-mei Berssenbrugge, 1947—）

　　出生于北京、在麻省长大的白萱华是中荷混血女诗人，用她的话说，她"从受过高等教育的母亲和荷裔美国人父亲所赋予她的地位来到英语语境"②。她先后获里德学院学士和哥伦比亚大学美术硕士学位。白萱华一直积极参与美国印第安人和亚裔美国人的文化运动。她的丈夫理查德·塔特尔（Richard Tuttle, 1941— ）是艺术家。她的外祖父是曾在哈佛大学留学的改革家，主张向西洋学习先进科学来改造中国落后的面貌。她说，她爱北京天坛的建筑风格及其包含的关于四季运行、宇宙、时间的观念。③
　　早在 20 世纪 70 年代，白萱华结识了著名语言诗人查尔斯·伯恩斯坦，

---

　　① 见林永得 2012 年 6 月 19 日发送给笔者的电子邮件。又：该诗集已由竹脊出版社于 2013 年出版。
　　② Mei-mei Berssenbrugge. "Mei-mei Berssenbrugge and Charles Bernstein: A Dialogue." *Conjunctions*, Vol. 35, 2000: 190-201.
　　③ Zhou Xiaojing. "Blurring the Borders between Formal and Social Aesthetics: an Interview with Mei-mei Berssenbrugge." *MELUS*, Spring, 2002.

并与他建立了深厚的友谊，用她的话说，"在过去的 25 年中，我们谈论我们的作品、我们的孩子、我们的配偶……我们的对话发展为友谊。"白萱华的家庭背景和生活环境使她很容易地进入主流文学圈。白萱华在《移情》（*Empathy*, 1989）①这本诗集里，描写了新墨西哥沙漠、阿拉斯加冻土带、她的哲学、人际关系中的内心世界，除了简略地提及华人家庭外，丝毫不触及华裔美国作家惯常接触的种族问题，而是从科学、哲学、浪漫的爱情等方面探求一个人如何去了解另一个人。我们只要读一读她的标题诗第一节的超长诗行，就能了解她是何等风貌的诗人：

> 对我而言，细小的或日常的手势构筑器官的舞谱
> 感动我的地方是难以言传的地方，错误或张力找到具体的表现因
> 　　而被认识。

> 首先，我见到黑暗里与他在一起的玫瑰花，一束压缩的余光，
> 然后见到漆黑中通向树林的一条路。她如何觉察黑暗中的走廊
> 是时间之内的空间，他们在其中走动，
> 仿佛黑暗里的空间视角构筑了她头脑里的天使，
> 她希冀的相反内容永远没有变，因此她希冀的最里面的性质
> 如同外界的现实对他们来说既了解也不了解。
> 像她想同某个人进行思想交流的外界一样，
> 她所能见到的是不完整的呈现。
> 她对他的质问以这样的方式出现了，而不是诉诸富有使用权力的
> 　　对话，
> 因为她仅仅能记得她所意识的一切，
> 于是她在感觉里辨别他好像是飞快的闪烁或一个信号。
> 当她的感觉强烈、苦恼、持续时，她的感觉便自身又构筑一个铺
> 　　张扬厉的故事。
> 这种混乱的状态从来不会被一个设定的情节搞懂，
> 同样，一个复杂的情节被设定的简化搞得更加复杂，
> 虽然联系之处也许不经常是凭巧妙办法取得，
> 例如，当揭示她觉察的感受而凭借的种种方法时，
> 根据内在的联系在情节上将宣告它的复杂性，

---

① Mei-mei Berssenbrugge. *Empathy*. Barrytown, NY: Station Hill P, 1989.

像他错误的手势一样的张力作为权力形成的场所而变得有趣。
这也许是神秘的感情发生之处，在这里
她相信他，然而，她不想要去证实，
因为在黑暗的显露在足够的显露之后不会欺骗眼睛，
在每一处地方，湖的上方迟早会隐约出现一棵树或空间，
所以描述某些事物的真相时可能用精确的参照获得中性的心境，
但是，在这种情况下，坚持他的或她的方式问
空间在哪里，而不问什么是空间。
在他们行走的上方不时出现北极光，它周围的情况可以推断，
但它的最外层缺少已知记录的形式，
不知道在此之前，之前的之前，究竟是何种模样。

　　白萱华就这样地剖析一个人观察外界事物时的心理状态，细致入微到无以复加的地步。《移情》具有语言诗的显著特色：具象变为抽象。查尔斯·伯恩斯坦在称赞白萱华这种抽象化的能力时说道："在白萱华的《移情》里，'人像心情一样盘旋'，拒绝界定。在反映远程景观的一面面闪烁不定的镜子里，知觉像'由于光亮而闪烁的'冰一样，融化进怡然的熟稔里。这些诗篇以惊人的细微闪烁不定，令人想起一个个场景变成了'有形形体的精神活动'。'甚至最轻微的移动也闪烁不定'。"[1] 另一个语言诗人杰克逊·麦克洛更加夸奖《移情》，说：

　　　　白萱华的诗从内心到外界，然后又以惊人的平和回到内心。她平静地令人信服地把我们的注意力从过于自信的激情或注意力本身引向冰晶、鸥鸟、烟花或苹果树，引向非常具体的知觉，特别是幻象——最显著的是，那些在诗里与光质（雾、亮光、色彩）联系的东西总是在表达"外界"的同时表达"她自己"。她既不是客观主义者，也不是主观主义者，而是整体意识的诗人。作为善于长诗行的能手（和其他多数诗人的长诗行不同），她的长诗行不是漫无边际的狂放，虽然她的诗行比那些狂放诗人的长诗行更具有真情实感。我认识白萱华和喜欢她的诗已经多年了。她的诗越写越好。[2]

---

① 见 Charles Bernstein 在 Emapathy 护封上的简介。
② 见 Jackson Mac Low 在 Emapathy 护封上的简介。

著名批评家查尔斯·阿尔提里把白萱华的《移情》当作诗歌新表现形式的典型，说："《移情》坚持拒绝如今是标准的寓意框架，着意于自觉感情的张力而产生很强烈的吸引力。因此，我希望专注白萱华的诗歌有助于欣赏当代诗人作新试验所需要的一些压力。"[1]阿尔提里认为，如今注重情感的多数理论家强调情感在叙述框架内的重要性，看重启迪模式（enlightenment models），对于他们来说，情感是理性的辅助物，如果诗人写的诗缺少寓意，只专注情绪或欲念的自觉感情或内心倾向，就会被这些理论家视为无关紧要或完全不成熟而抛弃。明白地说，按照一般的诗美学，诗人依照一定的思维逻辑，叙述个人的思想感情或体验，用启迪读者联想的方式，让读者了解和欣赏他/她深藏诗中的寓意。所谓寓意框架，诗人所描写所揭示的外在情景或内心世界，如果不在寓意的范围之内，那就失去了让读者分享的意义。白萱华的贡献在于她顶住理论界的压力，全身心投入对内心倾向的探索，用抵制叙述的方式表达出来，与后现代派诗歌里的机动性、流动性和不确定性有着很多的共同点，但在表述上又异于正宗的后现代派诗歌。笔者曾问诗人："用如此的陌生法和抵制启迪模式，是不是以丧失读者预期的亲切感为代价？"她的回答是：

> 我创作《移情》时三十来岁，我孤独地住在新墨西哥农村的一座小屋里，探索我的体验、我的情感与我所能知道的或了解的情况之间的联系，一种本体论的联系。那里的沙漠景色和光的现象使得我入迷。我探索人与人之间能相互了解到什么程度，这本诗集里有许多是爱情诗。我受法国结构主义和后结构主义哲学影响，这可能看起来像抵制启迪模式，但那不是我的焦点。[2]

白萱华在回答笔者提出她有没有考虑读者的接受能力时说：

> 我深信我的写作方向。我在创作《移情》时考虑的是结构，对所得到的印象进行抽象思考，进行挪用，对思想感情尽可能地挖掘，并没有想到读者懂与不懂。事实上，我当时对自己写的这些诗并不真正

---

① Charles Altieri. "Intimacy and Experiment in Mei-Mei Berssenbruggre's *Empathy*." *We Who Love to Be Astonished: Experimental Women's Writing and Performance*. Eds. Laura Hinton and Cynthia Hogue. University of Alabama P, 2001.

② 见白萱华 2008 年 3 月 26 日发送给笔者的电子邮件。

懂，不过随着时间的推移，我清楚了。①

　　包括白萱华在内的一些美国诗人从来没考虑过创作为广大群众喜闻乐见的作品，他/她们是为艺术而艺术，并且乐在其中。

　　白萱华的诗选《巢》（*Nest*, 2003）所表现的理念没有《移情》那么闪烁不定，而是比较明显地表现她对家庭和社会之间联结的关心。她把家庭和社会作为有可能寻找生活意义的条件，而寻求生活意义的欲望既促使又同时破坏家庭与社会的联结，给我们的世界留下种种痛苦的隔阂，这就是诗人在《巢》里要传达的理念。鸟巢是脆弱的建筑物，可以放弃而在其他地方重建，人类的安乐窝或住所亦然。《篷布天空杂志》（*Tarpaulin Sky Journal*）副主编迈克尔·托德·埃杰顿（Michael Tod Edgerton）在评论《巢》时指出，白萱华要我们经受得住隔阂引起的焦虑，允许有断续的空间，不知就不知，另类就另类。他接着进一步评论说：

　　　　白萱华善于挖掘语言、洞察力、欲望、肉体和意识的无限复杂的叠层，这些构成我们称之为经验的元素。在她整个作品里和话语中，你会发现《巢》是一个出色例子，它带给我们一种敏锐的认识，"也许不用语言表达"就能认识到相互缺少理解，为此，我们必须小心翼翼地对待而不是"弥补"一个意义绝对地强加给另一个意义。②

　　埃杰顿的评论初看起来似乎很玄，但说白了，是他点出了日常生活中一个最浅显不过的现象：个人或社会往往把自己的"意思"或"意义"强加给他人的"意思"或"意义"。白萱华在《巢》里所要表达的是，对这种由于缺少相互理解而出现"意义"强加的行为或现象，不要去"弥补"或和稀泥，而是要认真地对待。究竟如何认真对待，她没有说，那只能是仁者见仁，智者见智，但这确实是她的一种理念。至于她的诗美学，她告诉人们说：

　　　　我是一个追求直接表达的人，但我实际上很难陈述具体的事物，我对说明性的写作感到不自在。我在通过意象表达情感的诗歌里得到熏陶，我喜爱意象，虽然不是在最近。我试图把语言织成一个网，用

---

① 见白萱华 2008 年 3 月 26 日发送给笔者的电子邮件。

② Michael Tod Edgerton. "A Review of Nest." *Electronic Poetry Review*, 2003.

以表达我的意思，它导致与某种感性的或理性的倾向相联系的情感。常常出现网、网格、筛子这样的字眼。我的声音是天然的，所以我运用它而不感到费力。我运用声音唯一有意识的企图是传送话语。我有意地用话语织这个网。近来我一直使用一种新的声音，以便跳出听起来令人感到熟悉的声音习惯。艾格尼斯·马丁曾经说过："我有了我想要的一切，不过，当我醒来时，我感到消沉。那证明情感是抽象的。"我正在试验表达听起来不情绪化的情感。①

　　除上述的《移情》（1989）和《巢》（2003）两本诗集外，白萱华在 70 年代发表的诗集《鱼的心灵》（*Fish Souls,* 1971）、《峰随浪移》（*Summits Move with the Tide,* 1974）和《随意拥有》（1979）由于没有大胆越出传统的诗歌艺术形式而不受重视。80 年代初发表的《发情鸟》（*Heat Bird,* 1983）因抛弃传统诗歌的直线叙述模式而开始引起评论界的关注。90 年代初发表的《圆体》（*Sphericity,* 1993）揭示了人类知觉的主观性，白萱华因为它和《移情》新颖的艺术表现形式而被称为"知觉诗人"。90 年代后期发表的《内分泌学》（*Endocrinology,* 1997）和《四岁女孩》（*Four Year Old Girl,* 1998）两本诗集表明她诗歌想象的改变。《我爱艺术家：新旧诗选》（*I Love Artists: New and Selected Poems,* 2006）是她的近作。据菲律宾裔美国诗人艾琳·塔比奥斯（Eileen Tabios, 1960—　）披露，诗人在 90 年代初因患免疫机能不良症而开始关注生命中的荷尔蒙和基因，结果创作了这两本诗集。② 美国诗人 W. B. 凯克勒（W. B. Keckler, 1966—　）称赞《内分泌学》是一首"具有惊人原创性的词语－视觉诗，因为它追踪到美学的源头"，"用陌生法表达官能和智力，试图描摹知觉特别是美学知觉在神秘领域里活动的情况"③。白萱华曾先后在布朗大学和美国印第安艺术学院任教，获两次获美国图书奖、笔会/西部诗歌奖、亚裔美国文学奖（Asian American Literary Award）、西部州际图书奖（Western States Book Award）等。

　　众所周知，现代派诗歌大师诸如 T. S. 艾略特或华莱士·史蒂文斯在表达情感时总是力戒情绪化或滥情。白萱华虽然没有提及他们，但她的创

---

　　① Mei-mei Berssenbrugge. "Mei-mei Berssenbrugge and Charles Bernstein: A Dialogue." *Conjunctions*, Vol. 35, 2000: 190-201.

　　② Mei-mei Berssenbrugge. "Mei-mei Berssenbrugge and Charles Bernstein: A Dialogue." *Conjunctions*, Vol. 35, 2000: 48.

　　③ Mei-mei Berssenbrugge. "Mei-mei Berssenbrugge and Charles Bernstein: A Dialogue." *Conjunctions*, Vol. 35, 2000: 49-50.

作实践证明，她仍然遵循着现代派诗歌创作的基本原则。例如，她首先发表在 2000 年先锋文学杂志《结合》（*Conjunctions*）35 卷而后收进她的诗选《巢》的一首长诗《倾听》（"HEARING"）正是她"在试验表达听起来不情绪化的情感"的样板诗。这首诗分三大节，我们且先读一读第一节：

> 没有人讲话的声音与我的倾听结合在一起，仿佛想象她正在想我，使我感到真切。

> 声音的物质性归因于它的消失性，一种超然的存在，其声源早已消散。

> 她听不见我在听她说话，闲散地坐着，胳膊肘搁在膝盖上，以物性——可能的形式绕圈抚摩，为此，被触摸是构成的一种条件。

> 她的底座始于未设计；路上的石头对路面施加压力，如同手放在孩子的头上。

> 她不在低声说我听见的话。

> 被爱者的面孔流露出爱者触及的秘密，并把它分送到一块石头的各面、青肿的脚、昆虫的障碍物、被其影子遮盖的泥土等上面，好像一块切割好的宝石。

> 我的倾听触及我的听力范围各个方面的极限，一个社群敞开了。

> 倾听：透明的手臂弯过去，为她小孩准备的安乐窝。

如果我们不通读全诗，不对该诗创作背景有所了解，恐怕很少有人能理解这节诗的含蕴，即使查尔斯·伯恩斯坦也难知道诗中的"她"是何许人也。为此，白萱华告诉他说：

> "她"是缪斯式的观音。在中文里，她是"万物吁求的倾听者"。她代表同情。我想起诗的呼叫，诗的意象，你提到的诗的再现。我试图把诗人和关怀者的矛盾世界包括进去。诗歌的价值，同情的价值。

听见倾听者的话令人感到亲切。浪潮的声音使我想起了时间，这也令人感到亲切。这种同情是不是令人感到亲切的或一般的，在诗里没有解决。百感交集，并不特指同情某个人和世界。我是受到我爱的一尊白瓷观音菩萨以及和我从小到大在一起的另一尊观音菩萨的启发写了这首诗。①

诗人在这里所指的"同情"，是指观音菩萨的大慈大悲。所谓"听见倾听者的话令人感到亲切"是指听见观音菩萨这位关注万物吁求的倾听者的话时所产生的亲切感。诗人并没有通常意义上的宗教意识，她所感兴趣的是借用观音这个特有的文化象征，着力探索听的互动现象。举一个日常生活中的例子，也许有助于我们欣赏她的旨趣。如果你仔细观察，你会发现，你有时会想象你的听者或听众在听你讲话时的感受或体验。第一行诗初读起来好像是废话："没有人讲话的声音与我的倾听结合在一起，仿佛想象她正在想起我，使我感到真切。"但是，如果我们静静地站在观音菩萨面前，这时并没有人讲话，很静，我们却想象自己在倾听观音菩萨讲话的声音（没有声音的声音或虚无的声音），并想象她正关注我们，这时我们真切的感觉便油然而生。因此，诗人说：

> 在《倾听》这首诗里，我把倾听作为一种理想加以考虑，它好像是一种理想的形式。
> 我现在是把听众作为倾听的理想形式加以考虑的，这很新奇，因为我从前从来没有考虑过听众。我一直带着好奇心对自己说："听众所喜欢的是祷文。"这涉及娱乐、倾听、喜剧等等，这些我知道你是喜欢的。对于我来说，被听见是存在的。那就是我为什么成了诗人的缘故。②

查尔斯·伯恩斯坦对白萱华有关"听"的体验还是有所悟的。他说："我一直在考虑，我阅读你的诗作时，它以它延续的声浪世界包围我的方式推着我向前，然后接读另一诗行。它不一定令人着迷，但有一股很强的潮汐拉力。你似乎把克拉克·库利奇的'作为思想的声音'变成了作为感知的声音，然后把思想当作感知。不管怎么说，这些包含在这首新诗的主题

---

① Mei-mei Berssenbrugge. "Mei-mei Berssenbrugge and Charles Bernstein: A Dialogue."

② Mei-mei Berssenbrugge. "Mei-mei Berssenbrugge and Charles Bernstein: A Dialogue."

里。"①

在白萱华的诗里，我们很难发觉她华裔族性的蛛丝马迹。在华裔美国小说家之中，任璧莲以华裔族性淡薄著称，而且她声称自己首先是美国人，写的是美国故事，向犹太人靠拢，但读者还是很容易发现她的字里行间的华裔感情，故事里很少脱离华人或华裔。而白萱华在创作的时候，首先考虑的是如何表达对外界的看法和内心的感受，很少想到自己是不是华裔这类的问题。她说：

> 我出生为华裔，很小的时候就改变了我的语言，这给予我相关性的经历引导我走进诗歌，我常常认为诗歌像数学一样是关系或比例系统，我为此努力创造一个同等重要的世界。我们试图重新创造一个起点，但那不是整个世界，因此我们的作为是一种可能（或一种潜在）。这是一种损失，但我不想被卷进去。②

说得明白一些，她把华裔美国世界和美国白人世界看成是同等重要的世界。对于她诗歌中族裔意识的淡化问题，她认为中国文化和华裔身份对她来说是间接而丰厚的基础，她把身份看成是持续变更的统一体，更多地像一份全息图，而不是什么基本的或特殊的东西。她考虑人是超越时空的普遍的能量统一体的一部分，那也就是她看待理想化的观音的缘故。

鉴于白萱华的整个创作倾向，学者严小平（Xiaoping Yen，音译）把她看成是后现代诗人，说："在追随和扩展后现代诗歌传统方面，白萱华有意地抛弃抒情的和叙述的结构，而是哲学化，采用句子与句子看起来相互无联系的诗歌结构。白萱华和其他许多亚裔美国诗人不同，她不直接对种族身份、美国梦、社会与文化的冲突等问题进行评论。她的诗缺少明显的社会践约、评论或抗议。"③ 这个评论准确地勾画了白萱华的艺术风貌。

第九节　刘肇基（Alan Chong Lau, 1948— ）

在加州长大、毕业于加州大学圣克鲁斯分校（1957）的刘肇基是一个从商为主、写诗画画为辅的诗人。他喜欢中国和日本古典诗歌、民歌、爵

---

① Mei-mei Berssenbrugge. "Mei-mei Berssenbrugge and Charles Bernstein: A Dialogue."

② Mei-mei Berssenbrugge. "Mei-mei Berssenbrugge and Charles Bernstein: A Dialogue."

③ Xiaoping Yen. "Mei-mei Berssenbrugge." *Asian American Poets*: 45-46.

士乐、蓝调和流行音乐，曾在华盛顿大学亚洲学系任教，在美国、日本和英国举办过画展，出版他撰写的《克利夫兰艺术博物馆馆藏欧美油画：一份总目录》（*European & American Paintings in the Cleveland Museum of Art: A Summary Catalogue*, 1993），并主编书评季刊《国际考察家》（*International Examiner*）。他还同加勒特•本乡和劳森•稻田两位诗人合作出版诗集《99号公路上的菩萨匪徒》（*Buddha Bandits Down Highway 99*, 1976）。除了获美国图书奖（1981）外，刘肇基还获得国家艺术基金会奖、加州艺术委员会资助金、西雅图艺术委员会艺术家奖（Artists Grant from Seattle Arts Commission）、日美友谊委员会艺术家创作奖（Creative Artist Fellowship for Japan from the Japan-US Friendship Commission）等多种奖项。

　　刘肇基被波音航空公司解雇后，在西雅图国际区蔬菜水果超市工作时开始了诗歌创作。他安心于本职工作，高高兴兴地记录着他周围人群的音容笑貌、行人走路时的脚步声、女工在盆里剔除不合格菜叶菜梗的本领、顾客购物时形形色色的状态：用手掐芒果、样品葡萄，相互品评蔬菜水果的好坏，仿佛菜场是他们家的厨房，而店员成了他们不请自来的客人。他说，他有画家的眼睛、诗人的听觉，还有在蔬菜水果超市训练出来的感觉。对日常生活细致的描写是他的诗歌特色之一。他知道昨天小弄里的尿臊臭，注意到街沟里是樱桃花瓣还是垃圾、海鸥拉在糕点上的鸟屎或顾客刺耳的话音。他善于捕捉生活的情景，细小到顾客的耳廓、糖荚豌豆盘盒里墨西哥农场女工的头发。他不像那些严肃的诗人特意创造诗中人，但他所讲述的经验和记忆中的情景富有浓厚的生活气息。例如，他在《小伙子们在玩耍》（"boys at play"）一诗的最后一节，栩栩如生地描写超市职工们拥挤在后屋里，观察一只被黑寡妇蜘蛛用蛛丝捆绑的黄蜂在蛛网上挣扎时，所显露的兴奋和激动：

> 当蜘蛛用腿快速转动时，
> 他们都开始喊叫起来：
> "抓住它，抓住它，抓住它，
> 你这坏家伙！"

　　诗人认为他的得意之作是用日常的英语写俳句式的短诗，例如，他的《绿葱》（"green onions"）：

> 坐下来吃晚饭

　　　　一天劳动的气味
　　　　依然从我沾污的手上
　　　　冒起，充满在
　　　　我们的汤碗里

　　他告诉我们说，这首诗有着微妙的张力，捕捉人们都会记得的那种时刻，那种气味，那种感受。他所有的俳句式力作揭示了他在自然界里独一无二的体验。他说，我们的生活就是由这样独一无二的时刻构成的，我们注意得愈多，生活就愈充实。
　　不过，他写华人移民的体验也充分表现了他独特的视角和成熟的艺术手法。例如，他从香港九龙一家百货公司一层楼出口处的标语"大海航行靠舵手/中国的大船靠毛泽东领航"得到启发，写了《我的船不需要舵手》（"my ship does not need a helsman"）。全诗一共三部分，第一部分如下：

　　　　我躺在唐人街这里
　　　　朝我床垫上咳嗽
　　　　床垫充满过去
　　　　黑暗岁月里
　　　　留下来的咸鱼腥气

　　　　这间灰暗油腻的
　　　　烟味浓烈的房间
　　　　现在不是家
　　　　过去从来不是家

　　　　墙壁
　　　　散发出
　　　　和从中国
　　　　带来的烂板条箱
　　　　一样的霉味
　　　　这一只只板条箱
　　　　同我的埋在孙逸仙发的
　　　　有樟脑丸味的老身份证
　　　　下面的种种记忆一道

层层叠起

我走出屋外
咯一口血
连带把有酱油的半熟米饭
吐给了坚持等食的
一只只鸽子

我是一条生病的狗
虽然舌头一直伸在
嘴外，但我总是
垂着尾巴

诗的最后一部分是：

我躺在唐人街这里
雨水也许会
湿透我的骨灰

也许浑浊的河流
将我的骨灰
带回我的家乡

一条船
不需要舵手
只有一个女人
她抚摩我的额头
对着满月发笑

　　这首诗以中国移民的口吻诉说初到美国时的悲惨处境所产生的扣人心弦的艺术效果不亚于任何亚裔/华裔优秀小说家的力作。

　　刘肇基获美国图书奖的处女诗集《献给贾迪娜的歌》（*Songs for Jadina*，1980）反映了他的客家移民家史：他的祖父和其他的早期华人移民一样，也有过被拘留天使岛的羞辱经历，他的父亲也和多数华人移民一样，以开餐馆为生。家史和作为少数民族的华人文化史在这本诗集里得到了揭示。他20年后发表的诗集《蓝色和绿色：一个农产品工人的日记》（*Blues and Greens: A Produce Worker's Journal*, 2000）则描述了他作为一名蔬菜水果超市工对顾客的日常观察和对蔬菜水果的赞颂。他的诗穿越时空，富有深厚的历史内涵和浓郁的抒情气息。他在诗歌创作上的成功再一次给我们的启发是，长期生活在社会底层的作家的作品必然充满浓厚的生活气息。《别急》（*no hurry*, 2007）是他在新世纪发表的一本诗集。他的诗篇被收录在本乡主编的《敞开的船：亚裔美国诗选》（1993）、加里·加赫（Gary Gregory Gach, 1947— ）主编的《什么书!？从垮掉派到嘻哈文化菩萨诗选》（*What Book!? Buddha Poems From Beat to Hiphop*, 1998）和伊什梅尔·里德主编的《从图腾到嘻哈文化：1900～2002年全美洲多元文化诗选集》（*From Totems to Hip-Hop: A Multicultural Anthology of Poetry Across The Americas 1900-2002*, 2003）等诗选集里。

第十节　梁志英（Russell Leong, 1950— ）

作为一个入世而又出世的优秀华裔美国诗人，梁志英是活跃在亚裔/华裔文坛上的一位才华横溢的多面手，既是出手不凡的小说家，又是锐敏异常的评论家，更是对诗歌创作着迷的诗人。他1972年毕业于旧金山州立学院，在加州大学洛杉矶分校获美术硕士学位（1990），曾在台湾大学进修中文（1973—1974）。曾任加州大学洛杉矶分校英文教授、亚美研究中心出版社社长。他长期担任作为亚太美国学的集学术、批评和文学为一体的唯一大型杂志《美亚杂志》主编，对其他作家的评价总是入木三分，恰如其分。综观他的创作、文学活动、政治理念和诗歌美学，我们发现入世和出世这一对矛盾体明显地组合在他的诗歌里。

他的入世思想是指他介入社会生活，同情社会底层人民，勇于打破种族界限，反对战争，对国内外政治高度敏感，同时并不回避对性爱的描写。

和其他的亚裔/华裔美国作家一样，他不可避免地遇到少数族裔所遇到的种族歧视、强势话语、族裔性等等问题，但他不像老一代的华裔美国作家那样仅仅局限于这些问题里，而是超越和突破，他说："我本人试图创作的人物和形象也跨越东西方、跨越国界、跨越文化，有时甚至跨越性别。

我们都是文化边界的闯入者。"① 可能受到他的朋友、著名华裔美国作家
赵健秀英雄传统论的影响,梁志英提倡理想中的亚裔/华裔美国人是兼具诗
人、政治家和战士气质的人。②

　　他的文化边界闯入论决定了他的政治视野,使他成了与美国主流社会
唱反调的代言人。他密切关注的不单是国内外学术、文学的动态,而且是
国际形势。第一次海湾战争期间,他主编的《美亚杂志》1991 年出版了反
对海湾战争的特刊,其中刊载了历史学家亚历山大·萨克斯顿的文章《新
世界秩序与兰博综合症》,明确地表明了主编赞同的观点:"美国在海湾的
霸权,潜在的单方面控制中东石油,连西欧工业国家也难欢迎,更不必说
东欧、亚洲、非洲和拉丁美洲了。"2001 年 9 月 11 日,纽约世贸大楼遭恐
怖分子袭击以后,美国政府在全国范围搜捕恐怖分子,国内出现了憎恨有
色人种尤其是憎恨阿拉伯人的趋势。梁志英立即组稿,编发了以"谁在对
战争、正义与和平发言?"为题的特刊,对现行的"2001 年美国爱国者法
案"提出质疑。他在特刊的前言再次援引萨克斯顿的文章,并进一步发挥
说:"'9·11'纽约世贸大楼被袭事件的后果如同日裔美国人在日本轰袭珍
珠港后经历过的当替罪羊和暴力的恐怖气氛。憎恨中东和南亚裔美国人的
暴行在美国全国甚嚣尘上。一些人在爱国主义的名义下遭到杀害,无数被
认定像'他们'而不像'我们'的人遭到攻击和羞辱。时间会证明 2001
年美国爱国者法案中一些吓人的条款到底是用来专门对付恐怖主义,还是
更加广泛地危及我们大家的公民自由。"当美国新闻媒体不断地报道要寻找
恐怖分子,界定恐怖分子是什么样的人时,梁志英意识到其中存在的负面
影响。他说,他本人是美国的少数族裔,知道亚洲人和华人从 19 世纪到如
今被视为"黄祸"的历史。他曾担心这会再次发生,任何群体都有可能被
视为对美国构成一种最新的威胁。他在纽约世贸中心大厦被袭以后写的《如
今它成了另一个城市:2001 年 9 月 11 日》("IT'S ANOTHER CITY, TODAY:
September 11, 2001")③ 一诗中表达了同样的警示。诗的最后一节更加鲜明
地表明了他的态度:

　　　　但是,如果敌人潜伏在里面怎么办?
　　　　如果潜伏在

---

　　① 张子清:《我们是文化边界的闯入者:梁志英访谈录》,见《文艺报》2002 年 6 月 25 日第四版。
　　② Robert B. Ito. "Interview with Russell Leong." *Words Matter: Conversations with Asian American Writers.* Ed. King-Kok Cheung. Honolulu: U of Hawaii P, 2000: 244.
　　③ 参阅合肥《诗歌月刊》2002 年第 12 期。

动脉的小巷里

脑袋的村庄里

皮肤的街沟下

眼睛的子弹里

刺刀的锋刃里

你的背后

怎么办？

　　他同样反对 2003 年 3 月 23 日美英发动的第二次对伊拉克的战争，立刻写出反战诗篇《非法的话语》（"Illegal Words", 2003），表明他鲜明的反战立场。像梁志英这样敏于政治形势，勇于坚持真理的人，在华裔美国诗人中并不多见。

　　梁志英虽然生长在美国，但他一贯关心亚洲人民生活的疾苦，他的诗篇《恒河》（"Ganges", 1993）①是一个具体的例子，该诗中的一节如下：

竹篙

从混合着黄泥沙的

河里掏出

牲口、船只、死尸。

那里的喧闹声，不是乔治·哈里森②

1971 年刺耳的歌的切分音，

是 1991 年滚滚奔腾的洪水。

　　孟加拉国是世界上最贫穷的国家之一，他在这里选取他的诗歌意象，充分表达了他对世界上穷人的关切。在谈到诗中提到哈里森唱的《孟加拉》这首歌时，诗人说："这句诗描写的是 1991 年孟加拉救灾时的现实场景，孟加拉发洪水时的喧闹声不是哈里森刺耳的《孟加拉》歌声的切分音。换言之，孟加拉这个词在歌唱或讲话时，其含义对 70 年代的西方青年来说，与 90 年代贫困的孟加拉现实是不和谐的。这类情形的讽刺性常常是：西方人对东方的名词、意象、国家等等的阐释是从东方主义观点出发的。我不

---

① 参阅合肥《诗歌月刊》2002 年第 12 期。

② 乔治·哈里森是著名的披头士（甲壳虫）乐队歌手，他在 1971 年唱了一首名为《孟加拉》的歌。那时反叛的西方青年寻求东方文化，来替代西方主流文化。

认为哈里森唱的《孟加拉》是关心亚洲。"① 因此，我们不难理解他在多次场合引用毛泽东《在延安文艺座谈会上的讲话》，他说："关于我们的文学艺术，甚至华裔美国文学艺术，我喜欢用毛泽东《在延安文艺座谈会上的讲话》来看待。他说过，革命文艺应当从真实生活中塑造各色各样的人物，帮助人民群众推动历史前进。我不认为历史总是向前而没有曲折和倒退，但我坚信，我们在内心必须坚持真正的历史和真正的人民的理想，坚持真正的社会改革。"②

梁志英同时具有的出世思想是赞赏佛教中的清净、虚无和轮回。他喜欢参观庙宇，同和尚攀谈、交朋友。为了给洛杉矶的一个庙宇捐赠木鱼，他有一次甚至来中国求购。如果说他的入世诗显示他的战斗性和对世俗性爱的留恋，那么他的出世诗则反映了他的超脱、潇洒、凄清，甚至厌世。他曾在中国香港的沙滩上画了一个大佛像，题了一首短的禅诗《无定》（"Wayward"）：

> 今生对我是公案。
> 今生对我是暂借。
>
> 多总是少。
> 少总是多。

所谓公案，是临济宗禅师用前辈祖师的言行范例教训世人，以此来指点迷津。诗人把今生当作公案来解读，把短暂的人生看作暂时寄居世界，把多与少或贫与富或荣与辱等量齐观。这种人生观、世界观，对我们略通佛教或禅宗的普通中国人来说，不足为奇，可是对美国人来说是很新鲜的见解。他在深受喜爱的一首诗《驴房》（"Donkey Room"）里尖锐地抨击了人一味地追求肉欲和金钱的恶德。他认为在这种情况下，人与驴没有什么区别，结果总是一场空：

> 在人类的房间里
> 肌肉和金钱的臭味
> 依然引我向前走。

---

① 见诗人 2002 年 11 月 3 日发送给笔者的电子邮件。

② 张子清：《我们是文化边界的闯入者：梁志英访谈录》，见《文艺报》2002 年 6 月 25 日第四版。

> 甚至我被判处在这
> 出生与送终的房间里，
> 我的舌头依然在颤抖。

　　实际上，熟悉佛教的人对他的这种感情并不觉得陌生，可是对生在以基督教为主的美国文化语境的读者来说却颇有新意。他特别看重的另一首诗《轮转》（"Wheeling"）也反映了他类似的佛教思想感情：

> 风推动着轮回的轮子①
> 推动我身体的每个部分
> 脚趾，大腿，肚皮
> 肩膀和手臂，而头脑
>
> 被分成几秒钟的欲望
> 而无知却被折叠
> 被弄皱，被抛弃
> 在洲际行驶，在大洋之间
> 在情人，伤痕，嘴唇
> 色情和渴望的废墟之间行驶
>
> ……
> 风推动着车轮
> 一个没有地图的我
> 正驶向远方。

　　如果了解他的身世，我们会被他的最后三行诗所打动。早在甲午战争之前，梁志英的祖父母从广东新会移居洛杉矶，以开小杂货铺、务农种苹果树为生，因此他是第三代华裔。唐人街是他的生活中心。他白天学英文，晚上学广东话和中国历史。他中学时代的朋友是犹太人和华人。后来日本移民、菲律宾移民、韩国移民和越南移民陆续出现在他的生活环境里。作为华裔美国人，他并不满足于生活在美国，而是云游亚洲。在这茫茫的大

---

　　① 据作者解释，全诗借用不停地滚动的汽车轮子比喻佛教中所说的欲望之轮，无知和欲望使人轮回不已，无法超脱痛苦。

千世界里，他旅行着，探索着，无可依托，不知所终，他的这首染上浓厚的苍凉色彩的诗正是反映了他的茫然和孤寂。

他还有一些短小精练的出世诗，想象力丰富，构思巧妙，机智诙谐，表现了一个优秀诗人的才华。例如，他印在自己设计的 2003 年贺卡上的一首短诗《致读者》（"to one who reads", 2003）：

> 今晨，当我给你寄送
> 用回收的中国报纸
> 印制的贺卡时，
> 我正把自己回收到
> 诗句或广告词里，
> 这没有什么关系，
> 我是肌肉、纤维和墨水，
> 是心脏、历史和欲望，
> 是压制的纸浆物，印上
> 明天大街上贴的贺词。
> ——2003 年

当他在回收纸制作的贺卡上题诗时，他联想到把自己回收到诗句里或大众的新年祝贺的套话里，把主体的人具象变成了客体的肌肉、纤维、墨水和压干后的回收纸！不是机智的诗人，没有巧思的诗人，决不会写出这样精彩的诗来。

梁志英的诗和短篇小说发表在多种书刊里，其中包括《三轮车：佛学评论》（*Tricycle: The Buddhist Review*）、《西雅图评论》（*The Seattle Review*）、《新英格兰评论》（*The New England Review*）、《ZYZZYVA》（*ZYZZYVA*）、《立场：东亚文化批评》（*Positions: East Asia Cultures Critique*）、《哎咿!亚裔美国作家选集》（1974）[①]、《敞开的船：亚裔美国诗选》和《陈查礼死了：当代亚裔美国小说选》（*Charlie Chan is Dead: Anthology of Contemporary Asian American Fiction*, 1993）等杂志和文集。他的处女作短篇小说集《凤眼及其他故事》（*Phoenix Eyes and Other Stories*, 2000）被《洛杉矶时报》选为 2000 年最佳小说之一，获 2001 年美国图书奖。他的诗集

---

① Frank Chin, Jeffery Paul Chan, Lawson Fusao Inada, and Shawn Wong. Eds. *Aiiieeeee! An Anthology of Asian-American Writers*. Washington, D.C.: Howard UP, 1974.

《梦尘之乡》（*The Country of Dreams and Dust*, 1993）获 1994 年笔会奥克兰/约瑟芬·迈尔斯奖（PEN Oakland/Josephine Miles Award）。面对入选公共广播电台"诗歌美国"节目 50 位美国诗人之一的梁志英，这位文笔和身手挺健有力、天天练陈式和杨式太极拳的诗人，我们有理由期待他给我们带来更多生气勃勃的作品。

第十一节　施家彰（Arthur Sze, 1950— ）

施家彰是第一个圣菲桂冠诗人，也是一直致力于诗歌创作而成就卓著的诗人。他在长岛花园城长大，1968 年毕业于劳伦斯维尔学校，1968～1970年曾在麻省理工学院学习，后来转学到加州大学伯克利分校攻读文科。作为驻校教授，他先后在布朗大学（1991）、巴德学院（1994）和那洛巴学院（1985、1989、1995）执教。现任新墨西哥美国印第安艺术学院文学创作教授。

他对参与当今流行的表演朗诵很感兴趣，并在这方面取得了可喜的成绩。1989 年 4 月 1～2 日，圣菲当代艺术中心举行大型文艺表演，演出了他的长诗《丝绸之路》（"The Silk Road", 1987）。①这是一首长达 85 行的抒情诗，其中诗人在第五节开头几行创造的意境，隐现了对古老的中华文明的依稀记忆和对时空转换的浩叹，很容易使中国读者产生感应：

> 这黑色银色的沙砾在灼亮②中闪烁。
> 如今辐射在我的手里你的脸上。
>
> 你或许梦见雨中山路上一片片红色花瓣；
> 我或许观看正在发黄的叶子上亮光闪闪。
>
> 是和否，春和秋均会失去力量，如果缺乏
> 想把它们投进富有磁性的北方和南方的心灵。
> 西安来的商贾给库车带来礼帽，
> 但库车人却剃了头发刺了文身。

---

① Arthur Sze. "The Silk Road." *Archipelago* by Arthur Sze. Washington: Copper Canyon P, 1995.参加演出的有歌唱家陈时政（Shi-zheng Chen，音译）、先锋派歌手琼·拉巴巴拉（Joan La Barbara , 1947— ）、打击乐手克里斯托弗·舒尔蒂斯（Christopher Shultis）、表演朗诵者谭盾（Tan Dun，音译）、郑尧安（Yao-an Zheng，音译）和诗人本人。

② 指原子弹爆炸时发出最强烈的亮光。

在红色信封里封好一角银币，寄送给
保险业推销员，等于把天南星送交食人的人。

　　这种强调心灵对外界感受的作用，同样体现在诗组《春的钻石》（"The Spring Diamond"）第五首诗里。诗人看到萌发的银杏树叶、新月、坐轮椅的女子之后，立刻意识到：

感受感情细微差别的努力
好像是挂在树枝上的蝶蛹。
充满百合香味的楼上卧室
成了一粒有生命的钻石。蝶蛹
会把马利筋的毒素吸进翅膀？
心灵里，什么从不重复？
或者，不断地重复？

　　诗人虽然生长在纽约，但后来远离美国的大都会，长期生活在接近大自然的新墨西哥，对中国古典诗词有着浓厚的兴趣，并且接受其熏陶。李白和王维这些唐朝诗人是他的最爱。收录在他的处女诗集《柳风》（*The Willow Wind*, 1972）中的短诗《李白》（"Li Po", 1972）以赞美的笔调，概括了李白豪放不羁的一生：

举起酒壶。
　　摇橹咿呀。
月光下的游鱼。
握着蘸酒的笔。
　　一个女神激情被掀起，
轻轻地摇着他的小舟，
让寂静的鱼儿知道
一个梦想者银色的手在挥毫。

　　这首诗也自然地流露了施家彰对飘逸散淡的生活的向往。另一个飘逸散淡的诗人——王维也是他羡慕的对象，这体现于收录在他的第二本诗集《两只渡鸦》（*Two Ravens*, 1976）中的短章《王维》（"Wang Wei", 1976）里：

在我的窗边
　　　雨咆哮着，狂说死亡
听不见
　　　竹林里弹拨的
　　　　　古琴声，
那使鸟儿如痴如醉
把月亮拉近心窝的琴声。

　　可以说施家彰是在 20 世纪 70 年代学习和模仿中国古典诗词中起步的。他特意在《柳风》第一部分收录他翻译的包括李白和王维在内的七位唐朝诗人的名篇①，在《两只渡鸦》第一部分收录他翻译的陶渊明、马致远和李清照的闲适之作②，而在两本诗集的第二部分才收录他自己的诗作，由此可见中国古典诗词的情调和风格对他走上诗歌创作道路的影响之深，这也是他早期诗歌创作的显著特点。除了上述两首短诗，他的标题诗《两只渡鸦》同样展示了他这个时期的审美情趣和取向：

讨论天气？
或许探询春天？

两只渡鸦，两个情人，讨论我的死亡，
当我望着它们的时候。

　　为此，韦斯利扬大学学者多萝西·王（Dorothy Wang）在评价施家彰这个时期的诗歌时，说：

很少华裔美国诗人承认中国诗和诗美学对他们的作品影响远超过一忽而过。施家彰则是一个例外。他翻译中国诗，而且他的诗歌显示了中国诗的印记，一种不但在主题处理上（例如明晰的意象），而

---

　　① 他在这本诗集收入的唐诗译作包括杜甫的《羌村》《春望》《月夜》《旅夜书怀》，王维的《高地》《竹里馆》《杂诗》《渭城曲》和《鹿柴》，李白的《月下独酌》《长干行》《夜思》《芙蓉》和《清平调》，杜牧的《泊秦淮》和《遣怀》，李商隐的《登乐游原》和《夜雨寄北》，王翰的《凉州曲》以及柳宗元的《江雪》。

　　② 陶渊明的《饮酒》二首、《归田园居》二首，马致远的《落梅风·烟寺晚钟》、《夜行船》二首、《天净沙·秋思》和李清照的《醉花阴》。

且在形式的影响上的印记。从形式上考虑，我以为施家彰诗歌里的少数比喻在领悟和表达世界的诗学和哲学模式上异于西方诗歌。[①]

施家彰把他历年翻译的中国诗篇在新世纪结集出版，题为《丝龙》(*The Silk Dragon*, 2001)。[②] 他在该诗集的序言里，就翻译中国诗歌对他创作产生的影响说：

> 把中国诗翻译成英文对我作为诗人的发展来说，总是灵感的源泉。1971 年，我是加州大学伯克利分校学生，主修诗歌，同时学习中国语言和文学，对翻译李白、杜甫、王维等这些唐代大诗人产生了兴趣，因为我觉得我可以向他们学习。我感到，通过努力弄通中国文学传统里的这些伟大诗篇，我可以最好地发展我作为诗人的声音。

当代著名诗人卡罗琳·凯泽在评论施家彰的诗歌风格时则进一步地阐发说：

> 施家彰是我终身希望仿效的那种风格的诗人：他具有唐朝伟大诗人的庄重、日本禅宗诗人的轻灵无常，而他的诗歌声音完全充满当代的气息。他是描写自然世界的高手，他描写的自然世界包括他多年生活在那里的美国西南部。他能以他典型的朴素笔调，真挚地描写他的许多旅行见闻和对包括美国印第安人文化在内的多种文化的吸收。[③]

他接受印第安人文化影响与他的第一任妻子——一位印第安女子有直接关系。1972 年，他从加州大学伯克利分校毕业后，就到新墨西哥州生活和工作。他和印第安霍皮族纺织女工结婚，和她在一起生活长达 18 年(1978—1995)，并育有一子。从 1984 年开始，诗人一直在圣菲美国印第安艺术学院教书，到这里来学习的有美国印第安 70 多个部族的学生。他和美国印第安人的密切关系反映在他的诗歌创作里。例如，他的诗篇《冬天深夜三

---

① Dorothy Wang. "'A World in a World': The Influence of Chinese Poetics on the Chinese American Poetry of Arthur Sze." Abstracts of the 1999 AAS Annual Meeting, March 11-14, 1999, Boston, MA.

② 施家彰在序言的最后对标题的含义解释说："龙在中国的文化里，代表神奇、变化和活力。沃尔弗勒姆·埃伯哈特说：'龙作为一个神奇的动物，能缩小到蚕那么小，然后又可以大到上接天下接地。'李商隐有一名句：'春蚕到死丝方尽。'这句诗可以用来比喻诗人如何运用语言。因此，丝龙是我对诗歌的比喻。"

③ 见《红移网：1970 年～1998 年诗选》(1998) 封底。

点》（"3 A.M. in Winter", 1976）生动地描写了他凌晨驱车去印第安人住地的内心活动：

> 当我去祖尼①，
>
>   我的思想像一枝响箭；黑色的沙漠
> 闪闪放光，于是我飞翔，
>
>   好似风眼中一只绿色的佩奥特鸟……
> 时近深夜三点，而且
>
>   通向祖尼的道路被雪掩埋。
>
>   我想起你，我呷一口绿酒，
>
>   触摸着点点火星，我腾空飞翔。

评论家埃里克·埃尔施坦（Eric P. Elshtain）评论施家彰的诗歌时引用了这首诗，旨在说明施家彰并不是纯粹的东方主义者，而是意识到中国古典诗美学对他捕捉独特的美国景观的功能：

> 景观和情感交织在一起，直至笼罩在埋没于雪中的沙漠里一片寂静引起他的幻觉，对飞溅的点点火星和自身的飞翔大感惊讶，而绿色的酒也示意着怪诞；事实上，绿色对施家彰来说，常常是一种超现实的颜色，是一切看起来既怪诞又熟悉的征兆。虽然他早期的诗作更加抒情，但他运用了一种贯穿他整个诗歌的联会艺术手法。他一直运用的意象（绿色、闪烁、发出光彩、变明亮、蘑菇、鸟、鱼、人的皮肤）使他的诗作免于矫揉造作和过度的自由联想。②

20世纪80年代，施家彰发表两本诗集《眩惑》（*Dazzled*, 1982）和《河，河》（*River, River*, 1987），开始逐渐建立自己的风格。90年代，他出版诗集《群岛》（*Archipelogo*, 1995）和诗合集《红移网：1970～1998年诗选》（*The Redshifting Web: Poems 1970-1998*, 1998），显示他已趋成熟，找到了自己的声音。托尼·巴恩斯通（Tony Barnstone）指出，《群岛》表明施家彰在诗歌创作上取得了突破性进展：

---

① 指美国新墨西哥州西部菩韦布洛印第安人中的祖尼人住地。

② Eric P. Elshtain. "Brief Review of *The Redshifting Web*." *Chicago Review*. 46, No.1, April, 2000: 156.

　　施家彰的突破性进展是《群岛》，这不仅在公众的认可意义上讲，而且更重要的是从他的诗歌发展上来看。《群岛》里的新旧诗篇比较长，用组诗串联起来，把他的诗集统一了，成了小型的史诗。从多方面看，《群岛》虽然是他早期诗歌的延续，但代表了诗人全面服膺于先锋派诗学，远离短小的意象派诗歌，朝着沉思的诗风演进，而他在中期的诗集《眩惑》和《河，河》里就已经开始尝试这样做了。[①]

　　诗合集标题诗《红移网》（1995）原来收录在诗集《群岛》里，可是在出版诗合集时，他把它放在突出的位置，可见他对这首诗的重视，可以说这是展示他现在的艺术风貌的代表作。《红移网》是组诗，共分九部分，揭示了他对世界万物相通认识的世界观。我们现在不妨先读一读组诗之三的前几行：

> 初夏闪烁的金色光芒融化在白天里。
> 一只苍蝇错看了一只金色蜘蛛，它在
> 一张闪烁的蛛网中间，体形只有钉头
> 那么大。早晨的蘑菇是不是对曙光
> 和黎明一无所知？……

然后读一读组诗之四的开头几行：

> ……你也许对介子光束震荡感到迷惑，
> 或对银河系同时向各个方向红移不解，
> 但是，你有没有停下来感觉到死亡
> 从地球的中间不断地拉向绳子的尽头？

最后再读一读组诗之八的全文：

> 我发现温室里的地上一只赤色蜂鸟
> 便意识到沿着一张网的辐射线之红移。
> 你也许会在院子里的水泥地上
> 画一个云的图案，或者意识到

---

① Tony Barnstone. "Review of *The Redshifting Web*." *Rain Taxi*, No.3, September, 1999.

蕨似的霜花在窗玻璃上闪烁，
融化。世界上的打击声、弹拨声、
拉琴声、吹奏声响起了又终止了。
当曙光进入望远镜时，当人们
看见的星光原来是那颗星
在它消失前发出的光芒时，
我见到一只金翅雀在食盆旁，
而豆子正在黑暗中发芽生长；
一个人拿着竿子从靛蓝缸里
搅出纺线，盘绕又松开；
我听见一声呼叫，是小孩
在松树下发现了牛肝真菌；
我看见你戴着镶玛瑙的金饰针。
一条直线在弯曲的宇宙里，
果真是一个圆圈？

　　诗中所提的红移是天文学上的一个用语，指恒星或其他天体的光谱线向红端的位移。光的红化相当于波长的增长。远离地球而去的物体，不论是由于通常的运动还是由于宇宙的膨胀，它们的光都会出现同远离速度成正比的红移。诗人感到银河系越来越快地离开我们。施家彰借用蜘蛛网的比喻说："蜘蛛网是连接或捕捉生物的一张网（你可以想象电脑互联网是一张世界范围的网）。世界万物都是互相联系的，从微观世界到宏观世界。"[1]

　　熟悉施家彰以前诗作的读者会发现他的《红移网》在立意上和表现手法上很新鲜，和过去的诗作有明显的区别。为此，纽约州立大学布法罗分校周晓静（Zhou Xiaojing）教授首次把施家彰与在生态诗歌创作上取得很大成就的加里·斯奈德、玛丽·利弗、W. S. 默温和温德尔·贝里等诗人相提并论。周晓静在指出施家彰运用生态诗学创作《红移网》时说：

　　这些诗行具有施家彰的诗歌特色，我们所熟悉的自然界意象与形而上学和量子物理学中反映的意象相混。施家彰用"红移网"作为他第六本诗集的标题，清楚地表明了潜存于他的诗学的一种世界观……施家彰用红移这个术语，揭示他在宇宙和日常经历中感受到的万物常

动和常变。宇宙万物及其常变，包括人类世界的万物及其常变，是错综复杂地相互联接、相互影响的，影响对方和自己的变化。这种建立在量子论基础上的世界观，类似于道教的基本哲学和美国印第安人的宇宙观。施家彰熟悉自然科学、中国文化和美国印第安文化参比依据，他把它们吸收和运用在他的诗学里，可以被称为"生态诗学"。[①]

据信，第一个界定生态诗的学者是弗吉尼亚科技学院教授伦纳德·西加吉（Leonard M. Scigaj）。根据他的理论，生态诗认定大自然是一系列自我调节的循环系统，强调人类的利益必须与大自然的需要保持平衡。西加吉把 A. R. 阿蒙斯、温德尔·贝里、W. S. 默温和加里·斯奈德看成是典型的生态诗人。过去的 30 年中，有许多诗人越来越关注我们的生态环境，而受后结构语言理论训练的批评家常常难以探究生态诗的实质内容。因此，他认为，现象学对于理解和分析生态诗比语言理论更加有用。所谓生态诗，它既与自然诗（或田园诗）或环保诗有联系，但也有区别。从田园诗衍生出来的生态诗认识到天地万物互相依存性，正视人类与非人类生命的关系，对主宰当下文化的高度理性和过度科技思想倾向提出质疑，如同施家彰在介绍自己的诗歌时说：

> 我的诗包含分层设色的体验，带领读者作幻想的旅行。显然，我的读者在读诗时不喜欢立即想得到诗行的含义。在我们的消费社会，我们经常匆匆地购买和消费，很少有时间让自己缓慢下来，琢磨我们生存的含义和神秘，踏上转变的旅程。我相信有许多读者愿意走这条路，他们就是我的读者。[②]

诗合集的开篇诗《在完满之前》（"Before Completion", 1998）流露的思想感情与消费社会拉开了距离，体现了生态诗学的志趣，也揭示了施家彰天人合一的博大胸怀：

> 我用望远镜观察猎户座星云，
> 蓝色的雾气里有一簇白色的星星，
> 观察武仙座里球状的星团，

---

① Zhou Xiaojing. "*The Redshifting Web*: Arthur Sze's Ecopoetics." *Ecopoetry: A Critical Introduction*. Ed. J. Scott Bryson. Salt Lake City: U of Utah P, 2002: 179-180.

② Arthur Sze. "Response." *Yellow Light*.

针尖的光芒流进我的眼睛。
一个女子把婴儿包进塑料袋，
放在垃圾箱里；停汽车的人
听见了婴儿的啼哭，把它救了。
这小东西是不是地球？
黄昏里的鹿在咀嚼苹果花；
绿蛇游进灌溉渠的流水里。
夜晚充满了浮动的花粉；
我们在早晨翻土种玉米。
在六千英尺的高处
发现了石化的棉花花粉。
如同"易"字，变化
源出于变色龙的皮肤，
我们住在世界的皮肤上
瞬息即变的色彩里。
我凝视乌鸦座与角宿一星座
之间的草帽星系：在无月的黑夜，
我注意到了自己在星光下的身影。

耐人寻味的是，这本诗合集的封面设计采用了底特律艺术学院收藏的中国宋末元初画家钱选（1235—1305）的《早秋图》：荷叶上三只青蛙中的一只伏叶仰视上空飞翔的蜻蜓，一派栩栩如生的清丽景色，这说明诗人除了掌握最先进的自然科学知识外，还具有中国文化的深厚底蕴。诗人在谈到他如何建立他的艺术风格时说：

> 我认为，我是从翻译开始学诗的，从翻译李白、王维、李商隐、闻一多等诗人的诗中受到启发，但我的诗歌声音和风格是我自己的。我根本不感到我现在是在唐朝大诗人的影响之下。在我的一段时期里，他们的诗很有参考作用，但他们毕竟是有限的，例如他们的语汇。我目前对《天问》和《易经》感兴趣，但我也从当代物理、人类学和美国印第安人等的视角看问题，所以我的诗是很当代的。①

---

① 见施家彰 2003 年 5 月 10 日发送给笔者的电子邮件。

施家彰明确提出自己的诗歌具有当代性是针对他学习中国古典诗词而言的,迥异于其他一些华裔美国诗人当下强调族裔意识的当代性。在目前亚裔/华裔美国文学界强调批判白人种族主义和强势话语的氛围里,施家彰显然超脱了弱势话语和强势话语之争。他通过意象与理念出人意料的并置,揭示我们的世界的内在联系。尽管我们都能看到、感觉到他在观念上或艺术表现手法上的中国文化之根,但他不像赵健秀那样急于表白和表现华裔美国文化的特性。他和日裔美国诗人本乡一样,对自己的作品能发表在白人主流杂志上已经感到很高兴了。他现在的第二任妻子卡罗尔·莫尔道(Carol Moldaw)是犹太裔美国人,也是一位远离市声、闲适的诗人。①施家彰翻译过严阵 50 年代发表在四川报纸上的诗,并且和杨炼等朦胧派诗人以及一些大陆、台湾和香港的当代青年诗人有联系,2002 年还应邀去台湾和香港举办过他的诗歌朗诵会。

他的第 10 本诗集《银杏之光》(*The Ginkgo Light*, 2009)面世后,他告诉笔者说,秋天叶子露出金黄色的银杏是活化石,本来只存留在喜马拉雅地区的寺庙院子里,后来普及到世界各地。第二次世界大战期间,美国用原子弹轰炸日本时,日本广岛一座寺庙附近的一棵银杏挺拔依旧,一个星期之后还开了花。为此,诗人说:"在被逼迫到灾难边缘的自然界,银杏是幸存者的象征,也是繁荣的象征。"②他在这本诗集里,把中国文化、日本文化、美国土著文化和西方文化杂糅一处,展现了他的诗歌多元化的特质。

总之,施家彰走过 20 多年的诗歌创作历程表明,他没有美国垮掉派诗人的那种喧嚣和宣泄,也不像后垮掉派诗人那样张扬,不是那种乐意成为"吸毒、性爱和亵渎的真正的感受者"。他关注的是大自然的美和变化及其给他带来的审美愉悦,以及当代科学成果给他带来的哲学思考。他的诗歌视野在世界多元文化的语境中不断扩大。

他的诗篇发表在《美国诗歌评论》《巴黎评论》《布卢姆斯伯里评论》(*Bloomsbury Review*)等多种杂志上。迄今为止,他已经出版了 10 本诗集,还主编了《中国作家论创作》(*Chinese Writers on Writing*, 2010)。先后获得包括兰南诗歌奖、三次威特·宾纳诗歌基金会奖(Witter Bynner Foundation for Poetry Grant)、两次国家艺术基金会创作奖(Creative Writing Fellowship from the National Endowment for the Arts)、西部州际图书翻译奖(Western

---

① Carol Moldaw. *Taken from the River*. New York: Alef Books, 1993.

② 见施家彰 2008 年 5 月 14 日发送给笔者的电子邮件。

States Book Award for Translation）等在内的多种奖项。

第十二节　姚强（John Yau, 1950— ）

同施家彰相比，姚强的诗美学更多地接受了西方文化艺术的熏陶。在 1998 年 1 月 8 日～2 月 7 日以"原创的尺度"为题的大型美展的宣传册页上，他发表了这样的艺术见解：

> 二战后美国一直有这样一种倾向，把抽象表现主义视为所有重要艺术的源泉，这些艺术对抽象表现主义精髓或者是直接的观照，或者是在风格上的复活，或者是在想象上的更新，人们认识到某些类型的艺术继续影响我们对艺术的理解。

他的抽象表现主义审美观也自然地应用在他的诗歌创作上，例如他的系列诗"成吉思·陈：私人侦探"（"Genghis Chan: Private Eye"）。收录在他的四本诗集[①]里的"成吉思·陈：私人侦探"系列诗标题很怪，把西方人引以为"黄祸"的魔头成吉思汗的"汗"去掉，改为美国电影中的华裔侦探陈查礼[②]的姓氏——"陈"，因而获得双重意义，学者周晓静为此阐释说："姚强暗示通过具象的表现策略，把具有威胁性的'黄祸'改变成一个顺从的'模范少数族裔'形象，以此抑制威胁性的'黄祸'。"[③] 副标题"私人侦探"（Private Eye）恰好与英文"私人我"（private I）谐音。诗中的"我"表达的话语是私下的，只是被读者无意中听到，这样就把诗中人的话语置于特定的社会、历史和文化的语境中，造成诗中人具有稳定的社会身份与诗中人"我"捉摸不定的个人身份之间的张力。这正好反映了姚

---

① 该系列诗收录在他的诗集《龙血》（*Dragon's Blood*, 1989）、《光彩照人的侧影像：1974～1988 年新旧诗文选》（1989）、《再见》（*Edificio Sayonara*, 1992）和《禁止入内》（*Forbidden Entries*, 1996）里。

② 美国电影中的华人侦探，原系俄亥俄州白人作家厄尔·德尔·比格斯（Earl Derr Biggers, 1884—1933）系列小说里的人物。陈查礼 1929 年作为次要角色出现在电影里，没有引起什么轰动，但 1931 年经福克斯电影公司推出第一部以陈查礼为主角的《陈查礼继续行动》后，白人演员饰演的陈查礼在三四十年代成了享誉全球的第一名探。他服务于檀香山警察局，在侦察谋杀案过程中，走遍里约热内卢、巴拿马、巴黎等世界各地。陈查礼的儿子们在协助父亲侦探的过程帮倒忙，闹了许多笑话，而陈查礼本人样子滑稽，忍耐白人的歧视，他经常引用孔子的语录，其场面显得滑稽可笑。陈查礼从此成了美国流行文化中的著名人物。

③ Zhou Xiaojing. "John Yau." *Asian American Poets*: 347.

强本人并不像赵健秀或朱丽爱那样有很强的族裔意识。如果说赵健秀或朱丽爱们从社会学和推论方面构建华裔美国人"我"的身份，那么姚强为了抵制赵式或朱式构建而以新的国民面貌出现，便在诗中试图戏仿、再次阐明和超越这种对族裔身份的构建，借成吉思·陈这个道具，对包括种族问题在内的各种问题，自由自在地抒发己见。我们不妨读一读他的《成吉思·陈：私人侦探之十四》（"Genghis Chan: Private Eye XIV"）：

> 我被插进新形象的富窝里
> 对我的听不见的复制品抱怨
>
> 我们的确走过最佳的胜地
> 想吸引基本的怜悯示意
>
> 不时地触及到大不幸，并停留
> 在滑稽可笑人手不足的状态
> 我现在固定在书桌上
> 解开思绪受阻的射弹
>
> 倘若我像变色龙那样引人
> 注目，我便会斜目而视
>
> 以便更像你的模样
> 而不是你银色的反思
>
> 我将会对着你黑色眼睛
> 之内的塑像和黑色舌头哼唱
> 我将会记住它的歌。

　　姚强笔下的成吉思·陈的模样好像是抽象画里的一个变形人物，其谈吐似是而非，似非而是，既有自我挪揄和对世事的议论，也有对社会不公正现象的抨击。周晓静为此说："姚强继续运用超现实的意象和非常规的语言探索各种各样的可能性，以吸引读者对虚构成吉思汗/陈查礼的种族意象作为文化作品和人物的关注。"① 凡了解黑色幽默小说《第22条军规》或《五号屠场》的读者会发现，黑色幽默小说的主人公和成吉思·陈何等相似！值得注意的是，姚强熟悉华夏历史和文化，并且能把它转化为他取之不尽用之不竭的创作源泉。他生长在美国文化语境里，熟稔美国流行文化，善于利用流行在大众文化里的典型形象；但他并没有像赵健秀那样痛斥"白化了的"艺术形象陈查礼，也没有像赵健秀歌颂关公英雄气概那样地赞颂成吉思汗的英武。正如周晓静恰当地指出，姚强怀着颠覆性的企图，通过戏仿，呈现真正的少数族裔文化，而他的诗歌在暗中对这个文化进行了破坏。② 因此可以说，聪明的姚强利用了中华文化的历史遗产和美国流行文化的成果，创造了这一有闪光点的诗中人。不过，他过度使用广东话的洋泾浜英语似乎旨在颠覆正规英语，却给读者带来了阅读的困难，而且更暴露了华人因为英语不地道而游离主流社会的弱点。

　　他的抽象表现主义审美观还体现在他的组诗《巨墙》（"Giant Wall"）③里。例如其中的一首《十月之夜展开》（"October night opens"）：

　　　　十月之夜展开
　　　　它的书页上的书页

　　　　五彩转轮④ 对着最后的星星
　　　　滚动，以到达山顶上的房屋

　　　　我步出屋外，去迎接
　　　　正从我从未去过的地方

　　　　返回来的我自己
　　　　靠近我正站着的地方

　　　　我的双手在天空上。

　　初看这些诗句，你会发觉一个个意象接踵而至，但总体给你的印象却

---

① Zhou Xiaojing. "John Yau." *Asian American Poets*: 348.

② Zhou Xiaojing. "John Yau." *Asian American Poets*: 352.

③ John Yau. *Edificio Sayonara*. Santa Rosa: Black Sparrow P, 1992.

④ 烟花的一种。

是超现实的。又如，他的《明信片之 20》（"Postcard 20"）：

> 这些字被抄写在
> 地球的原野上之前，
> 已经写在了
> 另一个星球的冰层上
>
> 我们在上面爬着的
> 地球这一小块土地
> 是一只烂水果，我们或者
> 是它的苍蝇，或者是它的经理

　　如果换一般的诗人来写这种题材的诗，也许会耗费笔墨去描写地球被污染的惨景，但不大可能把地球比喻成烂苹果，或联想到另一个寒冷的星球。再如，他的近作《借来的爱情诗篇》[①] 有一节诗是这样写的：

> 对某些人来说，冬天的天空
> 是一只爬满蛆虫的蓝色的桃
>
> 越来越厚的云层
> 饱含了酸牛奶
>
> 我怎么办啊，此刻
> 饱满的黑海在沸腾
>
> 我拒绝了把我借来的尘埃
> 归还给那些蝴蝶
>
> 它们的翅膀上全是黄色的粉末

　　姚强大部分的诗，尤其长篇的散文诗，都有类似的色彩和情绪，不禁使我们想起纽约派的主要诗人弗兰克·奥哈拉的风格。奥哈拉是在纽约艺

---

① John Yau. *Borrowed Love Poems*. New York: Penguin Putnam，2002.

术圈氛围中成长的，而姚强也是在同艺术家打交道中养成了他的大都会诗人的审美趣味。他文质彬彬，器宇不凡，谈论的话题多半是艺术，他的爱妻是白人画家。① 有不少美国诗人的妻子是画家，而且是先锋派画家。这对形成诗人的诗感起着不可忽视的作用。美国大型诗歌与诗学杂志《护符》主编爱德华·福斯特在对姚强作的长篇访谈中，曾问他在开始写诗时，谁对他的影响最大。他回答说："我十三岁时开始写诗，我不知道我受了什么影响。我想是受金斯堡、凯鲁亚克、雷·布雷姆泽（Ray Bremser, 1934—1998）的影响。他们对我起了很大作用。"② 在谈到他的诗中的意象营造时，他说他受了意象派诗人 H. D.、庞德《华夏集》以及 60 年代的深层意象派诗人的影响。但他意识到，如果只专注于意象的营建，他的发展会受到限制，于是向格特鲁德·斯泰因学习，有意克服只描写意象的倾向。1990 年秋季号第五期《护符》开辟姚强诗歌专题讨论，发表了八位美国诗人和评论家对他诗作的评论，其中英国人戴维·查洛纳（David Chaloner, 1944—2010）对姚强的诗歌特色及其在美国当下诗坛的位置作了高度的概括：

> 作为旅行者的姚强一次又一次出现，沿途讲述发生的种种重大的事件和事情，描述凄凉的全景里的人物，他们的生活绘制了许多复杂的不可思议的顿悟，在那里，自然地伴随了种种模式和信息，为人们第一流的想象做解释而提供解码信号。他的这种具有普遍效果的诗卓有成效地使读者参与发现，而且常常获得痛苦的启悟，正因为如此，他的作品被牢牢地置于要求最高、最长久和最有价值的美国当代诗歌准则里。③

爱德华·福斯特把姚强看成是当代重要的诗人，他说：

> 姚强被视为主要的华裔美国诗人，也许是我们这个时代最重要的华裔美国诗人，可是他的作品具有比主要华裔美国诗人或最重要的华裔美国诗人这些标签更加广泛的含义。他的族裔背景标志他是美国的局外人，但他对仅仅纪录这种排他性的词语不感兴趣。他的诗作运用

---

① 这是 1994 年 7 月 27 日笔者在刘玉珍的奥克兰家里同姚强谈话时，他留给笔者的深刻印象。

② Edward Foster. "An Interview with John Yau." *Talisman: A Journal of Poetry and Poetics*. No.5, fall 1990: 43.

③ David Chaloner. "On John Yau." *Talisman*. No.5, fall 1990: 114.

长期被用作、也常常很微妙地被用作压迫人和排外的语言，去审视和转化种种习俗和作风。①

福斯特作为美国主流文学的白人诗人和评论家，深知美国主流文学的种族偏见和排外性，他的这番话含义良深：姚强排除了白人种族歧视，进入了白人文学圈，但须知英语在美国文化语境里长期被利用来排斥白人以外的另类，而且常常显得很微妙。尽管如此，姚强凭他作为艺术评论家的独立性，他的"作品显示它同当前在语言、主观性和身份构建与重新确立等问题上争辩的对抗"②。

姚强出生在美国东部麻省。他的祖父是华人，祖母是英国人。他是一个长期从事艺术评论和组织美术展览的诗人。他所钟爱和推崇的西方画不是传统的现实主义画，而是富有视觉冲击力的色彩浓郁的几何图形的抽象表现主义画。姚强先后获巴德学院学士（1972）和布鲁克林学院美术硕士学位（1977），曾在加州大学伯克利分校、得克萨斯大学、布朗大学、爱默生学院和纽约视觉艺术学院等院校做过访问教授。自从 2004 年 4 月以来，担任月刊《布鲁克林轨道》（*The Brooklyn Rail*）艺术编辑。他目前在罗格斯大学梅森·格罗斯艺术学院讲授艺术批评。他的作品发表在《艺术在美国》（*Art in America*）、《闪现艺术》（*Flash Art*）、《时尚》（*Vogue*）、《艺术论坛》（*Artforum*）、《访谈》（*Interview*）、《艺术新闻》和《洛杉矶时报》等多种报刊上。迄今为止，他已经出版了 50 多本诗歌、小说和艺术评论著作。作为一位多产的诗人，他从 1976 年发表第一本诗集《跨越运河街》（*Crossing Canal Street*, 1976）起，至今已经出版了包括《尸体与镜子》（*Corpse and Mirror*, 1983）、《光彩照人的侧影像：1974～1988 年新旧诗文选》（*Radiant Silhouette: New & Selected Work 1974-1988*, 1989）、《借来的爱情诗篇》（*Borrowed Love Poems*, 2002）等在内的十多本诗集；曾获国家艺术基金会奖、纽约艺术基金会奖（New York Foundation for the Arts Grant）、美国诗人学会颁发的拉旺、通用电气公司基金奖（General Electric Foundation Award）、布伦丹·吉尔奖（Brenda Gill Award）、杰罗姆·谢斯达克诗歌奖、理查德·雨果纪念奖（Richard Hugo Memorial Prize）等多个奖项。

① Edward Foster. *Answerable to None: Berrigan, Bronk, and the American Real*. New York City: Spuyten Duyvil, 1999: 95-96.

② Zhou Xiaojing. "John Yau." *Asian American Poets*: 351.

第十三节　陈美玲（Marilyn Chin, 1955—　）

　　陈美玲生在中国香港，父亲开餐馆，在她七岁时，移居美国俄勒冈州波特兰。她先后获麻省大学阿默斯特分校学士（1977）和爱荷华大学美术硕士（1981）。陈美玲热爱诗歌到了着迷的地步，宁可放弃在法学院学习的机会，致力于很难挣钱的诗歌创作。她1980年曾专程去台湾学习古汉语，然后到斯坦福大学进修中国古典文学（1984—1985），对中国和日本诗歌、中国历史和古典文学有浓厚的兴趣。她和日本诗人吉益刚造（Gozo Yoshimasu）合作，翻译和出版过吉益的诗。陈美玲曾和艾青过从甚密，称他是中国革命诗人。应聂华苓的邀请，陈美玲于1979~1980年在爱荷华大学任国际作家班翻译和主编。就在那里，她结识了艾青。那时她才20来岁，翻译了《艾青诗选》（*Selected Poems of Ai Qing*, 1982），由尤金·欧阳（Eugene Ouyang）主编，在印第安纳大学出版社出版。她的处女诗集《幼竹》（*Dwarf Bamboo*, 1987）题献给艾青，献词是一首短诗《写吧，要写啊》（"Write, Do Write"）：

　　　　　　献给你，放逐新疆的一个流放者，
　　　　　　二十年等待日出，一盏可怕的大灯笼，
　　　　　　挂在蛮荒的原野上——

　　　　　　你不论在何方，请别忘记我——
　　　　　　在蓝天下，用大地之笔，
　　　　　　写吧，要写啊。

　　在回答她为什么对艾青的诗感兴趣时，陈美玲说："我感激他的革命热情和想象力丰富的诗歌。事实上，我喜爱他这一代参加过五四运动的开拓型诗人和作家。"① 阅读和翻译中日诗歌对建立她的诗歌风格大有裨益。她的《幼竹》显示了她在中国古典诗歌方面的深厚修养。她在书的开头专门用了一页，引用白居易的《新栽竹》里的两行诗："勿言根未固，勿言阴

────────────────

① 见诗人2008年1月12日发送给笔者的电子邮件。

未成。"①

在她看来，华裔美国诗歌在美国的处境好像是新栽的幼竹，但她提醒我们别嫌弃它稚嫩，它很快就会亭亭玉立，竹影婆娑。借用唐诗表达思想感情成了陈美玲的艺术手段之一。她在一次对汤亭亭的访谈中，表明了她和她的中国文化根的紧密关系，她说：

> 我写诗时经常回想到唐诗。我感到我确实是中国传统的一部分。我不愿意和它割断联系。这就是我为什么学习了古汉语。我感到这非常非常重要。我不知道其他亚裔美国人是不是这样想的，但我感到你是这样想的。我们的根回到过去。我们是古老的心灵。我们需要为所有这些没有机会讲话的人讲话，为所有这些文盲女子讲话……我感到与我的中国根紧密相连。②

在她看来，华裔美国人和中国文化密不可分。正因为如此，她最担心的是在美国文化的环境里，由于同化而逐渐失去中国文化根，这也是反映在她诗中的一个突出主题。

陈美玲的英文名字叫玛丽莲·陈，源出她父亲崇拜的玛丽莲·梦露，而她妹妹梅·杰恩（May Jayne）则取名于梦露以后崛起的另一个电影美女明星杰恩·曼斯菲尔德（Jayne Mansfield, 1933—1967）。她称之为"无耻的"父亲后来抛弃了家庭，和一个美国白人女子走了，给她的心灵留下了难以愈合的创伤。这反映在她的诗篇《我如何得到了那个名字》（"How I Got That Name", 1994）里。她在诗里对自己的家世作了一番介绍之后，最后说：

> 所以在美国这里是玛丽莲·美玲·陈，
> 和李某某，又和黄某某，结婚两次，是
> 年高德劭的杰克和庄重沉思的方穗琳的孙女，
> 贞洁的黄月琨与无耻的 G. G. 陈的女儿，
> 十几个人的姐妹，许多人的亲戚，
> 被大家帮助而幸存，被大家所遗忘。

---

① 白居易《新栽竹》全文："佐邑意不适，／闭门秋草生。／／何以娱野性？／种竹百余茎。／／见此溪上色，／忆得山中情。／／有时公事暇，／尽日绕栏行。／／勿言根未固，／勿言阴未成。／／已觉庭宇内，／稍稍有余清。／／最爱近窗卧，／秋风枝有声。"

② Marilyn Chin. "Writing the Other: A Conversation with Maxine Hong Kingston." *Conversastions with Maxine Hong Kingston*. Eds. Paul Skenazy and Tera Martin. Jackson: UP of Mississippi, 1998: 94.

> 她的皮肤既不黑，也不白，
> 既不被珍视，也没被征服，
> 只是她自己竹园里的合法居民，
> 专门致力于她的诗歌创作——
> 有一日，天公不作美，
> 她站着的地方裂开了。
> 好像是一条硕大无朋的白鲸的下颚，
> 或者是超自然的大猩猩的大嘴巴，
> 把她整个人一口吞没。
> 她不退缩，也不翻滚，
> 也不为死后的冥界生活发愁。
> 却岿然不动！像坚强的树木一样，
> 乐意被过多地给予她的一切
> 和从她那里拿走的一切
> 啮噬，撕扯，弄昏迷！

　　这首诗的副标题是"论同化"。父亲给她起的英文名字 Marilyn Chin 就是同化的表征，父亲抛妻弃女也是与白人同化的恶果。这首诗反映了她双重文化属性的复杂心理和反对同化的意识。她认为，亚裔美国人同化进美国文化就意味着扼杀母文化、母语、本族的宗教，被一种单一语言、一神论、与兴衰无定的商业捆绑在一起的世界观的文化所侵占。像大多数少数族裔美国人一样，陈美玲苦苦追求自己身份的认定，正如安德里安娜·麦考密克（Andrienne McCormick）在她的文章《"无"：陈美玲的作为女权主义理论行动的诗篇》（"'Being Without': Marilyn Chin's Poems as Feminist Acts of Theorizing"）里所指出：

　　　　身份对于陈美玲来说既是扼杀又是新生。它部分是小鸟，部分是起飞的凤凰，部分是莲花，部分是黄色毛茛，部分是限制性刻板印象，部分是开放的可能性空间。这些不同的部分在《我如何得到那个名字》《凤去台空江自流》和《一幅作为民族的自我画像，1990—1991》里得到了深入的探索。①

---

① Adrienne McCormick. "'Being Without': Marilyn Chin's Poems as Feminist Acts of Theorizing." *Hitting Critical Mass*. Vol.6, No.2, Spring 2000.

她的这种感情几乎体现在她所有的诗作里。但她的际遇并不算坏，受到了高等教育，在加州大学圣迭戈分校执教多年，已经置身于主流文化之中了。可是，她总觉得一种被"放逐"感纠缠着她，始终担心她的中国属性在逐渐丧失。她在比尔·莫伊斯1995年的一次电视访谈中说："我怕失去中文，失去我的语言，失去它如同失去我的一部分，失去我的灵魂。诗歌似乎是重新捕捉它的一种办法，不过我们当然不能重新捕捉过去。矢量只朝一个方向去，那就是向着未来。所以，中国的辉煌——我祖父和外祖父过去的辉煌，祖母和外祖母的辉煌，母亲的辉煌，等等，对我来说，都将永久失去。我每天在一点点地失去它。"[1] 但是，她本人已经用英文思考和写作，置身于英语语境里，难以避免她所最不愿意的同化。结果她只能这样说："是的，我是美国诗人，精确地说，是一个带连字符的美国诗人；我的诗歌的美国性是我的缪斯不屈不挠的信念：把我所在国的许多优点和矛盾打进联合主义者的喜悦里。"[2] 因此，她认为她的诗歌既哀叹又赞美她带连字符的身份（Chinese-American poet）。作为一个华裔美国诗人或带连字符的华裔美国诗人，她也只能如此。

陈美玲清醒地认识到华裔美国人在和美国白人的交往中夹杂着华裔美国人的异化和成问题的同化。生在美国的华裔美国人在适应美国文化过程中必然有变化和损失，这不可避免。这一思想也同样贯穿在她的作品里。她承认自己的作品含有离乡背井、失落和同化的主题。例如，她的第二本诗集标题《凤去台空江自流》（*The Phoenix Gone, The Terrace Empty*, 1994）引自她最崇拜的李白[3]《登金陵凤凰台》的第二行，表明历史变迁，过去无法挽回。所以，她一方面哀叹流落他国和由于同化所遭受的损失，但另一方面对可能与主流融合为一体、不再有种族隔离和歧视而感到舒畅和充满希望。这几乎是大多数亚裔/华裔美国作家的共同感受。而陈美玲本人的男朋友是美国白人，尽管她家里不赞成。她的诗集《凤去台空江自流》里有一首赠给和她同龄的华裔美国小说家雷祖威的诗《野蛮人组曲》（"Barbarian Suite"），表达了这种感情，例如该诗第一节：

　　　　　明朝亡了，让给了清朝，

---

[1] Bill Moyers. *The Language of Life: A Festival of Poets*. Ed. James Haba. New York: Doubleday, 1995.

[2] 见陈美玲应美国诗歌协会网站（http://www.poetrysociety.org/chin.html）邀请，对其开设的美国诗歌讨论栏"What is American about American Poetry?"所作的回答。

[3] 陈美玲对汤亭亭说，杜甫和李白是中国最伟大的诗人。见 Marilyn Chin. "Writing the Other: A Conversation with Maxine Hong Kingston": 99.

清朝亡了，让给了永远。
东方红了，太阳升起了。
染红加利福尼亚西海岸的洋面。
我的失落就是你的失落，这里是方言，那里是记忆——
如果我的左手濒临死亡，我的右手会把它砍断？
我们都将变成退化的器官，这民主的礼物。
白色的面孔，病态的遵奉，
我们为舒适付出的代价是我们的母语。

　　牺牲母语——汉语，舒舒服服去过美国人的生活，对一个热恋中国文化的华裔美国人来说不啻是言辞表达上的重大损失。她在另一首诗《我们现在是美国人，我们生活在冻土带》（"We Are Americans Now, We Live in the Tundra"）①里，却以反讽和自嘲的语调，表达了她处境尴尬的复杂心态：

我们现在是美国人，我们生活在逻辑的
冻土带里，城市的海洋，汽车的森林。

再见了，我的祖先们：
头发蓬乱的道家信徒们，失败的书生们，再见。

　　她又在《一个中国佬的机会》（"A Chinaman's Chance"）②里流露了她在美国语境里的彷徨思绪：

如果你是一个出生在美国的华人，你相信谁的话？
信柏拉图重复苏格拉底的话，还是信孔子说的下流话？
　　　子曰："恭喜你生了男孩，
　　　我高兴万分，万分，万分。"

　　诗人表明，西方的伦理与孔孟之道的矛盾使得美国华人无所适从。笔者请教她在此处引用的孔子语录出自何处，她说她不是直接引用孔子的话，是借此批评孔子轻视妇女的思想，她认为，在孔孟之道的影响下，"男子在

------

① 这首诗载她的诗集《幼竹》。
② 出处同上。

上层，女子在底层，即使今天，大多数中国家庭仍然喜欢男孩"①。这里同时表明诗人在对待中国文化遗产上持批判接受的态度。安妮－伊丽莎白·格林（Anne-Elizabeth Green）认为陈美玲"在她背后的中国与如今是家的美国（令人苦恼的景观）拉扯之间激烈而动情地挣扎着"，并说：

> 陈美玲事实上有着双重意识。她在诗里能娴熟地表达两种文化之间的相互影响和张力，这构成了她的生活经历。这种表达过程中的关键部分包括祖先的过去和文化历史与美国的当前社会之间建立的联系和继续。②

陈美玲承认她的艺术风格除了受中国古典诗歌和日本禅宗诗人芭蕉的俳句的影响外，古罗马贺拉斯（Horace, 65—8 B.C.）对她的创作也有影响。她说，她把贺拉斯的警句和芭蕉的俳句结合在一起时，她的诗常常会产生强烈的政治色彩。纯意象与说教结合的结果成了她政治色彩浓厚的陈述。她一直对创作政治诗很感兴趣，自认为在技巧和主题上很大胆，力求创作东西方文化融合的诗篇。

据陈美玲讲，她在新世纪发表的诗集《纯黄狂想曲》（*Rhapsody in Plain Yellow*, 2002）③的标题是她受美国犹太人作曲家乔治·格什温（George Gershwin, 1898—1937）的协奏曲《蓝色狂想曲》（*Rhapsody in Blue*）的启发而起的，该协奏曲是欧洲风格，但受美国黑人蓝调的影响。黄色作为贬义词，例如黄祸，常常与中国人相连。因此，她有意把她的黄肤色放到封面上，第一首诗的标题就是《黄色蓝调》。她说，她是华裔美国诗人，在欧美和中国传统里创作。她不十分相信为了艺术而艺术的创作理念，而是认为有更高的境界，坚信我们写作能改变世界。她说："听起来也许有点儿理想主义，但我认为重要的是诗歌使得某些情况发生。"④几十年前，W. H. 奥登对诗歌的作用持怀疑态度，说诗歌没使任何事情发生。陈美玲偏不信这位诗歌界权威的话，用她的写作实践来改变人们的观念。有批评家说她有局限性，批评她是左倾激进女权主义、社会主义、新古典华裔美国诗人，她对此直认不讳，但认为这些身份不是一成不变，而是一直处于变化之中。

---

① 见诗人 2008 年 1 月 12 日发送给笔者的电子邮件。

② 这是安妮－伊丽莎白·格林为《当代女诗人》词典撰写的"陈美玲"词条，见 *Contemporary Women Poets*. Ed. Pamela L. Shelton. Detroit: St. James Press, 1998.

③ Marilyn Chin. *Rhapsody in Plain Yellow*. W.W. Norton & Co., 2002.

④ "Marilyn Chin." *The Chronicle*. Duke University, 1998.

因此，她把在别人看来的局限性看成是自己无限制的新领域。

　　陈美玲的作品被收录在《诺顿现当代诗歌选集》（*The Norton Anthology of Modern and Contemporary Poetry*）①、《诺顿诗歌入门》（*The Norton Introduction to Poetry*）②、《不停息的美国：当代多元文化诗歌选集》（*Unsettling America: An Anthology of Contemporary Multicultural Poetry*, 1994）③、《敞开的船：亚裔美国诗选》和《1996 年美国最佳诗歌》（*The Best American Poetry of l996*）等诗选集里。她曾获玛丽·罗伯茨·莱茵哈特奖（Mary Roberts Rinehart Award）、帕特森奖（Paterson Prize）、四次手推车奖、两次国家艺术基金会奖、洛克菲勒基金会奖、哈佛大学拉德克利夫学院助研金、笔会/约瑟芬·迈尔斯文学奖和斯特格纳奖金（Stegner Fellowship）等多种奖项。她在新加坡、曼彻斯特、悉尼、柏林等地作为客座诗人讲学，和同事合作主持加州大学圣迭戈分校美术硕士班教学。亚裔美国出版社主编布赖恩·伍拉（Bryan Thao Worra）在 2006 年对陈美玲的访谈中介绍说，她的书已经进入了课堂，成了亚裔美国经典。当伍拉问她今后几十年亚裔美国文学创作的前景如何时，陈爱玲回答说，她对此感到绝对乐观，相信会有更多亚裔美国作家出现。

第十四节　宋凯西（Cathy Song, 1955— ）

　　如果用美国主流诗歌审美标准衡量华裔美国诗人在美国诗坛的地位，宋凯西无疑是取得骄人成就者。她诗星高照，早在 1982 年就获得耶鲁青年诗人丛书奖，她的诗集《照片新娘》（*Picture Bride*, 1983）被纳入耶鲁青年诗人丛书出版，这是任何初出茅庐的青年诗人都梦寐以求的殊荣。时任耶鲁青年诗人丛书主编的雨果·理查德在为《照片新娘》写的序言中说："如果我们通过阅读她的《离开》和其他诗篇零星的反映来认识宋凯西的出身背景的话，我们便会感觉到她被动的/接受的感知力的根源和必要性。她不需要大声喧嚷或抗争。她养成悄悄地解答问题的能力。"雨果欣赏的《离开》

---

① Jahan Ramazani, Richard Ellmann and Robert O'Clair. Eds. *The Norton Anthology of Modern and Contemporary Poetry*. New York · London: W.W.Norton & Company, 2003.

② J. Paul Hunter, Alison Booth and Kelly J. Mays. Eds. *The Norton Introduction to Poetry*. New York · London: W.W.Norton & Company, 2005.

③ Maria Mazziotti Gillan and Jennifer Gillan. Eds. *Unsettling America: An Anthology of Contemporary Multicultural Poetry*. New York: Penguin Books, 1994.

（"Leaving", 1983）是宋凯西描写她幼年在夏威夷瓦胡岛瓦希瓦小镇住家生活窘况的一首长诗，60多行，其中有一节：

> 我们生活在那里，
> 雨不停地下，
> 像挂下来的灰色窗帘，
> 母亲透过雨帘向外凝视：
> 一片萧瑟景象。
> 她为孩子们挡风遮雨。
> 撕开祖父母的枕头和床单，
> 我们建造屋中之屋，
> 用父亲订阅了多年的
> 《国家地理》杂志筑墙。
> 我们尽情地欣赏那些
> 世界风光的照片，而渗出的
> 泥浆淋在窗户上，滚过
> 毫无生气的绿色棕榈叶，
> 这时我们正吃着菠菜。
> 沿厨房洗涤槽长满一圈圈霉，
> 一条条蜈蚣沿着水管爬上来，
> 霉菌沿我们的小手指生长，
> 一切摸上去滑溜溜。
> 我们脸色苍白，胆颤心惊。

这种生存的恶劣环境就是雨果所指的宋凯西"被动的/接受的感知力的根源"，她没有像赵健秀、朱丽爱、胡淑英等种族意识强的华裔美国作家那样揭露和谴责白人种族主义，而是"悄悄地解答"这些不合理的现象，这就不难理解她的审美趣味被主流诗歌界所欣赏。有批评家认为，这是雨果站在西方角度看待东方文化的东方主义的审美观点。雨果似乎通过他的权力——丛书主编的地位，对亚裔文学进行褒贬。赛义德说："因此，东方不是欧洲的对话者，而是它的沉默的另类。"[①] 虽然宋凯西已经不是"沉默的另类"，她已经通过诗的艺术，传达社会底层群体的喜怒哀乐，并且抵

---

① Edward W. Said. *Reflections on Exiles and Other Essays*. Cambridge, MA: Harvard UP, 2000: 202.

制被界定为少数族裔作家，但雨果却用他的东方主义解读她的"族群"感知力和"几个世纪"长的耐性。① 另一位批评家洛丽·戈登松（Lorrie Goldensohn）在《诗歌》杂志上发表的文章《飞回家》（"Flights Home", 1984）中专注于宋凯西诗歌意象的营造，但最后还是套用东方主义的刻板印象解释宋凯西取得的成就，说是"精湛的、澄清的、我们认识的亚洲人情感上的精密所使然"②。因此，这类批评家的批评似乎给人们造成了一种印象：宋凯西在诗歌创作中运用少数族裔和家庭的经历和体验构成了一种异族情调，本质上是亚洲的情调，还加上夏威夷迷人的热带风光。实际上，她的诗总是把她年迈的父母（母亲因抑郁症而常常住医院）身处的严酷现状与对祖父母的回忆交织在一起。因此，亚裔美国批评家林玉玲对宋凯西运用少数族裔意象的艺术手法和策略持保留态度。③

不过，林玉玲同时也注意到宋凯西对亚裔美国人主题持模棱两可的态度。林玉玲本人一方面感到宋凯西营造的少数族裔意象是一种刻板印象，但另一方面认为宋凯西成就的基础就是她专注于"她的世界，她想象的这些细节，在其独特的表现中，我们大家都能认识到我们自己"④。这是宋凯西和其他亚裔/华裔美国作家乃至所有的少数族裔作家创作过程中所面临的挑战，也是很难逾越的悖论，尽管宋凯西本人抵制评论界把她归类为"亚裔美国作家"或"夏威夷作家"。她自称自己碰巧生为"亚裔美国人"。

宋凯西的四部诗集《照片新娘》《无框的窗户，方形的阳光》（*Frameless Windows, Squares of Light*, 1988）、《学校人影》（*School Figures*, 1994）和《极乐世界》（*The Land of Bliss*, 2001）与她生活和学习过的主要地方檀香山、波士顿和丹佛有紧密的联系。描述除外祖父之外的家庭成员是这四部诗集的一大特色，表现诗人亲情的诗篇也常常为一些诗选和文选所录用。处女诗集《照片新娘》的标题诗描写诗人的祖母先从朝鲜寄去她的玉照，被夏威夷男方认可后才嫁过来，反映了亚洲"父母之命，媒妁之言"变相的传统婚嫁方式。该诗集的典型意义在于诗人真实地反映了当时的历史情况：20世纪初，在夏威夷和美国西海岸的许多日本、朝鲜移民男子都采取这种娶妻方式，仅1908年至1924年间就有两万日本、朝鲜"照片新娘"抵

① Gayle K. Sato. "Cathy Song." *Asian American Poets*: 282.

② Gayle K. Sato. "Cathy Song." *Asian American Poets*: 282.

③ Gayle K. Sato. "Cathy Song." *Asian American Poets*: 282.

④ Gayle K. Sato. "Cathy Song." *Asian American Poets*: 283. 转引自 Shirley Lim. "Rev. of *Picture Bride*." *MELUS* 10.3, Fall 1983: 99.

达夏威夷。①《无框的窗户，方形的阳光》继续叙述家史和家庭成员之间的
关系，关于诗人的父亲和祖父的描述占了很长篇幅。《学校人影》叙述了诗
人的童年、母亲和家庭。《极乐世界》依然是自传性的诗集，描述诗人年迈
的父母晚景和诗人对祖父母的深情回忆。

　　描写母女情深是女诗人的亮点之一，例如，她在《最小的女儿》（"The
Youngest Daughter", 1983）里细腻地描摹了女儿为母亲洗浴时的心理活动：

> 今天早晨
> 她的呼吸粗重
> 当我用轮椅推她到浴室时
> 她的声音充满了慈爱，
> 心情很好，用她的
> 大乳房开玩笑，它们
> 浮在乳白色的水上，
> 好像是两头海象，沿乳头
> 四周的肌肉松弛，
> 还长着须状物。我擦洗
> 乳头，用嘴含着乳头，
> 尝到一丝酸味，暗忖
> 六个小孩和一个老翁
> 曾吮吸过这两个棕色乳头。
>
> 擦到她身上青色瘢疤时
> 我几乎情动于衷，瘢疤是
> 她30年来注射激素的地方②。
> 我慢慢地用肥皂擦洗她，
> 她闭起眼睛深深地舒气。
> 看光景似乎是：
> 我俩经常在一起，在
> 这没有阳光的浴室里，
> 洗澡水四溅。

---

　　① Teresa Bill. "Field Work & Family Work: Picture Brides on Hawaii's Sugar Plantations 1910-1920."
见 www.soc.hawaii.edu/hwhp/hawork/itm.picturebride.html。

　　② 治疗糖尿病。

这首诗的艺术魅力在于挖掘了人性中最美好的品质，像诗中女儿的那种孝道如今在美国或中国已经罕见了。没有切身的体验，任何天才的诗人绝对写不出如此动人的诗篇，想来现实生活中的宋凯西必定也是一个人品高尚的孝女。

描写姐姐和弟弟也是她喜爱的题材。例如，女诗人在《失散的姐姐》（"Lost Sister", 1983）中叙述了移民至美国的一个名叫"玉儿"的中国女孩：

> 一个飘洋过海的姐姐，
> 她放弃了她的名字，
> 用太平洋的蓝色
> 冲淡绿玉。
> 随着出国潮
> 冲到彼岸。
> 在美国，
> 有许多条路，
> 女人可以和男子大步走。
>
> 但在另一个荒野的地方，
> 种种可能性
> 和孤独，
> 好像丛林里的藤蔓
> 能把人窒息于死地。
> 曾经拥有过的
> 稀少食粮和感情
> （发酵的茎块、麻将牌和鞭炮）
> 只不过放在不夜城里的
> 简陋的屋子里。
> 一条巨蟒在屋檐上游动，
> 对着你的厨房喷出黑雾。
> 房东面团似的脸
> 不时地在你的钥匙孔中显现，
> 提出你听不懂的种种要求，
> 走进你交流的网络里，
> 洗衣房晾衣绳和连号餐馆

编织成的网络。
你发现你需要中国：
你的一个脆弱身份，
戴在你手腕上的
一只玉手镯。
你记起你的母亲，
她摇摇摆摆地
走了几个世纪——
你像她一样，
没有留下脚印，
只因为
中间隔了一个大洋，一个
你反抗的漫无边际的空间。

　　诗人以沉重的笔调，描写了一个流落在海外的中国弱女子的形象。她把毫无色彩的沉沦在社会底层的小人物的悲惨命运与当时整个中国的命运联系了起来，由于赋予这个小人物所背负的历史重负而使这个形象变得异常悲壮。

　　宋凯西从小关注家史，收集有关的书籍和杂志，九岁时就成了"家史编撰家"苗子。为此，她回忆说："在我成长的过程中，当我写起有关经历时，经历才变得完整……我写了许多张纸，这是对我帮助很大的父亲常常为我买来军队打靶用剩的靶纸，我在牛眼睛般的靶纸背面写作。"[1]

　　当宋凯西的注意力从家史中转移到其他方面时，她的诗歌触觉依然很敏锐，感觉很新鲜，例如，她的短章《一捧》（"Handful"）：

　　像从湖里舀起一捧水，
　　你写了一首诗，
　　放在手心里，
　　朝你捧着小杯似的
　　掌心里凝视。
　　当你赞赏感到的

---

　　① Gayle K. Sato. "Cathy Song." *Asian American Poets*: 276. 转引自 David Choo. "Cathy's Song: Interview with Cathy Song." *Honolulu Weekly*. 15 June 1994: 6-8.

清凉和无比的清澈，
不像你以前捧着的
任何东西时，
你依然没有得到它。
从你滴着水的手里
流出来，
进入瞬息即变的位移中。

　　"诗"这东西既具体又抽象，具有可感而不可及的自然性，常人很难把握。不少美国著名诗人就"诗"本身写过精彩的短章，例如，黑山派诗人罗伯特·邓肯在宋凯西五岁的时候就写了一首脍炙人口的短诗《诗，自然物》（1960），以野生的草木作比喻，凸现了"诗"的自然性，而宋凯西以流动的水作比喻，凸现了诗的灵动状态。对同样的诗题写出新意是对诗人才华的考验，也是对诗人的挑战，宋凯西成功地接受了这个挑战，别开生面地写出了她对创作诗歌的独特感受。在一批成名的华裔美国诗人之中，宋凯西比较年轻，而且已经崭露头角。批评家们赞赏她水彩画一般柔和色调的诗篇，以她擅长叙述和捕捉意象的本领给我们创造了一个个丰富多彩的世界。随着生活经验的积累，如果她扩大艺术视野，跳出自传性色彩太浓的家史描述的范畴，相信她在诗歌创作的道路上将树立一个新的里程碑。

　　宋凯西出生在夏威夷瓦胡岛，父亲是第二代朝裔美国人，母亲是第二代华裔美国人。她童年在檀香山郊区度过，后去美国大陆接受高等教育，先后获韦尔斯利学院学士（1977）和波士顿大学美术硕士学位（1981）。生活在波士顿期间，她与塔夫茨大学医科学生道格拉斯·达文波特（Douglas Davenport）结婚，1984年移居丈夫工作的丹佛总医院所在地科罗拉多州丹佛市，生子女三个。自从1987年举家迁居夏威夷后，她在夏威夷大学马诺阿分校执教，并负责学校的诗人培训班。宋凯西的诗被收录在《莫罗美国年轻诗人诗选》《诺顿美国文学选集》《诺顿现代诗歌选集》和《2000年美国最佳诗歌》等著名的文集和诗选里。评论界认为她在新世纪出版的第四本诗集《极乐世界》在探索夏威夷多元文化声音方面具有真正轮廓分明的锋刃。宋凯西获包括《诗歌》杂志颁发的弗雷德里克·博克奖（Frederick Bock Prize）、美国诗歌协会颁发的雪莱纪念奖、夏威夷文学奖（Hawaii Award for Literature）、手推车奖、国家艺术基金会奖等在内的多种奖项。

第十五节　李立扬（Li-Young Lee, 1957—　）

像宋凯西一样，李立扬力争的是让美国文坛把他看成是美国诗人，而不是什么族裔诗人。他的风格简洁，洗练，沉静而不张扬，这显然与他独特的生活经历息息相关，主要受他的家庭、童年和个性的影响。他生在印尼雅加达的华侨家庭，六岁时为逃避印尼反华浪潮而跟随父母定居美国。汤亭亭说，他留给人的印象是儒雅。原来他的出身不凡，他是袁世凯的曾外孙，父亲李国源在国共内战时期依附于一个国民党将军，后来同这个国民党将军一起投诚到共产党这一边，解放前曾作为毛泽东身边的工作人员，工作时间不到一年，然后去了雅加达。由于见疑于印尼总统苏加诺，李国源在1958年成了政治犯，身陷囹圄19个月，后来逃离印尼，辗转澳门、香港等地五年后，于1964年偕妻携子至美国，最后当了基督教长老会牧师。

李立扬从小生活动荡不安，移民到美国之后，父母一直穷困潦倒，像难民似的住在别人的屋子里。尽管父亲是牧师，教会常常为他家提供免费住房，但仍须迁居数次，居无定所，有时住在贫民住宅区租金便宜的公寓套间。李立扬的妻子唐娜（Donna）是白人，不是富人家出身，帮助李立扬的哥哥推销手工艺品，他们的大儿子曾经被当作犹太人受人欺侮。有好几年，李立扬开过小饭店，当过图书搬运工，在芝加哥一家仓库劳动，堆一层一层的纸货箱，从上午9点干到下午5点，晚上在家里阅读和写作到深夜。他和妻子以及两个儿子住两居室公寓，保暖设施很差，冬天晚上，一家四口挤睡在起居室的一张拉式长沙发床上。李立扬先后就学于匹兹堡大学、亚利桑那大学和纽约大学，没有获得硕士学位，但1998年纽约州立大学布罗克波特分校授予他荣誉博士学衔。

李立扬的处女诗集《玫瑰》（*Rose*, 1986）和第二本诗集《在我爱你的那座城市》（*The City in Which I Love You*, 1991）自传成分多，流露他对父母绵绵不断的思念、对妻儿的挚爱。父母在他小时候就给他背诵唐诗宋词，父亲还教他背诵《圣经》。父亲对上帝的笃信和虔诚给诗人的世界观以深远的影响，使他后来对诗的执着追求如同虔诚的教徒笃信宗教。他相信我们做的每一件事、说的每一句话，都是同宇宙或上帝展开对话。

这个大男子汉的家庭感情浓厚，在回忆他的家人时，总是带着深情娓娓道来，使读者感到无比的温馨，而他的这种感情具有普遍人性，不像朱丽爱或陈美玲那样染上浓厚的亚裔/华裔色彩。他的诗篇大多是回忆他的经历和体验，状写过去的实景实情，以情带景，以景透情，例如，他的《礼物》("The Gift", 1986)：

> 为了拔出我手掌上的铁刺，
> 父亲轻轻地讲一个故事。
> 我望着他可爱的脸，不看手术刀口。
> 在故事讲完之前，他已经
> 去除了我以为会致我于死命的铁刺。
>
> 我不记得故事的内容，
> 但依然听见他的声音，
> 好似井的深沉，好似祈祷。
> 我记得他的双手，
> 两把衡量温情的量器，
> 放在我的脸上，
> 他把训导的激情
> 举过我的头顶。
>
> 假如你那天下午来这里，
> 你会以为你看见一个男子
> 把什么东西植入小孩的手掌，
> 一滴银色的泪，一小团激情的火焰
> 倘若你跟随那一个男孩，
> 你会来到这里，在这里
> 我弯身于我妻子的右手。
>
> 看我如何小心地
> 削她的拇指甲，
> 使她毫无痛意。
> 望着我给她挑刺。
> 父亲像这样地抓住我的手，
> 那时我才七岁，
> 并没有拿起那铁刺，
> 当时我想道：

会埋葬我的铁刺，
这个小杀手，
深深地扎进我的心里。

我并没有举起我的伤口哭喊：
死神降临了！
我做了一个小孩
收到礼物时该做的事。
我吻了吻我的父亲。

　　据诗人透露，他有一次在宾馆的浴缸旁边为他的妻子挑手上的刺，使他不禁想起他童年时父亲为他挑手上的刺的动人情景。过去他父亲给他的是温柔的"礼物"，而今他给妻子的也是温柔的"礼物"。对于李立扬来说，爱可以代代相传，正如学者徐文英（Wenying Xu，音译）在评论这首诗时所说："李立扬在《礼物》里描绘了一幅他父亲为拔出七岁儿子手上铁刺显露的慈爱图。通过时空的跳跃，诗人把这件事与他和妻子恩爱的时刻联系了起来。这种爱生爱是他的诗歌经常出现的主题之一。"[①] 她还认为在李立扬的诗和回忆录里，父亲的形象比实际生活高大，父亲在他的笔下，成了一个训练有素和无限慈爱的人。不过，著名诗人杰拉尔德·斯特恩则认为李立扬笔下的父亲"是一个真实的父亲，一个了不起的崇高的父亲——至少在李立扬的心目中是这样的：苏加诺的医药顾问、印尼困境里的政治犯，后来是宾夕法尼亚西部小镇的长老会牧师，充满激情、神秘和怜悯，最终失明，沉寂"[②]。

　　李立扬在《独餐》（"Eating Alone", 1986）这首诗里更加表达了他对父亲的崇敬和绵绵不断的思念：

我拔了最后一批一年里最嫩的洋葱。
菜园里此刻光秃秃。土地显得冰冷，
棕黄，暗褐。这天留在我眼角的是
如火如荼的枫叶。我返身时
一个红衣主教消失不见了。

① Wenying Xu. "Li-Young Lee." *Asian American Poets*: 207.

② Gerald Stern. "Foreword." *Rose* by Li-Young Lee. Rochester, N.Y.: BOA Editions, Ltd., 1986.

在地窖门旁，我清洗洋葱，
然后喝水龙头里冰冷的水。

数年前，有一次我走在父亲的身旁，
踩在被风吹落的梨子之间。我记不得
我们讲的话。我们也许默默地走着。
但我看到他左手支住嘎嘎作响的膝盖，
弯身拾起一只烂梨，举在我眼前。
一只大黄蜂使劲地扑着翅膀，
紧紧地叮住这只慢慢流着汁水的梨。

今天早晨我看见了父亲
从树丛里向我挥着手。
我几乎要叫他，直至我
走近看见那把我斜放的铁锹
隐现在深绿色的树荫里。

白米饭冒着蒸汽，快要煮熟。
青豌豆爆炒洋葱。麻油、大蒜
炒虾仁。我独自用餐。
一个年轻的我，还能多要什么。

　　令斯特恩激赏的是，李立扬在这类内心探索的诗里，触摸到情感强烈的灵魂深层，并且找到了释放那些深层情感的语言。斯特恩认为美国当代诗里"父亲"的形象常常要么是感情忧郁的人，要么是工作笨拙的人，要么是可爱的失败者，被家庭、文化和工作的地方所压倒，最好也不过是一个小小的英雄，早死，或者朝西部避世，或者借酒浇愁，取得人们的原谅。李立扬诗篇里的父亲可不是这种形象，而更像神，令人敬畏，而不是对他表现出温情的原谅。斯特恩为此得出结论说："李立扬作为诗人也许幸运地有了他这样的父亲，有了他这样的文化。也许两者结合起来，以这样的方式，使得他自己的诗成为可能，甚至独一无二。"①
　　他的《我要母亲唱歌》（"I Ask My Mother to Sing", 1986）也同样体现

---

① Gerald Stern. "Foreword." *Rose* by Li-Young Lee. Rochester, N.Y.: BOA Editions, Ltd., 1986.

了这种爱的独特性：

> 母亲先唱，外祖母也跟着一起唱。
> 母女合唱，好像是两个小姑娘。
> 如果父亲健在，他会拉起手风琴，
> 身体摇摆得像一只荡漾的小船。
>
> 我从没去过北京颐和园，
> 没有伫立在那条大石舫上
> 凝望雨打昆明湖，
> 看草地上的游人纷纷避雨。
>
> 但我爱听唱这支歌；
> 唱那托起雨水的荷花，
> 倾身把过多的雨水泼入湖面，
> 重新挺身接纳更多的雨水。
>
> 母女俩已经开始哭泣，
> 但谁也没有停止歌唱。

　　须知，诗人独特的家庭背景养成了他独特的思想感情。李立扬母亲的祖父是袁世凯，其家庭过去之显赫可想而知，母亲和外祖母为昔日的好时光伤心，当时童年的诗人并不理解。再加上李立扬父亲的非凡经历，共同铸就了诗人的复杂心态和诗作的独特性，也铸就了他以抒情的笔调，把亲人之间的关爱，把小家庭与历史、与对故国故乡的思念和现实联系起来，产生一种强烈的艺术感染力。

　　再如，他收录在第三本诗集《我的夜晚诗卷》（*Book of My Nights*, 2001）里的一首诗《犯愁的话》（"Words for Worry", 2001）把一个上有老下有小的中年人的内心世界揭示得淋漓尽致：

> 为父亲操心的另一个词是犯愁。
>
> 犯愁把水烧开了，
> 冲泡半夜里的茶。

犯愁修剪小孩的指甲

在李立扬唱催眠曲
哄他入睡之前。

钟爱儿子的另一个词是喜悦，
还有一个词儿藏在我的心底。

另一个犯愁是为走开的人。
还有一个犯愁是为回来的人。

想儿子有许多的话：
他梦中想起了我们大家。
他的玩笑给我们的冬天带来快乐。
他撒谷引来了一只只鸟雀。

但操心的父亲只有一个词：犯愁。
有时一个人扮演两个人的角色。
有时一个人所显露的神秘
连他自己也无法理解。

例如，一个人，同时又是许多人，
各方面都感到孤独，冷清。

我们从没看见擦身而过的活生生的阳光。

或者不明白犯愁这个词的分量
和各种人的名字一样重。
难眠的犯愁是打点明天要洗的衣服。
过度的犯愁惊醒第二天要上学的小孩。

无人照管的犯愁写在条子上，
他把它塞在小孩的午餐袋里。

　　李力扬善于运用诗的语言释放或唤醒潜伏在内心深处的感情。这不是一般诗人能掌握的本领。据诗人说，他有失眠症，因为构思常常处于通宵难眠的状态。据统计，他的诗集销售量比西尔维娅·普拉斯过去四十年的作品销售量还多，这与李力扬把种族经验普世化和叙事抒情化密不可分，正如评论家周晓静为此指出：

　　　　尽管有自传性细节，但李力扬诗篇里抒情的"我"不被自传细节或他的社会构建的身份所界定或限定。事实上，李力扬使用的自传素材是"王顾左右而言他"，与此同时，通过阐明多样性、异质性、不可捉摸的差异性，并通过制定应对他者的替代模式，颠覆对他者社会的和种族主义的断定。①

　　直白地讲，李力扬描写的是家庭或个人的情况，但在诗中所流露的思想感情也是主流白人诗人或者整个白人群体会流露的感情，或者说，他传达的是人类普遍的思想感情，并无黑种人、白种人、黄种人或棕种人之分。例如，他描写的个人失眠即是人皆有之。请读他第三本诗集里的《枕头》（"Pillow"）：

　　　　在枕头下面我什么也找不到。
　　　　树林里讲话声，大海里
　　　　失落的书页。
　　　　一切，除了睡眠。

　　　　夜晚是连接讲话的此岸
　　　　和聆听的彼岸的一条河，

　　　　一座不设防的不受侵犯的堡垒。

　　　　枕头下面没有什么不合适的：
　　　　烂泥和树叶阻塞的泉水，
　　　　我童年的一座座房屋。

---

　　① Xiaojing Zhou. *The ethics and poetics of alterity in Asian American Poetry*. Iowa City: University of Iowa P, 2006: 53.

夜晚开始了，当母亲的
手指脱离棉线，脱离
束紧又解开的棉线
去触摸咱故事的损边。

夜晚是父亲为耶稣复活
拨准时钟的手影。

是不是发条松了，计时数字脱落了？

在家里没有什么找不到的东西：
丢弃的徽章，失落的鞋子，一张破字母表。

一切，除了睡眠。夜晚始于

第一朵被掐的茉莉花
它被俘的香味
最终脱落于葬衣。

　　李力扬在接受一次访谈时明确表示要超越族裔的狭小范围，亚裔美国人这个标签的确使他增加活力，但是它一开始就使亚裔美国人矮人一等。他以汤亭亭为例，现在大家不小视她了，她已经超越了族裔界限，与其他美国作家平起平坐，为此他自豪地说："对亚裔美国社会，我会说：'是的，她是我们之中的一员！'但是，对白人美国社会，我要说：'别想把我们限制在少数族裔居住区'，因为我们之中的作家已经与白人作家齐平，并且超过了许多白人作家。"①

　　李力扬后来更多地陷入玄思，开始考虑包括人类在内的宇宙间万物的玄妙关系。例如，当他看着他的鞋子或杯子或沙发或上装时，就考虑这些物件是怎么形成的，接着就对形成每样东西的环境、起因和条件的无限大的网加以解释。他认为，世界万物在冥冥之中，皆由一个总的起因促成，虽然每个形状看起来都不同，诗歌亦然。他说：

---

　　① James Kyung-Jin Lee. "Li-Young Lee: an Interview." *Words Matter: Conversations with Asian American Writers*. Ed. King-Kok Cheung. Honolulu: U of Hawaii P, 2000: 279.

如果你想解释诗，你会想：它是我看到的那种偶然物，我写的那种偶然物，但实际上不是的。它是空气中的温度，是你睡觉了没有。因此，你没法解释任何东西或任何事件。如果你严密地分析它，你就发现每样东西是总体起因的形状之一，每个形状看起来都不一样……我也认为这就是为什么语言在诗歌里比在其他条件下更浓缩的缘故。因为我认为诗人实际上是在体验总体起因。不管怎么说，诗似乎对万事万物有 360 度或球面的观察。那就成了诗歌意识。换言之，一首诗传递的意识有别于其他形式的意识。[①]

明白地讲，包括人类在内的动植物以及天地间其他的一切都是分子在一定条件下（或宇宙的普遍法则作用下）的不同排列与组合。万事万物是不同的，也是相互关联的，李立扬认为是总体起因起的作用，这个总体起因也许就是上帝。他就是根据这种世界观来观察万事万物，来写诗，于是就出现了他的"我们的身体看起来是固体，但实际上不是的。我们像喷泉。泉水看起来是固体，但是你能用手指穿透它。我们的身体看起来像物体，但是缺乏物体属性"的这种奇谈妙论。

M. L. 舒尔特（M. L. Schuldt）在评论李立扬《我的夜晚诗卷》的书评中指出，诗人有了明显脱离社会现实的倾向，从第一、第二本诗集正视童年的记忆和几代人的焦虑转向到万物相互转化的内省。[②]他为此还被看成是唯灵论者。徐文英则认为他是爱默生式的超验主义者，这与他的出生和处境有关。根据徐文英的看法，李立扬没有在古老文化里出生，缺乏汉语基础知识，没有在唐人街或亚裔美国人郊区住宅区居住的经历，一直处于颠沛流离的生活状态，使他在情感上产生了极为强烈的流亡情绪和想象力，他被通过玄想超越时空的欲望所驱动，仿佛任何有形的或文化的场所不足以表现他的诗意和自我，他的真正自我便成了上帝或"宇宙的心灵"（universe mind）。徐文英还认为，李立扬基于超验主义的情操，不像许多其他华裔美国作家那样认真对待族裔的认同，但在他的诗歌里却又常常出现族裔能指，两者形成了辩证的张力。[③] 如果我们了解到诗人感到自己在世上是局外人的思想，我们就不难理解他的超越主义情绪。李力扬在一次

① Tina Chang. "The Totality of Causes: Li-Young Lee and Tina Chang in Conversation." *American Poet*, the biannual journal of the Academy of American Poets, 2007.

② 见 Rain Taxi Online Edition, Summer 2002 © Rain Taxi, Inc. 2002.

③ Wenying Xu. "Transcendentalism, Ethnicity and Food in the Work of Li-Young Lee." *Boundary,* 2, 2006, 33(2): 129-157.

马修·弗卢哈提（Matthew Fluharty）对他的采访中，曾流露过这种思想，他说："同时我想，我得屈服于一直感到自己像局外人的感觉。地球上我要去的地方，我无不感到自己是一个陌生人。"① 他甚至对待他掌握的英语也有做客思想。他在 1996 年的一次采访中说："我深切地意识到我是英语的客人。我怀疑这情况是不是不适合我们大家？不管怎么样，我们都是语言的客人，一旦我们开始讲任何语言，我们总以某种方式向那种语言屈从，同时我们又使那种语言屈从我们。"② 原来李立扬认为英语不是他的母语，而是他的第二语言，因此他又进一步发挥说：

> 我以为我们都是语言的客人，作为掌握第二语言的人，我对此体会/认识较深一些，而只懂得母语的人可能意识不到这种状况。所谓"做客"，我的意思是：不论我们使用什么语言，我们的心灵、我们的感性认识、我们对现实的观念都在不知不觉中深受此语言的影响、限定。语言作为主人，不管是好是歹，在很大程度上决定我们与周围世界的关系，甚至当我们冲撞和改变我们使用的这个语言时也如此。③

李立扬在这里把每个人都看作是特定语言的客人，这无疑影响了他的人生哲学，使他产生局外人与做客的思想，也导致了他作品中的两大主题：追求更高层的爱和对死亡的焦虑与困惑。如果根据中国主流诗学理念来看，李立扬似乎钻进了象牙之塔，跌入脱离社会实际生活的空谈之中了！可是不然，李立扬近年来声誉日隆，受美国主流文坛青睐，足见他符合美国主流的审美期待。这就是为什么林小琴在谈起李立扬时夸奖他"是一个呱呱叫的诗人，他的作品深刻地反映了他对中国诗歌的喜好，又符合西方人的期待"④。

李立扬在上匹兹堡大学期间，在两位诗人教授埃德·奥彻斯特（Ed Ochester, 1939— ）和杰拉尔德·斯特恩的影响之下，走上诗歌创作道路。他凭勤奋、天赋和克服困难的顽强意志，终于取得成功。他的处女诗集《玫瑰》获 1987 年纽约大学颁发的德尔默·施瓦茨纪念诗歌奖，第二本诗集

---

① Matthew Fluharty. "An Interview with Li-Young Lee." *The Missouri Review*, Vol. XXIII, No.1, 2000.

② Li-Young Lee, an Interview published in the *San Diego Union-Tribune*, April 11, 1996. 见 http://stu.cofc.edu/~aepertus/home.html。

③ 见诗人 2008 年 3 月 19 日发送给笔者的电子邮件。

④ Jaime Wright. "Poet and Beyond: An E-mail Interview with Genny Lim." 见 http://www.jaimewright.ws/intergenny.html。

《在我爱你的那座城市》作为美国诗人学会 1990 年拉蒙特诗歌选集出版。
1990 年，李立扬到中国和印尼调查家世，回美国后出版《带翅膀的种子：
回忆录》（*The Winged Seed, A Remembrance*, 1995），获美国图书奖。这两
本诗集和《带翅膀的种子：回忆录》给他带来巨大的荣誉，使他作为美国
最杰出的青年诗人之一崭露头角。第三本诗集《我的夜晚诗卷》获美国诗
歌协会 2002 年颁发的 W. C. 威廉斯诗歌奖。最新诗集《在我的眼睛后面》
（*Behind My Eyes*, 2008）由著名的诺顿出版社出版。厄尔·英格索尔主编
的《打碎玉瓶：与李立扬对谈》（*Breaking the Alabaster Jar: Conversations
with Li-Young Lee*, 2006）为我们了解他的家庭、理念和诗美学打开了一扇
窗户。除了上述诗歌奖之外，他还获得包括兰南文学奖、怀廷作家奖
（Whiting Writer's Award）、笔会奥克兰/约瑟芬·迈尔斯奖、古根海姆奖、
I. B. 拉文奖（I. B. Lavan Award）、三次手推车奖、宾夕法尼亚州奖、伊利
诺斯艺术委员会奖、宾夕法尼亚艺术委员会艺术奖、国家艺术基金会奖等
在内的众多奖项。他与妻子和两个儿子住在芝加哥。

第七编　从东欧和苏联到美国定居的诗人

第一章　身份的认定

从东欧和苏联到美国定居并且加入美国国籍的作家之中，切斯瓦夫·米沃什和约瑟夫·布罗茨基是两位杰出的诗人，都是诺贝尔文学奖的得主。他们在去美国之前都是以本国语言发表作品成名的，到了美国之后，他们均以用母语创作为主，然后译成英文（与美国译者合作，自己用英文进行少量的创作）。他们在诗歌上的成就不可谓不辉煌，可是他们的作品除了有几次被收入一年一度的美国最佳诗选外，迄今为止美国主要的文选、诗选、文学史或诗歌史都不收录他们。他们在大多数的美国诗人或评论家的心目中仍然是美国文化边缘上的作家或者是外国作家。

米沃什 1960 年移居美国，1970 年入美国籍，1978 年获俄克拉荷马大学和国际文学杂志《当今世界文学》颁发的诺伊施塔特国际文学奖（Neustadt International Prize），1980 年又在美国获得诺贝尔文学奖。他被视为波兰诗人，例如，大型工具书《当代作家》（*Contemporary Authors*）第 81~84 卷有关米沃什的词条中赫然写着："切斯瓦夫·米沃什被认为是当代最伟大的波兰诗人之一。"又如，维基百科介绍他时，至今仍称他为波兰诗人。70 年代初入美国籍的塞尔维亚人西密克在美国文坛被接受的情况与他们完全不同，他作为美国当代重要诗人之一——第 15 届桂冠诗人（2007—2008），已经进入美国文学主流的诗选、文集和诗歌史。这是因为他在少年时期跟随父母移居美国后在美国上的学，能用地道的英语创作诗歌，很自然地融入美国文化，也很自然地为美国文坛和读者所接受。

布罗茨基则被现在的维基百科既称为俄国诗人，又称为美国诗人，尽管他被迫离开苏联后从未返回故国。1972 年，他到美国，1977 年成为美国公民，1991 年获美国桂冠诗人头衔，并且被选为美国艺术暨文学学会会员。1987 年，他由于他认为的"苏俄党的应声虫"叶甫格尼·叶夫图申科（Evgenii Evtushenko, 1932— ）被美国艺术暨文学学会选为名誉会员而退出该学会。其实，这是他的误解。叶夫图申科是赫鲁晓夫"解冻"文学的代表作家之一，后来他也一直主张改革开放，提倡全人类价值观。① 现在俄国文学界都把布罗茨基作为主要俄国作家写进文学史和诗歌史，如同美国和英国文学界同时把 T. S. 艾略特和 W. H. 奥登写进美国和英国文学史和诗歌史一样，也如同留学法国的中国作家盛成（1899—1996）在法国被视为法国文学的一颗冉冉上升的明星，他用法文创作的著名小说《我的母亲》(*Ma mere et moi*, 1928) 被法国文学界视为法国文学的典范作品之一一样。

可以说，欧美文坛对作家身份的认定具有开放性，认定的依据主要是他们用何种语言创作。

入了美国国籍，长期在美国生活、任教、创作的米沃什和布罗茨基，美国诗歌史如果不介绍他们，不能不是一种缺失、一大憾事，所以本篇试图对他们进行初步介绍。

---

① 见余一中教授 2012 年 6 月 26 日发送给笔者的电子邮件。

第二章　切斯瓦夫·米沃什

（Czeslaw Milosz, 1911—2004）

在谈到对获诺贝尔文学奖的感想时，米沃什对新闻记者说，他"天生是一个孤独的人，不希望陷入荣誉的陷阱里"。但是，他凭他的才干和勤奋在文学上取得了举世公认的成就。和他在同一个学校执教、长期合作的罗伯特·哈斯说：

> 我一直被米沃什所吸引，是因为我把他看作是被巨大和绝望的问题折磨的诗人，是因为直觉肯定是准确的。我对他的诗作所爱的是：他是情色诗人，是有着巨大包容性的诗人，他包容多而情感张力没有任何损失，他的诗是稳定地关注生命和苦难的抒情诗；他的诗歌包含痛苦根源。①

1988 年，米沃什出版了他的《诗合集：1931～1987》（*The Collected Poems: 1931-1987*, 1988），这是他和罗伯特·哈斯、罗伯特·平斯基等诗人合作翻译的成果，其中一部分为米沃什本人所译，只有一首诗是他用英语创作的。诗集长达 505 页，1960 年以前的诗只占 115 页。1973 年，他出版了英译本《诗选》（*Selected Poems*），可是到了 90 年代，米沃什在美国文坛仍然受到不应有的冷遇，其原因不外乎两个：首先，他生性不爱社交，甘于寂寞；其次，他的作品几乎全是用波兰文创作然后译成英文的。他本来可以用英文或法文写诗来获得广大的英语读者群，可是他爱用波兰文写作，因为他相信诗歌必须用童年就掌握了的语言创作，这样才能精确地表达一个人的细微感情。米沃什精通英文、法文、西班牙文和希伯莱文，翻译了莎士比亚、弥尔顿、T. S. 艾略特、桑德堡、罗宾逊·杰弗斯等人的作品以及《圣经》。然而，不谙波兰文的多数美国评论家在评价米沃什时便犯难了，因为任何优秀的评论家都不能凭借译本真正地评论出一个优秀诗人

---

① Robert Hass. "Reading Milosz." *Ironwood* 18, 1981: 169.

的诗质。米沃什于是成了被美国评论家绕道走的诗人，他的世界声誉与他拥有的美国读者群自然形成了一个很大的落差。

如果纯粹采用新批评派倡导的对文本进行严密分析的读法，领会他的诗的效果显然会大打折扣。米沃什的诗歌的内在沉重感与他自小流离颠沛的生活、经历的希特勒残暴统治密不可分。他在一首《献辞》（"Dedication"，1945）里写道：

> 不拯救国家或人民的
> 诗是什么东西？
> 是对官方谎言的默许，
> 是喉咙将被割断的醉汉的歌，
> 是对低年级女生的朗诵。
> 我多想要不知不觉中来的好诗，
> 不久前我在它有益的目标里发现了，
> 这里，只有这里，我找到了拯救。

深受二战之苦的米沃什很自然地认识到文学的战斗作用。著名的诗人W. H. 奥登对诗歌的政治功能却持截然相反的态度，他说：

> 我非常怀疑干预政治的诗的作用。如果但丁、米开朗基罗和拜伦没有出世，政治社会史也不会不同。艺术对此无能为力。只有政治行动和可靠的新闻报道才行。我对我 30 年代写的一些作品感到有些内疚。我写的反希特勒的作品未能阻止任何一个犹太人被杀。我的作品没有使战争早停一分钟。作家所能做到的，充其量不过如约翰逊博士所说的："写作的目的是使读者能够较好地享受生活或忍受生活的不幸。"[1]

在为艺术而艺术的美国文学评论家那里，W. H. 奥登的这种机械片面的文学观点是很容易得到共鸣的。的确，包括米沃什在内的各国诗歌无法应付 20 世纪的战争灾难。然而，米沃什却认为："不拯救民族或人民的诗歌还算什么东西？"他还认为，一首抒情诗可以是对不人道的世界的蔑视。

---

① Charles Osborne. *W. H. Auden: The Life of a Poet*. New York and London: Harcourt Brace Joranovich, 1979: 291.

倘若不了解米沃什的身世，一般人很难体会到他的文学服务于政治的理念，很难体会到他沉重的历史感。

米沃什在立陶宛的首都威尔诺大学其间，开始发表诗作，并组织了一个叫做 ZAGRY 的左派文学团体，还出版了同名的杂志。他们预感到二战将造成的深重灾难，因而被称为大灾难派。大灾难派诗歌是关心社会生活和政治斗争的智性诗歌，具有超现实主义和启示录色彩。在二战期间，他留在德国法西斯占领下的华沙工作；经历了希特勒的大屠杀和华沙起义，作为作家，参加地下反抗运动；主编了一部反纳粹的诗集。他的社会抗议诗集《时间冻结的诗》（*Poems on Time Frozen*, 1933）反映了一战与二战之间波兰人民所遭受的苦难，受到好评。他的诗集《三个冬天》（*Three Winters*, 1936）继续表现社会灾变的主题，感情陷于忧郁和绝望。他的诗集《援救》（*Rescue*, 1945）使他步入波兰最重要的作家行列。

《援救》中的大部分诗是他在华沙创作的，因此被称为华沙诗篇。它们与政治事件和人民命运联系最密切，20 世纪的东欧历史在他的诗篇里因而得到了最生动具体的反映。米沃什的华沙诗篇也是一种挽歌，它反映了波兰人民及其文化惨遭德国法西斯的蹂躏。诗人的痛苦源于他的旺盛精力和孤立无助之间的矛盾，而他又找不出任何显而易见的解决办法：

> 有些人躲在绝望里，它可以如同
> 在大歼灭时，抽一口浓烈的烟，喝一杯伏特加；
> 有些人怀着傻瓜的希望，情梦般美好的希望；
>
> 有些人在崇拜国家里找到安宁，
> 这能延续一段长的时间，
> 虽然比 19 世纪稍长。
>
> 但给我的是一个玩世不恭的希望，
> 因为我睁眼便看到了火光，屠杀，
> 非正义，羞辱，吹牛者可笑的丢脸。
> 给我的是对别人对自己报复的希望，
> 因为我是这样的一个人，知道这个希望，
> 从它那里没有给自己带来益处。
> 　　　　　　——《可怜的诗人》（1944）

诗人总是这样处在失望和反省之中。他最动人心魄的华沙诗篇莫过于描述犹太人被毁灭的短章《一个可怜的基督教徒察看犹太人聚居地》（"A Poor Christian Looks at the Ghetto", 1943）：

> 蜜蜂绕着红色的肝脏建窝，
> 蚂蚁围着黑色的骨头筑巢。
> 起初只见有什么生灵在撕扯，践踏绸衣、
> 板材、铁板、琴弦、小号、树叶、球、水晶。
> 嘿！黄墙里升起的磷火
> 吞没了动物和人的皮毛。
> 蜜蜂绕着肺泡建窝，
> 蚂蚁围着白骨筑巢。
> 断碎了的是纸、橡胶、麻布、皮革、
> 纤维品、纺织品、蛇皮制品、电线。
> 屋顶和墙壁倒塌在火焰之中，屋基被烤热。
> 而今只有一片焦土，
> 和一棵死树。
>
> 鼹鼠卫士挖着地道，慢慢地开路，
> 一盏小红灯系在他头上。
> 他碰到掩埋的尸体，数了数，继续前进。
> 他凭死人发光的雾气辨别死人骨灰，
> 凭不同的光谱辩认不同的死人的骨灰。
> 蜜蜂绕着红色遗迹建窝，
> 我怕，非常怕鼹鼠卫士。
> 他的眼睑肿胀，像主教，
> 端坐在烛光下
> 阅读那本人类最伟大的书。
>
> 我，一个《新约全书》的犹太人，等待两千年，
> 迎接耶稣的第二次来临，将告诉他什么？
> 我破碎的身体将呈现在他的眼前，
> 他将把我列在死神助手的行列里：
> 未受割礼者。

诗人迷惘地看着这一切，久久地遏制他的恐惧，因而造成了恐怖的张力：每个目击者对此将做出怎样的解释？鼹鼠出现了，但在诗人的笔下，变成了超现实主义的模样：像戴着矿工帽的矿工。叙述者便进入了超现实主义的境界，令人信服地呈现他自己的尸体，于是蚂蚁围着"我"躯体留下的地方筑巢。在显露他的躯体时，诗人不可避免地与犹太人认同。这不是一个英勇的姿态，但说明诗人将不可避免地遇到不妙的结局，因为这未经割礼的非犹太人尸体和犹太人的尸体放在一起。米沃什在纳粹占领的国家里，以基督徒的身份为犹太人说话，那个时期，基督徒们对希特勒灭绝犹太人的兽行保持缄默。内疚与谴责在这首诗里震撼着读者的心灵。为了说出和解除由悲伤和无助引起的麻木不仁，诗人有分寸地表达他的内疚之情，而他又以玄学的用语"死神的助手"表达他的谴责，这里"死神的助手"的涵盖面远远大于德国法西斯，纵容或没有阻止、打击希特勒的人显然也在受谴责之列。米沃什在他的自传《本地》（*Native Realm*, 1968）里谈到他的华沙诗篇时说：

> 尽管华沙诗篇里营造的毁灭意象取自我的生活环境，但它们是庆祝胜利之作，庆祝我生命中首次恢复健康的节日。在世界和我们自身的一切都很模糊难解、乱做一团，以至我们缺乏勇气变成金钢钻刀般尖锐的时候，这是一种从无能为力中的恢复。

经过二战的浩劫，米沃什怀着幸存者的失落与庆幸来看待他的华沙诗篇，但经历社会剧变而养成的忧患意识一直没有离开过他，即使 1960 年他从巴黎移居美国、1970 年加入美国籍，长期在加州大学伯克利分校执教，他梦绕情牵的还是欧洲的那段可怕的历史。可以这么说，米沃什浓郁的思想感情是根植在以历史意识为审美理想和观照的对象之上的。当他 1986 年访问罗马这个最易使人产生怀古之幽情的城市时，米沃什依然不免流露出劫后余生的苍凉之情：

> 我们将死在哪里？
> 毁灭和拯救我们的时间在哪里？
> 这对我太难。永恒的安宁
> 没有早晨也没有黄昏，
> 如此欠缺是它的缺憾。
> 这是神学家也无法解决的难题。
> ——《在天堂将如何》

　　诗人设想到了无昼夜的天堂，但心情仍不平静，仍要思索种种玄学问题。他经历过华沙起义后两万人被屠杀、犹太人被大规模消灭、世界无辜的人民死于二战的炮火之中，他最常见的便是毁灭、死亡，可是一旦过上和平的日子或"进入"无生死之分的"天堂"时，饱经炮火之苦的米沃什反而不习惯了。他在另一首诗《格雷科咖啡馆》（"Cafe Greco", 1986）里表达了他同样的心情：

> 为什么他们为缺少美德而哀痛？
> 为什么他们为此受到良心谴责？我现在懂了。
> 随着时代，这个逐渐消逝的时代，
> 我们学会了珍视智慧简朴的善行。
>
> 我们老早以前常常学习的马利坦①
> 将有理由高兴。而我感到惊奇的是，
> 罗马城屹立着，我们在此又会面了，
> 我此刻依然在世，我和这群燕子。

　　米沃什从小受到罗马天主教的教育，后来参加波兰左派的活动，接受了马克思主义。但经过二战，尤其到了美国之后，他既怀疑天主教教义，也不相信马克思主义。他似乎成了虚无主义的世界主义者，这鲜明地反映在他的《诗合集：1931～1987》（*The Collected Poems: 1931-1987*, 1988）的最后一组诗《六则演讲词》（"Six Lectures in Verse", 1985）里，但他总是无法摆脱痛苦的过去。他在《演讲词之一》里说：

> 55 年前，我应当有……应当有什么？
> 我应当快乐，生活在和谐、信念和安宁里，
> 好像这些是可能的，后来却是麻木状态：
> 为什么他们不更明智些？现在看来它是
> 因果关系。不，那太令人怀疑了。
> 每个呼吸着的人应当负责——
> 空气？无理性？幻想？信念？

---

① 马利坦（Jacoues Maritan, 1882—1973）：法国哲学家、外交家，于 1906 年加入罗马天主教，成了托马斯·阿奎那神学的主要维护者。

像彼时彼地的每个人一样，我看不清，不明白。
这我向你们承认，我年轻的学生们。

诗人在他的《演讲词之五》里又说：

神学家沉默不语。哲学家
甚至于敢问："什么是真理？"
在大战之后，这难以断定。
带着几乎是善良愿望（但并不一定），
我们沉重地满怀希望地向前走。现在让每个人
扪心自问。"耶稣复活了吗？""我不知道。"

不管米沃什想怎样潇洒地生活，当他写诗时，沉淀在他心灵深处的几十年生活经历和历史情景总是不自觉地浮现出来。它们操纵着米沃什的视线、视角与构思走向，也渗透在他的话语之中。米沃什经历的 20 世纪东欧社会的巨大动荡和他个人生活的巨变决定了他关注社会所遭受的种种毁坏、人民的失落感和绝望。他总是以悲天悯人、反讽的笔调，描写他所经历的人类苦难史，肯定人类的生命价值。在纽约 1986 年 3 月召开的第 48 届国际笔会大会上，米沃什说：

在本世纪，作家的基本态度似乎是敏锐地关注被不公正的社会结构带给人类的苦难……这种对苦难的关注使作家对根本性转变的观念采取开放性立场，无论他在许多救世良方中选择哪一种……在本世纪，无数的人在乌托邦的名义下被杀害了，无论这是进步还是反动的乌托邦，而经常有作家为大屠杀提供令人信服的理由。

他的诗歌具有智性的深度，他熟悉西方文学，始终关注伦理和政治的冲突，努力纯化诗的表达。

米沃什出生在立陶宛谢泰伊涅村庄，父亲亚历山大·米沃什（Aleksander Milosz）是土木工程师，母亲维罗尼卡·米沃什（Weronika Milosz）是贵族家庭后裔。他能讲流利的立陶宛语、俄语、英语和法语。他的胞弟安杰伊·米沃什（Andrzej Milosz, 1917—2002）是波兰记者和文学翻译。诗人成长在信奉天主教的立陶宛农村，自视多民族身份，既不认为是波兰人，也不认为是立陶宛人，是一个具有立陶宛精神的波兰诗人。

米沃什于 1934 年获得硕士学位的同时获得国家奖学金,去巴黎学习文学一年。他在华沙度过了第二次世界大战,在这期间,听了波兰地下哲学家、历史学家瓦迪斯瓦夫·塔塔基维奇（Wladyslaw Tatarkiewicz, 1886—1980）的哲学和美学讲座。他住在华沙郊外,没有参加华沙起义。1946 年起任波兰驻美国大使馆二等秘书；四年半之后,去巴黎任波兰驻法国的文化专员；1951 年,脱离波兰,获得法国政治庇护；1953 年,获欧洲文学奖（Prix Littéraire Européen）；1960 年,移居美国后的第二年,开始在加州大学伯克利分校斯拉夫语言和文学系讲授波兰文学,1978 年退休后继续被聘在加州大学伯克利分校任教,执教长达 20 多年。应当说,在他最需要帮助的时候,是他的美国同仁和朋友给他提供了安定的生活和自由的创作环境。尽管如此,他乡情难断,例如,他在诗篇《神奇山》（"A Magic Mountain"）流露了他的思乡之情：

> 我记不太清巴德堡何时去世,
> 大约是两三年之前。
> 也记不太清陈何时去世,大概去年或前年。
> 在我们到来不久,巴德堡稍带
> 怅惘的神情说,开始时很难住得惯,
> 因为这里没有春夏秋冬之分。
>
> "我一直梦想白雪和桦树林。
> 这里季节变化太小,很难注意到时间的行程。
> 你会看到这是一座神奇山。"
> 巴德堡：我童年时就熟悉的名字。
> 他们在我们地区声名显赫,
> 俄罗斯家族,波罗的海德国人后裔。
> 我没有读他的作品,太专业了。
> 我听说陈是一位典雅的诗人,
> 对此我坚信不疑,他用中文创作。
>
> 闷热的十月,凉爽的七月,二月开花的树木。
> 这里,婚飞的蜂鸟不预告春天的来临。
> 只有忠实的枫树每年纷纷落叶。
> 没有理由,枫树的祖先仅仅知道这种方式。

我觉得巴德堡讲得对，我厌腻了。
所以，我不要权力，不会拯救世界？
名声将擦肩而过，无头饰无冠冕？
我过去不是训练自己独特，
为海鸥和大海阴霾写诗，
倾听雾角声声？

直到它过去了。什么过去了？生命。
而今，我无羞于我的失败。
一座阴沉沉的海豹吠叫的岛
或者炎热的沙漠已经足够
让我们说：很好，很好，很好。
"即使睡着了，我们仍参与世界的变化。"
只有通过忍耐才能产生忍耐力。
手腕一抖，我甩一条无形的绳，
爬上绳，让它裹紧我。

多好的队列！多么令人高兴！
多么好看的帽子和巾袍！
最受人尊敬的巴德堡教授，
最杰出的陈教授，
错获荣誉的米沃什教授，
他用某种没听说过的语言写诗。
总之，谁会在乎他们。这里阳光灿烂。
因此，他们高高的烛火渐渐变淡。
当他们继续前行时，有多少代蜂鸟
陪伴他们。穿过这神奇山。
来自海洋的雾冰凉，又一年的七月来临。

这首诗收录在他的诗集《冬天的雾钟》（*Bells in Winter*, 1985）里。诗中提到与他友好往来的巴德堡，全名为彼得·亚历克西斯·巴德堡（Peter Alexis Boodberg, 1903—1972），是在伯克利分校任教的著名俄裔美国汉学家，精通中国文字学和中国历史音韵学，中文名卜弼德，出身于沙皇俄国的外交家和军官显赫家庭。^① 诗中提到他的另一位同事陈是伯克利分校名闻遐迩的中文和比较文学教授陈世骧（Shi-hsing Chen, 1912—1971），他曾经指导过斯奈德学习中国古诗歌。诗中所说的七月冰凉的海雾、冬天缺乏冰雪真实地反映了伯克利的气候情况。原来这里夏天的海洋寒流和冬天的海洋暖流造成了伯克利冬暖夏凉、四季如春的理想之地。可是，习惯于波兰四季分明气候的米沃什，和习惯于俄国气候的卜弼德一样，反而思念家乡冬天的白雪和白桦树林了。这就是为什么米沃什晚年有一半时间住在伯克利，一半时间住在波兰克拉科夫，而最后终老波兰的缘故。他所有诗篇差不多都是用波兰文写的，尽管他的作品在波兰被禁止，直至他获诺贝尔奖后才被解禁。他同罗伯特·哈斯、罗伯特·平斯基、彼得·戴尔·斯科特（Peter Dale Scott, 1929— ）和莉莲·瓦利（Lillian Vallee）合作，把自己的作品译成英语。他的波兰文翻译成果包括《圣经》的部分（从希伯来文和希腊文翻译成波兰文）以及波德莱尔、T. S. 艾略特、约翰·弥尔顿、莎士比亚、西蒙娜·韦伊（Simone Weil, 1909—1943）、惠特曼等人的作品。

　　米沃什在 1944 年与雅妮娜·杜斯卡（Janina Dluska）结婚，生两子安东尼（Anthony）和约翰·彼得（John Peter）。雅妮娜于 1986 年去世后，他与美国历史学家卡罗尔·西格彭（Carol Thigpen, 1944—2002）结婚。1932～2004 年，米沃什发表诗集 41 本，去世后在 2006 年发表诗集《最后的诗篇》（*Last Poems*）。

---

　　① 巴德堡：在第一次世界大战爆发时，他是圣彼得堡军事学校的学员。1915 年，他和他的弟弟被送往哈尔滨，在这里开始研究语言学，同时又去海参崴东方学院学习中文。1920～1921 年，巴德堡一家逃离苏联，移民美国，定居旧金山，在伯克利分校东方语言系获学士（1924）和博士学位（1930），从1932 年起，一直在伯克利分校任教。1963 年，开始担任美国东方学会主席。

第三章　约瑟夫·布罗茨基

（Joseph Brodsky, 1940—1996）

　　和米沃什相比，布罗茨基用英文译自己的俄语诗和英文创作的诗歌远远超过米沃什，并且用英文写散文。他也有沉重的历史感，但没有米沃什那般浓烈。他是一位抒情味很浓的诗人。在艺术形式千奇百怪层出不穷的美国诗坛，他以古典美、古典抒情取胜。如果说他 1987 年获得诺贝尔文学奖除了他优秀的俄语诗外，政治因素也起了重大的作用。他在获奖后接受记者采访时被问道："你是因为俄文创作诗歌创作而获奖的美国公民。那么你是谁，美国人还是俄罗斯人？"他回答说："我是犹太人——俄罗斯诗人和英语散文家。"他是通过翻译弗罗斯特和约翰·多恩的诗歌掌握英语的。一般人以为他的诗歌是政治性的，因为他采用与流放、痛苦、失落感、道德、宗教和历史等有关的题材，并经常使用神话典故。他的诗歌反复表现的是传统的永恒的主题：人与自然，爱与死亡，人的精神痛苦的不可避免性，人类成就和归属的脆弱性，荣幸时刻的短暂性，等等。他是一位极为敏感、警觉、诗艺纯熟、独立性强、富于启发性的诗人。多数美国评论家都一致认为，他是他同时代的俄国诗人中最优秀的一个，但怀疑他的英文诗在艺术形式上是否能反映他在原语言（即俄语）上的创造性。

　　布罗茨基到达美国时已经 32 岁，但在多年的英语环境里，学会并掌握了充分表达他丰富想象力的标准英语，不能不算一个了不起的成就。当然，对致力于试验诗创作的先锋派诗人来说，他在艺术形式上缺乏创新，也无地道的美国口语和俚语。他依靠他的丰富想象力和抒情才能，赢得了读者。另一个原因是"美国知识分子也经常被持不同政见者们所强烈地吸引，也许羡慕其明澈的伦理：压制的环境能造就道德心的作品。"[①]对布罗茨基首先就有好感的美国知识界，当然也喜欢他的诗，这与政界意识形态的分歧需分开来，虽然不免受其影响，否则就贬低了他的艺术成就，他毕竟是持不同政见的诗人，而不是政客或政治家。我们最好先读一读他的诗，

---

① 见安·吉尔堡 1993 年 8 月 2 日给笔者的信。

对他的艺术风格有一个初步的概念。《在亚历山德里亚附近：致卡尔·普罗弗》("Near Alexandria: To Carl Proffer", 1982）是诗人自译成英语的一首诗，在此引前五节：

> 有形的针尖把海洛因
> 射入积云状的苍老肌肉里。
> 一个密探从烟灰缸里捡起揉皱的零星情报，
> 一个毁灭的行动计划，间接提到东方
>
> 无处不在的人物骑在马背上；四只
> 马蹄都紧贴大理石托座。
> 骑士们显然脚蹬马屁股
> 压碎了麻布片上的臭虫。
>
> 黄昏里的枝形吊灯如同篝火般
> 闪烁，窈窕淑女的手指编织她们美妙的图案；
> 为纽扣悬空作业的手指
> 放松下来，抚摩戴兜帽的孪生小孩。
>
> 窗户微拂着薄纱窗帘；
> 喝果汁甜酒的荡妇
> 被一直沙沙作响的钞票，被
> 似乎永无尽头的七月搞迷糊。
>
> 刀刃与喉咙间的
> 十字架，发不出丝毫声音，
> 一条平流的河流在急转弯处
> 由于覆盖冰冻了的水草而发光。

诗的标题中提到的卡尔·普罗弗（Carl Proffer, 1938—1984）是在布罗茨基最需要帮助的时候出手相助的贵人。他是密歇根大学斯拉夫语教授、阿迪斯出版社社长。他曾为布罗茨基准备移民美国去列宁格勒会见布罗茨基，并负责出版布罗茨基的俄文作品。我们再读一读布罗茨基用英语创作的一首短诗《荷兰老板娘》("Dutch Mistress", 1981）：

旅馆，它的账册里记的离开店比到达店突出。
十月雨用一粒粒湿的大钻石
敲击脑海留下的东西。
在这个国家，为了河流而一片平坦，
德国啤酒和海鸥的味儿
仿如小听差的脏衣角。
早晨以验尸官的准时
进入了房屋，把它的耳朵贴近
冰冷的取暖电炉的肋骨，试摸零下温度：
来世得从某处开始。
天使般的卷发颜色相应地
变得更金黄了，肤色隐约有气派地
变白了，而被单已经一团团
堆在地下室的洗衣间里。

　　从英文表达的角度看，这首诗不比任何同类英文诗逊色。他善于营造氛围，把荷兰老板娘的生存状况栩栩如生地描绘了出来。W. H. 奥登曾把布罗茨基看成是"一个传统主义者……对各个时代抒情诗人的审美趣味感兴趣……直面大自然……思考人类生存状况、死亡和存在的意义"。我们再来欣赏收录在他的诗集《部分话语》里的《波波的葬礼》（"The Funeral of Bobo", 1972）。它是桂冠诗人理查德·魏尔伯译的，现摘引第二节：

波波死了，送葬的队伍沉浸在悲哀里，
啊，窗户的方格，啊拱门的半圆形体，
霜是如此的厚，如果有人将被处决，
那么让滚热的枪弹干这肮脏的活计吧。

再见了，波波，我美丽的亲爱的人儿，
书页上的菜汤滴痕如同乳酪上的小孔。
我们太软弱了，不能同你一道走，然而
表明立场超过了我们的精力。
你的形象，正如我此时此地预见的，
不论是寒冬还是炎夏，
恰恰相反，在罗西的无与伦比的
长街上将永远不会缩小。

据考证，这是布罗茨基为怀念他的诗歌创作引路人、白银时代的伟大诗人安娜·阿赫玛托娃（Anna Akhmatova, 1889—1966）而写的。诗以阿赫玛托娃在她/他俩生活中的地位、他/她俩所属的文学一代人和俄罗斯诗歌传统展开，对她充满了无限亲切的怀念。阿赫玛托娃在布氏年轻时就宣称他是她的接班人，她特立独行的反叛精神塑造了他年轻时的性格。他在1979年接受采访时说："我无法客观地看待她，即无法把她从我的意识中分开来⋯⋯我所做的一切，我所写的一切，归根结底是关于阿赫玛托娃的叙述。"在1990年的另一次访谈中，他说："我的生活观90%属于她，只有10%是我的。"作为安娜·阿赫玛托娃的得意门生，他在美国国会图书馆朗诵过她的诗。他还把他的女儿命名安娜，来纪念阿赫玛托娃。

1972年，布罗茨基被苏联放逐维也纳，短暂停留后赴美国，在W. H. 奥登和密歇根大学斯拉夫语教授卡尔·普罗弗的帮助下，开始在密歇根大学任驻校诗人一年，接着去皇后学院任客座教授（1973—1974），然后去史密斯学院、哥伦比亚大学和剑桥大学执教，后来又回到密歇根大学（1974—1980）。在彼得·维雷克教授的张罗下，布罗茨基于1974年开始在麻省芒特霍利约克学院获得终身教席。1977年，他入美国籍；1978年，被授予耶鲁大学文学博士荣誉学位；1979年5月23日，被选为国家艺术暨文学学会会员；1980年，移居纽约格林威治村；1981年，获约翰·唐纳德·麦克阿瑟和凯瑟琳·T. 麦克阿瑟基金会（The John D. and Catherine T. MacArthur Foundation）授予的"天才奖"，同时获纽约国际中心精英奖；1986年，获国家图书评论界奖，同时被授予牛津大学文学博士荣誉学位；次年获诺贝尔文学奖；1991年，被授予美国桂冠诗人称号。他在国会图书馆发表获奖辞，说："诗歌不是一种娱乐形式，甚至在某种意义上讲，不是一种艺术形式，但它是我们的人类学、遗传学的目标，我们的进化，语言的灯塔。"

布罗茨基出生在苏联列宁格勒，他的父亲亚历山大·布罗茨基（Aleksander Brodsky）是一名摄影师，家庭的开支大多依靠母亲玛丽亚·沃尔珀特·布罗茨基（Maria Volpert Brodsky）职业口译的收入。他们生活贫困，住在集体宿舍，由于是犹太人而生活地位被边缘化。他在列宁格勒上中小学，15岁时辍学，在1956~1962年间，干了13个不同的工种，其中包括铣床操作工、司炉和地质探矿工。他从50年代末开始写诗，以自由思想作家初露头角。1963年，他的诗被一家列宁格勒报纸指责为"色情和反苏"。他的文章被没收，并被审问，两次被置于精神病院，然后被捕。在1964年的审判中，苏联指控他为社会寄生虫，说："谁承认你是诗人？谁把你列入诗人行列中的？"时年 24 岁的布罗茨基答道："没有谁。谁把我置于人类的行列？"1964 年，他被判刑五年，流放到阿尔汉格尔斯克附近的劳改营劳改，邻近北冰洋，天寒地冻，由于国内外抗议而减刑两年。他被迫离开苏联后，再也没回去探视过他的父母。离开苏联前，他已经和出轨的画家妻子玛丽娜·巴斯玛诺娃（Marina Basmanova）离婚了。1990 年，他在斯德哥尔摩市政厅与他的俄籍意大利学生玛丽娅·苏扎尼（Maria Sozzani）举行婚礼，生女安娜（Anna）。1991 年苏联解体后，安德烈被允许去纽约探视他的父亲。在 90 年代，布罗茨基邀请安德烈去纽约住了三个月，保持父子关系，并在经济上支持安德烈在 90 年代结婚后生的三个孩子。他的前妻玛丽娜和儿子安德烈及孙辈住在圣彼得堡。布罗茨基写给玛丽娜的爱情诗，收录在他的诗集《给奥古斯塔的新诗》（*Novyje Stansy K Avguste*，1983）里。安德烈在关于布罗茨基的纪录片中，朗诵父亲的诗篇。

1996 年，布罗茨基死于心脏病，他生前要求葬在他度过 19 个冬天的威尼斯，最后被安葬在威尼斯圣米歇尔墓地，尽管他情牵梦绕的仍然是俄罗斯。他一辈子处在何去何从的矛盾之中。他生前曾说过："对于我来说，让我有 12 个人的陪审团对一个法官制作为基准，已经足以让我喜欢美国而不喜欢苏联。我喜欢你可以离开的国家，不喜欢你不可以离开的国家。"他生前曾给勃列日涅夫写公开信，陈明心迹说："我属于俄罗斯文化。我觉得我是它的一部分、它的组成部分，地点的改变不能影响后果。语言是一种比国家更古老更必然的东西。我属于俄罗斯语言。"语言对于他来说是文明的载体，高于历史，比任何国家的寿命长；诗篇是调整时间的工具。他认为，诗人应该"按照良心和文化"保持语言生命力。第十三任国会图书馆馆长詹姆斯·比林顿博士在纪念布罗茨基的悼文里，动情地说："他将会被我们记住是一个为语言生活和关心语言的人，是一个主要用俄文创作诗歌而获得诺贝尔奖的人，但随着时间的推移，他成了用英语创作的散文名家，用英语翻译自己诗歌的诗人。认识他的我们将不会忘记他的激情、他对一个好故事的顽皮喜悦、他对诗艺和诗歌作品的奉献。"

布罗茨基在 1967～1996 年，发表英文诗集 11 本；去世后，在 1999～2001 年发表诗集 3 本。

其中他的《诗选》（*Selected Poems*，1973）由 W. H. 奥登作序。他流行于美国读者中的诗集还有两本：《部分话语》（*A Part of Speech*，1980）和《致乌拉妮娅：1965～1985 年诗选》（*To Urania: Selected Poems 1965-1985*，1988）。布罗茨基的作品由于有罕见的众多美国名作家参加翻译而蜚声欧美文坛，例如，由"没有音乐的歌曲"（"A Song to No Music"）和"部分话语"两部分组成的诗集《部分话语》的译者包括著名诗人赫克特·安东尼、霍华德·莫斯、德里克·沃尔科特和理查德·魏尔伯等。我们来欣赏诗人自己翻译成英文的标题诗《部分话语》的第 1 节（一共 15 节）：

> 我生长在波罗的海沼泽地
> 铅灰色的碎浪总是三三两两
> 朝前滚动。因此响起了所有的韵律，
> 因此低沉单调之声散开在碎浪之间，像
> 依然湿湿的头发，如果像涟漪散开的话。
> 支撑在苍白手肘的螺旋线
> 源起碎浪，没发出大海的隆隆声，
> 但不时地像画布，像百叶窗，像手，像炖在
> 火炉上沸腾的水壶，像海鸥发出金属声般的鸣叫。
> 在这平坦的区域，使心境脱离虚幻的
> 是无处可藏的视野，是有充足的视觉空间。
> 只有声音需要回应，害怕没有回声。
> 瞟一眼之后习惯于没有人回看。

诗人在这里生动地描摹了他诗一般的生长环境，抒情味浓郁。他的这本诗集收录了他的旧诗作和在美国期间创作的诗篇，从中我们能欣赏到诗人描写他记忆中冬天的威尼斯、波罗的海暴风雪、北极的考察、他的家庭和失落感，既有政治诗，也有哲学对话，还有颂歌。精彩的诗行浓缩了他的人生感悟，令人久久难忘，例如："一切都有其极限包括忧伤"，"孤独任意把人切成细丁丁"。

布罗茨基怀念生他养他的祖国，同时对搭救他的国家心怀感激，例如收录在《致乌拉妮娅：1965～1985 年诗选》里的第一首自己翻译的诗《1980年 5 月 24 日》（"May 24, 1980", 1980）充分流露了他漂泊海外的复杂心情：

> 从冰川的高度，我看见半个世界，尘世的
> 宽度。两次被淹死，三次让刀耙我的事实真相。
> 离开生我养我的国家。
> 那些忘记我的人将会建造城市。
> 我已跋涉过大草原，那里有过马鞍上呼叫的匈奴，
> 他们穿着如今变得四季时尚的服装，

种植黑麦，在猪圈和马厩屋顶上涂抹焦油，

狂饮暴食，除了干水①。

我已让哨兵的第三只眼睛进入我潮湿和犯规的

梦中。嚼着流亡的面包：翘皮的陈面包。

让我的肺部发出所有的声音，除了号啕大哭；

然后切换到耳语。如今我已年届四十。

对于生活我应该说些什么？它漫长而憎恶透明。

敲碎的鸡蛋让我伤心；煎蛋卷却让我呕吐。

除非褐色粘土塞满我的喉咙，

只有感激将会喷薄而出。

　　反映布罗茨基政治和文学观点的论文集《难以界定的一个人》（*Less Than One: Selected Essays*, 1986）荣获当年获国家图书批评界奖，为他次年获诺奖奠定了坚实基础，它展现了作者娴熟运用英语写作的才能。《约瑟夫·布罗茨基：文学生涯》（*Joseph Brodsky: A Literary Life*, 2006）作者列夫·洛谢夫（Lev Losev, 1937—2009）为此说："西方对布罗茨基散文的了解甚于对他诗歌的了解；而 1987 年给他授予诺贝尔奖的理由是他的散文和诗歌均佳。"② 可以这么说，在 20 世纪 60、70 年代出现的第三次浪潮流亡西方的苏联侨民作家群中，布罗茨基是掌握英语创作的佼佼者，尽管他的英文诗歌创作似乎弱于英文散文创作。洛谢夫也认为："布罗茨基作为一个非常成功的英语散文家和作为他这个时代领先的俄罗斯诗人的声誉是稳固的，而他的诗歌在英语中的遗产则容易受到批评的伤害。"③

　　布氏在该论文集评论了苏联和西方著名作家和诗人，诸如陀思妥耶夫斯基、奥西普·曼德尔施塔姆（Osip Mandelstam, 1891—1938）、阿赫玛托娃、玛丽娜·茨维塔耶娃、普拉东诺夫、奥登、德里克·沃尔科特、尤金尼奥·蒙塔莱、C. P. 卡瓦菲（C. P. Cavafy, 1863—1933）等。在这些被他评论的对象中，对他一生影响最大的诗人莫过于阿赫玛托娃、曼德尔施塔姆和奥登。布氏在获诺贝尔奖的受奖词里说："如果让曼德尔施塔姆、茨

---

　　① 干水（drywater），也称为"粉末水"，是凝固水的一种形式，水滴被硅土包住，形成粉状，很像糖粉。

　　② Lev Losev, *Joseph Brodsky: A Literary Life*. Tr. Jane Ann Miller. New Haven & London: Yale University Press, 2011: 231.

　　③ Lev Losev, *Joseph Brodsky: A Literary Life*. Tr. Jane Ann Miller. New Haven & London: Yale University Press, 2011: 225.

维塔耶娃、弗罗斯特、阿赫玛托娃、奥登出现在这个讲坛上，他们也会不由自主地只代表自己说话，很可能，他们也会体验到某些窘迫。这些身影常使我不安，今天他们也让我不安。无论如何，他们不鼓励我妙语连珠。在最好的时辰里，我觉得自己仿佛是他们的总和——但总是小于他们中的任何一个个体。"作为以尼古拉·古米廖夫为首的阿克梅派（Acmeism）①最优秀的两位诗人，阿赫玛托娃和曼德尔施塔姆更主要地在政治上对年轻时代的布罗茨基世界观的形成起过重大影响。如同洛谢夫所说，"布罗茨基从阿赫玛托娃那里接受的教训不仅是私德，而且是诗人的道德使命。"② 布氏在《文明的孩子》一文里，为曼德尔施塔姆与当时的苏联的对抗作了他感同身受的透辟分析。③ 布氏一贯崇拜奥登，在苏联就阅读过奥登的诗，而奥登在他去美国前两年为他在美国出版的诗集作序，使他备受鼓舞。布氏曾与奥登有过短期的亲密相处，念念不忘这位老诗人对他的垂青。④ 在《取悦一个影子》一文里，布氏认为奥登是"20世纪最伟大的心灵"，他认为他运用英语写作是接近奥登的"最好方式"。

　　布氏的这部论文集在国内被译成《少于一》，笔者以为不合原意。该标题出自标题散文"Less Than One"里的一个短语。前一句是"小孩对父

---

　　① 阿克梅派（Acmeism）：20世纪初俄国现代主义的一个诗歌流派，有人认为它接近欧美的意象派。古米廖夫是阿赫玛托娃的首任丈夫，阿克梅派领袖，贵族出身，于1921年被苏联以"参与反革命阴谋活动"名义处决。阿赫玛托娃40年代晚期因她的诗歌蒙受"颓废"和"色情"的批判而被苏联作协开除，直到1952年才得到平反。曼德尔斯塔姆因写诗直接抨击斯大林，被苏联作为颠覆分子、威胁共产主义国家福祉而逮捕，两次经布哈林说清得到营救，最后遭秘密逮捕，于1938年末死于政治犯集中营里。

　　② Lev Losev, *Joseph Brodsky: A Literary Life*. Tr. Jane Ann Miller. New Haven & London: Yale University Press, 2011: 60.

　　③ 布罗茨基虽然知道曼德尔斯塔姆写诗抨击斯大林是导致他的直接死因，但他却在《文明的孩子》里为曼德尔斯塔姆辩护说："曼德尔斯塔姆对新的历史局势所持的态度，完全不是一种公开的敌意。总体看，他不过是将这一局势视为现实存在的一种更糟糕的形式，一种本质上全新的挑战。自浪漫主义时代起，我们就已有了诗人与其专制相对抗的概念。如果说历史上曾有过这样的时代，那么今天，这样的行为则完全成了一种幻想：专制者们再也不让他们自己去参与这种面对面的较量了。我们和我们的统治者之间的距离只能由后者来缩窄，而后者却很少这样做。诗人惹出了麻烦，往往并不是由于他的政治，而是由于他语言上的优越感以及由此而产生的心理上的优越感。"诚然，这是布氏在苏联受迫害的体会。在受审时，布氏甚至有时采用话头禅法进行软抗，即他不断默念"布罗茨基"，把其余的一切不愉快的事都忘掉了。

　　④ 在卡尔·普罗弗教授的帮助下，布罗茨基离开列宁格勒后一到达奥地利，就于1972年6月6日去奥登夏季别墅拜访奥登，在那里作客四个星期，与奥登朝夕相处，受到老诗人的热情款待。布罗茨基文学传记作者列夫·洛谢夫为此说："布罗茨基仅是在道义和物质上需要支持的许多年轻诗人之一，奥登在这两方面都慷慨给予了。"洛谢夫认为，阿赫玛托娃对布氏的影响主要是道义上的，而他与奥登的相遇也许有助于布氏全面深入欣赏这罕见的有"选择性亲力"之人，直到布氏生命最后的日子，他都把奥登当作他自己的标杆和典范。

母控制他的不满和大人面对职任的恐慌是同一个性质"（The dissatisfaction of a child with his parents' control over him and the panic of an adult confronting a responsibility are of the same nature.），后一句是"One is neither of these figures; one is perhaps less than 'one'."。美国诗人玛格丽特·罗斯（Margaret Ross, 1986—）对后面带引号的"one"解释得十分透辟："one"有两个意思，第一个意思是数字"一"，第二个意思是代词"人"（你，我们）。因此，整句有双重意思：第一重意思是"你不是这些人之中的任何一种人；你也许不足以是这些人中的任何一种人"；第二重意思是"你不是这些人之中的任何一种人；你也许不足以是'一个人本身'"。这句有多重意思，但基本意思是"一个人不是清晰的可以归类的实体"。换言之，一个人其实是一个难以充分界定的实体。美国诗人、诗评家吉姆·科恩对此作了类似的解释，有把握认为标题不是"少于一"的意思。因此，这两句应当译为："小孩对父母控制他的不满和大人面对职任的恐慌是同一个性质。你不是这些人之中的任何一种人；你也许是难以界定的'一个人'。"

第八编　美国禅诗

第一章 概 述

美国禅诗是东西文化交流的文学奇迹之一，其蓬勃的生命力根植于东方佛教禅宗在美国的传播。6 世纪从印度传入中国、12 世纪再从中国传入日本的禅宗，在 19 世纪末 20 世纪初又传入美国。如今美国人用日语发音的 Zen 而不用汉语发音的 Ch'an 或 Chan，实在是有碍中国的体面，这得归咎于清朝的闭关锁国政策，却让日本禅师首先到达美国传播禅宗，使得美国现当代诗坛上生长出这么一株吸引眼球的奇葩。众所周知，中国唐朝是佛教禅宗诗的鼎盛时期，可以举出寒山、拾得、贯休、皎然、灵澈、贾岛、姚合、王维、孟浩然、韦应物、柳宗元等等一连串彪炳中国文学史的禅宗诗人来，可是它在现当代的中国诗坛却越来越衰微了。这与无神论在中国逐渐占上风有关，虽然禅宗在严格意义上讲，也是非/无神论。

主导美国主流文化的精神支柱是基督教（加上天主教），因此美国诗歌是在基督教教义浸润下成长的，但没有必要分基督教诗或天主教诗，如同中国主流诗歌是在以儒教（孔孟思想）为主导的汉文化土壤里成长起来的，没有必要称它为儒教诗，但是单列了它的禅宗诗。同样，禅宗以它特有的哲学思想进入美国文化，如同是一剂酵母菌，在美国诗歌中发酵而产生令人注目的禅宗诗，也可以说是东西两种异质文化杂交的结果。

众所周知，日本禅师、美国禅师和一批有志于禅宗佛学研究的学者在美国陆续翻译了大量日文、中文禅宗经典和梵文佛经，并且发表了蔚为可观的学术著作。起了普及禅宗知识的禅宗语录袖珍本特别引人注目，例如，托马斯·克利里翻译的《禅林宝训》(*Zen Lessons*, 1989)、戴维·希勒(David Schiller) 主编的《禅宗小指南》(*The Little Zen Companion*, 1994)、华兹生译的《寒山诗一百零一首》(*Cold Mountain: 101 Chinese Poems*, 1992) 等等，都是美国大学生，尤其是文科学生喜爱的读本。如果说托马斯·克里利通过译介《禅林宝训》向美国读者普及了中国禅宗知识的话，戴维·希勒则通过他主编的《禅宗小指南》让美国读者了解到禅并不神秘，禅就在人们的日常生活中，在伟大的文学作品甚至《圣经》里也可以找到禅。把东方禅宗的原理运用到西方文学作品（包括《圣经》）里，从而衍生出西方禅话，这是戴维·希勒对禅宗扎根西方文化和社会生活的一大贡献。佛教禅宗的书翻译到美国的书籍，藏在美国图书馆里可以说是汗牛充栋。例如，著名学者托马斯·克里利及其兄弟 J. C. 克利里（J. C. Cleary）都获哈佛大学东亚语言和文明系博士学位，都翻译了大量佛教禅宗著作，他俩合译的禅宗公案集《碧岩录》（*The Blue Cliff Record*, 2005）是宋代著名禅僧圆悟克勤（1063—1135）所著，共十卷，被誉为禅门第一书，是进入禅宗之门必不可少的开蒙读物。他俩还合译了《禅宗书信：圆悟克勤之教义》（*Zen Letters: Teachings of Yuanwu*, 2001）。J. C. 克里利单独翻译了《禅悟：敦煌的早期禅宗文本》（*Zen Dawn: Early Zen Texts from Tun Huang*, 2001）和《沼泽之花：禅师大慧宗杲书信及训诫》（*Swampland Flowers: The Letters and Lectures of Zen Master Ta Hui*, 2006）。托马斯·克里利更是大手笔，编译了五卷本《佛教与禅宗典籍》（*Classics of Buddhism And Zen*, 2001, 2005）。不过，要深入了解美国禅诗，最好初步了解日本禅宗在美国传播的一些情况。

第二章　日本禅宗在美国的传播

美国是一个多元文化的开放性社会，除了 17 世纪中叶清教徒排斥异教徒、迫害贵格会教徒之外，能容纳包括佛教禅宗在内的各种宗教的引进。但是，这是一种自发的舶来品，起初是日本禅师来美国送经上门，美国人对此只是感到好奇，如同禅宗学者白伟玮（Wei Wei Chang）所说：

> 早期美国人对日本来的禅师，怀有对神秘和异国风味的好奇。他们抱着谦虚学习的态度，对禅师的言行，比较倾向于"先学禅，其他事以后再说"的心理。然而，当土生土长的美国人开始做禅中心的住持时，禅的神秘性减少了，也许是因为成员们的资历背景相近，对禅的体会及运用，逐渐各自表达出藏于心中已久的疑问及冲突。[①]

这是白伟玮针对那些少数深入领会禅学的美国人而言的，这很自然，像人们研究其他的学问一样，研究越深入，发现的问题就会越来越多。其实，日本禅师到美国去传教布道的更深层次原因之一是日本国内佛教发达，宗派林立，相互争论，干扰太多，所以乐意到美国这张白纸上画出他们理想中的禅画。下面介绍在美国传播禅学的主要日本禅师、美国禅师、居士和学者。

第一节　去美国传教的日本著名禅师

在禅宗五家——沩仰宗、临济宗、曹洞宗、云门宗和法眼宗之中，传入美国的主要是临济宗和曹洞宗两家。下面介绍的几位到美国传道的禅师或出于临济宗，或出于曹洞宗。

---

① 白伟玮.《他山之石：美国版的日本禅》.《新雨月刊》，1990 年 6 月第 35 期.

1. 释宗演（Soyen Shaku, 1860—1919）

释宗演是日本最古老的禅宗寺院建长寺（Kencho-ji）和圆觉寺（Engaku-ji）的方丈，最早到达美国的日本临济宗（Rinzai Zen）禅师。1893年，他率领代表临济宗、净土宗（Jodo）、真宗（Shinshu）、日莲宗（Nichirin）、天台宗（Tendai）和密宗（Esoteric）的四个禅师和两个居士组成的日本代表团，到芝加哥参加世界宗教议会。他准备的大会发言稿《佛陀教导的因果法》（"The Law of Cause and Effect, as Taught by Buddha"）已经在日本让他的门徒铃木大拙译成了英文，由会议组织者之一的约翰·亨利·巴罗斯（John Henry Barrows）代读。他接着以《仲裁而不是战争》（"Arbitration Instead of War", 1893）为题发言。另一个会议组织者、伊利诺斯州拉萨勒市公开法庭出版公司出版人保罗·卡勒斯（Paul Carus）博士希望他派一个懂英文的门徒到美国来，为出版公司翻译禅宗佛教经典。他回日本后，派铃木大拙到美国，成就了铃木大拙在西方传播禅宗的辉煌事业。1905年，释宗演又从日本来到美国，这次是接受亚历山大·拉塞尔（Alexander Russell）夫妇的邀请，住在他们的旧金山郊外的住宅里，专门辅导他们的禅学达九个月之久。拉塞尔夫人是第一个学习心印（koan）的美国人。他到美国不久，他的门徒千崎如幻也来到他的身边。在这期间，他在加州给日本移民说法，通过铃木大拙翻译，也给美国信众讲道。在铃木大拙的陪同下，于1906年乘火车，到美国其他地方开讲大乘佛法。

2. 铃木大拙（D. T. Suzuki, 1870—1966）

铃木大拙的全名是铃木大拙贞太郎（Daisetz Teitaro Suzuki）。他是一位博闻广见、了解东西文化和进行东西文化交流的著名禅师和学者。他论述佛教、禅宗和真宗的大量著作在西方普及具有东方哲学特色的禅宗和真宗起了很大启蒙作用。他也是一位中文、日文、梵文和英文的多产翻译家。他有相当长的时间在美国大学里教学和演讲。多年任日本大谷大学教授。1897年，他应邀去美国，住在保罗·卡勒斯的豪宅里，起初同卡勒斯一道翻译《道德经》。卡勒斯的著作《佛陀的福音》（*The Gospel of Buddha*, 1894）由铃木大拙译成日文。在这期间，他开始创作《大乘佛教的纲要》（*Outlines of Mahayâna Buddhism*, 1907）。1951～1957年，他在纽约哥伦比亚大学教书。在他众多的信徒中，著名的信徒包括卡普乐、金斯堡、凯鲁亚克和约翰·凯奇以及后来成为社会心理学家、精神分析学家、社会学家、人文哲学家、民主社会主义者的德裔美国犹太人埃里克·弗洛姆（Erich Fromm,

1900—1980）。

铃木大拙求知若渴，年轻时从中文、梵文和巴利文以及几种欧洲文字中获取知识，因此视域广阔。这就是为什么他常常被看成是京都学派（Kyoto School）的缘故，尽管他实际上不是京都学派的正式成员。1911 年，铃木大拙同哈佛大学拉德克利夫学院毕业生比阿特丽斯•厄斯金•莱恩（Beatrice Erskine Lane）结婚。比阿特丽斯是一位通神论者（Theosophist），与美国和日本的有巴哈伊信仰（The Bahá'í Faith）①的人有多方面联系。后来，铃木大拙参加了神智学会（The Theosophical Society）②。因此，他遭到了禅宗界的批评，说他不是正宗的禅师，因为他兼收并蓄各种学问。他喜欢从整个日本主要的佛教教派和历史的角度，深入研究禅宗和日本佛教。

3. 千崎如幻（Nyogen Senzaki, 1876—1958）

千崎如幻是释宗演的另一个临济宗弟子。他于 1905 年，取道西雅图，赴旧金山，协助释宗演建立给儿童灌输禅宗思想的幼儿园（Mentorgarten）和为信众坐禅提供方便的浮动沉思室（floating zendo）。千崎如幻成了 20 世纪美国禅宗佛教主要的倡导人之一。

4. 佐佐木指月（Sokei- an Shigetsu Sasaki, 1882—1945）

佐佐木又名曹溪庵，跟从释宗演的法嗣（dharma heir）释宗活（Sokatsu Shaku）学禅。1905 年，东京帝国画院毕业，随后应征入伍，加入大日本帝国陆军，到满洲里边界参加日俄战争。1906 年，战争结束，退伍后，与释宗活禅师的女弟子多美（Tome）结婚，同年，与多美跟随释宗活率团 14 人访问旧金山。1910 年，除佐佐木之外，13 人回日本。1920 年，佐佐木回日本，继续学习禅宗公案。1922 年，再到美国；1924～1925 年，在纽约一家书店开办佛法讲座。1928 年，被释宗活上师授予禅师衔。1930 年，佐佐木同他的几个美国弟子在纽约创立美国佛教协会（Buddhist Society of America）。该协会于 1945 年改名为美国第一禅堂（First Zen Institute of America）。作为首批定居美国教书的日本禅师之一，佐佐木在美国引进禅宗方面起了重要作用。著名禅宗学者艾伦•沃茨是他的门生。1944 年，他

---

① 巴哈伊信仰是一神论宗教，创立于 19 世纪的波斯，强调全人类的精神团结，估计在 200 多个国家和地区有五六百万信仰者。

② 神智学会成立于 1875 年，是一个全球性机构，强调世界大同，人类和非人类是一个整体，应该不加区分地和平共处。该学会对成员不强加任何信仰，鼓励会员共同探讨真理，通过学习、反思、自律和爱心，了解生存的意义和目的。

与日本妻子离婚，不久之后与艾伦·沃茨的岳母露丝·富勒·埃弗雷特（Ruth Fuller Sasaki）结婚。他了解西方文化，善于利用公案作为例子，引导信众参禅，不采用日本禅寺里那种盘膝而坐一本正经的僵硬方法，使西方信众对参禅感到轻松而有趣味。他的在家弟子还有著名的美国禅宗学者玛丽·法卡斯（Mary Farkas, 1911—1992）。佐佐木去世后，她成了美国第一禅堂主管。

5. 前角博雄（Hakuyu Taizan Maezumi, 1931—1995）

前角博雄是曹洞宗上师。他于 1956 年去美国创立多个禅修中心，其中包括洛杉矶禅修中心（Zen Center of Los Angeles）、白梅无着（White Plum Asanga）、横司禅山中心（Yokoji Zen Mountain Center）和山岳禅寺（Zen Mountain Monastery）。他传法的特点是传承曹洞宗和临济宗两大本来不相融合的禅宗观点①，兼用临济宗的公案和曹洞宗的沉默照明法（shikantaza）进行传道。他的观点主要受临济宗原田—保谷门派（Harada-Yasutani School of Zen Buddhism）的安谷白云（Hakuun Yasutani, 1885—1973）上师的影响，而安谷白云在二战中是一位坚定支持日本军国主义侵略的反动人物。前角博雄在美国禅宗界影响颇大，他的众多衣钵继承人都各自开了弘扬禅宗的道场。

6. 铃木俊隆（Shunryu Suzuki, 1904—1971）

铃木俊隆法号祥岳俊隆（Shogaku Shunryu），也是一位曹洞宗上师。由于父亲也是禅师，他自小就接受禅修训练。1930 年，年仅 25 岁的他毕业于东京的曹洞宗大学——驹泽大学，主修禅宗，兼修英语。1959 年，他从日本到达旧金山，建立桑港寺（Sokoji-Soto Zen Buddhist Temple），创立禅修中心，继续因二战日裔美国人会众被美国政府关在集中营而中断的传教活动，并创立旧金山禅修中心，该中心没有门户之见，也接纳铃木大拙的临济宗美国弟子，吸引了众多西方信众。后来，他又在加州卡梅尔谷成立了西方第一所禅修院。他的到来，使禅学成了旧金山艺术学院和美国亚洲研究学院（American Academy of Asian Studies）的热门话题。他应邀在美国亚洲研究学院作禅学讲座，在旧金山湾区普及禅宗知识，在当时尤其

---

① 临济宗一贯主张把解脱建立在自悟、自信、自主的基础上，发展到呵佛骂祖、非经毁行的程度，公开反对偶像崇拜，轻蔑佛典教条。以批评临济宗而出现的曹洞宗，鼓励它的信徒静坐默究，净治揩磨，离色离家，争取达到"混然无内外，和融上下平"的境界，它同样不搞偶像崇拜，抛却烧香、礼拜、念佛、修忏和看经。

对垮掉派诗人产生的影响颇大。

7. 片桐大忍（Jikai Dainin Katagiri, 1928—1990）

片桐大忍是曹洞宗上师，创建明尼阿波利斯禅修中心的方丈。他最主要的贡献是禅宗在美国发轫期间，帮助把禅宗从日本介绍到美国，特别是在美国中西部起了重要的媒介作用。在他的数部著作之中，《返回沉默：日常生活中的禅宗实践》（*Returning to Silence: Zen Practice in Daily Life*, 1988）和《你必须说一说：示明禅悟》（*You Have to Say Something: Manifesting Zen Insight*, 1998）在美国禅学普及上起了突出作用。

第二节　美国禅师、居士和禅宗学者

在使东方禅宗美国本土化上，美国禅师和禅宗学者起了无可代替的作用。下面介绍五位主要的美国禅师、一位著名居士和四位著名禅宗学者。

1. 卡普乐（Philip Kapleau, 1912—2004）

卡普乐是接受曹洞宗与临济宗融汇的三宝派（Sanbo Kyodan）传统的上师。他出生在康涅狄格州纽黑文，1945 年，作为著名法庭记者，去东京参加了对日本战犯国际审判的新闻报道。在日本期间，他听了铃木大拙在北镰仓（Kita Kamakura）作的若干非正式禅宗讲座，回国后，去纽约哥伦比亚大学正式听铃木大拙讲课。但是，他不满足于铃木大拙知识性的授课，于 1953 年，去日本深入学习禅宗。起初师从临济宗上师中川宋渊（Soen Nakagawa, 1907—1984），然后去法身寺（Hosshin-ji）拜师曹洞宗名僧原田大云（Daiun Harada, 1871—1961）上师，成了原田的佛法继承人，接着又向安谷白云上师学习。经过 13 年对禅宗的精研，于 1965 年，受安谷白云上师具足戒，获批传教。他的名著《禅门三柱》（*The Three Pillars of Zen*, 1965）被译成 12 种外文，至今一再再版。这是传达佛教禅宗的首批英语著作之一，它不是作为纯理论的哲学而是一本务实而有益于禅修的普及书籍。1966 年，卡普乐离开日本，在纽约州罗彻斯特创立罗彻斯特禅修中心（Rochester Zen Center）——美国人自己创立的第一个禅修中心。

2. 约翰·戴多·卢里（John Daido Loori, 1931—2009）

卢里是纽约山岳禅寺（Zen Mountain Monastery）方丈（abbot）、禅宗山水派（Mountains and Rivers Order）创始人。他出生在新泽西州泽西市天主教家庭，从小热爱摄影，曾在海军服役（1947—1952）。罗格斯大学毕业之后，在食品厂任化学师。1972年，在纽约师从中川宋渊上师；后去加州，师从前角博雄上师。1977年，领受具足戒；1980年，在纽约州购买230英亩土地，建立山岳禅寺；1983年，被前角博雄上师授予禅师衔；1986年，领受嗣法（shiho），成为前角博雄上师的法嗣；1997年，领受临济宗原田－保谷门派传法（dharma transmission），宗教历史学家理查德·休斯·西格（Richard Hughes Seager）为此说他成了同时获得"曹洞宗和临济宗大法的三个西方人之一"。①

3. 理查德·贝克（Richard Baker, 1936—　）

贝克出生在缅因州约克县，在坎布里奇和匹兹堡两地长大，家境小康，在哈佛大学攻读建筑和历史。1960年，去旧金山，师从铃木俊隆。1966年，铃木俊隆授予他曹洞宗禅师衔。1968～1971年，他在日本安泰寺（Antai-ji）、永平寺（Eihi-ji）和大德寺（Daitoku-ji）等三所主要禅宗寺院学习禅宗。1970年，领受铃木俊隆曹洞宗法，次年铃木俊隆往生后，接任旧金山禅修中心方丈，直至1984年被发现与旧金山禅修中心的一位施主的妻子通奸而被迫离开。尽管如此，他在帮助旧金山禅修中心成为美国最有影响的禅宗机构方面做出了巨大贡献。理查德·贝克离开旧金山之后，去圣达菲，建立了一个新的社区禅宗道场，称为达摩僧伽（Dharma Sangha）。1973年，他给他的门徒菲利普·惠伦授予禅师衔。惠伦后来成了旧金山哈特福德街禅修中心（Hartford Street Zen Center）方丈。1994年，笔者有幸在此拜会惠伦。贝克后来去科罗拉多州克雷斯通和德国建立达摩僧伽。

4. 伯尼·格拉斯曼（Bernie Glassman, 1939—　）

伯尼·格拉斯曼又名伯纳德·铁眼·格拉斯曼（Bernard Tetsugen Glassman），美国禅师，出生在纽约布鲁克林犹太移民家庭，毕业于布鲁克林理工学院，获工程学士学位。毕业后，去加州当航空工程师。后来获加州大学洛杉矶分校应用数学博士学位。师从前角博雄，1976年，领受前角博雄嗣法。1996年，与妻子桑德拉·霍姆斯（Sandra Jishu Holmes）创立

---

① Richard Hughes Seager. *Buddhism in America*. U of Columbia P, 2000.

"禅宗和平缔造者派"（Zen Peacemakers Order），以"街头静修"著称。他和有同样主张的同修生活在街头无家可归者之中修禅，一次达数星期之久。1982年，他在纽约扬克斯开办格雷斯通面包房，努力帮助缓解该地区无家可归者的饥饿，所得款项资助他所谓的纽约禅宗社区，把破败的建筑改造成无家可归者的住房。他还利用面包房的盈利建立格雷斯通基金会。该基金会资助艾滋病毒/艾滋病研究项目，提供在职培训和住房、托儿服务，创造受教育的机会。

5. 露丝·富勒·佐佐木（Ruth Fuller Sasaki, 1892—1967）

露丝·富勒·佐佐木即露丝·富勒·埃弗雷特，1930年，在日本师从铃木大拙。佐佐木指月去世后，露丝去京都，与一个日本上师生活在一起。她的后半生大部分时间住在京都，在1958年成为临济宗禅寺第一个外国禅师，而且是唯一的西方女人。她在寺庙里不尽日本禅师通常应尽的职责，只把时间用在向西方传播禅学的著述上。作为美国佛教协会坚定的支持者和佛教在美国发展过程中起重要作用的人物，她翻译了许多禅宗经典，其中她的专著《禅尘：临济宗公案史和公案研究》（*Zen dust: the history of the koan and koan study in Rinzai Zen*, 1966）是美国人了解禅宗公案的重要著作。斯奈德称赞她说："她60年代的著作确切而中肯，走在时代的前面。"[①]

她与一州三浦（Miura Isshu）合著的《禅公案：临济宗里的公案历史及其应用》（*The Zen Koan: Its history and use in Rinzai Zen*, 1965）对禅公案的历史发展和修习方法进行了学术性的考察。值得一提的一则美国诗坛佳话是，她不但为斯奈德首次去日本学禅付了路费，而且建议斯奈德与已经和他生活在一起的凯杰（Kyger）结婚，如果他想同美国第一禅堂维持联系的话。斯奈德与凯杰的婚姻维持了五年（1960—1965）。

6. 罗伯特·艾特肯（Robert Aitken, 1917—2010）

罗伯特·艾特肯是禅宗原田－保谷派导师，他于1985年领受山田耕云（Yamada Koun, 1907—1989）禅师的嗣法，但决定当居士。他出生在宾州费城，在夏威夷长大。二战开始时，他在关岛被日本人关在集中营。战争结束后，回到夏威夷，获夏威夷大学英文学士学位和日文硕士学位。40年代晚期，在加州大学伯克利分校遇见千崎如幻上师，随后在洛杉矶师从千

---

① 转引自 Isabel Stirling and Gary Snyder. *Zen Pioneer: The Life and Works of Ruth Fuller Sasaki.* Shoemaker & Hoard, 2006: xiii.

崎如幻。1950 年，去日本学习俳句，遵循千崎如幻上师的建议，在镰仓圆觉寺开始学禅。不久遇到中川宋渊上师，在龙泽寺（Ryutaku-ji）学禅七个月，由于身患痢疾回夏威夷，与安妮·霍普金斯（Anne Hopkins）结婚（第二任妻子）。1957 年，跟从安谷白云上师学禅。1959 年，和妻子安妮在夏威夷开始建立禅堂，后来取名金刚僧伽（Diamond Sangha），与南美、澳大利亚、新西兰和欧洲以及美国本土各地禅修中心均有联系，吸引了大批信众。他善于把禅学应用到日常的社会生活之中，坚信现代的佛教徒要救度众生，就必须参与社会运动，反对战争，提倡和平。作为终身主张同性恋、女子、夏威夷土著社会平等的社会活动家，他个人曾参加反对华盛顿州的三叉戟飞弹的活动，到监狱教静坐。在越战期间，他辅导被征召以及反征召的年轻人的禅学。他认为，真正的禅宗中心不是一个避难所，而是一种行动力的来源，使有良知的人们能往外参加到更大的社会中去。

7. 艾伦·沃茨（Alan Watts, 1915—1973）

艾伦·沃茨原是英国哲学家和作家，于 1938 年带着妻子和岳母到纽约，向佐佐木学禅。他的专著《禅道》（*The Way of Zen*, 1957）在禅宗界同铃木大拙一样有名气。他还发表了专著《垮掉派禅、老派禅和禅》（*Beat Zen, Square Zen and Zen*, 1959）。早在 1936 年，他已经出版了专著《禅的精神》（*The Spirit of Zen*）。1951 年早期，他离开纽约，没有受戒成为禅师，觉得禅师的方法不适合他，于是移居加州，在旧金山美国亚洲研究学院教书。他在那里接触到许多著名的知识分子、艺术家和美国教师。他与斯奈德的友谊孕育了对环保运动的重视，并从哲学上给予理论的支持。

艾伦·沃茨对禅宗的看法受到卡普乐、约翰·戴多·卢里和铃木大拙的批评，认为他对坐禅的理解片面。在沃茨看来，不动脑筋的坐禅，不会有真理的发现，这种打坐无异于猫不思不想坐在那里，然后伸伸懒腰，一走了之。这与国学大师南怀瑾的观点不谋而合。[①]他的看法得到了旧金山禅宗界的支持，其中包括旧金山禅修中心创始人、曹洞宗上师铃木俊隆的首肯，说他是"一尊伟大的菩萨"。但是，铃木俊隆对坐禅的看法似乎很混乱，因为曹洞宗历来提倡"静坐默究，净治揩磨，便可显示妙灵本土"[②]。作为饱学之士，他在美国亚洲研究学院执教期间，跟从长谷川（Hasegawa）

---

① 南怀瑾（1918—2012）的观点："设以无念为吾佛心法旨，直教大地平沉，活埋无数苍生矣。石头瓦块，棺内眠尸，皆无念也。岂皆已明心见性而成佛矣？"——南怀瑾.《禅海蠡测》，中国世界语出版社，1994：14.

② 杜继文.《佛教史》，中国社会科学出版社，1991：490.

以及中国学生学习中文，练习毛笔书法；阅读、研究并在课堂上讨论印度哲学《奥义书》、"新物理学"、控制论、语义学、过程哲学、自然史和性行为人类学。

艾伦·沃茨结婚三次，生五女两男：1938 年与埃莉诺·埃弗雷特（Eleanor Everett）结婚，11 年后离异，但继续与露丝·富勒·佐佐木保持通信联系；1950 年，在旧金山与多萝西·德威特（Dorothy DeWitt）结婚，60 年代初期离婚；1964 年，与玛丽·珍·耶茨·金（Mary Jane Yates King）结婚，晚年有时住在旧金山湾区索萨利托的船屋里，有时住在加州马林县塔马耳佩斯山上僻静的小屋里，因不堪社会和经济压力，晚年酗酒，加速了他的死亡，欧洲讲学劳累过度，回来之后去世。他生前最后的世界观建立在印度教、中国古典哲学、泛神论和现代科学之上。他认为，整个宇宙包括了捉迷藏的自我小宇宙，通过变成宇宙里一切有生命和无生命的万物，隐藏着它自身（玛雅），忘记它到底是什么；结果是，我们成了一切变相的"它"。沃茨以这种世界观向世人宣称：我们把对自我的观念当作是"肉皮囊的自我"是一个神话；我们称之为单独的"东西"只是全体的一个过程。因此，他在临死时，大概不会感到精神痛苦，因为宇宙里单独个体，无论有无生命，只不过是全体的一个过程而已。

8. 华兹生（Burton Watson, 1925—　）

华兹生是翻译包括中文和日文禅宗著作在内的翻译大家。他出生在纽约州新罗谢尔。在纽约哥伦比亚大学专攻中文和日文，获博士学位（1951）。曾去日本，在京都同志社大学教英文，同露丝·富勒·佐佐木合作，把日文禅宗经典译成英文。1973 年，移居日本至今，从事翻译。在他众多的译著中，值得我们注意的有：池田大作（Ikeda Daisaku, 1928—　）的《活佛》（*The Living Buddha*, 1976）和俳句诗人种田山头火（Taneda Santoka, 1882—1940）[①]的《步行之作：种田山头火的自由诗俳句》（*For All My Walking: Free-Verse Haiku of Taneda Santoka*, 2004）以及《法华经》（*The Lotus Sutra*, 1993）。

9. 托马斯·克利里（Thomas Cleary, 1949—　）和 J. C. 克利里（J. C. Cleary）

他们是兄弟俩，都获哈佛大学东亚语言和文明系博士学位，各自翻译了大量佛教禅宗著作。他俩合译的禅宗公案集《碧岩录》（*The Blue Cliff*

---

① 日本俳句诗人种田山头火的本名是种田正一（Taneda Shoichi）。

Record, 2005）是宋代著名禅僧圆悟克勤（1063—1135）所著，共十卷，被誉为禅门第一书，是进入禅宗之门必不可少的开蒙读物。他俩还合译了《禅宗书信：圆悟克勤之教义》（*Zen Letters: Teachings of Yuanwu*, 2001）。J. C. 克里利单独翻译了《禅悟：敦煌的早期禅宗文本》（*Zen Dawn: Early Zen Texts from Tun Huang*, 2001）和《沼泽之花：禅师大慧宗杲书信及训诫》（*Swampland Flowers: The Letters and Lectures of Zen Master Ta Hui*, 2006）。托马斯·克里利更是大手笔，编译了五卷本《佛教与禅宗典籍》（*Classics Of Buddhism And Zen*, 2001，2005）。

第三章　禅宗对美国诗歌的影响

　　根据斯蒂芬·弗雷德曼教授的看法，对 20 世纪美国诗歌起重要影响的宗教有三方面：1）新异教（New-paganism），例如赫耳墨斯主义（Hermeticism）[①]、通神学（Theosophy）[②]和炼金术；2）佛教；3）基督教。

　　至于佛教，他认为："佛教，特别是禅宗和藏传佛教，在 20 世纪下半叶的美国诗歌的领域里获得了令人惊讶的稳固的立足点。"[③] 肯特·约翰逊（Kent Johnson）和克雷格·波伦尼奇（Craig Paulenich）在他们主编的《一轮独月之下：美国当代诗歌中的佛教》（*Beneath a Single Moon: Buddhism in Contemporary American Poetry*, 1991）一书的前言中，也表达了同样的观点："事实上，至少就美国文学而言，可以说佛教对当今诗歌起着最具活力的精神影响。"[④] 垮掉派诗人黛安·迪普里玛在谈到佛教对美国的影响时，也说："不管我们意识到与否，有关佛教的学说已渗透到美国人的意识里了。"[⑤] 关于藏传佛教对美国诗歌的影响，已经在垮掉派诗歌章节里介绍了，这里专门介绍禅宗对美国诗歌的影响。

　　美国禅诗是美国诗人在禅宗思想的影响下改变世界观和审美趣味而创作的诗，这些诗富有超然物外的禅趣。所谓参禅，一般地说，是指通过打坐，取得禅定，使自己处于安静状态而止息杂念，这时才逐渐开悟：回归本真，参透人生，这便是禅。还有一种说法：禅的意义是在定中产生无

---

　　① 赫耳墨斯主义：西方神秘学的滥觞，发展于埃及、希腊文化时期的末期（公元 2～3 世纪），囊括了古代神秘学贤士三重神圣赫耳墨斯（Hermes Trismegistus）关于哲学、炼金术、占星等内容。

　　② 通神学：一种神秘洞察神的本性、关于精神性质的宗教哲学或理论。1875 年创立于纽约市，包括佛教和婆罗门教。

　　③ Stephen Fredman. "Mysticism: Neo-paganism, Buddhism, and Christianity." *A Concise Companion to Twentieth-century American Poetry*. Ed. Stephen Fredman. Malden, MA: Blackwell Publishing Ltd., 2005: 191.

　　④ Kent Johnson and Craig Paulenich. Eds. "Preface." *Beneath a Single Moon: Buddhism in Contemporary American Poetry*. Boston & London: Shambhala, 1991: xvi.

　　⑤ *Beneath a Single Moon*: 56.

上的智慧，以无上的智慧来印证，证明一切事物的真如实相，这就叫作禅。但是，这类界定还只是门外之说，我们在禅宗之外的人对禅宗的认识也只能这样，因为禅宗思想的特点是："不立文字，教外别传，直指人心，见性成佛。"

那么究竟什么是禅呢？这往往是初学禅者多次提出的问题，也是得不到禅宗大德直接答复的问题。禅师往往用公案作比方，把学禅者一步步引向禅境。例如，垮掉派诗人菲洛娟·龙在她的著作《美国禅骨：前角博雄上师的故事》中引用了《坛经》中的一个著名典故："二僧论风幡义，一曰风动，一曰幡动，议论不已。惠能进曰：'不是风动，不是幡动，仁者心动。'""仁者心动"就是禅。有评论家说，用现代的哲学来分析，说"风动"的，属于唯物主义，说"幡动"的，属于多元论，说"仁者心动"的，属于唯心主义。所以，在这个意义上讲，禅宗是唯心主义，但是辩证唯心主义。铃木俊隆禅师在他的专著《禅心，初始者之心》（*Zen Mind, Beginner's Mind*, 1970）里说："打坐是直接表达我们的本真。从严格意义上讲，对于个人来说，除此种生活方式别无他法。"[①]他又说："当你做事时，你应该完全燃烧自己，像一堆很好的篝火，没有留下自己的痕迹。"他的意思是忘我。他还说："不接受万物皆变的事实，我们无法找到完美的泰然自若。但不幸的是，虽然它是真实的，我们却很难接受。因为我们不能接受无常的真理，我们就受苦。"艾伦·沃茨在他的专著《垮掉派禅、老派禅和禅》中告诉美国信众说："中国古代禅师沉浸在道学之中。他们把大自然看成是互相联系的一个整体，把每个生物和每次体验看成与道相一致。这使他们时刻接受自己的本真，最少需要证明任何事情。"

西方人心目中的禅究竟是什么呢？著名宗教比较学家托马斯·默顿（Thomas Merton, 1915—1968）作了如下的阐释：禅这东西把矛盾推向极致，人们在疯癫与天真之间做出选择。禅暗示：我们在宇宙的天平上可能趋向这一端或另一端。向前行，不管朝这一端还是另一端，如同不管是疯癫还是天真，我们已经到达彼岸。张开我们的眼睛看看也许是很好的。[②]他的这个看法正好说明了为什么寒山和拾得获得美国诗人特别是斯奈德的青睐。凯鲁亚克的畅销小说《达摩流浪者》（1958）更普及了禅宗，因为它

---

① 这是他转述中国圭峰宗密大师的话："……故三乘学人，欲求圣道，必须修禅，离此无门，离此无路……"转引自沈行知《盘若与业力》，北京图书馆出版社，1998：45。

② 托马斯·默顿对庄子深有研究，对禅宗犹有建树，他的这段话出自他的专著《禅宗与欲望鸟》（*Zen and the Birds of Appetite*, 1968），转引自 David Schiller. *The Little Zen Companion*. New York: Workman Publishing, 1994: 11.

的主人公以斯奈德为原型，着重讲述通过参禅发现了体现真理的佛法。葛兆光先生曾指出，中国的禅阐释者有赋予禅崇高的现代意义的通病，美国诗人正是从西方的哲学和心理学去阐释早已西化了的禅，更加"期望禅思想不仅能拯救现代人的心灵，还期望通过拯救心灵来挽救这个日益沦丧的社会，并期望以此达到宇宙与人类的和谐"[①]。

修禅者需要进行思维修炼，使心绪宁静专注而深入思虑义理。美国诗人对禅的"那种深幽清远的意趣、单刀直入的体悟、自然适意的情调以及追寻永恒自由的超越精神"[②] 情有独钟，珍爱有加。美国诗人在接受禅时往往兼收老庄哲学、儒家学说、《易经》、古典山水画、日本俳句、能乐等营养成分，这并不难理解。中国的禅宗本来吸取了儒家的道德成分、老庄哲学的虚无成分、《易经》的变化成分，而唐诗、古典山水画和俳句受禅学影响甚深，常常富于禅趣。中国的寒山和日本的芭蕉都是他们称羡的对象。斯奈德认为，像受禅影响的俳句一样，唐诗的韵律与语义的张力在于道与禅的原则。他又说：

> 一首完美的诗，像一个典型的生命体，具有简洁的表达、无与伦比的完整性、充分的表露，是在心能网络中的一种天赋交换。能剧《芭蕉》里有一句台词："所有的诗歌和艺术是献给佛陀的祭品。"这些各色各样的佛教思想同中国古诗的诗感一道，是产生优雅单纯的织物一部分，我们称它为禅美学。[③]

斯奈德所说的禅美学也是美国的禅美学，美国诗人往往把修禅时最本质的静虑状态同诗歌创作时的直感联系在一起，一就是一，石头就是石头，因此金斯堡把庞德倡导的意象派诗歌创作原则之一"直接描写客观事物"和 W. C. 威廉斯的诗美学"不表现观念，只描写事物"与打坐冥想时的内在直觉体验联系起来。禅宗诗人简·赫希菲尔德对此可能说得更明白一些：

> 我被引进潜在于禅修时的思想，是通过阅读日本平安时代的能剧、俳句、中国的唐诗，它们的佛教色彩不一定很明显，但在其感情和意象里却处处反映了佛教思想。也许这纯粹是我个人的经历，但从

---

① 葛兆光.《中国禅思想史——从 6 世纪到 9 世纪》. 北京：北京大学出版社，1995：32.

② 葛兆光.《中国禅思想史——从 6 世纪到 9 世纪》. 北京：北京大学出版社，1995：364。

③ Gary Snyder. "Introduction." *Beneath a Single Moon: Buddhism in Contemporary American Poetry*. Boston & London: Shambhala: 7-8.

我开始学禅的那个时候起，写诗与参禅对我来说似乎是两条平行而持续的路：每一条路是以其最完全的自然状态所作的自我表现，伴以对那个自我的本性所进行的探索。①

然而，用直感再现客体不能等同于参禅，用直感表现主客观的诗也未必是禅诗，那么究竟什么是当今标准的禅诗？佛陀、菩萨或有道行的大禅师的偈语，在艺术形式上像中国的古诗，禅味十足，可是它不是诗，尽管它有时也有诗意。如果模仿偈语写诗，此路不通是显然的。芭蕉的俳句、王维和寒山的诗作已是举世公认的禅诗，但如果用它们的美学标准衡量美国的禅诗，恐怕没有一首是合格的。由于时空的差距和文化的差异，美国禅宗诗人对禅的体悟怎能和芭蕉、王维或寒山对禅的认识相同呢？禅宗诗人斯特里克对此提议让禅师鉴别最可靠，他说：

> 自从唐朝以来，相互理解（这对禅宗很重要）的诗是在训练上测定进展的一种明显尺度。经过合格的禅师而不是文学批评家鉴定之后，才可以看出它是不是禅诗。多数启发人觉悟的诗都属于这一类，虽然这些诗很难事先计划或预见。只有了解其弟子的需求、不足与实力的禅师才知道这其中的突破有没有取得。②

斯特里克深谙禅意，对禅诗的美学所定标准甚为严格，需要经过禅师的认可。日本禅宗诗人池元隆说："什么是禅诗？印度佛教传统里宣扬的一种诗歌形式。"③ 我们对他的界定只能作这样的理解：池元隆是在极其严格意义上对禅宗诗作的界定，未必是唯一的标准，因为内布拉斯加州心田寺（Heartland Temple）的内布拉斯加禅修中心在它的网站上公布了一批美国诗人的短诗，应当说是经过那里的禅师认可的禅诗，其中收录了威廉·斯塔福德、罗伯特·布莱、简·赫希菲尔德（Jane Hirschfield, 1953— ）、玛丽·奥利弗、查尔斯·布科斯基、德里克·沃尔科特、莉塞尔·穆勒（Lisel Mueller, 1924— ）、温德尔·贝里和比利·柯林斯等诗人的"准"禅诗，除了简·赫希菲尔德之外，他/她们生平似乎与禅宗接触不多，或不直接搭界，只是受禅学的间接影响，但是，内布拉斯加禅修中心却选录了他们接

---

① Jane Hirshfield. "Poetry, Zazen, and the Net of Connection." *Beneath a Single Moon*: 150.

② Lucien Stryk. "Death of a Zen Poet: Shinkichi Takahashi." *Beneath a Single Moon*: 288.

③ Takashi Ikemoto. "Foreword to Zen Poems of China & Japan: The Crane's Bill." Eds & Trans. Lucien Stryk, Takashi Ikemoto and Taigan Takayama. New York: Doubleday, 1973.

近大自然、情趣潇洒的一些诗篇，换言之，这些诗篇远离世俗趣味。禅诗的特点是讲究人生感悟和精神境界。在这个意义上，美国田园诗是否也可以归属到禅诗中来？因为田园诗人在描写大自然的诗中，真实而自然地流露了他/她们超凡脱俗的精神境界。我们不妨可以这样说，禅诗是出世的诗，凡出世的诗也可归为禅诗。禅宗诗人约翰·塔兰特对禅与诗的关系作了明确的阐述，他说：

> 禅与诗：两样没有用的东西，因为它们是两个怪物，日常舒适的进程之外的创造物。任何连接既不明显也没有安慰性。两者都以天天不同的有效性，对想描述、理解和具体表现世界的奇迹——它的美丽、痛苦和矛盾的渴望做出回答。两者也是结果。作为实践，它们有自己的存在理由，充满人的努力。因此，不管两者在技巧、奋斗和启示的方式上是其他什么东西，它们是存在的方式、生命的形式。①

美国诗人艾伦·迪克（Allen Dick, 1939— ）心目中的禅师似乎很随意，请看他发表在《诗刊》上的一首诗《美国禅师》（"The American Zen Master", 2002）上半段：

> 禅也要去发现，他试着教导我们说，
> 在汽车经销商的陈列室，在鞋带里……也在美国，
> 你别坐在禅师的脚旁，
> 但是要与他喝咖啡，最好在星巴克茶座，
> 正好紧邻市郊特大商场，那里人人看起来
> 半裸露，半迷茫，半死不活。
> "禅的神秘，"禅师说，
> "也许中途来自美国佬的蜡烛店
> 这时你认识到你嗅不出任何气味，
> 或倒读豪马牌贺卡也读不出什么意义，
> 或从一直塞满食物的冰箱里一无选择，
> 但这不是秘密。"

艾伦·迪克通过美国禅师之口，表达他对禅的普遍性和普通性的理

---

① John Tarrant. "Zen Poetry and the Great Dream Buddha." *Beneath a Single Moon*: 302.

解：在平凡中悟禅。换言之，禅说来也不神秘，很普通，随时随地都能发现禅的意境，尽管他似乎没有认识到禅是寻求人生真谛，解决宇宙万有根源。诗人萨姆·哈米尔①则从另一个方面来揭示禅宗生根美国的实质和他本人对禅的认识，他说：

> 美国人常常陷在最高完美启示的观念里。我们生活在一个助长及时行乐的谎言的文化之中。我们陷在繁荣幻影与无家可归、贫穷、绝望、杀气腾腾的外交关系的严酷现实之间，常常拼命地试图视而不见。有时把这归结到我们自己对"信仰"或对宗教的个人责任心上。有些人甚至试图逃避到禅宗里。但是，禅不是逃避个人责任的依托。

> 有些禅宗信徒相信顿悟；有些人相信逐渐省悟。有些人遵循心印研究的学说；有些人强调背诵佛经。当每个人声称到达极乐世界之道时，我们说什么呢？我从来没有去过极乐世界，我不知道有什么其他人到达过那里。在这个世界上有生死轮回（samsara），我见证了不可避免的每一天无数个生生死死。极乐世界不是我的问题，如同基督教的天堂不是我的问题一样。极乐世界、天堂、众神和众女神都不错。但是，因为我知道我会死，因为我活在我的死亡里如我活在我的生命里。正如梦窗疏石（Muso Soseki, 1275—1351）禅师在他的一首诗里所说，"如梦生在梦世界，将像朝露般离开"。有人问南无阿弥陀佛（Amida Buddha）西方极乐世界在何方，他的回答是："一切均在心中。"②

萨姆·哈米尔在这里试图用唯物主义阐释禅，在他的诗篇《念经万句》（"Ten Thousand Sutras"）中则形象化地阐释他对禅的理解：

> 此身是菩萨身。
> 彼此是一体，好似水与冰。
> 身在湖泊中，
> 渴望饮清水。

---

① 萨姆·哈米尔（Sam Hamill, 1943— ）：诗人、翻译家、科珀·坎宁出版社编辑，在中小学和监狱教授写作。发表有十几本著作，其中包括《芭蕉的鬼魂》（*Basho's Ghost*, 1989）和论文集《一个诗人的作品：彼岸的诗歌》（*A Poet's Work: The Other Side of Poetry*, 1990）。
② Sam Hamill. "Sitting Zen, Working Zen, Feminist Zen." *Beneath a Single Moon*: 114.

　　　　身漂浮在轮回里，
　　　　却梦想极乐世界。

　　　　此身是菩萨身，
　　　　此刻是永远。

哈米尔在诗的最后吟诵道：

　　　　在默念里
　　　　摧毁罪业。

　　　　在默念里
　　　　栖息达磨——

　　　　吾身是菩萨身，
　　　　尔身是菩萨身。

　　　　朝轮回张开手和眼，
　　　　让千手观音拥抱你！

　　　　在空寂—达磨的心境里，
　　　　在寂寞的真谛中，

　　　　此身是庙宇，
　　　　不是避难地。
　　　　赞美此肉体，
　　　　甚至在轮回里，
　　　　此身是菩萨身，
　　　　此身是菩萨身。

　　佛在"心中"，不在所谓的西方极乐世界。通过修心和修行，才能成为"菩萨"——开悟了的众生之一。哈米尔所要传达的实际上是佛教的基本教义。

第四章　美国禅宗诗人的分类

列在美国各种禅宗诗选中的诗人众多，例如，肯特·约翰逊和克雷格·波伦尼奇主编的《一轮独月之下：美国当代诗歌中的佛教》选录了45位诗人；雷·麦克尼斯（Ray McNiece）和拉里·史密斯（Larry Smith）主编的《美国禅：诗人的聚会》（*AMERICA ZEN: A GATHERING OF POETS*, 2004）收录了30位诗人；安德鲁·谢林主编的《北美佛教诗歌智慧诗选集》（*The Wisdom Anthology of North American Buddhist Poetry*, 2005）挑选了28位诗人。在这三部诗选中，有少数诗人虽然重复出现，然而，诗人队伍已经蔚为壮观，其中有两部在诗选标题上虽称佛教，但是实际上选入的多数是禅诗。从这些诗选中，我们发觉禅师或居士固然可以写出正宗的禅诗来，一般直接或间接受禅宗影响的美国诗人也能写出优秀的禅诗或准禅诗。创作禅诗或准禅诗或富有禅趣的诗的诗人，都可以称为禅宗诗人。不过如果仔细辨别，美国禅宗诗人大致可分为三类。

第一节　脱离凡俗、削发为僧的出家和尚诗人和削发为僧但有妻室的和尚诗人

1. 菲利普·惠伦（Philip Whalen, 1923—2002）

惠伦与金斯堡、凯鲁亚克和斯奈德并驾齐驱。20世纪后半叶接受禅宗并在行动上和诗歌创作中体现禅宗精神的美国诗人，莫过于垮掉派诗人，而惠伦在垮掉派诗人群之中，在弘扬禅宗佛法方面，是最突出的一位诗人。他在美国国内政治气氛相对平静的70年代皈依佛门，成为禅师，获法号禅心龙风（Zenshin Ryufu）。他的禅诗收录在《在卡巴加小溪上划舟：1955～1986年佛教诗选》（*Canoeing up Cabarga Creek: Buddhism Poems 1955-1986*, 1986）里。惠伦年轻时同其他的垮掉派诗人一样，政治色彩颇浓。他入教

以后便用禅的眼光看待万事万物。他在《减压：诗选》（*Decompression: Selected Poems*, 1977）的前言里说："我隐约感到，如果我今天写了一首与天气、一株花或任何明显'无关'的……题材的真正好诗，这比我写一本攻击政府和资本主义制度更能加速革命的进程。"他把弘扬佛法看作是治疗资本主义制度顽疾的有效途径。他认为："我曾想，一个人坐禅时可以获得神奇的力量。后来我了解到，它能产生启蒙作用。再后来，我发现道元① 告诉我们说，坐禅是启蒙的实践，他的说法是对的。当然这里面不会有金钱。我现在养成了坐禅的习惯。"②

惠伦的生平、传教和创作在前面的垮掉派诗歌章节里已经介绍，这里只介绍他的三首诗。

《雨季坐关开始》（"Opening Raining-Season Sesshin", 1966）：

> 小田上师坐在他的椅垫上
> 从他的佛堂回过脸去。
> 世界每次看起来是否都不同？
> 　　　　*
> 大德地上师站在他的座椅上
> 面对椅背，像一个孩子。
> 临济宗巨大的宝座！
> 这孩子完全坐进去。

《银阁寺之道》（"Ginkakuji Michi", 1966）：
> 早晨被黑蜻蜓萦绕
> 　　女房东折磨着花园苔藓

《通感》（"Synesthesia", 1966）：

> 阳光下少数几株松树，
> 莫里斯·拉威尔③的全部作品。

---

① 道元：日本镰仓时代（1192—1333）的高僧。又名道元希玄（Dōgen Kigen）或永平道元（Eihei Dōgen）。13 岁出家，在天台宗中心比睿山习修佛经。1223～1227 年间留学中国，在如净禅师指导下悟道。回国后广传曹洞宗禅学。

② Philip Whalen. "About Writing and Meditation." *Beneath a Single Moon*: 328.

③ 约瑟夫－莫里斯·拉威尔（Joseph-Maurice Ravel, 1875—1937）：法国作曲家和钢琴家，以管弦乐作品著称于世。

惠伦的这三首诗简单、朴素、直率，但让我们感受到诗人的真性情，因为"禅宗诗歌的着眼点不在于文字的华美、技巧的娴熟，而在其内蕴的丰厚"，让我们看到诗人的"明心见性"，即他的"本来面目"。①《雨季坐关开始》一诗尤其让我们感受到禅宗诗人真正的"自性本净，圆满具足"。陪伴惠伦晚年的诗人迈克尔·罗滕伯格（Michael Rothenberg, 1952— ）的一首短诗《不断前进》（"Ongoing", 1999）生动地刻画了惠伦这位禅宗诗人：

> 寸步移动地走在
> 　　哈特福德街上，依靠
> 　　　　"大脑和手杖"
>
> "禅师，宇宙的智慧，起初的垮掉派"
> "笃信宗教的福斯塔夫"②
> "胡思乱想，古怪，温柔，挑剔"
> "方丈，语言诗人，垮掉派成员"
> "垮掉派诗人之中最正规最激进者"
> （金斯堡警告我使用了太多的"时髦话"）
>
> 　　艾伦，滚出我的诗！
> 　你死了，惠伦还活着，
> 　　仍然在此在我们中间。

迈克尔·罗滕伯格在惠伦晚年照顾老诗人，他和诺曼·费希尔以及莱斯利·斯卡拉皮诺（Leslie Scalapino）是三位惠伦遗著出版执行人。

2. 诺曼·费希尔（Norman Fischer, 1946— ）

费希尔是曹洞宗铃木一系的禅师。他出生在宾州威尔克斯－巴里的一个犹太人家庭。在爱荷华大学攻读诗歌，后又在加州大学伯克利分校和研究生神学教会联盟（Graduate Theological Union）完成学业。70 年代和 80 年代，他是旧金山湾区活跃的诗人群中的积极分子，广泛参加当时的诗歌朗诵和出版。他经常参加垮掉派诗人，特别是惠伦、斯奈德和麦克卢尔的

---

① 参见吴言生《禅宗诗歌境界》（中华书局，2001）内容简介。
② 福斯塔夫（Falstaff）：莎士比亚历史剧《亨利四世》中的喜剧人物，王子放浪形骸的酒友，既吹牛撒谎又幽默乐观，既无道德荣誉观念又无坏心眼。

诗歌活动。1980 年，被授予曹洞宗法师。1988 年，领受伯克利禅修中心创建人、曹洞宗方丈梅尔·威茨曼（Mel Weitsman, 1929—　）的嗣法，成为他的法嗣。1995～2000 年，与布兰奇·哈特曼（Blanche Hartman）一道主持旧金山禅修中心。2000 年，创立每日禅宗基金会，在加拿大、美国和墨西哥建立了参禅团体。他从 1981 年至今一直生活在绿色山谷农场禅修中心，任住院教师。他与音乐家和舞蹈家合作，创建绿色山谷佛陀诞辰和圆寂日纪念游行，这成了旧金山湾区一年一度的盛事。1987 年 5 月，他在绿色山谷农场禅修中心举行诗人们的周末静修。在静修期间，他引导诗人们相互交流冥想与诗歌创作的心得，他称它为"空的诗学"，并向公众开放。安德鲁·谢林高度评价费希尔的这一创造性举措，说它是里程碑式的事件，总有一天会被写入佛教史册里。[①]

　　费希尔的突出之处是他主张世界上不同的宗教可以对话而不是互不相容。他有时去旧金山犹太教教堂做礼拜，并传教。他认为，在我们的时代，对世界各宗教的考验是做一些远比只是评价和再阐释各自信仰更重要的事情，希望忠实的信徒们觉察真正的教义。回顾过去一百年的毁灭性战争、大屠杀、生态灾难，他还认为各种宗教传统应该有更宽广的传教使命，因此各宗教之间的对话不仅是谦逊、有趣，而且有实质性的重要性。他在他的著作《向你开放：禅宗启发下赞美诗的转化》（*Opening to You: Zen-Inspired Translations of the Psalms*, 2003）中，把"上帝"或"主"这类字眼去掉，改称"你"。对此，他说：

　　　　对于我遇到的许多宗教追求者来说，"上帝""天主"这类词的精神力量全部空了。在赞美诗里指引的与上帝的关系是牢靠的关系，相互依存，充满激情，混乱，忠诚，易使性子，有时甚至带有操纵性。我想找到一种方式来处理这些赞美诗，以便强调关系的一个方面，同时避免落入诸如上帝、天主之类词语造成疏远人的主要陷阱。

　　在谈到默念与诗歌的关系时，费希尔说："冥想是你坐下来时，不做任何事情。写诗是你起身做一些事情。我认为这些活动是不可回避的：我们之中所有的人都要做这两类事。两者均涉及想象力，人的官能创造、展望和改变一个世界。"[②]他的一首比较短的诗《论思维》（"On Thinking"）

---

　　① 转引自 Hank Lazer. "Reflections on *The Wisdom Anthology of North American Buddhis Poetry.*" *Lyrics & Spirit: Selected Essays 1996-2008* by Hank Lazer. Richmond, CA: Omnidawn Publishing, 2008: 330.

　　② *Beneath a Single Moon*: 66.

也许可以对他所认识的默念做一个注释：

> 你死之后，会发生什么？到达什么程度？或者只有更多的相同。
> 春天来了；春天在此：什么有益于这双靴子，有益于这美？
> 所以，当一个人大笑时
> 他的衣袖抖动，就像寒冷山洼里的竹叶——
> 不是像你想象的那样。因此，思维采取
> 计划和方案的形式，而对于设计的事件
> 以及随之而来的后果的宏观图像
> 你就是中心舞台：然而，你却担心，那就是
> 为什么思想搅动，进展，通过所有那些困难的通道
> 其他人在讲话。聚会完了，我想找我的外套，
> 　　但是用不着填表。
> 其他的时间，思维像老狐狸追逐自己
> 　　汗珠出现在眉头上，因为你记不得
> 你的婴儿毯子的颜色。但像这样
> 可以脱离思想，或者让思想自由，两者居一。
> 毫无疑义，思想在身体里或属于身体，
> 思想越来越是一条交通船，
> 这条船正在启航。思想渐渐走出体外
> 叫醒所有的幼芽萌发，以造就一个春天
> 当一排树首先无声地锁住世界，
> 然后被思想搅动，解开
> 早晨皱着眉头的皱纹线。

　　诗人在诗的末尾，采用另一种说法，来阐释"不是风动，不是幡动，仁者心动"的这一禅宗公案。

　　费希尔的诗集包括《为了向右走，向左转》（*Turn Left in Order to Go Right*, 1989）、《成功》（*Success*, 2000）、《我被吹回》（*I Was Blown Back*, 2005）和《问题/地方/声音/四季》（*Questions / Places / Voices / Seasons*, 2009）。他同妻子凯茜（Kathie）住在加州绿色山谷农场附近，生双胞胎儿子诺亚（Noah）和阿隆（Aron）。1994年的一个晚上，笔者出席了在旧金山举行的先锋派诗歌朗诵会，费希尔居然有兴趣赶来参加这种世俗的诗歌朗诵会，朗诵自己的诗篇时双目炯炯有神，对世事的关注似乎热情不减。作为禅师，

他在风格上不同于惠伦。

3. 约翰·塔兰特（John Tarrant, 1949—　）

塔兰特是罗伯特·艾特肯禅师的法嗣之一，任加州太平洋禅堂（Pacific Zen Institute）主持和亚利桑那州凤凰城沙漠莲花禅僧伽（Desert Lotus Zen Sangha）高级讲师。他从澳大利亚塔斯马尼亚岛移居美国，获加州萨伊布鲁克学院心理学博士学位。已婚，生一女，现住在加州圣罗莎。他曾定期去澳大利亚珀斯和悉尼两地进行禅修，负责指导圣罗莎和伯克利两处加州金刚僧伽的修炼，金刚僧伽最后成为太平洋禅堂。

塔兰特起初接触藏传佛教，但很快对禅宗感兴趣，首先去夏威夷，师从罗伯特·艾特肯禅师。他也是一位使禅宗本土化的开放性禅师，例如，据他的法嗣詹姆斯·伊什梅尔·福特（James Ishmael Ford）说，塔兰特以推动禅宗仪式改革著称，作引进和放弃某些礼拜仪式的试验，譬如，他让大家念禅经时配上印第安卡真人祭祀的曲调，或在禅修时给信众分发葡萄。作为精通禅学的诗人，塔兰特用佛教的三身说（法身、应身和化身）[①]阐释包括诗歌在内的万事万物，道理深奥，似乎很难为一般读者所理解。不过，当他深入浅出地解释禅与诗的关系时，读者还是能受到启发。例如，他说："我认为禅陶冶灵魂以及精神的德性，也以许多微妙的、有时隐蔽的方式陶冶诗歌领域的德性。"[②] 他还说："在我看来，使禅宗在西方本地化的神话诗（禅诗）一直继续下去。禅宗带给诗歌的东西也很重要——对生物与我们走在上面的大地之间神圣关系的感知，对精确表达世界上种种道的感知，对同时在佛陀各领域里也能算是真理的讲话之感知。"[③] 由此可见，他真诚地用禅的眼光看待世界万物，例如，他在一首短诗《世界的恢复》（"The Restoration of the World"）里表达了他这样的世界观：

> 万物之中有得天独厚的逼真。
> 粗俗之物可爱地成长，
> 带有良好的使用价值。
> 一个小时一个小时地打禅在
> 山上砖头城堡里；这块我们一直
> 感到那么冷的地方，改变了我们。

---

① 三身说是佛教基本教义之一，如同基督教或天主教的三位一体说。

② John Tarrant. "Zen Poetry and the Great Dream Buddha." *Beneath a Single Moon*: 307.

③ John Tarrant. "Zen Poetry and the Great Dream Buddha." *Beneath a Single Moon*: 308.

> 我们赋予万物以灵魂。
> 在它们真正的原本的生命里，
> 椅子、篱笆和石头从静寂中
> 挺起身。
>
> 两只剪过毛的羊在吃草，
> 面对着低垂的太阳。
> 两只绿色金色蓝色的锦鹦穿越小围场，
> 它们的翅膀在空中哧哧作响。
>
> 它们接触我，仿佛是我爱的女人
> 已经触摸到我裸露的皮肤。

　　诗人在这首禅诗里，用形象化的手法，阐释了万物有灵、众生平等的佛教思想。只有对禅意融会贯通的人，才能信马由缰地写出这样的禅诗来。诺曼·费希尔在评论塔兰特的专著《带给我犀牛和其他会挽救你生命的禅宗公案》（*Bring Me the Rhinoceros: And Other Zen Koans That Will Save Your Life*, 2008）时，非常赞赏他活学活用禅宗公案的本领，因为他善于把禅学道理同此时此地的实际联系起来，不像通常把公案当作神秘莫测的冥想材料，他转述禅宗公案如同在读后现代派短篇小说，场景可见，态度鲜明，小说里的主人公皆是反英雄。

　　他的另外一部著作《黑暗中的光明：禅、灵魂和精神生活》（*The Light Inside the Dark: Zen, Soul, and the Spiritual Life*, 1998）也以深入浅出阐明禅学著称：他把东方古代的传统——禅的故事与西方对灵魂激情的探索——希腊神话结合了起来，给我们显示如何能把我们最深层的体验成为导向智慧和喜悦之门，并引导我们从工作和家庭的日常世界进入内心生活的宝窟。

　　除了詹姆斯·伊什梅尔·福特之外，塔兰特还有三个法嗣：戴维·温斯坦（David Weinstein）、琼·伊滕·萨瑟兰（Joan Iten Sutherland）和丹尼尔·特拉诺（Daniel Terragno）。

第二节　准禅师诗人和居士诗人

1. 加里·斯奈德（Gary Snyder, 1930—　）

斯奈德这位老牌垮掉派诗人，现在被称为美国西部、亚洲远东诗人，环境保护论者，热爱加州内华达山脉、美国印第安人和禅宗佛教的原始派艺术家。在前面垮掉派诗歌一章里，我们已经对他作为重要垮掉派诗人作了全面介绍，这里只就他与禅宗的关系进行介绍。

1953～1956 年，斯奈德在旧金山，由于和惠伦对禅宗有共同的兴趣而和后者生活在一起。他阅读禅宗大师铃木大拙的著作之后，决定不再当研究生学习人类学，于 1953 年在加州大学伯克利分校攻读包括汉语和日语在内的东方语言，在著名日本艺术家小圃千浦（Chiura Obata, 1885—1975）指导下，学习水墨画；在中国教师陈世骧（Shi-hsiang Chen, 1912—1971）指导下学习唐诗，使他与寒山的诗歌结下了不解之缘。他有时去美国亚洲研究学院①听课，日本画家、作家长谷川三郎（Saburo Hasegawa, 1906—1957）和艾伦·沃茨在那里任教。长谷川三郎指导他绘画。他作为禅思练习而画山水画，这方法被他应用到诗歌创作上。从此，他留恋于富有禅意的山水之间。

1956～1969 年，他往来于加州与日本之间。1956 年，他首次去日本学禅的路费是女禅师露丝·富勒·佐佐木为他付的，并与她合作翻译禅宗经典。他先后在京都相国寺、大德寺参禅，领受法号"听风"（Chofu）。他有时成了事实上的和尚，但从未正式剃度，只是一个佛教徒。他跟从一州三浦（Miura Isshu）住持学禅，坐禅之后，每天做早课，诵经，然后为住持做杂务，学习日文。他掌握的日语口语使他足以达到参加心印答辩②的水平。在日本期间，斯奈德不仅在寺院中修禅，还开始了修验道③的修行。

斯奈德在日本学习禅宗的经历极大地影响了他的世界观和审美感。与其他对佛教有浓厚兴趣的垮掉派诗人（惠伦除外）相比，斯奈德可算得上是深谙禅宗的里手。在谈到如何开始写诗和参禅时，斯奈德总结说：

---

① 附属于 1962 年成立的依沙伦学院（Esalen Institute）的平行机构。
② 这是禅宗以心传心的一个重要环节，用一种简短而不合逻辑的问题，使思想脱离通常理性的范畴。
③ 修验道主旨以修持咒法，证得神验为本义，强调跋涉山林、苦修练行。

　　我对创作的兴趣把我领进20世纪现代派和中国诗；我对大自然和荒野的思考把我先带进道家学说，然后带进禅宗。我对禅宗日益长进的领悟也与发现中国山水画交织在一起。在加州大学伯克利分校跟从卜弼德（Peter Boodberg, 1903—1972）和陈世骧学习古汉语。从陈教授的讲座里，我知道了诗人寒山，并且作了一些翻译。我开始明白一些最好的中国诗具有一种神秘而简朴的品格，并且想了解这种品格的根由。我开始独自在家里坐禅。这些不同的珍珠串在一起时，是在1955年夏天，那时我是内华达山标路工。我开始以劳动为题材写诗，带有中国古典诗歌清新的气息，也有夜里在悬崖峭壁上参禅的色彩。①

　　斯奈德辩证地看待禅与诗的关系，认为：人人可以打禅，但只有少数人写诗；人人可以写诗，但只有少数人能真正打禅；有时感知诗歌（和文学）对精神生涯具有危险性，但诗歌也需要人去表达最细腻最深刻的精神理解。他还认为：在你自己的心灵上花时间（即参禅）会变得谦卑和心胸开阔，没有一个人一直处于指挥地位，没有一种思想永久存在。佛教教义的特征是暂时性、无我、不可避免地受苦受难、相互联系、性空、心胸开阔和预备大彻大悟之道。在唐朝诗人之中只能算二三流的寒山，经过斯奈德的译介（尽管译文不太准确②），居然被抬高到与李白、杜甫齐名的地步。如今美国诗界没有人不知道寒山，这要归功于斯奈德。他还把寒山的诗收在自己的诗集《鹅卵石和寒山诗篇》里。他在诗集前言中写道：

　　　　从300首选出来的这些诗是用唐朝白话写的，粗俗而新鲜，反映了道教、禅宗思想。他和他的伙伴行者拾得手执扫帚、蓬头垢面、满脸堆笑，成了后来禅宗画师最喜爱的画题。他们已经流芳百世，而今在美国的贫民窟、果园、流浪汉住地和伐木营地等处有时可以碰到这类人。

　　斯奈德熟谙中国的诗歌传统，说诗歌在中国文学文化中占有首要地位，符合中国规范的最佳名篇中有许多具有对禅宗和道教的悟性，而且中国一些最优秀的诗人，例如白居易和苏东坡，甚至被公认为写禅诗的高手。

---

　　① Gary Snyder. "Introduction." *Beneath a Single Moon*: 4.
　　② 美国学者华兹生在其《寒山：101首中国诗》（*Han Shan: Cold Mountain 101 Chinese Poems*, 1992）译本前言里对他之前翻译寒山诗的斯奈德和英国汉学家阿瑟·韦利表示敬意，因为斯奈德的译文虽不如华兹生精确，但影响很大。

最后，我们来欣赏他的一首短篇禅诗《奉献给空无》（"For Nothing"）：

　　大地，一株花
　　一株在晒满阳光的
　　陡坡上的夹竹桃
　　悬垂在坚实的空间
　　邋遢的细小晶体；
　　盐粒。

　　大地，一株花
　　海湾边一只乌鸦
　　拍着翅膀，闪着
　　亮光，色彩
　　完全被遗忘
　　消失了。

　　给空无
　　奉献一株花；
　　一个奉献；
　　没有接受者。

　　雪滴，长石，泥土。

　　诗人给我们创造的禅境是：海湾边，含钙、陡峭的长石坡——一种钠和钾的铝硅酸盐构成的常见的岩石，泥土弄脏的岩石露出了好像是盐粒结晶体，一株夹竹桃生长在这个斜坡上，晴朗的天空里一只乌鸦拍着的翅膀闪耀着阳光，在观者忘情的不知不觉中飞走了，只剩下万里长空，一花独放，献给没有接受者接受的空无。整首诗言简意赅，毫无滥情，不得禅中三昧者，绝写不出充满如此禅意的诗来。这正是斯奈德作为禅宗诗人的魅力之所在，也再次打消了常人对垮掉派诗人的误解。所谓垮掉派，不是精神上垮掉的诗派，相反，垮掉派诗人有着出尘脱俗、精神追求的一面。

2. 简·赫希菲尔德（Jane Hirshfield, 1953— ）

简·赫希菲尔德出生在纽约，毕业于普林斯顿大学，主修文学创作与翻译。后来在旧金山禅修中心学习，包括三年在塔萨伽拉禅山中心（Tassajara Zen Mountain Center）学禅。1979 年，成为曹洞宗居士。在 80 年代早期禅修之后，她开始了文学创作和教书生涯。她的作品受东西方文化传统的影响。首先引导她学禅的是唐诗以及日本平安时代的能剧和俳句。她熟悉中国诗人杜甫、李白、王维和寒山以及日本女诗人小野小町（Ono no Komachi, 825—900）和紫式部（Murasaki Shikibu, 973—1014/1025），甚至还学习过爱斯基摩人和墨西哥阿兹特克人的诗歌。她对禅与诗的关系也有独到的见解。她对打坐与诗歌创作的理解是：

> 参禅是一个人感知向前（或向后或向内心）之道的方法，进入个人的最深层体验。它是发现、揭露你的本真之道。你盘膝而坐打禅时，你就成了一个难以打开的包袱，一个内容包紧的单一体。诗歌可以扮演同样的角色，同样是生命中无导向的运行。我们写诗和坐禅，不是想变成除了自身以外的任何东西，菩萨或镜子，而是在这些活动中，了解我们生命本来的面目。两者均是自我认识的实践——不多也不少。问题是，这两条路的相遇对我来说是在于一种特殊的全神贯注，我发觉这对两者是基本的。在这种全神贯注之中，心灵开放了，具有包容性，对于外来的一切感受敏锐，处于寂静的觉悟状态；在此种心境里，任何特定的内容或注意中心的存在如同云彩反映在平静的池水里：轻盈，清明，圆满。在此种专注的张大的觉悟里，悟出"空即是色，色即是空"的真理。①

简·赫希菲尔德在诗篇《灵感》（"Inspiration"）里，用形象和比喻，谈她禅悟的体会。她在诗的开头说：

> 想起那些中国禅宗公案：
> 多年奋斗在
> 沉思室里，然后哗啦声响，
> 在石子叠石子中，打扫着……

---

① Jane Hirshfield. "Poetry, Zazen, and the Net of Connection." *Beneath a Single Moon*: 150.

然后，诗人在诗的结尾说：

丢开难以捕捉的思绪，去散步，
思绪像苍蝇在空中嗡嗡飞舞；回去工作，
一只狐狸跑了出来——不是休斯的奥思想狐，
但它是一只在窗外真正的狐狸，
油光铮亮的尾巴，火红的狐腿上显水淋淋的棕色；
从树林黑暗的边缘出现，停止所有的思考，
短暂地蹲下（不是公狐，是母狐），然后往前走，
然后淡出视线。"开悟，"一个禅师写道，
"是一个意外，通过你做某些努力而容易发生的意外。"
其余则像是狐狸，出没于石堆。

这也是我们通常说的，机会只给有准备的人，换言之，禅悟源于多年的枯坐打禅，寻求真理。有趣的是，她从中国宋朝的一幅山水画中也能悟出禅意，例如她在短诗《回忆宋朝的风景画》（"Recalling a Sung Dynasty Landscape"）中这样表达她的感受：

砚台磨出的墨水最轻淡地渗开
留下一轮明月：没有涂抹的圆圈，
它如何发射出这么多的光明？
月下群山
消失在梦中
一座孤零零的茅屋。
并非是茅屋赋予
山或月以意义——
它是一处在长途跋涉后闭目养神的地方，
是一切。
打开的心扉被如此小的东西所安慰：
给我们喝绿茶解渴的茶杯变得又深又大，
一个湖。

在她的禅诗里，我们虽然没发现她使用禅宗术语，但是能感到她流露的浓厚禅意。她认为打禅的体验体现在字里行间，诗道和禅道在语言里合

为一体，觉悟存在于沉默之中。她的第二本诗集《论庄严与天使》（*Of Gravity & Angels*, 1988）都是描绘的大自然。难怪弗朗西丝·梅斯（Frances Mayes）教授夸奖她说：“自然世界的美和使人恢复的信心常常把新鲜感注入赫希菲尔德的作品里。”①

1982～2006年，简·赫希菲尔德除了发表6部诗集之外，还翻译了不少诗歌，其中包括与圆子荒谷（Mariko Aratani）合作、编译的《墨黑月亮：日本古代宫廷女诗人小野小町与和泉式部诗选》（*The Ink Dark Moon: Poems by Ono no Komachi and Izumi Shikibu, Women of the Ancient Court of Japan*, 1988, 1990）。其中她与圆子荒谷合译和泉式部的一首短诗《入门之一：渗透》（“Gate 1. Permeability”）对她的人生观的影响很大：

> 虽然狂风
> 刮在这里，
> 月光也泄漏在
> 这座破屋的
> 屋顶板之间。

简·赫希菲尔德对这首诗的解读是：诗题里的“门”是个人选择进入精神生活之门，而月亮往往是佛教里醒悟的意象，这首诗提醒我们的是：如果屋子密封性好，风雨进不来，如果生命被堵得得严严实实，不让痛苦、悲伤、愤怒或向往进来，那么它也封闭了进口，达不到最想要之境。1986年，她初次接触这首诗时，从字面上看感到很简单，却不懂它的含义，但一旦清楚了它的深刻内涵，她便觉得它成了改变她生命航向的一首诗。

简·赫希菲尔德曾在加州大学伯克利分校、旧金山大学、辛辛那提大学、本宁顿学院以及一些研讨会开办的短期学习班任教，任马林艺术理事会（Marin Arts Council）理事和马林诗歌中心成员。

3. 阿曼德·施韦纳（Armand Schwerner, 1927—1999）

施韦纳是一个先锋派犹太美国人。他出生在比利时，1936年移民至美国。1945年，在康奈尔大学学习，次年作为海军音乐家服兵役。获哥伦比亚大学士（1950）和硕士（1964）。1961年，与艺术生态学家多洛丽丝·霍姆斯（Doloris Holmes）结婚，生两子。多年来研读铃木大拙的著作。1971

---

① Frances Mayes. "Review of *Of Gravity & Angels*." *San Jose Mercury News,* January 22, 1989.

年，在佛蒙特州噶举社区静修中心"虎尾"（Tail of the Tiger）开始练习打坐，是年夏，聆听诚如创巴仁波切传法，1973 年领受创巴仁波切授予的法号"法笛"（Chö-kyi Nying-oi）。随后加入法界纽约道场，1975 年离开。1981年，去纽约禅宗道场，师从格拉斯曼上师（Sensei Glassman），1983 年，成为居士，法号"法歌"（Ho-ka），1985 年离开。后来又去向藏僧修大圆满法（Dzogchen）。①

施韦纳是在婚姻破裂引起精神崩溃但又不相信精神疗法的情况下，从佛教中寻求解脱，对佛教的研究和对阿毗达摩的顿悟，使他感到有了精神寄托。他是一位多产的诗人，到 1991 年为止，一共出版了 15 部诗集，其中多数都染有佛教色彩。生前出版的是他的代表作，如同庞德的《诗章》，每隔数年发表若干部分，最早的《书板：1～8》发表于 1968 年。他去世后，由全国诗歌基金会负责出版了他的遗著《书板：1～26》（*The Tablets I-XXVI*，1999）。

所谓"书板"，乃取意于古代冰岛人把诗写在石板上的那种板块。著名诗人黛安·沃科斯基称它是一首长篇表演诗，讽刺世界上的一切，从写诗与获得翻译奖学金的种种例行公事，到性交究竟是什么，甚至到宗教是什么，都在他的探究之列。她认为施韦纳的诗幽默、滑稽，有时甚至还带抒情味，并且认为他对世界的看法具有先锋派性质。正因为如此，他的诗歌内容与形式也就别具一格，例如《书版之 25》（"Tablet XXV"）前面几行：

> 显然我是游泳的动物，光明之
> 歌或黑暗之歌＋＋＋＋＋＋＋＋简单……
> 天热时我出汗，我不需要颂扬，不
> 需要把两块石头在一起击打，独自在这逐渐陈旧的小屋里
> 被注意力分散的眼光搞得卑微，寂静王国……动物
> 昨天发生了什么？窗台上的莴苣在喝水
> 有色液体在我体内上上下下……小道……
> ……无时＋＋＋＋＋＋＋＋
> ＋＋＋＋＋＋＋＋＋＋＋＋＋＋＋＋……
> 河……流到我左肩后面的附近。不用担心。

---

① 大圆满：佛陀的终极理念。接受大圆满教法，主要来自历代上师的智慧传授，不是文字或成教系统的经教。

这是他 1983 年在纽约禅宗道场打禅时对自己思维活动的揭示。如果用意识流的美学标准来衡量的话，它也不失为脉络清晰的清新之作。在评论界，他的这部雄心勃勃的力作，与庞德的《诗章》、W. C. 威廉斯的《帕特森》、奥尔森的《麦克西莫斯诗抄》和路易斯·朱科夫斯基的《A》相比拟。他对禅与诗的看法是：

> 禅，像诗一样，最终强调所有的观念全是误解——这不是说观念有什么"错处"，但是观念的背后既不服务于过程，也不服务于越来越认识观念的局限性。误解与体现、化身和发现截然不同。移动山岳的信念涉及诗的发表，还编造了这位训人的教师；我们生活在他者之中，我们的生命是一个永远感激的合成体，它与幸好产生的混乱，与信任，与孤独，与"真实性"有关联。佛教的力量之一，像布莱克和马克思的力量一样，朝抽象概念的具体化不断发送人的取向信号。[①]

从 1961 年起，直至去世，施韦纳在史丹顿岛社区学院（现纽约市立大学史丹顿岛学院）任教。

4. 黛安·迪普里玛（Diane di Prima, 1934—　）

黛安·迪普里玛在 50 年代中期首次接触禅宗，她那时读到铃木大拙的论著。1962 年，开始跟从他学习禅宗，使她大为触动，用她的话说："在我 28 年的生命中，我第一次碰到另一种人，感到有依赖。这震动了我固执的世故的年轻艺术家的心灵。"[②] 后来，她师从铃木俊隆禅师，1971 年成为居士，获法号砚海万涛（Kenkai Banto），另外一个含义是砚母万子。在学禅、打禅和教授西方修炼（Magick）长达 11 年之后，她开始明白她需要找到西方精神修炼的传统，这个传统就是藏传佛教，它把对世界不可思议的看法与佛法并置起来。1983 年，她去那洛巴大学拜见诚如创巴仁波切，向他学佛，修炼金刚乘（Vajrayana）10 年。不过，她告诉我们说，她其实修炼的是带有禅味的金刚乘。她在总结修炼的体验时说道：

> 我不能把佛教的影响框在我的作品或生活上——我写了很少明显的"佛教诗"。我所感到的是，佛教渗透到我看待世界、生活在世界

① Armand Schwerner. "Notes on a Life in Buddhism." *Beneath a Single Moon*: 251.

② *Beneath a Single Moon*: 57.

的方式里。对于我来说，佛陀的基本教导是格言式的:性空，相互依存。佛陀的教诲描绘了世界的实际结构。换言之，佛法是编织了五颜六色的世界经线。

　　但是不止于此:不管我们意识到与否，佛教思想弥漫在美国人的意识里。当菩提达摩（Bodhidharma）从印度到中国去传佛教——后来成为中国和日本的禅宗，他对中国皇帝"如何是圣谛第一义"[①]的问题答复是:"廓然无圣!"[②]这在我看来，问题的核心是:我们是谁，我们此时此刻在世上做什么，作为一个民族，一个物种，我们走出时间，进入太空。这是一个很大的风险，正如佛法提醒我们，没有答案——但意识极为清晰，我们现在的确比以前知道得多了。[③]

　　诗人提到的中国皇帝是梁武帝。以上引文至少传达四个信息:佛教特别是禅宗对美国文化有重大影响;黛安·迪普里玛根据禅学，悟出人生的真谛;垮掉派诗人的精神支柱是禅宗和藏传佛教;日本禅师到美国传道，其禅学源出中国。

　　黛安·迪普里玛在她的诗篇《访片桐上师》（"Visit to Katagiri Roshi"）具体而生动地告诉我们她学禅的过程与体会:

> 一种乐趣。
> 我们谈到这里和那里，
> 谈论旧金山的普通百姓，
> 哈哈大笑。我尝试
> 告诉他（告诉一些人）
> 我的生活状况像什么样:
> 像饥饿的人，在汽车旅馆里
> 试着坐禅;
> 在美国，这种需要像海绵一样
> 　　吸收
> 不管什么样的普拉纳[④]和勇气。
> "祈求菩萨，"

---

① 译成白话:怎么才是圣道最高的第一义呢?
② 译成白话:空廓无相，没有圣道的境界。
③ *Beneath a Single Moon*: 58.
④ 普拉纳:梵文中的活力（prana），像中国人讲究的"气"。

片桐上师说。
我告诉他说：
我有时旅行，感到
太焦躁不安，坐不住，
浑身痒，扭动。"一次
只坐十分钟，五分钟，"他说——
使我第一次想到
这可能行得通。

正如我对他所说，这行通了，
在我一生中作某种持续的坚持；
我甚至明白
（或者记得）
为什么我在人生的旅途上。

当我们谈论连续性时，
　　一种能量的转移
发生了。
这是得福，一种上帝式的赐福，
传输一些基本的喜悦，
某种领悟之道。
像手中有形的礼物一样，
　　它一直
留在我的心里。

　　作为一个五个孩子的母亲，她在垮掉派诗人群中是一位女强人，除了深入修炼禅宗和西藏密宗之外，还学习梵文，旁及诺斯替教和炼金术，并与英国掘地派（Diggers）有密切联系。

第三节　禅宗学者诗人和跟从禅师参禅而过着
世俗生活的诗人

1. 卢西恩·斯特里克（Lucien Stryk, 1924—2013）

斯特里克是一个享有国际声誉的诗人，他不仅以自己的著作，而且以他开创性的中国和日本禅宗诗歌翻译著称于世。他出生在波兰，毕业于印第安纳大学（1948），获马里兰大学硕士（1950）、爱荷华大学文学硕士（1956）。已婚，生了两个孩子。二战时入伍（1943—1945）。自从1958年起，他任北伊利诺斯大学英文教授，直至1991年退休，中途去伊朗（1961—1962）和日本（1962—1963）讲学。斯特里克介绍自己说：

> 我首先认为自己是对东方哲学有浓厚兴趣的诗人。有一些评论家把我同其他一些诗人和"流派"联系在一起。但坦白地说，我爱"独行其是"。
>
> 我认为成熟的诗人不能多考虑他的诗歌内容，他的思想不是狭窄就是广大，诸如政治和社会态度这类东西以这种方式或那种方式进入诗歌。我作为诗人主要关切的是使某些东西十分精巧地确保其生命力，比人们匆匆阅读它的时间长得多。如何达到这一点，是我终生的主要研究题目。一些评论家认为我陈述简洁，我认为我对禅宗诗的翻译在一定程度上影响了我的创作，但我对此还远不能肯定。①

斯特里克是一位地道的禅宗诗人，尽管他自己声称他对此远不能肯定。他在许多场合不愿多谈他与禅师的过从或学禅的前后经过。他的这种心情可以理解，不少诗人不愿意被贴上某流派的标签，他同日本学者和禅师一道却编译了十几种中日禅宗诗集。禅宗成了他的审美趣味和美学原则，他的诗集《觉醒》（*Awakening*, 1973）、《三首禅诗》（*Three Zen Poems*, 1976）和《禅诗》（*Zen Poems*, 1980）等反映了他对世事的态度。例如组诗《觉醒》揭示了他的一切皆空的观点：

---

① Jay S. Paul. "Lucien Stryk." *Contemporary Poets*: 970.

处处柔和，
白雪是一个污迹，
空气是一只灰色袋子。
时间。地点。物。
感觉是在
皮肤、骨骼和肌肉之间。

斯特里克认为，对相对性的克服，从有条件到无条件存在的稳定状态的跨越，是禅宗的至高目标。为了让参禅者达到这一步，他必须处于无心的状态，让所有的思想离开他的头脑。他的创作实践证明，他是按照这条路子走的。我们再来欣赏他的诗集《觉醒》里的另一首诗篇《觉醒：致白隐禅师》（"Awakening: Homage to Hakuin, Zen Master, 1685-1768"）的第一、二节：

一
昭一①用毛笔
画了一个黑圈。
黑圈上面顶着
一首诗，
像花盆上面的
花蕾。
自从我指着的
那一刻，
这泥土制作的
花盆
没有装什么
除了曙光。

二
昨晚结冰，窗口
结了冰花，草地从冰川的一侧
飘然出现。我想起白隐：

---

① 昭一（Shōichi）：16世纪的日本画家和书法家。

"我挨冻在
朝各个方向伸展数千英里
的冰原上，
我独自一人，清澈，不能动弹。"
两腿局促，心灵像火炬
一样指引，我看不清
霜冻之外之里。我伫立窗前。

我们再来读他的第七节也是最后一节：

我又在黑暗中写作，
凭着黄昏的光线，
我此刻所爱的是
树林一棵一棵地
进入一片黑暗。
在这时，我总是喜悦，
准备自己领悟，
充分地察觉。

黑圈之上顶了一首诗是画家写的一首俳句。俳句、四周的寂静和寒冷使得斯特里克进入了禅悟的境界。他无论在描写他的童年、家庭琐事、所喜爱的艺术作品、二战中的太平洋战争或在北半球的人生体验时，总是追求朴素无华的清晰意象。这也是禅宗诗的共同特点：拙朴，率性随意，无需花言巧语。在他成熟的诗篇中，我们还可发现他涉足英国、瑞典、西班牙、法国、意大利、苏联、日本和伊朗等国的国际性题材。他不是以游客的好奇眼光观察异国风光，而是充分探索全面的人类生活的意义。

斯特里克的诗歌已经被译成日文、中文、法文、西班牙文、瑞典文和意大利文。他创作和主编了 20 多本诗集，还发表了大量诗歌翻译，其中有几部禅诗集与日本诗人池元隆（Takashi Ikemoto）合作。他与池元隆和高山太眼禅师（Taigan Takayama）合译的《中日禅诗：鹤喙》（*Zen poems of China & Japan: the Crane's Bill*, 1973）值得一提。高山太眼在序言中强调学禅开悟的重要性，说：

有道是，没开悟就没有禅。开悟是最重要的禅体验；它是即时的直接的，本身没有琢磨或哲学可以证明它。为了达到开悟，必须有一个飞跃，不涉及像克尔凯郭尔①那样的信仰，而是涉及最终事实：虚无，正如它揭示在"绿柳和红玫瑰"或道元的"身心脱落"②或临济宗的"色相无名号"。

这本诗选收录了反映从 9 世纪到 19 世纪中日著名禅师洞察力的 150 首诗，真正体现了禅永恒的精神。在斯特里克看来，相互理解对创作禅诗至关重要。他说："自从唐朝以来，相互理解对禅来说很重要，这种诗是修炼进展中的一杆清晰的标尺。它还不是'诗'，直至它被做出这样的判断，不是由文学批评家而是由合格的禅师做出判断。大多数令人觉醒的这类诗，虽然它很难被事先计划或预料。只有大师才能察觉他的弟子的需要、缺失、长处，知道是不是成就了长期向往的突破。"③

就在斯特里克退休的这一年，全美各地 3000 多名作家参加的"作家及写作计划协会"（Association of Writers & Writing Programs）在芝加哥召开的年会上，专门表彰了他这位国际著名的禅宗诗人和北伊利诺斯大学荣休教授。

2. 鲍勃·博尔德曼（Bob Boldman, 1950— ）

博尔德曼曾任昆达利尼瑜伽教师，医院里的职员、急救技术员、骨科技术员和呼吸治疗师。他受到斯特里克译作的影响而深得禅味，自认是禅宗佛教徒，而且乐意被视为禅宗诗人。他没有什么高深的学术背景，大学时代首次读到的禅宗入门书是铃木大拙的《禅宗佛教随笔》（*Essays in Zen Buddhism*）④，他本来学习美术，可是禅宗把他吸引了过去，从此一发不可收拾。他从《中日禅诗：鹤喙》里悟出了禅。如同其他人通过打坐与禅联系起来一样，他说他通过诗歌与禅建立了密切关系。上田真（Makoto

---

① 克尔凯郭尔（Søren Aabye Kierkegaard, 1813—1855）：丹麦哲学家、神学家和存在主义先驱。

② 源出南宋天童山景德寺如净禅师语录："参禅者身心脱落也，不用烧香，礼拜，念佛，修忏，看经，只管打坐始得。"

③ Lucien Stryk. "Death of a Zen Poet：Shinkichi Takahashi (1901-1987)." *Beneath a Single Moon*: 288.

④ 该著作有三个系列：*Essays in Zen Buddhism: First Series* (1927), New York: Grove Press; *Essays in Zen Buddhism: Second Series* (1933), New York: Samuel Weiser, Inc. 1953-1971. Edited by Christmas Humphreys; *Essays in Zen Buddhism: Third Series* (1934), York Beach, Maine: Samuel Weiser, Inc. 1953. Edited by Christmas Humphreys.

Ueda, 1931—　）①　的英译本《现代日本俳句》（*Modern Japanese Haiku*, 1976）
使他获得了最适合他表达禅意的艺术形式。他对禅宗的体会是："禅宗艺术
的存在不是例示或颂扬禅宗而是离开它自己，离开禅，离开佛教，离开佛
陀，进入具有悖论性的理解。"②　对他来说，禅宗艺术就是参禅，因此不
需寻求解决悖论的补救办法，站在善或恶的一边，黑暗或光明的一边，色
或空的一边，而必须拥有两者，存在于正消失的边缘，抽象与体验之间。
他用下面的这首诗来阐明空与色这对佛教的基本观念：

> 觉醒！
> 在风里是佛陀的
> 骨灰。
>
> 我从性空返回来，
> 用肩抵住
> 生死之轮。

博尔德曼并不刻意写诗，但他是一个真正进入禅境进行诗歌创作的诗
人，对此，他说：

> 在我一生中，从绘画转入写作比较晚。诗歌成为我与禅的链接，
> 而其他人以坐禅或翻译或论著开始与禅链接。我没有企图发表，我写
> 的诗是我修禅的组成部分——通常过了几个星期，总是有了距离感，
> 处在无言的状态，形式与其他的形式结合，形式与色空结合。就这样，
> 我修禅（和创作）了多年。③

我们现在来欣赏他的几首坐禅与写诗合一的俳句：

> 葬礼上
> 野生菖蒲已经打开
> 死后的生命

---

①　上田真：斯坦福大学荣休教授。他翻译了很多日本诗歌，其中包括俳句、短歌（tanka）和类似
俳句一样的川柳（senryū）。

②　Bob Boldman. "Zen, Art and Paradox." *Beneath a Single Moon*: 33.

③　Bob Boldman. "Zen, Art and Paradox." *Beneath a Single Moon*: 32-33.

＊　＊　＊

黎明

一片一片地松动

叶子

＊　＊　＊

萤火虫

在蛛网上

点亮

＊　＊　＊

坐禅

逐渐从我的影子

开始

＊　＊　＊

百合花

放开

孤独的手

＊　＊　＊

锁上门

闭起我的眼睛

风依然在我的头脑里吹

＊　＊　＊

无论我想对她说什么

红枫

总在聆听

这几首俳句再次具体地揭示了博尔德曼的禅诗美学：始终表达人生悖论的禅诗只可意会，无法言传。

3. 吉姆·哈里森（Jim Harrison, 1937—　）

哈里森同样受斯特里克影响，同样没有什么高深的学术背景，但是在文坛被誉为与福克纳和海明威相比肩的优秀小说家。他毕业于密歇根州立大学（1960），四年后在该校获比较文学硕士学位。1960 年，与琳达·金（Linda King）结婚，生两女。在密歇根州北部的一个农场从事创作。哈里森的家距参禅的地方很远，但他不辞辛苦，赶去学习，苦修 15 年如一日，终于参透"谁死"这一禅宗祖师爷留下的公案。他过去和其他一般的诗人一样，怕失去自我，因为丧失自我就等于失去艺术。如今，他却发现他所思考的是，自我与他他自己真正的本性无关，艺术亦然。就这样，哈里森进入了一个崭新的思想境界。看来他对禅已经有了比较深的体会，因为佛陀的教法反复强调的是"无我"，这是契入并圆满空性的必由之路。当他了解到这个道理之后，他便开始懂得以白天为主的坐禅时间逐渐流逝，直至它吞并了白天和黑夜。被视为打禅期与非打禅期的时间具有双重性，是空想出来的，如同认为禅宗是东方的概念一样，这就是哈里森对禅的辩证的理解。他认为，你打禅时，在你屁股底下的坐垫无国籍之分，菩提达摩与道元禅师（Dogen Zenji, 1200—1253）隔洋相望，而这个洋无性别、无颜色、无时间、无形式。[①] 他在谈到自己的诗歌时说，他的诗多数是农村题材，带有西班牙朦胧的超现实主义色彩，但他只字未提禅宗色彩。我们且看他的短诗《黄昏》（"Dusk"）：

> 湖上的黄昏，
> 浮云
> 热气点亮
> 树枝后面的恶梦；
> 从沼泽地飘来
> 雪松和蕨的香味，
> 捕鱼的潜鸟绕了一大圈
> 发出一声尖啸，
> 倒栽下水捕鱼
> 因为夜晚降临了。
>
> 天已很黑，
> 也很静，
> 我用桨划碎了明月。

　　这首诗是染有超现实主义色彩还是充满了禅意？是不是参禅的过程也是超现实的过程？这是诗人留给读者回味的地方。我们再来读一读他的短章《道元的梦》（"Dogen's Dream"）：

---

① Jim Harrison. "Everyday Life." *Beneath a Single Moon*: 124.

　　　　春神遇到春天时

　　　　会发生什么？他顿时想起

　　　　水底游到水上的大鲸鱼，从

　　　　七百万年前开始这航程的那一天，

　　　　春天最后改变了它的时令。

　　　　他进入自己，空

　　　　欲求无我的空。他睡了

　　　　他的睡眠是所有北飞的鸟儿

　　　　在地球上之飞舞。

　　诗人假托日本佛教曹洞宗创始人道元禅师"空"的追求，实际上是他多年禅修的追求。按照禅学观点，所谓"空"，世界上的一切自然现象皆是因缘所生，刹那间生生灭灭，没有质的规定性和独立实体，假而不实，称为"空"。哈里森虽然以小说著称文坛，但他非常珍视诗歌创作，认为小说创作可以搁一个时候再写，但是写诗耽搁不得，因为写诗的意念随时来去飘忽，无法自控。哈里森的诗既接受华兹华斯寄情山水的浪漫主义、俄国谢尔盖·叶赛宁（Sergei Yesenin, 1895—1925）的现代派传统，也接受了禅宗文学传统。他的禅诗集《步一休和其他诗篇》（*After Ikkyu and Other Poems*, 1996）是他多年修禅的结晶。

第五章 小 结

一百多年来，禅宗佛教经过数代日本禅师去美国传教及数代美国人去日本修禅和在国内师从日本禅师，如今东方的禅宗佛教特别是临济宗和曹洞宗已经在美国本土化了。年轻学者佩里·格瓦拉（Perry D. Guevara）对此说："这是一个的确令人吃惊的现象：禅宗佛教渡过太平洋，移植到美国文化里。它在美国有多副面孔：严肃面孔、学术面孔、宗教面孔、艺术面孔，甚至是时髦面孔。"[①]禅为什么在美国人眼前或心目中露出这么多面孔？这是因为它的简易性、摄融性、变通性和开放性所致。它只着重探讨人与宇宙和万事万物的关系以及对人生的终极关怀，因此它既是学术界研究的课题，也是文学艺术界乐意采用的视角（例如禅诗、禅画），还是普通人易于寻求的精神寄托，因为禅宗不需要膜拜上帝或神的繁复礼仪。不过，这只是表面现象，东方的禅宗不是无缘无故地就能在西方文化土壤中生根发芽的，是西方文化土壤里生长的各种相关的思潮与禅宗的类似性引起了西方人的兴趣。艾伦·沃茨在他的专著《垮掉派禅、老派禅和禅》中对其中深层原因做出了深刻的阐述，他说：

> 在过去的 20 年，西方对禅宗产生超常兴趣的增长，原因并非单一。禅宗艺术对西方"现代"精神的吸引力、铃木的作品、对日本的开战、对禅宗公案的迷恋和科学相对论思潮中无想定（non-conceptual）的体验性哲学的吸引力——所有这一切都有牵涉。我们也可以提到禅宗与诸如维特根斯坦哲学、存在主义、普通语义学、B. L. 沃夫（B. L. Whorf, 1897—1941）的语言文化因素学（metalinguistics）和科学哲学与心理治疗的某些运动等等这些纯西方思潮之间存在着类似之处。[②]

---

① Perry D. Guevara. "Zen Buddhism and Contemporary North American Poetry." *The University of Alabama McNair Journal*. Volume 7, Spring 2007: 52-53.

② Alan Wilson Watts. "Introduction" to *Beat Zen, Square Zen and Zen* by Alan Wilson Watts. San Francisco: City Lights, 1959.

艾伦·沃茨的这一论断也可以从禅宗不流行于非洲或阿拉伯国家的事实得到佐证。

我们注意到，禅宗在 20 世纪下半叶明显地受到美国诗人的追捧，如同佩里·格瓦拉所说，禅已经成了半个世纪以来美国反主流文化的基石，很大程度上归因于垮掉派一代作家和艺术家的弘扬，并认为，与禅宗相联系的反文化潮流表现在垮掉派对美国主流文化顺从的反叛，禅成了垮掉派鄙视美国政治和社会环境的执照，把讲究精神性的禅与政治、艺术和社会混淆了起来，从而歪曲了禅的本真。①艾伦·沃茨对垮掉派诗人修禅的实质看得更清楚，他说："我认为垮掉派心态比纽约和旧金山嬉皮士生活更广泛和模糊。这是年轻一代对'美国生活方式'的不参与，一种不谋求改变现存秩序的叛逆，而只是远离现存秩序，寻求主观体验的而非客观成就的生活意义。"②艾伦·沃茨认为垮掉派奉行的禅是垮掉派禅，异于日本人奉行的老派禅。对于垮掉派禅来说，必须不作努力，不受训练，不人为地力争开悟，而对于老派禅来说，修禅的程序严格，如果不在合格的禅师指导下，进行数年之久的坐禅，不可能获得真正的开悟。老派禅追求的是正确的精神体验，从上师那里获得印可证明（Inka Shōmei）者才算开悟，这同学生毕业获得文凭一样。

诗无达诂，同样，禅无达诂，何况禅师从来拒绝对禅进行界定。对一般美国人来说，他们心目中的禅，是经过汉语—日语—英语三道语言的转换后获得的。其实，他们多数人不懂日语和汉语，无法对禅正本清源（更难通过梵文考证印度本土禅宗），但禅吸引着他们，使它在他们古为今用、东为西用的过程中获得了活力。他们的视角有时对我们中国人来说不仅新鲜，而且不乏启迪之处，虽然"若欲于此中寻求人生真谛，解决宇宙万有根源者，终见其有未可"。③

因此，我们对垮掉派诗人偏离正宗的禅不足为怪。垮掉派诗人对禅的感悟也因人而异，例如，惠伦、斯奈德、黛安·迪普里玛、菲洛娟·龙、凯鲁亚克，甚至金斯堡（尽管他主要热衷于藏传佛教）等人都在不同程度上把禅运用到他们的诗歌创作中。我们不妨这样说，美国禅宗诗人和垮掉派诗人在美国普及禅，是美国诗歌界一道亮丽的风景线。

我们同时注意到，有着禅意识的中国古典诗人对美国诗歌带来不可忽视的影响。例如，安德鲁·谢林在跟踪美国诗人过去 50 多年翻译东方诗歌

---

① Perry D. Guevara. "Zen Buddhism and Contemporary North American Poetry": 61.

② Alan Wilson Watts. "Introduction" to *Beat Zen, Square Zen and Zen*.

③ 南怀瑾.《禅海蠡测》: 225.

的范围之后，发觉李白、杜甫、苏东坡、李清照和王维给美国诗歌带来了影响，并说："如果我打开当前的诗歌杂志，我听到是李白，但很少约翰·德莱顿。"[①]众所周知，李白、苏东坡和王维是写禅诗的高手。他们在诗中不提禅，却充满了无限的禅意。

---

① Hank Lazer. "Reflections on *The Wisdom Anthology of North American Buddhis Poetry*": 336.

Bibliography（英文参考书目）

Ackroyd, Peter. *T. S. Eliot: A Life*. New York: Simmon & Schuster, 1984.

Aiken, Conrad. *Ushant*. New York: Little, Brown and Company, 1925.

Aji, Héléne. Ed. *Ezra Pound: Dans Le Vortex De La Traduction*. Paris: L'Harmattan, 2003.

Allen, Donald. Ed. *The Selected Poems of Frank O'Hara*. New York: Vintage Books, 1955.

—. Ed. *The New American Poetry*. New York: Grove Press, 1960.

—. Ed. *Human Universe and Other Essays by Charles Olson*. New York: Grove P, 1967.

—, et al. Eds. *Politics of the New American Poetry*. New York: Grove Press, 1973.

Allison, Alexander W., et al. Eds. *The Norton Anthology of Poetry*. New York: W. W. Norton & Company, 1975.

Alvarez A. *The Savage God: A Study of Suicide*. New York: Random House, 1970.

Ammons, A. R. *Selected Longer Poems*. New York: W. W. Norton & Company, 1980.

Anderson, Perry. *The Origins of Postmodernity*. London • New York: Verso, 1998.

Andrews, Bruce. *Getting Ready to Have Been Frightened*. New York: Roof Books, 1988.

—, Charles Bernstein, Ray DiPalma, Steve McCaffery and Ron Silliman. *Legend*. L＝A＝N＝G＝U＝A＝G＝E Segue, 1980.

—, and Charles Bernstein. Eds. *The L＝A＝N＝G＝U＝A＝G＝E Book*. Carbondale: South Illinois UP, 1984.

Antin, David. *talking at the boundaries*. New York: New Directions Publishing Corporation, 1976.

—. *tuning*. New York: New Directions Publishing Corporation, 1984.

Ashbery, John. *Three Poems*. New York: the Penguin Group, 1972.

—. *Self-Portrait in a Convex Mirror*. New York: the Penguin Group, 1976.

—. *Houseboat Days*. New York: the Penguin Group, 1977.

—. *As We Know*. New York: the Penguin Group, 1979.

—. *Shadow Train*. New York: the Penguin Group, 1981.

—. *Selected Poems*. New York: the Penguin Group, 1985.

—. *Girls on the Run: A Poem*. New York: Farrar, Straus, Giroux, 1999.

Axelrod, Steven Gould. *Robert Lowell: Life and Art*. Princeton: Princeton UP, 1978.

Baldick, Chris. *The Modern Movement*. Beijing: Foreign Language Teaching and Research P, 2004.

Ball, Gordon. *Allen Ginsberg, Early Fifties, Early Sixties*. New York: Grove P, 1977.

Baraka, Amiri. *Selected Poems of Amiri Baraka*. New York: William Morrow & Company, 1979.

Bates, Milton J. *Wallace Stevens: A Mythology of Self*. Berkeley: University of California P, 1985.

Beach, Christopher. *The Cambridge Introduction to Twentieth-Century American Poetry*. Cambridge and New York: Cambridge UP, 2003.

Beasley, Rebecca. *Theorists of Modernist Poetry: T. S. Eliot, T. E. Hulme and Ezra Pound*. London • New York: Routledge Taylor & Francis Group, 2007.

Beckett, Tom. *Ron Silliman Issue*. The Difficulties, Vol.2, No.2, 1985.

Belitt, Ben. *The Double Witness, Poems: 1970-1976*. Princeton: Princeton UP, 1977.

Bercovitch, Sacvan. *The Cambridge History of American Literature*. Cambridge, UK: Cambridge UP, 1995-2005.

Bernstein, Charles. *Islets/Irrations*. New York: Roof Books, 1983.

—. *The Sophist*. Los Angeles: Sun & Moon P, 1987.

—. *Rough Trades*. Los Angeles: Sun & Moon P, 1991.

Berryman, John. *The Dream Songs*. New York: Farrar, Straus & Giroux, 1959-1969, 1981 (Eighth Printing).

Beschta, Jim. *Cutting the Cemetery Lawn*. Athol, MA: Haley's, 2002.

Bishop, Elizabeth. *The Complete Poems 1927-1979*. New York: Farrar, Straus & Giroux, 1980.

Bloom, Edward A., et al. *The Order of Poetry*. New York: The Odyssey P, 1961.

Bloom, Harold. *Wallace Stevens: The Poems of Our Climate*. Ithaca: Cornell UP, 1977.

—. Ed. *The Best of the Best American Poetry*. New York: Scribner Poetry, 1998.

Bly, Robert. *Silence in the Snowy Fields*. Middletown: Wesleyan UP, 1962.

—. *The Light Around the Body*. New York: Harper & Row, 1967.

—. *News of the Universe: Poems of Twofold Consciousness*. San Francisco: Sierra Club Books, 1980.

—. *Selected Poems*. New York: Harper & Row, 1986.

—. Ed. *Forty Poems Touching on Recent American History*. Boston: Beacon P, 1970.

Bontemps, Arna. Ed. *American Negro Poetry*. New York: Hill & Wang, 1974.

Bove, Paul. *In the Wake of Theory*. Hanover and London: Wesleyan UP, 1992.

Bowers, Neal. *James Dickey: The Poet as Pitchman*. Columbia: University of Missouri P, 1985.

Boyers, Robert. Ed. *Contemporary Poetry in America*. New York: Schocken Books, 1974.

Bradley, Sculley, et al. Eds. *The American Tradition in Literature*. 4th ed. New York: Grosset & Dunlap, 1974.

Breslin, James E. B. *From Modern to Contemporary American Poetry*. Chicago: The University of Chicago P, 1983.

Brinnin, John Malcolm, and Bill Read. *The Modern Poets*. New York: MacGraw-Hill Book Company, 1970.

Brodsky, Joseph. *A Part of Speech*. New York: The Noonday P, 1980.

—. *Less Than One: Selected Essays*. New York, NY: Farrar, Straus and Giroux, 1986.

—. *To Urania*. New York: The Noonday P, 1988.

Bronk, William. *The World, the Worldless*. New Directions and *San Francisco Review*, 1964.

—. *The Mild Day*. Hoboken: Talisman House, 1993.

Brooks, Cleanth and Robert Penn Warren. Eds. *Understanding Poetry*. New York: Holt, 1950.

—, et al. *American Literature, The Makers and the Making*. New York: St. Martin's P, 1973.

Brooks, Gwendolyn. *Selected Poems*. New York: Harper & Row, 1963.

—. *Report from Part One*. Detroit: Broadside P, 1972.

—. *Primer for Blacks*. Chicago: Brooks P, 1981.

—. *To Disembark*. Chicago: Third World P, 1981.

Bruchac, Joseph. *Tracking*. Memphis, TN: Ion Books, Inc./Raccoon, 1986.

Bryer, Jackson R. *Sixteen American Authors*. New York: W. W. Norton & Company, 1973.

Byrd, Don. *Charles Olson's Maximus*. Chicago: University of Illinois P, 1980.

Callahan, North. *Carl Sandburg*. New York: New York UP, 1970.

Carter, Jimmy. *Always a Reckoning, and Other Poems*. New York: Crown Publishers, 1995.

Chapman, Abram. Ed. *Black Voices*. New York: New American Library, 1968.

—. Ed. *New Black Voices*. New York: A Mentor Book, 1972.

Charters, Ann. Ed. *The Portable Beat Reader*. New York: Penguin Books USA Inc., 1992.

Charters, Samuel, and Andrea Wyatt. Eds. *Larry Eigner: Selected Poems*. Berkeley, CA: Oyez Berkeley, 1972.

Cherkowski, Neeli. *Whitman's Wild Children*. San Francisco: The Lapis P, 1988.

Cheung, King-Kok. Ed. *Words Matter: Conversations with Asian American Writers*. Honolulu: University of Hawaii P, 2000.

Chevalior, Tracy. Ed. *Contemporary Poets*. 5th ed. Chicago and London: St. James P, 1991.

Chin, Marilyn. *Dawf Bamboo*. New York: The Greenfield Review P, 1987.

—. *The Phoenix Gone, The Terrace Empty*. Minneapolis, MN: Mildweed Editions, 1994.

—. *Rhapsody in Plain Yellow*. New York • London: W. W. Norton & Company, 2002.

Christhilf, Mark. *W. S. Merwin: The Myth Maker*. Columbia: University of Missouri P, 1986.

Cockrell, Doug. *A Strange Descending*. Brookings, SD: Eagle Earth P, 1992.

Cody, John. *After Great Pain: The Inner Life of Emily Dickinson*. Cambridge: Harvard UP, 1971.

Cohn, Jim. *Mantra Winds: Poems 2004-2010*. Boulder, Colorado: Museum of American Poetics Publications, 2010.

—. *Sutras & Bardos: Essays & Interviews*. Boulder, Colorado: Museum of American Poetics Publications, 2011.

Cookson, William. Ed. *Selected Prose*. New York: New Direction Book, 1973.

Coolidge, Clark, Michael Gizzi and John Yau. *Lowell Connector: Lines & Shots from Kerouac's Town*. West Stockbridge, MA: Hard P, 1993.

Cope, David. *Quiet Lives*. Clifton, NJ: The Humana Press, 1983.

—. *On the Bridge*. Clifton, NJ: The Humana Press, 1986.

—. *Fragments from the Stars*. Clifton, NJ: The Humana Press, 1990.

—. *Coming Home*. Clifton, NJ: The Humana Press, 1993.

—. *Silence for Love*. Clifton, NJ: The Humana Press, 1998.

—. *Turn the Wheel*. Clifton, NJ: The Humana Press, 2003.

—. *Masks of Six Decades*. Grandville, MI: Nada Press, 2003-2010.

Corbett, Brother Thomas. *Modern American Poetry*. New York: The Macmillan Company, 1961.

Corbin, Richard. *Current in Poetry*. New York: The Macmillan Company, 1968.

Corso, Gregory. *Elegiac Feelings America*. New York: New Directions, 1970.

—. *Herald of the Autochthonic Spirit*. New York: New Directions, 1981.

Cowan, Louise. *The Fugitive Group*. Baton Rouge: Louisiana State UP, 1959.

Coward, Rosalind, and John Ellis. *Language and Materialism*. Boston: Routledge & Kegan Paul, 1977.

Cowley, Malcolm. *Blue Juniata: A Life*. New York: Penguin Books, 1968.

Cox, Hyde, and Edward Connery Lathem. *Selected Prose of Robert Frost*. New York: Collier

Books, 1968.

Cox, Sidney. *A Swinger of Birches*. New York: Collier Books, 1961.

Creeley, Robert. *For Love: Poems 1950-1960*. New York: Charles Scribner's Sons, 1962.

Cummings, E. E. *100 Selected Poems*. New York: Grove P, 1954.

—. *Complete Poems*. San Diego: A Harvest/HBJ Book, 1972.

—. *The Enormous Room*. New York: Liveright, 1978.

Davison, Peter. *Praying Wrong*. New York: Atheneum, 1984.

Day, Martin S. *History of American Literature*. New York: Doubleday & Company, 1971.

Deutsch, Babette. *Poetry Handbook*. New York: Grosset & Dunlap, 1962.

Dickinson, Emily. *The Complete Poems of Emily Dickinson*. Boston • New York • London: Little, Brown and Company, 1961.

—. *Selected Poems*. New York • London: Doubleday, 1977.

—. *Emily Dickinson: Selected Letters*. Cambridge, MA: The Belknap P of Harvard UP, 1971.

DiPalma, Ray. *Numbers and Tempers: Selected Early Poems*. Los Aneles: Sun & Moon P, 1993.

—. *Soli, Ithaca*. New York: Ithaca House, 1994.

Doggett, Frank. Ed. *William Stevens: A Celebration*. Princeton: Princeton UP, 1980.

Drew, Elizabeth. *T. S. Eliot: The Design of His Poetry*. New York: Charles Scribner's Sons, 1949.

Dydo, Ulla E. Ed. *A Stein Reader*. Evanston: Northwestern UP, 1993.

Eigner, Larry. *Selected Poems*. Ed. Samuel & Andrea Wyatt. Berkeley: Oyez, 1972.

Elliot, Emory, et al. Eds. *Columbia Literary History of the United States*. New York: Columbia UP, 1988.

Eliot, T. S. *The Film of Murder in the Cathedral*. London: Faber & Faber, 1952.

—. *On Poetry and Poets*. London: Faber & Faber, 1957.

—. *Collected Plays*. London: Faber & Faber, 1962.

—. *Collected Poems: 1909-1962*. San Diego: Harcourt Brace Jovanovich, Publishers, 1963.

Elliott, George P. Ed. *15 Modern American Poets*. New York: Halt, Rinehart & Winston, 1965.

Ellmann, Richard. Ed. *The New Oxford Book of American Verse*. New York: Oxford UP, 1976.

—, and Robert O'Clair. Eds. *The Norton Anthology of Modern Poetry*. New York: W. W. Norton & Company, 1988.

Enright, D. J. Ed. *The Oxford Book of Contemporary Verse 1945-1980*. Oxford: Oxford UP,

1980.

Evans, David Allen. Ed. *New Voice in American Poetry*. Cambridge, MA: Winthrop Publishers, 1973.

—. *What the Tallgrass Says*. Sioux Falls, South Dakota: Center for Western Studies, 1982.

—. *Real and False Alarms*. Kansas City: BKMK P, 1985.

—. *Remembering the Soos*. Marshall, Minnesota: Plains P, 1986.

—. *Hanging Out with the Crows*. University of Missouri-Kansas City: BKMK P, 1991.

—. *Double Happiness: Two Lives in China*. South Dakota: The University of South Dakota P, 1995.

—. *Decent Danger*. Lewiston • Queenston • Lampeter: Mellen Poetry P, 2000.

—. *The Bull Rider's Advice: New and Selected Poems*. Sioux Falls, SD: Pine Hill P, Inc., 2003.

—, Jan and Zhang Ziqing. Eds. *Cultural Meetings: American Writers, Scholars and Artists in China*. Guilin: Guangxi Normal UP, 2003.

—. *After the Swan Dive*. Georgetown, Kentucky: Finishing Line P, 2008.

—. *Each Day You're Gone*. Red Wing, Minnesota: Red Dragonfly P, 2008.

Evans, Sir Ifor. *A Short History of English Literature*. Baltimore: Penguin Books, 1963.

Feng, Pin-chia. *The Female Bildungsroman by Toni Morrison and Maxine Hong Kingston: A Postmodern Reading*. New York • Boston • Berlin • Paris: Peter Lang, 1998.

Ferguson, Suzanne. *The Poetry of Randall Jarrell*. Baton Rouge: Louisiana State UP, 1971.

Ferlinghetti, Lawrence. *A Coney Island of the Mind*. New York: New Directions, 1958.

—. *Endless Life: Selected Poems*. New York: New Directions, 1981.

Fletcher, John Gould. *Life Is My Song*. New York: AMS, 1937.

Foley, Jack. *Adrift*. Oakland, CA: Pantograph P, 1993.

—. *Foley's Book: Californian Rebels, Beats, and Radicals*. Oakland, CA: Pantograph P, 2000.

—. *O Powerful Western Star: Poetry & Art in California*. Oakland, CA: Pantograph P, 2000.

—. *Beat*. Coventry, England: The Beat Scene P, 2003.

Forché, Carolyn. Ed. *Against Forgetting: Twenty-Century Poetry of Witness*. New York/London: W. W. Norton & Company, 1991.

Ford, Arthur L. *Robert Creeley*. Boston: Twayne Publishers, 1978.

—. *Shunned*. Hershey PA: UnTapped Talent LLC, 2008.

Foster, Edward Halsey. *Jack Spicer*. Boise, Idaho: Boise State University Printing and Graphics Services, 1991.

—. *Understanding The Beats*. Columbia: University of the South Carolina P, 1992.

—. *The Space between Her Bed and Clock*. San Francisco: Norton Coker P, 1993.

—. *The Understanding*. Norman, Oklahoma: Texture P, 1994.

—. *Code of the West: A Memoir of Ted Berrigan*. Boulder Colorado: Rodent P, 1994.

—. *All Acts Are Simply Acts*. Boulder, CO: Rodent P, 1995.

—. *boy in the key of e*. Brownsville, Vermont: Goats + Compasses, 1998.

—. *Answerable To None: Berrigan, Brook, and the American Real*. New Jersey City, NJ: Spuyten Duyvil, 1999.

—. *The Angelus Bell*. New York: Spuyten Duyvil, 2001.

—. *Mahrem: Things Men Should Do for Men*. New York: Marsh Hawk P, 2002.

—. *A History of the Common Scale*. Norman, Oklahoma: Texture Press, 2008.

—. *The Beginning of Sorrows*. East Rockaway, New York: Marsh Hawk P, 2009.

—. Ed. *Poetry and Poetics in a New Millennium: Interviews*. Jersey City, NJ: Talisman House, Publishers, 2000.

Fowler, James. *Heartbeat of New England: An Anthology of Contemporary Nature Poetry*. South India: Prasanthi Nilayam, A. P., 2000.

Francis, Robert. *The Satirical Rouge on Poetry*. Massachusetts: The University of Massachusetts P, 1968.

—. *Collected Poems: 1936-1976*. Amherst: University of Massachusetts P, 1976.

—. *Traveling in Amherst: A Poet's Journal 1930-1950*. Boston: Rowan Tree P, 1986.

—. *Late Fire, Late Snow*. Massachusetts: The Massachusetts UP, 1992.

Frazer, Vernon. *Commercial Fiction*. East Hartford, CT: Beneath the Ground, 2002.

—. *Amplitudes*. Fort Wayne, IN: Melquiades/BooksOut P, 2002.

—. *IMPROVISATIONS (XXV-L)*. East Hartford, CT: Beneath the Underground, 2002.

—. *Emblematic Moon*. Boynton Beach, FL: Beneath the Underground, 2009.

—. *Styling Sanpaku*. Boynton Beach, FL: Beneath the Underground, 2010.

—. *IMPROVISATIONS (Book 3)*. Delray Beach, FL: Beneath the Underground, 2004.

—. *IMPROVISATIONS*. Delray Beach, FL: Beneath the Underground, 2005.

—. *Holiday Idylling*. Buffalo, New York: BlazeVOX [books], 2007.

—. *Random Axis*. Boynton Beach, FL: Beneath the Underground, 2007, 2010.

—. *TV Poetry*. Boynton Beach, FL: Beneath the Underground, 2012.

—. Ed. *Selected Poems of Post-Beat Poems*. Shanghai: People's Publishing House, 2008.

Fredman, Stephen. *A Concise Companion to Twentieth-century American Poetry*. Malden, MA: Blackwell Publishing Ltd., 2005.

Friebert, Stuart, and David Young. *A Field Guide to Contemporary Poetry and Poetics*. New York: Longman, 1980.

—. Eds. *The Longman Anthology of Contemporary American Poetry*. New York: Longman, 1989.

Frost, Robert. *You Come Too*. New York: Henry Holt & Company, 1959.

—. *New Enlarged Pocket Anthology of Robert Frost's Poems*. New York: Washington Square P, Inc. 1960.

—. *Selected Poems of Robert Frost*. New York: Holt, Rinehart & Winston, 1961.

—. *Robert Frost 100*. Boston: David R. Godine, 1974.

Gaston, Paul L. *W. D. Snodgrass*. Boston: Twayne Publishers, 1978.

Gelpi, Albert J. *Emily Dickinson: The Mind of the Poet*. New York: W. W. Norton & Company, 1971.

Gelpi, Barbara Charlesworth, and Albert Gelpi. *Adrienne Rich's Poetry*. New York: W. W. Norton & Company, 1975.

Gesner, George. Ed. *Anthology of American Poetry*. New York: Avenel Books, 1983.

Gifford, Barry. *Beautiful Fantoms*. Bolinas: Tombouctou, 1981.

Gilmore, Lyman. *Don't Touch the Poet: The Life and Times of Joel Oppenheimer*. Jersey City, NJ: Talisman House, Publishers, 1988.

Ginsberg, Allen. *Kaddish Mind and Other Poems*. San Francisco: City Lights Books, 1961.

—. *Journals: Early Fifties, Early Sixties*. New York: Grove Press, 1977.

—. *Mind Breaths*. San Francisco: City Lights Books, 1978.

—. *Poems All Over the Place, Mostly 'Seventies*. Cherry Valley Editions, 1978.

—. *White Shroud*. New York: Harper & Row, 1986.

—. *Cosmopolitan Greetings: Poems 1986-1992*. New York: Harper Collins Publisher, 1994.

Goldstone, Herbert, and Irving Cummings. *Poets and Poems*. Belmont: Wadsworth Publishing Company, 1967.

Gordon, Lyndall. *Eliot's Early Years*. Oxford: Oxford UP, 1977.

Gould, Jean. *Robert Frost: The Aim Was Song*. New York: Dodd, Mead & Company, 1964.

Gray, Richard. *A History of American Poetry*. West Susses, UK: John Wiley & Sons, Ltd., 2015.

Greddes, Gary. Ed. *20th-Century Poetry and Poetics*. Toronto: Oxford UP, 1969.

Gregg, Linda. *The Sacraments of Desire*. Minnesota: Graywolf P, 1991.

Groden, Michael, and Martin Kreiswirth. Eds. *The Johns Hopkins Guide to Literary Theory & Criticism*. Baltimore and London: The Johns Hopkins UP, 1994.

Guest, Barbara. *Fair Realism*. Los Angeles: Sun & Moon P, 1989.

—. *Defensive Rapture*. Los Angeles: Sun & Moon P, 1993.

Gwynn, Frederick, et al. Eds. *The Case for Poetry*. New Jersey: Prentice-Hall Inc., 1954.

Hair, Ross. *Ronald Johnson's Modernist Collage Poetry*. New York: Palgrave Macmillan, 2010.

Hall, Donald. *The Alligator Bride*. New York: Harper & Row, 1969.

—. *Remembering Poets*. New York: Harper & Row, 1978.

Halpern, Daniel. *Travelling on Credit*. New York: The Viking Press, 1972.

Hamalian, Linda. *A Life of Kenneth Rexroth*. New York: W. W. Norton & Company, 1991.

Hamilton, Ian. *Robert Lowell: A Biography*. New York: Random House, 1982.

Harmon, William. *Time in Ezra Pound's Work*. Chapel Hill: University of North Carolina P, 1977.

Hart, James D. *The Oxford Companion to American Literature*. 5th ed. New York: Oxford UP, 1983.

Hassan, Ihab. *Contemporary American Literature: 1945-1972*. New York: Frederick Ungar Publishing Company, 1973.

Hewitt, Geof. Ed. *Quickly Aging Here*. New York: Anchor Books, 1969.

Heyen, William. Ed. *American Poets in 1976*. Indianapolis: Bobbs-Merrill Educational Publishing, 1977.

—. Ed. *The Generation of 2000*. Princeton: Ontario UP, 1984.

Heymann, C. David. *Ezra Pound: The Last Rower*. New York: Seaver Books, 1976.

Hillman, Brenda. *Pieces of Air in Epic*. Middletown, CT: Wesleyan UP, 2005.

—. *Practical Water*. Middletown, CT: Wesleyan UP, 2009.

Hillyer, Robert. *First Principles of Verse*. Boston: The Writer, Inc., 1950.

Hine, Daryl, et al. Eds. *The Poetry Anthology*. Boston: Houghton Mifflin Company, 1978.

Hoagland, Everett. *Here: New and Selected Poems*. Wellfleet, MA: Leapfrog P, 2002.

—. *Just Words: Poems*. New Bedford, MA: North Star Nova P, 2007.

Hodgen, John. *Bread Without Sorrow*. Cheney, Washington: Eastern Washington UP, 2001.

—. *Heaven & Earth Holding Company*. Pittsburgh, Pennsylvania: University of Pittsburgh Press, 2010.

—. *In My Father's House*. Spokane, Washington: Lynx House P, 2012.

Hoffman, Daniel. Ed. *Harvard Guide to Contemporary American Writing*. Cambridge: The Belknap P, 1979.

Hollander, John. *Types of Shape*. New York: Atheneum, 1979.

Hom, Marlon K. Ed. & tr. *The Songs of Gold Mountain*. Berkeley • Los Angeles • London: University of California P, 1987.

Honig, Edwin. *Four Springs*. Chicago: The Swallow P, 1972.

—. *The Foibles and Fables of an Abstract Man*. Providence: Copper Beech P, 1979.

—. *Dark Conceit: The Making of Allegory*. Hanover: University Press of New England, 1982.

—. *Interrupted Praise: New and Selected Poems*. Metuchen: The Scarecrow P, 1983.

—. *The Imminence of Love*. Montrose: Texas Center For Writers P, 1993.

Howard, Richard. *Alone with America*. New York: Atheneum, 1971.

Huang, Guiyou. Ed. *Asian American Poets: A Bio-Bibliographical Critical Sourcebook*. Westport, Connecticut • London: Greenwood P, 2002.

—, and Wu Bing. Eds. *Global Perspectives on Asian American Literature*. Beijing: Foreign Language Teaching and Research P, 2008.

Huang, Yunte. *Transpacific Displacement*. Berkeley, CA: University of California P, 2002.

Hughes, Langston. *The Big Sea: An Autobiography*. New York: Thunder's Mouth P, 1986.

—. *I Wonder As I Wander: An Autobiography*. New York: Thunder's Mouth P, 1986.

Hughes, Ted. Ed. *Collected Poems of Sylvia Plath*. London: Faber and Faber, 1981.

—. Ed. *The Journal of Sylvia Plath*. New York: The Dial P, 1982.

Huntsperger, David W. *Procedural Form in Postmodern American Poetry*. New York: Palgrave Macmillan, 2010.

Ignatow, David. *Rescue the Dead*. Middletown: Wesleyan UP, 1968.

—. *Selected Poems*. Middletown: Wesleyan UP, 1975.

Ingersoll, Earl G., et al. Eds. *The Post-Confessionals*. London: Associated UP, 1989.

Isaacs, J. *The Background of Modern Poetry*. New York: E. P. Button & Company, 1952.

Jarnot, Lisa, Leonard Schwartz, and Chris Stroffolino. *An Anthology of New (American) Poets*. Jersey City, New Jersey: Talisman House, Publishers, 1998.

Jarrell, Randall. *The Complete Poems*. New York: Farrar, Straus & Giroux, 1969.

Jeffares, A. Norman. Ed. *Selected Poetry*. London: Pan Books, 1974.

Jones, Peter. Ed. *Imagist Poetry*. Harmondsworth: Peguine Books, 1972.

Johnson, Kent, & Craig Paulenich. Eds. *Beneath a Single Moon: Buddhism in Contemporary American Poetry*. Boston & London: Shambhala, 1991.

Jordan, June. *Things That I Do in the Dark*. New York: Random House, 1977.

Kearns, George. *Guide to Ezra Pound's Selected Cantos*. New Jersey: Rutgers UP, 1980.

Kennedy, X. J. *Literature: An Introduction to Fiction, Poetry and Drama*. Boston: Little,

Brown & Company, 1979.

—. *An Introduction to Poetry*. Illinois: Little, Brown Higher Education, 1990.

Kenner, Hugh. *The Invisible Poet: T. S. Eliot*. New York: Harcourt, Brace & World, 1959.

—. *The Pound Era*. Berkeley: University of California P, 1971.

Kim, Elaine H. *Asian American Literature: An Introduction to the Writings and Their Social Contest*. Foreign Language Teaching and Research P, and Temple UP, 1982, 2006.

Kingston, Maxine Hong. *To Be The Poet*. Cambridge, MA/London: Harvard UP, 2002.

Kinnell, Galway. *Body Rags*. Boston: Houghton Mifflin Company, 1967.

—. *The Book of Nightmares*. Boston: Houghton Mifflin Company, 1971.

—. *Walking Down the Stairs*. New York: The University of Michigan P, 1978.

—. *Selected Poems*. Boston: Houghton Mifflin Company, 1982.

Klages, Mary. *Literary Theory: A Guide for the Perplexed*. London and New York: Continuum P, 2006.

Klonsky, Milton. Ed. *Speaking Pictures*. New York: Harmony Books, 1975.

Kostelanetz, Richard. *On Contemporary Literature*. New York: Avon Books, 1964.

Kunitz, Stanley. *The Testing-Tree*. Boston: Little, Brown & Company, 1971.

—. *The Poems of Stanley Kunitz*. Boston: Little, Brown & Company, 1979.

—. *Next-to-Last Things: New Poems and Essays*. Boston: The Atlantic Monthly P, 1985.

Kuntz, Joseph M. *Poetry Explication*. Denver: Allanswallow, 1962.

Kyle, Barry. *Sylvia: A Dramatic Portrait Conceived and Adapted from Her Writings*. New York/Hagerstown/San Francisco/London: Harper & Row, Publishers, 1977.

Lai, Him Mark, et al. Eds. *Island: Poetry and History of Chinese Immigrants on Angel Island, 1910-1940*. Seattle: University of Washington P, 1980.

Lane, Gary. *I AM: A Study of E. E. Cummings' Poems*. Lawrence: The University Press of Kansas, 1976.

Lau, Carolyn. *My Way of Speaking*. Santa Fe: Tooth of Time Books, 1988.

—. *Ono Ono Girl's Hula*. Madison: University of Wisconsin P, 1997.

Lazer, Hank. *Doublespace*. New York: Segue Books, 1992.

—. *Days* (poems). New Orleans: Lavender Ink, 2002.

—. *Opposing Poetries: Volume One—Issues and Institutions*. Evanston: Northwestern University Press, 1996.

—. *Opposing Poetries: Volume Two—Readings*. Evanston: Northwestern University Press, 1996.

—. *Elegies & Vacations*. Cambridge, UK: Salt Publishing, 2004.

—. *The New Spirit*. San Diego, CA: Singing Horse House, 2005.

—. *Lyric & Spirit: Selected Essays 1996-2008*. Richmond, CA: Omnidawn Publishing, 2008.

—. *Portions*. New Orleans: Lavender Ink, 2009.

Leary, Paris, and Robert Kelly. *A Controversy of Poets*. New York: Anchor Books, 1965.

Lee, Al. *The Major Young Poets*. New York: The World Publishing Company, 1971.

Lee, Li-Young. *Rose*. Rochester, New York: BOA Editions, Ltd., 1986.

—. *Behind My Eyes*. New York • London: W. W. Norton & Company, 2008.

Lehman, David. Ed. *The Oxford Book of American Poetry*. New York: Oxford UP, 2006.

Lensing, George, and Ronald Moran. *Four Poets and the Emotive Imagination*. Baton Rouge: Louisiana State UP, 1976.

Leong, Russell. *The Country of Dreams and Dust*. Albuquerque, NM: West End Press, 1993.

Levertov, Denise. *Light Up the Cave*. New York: A New Direction Book, 1946.

—. *Poems*. New York: New Direction Books, 1966.

—. *Candles in Babylon*. New York: New Direction Books, 1982.

—. *Poems: 1960-1967*. New York: New Direction Books, 1983.

—. *Poems: 1968-1972*. New York: New Direction Books, 1987.

—. *Breathing in the Water*. New York: New Direction Books, 1987.

Ling, Amy. *Between World: Women Writers of Chinese Ancestry*. New York: Pergamon P, 1990.

—. Ed. *Yellow Light: The Flowering of Asian American Arts*. Philadelphia: Temple UP, 2000.

Lobo, Susan, Steve Talbot, and Traci L. Morris. Eds. *Native American Voices: A Reader*. 3rd ed. Boston • New York: Prentice Hall, 2010.

Losev, Lev. *Joseph Brodsky: A Literary Life*. Tr. Jane Ann Miller. New Haven & London: Yale University Press, 2011.

Lowell, Robert. *Selected Poems*. rev. ed. New York: Farrar, Straus and Giroux, 1977.

Lowenfels, Walter. Ed. *Where Is Vietnam?* . New York: Anchor Books, 1967.

Lower, Lucy. Ed. *What the Kite Thinks*. Honolulu, Hawaii: University of Hawaii P, 1994.

Lum, Wing Tek. *Expounding the Doubtful Points*. Honolulu, W.I.: Bamboo Ridge P, 1987.

—. *The Nanjing Massacres: Poems*. Honolulu, W.I.: Bamboo Ridge P, 2012.

Lynen, John F. *The Pastoral Art of Robert Frost*. New Haven: Yale UP, 1960.

Ma, Ming-qian. *Poetry as Re-Reading: American Avant-Garde Poetry and the Poetics of Counter-Method*. Evanston, Illinois: Northwestern UP, 2008.

Mac Low, Jackson. *Twenties*. New York: Roof Books, 1991.

Mariani, Paul. *William Carlos Williams: A New World Naked*. New York: Mcgraw-Hill Book Company, 1981.

Marten, Harry. *Understanding Denise Levertov*. Columbia: University of South Carolina P, 1988.

Martin, Rodger. Ed. *The Monadnock Reader*. Peterborough, NH: Monadnock Writers' Group, 1986.

—. *The Blue Moon Series*. Brookline, New Hampshire: Hobblebush Books, 2007.

—. *The NEMO Poems*. Wheeling, Illinois: Whitchall Company, 1992.

—. *The Battlefield Guide*. Brookline, New Hampshire: Bobblebush Books, 2010.

Masters, Edgar Lee. *Spoon River Anthology*. New York: Macmillan Publishing Co., 1915.

Matthiesen, F. O. Ed. *The Oxford Book of American Verse*. New York: Oxford UP, 1950.

—. *The Achievement of T. S. Eliot*. New York: Oxford UP, 1959.

Maxwell, D. E. S. *The Poetry of T. S. Eliot*. London: Routhlege & Kegan Paul, 1952.

Mazzaro, Jerome. *Modern American Poetry*. New York: David Mckay Company, Inc., 1970.

McClure, Michael. *Scratching the Beat Source*. Berkeley: North Point P, 1982.

—. *Antechamber & Other Peoms*. New York: New Direction Publishing Corporation, 1978.

—. *Lighting the Corners: On Art, Nature, and the Visionary*. Albuquerque, NM: American Poetry, 1993.

McFarland, Philip, et al. Eds. *Themes in American Literature*. Boston: Houghton Mifflin Company, 1972.

McLean, W. M. Scott. *The Real Work*. New York: New Direction Publishing Corporation, 1980.

McMichael, George, et al. Eds. *Anthology of American Literature*. 2nd ed. New York: Macmillan Publishing Co., 1980.

McQuade, Donald, et al. Eds. *The Harper American Literature*. New York: Harper & Row, 1987.

Mervin, W. S. *The First Four Books of Poems*. New York: Atheneum, 1984.

—. *The Rain in the Trees*. New York: Alfred A. Knopf, 1988.

Messerli, Douglas. *River to River*. Los Angeles: Sun & Moon P, 1984.

—. *Maxims from My Mother's Milk Hymns to Him*. Los Angeles: Sun & Moon Paress, 1988.

—. *Silence All Round Market*. Los Angeles: Corner Books, 1991.

—. *Along Without*. Los Angeles: Littoral Books, 1993.

—. Ed. *"Language" Poetries: An Anthology*. New York: New Direction Publishing Corporation, 1987.

—. Ed. *From The Other Side of The Century: A New American Poetry 1960-1990*. Los Angeles: Sun & Moon P, 1994.

Middlebrook, Diane Wood. *World into Words*. New York: W. W. Norton & Company, 1978.

Miles, Barry. *Ginsburg: A Biography*. New York: Simon & Schuster, 1989.

Millay, Edna St. Vincent. *Collected Lyrics*. New York: Harper & Row, Publishers, 1969.

Mills, Gordon. Ed. *Innocence and Power*. Austin: University of Texas P, 1965.

Milose, Czeslaw. *Selected Poems*. New York: The Ecco P, 1973.

—. *The Collected Poems*. London: Penguin, 1988.

Moore, Marianne. *The Complete Poems of Marianne Moore*. New York: The MacMillan Company, 1967.

Morgan, Frederick. *Northbook*. Urbana: University of Illinois P, 1982.

Moss, Howard. Ed. *The Poet's Story*. New York: Simon & Schuster, 1973.

Morse, Samuel French. *Opus Posthumous by Wallace Stevens*. New York: Vintage Books, 1982.

Nemerov, Howard. *Poetry and Fiction: Essays*. New Jersey: Rutgers UP, 1963.

—. *The Collected Poems of Howard Nemerov*. Chicago: The University of Chicago P, 1977.

Niatum, Duane. Ed. *Harper's Anthology of 20th-Century Native American Poetry*. New York: Harper Collins Publishers, 1988.

Nicosia, Gerald. *Memory Babe: A Critical Biography of Jack Kerouac*. Berkeley: University of California P, 1983.

Nitchie, George W. *Human Value in the Poetry of Robert Frost*. New York: Gordian P, 1978.

Norman, Charles. *E. E. Cummings: The Magic Maker*. Boston: Little, Brown & Company, 1972.

Oliver, Mary. *American Primitive*. Boston: Little, Brown & Company, 1983.

Olson, Charles. *The Maximum Poems*. New York: Corinth Books, 1960.

Osborne, Charles. *W. H. Auden: The Life of a Poet*. New York: Harcourt Brace Jovanovich, 1979.

Ostroff, Anthony. Ed. *The Contemporary Poet as Artist and Critic*. Boston and Toronto: Little, Brown and Company, 1964.

Padgett, Ron. *If I Were You*. Toronto: Proper Tales Press, 2007.

—, and David Shapiro. Eds. *An Anthology of New York Poets*. New York: Vintage Books, 1970.

Parini, Jay. Ed. *The Columbia History of American Poetry*. New York: Columbia UP, 1993.

Parkinson, Thomas. Ed. *Robert Lowell: A Collection of Critical Essays*. Englewood Cliffs,

NJ: Prentice-Hall, Inc., 1968.

Pearce, Roy Harvey. *The Continuity of American Poetry*. Princeton: Princeton UP, 1961.

Perelman, Bob. *Virtual Reality*. New York: Roof Books, 1993.

Perkins, David. *A History of Modern Poetry: From the 1890s to the High Modernist Mode*. Cambridge & London: The Belknap Press, 1976.

—. *A History of Modern Poetry: Modernism and After*. Cambridge & London: The Belknap Press, 1987.

Perloff, Marjorie. *The Poetics of Interminacy: Rimbaud to Cage*. Evanston, Illinois: Northwest UP, 1981.

—. *The Future Moment Avant-Garde, Avant Guerre, and the Language of Rupture*. Chicago and London: The University of Chicago P, 1986.

—. *Poetic License: Essays on Modernist and Postmodernist Lyric*. Evanston, Illinois: Northwest UP, 1990.

—. *Radical Artifice*. Chicago and London: The University of Chicago P, 1991.

Pers, Mona. *Outside the Mainstream: Essays on Chinese American Literature*. Vasteras, Sweden: Malardalen UP, 2002.

Pettet, Simon. *Lyrical Poetry*. New York: Archipelago Books, 1987.

—. *Conversations with Rudy Burckhardt About Everything*. New York: Annabel Levitt, Publisher, 1987.

—. *21 Love*. London: Microbrigade, 1991.

—. *Selected Poems*. Jersey City, NJ: Talisman House, 1995.

—. *Hearth*. Jersey City, NJ: Talisman House, 2008.

Pinsky, Robert. *An Explanation of America*. Princeton: Princeton UP, 1979.

Pinney, Wilson G. Ed. *Two Ways of Seeing*. Boston: Little, Brown & Company, 1971.

Piombino, Nick. *Two Essays*. Buffalo, NY: Leaves Books, 1992.

Plath, Sylvia. *Ariel*. New York: Harper & Row, 1965.

—. *The Collected Poems*. Ed. Ted Hughes. New York: Harper & Row, 1981.

—. *The Journals of Sylvia Plath*. Ed. Frances McCullough. New York: The Dial P, 1982.

Poe, Deborah. *Elements*. Ithaca, NY: Stockport Flats, 2010.

Poggioli, Renato. *The Theory of Avant-Garde*. Cambridge: Harvard UP, 1968.

Poirier, Richard. *Robert Frost: The Work of Knowing*. New York: Oxford UP, 1977.

Pollard, Arthur. Ed. *New World Companion to English and American Literature*. New York: Popular Library, 1976.

Poulin, A. Ed. *Contemporary American Poetry*. Boston: Houghton Mifflin Company, 1980.

Pound, Ezra. *Cantos of Ezra Pound*. New York: New Direction Books, 1948.

—. *The Confucian Odes*. New York: New Direction Books, 1954.

—. *The Complete Odes*. New York: New Direction Books, 1954.

—. *Section: Rock-Drill 85-95 de las cantares*. London: Faber & Faber, 1955.

—. *Selected Cantos of Ezra Pound*. New York: New Direction Books, 1970.

—. *Selected Prose: 1909-1965*. Ed. William Cookson. New York: New Directions Publishing Corp, 1973.

Pound, Louise. Ed. *American Ballads and Songs*. New York: Charles Scribener's Sons, 1972.

Qian, Jiaoru. *Language and Literature: Essays in English*. Nanjing: Yilin P, 2010.

Quennell, Peter & Hamish Johnson. *A History of English Literature*. London: Brent House, 1981.

Rampersad, Arnold. Ed. *The Oxford Anthology of African-American Poetry*. New York: Oxford UP, 2006.

Ransom, John Crowe. *Selected Poems*. New York: The Ecco P, 1978.

Reck, Michael. *Ezra Pound: A Close-Up*. New York: McGraw-Hill Company, 1973.

Rexroth, Kenneth. *The Dragon and the Unicorn*. New York: A New Direction Book, 1952.

—. *Bird in the Bush*. New York: New Direction Books, 1959.

—. *One Hundred Poems from the Chinese*. New York: New Directions, 1959.

—. *Essays*. New York: New Directions, 1961.

—. *American Poetry in the 20th Century*. New York: Seabury P, 1973.

—, and Ling Chung. Tr. *Li Ch'ing-chao: Complete Poems*. New York: New Directions, 1979.

Rich, Adrienne. *Poems: Selected and New*. New York: W. W. Norton Company, 1975.

—. *A Wild Patience Has Taken Me This Far*. New York: W. W. Norton & Company, 1981.

Robinson, Forrest G. Ed. *An Apology for Poetry*. New York: The Bobbs-Merrill Company, 1970.

Robinson, Kit. *The Dolch Stanzas*. San Francisco: This Press, 1976.

—. *Ice Cubes*. New York: Roof Books, 1987.

—. *Balance Sheet*. New York: Roof Books, 1993.

Roethke, Theodore. *Words for the Wild*. Seattle: University of Washington P, 1958.

—. *The Far Field*. New York: Anchor Books, 1971.

—. *The Collected Poems of Theodore Roethke*. Doubleday: Anchor Books, 1975.

Roney-O'Brien, Susan. *Earth*. Princeton, MA: Cat Rock Publishing, 2011.

Rosenthal, M. L. *The Modern Poets*. London: Oxford UP, 1960.

—. *The New Poets*. London: Oxford UP, 1967.

—. *Sailing into the Unknown, Yeats, Pound and Eliot*. New York: Oxford UP, 1978.

—. Ed. *The William Carlos Williams Reader*. New York: New Directions, 1966.

Sanders, Jay & Charles Bernstein. Curated. *Poetry Plastique*. New York: Marianne Boesky Gallery and Granary Books, Inc., 2001.

Sandburg, Carl. *The Complete Poems of Carl Sandburg*. New York: Harcourt Brace Jovanovich, 1950.

Schafer, R. Murray. *Ezra Pound and Music*. New York: New Directions, 1977.

Schevill, James. *The American Fantasies*. Chicago: Swallow P, 1983.

Scholes, Robert. *Structuralism in Literature: An Introduction*. New Heaven: Yale UP, 1974.

—, et al. Eds. *Elements of Literature*. New York: Oxford UP, 1982.

Schott, Webster. Ed. *William Carlos Williams: Imaginations*. New York: New Direction Books, 1970.

Schwartz, Leonard. *Objects of Thought, Attempts at Speech*. New York: Gnosis P, 1990.

—. *Gnostic Blessing*. New York: Goats + Compasses, 1992.

—. *The Tower of Diverse Shores*. Jersey City, NJ: Talisman House, 2003.

—, Joseph Donahue, and Edward Foster. Eds. *Primary Trouble: An Anthology of Contemporary American Poetry*. Jersey City, NJ: Talisman House, 1996.

Scott, Wilburt S. *Five Approaches to Literary Criticism*. New York: Collier Books, 1962.

Sexton, Anne. *All My Pretty Ones*. Boston: Houghton Mifflin Company, 1961.

—. *Love Poems*. Boston: Houghton Mifflin Company, 1966.

—. *Love or Die*. Boston: Houghton Mifflin Company, 1967.

Shapiro, David. *To An Idea: A Book of Poems*. Woodstock, NY: The Overlook P, 1983.

Shapiro, Karl. *Prose Key to Modern Poetry*. New York: Row, Peterson & Company, 1962.

—. *The Poetry Wreck: Selected Essays, 1950-1970*. New York: Random House, 1975.

Sherry, James. *Part Songs*. New York: Roof Books, 1978.

—. *In Case*. Los Angeles: Sun & Moon P, 1981.

—. *Popular Fiction*. New York: Roof Books, 1985.

—. *Our Nuclear Heritage*. Los Angeles: Sun & Moon P, 1991.

Silliman, Ron. *Tjanting*. Great Barrington, Ma.: The Figures, 1981.

—. *Paradise*. Providence: Burning Deck, 1985.

—. *The Age of Huts*. New York: Roof Books, 1986.

—. *LIT*. Elmwood, Con.: Potes & Poets P. Inc., 1987.

—. *The New Sentence*. New York: Roof Books, 1987.

—. *What*. Great Barrington, MA: The Figures, 1988.

—. *BART*. Elmwood, Connecticut: Potes & Poets P. Inc., 1988.

—. *Manifest*. La Laguna: Zasterle P, 1990.

—. *deno to ink*. Tucson: Chax P, 1992.

—. *Toner*. Elmwood, Connecticut: Potes & Poets P, Inc., 1992.

—. *Jones*. Mentor, Ohio: Generator P, 1993.

—. Ed. *In the American Tree*. Orono: The National Poetry Foundation, Inc., 1986.

Simpson, Louis. *Caviare at the Funeral*. New York: Franklin Watts, 1980.

—. *A Company of Poets*. Anne Arbor: The University of Michigan P, 1981.

Smith, Carol H. *T. S. Eliot's Dramatic Theory and Practice*. Princeton: Princeton UP, 1963.

Smith, David, and David Bottoms. Eds. *The Morrow Anthology of Younger American Poets*. New York: Quill, 1985.

Smith, Stan. Ed. *20th-Century Poetry*. London: The Macmillan P, 1983.

Snodgrass, W. D. *The Fuhrer Bunker: A Cycle of Poems in Progress*. Brockport, New York: BOA, 1977.

Snyder, Gary. *The Back Country*. New York: New Directions, 1968.

—. *Turtle Island*. New York: New Directions, 1974.

—. *Axe Handles*. San Francisco: North Point P, 1983.

Sohn, David A. Ed. *Frost: The Poet and His Poetry*. New York: A Bantam Book, 1969.

Somer, John, and Joseph Cozzo. *Literary Experience*. Glenview: Scott, Foresman & Company, 1970.

Song, Cathy. *Cloud Moving Hands*. Pittsburg, PA: University of Pittsburg P, 2007.

Spender, Stephen. *The Thirties and After*. New York: Vintage Books, 1979.

Spiller, Robert E. *The Cycle of American Literature*. New York: Mentor Books, 1957.

—, et al. Eds. *Literary History of the United States*. New York: The Macmillan P, 1963.

Stafford, William. *Stories That Could Be True: New and Collected Poems*. New York: Harper & Row, Publishers, 1977.

—. *You and Some Other Characters*. Rexburg, Idaho: Honeybrook P, 1987.

Stauffer, Donald Barlow. *A Short History of American Poetry*. New York: E. P. Dutton & Company, 1974.

Stedman, Edmund Clarence. *An American Anthology*. Boston: Houghton Mifflin Company, 1900.

Stein, Gertrude. *Selected Writings of Gertrude Stein*. Ed. Carl Van Vechten. New York: A Division of Random House, 1962.

Stephanchev, Stephen. *American Poetry Since 1945*. New York: Harper and Row, 1967.

Stern, Milton R., and Seymour L. Gross. *American Literature Survey*. England: Penguin Books, 1977.

Steuding, Bob. *Gary Snyder*. Boston: Twayne Publishers, 1976.

Stevens, Holly. Ed. *The Palm at the End of the World*. Princeton: Vintage Books, 1971.

Stevenson, Anne. *Bitter Fame: A Life of Sylvia Plath*. Boston: Houghton Mifflin Company, 1989.

Steward, John L. *The Burden of Time*. Princeton: Princeton UP, 1965.

Stoutenburg, Adrien, and Laura Nelson Baker. *Listen America*. New York: Charles Scribner's Sons, 1968.

Strand, Mark. Ed. *The Contemporary American Poets*. London: A Mentor Book, 1969.

Stryk, Lucien. Ed. *Heartland II: Poets of Midwest*. Dekalb: Northern Illinois UP, 1975.

Sugg, Richard P. *Appreciating Poetry*. Boston: Houghton Mifflin Company, 1975.

Sutton, Walter. *American Free Verse*. New York: New Directions, 1973.

Sze, Arthur. *Willow Wind*. Santa Fe: Tooth of Time Books, 1981.

—. *Dazzled*. Point Reyes Station, CA: Floating Island Publications, 1982.

—. *Two Ravens*. Santa Fe: Tooth of Time Books, 1984.

—. *River River*. Providence: Lost Roads Publishers, 1987.

—. *Archipelago*. Port Townsend, Washington: Copper Canyon P, 1995.

—. *The Redshifting Web: Poems 1970-1998*. Port Townsend, Washington: Copper Canyon P, 1998.

—. *The Silk Dragon*. Port Townsend, Washington: Copper Canyon P, 2001.

—. *Quipu*. Port Townsend, Washington: Copper Canyon P, 2005.

—. Ed. *Chinese Writers on Writing*. San Antonio, Texas: Trinity UP, 2010.

Tagliabue, John. *The Buddha Uproar*. Santa Cruz: Kayak Books Inc., 1970.

—. *The Great Day*. Plainfield: Alembic P, 1984.

Tarn, Nathaniel. *Palenque: Selected Poems 1972-1984*. London & Plymouth: Oasis/Shearsman, 1986.

—. *Seeing America First*. Minneapolis: Coffee House P, 1989.

—. *Views from the Wavering Mountain*. Albuquerque: An American Poetry Book, 1991.

—. *Scandals in the House of Birds: Shamans and Priests on Lake Atitlan*. New York: Marsilio Publishers, 1997.

—. *The Embattled Lyric: Essays and Conversations in Poetics and Anthropology*. Stanford, CA: Stanford UP, 2007.

Tate, Allen. *Collected Poems 1918-1976*. New York: Farrar, Straus & Giroux, 1977.

—. Ed. *Six American Poets*. Minneapolis: University of Minnesota P, 1965.

Taylor, J. Golden. Ed. *The Literature of the American West*. Boston • New York: Houghton Mifflin Company, 1971.

Teasdale, Sara. *Collected Poems*. New York: Collier Books, 1966.

Templeton, Fiona. *You the City*. New York: Roof Books, 1990.

Thompson, Lawrence, and R. H. Winnick & Edward Connery Lathem. *Robert Frost: A Biography*. New York: Holt, Rinehart and Winston, 1981.

Thurley, Geoffrey. *The American Moment*. London: Edward Arnold Ltd., 1977.

Townley, Rod. *The Early Poetry of William Carlos Williams*. Ithaca: Cornell UP, 1975.

True, Michael. *Worcester Poets*. Worcester: The Worcester County Poetry Association, 1972.

—. *Worcester Area Writers*. Worcester: Worcester Public Library, 1987.

—. *Justice Seekers, Peace Makers: 32 Portraits in Courage*. Mystic, Connecticut: Twenty-Third Publications, 1990.

—. *To Construct Peace: 30 More Justice Seekers, Peace Makers*. Mystic, Connecticut: Twenty-Third Publications, 1992.

—. *An Energy Field More Tense Than War: The Nonviolent Tradition and American Literature*. New York: Syracuse UP, 1995.

—. *People Power: Fifty Peacemakers and Their Communities*. Raway Publications, 2007.

—. *Plains Song and Other poems*. Lulu.com, 2013.

Turner, Albert T. *Fifty Contemporary Poets*. New York: David Mckay Company, 1977.

—. *To Make a Poem*. New York: Longman, 1982.

Untermeyer, Louis. Ed. *The Britannica Library of Great American Writings*. Chicago: Britannica P, 1960.

—. Ed. *Modern American Poetry*. New York: Harcourt, Brace & World, Inc., 1962.

—. Ed. *Robert Frost's Poems*. New York: Washington Square P, 1977.

Vendler, Helen. *On Extended Wings*. Cambridge: Harvard UP, 1969.

—. *Part of Nature, Part of Us*. Cambridge: Harvard UP, 1980.

—. Ed. *Voices and Visions*. New York: Random House, 1987.

Vinson, James. Ed. *20th-Century American Literature*. New York: St. Martin's P, 1980.

—. Ed. *20th-Century Poetry*. London: The Macmillan Press Ltd., 1983.

Vinz, Mark. Ed. *Common Ground*. Moorhead: Dacotah Territory P, 1989.

Waldman, Anne. *Life Notes*. Indianapolis, NY: The Bobbs-Merrill Company, Inc., 1973.

—. *Fast Speaking Woman*. San Francisco: City Lights Books, 1996.

—. *Vow to Poetry: Essays, Interview, & Manifestos.* Minneapolis: Coffee House P, 2001.

—. *Dark Arcana/Afterimage or Glow.* Chester, NY: Heaven Bone P, 2003.

—. *In the Room of Never Grieve: New and Selected Poems 1985-2003.* Minneapolis, MN: Coffee House P, 2003.

—. *Outrider: Poems, Essays and Interviews.* Albuquerque: La Alameda P, 2006.

—. *Red Noir & Other Pieces for Performance.* Brooklyn, NY: Farfalla P/McMillan & Parrish, 2008.

—, & Lisa Birman. Eds. *Civil Disobedience: Poetics and Politics in Action.* Minneapolis, MN: Coffee House P, 2004.

Waldrop, Rosmarie. *Another Language: Selected Poems.* Jersey City, New Jersey: Talisman House, Publishers, 1987.

Walker, Alice. *Revolutionary Petunias and Other Poems.* San Diego: Harcourt Brace Jovanovich, 1973.

Wallenstein, Barry. *Love and Crush.* New York: Persee Books, 1991.

—. *A Measur of Conduct.* Detroit, Michigan: Ridgeway P, 1999.

—. Ed. *Poetry in Performance 30 Anniversary Edition.* New York: The Print Center, Inc., 2002.

Walsh, Jeffrey. *American War Literature: 1914 to Vietnam.* London: MacMillan P, 1982.

Wang, Guiming. *A Study of Ezra Pound's Translation-Interpretation of Cathay.* Beijing: Foreign Languages Press, 2012.

Wang, L. Ling-chi, and Henry Yiheng Zhao. Eds. *Chinese American Poetry: An Anthology.* Seattle: University of Washington P, 1991.

Warren, Robert Penn. *Selected Poems: New and Old 1923-1966.* New York: Random House, 1966.

Watts, Emily Stipes. *The Poetry of American Women from 1932 to 1945.* Austin: University of Texas P, 1977.

Weinberger, Eliot. Ed. *American Poetry Since 1950.* New York: Marsilio Publishers, 1993.

Weiner, Hannah. *Clairvoyant Journal.* New York: Angel Hair Books, 1974.

—. *Little Books/Indians.* New York: Roof Books, 1980.

—. *silent teachers remembered sequel.* Providence, New York: Tender Buttons, 1994.

—. *page.* New York: Roof Books, 2002.

Whalen, Philip. *On Bear's Head.* New York: Harcourt, Brace & World Inc., 1969.

White, Gillian C. *Lyric Shame: The "Lyric" Subject of Contemporary American Poetry.* Cambridge, M. A., and London, England: Harvard University Press, 2014.

Whitman, Walt. *Complete Poetry and Collected Prose*. New York: Literary Classics of the United States, Inc., 1982.

Wilbur, Richard. *The Poems of Richard Wilbur*. San Diego: Harcourt Brace Jovanovich, 1963.

Williams, Raymond. *Keywords*. New York: Oxford UP, 1976.

Williams, W. C. *Paterson*. New York: New Directions, 1958.

—. *The Autobiography of William Carlos Williams*. New York: New Directions, 1967.

—. *Selected Poems*. New York: New Direction Books, 1985.

Williams, Oscar, and Edwin Honig. Eds. *Major American Poets*. New York: A Mentor Book, 1962.

Williamson, George. *T. S. Eliot*. New York: The Noonday P, 1953.

—. *A Reader's Guide to T. S. Eliot*. London: Thames and Hudson, 1955.

Wise, Jane D. Ed. *Last Poems of Elinor Wylie*. Chicago: Academy of Chicago, 1943.

Wong, Sau-ling Cynthia. *Reading Asian American Literature from Necessity to Extravagance*. Princeton, New Jersey: Princeton UP, 1993.

Woodard, Charles L. Ed. *As Far As I Can See: Contemporary Writing of the Middle Plains*. Lincoln, NE: Windflower P, 1989.

Wright, James. *Collected Poems*. Middletown: Wesleyan UP, 1951.

Yau, John. *Radiant Silhouette: New & Selected Work 1974-1988*. Santa Rosa, CA: Black Sparrow Press, 1989.

—. *Edificio Sayonara*. Santa Rosa, CA: Black Sparrow Press, 1992.

Yep, Laurence. *Dragonwings*. New York: Harper Trophy, 1975.

—. *Child of the Owl*. New York: Harper & Row, Publishers, 1977.

Zadrozny, Mark. *Contemporary Authors Autobiography Series*, Vol.1-8. Detroit, Michigan: Gale Research Inc., 1989

Zhou, Xiaojing. *The ethics and poetics of alterity in Asian American Poetry*. Iowa City: University of Iowa P, 2006.

中文参考书目

艾略特，T. S.《荒原：T. S. 艾略特诗选》. 赵箩蕤、张子清等 译. 北京：燕山出版社，
　　2006.

安德森，佩里.《后现代性的起源》. 紫辰、合章 译. 北京：中国社会科学出版社，2008.

弗雷泽，弗农. 主编.《后垮掉派诗选》. 文楚安、雷丽敏 译. 上海：上海人民出版社，
　　2008.

特鲁，迈克尔. 译本前言.《T. S. 艾略特诗选》. 紫芹 编译. 成都：四川文艺出版社，
　　1988.

特威切尔，杰夫.《庞德的〈华夏集〉和意象派诗》. 张子清 译.《外国文学评论》，1992
　　年第 1 期.

——.《美国诗歌现代派的批评命运》. 张子清 译.《当代外国文学》，1955 年第 1 期.

文兹，马克、汤姆·塔马罗. 主编.《平凡的土地》. 陶乃侃 译. 昆明：云南人民出版社，
　　1992.

休斯，特德.《生日信札》. 张子清 译. 南京：译林出版社，2001.

詹姆逊，弗雷德里克.《后现代主义与文化理论》. 唐小兵 译. 北京：北京大学出版社，
　　1997.

常耀信.《美国文学简史》（第二版）. 天津：南开大学出版社，2003.

陈靓.《美国本土文学研究中的杂糅特征理论探源——从生物杂糅到文化杂糅的概念流
　　变》.《西安外国语大学学报》，2009 年第 3 期.

程锡麟、方亚中.《什么是女性主义批评》. 上海：上海外语教育出版社，2011.

冯品佳. 主编.《重划疆界：外国文学研究在台湾》. 台北：书林出版有限公司，1999.

何文敬、单德兴.《再现政治与华裔美国文学》. 台北：欧美研究所，1996.

黄宗英.《抒情史诗论：美国现当代长篇诗歌艺术管窥》. 北京：北京大学出版社，2003.

——.《完美的缺憾——弗罗斯特与诺贝尔文学奖》.《当代外国文学》，2010 年第 2 期.

——.《弗罗斯特研究》. 上海：上海外语教育出版社，2011.

纪元文. 主编.《美国文学与思想》. 台北：欧美研究所，1997.

蒋洪新.《庞德的〈七湖诗章〉与潇湘八景》.《外国文学评论》，2006 年第 3 期.

——.《庞德研究》. 上海：上海外语教育出版社，2014.

李斯.《垮掉的一代》. 海口：海南出版社，1996.

李扬.《美国"南方文艺复兴"》. 北京：商务印书馆，2011.

李勇.《诗学概念界定的新成果》.《文艺报》，1993 年 4 月 10 日第 2 版.

刘海平、王守仁. 主编.《新编美国文学史》（四卷本）. 上海：上海外语教育出版社，2002.

罗良功.《论黑人音乐与兰斯顿·休斯的诗歌艺术创新》.《外国文学研究》，2002 年第 4
　　期，第 48～54 页.

单德兴.《铭刻与再现：华裔美国文学与文化论集》. 台北：麦田出版社，2000.

——.《对话与交流：当代中外作家、批评家访谈录》. 台北：麦田出版社，2001.

——.《"开疆"与"辟土"——美国华裔文学与文化：作家访谈录与研究论文集》. 天
　　津：南开大学出版社，2006.

——.《越界与创新》. 台北：允晨文化实业股份有限公司，2009.

——.《与智者为伍：亚美文学与文化名家访谈录》. 台北：允晨文化实业股份有限公司，
　　2009.

——. 编译.《近代美国理论：建制·压抑·抗拒》. 柯理格 著. 台北：书林出版公司，
　　1993.

单德兴、何文敬. 主编.《文化属性与华裔美国文学》. 台北：欧美研究所，1994.

孙宏.《论庞德对中国诗歌的误读与重构》.《外国文学》，2010 年第 1 期.

陶乃侃. 译.《平凡的土地：美国当代中西部诗选》. 托马·塔罗马 主编. 昆明：云南人
　　民出版社，1992.

——.《庞德与中国文化》. 北京：首都师范大学出版社，2006.

索金梅.《庞德〈诗章〉中的儒学》（英文本）. 天津：南开大学出版社，2003.

王逢振、盛宁、李自修. 主编.《最新西方文论选》. 桂林：漓江出版社，1991.

王贵明.《论庞德的翻译观及其中国古典诗歌的创意英译》.《中国翻译》，2005 年 11 月
　　第 26 卷第 6 期.

——.《文学翻译批评中对译与作的"质"和"构"的认知：兼论埃兹拉·庞德的翻译
　　和诗学互通性》.《中国翻译》，2010 年第 3 期.

王光林.《T. S. 艾略特的精神追求：从 T. S. 艾略特的宗教观看他的诗歌发展》.《当代
　　外国文学》，1996 年第 1 期.

王光林.《错位与超越——美、澳华裔作家的文化认同》. 天津：南开大学出版社，2004.

王珂.《新诗诗体生成史论》. 北京：九州出版社，2007.

王岳川.《后现代主义文化研究》. 北京：北京大学出版社，1992.

文楚安. 译.《金斯伯格诗选》. 成都：四川文艺出版社，2000.

——.《"垮掉一代"及其他》. 成都：四川大学出版社，2002.

吴富恒. 主编.《外国著名文学家评传》（4）. 济南：山东教育出版社，1990.

吴富恒、王誉公. 主编.《美国作家论》. 济南：山东教育出版社，1999.

吴冰、王立礼. 主编.《华裔美国作家研究》. 天津：南开大学出版社，2009.

杨仁敬、杨凌雁.《美国文学简史》. 上海：上海外语教育出版社，2008.

乐黛云.《跨文化之桥》. 北京：北京大学出版社，2002.

赵文书.《和声与变奏——华美文学文化取向的历史嬗变》. 天津：南开大学出版社，
　　2009.

张剑.《翻译与表现：读钱兆明主编〈庞德与中国〉》.《国外文学》，2007 年第 4 期.

张桃洲.《“个人”的神话：新时代的诗、文学与宗教》. 武汉：武汉出版社，2009.

张跃军.《威廉·卡洛斯·威廉斯的诗学研究》. 合肥：安徽文艺出版社，2006.

张子清、罗珠.《美国新田园诗研究》. 北京：中国戏剧出版社，2006 年.

张子清、戴维·埃文斯、简·埃文斯. 主编.《文化相聚：美国作家、学者和艺术家在
　　中国》. 桂林：广西师范大学出版社，2003.

赵毅衡.《美国现代诗选》，上下册. 北京：外国文学出版社，1985.

——.《远游的诗神》. 成都：四川人民出版社，1985.

周晓静.《关于美国当代诗人李立扬》.《诗歌月刊》，2010 年第 5 期.

朱新福.《美国文学中的生态思想研究》. 苏州：苏州大学出版社，2006.

Appendixes（附录）

1）美国国会图书馆诗歌顾问表（1937—1985）

从 1937 年至 1985 年间，美国国会图书馆任命一个诗人为国会图书馆诗歌顾问，任期一年。

Joseph Auslander, 1937-1941（appointed for indefinite period）

Allen Tate, 1943-1944

Robert Penn Warren, 1944-1945

Louise Bogan, 1945-1946

Karl Shapiro, 1946-1947

Robert Lowell, 1947-1948

Leonie Adams, 1948-1949

Elizabeth Bishop, 1949-1950

Conrad Aiken, 1950-1952（first appointee to be reappointed for a second term）

William Carlos Williams（appointed 1952 but did not serve）

Randall Jarrell, 1956-1958

Robert Frost, 1958-1959

Richard Eberhart, 1959-1961

Louis Untermeyer, 1961-1963

Howard Nemerov, 1963-1964

Reed Whittemore, 1964-1965

Stephen Spender, 1965-1966

James Dickey, 1966-1968

William Jay Smith, 1968-1970

William Stafford, 1970-1971

Josephine Jacobsen, 1971-1973

Daniel Hoffman, 1973-1974

Stanley Kunitz, 1974-1976

Robert Hayden, 1976-1978

William Meredith, 1978-1980

Maxine Kumin, 1981-1982

Anthony Hecht, 1982-1984

Robert Fitzgerald, 1984-1985（Fitzgerald 因病没有到任，由 Reed Whittemore 补缺）

Gwendolyn Brooks, 1985-1986

2）美国桂冠诗人表（1986— ）

美国桂冠诗人制源出于 1937 年国会图书馆创立的诗歌顾问制。从 1986 年开始，国会图书馆诗歌顾问制升高为桂冠制。美国桂冠诗人的责职是充任国会图书馆顾问，回答有关诗歌问题的来函，规划每年的系列诗歌朗诵活动。

Robert Penn Warren, 1986-1987

Richard Wilbur, 1987-1988

Howard Nemerov, 1988-1990

Mark Strand, 1990-1991

Joseph Brodsky, 1991-1992

Mona Van Duyn, 1992-1993

Rita Dove, 1993-1995

Robert Hass, 1995-1997

Robert Pinsky, 1997-2000

Stanley Kunitz, 2000-2001

Billy Collins, 2001-2003

Louise Glück, 2003-2004

Ted Kooser, 2004-2006

Donald Hall, 2006-2007

Charles Simic, 2007-2008

Kay Ryane, 2008-2010

W. S. Merwin, 2010-2011

Philip Levine, 2011-2012

3）20 世纪前 13 名美国诗人及其代表作（1999 年统计）

这是美国全国公共广播电台"周末版"（Weekend Edition）提供的名单。在 1999 年，由哥伦比亚广播新闻台（CBS）历史评论员道格拉斯·布林克利（Douglas Brinkley, 1960— ）教授会同参加讨论的诗人纳奥米·谢哈布·奈（Naomi Shihab Nye）、卡罗琳·凯泽（Carolyn Kizer）、伊什梅尔·里德（Ishmael Reed）和尤瑟夫·科姆尼亚卡（Yusef Komunyakka）共同讨论提出。（该"周末版"信息可登陆：http://www.npr.org/programs/wesun/991226.poems.html）

T. S. Eliot（The Waste Land）

Hart Crane（The Bridge）

Allen Ginsburg（Howl）

Langston Hughes（The Negro Speaks of Rivers）

Robert Frost（Stopping By Woods, and On A Snowy Evening）

Carl Sandburg（The People, Yes）

Ezra Pound（Pisan Cantos）

Wallace Stevens（The Snow Man）

William Carlos Williams（Patterson）

Elizabeth Bishop（In the Waiting Room）

Robert Lowell（For the Union Dead）

Edward Eastlin Cummings（Somewhere I Have Never, and Traveled, Gladly Beyond）

Gertrude Stein（Lifting Belly）

4）20 世纪最佳美国诗人表

这份名单由《美国最佳诗歌》选集主编戴维·莱曼（David Lehman）提供，包括他的两位客座主编的提名。

A. R. Ammons

W. H. Auden

John Ashbery

John Berryman

Elizabeth Bishop

Gwendolyn Brooks

Hart Crane

Robert Creeley

T. S. Eliot

Robert Frost

Robert Hayden

Langston Hughes

Randall Jarrell

Kenneth Koch

Robert Lowell

James Merrill

Marianne Moore

Frank O'Hara

Sylvia Plath

Ezra Pound

Kenneth Rexroth

Edwin Arlington Robinson

Theodore Roethke

James Schuyler

Delmore Schwartz

William Stafford

Gertrude Stein

Wallace Stevens

Robert Penn Warren

Richard Wilbur

William Carlos Williams

James Wright

5）20 世纪普利策诗歌奖得主及其代表作（年代、代表作和作者）

　　普利策奖（The Pulitzer Prize）是美国授予的新闻报纸和网络新闻、文学和音乐创作成就奖。它是根据美国出版家约瑟夫·普利策（Joseph Pulitzer, 1847—1911）的遗嘱，成立于 1917 年，由纽约哥伦比亚大学管理。每年授予 21 类奖项，每个获奖者获得证书和 10000 美元奖金。新闻竞争的公共服务类得主获金质奖章（此奖属于新闻报纸，虽然个人可能会获得提名奖）。

1920s

1922: *Collected Poems* by Edwin Arlington Robinson

1923: *The Ballad of the Harp-Weaver: A Few Figs from Thistles: Eight Sonnets in American Poetry* by Edna St. Vincent Millay

1924: *New Hampshire: A Poem with Notes and Grace Notes* by Robert Frost

1925: *The Man Who Died Twice* by Edwin Arlington Robinson

1926: *What's O'Clock* by Amy Lowell

1927: *Fiddler's Farewell* by Leonora Speyer

1928: *Tristram* by Edwin Arlington Robinson

1929: *John Brown's Body* by Stephen Vincent Benét

1930s

1930: *Selected Poems* by Conrad Aiken

1931: *Collected Poems* by Robert Frost

1932: *The Flowering Stone* by George Dillon

1933: *Conquistador* by Archibald MacLeish

1934: *Collected Verse* by Robert Hillyer

1935: *Bright Ambush* by Audrey Wurdemann

1936: *Strange Holiness* by Robert P. T. Coffin

1937: *A Further Range* by Robert Frost

1938: *Cold Morning Sky* by Marya Zaturenska

1939: *Selected Poems* by John Gould Fletcher

1940s

1940: *Collected Poems* by Mark Van Doren

1941: *Sunderland Capture* by Leonard Bacon

1942: *The Dust Which Is God* by William Rose Benet

1943: *A Witness Tree* by Robert Frost

1944: *Western Star* by Stephen Vincent Benét

1945: *V-Letter and Other Poems* by Karl Shapiro

1946: no award given

1947: *Lord Weary's Castle* by Robert Lowell

1948: *The Age of Anxiety* by W. H. Auden

1949: *Terror and Decorum* by Peter Viereck

1950s

1950: *Annie Allen* by Gwendolyn Brooks

1951: *Complete Poems* by Carl Sandburg

1952: *Collected Poems* by Marianne Moore

1953: *Collected Poems 1917-1952* by Archibald MacLeish

1954: *The Waking* by Theodore Roethke

1955: *Collected Poems* by Wallace Stevens

1956: *Poems—North & South* by Elizabeth Bishop

1957: *Things of This World* by Richard Wilbur

1958: *Promises: Poems 1954-1956* by Robert Penn Warren

1959: *Selected Poems 1928-1958* by Stanley Kunitz

1960s

1960: *Heart's Needle* by W. D. Snodgrass

1961: *Times Three: Selected Verse From Three Decades* by Phyllis McGinley

1962: *Poems* by Alan Dugan

1963: *Pictures from Brueghel* by William Carlos Williams

1964: *At The End Of The Open Road* by Louis Simpson

1965: *77 Dream Songs* by John Berryman

1966: *Selected Poems* by Richard Eberhart

1967: *Live or Die* by Anne Sexton

1968: *The Hard Hours* by Anthony Hecht

1969: *Of Being Numerous* by George Oppen

1970s

1970: *Untitled Subjects* by Richard Howard

1971: *The Carrier of Ladders* by William S. Merwin

1972: *Collected Poems* by James Wright

1973: *Up Country* by Maxine Kumin

1974: *The Dolphin* by Robert Lowell

1975: *Turtle Island* by Gary Snyder

1976: *Self-Portrait in a Convex Mirror* by John Ashbery

1977: *Divine Comedies* by James Merrill

1978: *Collected Poems* by Howard Nemerov

1979: *Now and Then* by Robert Penn Warren

1980s

1980: *Selected Poems* by Donald Justice

1981: *The Morning of the Poem* by James Schuyler

1982: *The Collected Poems* by Sylvia Plath

1983: *Selected Poems* by Galway Kinnell

1984: *American Primitive* by Mary Oliver

1985: *Yin* by Carolyn Kizer

1986: *The Flying Change* by Henry S. Taylor

1987: *Thomas and Beulah* by Rita Dove

1988: *Partial Accounts: New and Selected Poems* by William Meredith

1989: *New and Collected Poems* by Richard Wilbur

1990s

1990: *The World Doesn't End* by Charles Simic

1991: *Near Changes* by Mona Van Duyn

1992: *Selected Poems* by James Tate

1993: *The Wild Iris* by Louise Glück

1994: *Neon Vernacular: New and Selected Poems* by Yusef Komunyakaa

1995: *The Simple Truth* by Philip Levine

1996: *The Dream of the Unified Field* by Jorie Graham

1997: *Alive Together: New and Selected Poems* by Lisel Mueller

1998: *Black Zodiac* by Charles Wright

1999: *Blizzard of One* by Mark Strand

2000s

2000: *Repair* by C. K. Williams

2001: *Different Hours* by Stephen Dunn

2002: *Practical Gods* by Carl Dennis

2003: *Moy Sand and Gravel* by Paul Muldoon

2004: *Walking to Martha's Vineyard* by Franz Wright

2005: *Delights & Shadows* by Ted Kooser

2006: *Late Wife* by Claudia Emerson

2007: *Native Guard* by Natasha Trethewey

2008: *Time and Materials* by Robert Hass and *Failure* by Philip Schultz

2009: *The Shadow of Sirius* by W. S. Merwin

2010s

2010: *Versed* by Rae Armantrout

2011: *The Best of It: New and Selected Poems* by Kay Ryan

6）国家图书诗歌奖得主及其代表作

国家图书奖（The National Book Awards）在 1936 年由美国书商协会创办；二战期间停办；1950 年，由三家图书行业组织重新开办。二战前，美国以外地区的作者和出版商均有资格获奖；如今只授予美国作者在美国出版的书籍。

1988 年成立的非营利性国家图书基金会管理和加强图书奖，扩大到教育和扫盲领域。其使命是"祝贺最佳美国文学，扩大美国文学的读者，提高美国优秀作品的文化价值"。

国家图书奖是一年一度授予的一系列美国文学奖。国家图书奖颁奖典礼在每年 11 月举行，美国国家图书基金会授奖，并授予两个终身成就奖。

国家图书诗歌奖始于 1950 年，是国家图书奖的一部分。在 1985 年～1990 年，没有授予国家图书诗歌奖。

1950　William Carlos Williams: *Paterson: Book III and Selected Poems*

1951　Wallace Stevens: *The Auroras of Autumn*

1952　Marianne Moore: *Collected Poems*

1953　Archibald MacLeish: *Collected Poems, 1917-1952*

1954　Conrad Aiken: *Collected Poems*

1955　Wallace Stevens: *The Collected Poems of Wallace Stevens*

1956　W. H. Auden: *The Shield of Achilles*

1957　Richard Wilbur: *Things of This World*

1958　Robert Penn Warren: *Promises: Poems, 1954-1956*

1959　Theodore Roethke: *Words for the Wind*

1960　Robert Lowell: *Life Studies*

1961　Randall Jarrell: *The Woman at the Washington Zoo*

1962　Alan Dugan: *Poems*

1963　William Stafford: *Traveling Through the Dark*

1964　John Crowe Ransom: *Selected Poems*

1965　Theodore Roethke: *The Far Field*

1966　James Dickey: *Buckdancer's Choice: Poems*

1967　James Merrill: *Nights and Days*

1968　Robert Bly: *The Light Around the Body*

1969　John Berryman: *His Toy, His Dream, His Rest*

1970　Elizabeth Bishop: *The Complete Poems*

1971　Mona Van Duyn: *To See, To Take*

1972   Frank O'Hara: *The Collected Works of Frank O'Hara*

1972   Howard Moss: *Selected Poems*

1973   A. R. Ammons: *Collected Poems, 1951-1971*

1974   Adrienne Rich: *Diving into the Wreck: Poems 1971-1972*

1974   Allen Ginsberg: *The Fall of America: Poems of these States, 1965-1971*

1975   Marilyn Hacker: *Presentation Piece*

1976   John Ashbery: *Self-portrait in a Convex Mirror*

1977   Richard Eberhart: *Collected Poems, 1930-1976*

1978   Howard Nemerov: *The Collected Poems of Howard Nemerov*

1979   James Merrill: *Mirabell: Book of Numbers*

1980   Philip Levine: *Ashes: poems new & old*

1981   Lisel Mueller: *The Need to Hold Still*

1982   William Bronk: *Life Supports: New and Collected Poems*

1983   Charles Wright: *Country Music: Selected Early Poems*

1983   Galway Kinnell: *Selected Poems*

1985   No Award

1986   No Award

1987   No Award

1988   No Award

1989   No Award

1990   No Award

1991   Philip Levine: *What Work Is*

1992   Mary Oliver: *New & Selected Poems*

1993   A. R. Ammons: *Garbage*

1994   James Tate: *A Worshipful Company of Fletchers*

1995   Stanley Kunitz: *Passing Through: The Later Poems*

1996   Hayden Carruth: *Scrambled Eggs & Whiskey*

1997   William Meredith: *Effort at Speech: New & Selected Poems*

1998   Gerald Stern: *This Time: New and Selected Poems*

1999   Ai Vice: *New & Selected Poems*

2000   Lucille Clifton: *Blessing the Boats: New and Selected Poems 1988-2000*

2001   Alan Dugan: *Poems Seven: New and Complete Poetry*

2002   Ruth Stone: *In the Next Galaxy*

2003   C. K. Williams: *The Singing*

2004　Jean Valentine: *Door in the Mountain: New and Collected Poems, 1965-2003*

2005　W. S. Merwin: *Migration: New & Selected Poems*

2006　Nathaniel Mackey: *Splay Anthem*

2007　Robert Hass: *Time and Materials: Poems 1997-2005*

2008　Mark Doty: *Fire to Fire: New and Collected Poems*

2009　Keith Waldrop: *Transcendental Studies: A Trilogy*

2010　Terrance Hayes: *Lighthead*

2011　Nikky Finney: *Head Off & Split*

7）国家图书评论界奖诗歌奖得主及其代表作

国家图书评论界奖（The National Book Critics Circle Awards）是国家图书评论界每年授予的一系列美国文学奖，旨在促进"最优秀的英文书籍和评论"。1976 年 1 月 16 日，首次授予国家图书评论界奖。

国家图书评论界奖授予上一年在美国出版的书籍。分六大类：小说、非小说、诗歌、回忆录/自传、传记和评论。

1975　John Ashberry: *Self-Portrait in A Convex Mirror*

1976　Elizabeth Bishop: *Geography III*

1977　Robert Lowell: *Day by Day*

1978　L. E. Sissman: *Hello, Darkness: The Collected Poems of L. E. Sissman*

1979　Philip Levine: *Ashes: Poems New and Old* and *7 Years From Somewhere: Poems*

1980　Frederick: *Seidel Sunrise*

1981　A. R. Ammons: *A Coast of Trees*

1982　Katha Pollitt: *Antarctic Traveler*

1983　James Merrill: *The Changing Light at Sandover*

1984　Sharon Olds: *The Dead and the Living*

1985　Louise Glück: *The Triumph of Achilles*

1986　Edward Hirsch: *Wild Gratitude*

1987　C. K. Williams: *Flesh and Blood*

1988　Donald Hall: *That One Day*

1989　Rodney Jones: *Transparent Gestures*

1990　Amy Gerstler: *Bitter Angel*

1991　Albert Goldbarth: *Heaven and Earth: A Cosmology*

1992 Hayden Carruth: *Collected Shorter Poems 1946-1991*

1993 Mark Doty: *My Alexandria*

1994 Mark Rudman: *Rider*

1995 William Matthews: *Time and Money*

1996 Robert Hass: *Sun Under Wood*

1997 Charles Wright: *Black Zodiac*

1998 Marie Ponsot: *The Bird Catcher*

1999 Ruth Stone: *Ordinary Words*

2000 Judy Jordan: *Carolina Ghost Woods*

2001 Albert Goldbarth: *Saving Lives*

2002 B. H. Fairchild: *Early Occult Memory Systems of the Lower Midwest*

2003 Susan Stewart: *Columbarium*

2004 Adrienne Rich: *The School Among the Ruins*

2005 Jack Gilbert: *Refusing Heaven*

2006 Troy Jollimore: *Tom Thomson in Purgatory*

2007 Mary Jo: *Bang Elegy*

2008 August Kleinzahler: *Sleeping it Off in Rapid City*

2008 Juan Felipe Herrera: *Half the World in Light*

2009 Rae Armantrout: *Versed*

2010 C. D. Wright: *One With Others*

2011 Laura Kasischke: *Space, In Chains*

8）国家艺术暨文学协会会员

国家艺术暨文学协会（The National Institute of Arts and Letters）成立于 1898 年，根据国会法案于 1913 年注册，以推动美国文学和艺术发展为目的。该协会会员 250 名，对文学艺术成就杰出者授予奖章和其他奖，提供补助金，以进一步促进创作有突出优点的作品，保持周转性贷款基金，以帮助没有经济帮助就无法继续工作的艺术家、音乐家和作家。

下面提供的是国家艺术暨文学协会会员和美国艺术暨文学学会会员（健在和已故者）部分名单：

Henry Adams

Herbert Adams

Henry Mills Alden

Hannah Arendt

Newton Arvin

Wystan Hugh Auden

Paul Wayland Bartlett

Chester Beach

Stephen Vincent Benet

William Rose Benet

Edwin Howland Blashfield

William Brownell

George de Forest Brush

John Burroughs

William S. Burroughs

Nicholas Murray Butler

George Washington Cable

George Whitefield Chadwick

William Merritt Chase

Timothy Cole

Kenyon Cox

John Dos Passos

Duke Ellington

Ralph Ellison

Daniel Chester French

Hamlin Garland

Charles Dana Gibson

Cass Gilbert

Richard Watson Gilder

Basil Gildersleeve

Brendan Gill

William Gillette

Daniel Coit Gilman

Allen Ginsberg

Bertram G. Goodhue

Robert Grant

William Elliot Griffis

Arthur Twining Hadley

Childe Hassam

William Henry Howe

Thomas Hastings

David Jayne Hill

Ripley Hitchcock

Julia Ward Howe

William Dean Howells

Archer Milton Huntington

Charles Ives

Henry James

Robert Underwood Johnson

Louis I. Kahn

Maxine Kumin

Sinclair Lewis

Roy Lichtenstein

Henry Cabot Lodge

Abbott Lawrence Lowell

Mary McCarthy

Hamilton Mabie

Archibald MacLeish

Frederick MacMonnies

Brander Matthews

William Rutherford Mead

Gari Melchers

Edna St. Vincent Millay

Douglas Moore

Paul Elmer More

Robert Motherwell

Thomas Page

Horatio Parker

Joseph Pennell

Bliss Perry

William Lyon Phelps

Charles Adams Platt

Ezra Pound

James Ford Rhodes

James Whitcomb Riley

George Lockhart Rives

Elihu Root

Theodore Roosevelt

Mark Rothko

Eero Saarinen

Carl Sandburg

John Singer Sargent

Meyer Schapiro

Harry Rowe Shelley

Stuart Sherman

Robert E. Sherwood

Paul Shorey

William Milligan Sloane

Wallace Stevens

Meryl Streep

Lorado Taft

Josef Tal

Booth Tarkington

Abbott Thayer

William Roscoe Thayer

Augustus Thomas

Virgil Thomson

Lionel Trilling

Henry van Dyke

John Charles van Dyke

Elihu Vedder

Kurt Vonnegut

Julian Alden Weir

Barrett Wendell

Edith Wharton

Andrew D. White

Thornton Wilder

Brand Whitlock

William Carlos Williams

Woodrow Wilson

Owen Wister

George Edward Woodberry

Frank Lloyd Wright

James A. Wright

9）美国艺术暨文学学会会员名单

美国艺术暨文学学会（The American Academy of Arts and Letters）也译作美国艺术和文学学会或美国艺术文学院，于 1904 年由国家艺术暨文学协会创立，根据国会法案于 1916 年注册。其学会会员（有时译作院士）50 名，从国家艺术暨文学协会会员中作为殊荣而被挑选出来。学会成员终身制，他们包括了许多在美国艺术界出类拔萃的人士。美国艺术暨文学学会和国家艺术暨文学协会一道，讨论与决定授奖、提供贷款和额外的奖励。

美国艺术暨文学学会由文学、艺术（画）和音乐三个部门组成。新成员经过两轮选举，第一轮由三个部门之一的所在部门选举，需要获得多数选票，然后再由三个部门的全体成员投票选举。该学会的第一批七位成员包括威廉·迪安·豪威尔斯（William Dean Howells）、奥古斯塔斯·圣·高登斯（Augustus Saint-Gaudens）、埃德蒙·克拉伦斯·斯特德曼（Edmund Clarence Stedman）、约翰·拉法基（John LaFarge）、马克·吐温、约翰·海依（John Hay）以及爱德华·麦克道尔（Edward MacDowell）。

下列是 2006 年 11 月提供的文学（包括诗歌）会员名单：

A

Daniel Aaron—1997

M. H. Abrams—2001

Renata Adler—1987

Edward Albee—1966

Isabel Allende—2004

John Ashbery—1980

Louis Auchincloss—1965

Paul Auster—2006

Craig Arnold—2006

B

Russell Baker—1984

Russell Banks—1998

Amiri Baraka—2001

John Barth—1974

Jacques Barzun—1952

Ann Beattie—1992

Eric Bentley—1990

Frank Bidart—2006

Harold Bloom—1990

Robert Bly—1987

Robert Brustein—1999

C

Hortense Calisher—1977

Evan S. Connell—1988

Robert Coover—1987

D

Don DeLillo—1989

Joan Didion—1981

Annie Dillard—1999

E. L. Doctorow—1984

E

Louise Erdrich—1998

F

Robert Fagles—1998

Jules Feiffer—1995

Lawrence Ferlinghetti—2003

Richard Ford—1998

Paula Fox—2004

G

Ernest J. Gaines—1998

William H. Gass—1983

Henry Louis Gates, Jr.—1999

Peter Gay—1989

Louise Gluck—1996

Francine du Plessix Gray—1992

John Guare—1989

A. R. Gurney—2006

H

Donald Hall—1989

Robert Hass—2002

Shirley Hazzard—1982

Edward Hoagland—1982

John Hollander—1979

Robert Hughes—1993

Richard Howard—1983

Ada Louise Huxtable—1977

I

John Irving—2001

J

Diane Johnson—1999

K

Justin Kaplan—1985

Donald Keene—1986

Garrison Keillor—2001

William Kennedy—1993

Jamaica Kincaid—2004

Galway Kinnell—1980

Tony Kushner—2005

L

Philip Levine—1997

Romulus Linney—2002

Alison Lurie—1989

M

Janet Malcolm—2001

David Mamet—1994

Peter Matthiessen—1974

J. D. McClatchy—1999

David McCullough—2006

John McPhee—1988

William Meredith—1968

W. S. Merwin—1972

Lorrie Moore—2006

Toni Morrison—1981

Albert Murray—1997

O

Joyce Carol Oates—1978

Cynthia Ozick—1988

P

Robert Pinsky—1999

Richard Poirier—1999

Reynolds Price—1988

R

Philip Roth—1970

John Russell—1996

S

Oliver Sacks—1996

James Salter—2000

Wallace Shawn—2006

Sam Shepard—1986

Charles Simic—1995

Jane Smiley—2001

William Jay Smith—1975

W. D. Snodgrass—1972

Gary Snyder—1987

Elizabeth Spencer—1985

Robert Stone—1994

Mark Strand—1981

T

James Tate—2004

Studs Terkel—1997

Paul Theroux—1984

Anne Tyler—1983

V

Helen Hennessy Vendler—1993

W

Rosanna Warren—2005

William Weaver—1992

Edmund White—1996

Elie Wiesel—1996

Richard Wilbur—1957

C. K. Williams—2003

Garry Wills—1995

Lanford Wilson—2004

Tom Wolfe—1999

Charles Wright—1995

10）美国诗社

美国诗社（The Poetry Society of America）又可译作美国诗歌学会，由包括诗人威特·宾纳（Witter Bynner）在内的一批诗人、编辑和艺术家于 1910 年创立。它是美国最古老的诗歌组织。诗社过去的成员包括罗伯特·弗罗斯特、W. H. 奥登、兰斯顿·休斯、埃德娜·米莱、玛丽安·穆尔、华莱士·史蒂文斯和斯坦利·库涅茨等著名诗人。目前的成员包括约翰·阿什伯里、路易斯·格鲁克、丽塔·达夫、罗伯特·平斯基、莫莉·皮科克、比利·柯林斯和詹姆斯·泰特。

美国诗社对创立普利策诗歌奖起了很大的帮助作用。在 1917 年各项普利策奖被授予之后，美国诗社成员爱德华·惠勒（Edward J. Wheeler）给哥伦比亚大学校长写信，请求他把诗歌奖纳入普利策奖里。校长回信说，没有资金分配给诗歌奖。惠勒于是代表诗社，从一位纽约艺术赞助人那里获得 500 美元的赞助，建立了普利策诗歌奖。美国诗社继续提供支持，直至 1922 年，到这个时候，哥伦比亚大学和普利策奖委员会投票，决定普利策诗歌奖正式成为普利策奖的一部分。

11）美国诗人学会

美国诗人学会（The Academy of American Poets）是致力于诗歌艺术的非营利组织，

1934 年作为"会员制公司"（membership corporation）成立于纽约州。它赞助一系列诗歌奖，其中第一个奖励金于 1946 年创立，支持诗人，表彰其获得的"杰出成就"。此外，该学会通过拓展活动，例如"全国诗歌月"（National Poetry Month），培养诗歌读者。

美国诗人学会原来的常务理事表：

Donald Adams　1946-1964

William Rose Benét　1946-1950

Witter Bynner　1946-1966

Henry Seidel Canby　1946-1961

Mary Colum　1946-1948

Max Eastman　1946-1962

Frank P. Graham　1946-1947

Robert M. Hutchins　1946-1949

Robinson Jeffers　1946-1956

Archibald MacLeish　1946-1949

F. O. Matthiessen　1946-1950

William Allen Nielson　1946-1947

美国诗人学会随后的常务理事表：

Leonard Bacon　1947-1954

John Hall Wheelock　1947-1971

Leonora Speyer　1948-1951

Robert Hillyer　1949-1961

Mark Van Doren　1949-1952

Padraic Colum　1950-1951

Frederick A. Pottle　1950-1960, 1962-1974

Ridgely Torrence　1950

Robert Nathan　1951-1968

John G. Neihardt　1951-1967

Marianne Moore　1952-1964

W. H. Auden　1954-1973

Randall Jarrell　1956-1966

Louise Bogan　1961-1970

Richard Wilbur　1961-1995

Robert Lowell　1962-1977

William Meredith　1963-1987

Norman Holmes Pearson　1964-1976

Elizabeth Bishop　1966-1979

Allen Tate　1966-1979

Dudley Fitts　1967-1968

John Berryman　1968-1972

Robert Fitzgerald　1968-1985

Stanley Kunitz　1970-1996

Anthony Hecht　1971-1997

Daniel Hoffman　1972-1997

Robert Penn Warren　1972-1988

Babette Deutsch　1974-1981

Howard Nemerov　1976-1991

David Wagoner　1978-1999

James Merrill　1979-1995

May Swenson　1980-1990

John Hollander　1981-1999

Mona Van Duyn　1985-1998

Howard Moss　1987-1988

John Ashbery　1988-1999

W. S. Merwin　1988-2000

Amy Clampitt　1990-1994

Richard Howard　1991-2000

Mark Strand　1995-2000

Carolyn Kizer　1995-1998

Maxine Kumin　1995-1998

J. D. McClatchy　1996-2003

Donald Justice　1997-2003

Jorie Graham　1997-2003

Adrienne Rich　1999-2001

Robert Creeley　1999-2002

Charles Wright　1999-2002

Michael Palmer　1999-2004

Lucille Clifton　1999-2005

Louise Glück　1999-2005

Yusef Komunyakaa　1999-2005

Heather McHugh　1999-2005

Rosanna Warren　1999-2005

Charles Simic　2000-2002

Susan Howe　2000-2006

Philip Levine　2000-2006

Robert Hass　2001-2007

Galway Kinnell　2001-2007

Nathaniel Mackey　2001-2007

James Tate　2001-2007

Index（索引）

K

T

W

中国人名索引（Chinese Name Index）

第二版后记

拙著《20世纪美国诗歌史》从1995年的第一版到2015年的第二版，笔者陪伴它差不多已经20个年头。第一版完稿（1993年）距离20世纪末还差7年，第二版的时间却超过20世纪15年。19世纪晚期和20年早期出生的美国诗人差不多都已经过世，我们可以对他/她们作比较完整的结论，可是20世纪中期出生的诗人多数都跨世纪，在21世纪的今天还继续创作，无法作结论，无法从时间上一刀切，所谓20世纪诗歌史只能大体如此。因此，拙著无法避免介绍这些健在的诗人在新世纪的创作情况。笔者试图在校订的过程中，尽可能地运用目前掌握的信息进行补充和修订，不过受个人知识面和能力所限，疏漏和错误一定存在。

使笔者惴惴不安的是，尽管我在做索引方面作了很大努力，但有时还是发现英文索引次序排列有错，文本里词条在索引里有时也有遗漏。很奇怪的是，电脑在作怪，明明记得做过的索引词条居然重复出现，即：其中一条相同的词条不知道为什么会窜到另外的词条之间，或者一个词条索性消失不见了！两百多万字的稿子，我在电脑上花了差不多两年的时间校订（包括补充），而且前半部稿子已经做过两次校订，现在实在是无精力和时间再回过头来捉错补漏，这只能依靠冯冬君对排版后第一稿复校的锐敏和卓识了。更使笔者担心的是，排版之后是否能保证新索引的完整性和系统性，这只能依赖迟剑峰君的智慧了，因为目前中国的任何出版社还不可能为作者提供便利，做完美的索引。

另一个使笔者担心的是，西方汉学家的译名、定居美国的华人学者的译名、日本禅师和禅宗诗人的译名、亚/华裔诗人的译名等等在拙著里仍然可能会存在不少错误。例如，我在第一版把斯奈德在加州大学伯克利分校求学期间，跟从学习汉语的中国老师陈世骧（Chen Shi-hsiang）和汉学家卜弼德（Peter Boodberg）分别误译为陈史湘和彼得·布德堡；把以研究庞德《诗章》著称的哈佛大学著名学者方志彤（Achilles Fang）误译为艾基利斯·方，尽管我在哈佛大学图书馆复印过他的博士论文的部分章节，经过四川大学朱徽教授的指点，我才发现这些可笑的常识性错误。朱徽教授还在我其他的论著和论文里指出过以下错误：把叶维廉（Wai-lim Yip）误译为叶威廉，尽管我在南京见过他，和他作过交谈；把费正清（John King Fairbank）误译为约翰·金·费尔班克，尽管我在哈佛大学听过他的学术讲座；把马瑞志（Richard B. Mather）误译为理查德·马瑟；把林培瑞（Perry Link）误译为佩里·林克；把美籍英裔白英（Robert Paine）误译为罗伯特·佩恩，等等。更别说，我在 90 年代初期开始译介以汤亭亭为首的华裔美国小说家时，对她/他们的名字用汉语拼音处理，后来经过参照台湾学者单德兴先生赠送给我的大批有关著作，我才了解到原名。华裔美国作家的中文名还得益于北外吴冰教授和王立礼教授的指教，她们还同意在她们主编的论文集《华裔美国作家研究》（2009）收录我的华裔美国诗歌研究部分。

　　再一个使笔者不十分自信的是，美国先锋诗，尤其是超现实主义诗和语言诗，字义总是影影绰绰，很难对它确定，如同语言诗人基特·罗宾逊直言不讳地承认自己是"无确定性的教授"。这样一来，你对这些诗篇可以作不同的解读，易于产生歧义，因为它们既包括了同一文化的大众共同体验，又隐藏了诗人个人的独特体验，例如暗喻，如果不经诗人本人点明的话，我们甚至对一首诗的标题有时也很难有精准的把握。这方面需要平时阅读的大量积累和同诗人本人或批评家们保持广泛的接触，但是一个人的知识视野和社会接触面毕竟有限，很需要方家指点。

　　有些论著的后记常常出现"因时间仓促，错误在所难免"这样的词句来为作者自己可能出现的错误辩解或开脱，可是，我不能用这样的借口免责，南开大学出版社宽限的两年校订时间已经不少了。我不能保证拙著不存在这样或那样新的疏漏和缪误，尤其是对原诗或原著文本的理解错误，那只能归结于我的才能有限，为此殷切希望像朱徽教授这样的方家不吝指正。

　　宋朝诗人方岳诗云："不如意事常八九，可与语人无二三。"这恰是人生的写照，至少适合于我。再版拙著诚然是一件乐事，但在这个时候，我更加想念我早已过世的慈母。当我现在有条件孝敬她时，她却带着在家乡的孤独和对独子的期盼走了！我还觉得遗憾的是，兄弟般的同乡好友高杰在拙著第一版的 1995 年已经不幸过世，更谈不上现在让他与我分享再版的喜悦。

第一版后记一

　　当我在美国做完第一校时,才真正感到了轻松。由于美国富布莱特项目的资助,使我有机会利用美国的图书资料和会见本书中的一些诗人而对本书的某些章节作了补充或修订。

　　再次感谢刘锋为我操劳校对和其他出版事宜,感谢特鲁教授和杰夫·特威切尔友为我及时解答疑难,提出宝贵的建议。最后感谢迈克尔·杨协助我加速校对工作。

第一版后记二

编定之余，深感校对是一大麻烦，而手工操作的索引和参考书目部分更费周折。好在南大外语学院两位青年教师董文胜（打索引）和赵文书（负责包括索引在内的全书终校）应邀亲自上机，逐页逐条进行核实和修改，花了他们很多宝贵的时间。他们的耐心和效率保证了电脑稿的完成。南大中文系电脑室 1992 年接受手稿打印，当时和现在排版软件采用的是科印系统（目前印刷厂一般采用华光或方正系统），这就增加了他们修改的困难。因此在付印前，笔者首先感谢这两位年轻同志的协助。笔者感到另一个很难克服的麻烦是，索引和参考书目的词条次序排列有时出错，例如某页码若出错，该页码便提前或推后一页，主要是修改移页所致，页码太多，防不胜防。1992 年笔者完稿时未能接触到表演诗派的充足材料，无法成篇。后来利用 1993～1994 年富布莱特项目去美国，在表演派诗人杰克·弗利友的协助下，笔者如愿搜集到了有关资料，但为时已晚，无法补充进去，这不能不算是拙著的一个缺憾。当然其他部分也难免失当或失误，但不能以时间仓促为口实，掩饰作者的弱点。唯望学界前辈、同仁和广大读者不吝赐教，以便日后修订。

在电脑稿校对接近尾声时，特别要感谢朱庆新和张利，他们在盛夏不辞辛苦，把科印排版稿改成方正排版稿，以他们精湛的技术，使得这一打印拖延了一年多的项目终于得以完成。最后感谢吉林教育出版社的大力支持，感谢责编王世斌的厚爱，他主动和笔者联系，使拙著得以面世。